黔地现当代文学文化研究景观

汪青梅　主编

厦门大学出版社
XIAMEN UNIVERSITY PRESS
国家一级出版社
全国百佳图书出版单位

图书在版编目(CIP)数据

黔地现当代文学文化研究景观/汪青梅主编.—厦门:厦门大学出版社,2019.12
ISBN 978-7-5615-7268-9

Ⅰ.①黔… Ⅱ.①汪… Ⅲ.①中国文学-现代文学-文学研究 ②中国文学-当代文学-文学研究 Ⅳ.①I206.6

中国版本图书馆 CIP 数据核字(2019)第 297969 号

出 版 人 郑文礼
责任编辑 章木良

出版发行 厦门大学出版社
社　　址 厦门市软件园二期望海路 39 号
邮政编码 361008
总　　机 0592-2181111 0592-2181406(传真)
营销中心 0592-2184458 0592-2181365
网　　址 http://www.xmupress.com
邮　　箱 xmup@xmupress.com
印　　刷 厦门集大印刷厂

开本 720 mm×1 000 mm 1/16
印张 29
插页 2
字数 476 千字
版次 2019 年 12 月第 1 版
印次 2019 年 12 月第 1 次印刷
定价 126.00 元

本书如有印装质量问题请直接寄承印厂调换

厦门大学出版社
微信二维码

厦门大学出版社
微博二维码

序　言

本书是贵州地域文学和文化研究的论文汇编，作者均为贵州师范大学文学院中国现当代文学及相关专业的教师。

贵州师范大学文学院始于1941年，前身为国立贵阳师范学院国文系，为我校最早设立的4个系科之一。国文系曾云集学术巨擘，科研成果卓著；首任系主任是著名文史专家尹炎武先生，在1947年之前，尹炎武、谢六逸、王驾吾等著名学者先后担任系主任，1947年后由留日归来的王佩芬接任，1948年由古文史专家姚奠中担纲。2003年9月，因学校机构重组撤系设院，贵州师范大学文学院成立，下设8个教研室，中国现当代文学教研室为其中之一。自2013年文学院获批中国语言文学一级学科博士学位授予权，中国现当代文学二级学科团队在本科生教学、硕士研究生培养之外，又担负起博士研究生招收和培养的重任。贵州师范大学文学院中国现当代文学学科团队，不仅是校内院内的重要教学团体，还是一支强有力的科研队伍，学科带头人朱伟华、颜同林等教授都在全国学界具有较大的影响力和较高知名度。

长期以来，作为地方高校教师，我校中国现当代文学学科团队的教学、科研工作，都着力于“认识脚下的土地”（钱理群），注意本土作家文学和黔地民族民俗文化的搜集、整理、解读和传播。该团队还曾于2005年10月抗战胜利60年之际，牵头主办“抗战时期西南大后方文学·文化活动研讨会”，会议吸引来自北京大学、南京大学、武汉大学、厦门大学、中国社会科学院、中国现代文学馆等10多所高校和科研机构的40余名专家学者。时隔仅3年，又于2008年10月再次发起盛会“地方文化知识谱系建构下的文学研究研讨会”，会议再次云集北京大学、中国人民大学、武汉大学、华中科技大学、复旦大学、华东师范大学、上海大学等10多所高校40余名专家学者。两次全国性学术盛会出席者，皆为国内中国现当代文学及相关领域的知名学者，如钱理群、董健、温儒敏、陈思和、吴福辉、赵园、王晓明、罗岗、吴晓东等。两次会议主题先后聚焦于发生在黔地的抗战大后方文学活动、地方性知识建构下的文学研究。这种对地域文学和文化的积极关注和深入开掘，不仅反映在研究进路上，还投射到人才培养格局中，例如，该学科团队培养的硕士研究生，不乏报考并成功进入北京师范大学、华中师范大学的民俗学、民间文学等专业方向就读者。此次汇编文集，是该学科教师关于本土作家文学和地域文化的教学、科研成果的一次集中展示。

黔地本是坐落于云贵高原之上，冬无严寒夏无酷暑，生态良好的天然民族博物馆，却由于历史演变、地理区位等因缘际会，其风采在相当长的时期没有被外界真正认识，倒是"黔驴技穷"和"三无"（"天无三日晴、地无三里平、人无三分银"）的误解，作为一种他称和表述，曾一度顽固地成为外界对黔地的臆测与想象。当然，日渐凸显于全球化进程中的地域文化，正抖落面纱而为黔地正名，一股"多彩贵州风"悄然拂动。

20 世纪以来，黔地作家文学，一直是中国文坛的一道风景。在 20 世纪二三十年代，由黔北流寓于京的青年蹇先艾所作《水葬》，入选鲁迅所辑《中国新文学大系・小说二集》，成为黔地作家作品汇入新文学源流的标志。这部作品因以"老远的贵州""乡间的习俗的冷酷"，展示极富时代性的国民精神病苦主题，而成为"乡土小说"的实绩之一。1980 年，何士光发表于《人民文学》第 8 期的短篇小说《乡场上》，为 1980 年的文坛所瞩目，荣获当年全国优秀短篇小说奖。作品以强烈的时代感和深刻的寓意性，生动真切地刻画一个新时代的来临引起农民物质生活和精神面貌的相应变化，成为新时期文学的先声之作。进入 21 世纪，2018 年，荣获第 7 届鲁迅文学奖的青年作家肖江虹，其中篇小说《百鸟朝凤》在《当代》发表，随即被诸多有影响力的选刊选载。小说描写乡间传统艺术及其艺人在急遽的现代化进程中的消隐失落，具有鲜明的时代意义。这部作品还于 2012 年被改编拍摄为影片，广为人知。

将这三位作家及其上述列举作品作为三个参照点加以串联，恰好可以大致勾勒出一个多世纪以来，告别古典文学之后，中国新文学发生、发展的粗略历史脉络；也正好显示出，100 余年中国社会历史风云激荡，如何投影于文学创作之上，显现出现实社会与文学创作的互动轨迹。应该说，这是必然，而非巧合，且非独黔地如此。只是，不同地域的作家，其构入中国文学史整体的方式各有不同，例如，以鲁迅为显著标志的浙江籍作家，是以作家群体的阵容庞大和知名作家为数众多而影响了现代新文学的构造。应当肯定，我校中国现当代文学团队的同人，无论原籍本地还是因就职入黔者，对贵州本土作家创作的关切与探寻都具有较为自觉的意识，并将之付诸“从地方进入中国”的努力探索。类似的举措与实践，是全国同行自20世纪90年代以来持续地加以推动的趋向和潮流，黔地学人理当见贤思齐，迎头赶上。

在多年的努力开掘中，贵州师大文学院的教师将触角伸入贵州本土文学、文化，形成较为鲜明的研究特色，这也映现为本书编排上的显著特点。本书收录的成果，既有对贵州现当代文学史及其作家作品的解析，也有对贵州民族民间文学的探讨。

例如，本书选录“贵州抗战文学专题研究”的相关文章，在一定程度上，或能还原抗战时期贵州作为西南大后方抗战文艺活动重要区域的历史风貌。回顾往昔，迟至汉代，黔地所在的位于中国西南方的大片地域仍被冠以“西南夷”之称，足见其自然地理与政经文化意义上的边缘地位。至蒙古人取道西南而致南宋终结，再到明王朝“开一线通一片”控扼西南，贵州极其重要的军事咽喉地位才日渐凸显。此后，在抗战时期的战略大转移中，处于西南大后方腹地的贵州见证、承载了大批内迁文人的文学艺术活动，也由此在现代文学、文化史上涂抹上悲壮热切而又浓墨重彩的一笔。本书选录这个专题的研究成果，揭示了贵州现当代文学史演进的特殊轨迹和个性特点中的一个重要方面。

又如，本书将通常由集体创作、口耳相传的民族民间文学的研究成果，与现当代作家文学的研究成果并举。众所周知，文学是文化的一种显著形态，无论创作的题材、表现的对象，还是作家自身，都是被地域文化土壤所孕育、滋养、浸染的载体和显像。因而，对处于特定地域的人文研究者而言，经由文学的研究，自然就延伸到对地域文化的体认和考察。黔省是17个世居民族世世代代的繁衍栖息之地，也是明代西南边疆之于中国愈发显示其重要性以来，主动或被动入黔的汉族移民重建的家园所在。山国贵州千山万壑的自然山水承载和区隔的多民族大杂居与小聚居，发育成民族民俗文化千岛。于是，在作家书写文学之外，还有着民间丰富生动的口头文学；与汉族作家的耕耘经营并肩，尚有着少数民族的才情流淌。与之相关的研究成果在本书的汇集，呈现了贵州地域文化的鲜明特色及多民族民间文学的迷人魅力。

无疑，黔地是文学、文化和学术的富矿。本书的编纂体现了该学科团队多方面立体地言说贵州文学文化的追求和努力。放而言之，不仅黔地现当代文学作品的创作者、黔省地域文化的持有者和创造者，就连搜集、记录、整理和阐释这一切的研究者，也都是建构者。二者所共同建构的是关于自己脚下这片土地的知识谱系。毕竟，长期以来，黔地未及很好地表述自身，而是被他者的表述所建构，这几乎成为历史之宿命。本书承载的这份表述话语，是对一种自我生存空间、文化空间的探讨，提供了贵州多民族的重要文化数据，颇有传承文化之功。因为，如严家炎先生所言，地形、气候等自然条件，以及历史形成的人文环境的种种因素，都是影响某地后来的文学和文化的共同变量，文化传统越是往后发展，越是容易成为有意识的人文建构，为后人承传。

本书入选文章，绝大部分篇什都是在国内知名、重要期刊上发表或公开出版过的作品，但毕竟有别于以课题组的作业方式严谨分工相互协作完成的体系化的科研成果。因此，对于黔地地域（民族）文学、文化研究这个专门领域的诸多面相和重要问题，或许尚未完全观照或深入挖掘。我们仍然只是在路上……但依然热切地希望得到校外同行和热心读者的批评和指教。

肖远平

2019 年 12 月

目　录

贵州新文学总论

贵州抗战文学专题研究

贵州作家诗歌研究

贵州作家散文研究

贵州作家小说研究

贵州戏剧影视研究

贵州少数民族作家文学研究

贵州民族民间文学研究

贵州新文学总论

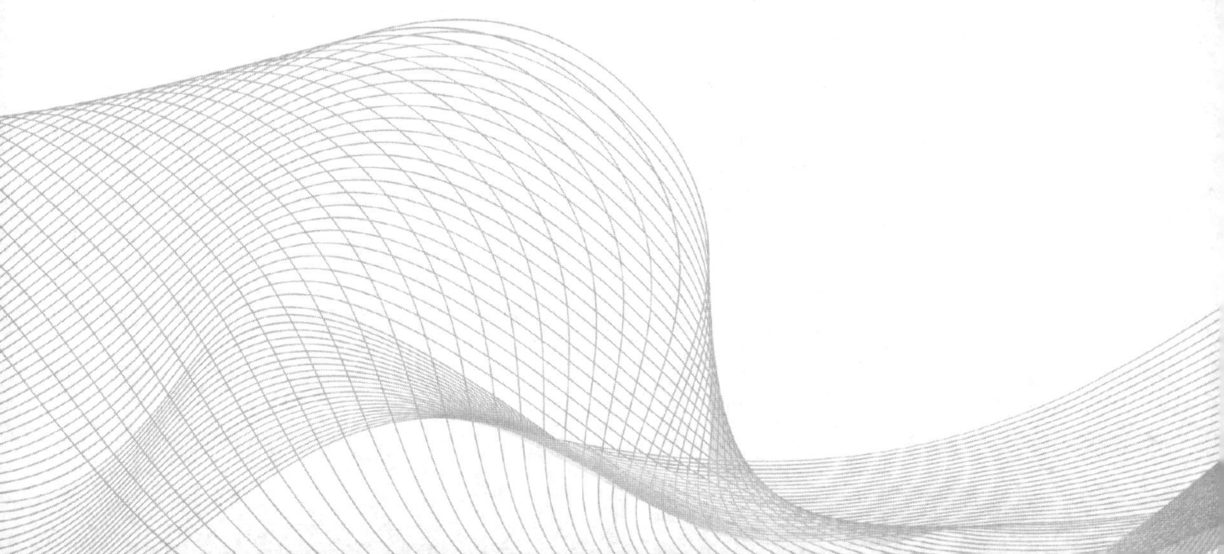

20 世纪贵州文学的时间与空间形态

朱伟华

这显然是不可能完成的任务——用区区一篇短文清点一个世纪贵州文学的足迹；然而这同时也可以为自己“非学理”性行文提供借口——既然不可能“现实主义”地具体描绘，何妨“浪漫主义”地率性评点？而对 20 世纪贵州文学从时间与空间这样宏观的角度切入，源于一本书的启发和 2008 年的到来。

耶鲁大学的乔治·库布勒(George Kubler)教授 1962 年写了一本叫作《时间的形状》(*The Shape of Time*)的书，提议对美术史的“形状”进行反思，在当时的美术史、人类学、语言学等领域引起很大反响。在库布勒看来，以风格发展为主轴的美术史叙事把美术形式的发展描述为“滥觞期—成熟期—衰落期”的三段式系列的历史叙事相当幼稚，新一代学者必须抛弃这种简单的“生物模式”(biological model)而以更复杂严密的历史叙事代之。库布勒提出的反思当然可推及文学艺术各个领域，包括我们想考察的贵州文学，然而近半个世纪过去，我们是否可以找到“取而代之”的新的历史叙事模式？

“叙事”天然是历时的，“时间”的向度因而凸显，每个特殊的时刻都会激起人们“回溯”历史的热情，2008 年即是这样的时刻。一个世纪以来，没有一个年头被中国人如此殷切地期待。当奥运会被宣布花落北京的时候，外国评委们也许意识不到，“2008”这个年头多么美妙地契合了国人对数字的审美偏爱。谐音“发”的“八”在我国自来有“招吉”的口彩，回顾历史更让人感兴趣的是，在 20 世纪历史进程中它与标志转折的“九”之间那神奇的联系——众所周知，1918 年的新文化运动引发了 1919 年著名的五四运动，30 年后 1948 年解放战争的全面胜利，促使 1949 年中华人民共和国的成立。又过了 30 年，1978 年的十一届三中全会提出了改革开放的政策，1979 年后的中国，进入了一个历史新纪元。再是30年，弹指一挥间，我们迎来了2008年的盛会，中国从一个半殖民地半封建的国家，在一个世纪内实现向世界强国的三级跳。

这样一个翻天覆地的20世纪，中国文学的发展只能也必然与社会的发展高度同一，社会历史分期就是文学史分期，所以有“现代文学三十年”“当代文学十七年”“‘文革’文学十年”的称谓。而贵州新文化在每个历史时段与全国的呼应关系，犹如大山的回响，常常及时又响亮——1911年10月辛亥革命刚刚发生，“志在灌溉新知识以促进贵州学术，提高西南文化”为宗旨的贵阳文通书局即创办，这个书局以后不仅在贵州、西南，甚至在全国都有很大影响；1918年“少年中国”的呼声刚在北京发出，贵州就出现了“少年贵州会”；1919年五四学生运动的高潮一起，7月16日在贵阳就正式成立了学联贵州分会……

这种“回响”在文学上更有鲜明体现，20世纪各个时期都有贵州的创作人才应运而生，震响文坛并引起主将的关注——20年代新文学第一个创作流派“乡土文学”形成之时，蹇先艾就以“反映了老远的贵州民间习俗的冷酷和出于这冷酷中的母性之爱的伟大”，引起鲁迅的评点和关注；30年代很少发表创作的《现代评论》杂志，却因为胡适的激赏而发表了11篇“北大偷听生”贵州青年寿生的小说，胡适对寿生的文字还给予了“文字不从这条路子入手是不会做好”的评价；40年代参加过新四军并遭遇“皖南事变”的王启霖，及时创作了反映事变的30万字长篇小说《煎》，为茅盾所高度评价并决定在香港《大众生活》周刊登载，但太平洋战争爆发香港沦陷，稿子在战火中遗失，王启霖以顽强毅力重写《煎》，回到桂林的茅盾怀着对这位青年作者的敬重厚爱，应允将稿件带到解放区出版，虽然重写的稿子再次遗失仍未如愿，但这早已成为一段文坛佳话。新中国成立后这样的佳话仍在持续：新中国成立前夕与妻子一同被捕牺牲的王启霖烈士遗稿《狂雨》送到上海，冯雪峰读后即收录于自己主编的一套丛书，1951年由上海华东人民出版社出版；50年代贵州青年作家石果创作了反映土改时期农村反封建的小说《风波》，1953年在《人民文学》推出引起人们的广泛关注，主编邵荃麟特意约请石果谈话并勉励有加；改革开放之后的新时期，何士光敏锐地感受到农村的变革和农民命运的变化，分别于1980年、1982年在《人民文学》推出《乡场上》和《种包谷的老人》，两次荣获全国优秀短篇小说奖……

然而，正像“回响”常常及时又迅疾消逝，贵州文学的发展始终难有长足的后劲，难有延续的开拓和深入。从文学史的角度看，贵州文学显现出一种散点的、断续的、不连贯的“时间形态”，而这又分明源自现实的“空间形态”——壁立的群山缺乏深泽与沃土，没有平原支撑的省份缺少更多文化积淀。在题材上，“乡土贵州”是贵州作家剪不断理还乱的永恒话题，自蹇先艾起整个 20 世纪贵州引起关注的作品，几乎都没有离开过“山民”“农村”的话题(90 年代后引起关注的欧阳黔生等贵州作家，也是从大山的地质队走出)。而紧贴生活、情系乡土的内容表达，基本都选择了冷峻、凝重的现实主义笔法，这使得贵州文学没有开阔的题材领域，也缺乏腾越的艺术想象，这是苦难深重的山区人民生活的投影，也是蛮荒之地的野性遗存。也许受“望山跑死马”的地域环境影响，贵州作家习惯于单打独斗(1947 年，贵阳文学爱好者、诗人李麦宁竟独自创办了纯文学刊物《离骚》，并苦苦支撑了两年)。生存土壤的贫瘠、文学基础的薄弱、创作人员的分散，尽管有着相同的题材领域和相近的写作风格，却难以形成“山药蛋派”“荷花淀派”之类的创作流派；贵州文学更多是以短篇和诗作为人们关注，没有厚重的鸿篇巨制在全国叫响。

但是，生长于斯的土地上，其文学形态一定是这块土地的形态，正像见证我省文学创作历程的《山花》《花溪》杂志所昭示的，我省的文学之“花”是开在山川与溪流之上、与自然山水天然相连、优势与缺陷共在的。与大山的雄浑险峻相一致，贵州的作品很少庸常平弱之作，而有着大山的粗犷和内涵的张力，有着特殊的爆发力和震撼力，常常体现着清醒而坚定的叛逆意识，表现出敏感而越致的笔法，蕴含着“文章似山不喜平”的锐气。如在诗歌领域，曾震惊文坛的是李发模的《呼声》，是唐亚平的《黑色沙漠》，是对“文革”兽性肆虐和文化专制的反抗绝叫——“即使我只仅仅剩下一根骨头/我也要哽住一个可憎时代的咽喉!”贵州文学也许没有产生大家，但却不乏大气；也许在广度和宽度方面尚待开掘，但却不缺乏深度和力度。更重要的是，即使贵州不算有太多的成果，仍然太少被外界所知晓；即使已经被知晓的作品，我们仍然研究得太少。从这个角度看，本省的文化积累工作功不可没。20 世纪末贵州人民出版社出版的《贵州新文学大系 1919—1989》即是这种工作。何光渝在为大系“短篇小说卷”(下)作序时，重申了蹇先艾“我们的文学从总体上来看还是不够成熟”的基本判断。“欠发达欠开发的”省情与“欠成熟”的文学形态，既说明我们的滞后，也说明我们还有广阔的发展余地。

20 世纪的贵州文学，无论是“时间形态”还是“空间形态”，都已经是“过去时态”，关键是新的起步。贵州文学的发展滞缓，缺乏文艺理论平台和评论助力显然是原因之一。因此，致力于文学评论的贵州文联《今日文坛》和《贵州日报·文艺视届》在 2008 年同时问世，无疑是我省重视文化发展和学界文化自觉的重要标志。而由贵州师范大学文学·教育与文化传播研究中心牵头组织全省高校中文院系教师选编的《中国现当代文学作品选》[①]，也拟在 2008 年出版，首次将贵州作品收录，将本土作家与文学史中全国经典作家置于同一平台，让更多学子认识本土作者，“关注我们脚下的土地”。

作为奥运年的 2008 年，是一个新向度的展开，体育竞技是和平年代的军事，文学艺术在太平盛世能创造丰富的经济和社会效益。中国将向世界敞开自己，“多彩贵州”的成功模式正向各个领域拓展。在《时间的形状》中库布勒批判以“生物模式”为基础的美术史，他提出“连接性解答”(linked solutions)，在他看来由这种“连接性解答”所形成的系列是开放的而非封闭的，是面对将来的而非面对过去的，每一个新的解答给已存的系列加上一个新的链环，因此也都重新构造了以往的历史。当我们认识到 20 世纪贵州文学在时间和空间上的不连贯性、不成熟时，当我们面对 2008 年这个新开端通过历史叙事积极寻求文学的意义时，库布勒的“连接性解答”理论，也许仍然可以给我们启发。

（原载《贵州日报》2008 年 1 月 4 日文艺视界版）

［朱伟华：贵州师范大学文学院教授］

① 囿于一些因素该书未能如期出版。

夜郎之问及贵州小说的空间叙事

陈　悦

一

成语“夜郎自大”是出自蒲松龄《聊斋志异·绛妃》中的戏笔：“驾炮车之狂云，遂以夜郎自大，恃贪狼之逆气，漫以河伯为尊。”[①]但根源还是要追溯到《史记·西南夷列传》。《史记》记载，西汉元狩元年(前122年)，由于丝绸之路受到匈奴骚扰，汉武帝接受从西域归来的张骞建议，派出王然于、柏始昌等出使西南，欲开辟南方丝绸之路。汉使来到西南，“滇王与汉使者言曰：‘汉孰与我大?’及夜郎侯亦然。以道不通故，各自以一州主，不知汉广大”。[②] 从汉使及中原立场看，据一州之地的夜郎王(还有滇王)敢与汉王朝相比，只能显示其无知与自大的可笑。

近几年有学者力图还原夜郎真相。越来越多的考古发现并综合少数民族文献已能证实：夜郎立国约在春秋中期。“夜郎国立国之后，开国君长武夜郎即向周边实行武力扩张，占领濮、越等民族所在之地，其疆域最盛时以今贵州为腹心，占有今川西南、滇东、桂西北等地。”[③]战国时期，夜郎国一度拥有10万精兵，他们制作了石、陶、玉、青铜、玛瑙、铁等不同质地的兵器、生活用具和装饰品，用砖土建造雄伟的城市。《史记·西南夷列传》的开篇介绍过去总被人忽略：“西南夷君长以什数，夜郎最大。”以夜郎国当时的军事

① 李一华、吕德中编：《汉语成语词典》，成都：四川辞书出版社，1985年，第987页。

② 司马迁：《史记·西南夷列传》。

③ 王鸿儒：《夜郎自大还是真大》，《中华遗产》2008年第1期。

和文化发展水平，夜郎的发问是有底气的，两千年后贵州学者据此也才敢于反问“夜郎自大还是真大”。当然，如果我们沉湎于夜郎过去的历史那真是自大了（无论当时的夜郎怎么发展，政治、经济、文化各方面的实力都是无法与汉王朝相提并论的）。我们从夜郎之问到贵州背负“夜郎自大”的标签，到两千年后的现在关于夜郎之大的讨论，至少可以引发以下两种解读：

一、贵州在与外界接触之初就被置放在中国地理、文化的空间结构之边，并遭遇了中心文化圈“描写”的尴尬与无辜。另一个例证还有我们同样熟悉的成语“黔驴技穷”。柳宗元《黔之驴》很清楚地写明：“黔无驴，有好事者船载以入。”接着黔之虎与这只外来的驴展开了一番斗智斗勇。然而令人费解的是，“黔驴技穷”最终也成为贵州形象的另一个标签。“鲁迅当年曾经谈到，近代以来，中国常常处于‘被描写’的地位，这是一个弱势民族、文化在与强势民族、文化遭遇时经常面对的尴尬。”[①]“被描写”的尴尬与无辜是中心—边远、主流—边缘的二元关系中弱势者的必然处境。

二、司马迁对夜郎之问这样解释，“以道不通故”，对外界的世界缺乏了解。“夜郎国地处大西南一隅，相对于中原文化来说，其地理位置与文化环境都处于边缘，即双重边缘。”[②]这便是夜郎文化的特征之一。深处边缘之地的人对外界充满了了解的渴望，并通过与外界的对话来重新认识自我。夜郎之问正是由于汉使的到来，激发了夜郎王了解外界的好奇，是对未知的求问。从更本质的意义来说，是有了异质的“他人”作为参照之后，夜郎需要对“自我”进行重新的调整和认知。

近代以来，中国社会的发展带动了区域间的交流，2000 多年来始终封闭在大山里的贵州开始打开山门，而无可回避的事实是，在现代中国文化的总体格局中，贵州文化依然是一种弱势文化，“汉之大”的存在已是无须追问的事实，贵州封闭偏远的地理之边和落后闭塞的文化之边已是 20 世纪贵州人明确的认知和不断重复的体验，夜郎王的后世子孙们如何在“被描述”的尴尬中完成新的与外界的对话？如何在新的历史条件下完成夜郎之问的后续思考？

---

① 钱理群：《贵州读本·序言》，封孝伦主编：《贵州读本》，贵阳：贵州教育出版社，2003 年，第 3 页。

② 王鸿儒：《夜郎·移民·喀斯特——贵阳金阳新区的文化定位与开发》，北京：人民出版社，1971 年，第 56～57 页。

贵州小说是贵州与外界对话的重要方式，也是完成关于贵州的“自我讲述”的一种方式。

二

自然形式提供给文学家的绝不是一个单纯的背景，它渗透到作家经验世界的内部，并最终在文本中演化出别有意味的主题呈示和更加复杂的美学形态，就好比湿冷而充满浓雾的俄罗斯原野为俄罗斯文学染上忧郁的色彩。贵州外围为群山环绕，内部由于喀斯特作用被切割成碎片式的生存区域，从景观来看，走进贵州会有移步换景、柳暗花明的丰富，绝无西北大漠孤烟的荒凉之感；从居住群落来看，这些立体排列的狭促而复杂多样的喀斯特生态环境构成大杂居、小聚居或又杂居又聚居等复杂布局。这种复杂的碎片式的、几重边缘的自然空间布局深深地影响了贵州小说的叙事。

“一切存在的形式是空间和时间，时间以外的存在和空间以外的存在，同样是非常荒诞的事情。”但是贵州小说整体上更关注空间的存在。险峻的山道、封闭的深沟、孤独的坝子、散落的山谷、一条街的乡场、山崖上的洞子等，是贵州小说主要描写的场景，贵州作家总是不厌其烦地描述这些零碎、孤独的空间与外界的关系。

苗族作家伍略喜欢在小说开篇进行空间定位。如短篇小说《绿色的箭囊》开头：“贵州省最西边的一个县份叫威宁县。从威宁县城再往西去一百二十多里，有一个地方叫石门坎。那里正是乌蒙山脉的纵深地带，在那连绵千里的万山丛中，有一条小小的河流，名叫云卢河。就在这条云卢河的西岸，栖息着几百户兄弟民族人家。”[①]中篇小说《麻栗沟》也是如此笔法：“黔西北有一座大山名叫弥勒山”，山腰“有一条荒沟，名叫麻栗沟。……越进入沟里越显得荒僻冷落”。[②] 这两部作品都采用了纪实性的记录，电影镜头推移定位的手法，赫然彰显将要叙述的那块土地的边远。陈学书《远山》开头是从行走者的视觉印象出发，从远到近进入乌蒙山里的一个小山寨：“路在脚下延伸，越过重重山峦，一直通向更远的山中。这儿的山真多，一座座相

① 伍略：《绿色的箭囊》，《卡领传奇》，贵阳：贵州人民出版社，1994 年，第 1 页。

② 伍略：《麻栗沟》，《民族文学》1992 年 2 期。

挨相偎，一片片相挤相连。有的高耸入云，终年云雾缠绕。有点绵延百里，一架山够你走上三天两天。站在高处放眼四顾，但只见苍山如海，白云似涛，茫茫一片，总是没有尽头。”[①]还有更简单直接的笔法如欧阳黔森的《绝地逢生》的开头：“这是云贵高原乌蒙山脉中的一个小山村。”[②]无论是采用了何种不同的艺术手段，贵州小说的空间描写大都站在故事发生的具体场景之外的视点，进行地图标注式的空间定位，以此确定贵州与中心无比偏远的空间关系。西北也属于边远之地，然而西北文学往往是通过地域的寥廓和视野的无边来讲述自我的边远。张承志的《北方的河》对西北旷野的描写：“四野空荡荡的，一眼望去哪里都是无人的荒漠，还有金金灿灿的黄沙。在石头荒滩和南边的茫茫沙漠中间，官道穿针引线地通过去了，两头都不知道通到什么地方。”[③]内部定位，站在旷野的中心，方向感消失了，视野的无限延伸尤其是空间定位的模糊叙说着西北荒野的空阔和景致单调的疲惫。贵州小说文本清晰的外部空间定位正是源于对贵州封闭狭小空间的现实体验，需要在一个大的参照系中来确定自身的位置，也暗示了贵州发展的被动性。如布依族作家蒙萌描写的一个“虽然偏僻，确实有些来历”的小镇，中华人民共和国成立前这里是通向安顺的主要通道，有过短暂的繁荣。中华人民共和国成立后，另有公路开通，这里便“自然冷落下来，闭塞下来”。[④] 再后来，由于煤矿的开采，小镇突然又出现居民不能适应的繁荣。读者完全可以预想，煤矿开采终有竭，那时小镇是否又再次自然沉寂下去呢？（当然这已经是另一个论题了）

在封闭狭小的空间内部，难有大起大落的事件，所以大多数贵州乡土小说的取材是日常生活，家务事、儿女情。同时当空间与外界隔绝，时间的流动几乎停滞，此时，人在空间中的存在似乎更具有本体的意义。何士光《种包谷的老人》是比让他名声大振的《乡场上》更经得起玩味的文本。小说“开篇时对落溪坪偏僻环境的描绘和渲染，字里行间蕴含着写景之外的更多的寓意和思考”。[⑤] “这里是一个村庄。这地方太遥远了，也太寂静了。一片

---

① 陈学书：《远山》，《命运魔方》，贵阳：贵州人民出版社，1994年，第1页。

② 欧阳黔森：《绝地逢生》，贵阳：贵州人民出版社，2008年，第1页。

③ 张承志：《北方的河》，北京：北京十月文艺出版社，1987年，第171页。

④ 蒙萌：《搭在马凳上的擂台》，《贵州新文学大系1919—1989·短篇小说卷（下）》，贵阳：贵州人民出版社，1997年，第203页。

⑤ 何光渝：《20世纪贵州小说史》，贵阳：贵州民族出版社，2000年，第429页。

窄窄的坝子,四面都有青山屏障。……一眼望去,只见青绿的山峦默不作语,连绵地向天边伸延,颜色逐渐变得深蓝,最后成为迷蒙的一片;一片片的杉树林和柏树林,无声而绰约地伫立,连接着一簇簇的灌木丛,一直通向好幽深的山谷里去;好久好久,远远的蓝天里出现了一片密匝的黑点,飘忽着,渐渐地近了,倏忽地化为一阵细碎而匆忙的雀语,仿佛被这儿的寂静惊骇了似的,一下子掠过去,又还原一片小小的狠点,消失在那样肃穆的蓝天里……一条隐约的山路,从山垭那儿跌落下来。"[①]地处边远,视线被割断,一切消息被割断,山外是一个"迷蒙"虚幻的世界。随后作家继续保持着悠缓的笔调述说一个孤寂的老人与他的包谷林的故事。小说几乎没有什么情节,只是不厌其烦地细致入微地描述老人钻在包谷林里近乎虔诚地灌溉,天、水、沾上水就发出吱吱响声的泥土、包谷藻红色的须根、枝丫就是老人精神世界的全部,文本建构的自然空间封闭自足、静谧和谐,与孤独安宁的心理空间相对应。

"就场景的持续来说,叙述的时间流至少被终止了,注意力在有限的时间范围内被固定在注重联系的交互作用之中。"[②]文本的形态接近约瑟夫·弗兰克(Joseph Frank)所说的"小说中的形式空间化",讲述包谷老人那份久远到凝固的日子,述说人与自然的恒久关系,是贵州小说最有意味的表达。

由鲁迅开创的中国现代小说执着地关注历史传统中的人、阶级关系中的人,而贵州小说(乡土小说尤为突出)追随主流的同时还在悄然诉说空间中的人。《贵州道上》《盐巴客》是蹇先艾摆脱模仿痕迹(《水葬》明显模仿《阿Q正传》)显示自己创作个性和最高艺术水准的作品,这两个文本都以外来者的身份叙述对贵州的发现:对崇山峻岭、崎岖鸟道的贵州山地环境和对贵州道上盐巴客与轿夫底层生存艰难的认知。大山的肌理与人物的气质彼此呼应。表面上看,这两个文本类似鲁迅的《故乡》的空间叙事,想象中的故乡美好形象与现实中"肃索的荒村"故乡形象构成文本基本的空间单元,作为后者的补充场景是见杨二嫂、见闰土、回忆闰土的三个场面,场景的转换构成对比,指向作者批判、反思的意图和一个现代知识分子面对古旧乡村的情

① 何士光:《种包谷的老人》,《贵州新文学大系1919—1989·短篇小说卷(下)》,贵阳:贵州人民出版社,1997年,第67页。

② [美]约瑟夫·弗兰克等著,秦林芳编译:《现代小说中的空间形式》,北京:北京大学出版社,1991年,第3页。

感体验。而蹇先艾的这两个文本少了很多文化批判的深度和力度，却多了一分贵州农民在粗粝的自然环境中求生存的无奈，在封闭的自然空间中的精神自足与迷茫。中国现代小说主体对历史中的人、社会中的人的塑造在此微妙地转变成了贵州小说空间中的人的讲述。

三

"空间从来就不是空洞的：它往往蕴含着某种意义。""空间里弥漫着社会关系；它不仅被社会关系支持，也生产社会关系和被社会关系所生产。"[①]在列斐伏尔看来，空间就是社会关系的存在形式。

在20世纪区域交流频繁、开放程度增强的语境中，贵州封闭偏远的地理之边和落后闭塞的文化之边变成贵州人强烈的生命体验；在中国政治经济文化全面实现现代转型的进程中，贵州不可避免地被置放在中心—边远、主流—边缘、先进—落后无数的二元关系中，并总是作为古旧、落后、弱势的一级存在，这种位差认知成为贵州小说二元叙事空间暗含的政治文化内涵。

蹇先艾的小说《山城的风波》这样描写山城的空间位置："全县是一座圆湖似的小城，被四围笔锋似的高山环抱着，俨然是被所谓大时代遗弃下的古老镇市……"[②]全景式俯观的空间描写，来自外在于小城这个空间的一个更加高远的视点，空间描写加入作者的议论强化了作者来自中心的知识分子身份，暗含或者说影射了拥有了现代开放的思想意识的作者在高远的思想立场上对因为地理封闭而远离时代的"古老镇市"沉闷、腐旧生活的理性审视。中心所代表的思想是贵州自我反观最重要的价值参照，也是贵州走出封闭迈向希望的引导力量。卢惠龙的《最后一座碾坊》直接描写了两个场景，一个是"一条好生僻远的山壑，沉寂且幽深"，"在这寂寥的大山间，在这仿佛与世隔绝的一隅"。[③] 碾坊主人刘三公坚守着几十年不变的日子，他的孙女山妹对山外"城里"世界则充满向往。与谷底对应的场景是"长岭"，那

---

① [法]亨利·列斐伏尔：《空间的生产》，转引自包亚明编《现代性与空间生产》，"都市与文化丛书"第二辑，上海：上海教育出版社，2003年，第48页。

② 蹇先艾：《山城的风波》，《蹇先艾文集(一)》，贵阳：贵州人民出版社，2003年。

③ 卢惠龙：《最后一座碾坊》，《贵州新文学大系1919—1989·短篇小说卷(下)》，贵阳：贵州人民出版社，1997年，第161、162页。

里“忽地撑起了一排排绿色的帐篷”，是一支地质考察队，他们“装扮奇奇怪怪”，他们“匣子”里放出的音乐和山歌完全不同……谷底的山妹追随长岭的召唤，对生活开始有了不同的期待和怀想。中华人民共和国成立之后，大多数贵州小说都在二元空间叙事中表达了边缘对中心的向往和期待。因此贵州小说难免给人这样的印象：“贵州文学的整体轮廓不过是(也只能是)‘中心文学’的地方翻版……同样属于‘批判的文学’”，“但由于地方依附于中央，边塞远离于京都等先天原因，二十世纪贵州小说的理性批判一开始就属于被动的‘输入式’，放弃了对终极根据的独立创作和深刻反思，从而成为已有根据的二级演绎，以至于使其自身面貌显得被动和生硬并时常有被发展了的时代甩在尾后的趋势”。[①] 这本身就是以“中心”为参照系对贵州文学的描述，只是部分事实，从空间的意义来考察贵州文学，不难发现在与“中心”对话的过程中贵州自己的“腔调”。

伍略的《麻栗沟》刊载于《民族文学》1982 年第 6 期，以对极左路线的尖锐批判汇入当时伤痕文学、反思文学文坛主潮。不过文本的空间结构使之不同于主流文坛的反思方式。故事的完成在沟里和沟外两个空间展开。沟外是极左路线控制下的无理无序的世界，荒僻的沟内住着被政治势力排挤出来的三家人，他们“顽强地生长着”“自尊、自爱、良心、道德这些人类的美德”，[②]竭力地保持简单宁静的生活，却弱小无力，不断受到沟外世界的骚扰(村干部对花妹的图谋不轨、富老大受到的威胁)，最后以富老大“自埋祈福”荒诞而残酷的自我了断终结了沟内世界。麻栗沟这个荒僻的山野就像贵州无数躲在大山皱褶里的村落，生活在这里的人们保存着古朴的美德，又延续着憨痴、蒙昧与落后，更为重要的是对沟外的世界有无法摆脱的依附性，读完作品才能感受到作者在使用“荒僻冷落”这个词时所包含的人事的悲凉，以及对于本土人民悲悯式的关怀。伍略的反思是双向的，沟外明显代表高位的势力(政治的也可以扩展为文化的)，然而是一条极左思潮下的政治势力，挤压、伤害了弱势、被动的沟内世界。这种文本空间结构所传递的是比早期的蹇先艾更强烈的本土的生命体验，带有弱势者伤痛的边缘诉说，更为可贵的是表现了贵州小说的底层关怀。这种底层关怀也是贵州文学的传统之一，延续到 21 世纪。

---

① 徐新建等：《贵州文学现状与构想》，贵州：贵州人民出版社，2000 年，第 17～18 页。

② 何光渝：《20 世纪贵州小说史》，贵州：贵州民族出版社，2000 年，第 445 页。

21世纪初，贵州小说取得的一个重大成就是王华的《桥溪庄》。该作品是以作者生活中所见被水泥厂污染的桥溪河为原型而虚构的一个乡村悲惨的故事。文本对场景的直接描写较少，但是整个叙事框架的搭建是在一个空间关系基础上的。桥溪庄是“巴在省道上”的依附于一个水泥厂而聚集的村庄。水泥厂曾经代表了这些渴望脱贫致富的农民生活的希望，他们离开各自的家乡聚集到这里。想象中水泥厂是一个“光彩斑斓的气球”。现实的劳动场景却是“他们都是干粗活，被自己弄出来的灰尘包裹着”，“他和他的工友们一起，被好大一团雾一样的灰尘裹着，耳朵里塞满了机器的吼声”。在贵州20世纪80年代以前的作品中，工厂以及外面的世界代表的是希望，是追求更好生活实现自我超越的推动力量。《桥溪庄》工厂劳动场景的描写展示了工业文明混乱、破坏性的一面。十几年后，这个方圆不过一里的庄子“像茫茫雪野上的一块癣疤”。“这片天空是给桥溪庄厂那股黑烟熏脏了，脏得洗都洗不干净了。”“桥溪庄这个地方最富有的就是灰尘了”，“刚长出的草芽，还没看清这个世界是个什么样哩，就让灰尘把眼活活盖住了”。[①] 给桥溪庄人带来恐慌的大自然的怪异症状还在其次。把桥溪庄人带入绝望的无底深渊的是桥溪庄的女人开始不生孩子，在桥溪庄出身长大的男子们都患上了“死精”的不治之症。作者以几乎冷酷而又隐含着大悲悯的笔调叙述着挣扎在农业文明的迷信懵懂和工业文明带来的生态灾难中农民生存和精神的困境。桥溪庄和水泥厂这对二元空间暗示了中心—边缘、先进—落后之间一种更为复杂的文化纠缠。

2006年，仡佬族作家赵剑平的《困豹》由人民文学出版社出版，是该出版社继《藏獒》后推出的又一部重要作品。这部作品场景构成相当复杂，但基本上仍然可以分出乡村场景系列和中原场景系列。小说分别从这两个场景出发的寻找开始叙事。豹子有感于长江中下游生态环境的恶化，烂皮症、怪胎、死胎已经威胁到豹群的种族的生存，于是派出代表向中国地理版图的第二阶梯寻找“纯洁与宁静”。与之同时，黔北大山深处错欢喜乡唯一的老师令狐荣正准备东下，寻找受到外面世界蛊惑而离家出走的三个女孩。令狐荣的游走带出了火车上的人满为患的场景描写、塑料厂的奇异景象、城市偏僻角落的贩毒卖淫……与豹子们在长江边上的集会场景一起展示工业文明的弊端和怪异的面貌，在生态文明的新视野下，“边缘”发现了“中心”的另

① 王华：《桥溪庄》，《当代》2005年第1期。

一面。“边缘”的价值也被重新发现,豹子的西上,便是一次“中心”向“边缘”的乞救。不过《困豹》比似乎更受关注的《狼图腾》更深刻之处在于,它并没有简单地让边缘来承担救赎的任务。错欢喜乡由于自然沟壑分成上下两个寨子,看上去很近,走起来遥远,两寨之间还保留着用“打冤家”的蛮荒残酷的方式解决彼此间的矛盾。镇上为了完成计划生育的工作任务,借口庆祝三八妇女节把已生育妇女骗到广场上做集体结扎,那场面的描写如同现代的屠宰场……乡村世界远不是偶尔一次下乡体验农家乐的城里人看到的那般田园诗情,封闭落后仍然是无法回避的现实。《困豹》同时呈现了“边缘”与中心的多重困境,也超越了单纯的边缘诉说,在人类关怀的立场“表现人文环境和自然环境失衡的现实”。这是否展示了贵州小说走出“中心”阴影的未来前景?

由鲁迅开启的中国现代小说核心气质是文化反思和历史批判,挣脱积淀了几千年的旧文化束缚。贵州由于地理条件的限制,发展极其缓慢,历史文化的积累无法给贵州作家提供深厚的来自本土的文化资源,在 20 世纪中国文学发展的整体框架中,贵州乡土小说由于先天不足必然呈现某种程度上的对中心的“依附”。

但是仔细爬梳 20 世纪贵州小说文本,便会发现一个有趣的现象。贵州小说在话语方式、价值立场等方面都表现出追随、依附的特性,但是又利用空间叙事,在中心话语框架中讲述了“自我”的体验和思考,正是这种空间叙事,使贵州乡土小说摆脱了简单的模仿,成为有自身特点的“有意味的形式”,而夜郎的故事也必将以新的方式延续。

(原载《当代文坛》2013 年第 2 期)

[陈悦:贵州师范大学文学院教授]

五四时期的贵州新文学

陈锐锋

五四运动前后，随着新文学运动的开展，文学革命已发展成为声势浩大的运动。那时贵州虽然封闭落后，新文化的火种也在贵阳、遵义等地传播，例如，黄齐生先生在达德学校创办的《达德周刊》可以说就是当时传播民主与科学、倡导白话文、反对文言文的先锋。作为新文学来说，在贵州的起步是很晚的，蹇先艾、谢六逸等人在五四高潮中并不在贵州，而是在北京、上海等地从事新文学活动。五四时期的贵州既无新文学报刊，也无新文学社团，公开出版的仅有《贵州公报》和《铎报》，且均受军阀势力控制，这两家报纸常有散文、诗歌、小说发表，但以文言文居多，思想内容陈腐，以白话文形式发表的作品是不多的。值得一提的倒是散文方面出现了一些对五四运动直接做出反应的时评和杂感，例如，署名剑胆的作者就在《铎报》上连续发表《速去卖国贼》《中日均有国民大会》等时评和杂感，对北洋军阀政府袒护卖国贼，逮捕爱国学生、蹂躏人权、屈膝媚外的罪行，均有所抨击。有一篇"随感录"式的文章，以新颖的诘问形式揭示我国人民无主权、教育不普及、实业未振兴、外交丧失主权、没有新闻言论自由的现实，还有一篇又以"空谷回音"的新形式，呼喊贵州人民觉醒起来拯救处于危亡的中华。还有一些杂感则是抨击礼教纲常的旧俗，揭露社会腐败的文章。这些杂感体制短小、语言浅直，虽无卓见，却也表达了贵州先觉者反帝反封建的愿望。除此之外，还出现了颇有新意的游记散文，如《贵州公报》发表的《游黔纪程》(王仲卓)一文，就以作者乘船游黔的见闻，揭露军阀部队奸淫抢掠、无恶不作的暴行，作者将笔触深入贵州的穷乡僻壤，写得颇为真切；李璜的《旅欧随感录》，则以随笔的形式记述作者旅游西欧的见闻，赞颂西方人办事效率高的自主精神，以此针砭中国一些人以靠别人阔阔为荣的惰性。

以白话文发表的小说并不多，值得一提的是一些具有警示意义的小说，如《贵州公报》的《赌徒后福》(小欧),就是旨在劝人戒赌,勤劳立业。小说写一个世家子弟染赌负债,弄得狼狈不堪,后逐渐醒悟,决心戒赌,勤奋农事,终于还清债务,成为乡中富户。《劳力》则写了一个巨富,欲将家产让儿子继承,但其子只知花钱享受,他一气之下,变卖家产开设工厂,所赢利润按股份与工人均分,对其子则说要将最宝贵的东西给他。当这个阔佬死后,儿子得到的却是写有"劳力"二字的字条。这也是劝诫世人要自食其力,不要过不劳而获的生活。除此之外,还有一些言情、侦探之类的小说,有鸳鸯蝴蝶派的味道,没多大积极意义。

这个时期发表的诗歌几乎全是旧体诗,反映五四精神的新诗尚未在报上见到。一些资料表明,五四运动时期,除了达德学校演过文明戏之外,现代戏的创作还没有出现。只有《贵州公报》发表过少年贵州会新剧说明书《大埠桥》,写的是明末贵州籍巡抚中湘王何云从抗击清兵被俘自缢的历史题材,但并非文学创作,只是个幕表戏而已。

总的说来,五四时期贵州的新文学还处在萌芽状态,不仅数量少,思想内容除少数有时代感以外,还没有出现过反映五四精神的震人之作,不少作品时代气息薄弱,文白杂糅,尚未摆脱旧文学的束缚,这当然与贵州的文化落后,又远离新文学运动中心的北京有关。贵州的新文学虽然还稚嫩,但毕竟是新生事物,随着时代的前进,它必然是要发展的。事实正是这样,到了抗战时期,报刊林立,发表作品的阵地也多了,以蹇先艾、谢六逸为代表的新文学作家先后到贵阳,主办书报刊物,成立文学团体,使贵州新文学得到了长足发展。

(原载陈锐锋:《现代文学论集》,北京:国际文化出版公司,2005年)

[陈锐锋:贵州师范大学文学院教授]

贵州抗战文学专题研究

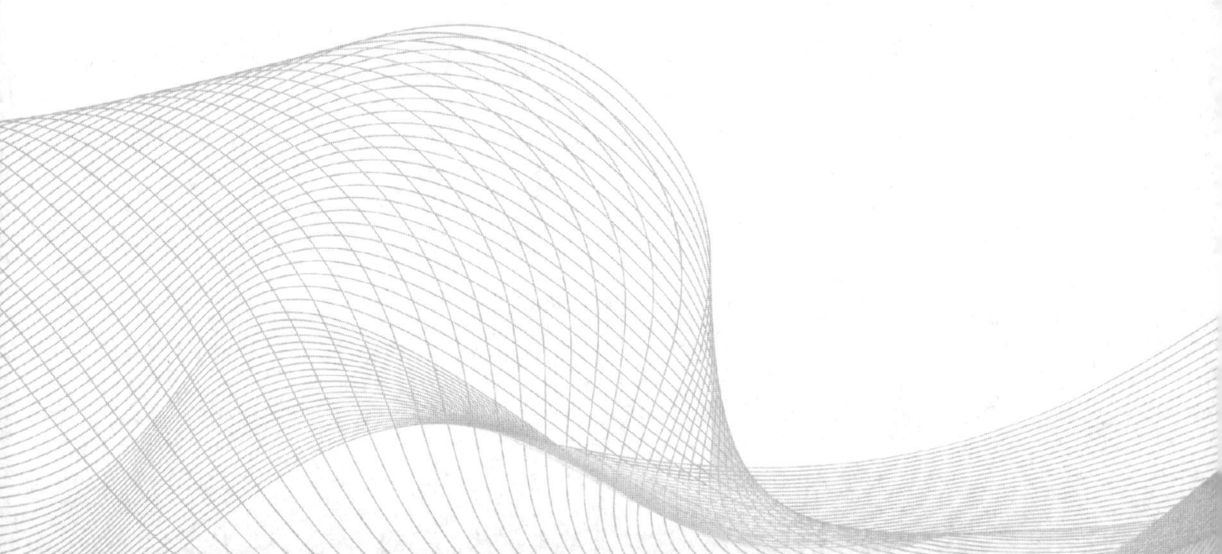

抗战时期的贵州文化与文学

朱伟华

一位贵州学者说过这样一句话："不敢说是一条规律，但事实确是如此：天下太平，贵州似乎不足为道，而在多事之秋，它的地位便被抬升起来。"[①]抗战时期即是这样一个"多事之秋"。由于华北、华东、华中、华南的相继失守，整个中国就剩下西南、西北两个边远的角落，重庆成为陪都之后，川黔滇桂四省成为抗敌的大后方，居于黔中的贵阳从一个偏僻的山城一跃成为大后方的交通枢纽。1939 年，顾君谷在《贵阳杂记》中写道："真梦想不到抗战以后，贵阳会形成西南诸省交通的中心枢纽，民族复兴的重要根据地。"[②]一向默默无闻的西部大山在危难时刻挺身而出，撑起民族大厦；各路知识精英一时荟萃黔地，在云贵高原碰撞出耀眼火花。这是现代文明与贵州文化的一次历史性的大会合，形成令人惊异的"贵州文化现象"，其影响至今不绝。

一、科学教育的发展

抗日战争全面爆发后，为大山环绕的贵州成为屏障，内迁的各类工厂总计 120 多家[③]，尤以兵工厂为多，最大的第 41 兵工厂员工达 3800 多人。[④]

① 史继忠：《安龙夕照》，见钱理群等编：《贵州读本》，贵阳：贵州教育出版社，2003 年，第 302 页。

② 顾君谷：《贵阳杂记》，《旅行杂志》1939 年 3 月第 13 卷第 3 号。

③ 杨开宇、廖惟一：《贵州资本主义的产生和发展》，贵阳：贵州人民出版社，1982 年，第 166 页。

④ 唐建民、袁家福：《内迁贵州的第 41 和 42 兵工厂》，《抗战时期内迁西南的工商业》，昆明：云南人民出版社，1989 年，第 152 页。

迁来金融机构30多家，依托崇山峻岭的屏障，中国历史上第一个航空发动机制造厂——大定航空发动机厂1939年诞生在云贵高原腹中，1945年第一台大型航空发动机试制成功。作为隐蔽的山区，贵州还建有全国仅有的两个日本战俘营之一——镇远和平村，然而影响最为深远的是各类院校的迁入。

当时外省迁入贵州的院校达23所之多。综合性院校有1938年入驻贵阳的私立上海大夏大学，1939年落户遵义的国立浙江大学，1944年迁至榕江的国立广西大学和同年迁至福泉的国立桂林师范学院；专科院校有1938年落脚贵阳的国立湘雅医学院，1939年进驻福泉的国立交通大学唐山工学院，1940年迁至镇宁的国立江西中正医学院，1943年迁至贵阳花溪的私立浙江之江大学工学院，还有1938年迁至惠水的华北农村建设协进会乡镇学院和中央陆地测量学校等。另有一大批军事院校迁入，包括陆军大学、海军学校、中央军官学校第四分校、陆军炮兵学校、陆军通讯兵学校、陆军辎重兵学校、陆军工兵学校、陆军步兵学校、陆军兽医学校以及中央陆军医学院、防空学校等，各军兵种学校云集。

根据浙江大学、湘雅医学院、大夏大学、交大唐山工学院4个院校的统计，迁来贵州的教授167人，副教授54人，讲师187人，助教113人，共计521人。当时浙大设有6个学院、24个专业、5个研究所，在贵州的7年时间(1940—1946年)中，在校生12227人，毕业生1857人；大夏大学设有3个学院、11个专业、3个研究所，在贵州的9年时间(1938—1946年)中，在校生和毕业生分别为6424人和1668人[①]；大批声名显赫的顶级专家云集贵州——著名地理学家、气象学家、浙江大学校长竺可桢教授，著名桥梁专家、交通大学唐山工学院院长茅以升教授，著名内科专家、湘雅医学院院长张孝骞教授，著名地质学家李四光教授以及大批学术界科学界的精英，如苏步青、陈建功、王淦昌、卢嘉锡、贝时璋、李宗恩、罗登义、夏元、吴泽霖、钱穆、翦伯赞、周谷城、梅光迪、贺麟等。英国剑桥大学学者李约瑟(Joseph Needham)和美国新闻记者史沫特莱(Agnes Smedley)先后到浙江大学、大夏大学访问。李约瑟于1944年参观浙江大学后即撰文评价说："在湄潭可以看到科学研究活动的一派繁忙紧张的情景……在那里，不仅有世界第一流的

① 任吉麟、古开伦：《贵州省志·教育志·抗日战争时期的内迁高等院校》，贵阳：贵州人民出版社，1992年，第334～339页。

气象学兼地理学家竺可桢教授,有世界第一流的数学家陈建功、苏步青教授,还有世界上第一流的原子能物理专家卢鹤绂、王淦昌教授。"并盛赞当时的浙大为"东方剑桥"。[①] 贵州的自然资源首次被全面发现和开掘,外来知识精英依托贵州独特的自然条件和资源,在异常艰苦的条件下,发表了大批重要科研成果:

李四光在1937年七七事变之后曾到黔东南地区考察第四纪冰川期遗迹,写出《贵州高原冰川之残迹》这一重要论文。浙江大学农学院教授罗登义等人1942年发现贵州特产的刺梨每百克鲜果中含维生素C 2435毫克,比一般果蔬高出100多倍,给刺梨以"维生素C大王"的桂冠,李约瑟到贵州时把这一重要发现告知国外。竺可桢在贵州发表的《二十八宿起源之时代及地点》引起国内外学界的高度重视,李约瑟把它推荐给英国及瑞典皇家科学院,并收在他主编的巨著《中国科技史》天文史分册中。苏步青在湄潭写成的《曲线射影概论及多元分子振动光谱与结构》于1943年荣获国家自然科学一等奖。谈家桢以《中国西南果蝇之调查及研究》为题,于1945年6月在美国哥伦比亚大学做学术报告,美国学者听后无不震惊。抗战时期中国科学研究中若干最重要的成果,都是在贵州山地中孕育产生的。

科学精英也以他们的知识反哺贵州,抗战时期贵州初、中等教育有了很大发展,首次出现了高等教育机构,健全了三级教育体制,完善了学科和职业教育体系,实现了许多重要突破:

原清华大学校长周贻春于抗日战争时期来贵州任财政厅长,创办设有初、高中的私立清华中学,教职员多由在黔的清华大学校友担任。该校经费宽裕、设备完善,学生成绩优良,升入清华大学的较多,成为贵州中学教育一个亮点。

贵州省教育厅1936年设立青岩乡村师范学校培训少数民族师资,课程仿效教育家陶行知办的南京晓庄师范学校。1939年底迁至榕江县城,改名为国立榕江乡村师范学校,由原南京晓庄乡村师范校长黄质夫担任第一任校长。

国立贵阳师范学院创立于1941年10月24日,是贵州省第一所培养中学师资的大学,教师中人才云集:有曾为北大理学院院长的夏元教授;翻译《红楼梦》的杨宪益教授与夫人戴乃迭教授;翻译莎士比亚剧本的曹未风教

① 周春元等:《贵州近代史》,贵阳:贵州人民出版社,1987年,第426页。

授;20 多岁即任南开大学文学院院长的陈逵教授;著名的新闻学家、文学家、出版家谢六逸教授及李锐夫、丁寿田、庄泽萱等全国知名学者。院长萧文灿 20 世纪 30 年代著有我国第一部集合论专著《集合论初步》,翻译了为许多学校用作课本的《威斯二氏大代数》。1941 年返乡服务的张永立是中国在比利时取得博士学位的第一人、世界宇宙锥体理论的八大奠基人之一,分子振动理论中有一个函数是以他的名字命名的,在国内外均有较大影响。

由于培育了本省教师队伍,得到大批全国一流学者的扶持,此期贵阳教育质量迅速提升,1941 年中央大学、武汉大学、西南联大、浙江大学四校联合招生,从 6406 个考生中录取了 1788 个,报纸披露"这次的首名落在贵阳,从区域的分布上看,也是贵阳区的成绩为最好。衡阳区算第二,次是重庆,再次是昆明和成都"。[①] 在科学教育方面,抗战时期无疑为贵州奠定了最初的发展基础。

二、文学艺术的活跃

21 世纪初,众多媒体都报道了云南史学家戈叔亚先生一个惊人的发现:他在中缅公路苦苦寻觅多年的著名"史迪威公路",竟然不是在云南境内而是在贵州晴龙,是当地著名的"二十四道拐"。这条抗战"生命线"上最曲折险峻的一段竟是由贵州人民修筑的!正是它源源不断的输送保证了战争的胜利。然而,中缅公路不仅是战备通道,也是文化通道,坎坷的贵州山道上第一次走来如此多的文学艺术家:郭沫若、茅盾、巴金、丰子恺、张恨水、闻一多、艾芜、端木蕻良、李青崖、金克木、田汉、熊佛西、萧乾、刘海粟、徐悲鸿、叶浅予、叶圣陶、臧克家、马思聪、关山月、吴晓邦、戴爱莲等。他们的出现极大地推动了贵州地域的文学艺术活动,使山城出现了前所未有的高质量音乐会及绘画展览。据有限资料的不完全统计,贵阳此期较重要的画展有国立艺专师生抗战绘画展(1939 年 1 月)、徐悲鸿画展(1942 年 12 月)、关良画展(1942 年 6 月)、黄尧漫画(漫画贵阳)展(1942 年 12 月)、黔籍青年画家孟光涛画展(1943 年 9 月)、赵子昂画展(1943 年 11 月)、丰子恺画展(1943 年

① 《从大四招生看到的》,《贵州日报》1941 年 11 月 21 日。

11月）、沈莫衰画展（1944年5月）、尹瘦石画展（1944年8月）等。[①] 贵阳地区刊行的文艺性刊物及报纸文艺副刊大量涌现，刊行时间长短不一，达70多种。主要的刊物有《文讯》月刊、《西南风》《七七》半月刊、《十日》旬刊、《中国诗艺》月刊、《晓鸡声》、《自强》、《新流》、《新年代》等；报纸副刊有《大刚报·阵地》《贵州日报·新垒》以及《力报》《南明晚报》《力行日报》《小春秋报》等小报副刊。

持续时间长、质量高、影响最大的当数文通书局编辑所主办的《文讯》月刊。该刊主编是谢六逸，从1941年10月到1944年7月，历时两年九个月。谢六逸认为“出版事业的兴衰，足以代表一国文化的升降。而今日的贵阳已成为后方的重镇。本局同仁有鉴于此，拟定编辑计划，按期出版，使精神食粮无论在战时战后，都能够接济不断”，办刊目的“在于集思广益，刊载学术论著、文艺作品、名著提要、文化动态以及其他与出版事业有关的文字”。[②]每期除学术论文外，有相当多篇幅登载小说、诗歌、散文、游记、戏剧等文艺作品和优秀译作。《文讯》发行面很广，除在贵阳总局销售外，在成都、昆明、长沙设有分局，还远销北平、天津、上海、南京、福州、厦门、广州等大城市。发表作品的有郭沫若、茅盾、叶圣陶、朱自清、许杰、艾芜、碧野、吕莹、汪曾祺、袁水拍、戈宝权、曹靖华、冯雪峰、李健吾、王统照、沙汀、王西彦、李广田、方敬、陈白尘、穆木天、洪深、端木蕻良、蹇先艾、林辰、施蛰存等名家。而主办单位贵阳文通书局是此期为贵州文化留下辉煌一页的企业。

爱国民族资本家华问渠1934年接手其父创办的贵阳文通书局，抓住抗战时期人才汇聚的千载难逢的机遇，聘请到著名教育学家马宗荣和谢六逸出任文通书局编辑所正、副所长，聘请学术精英112人组成编审委员会，最大限度地网罗了学术泰斗和社会名流。1941年11月至1945年12月是文通书局最辉煌的时期，出版图书多门类齐全，社会和经济效益好，不仅在贵州出版史上是空前的，在现代中国出版史上也占有重要地位。据初步统计，5年共出各种图书188种，10万册以上，其中1942年达到91种的最高纪录。编辑出版贵州地方图书文献达25种，保存了大量珍贵的地方资料[③]。

---

① 统计据贵阳市档案馆编：《贵阳旧事·艺苑走笔》，贵阳：贵州人民出版社，2005年，第147～182页。

② 谢六逸：《创刊辞》，《文讯》月刊创刊号，1941年10月10号。

③ 何长凤：《贵阳文通书局》，贵阳：贵州教育出版社，2002年，第102～105页。

1943 年,教育部为统一大后方中小学教科书的编写和发行工作,成立"国定本中小学教科书七家联合供应处",贵阳文通书局成为除商务、中华、正中、世界、大东、开明几大书局之外的第七家参与单位,这标志着贵阳文通书局成为全国七大书局之一,获得举足轻重的地位。而过度操劳和恶劣的生活环境,使马宗荣和谢六逸分别于 1944 年 1 月 20 日和 1945 年 8 月 8 日在贵阳病逝,年仅 48 岁和 47 岁,时值壮年,令人痛惜不已。

抗战时期贵州的另一热点是戏剧活动。此期国内戏剧名家如夏衍、田汉、熊佛西、董每戡、欧阳予倩、洪深、安娥、叶子、张道藩、李超、杜高、吕复、陶熊等都曾荟萃贵州,他们通过导演、编剧、讲座、展览等方式开展抗战戏剧运动,其中最突出的是田汉和熊佛西。

田汉在普及和改进戏剧方面做了许多工作,1945 年春应谢六逸之邀,在贵阳师范学院中文系举办系列戏剧讲座,熊佛西除了在贵阳师范学院,还在遵义师范专科学校举办"戏剧知识"讲座。田汉先后在贵阳、都匀排演他改编的抗日新戏《江汉渔歌》《新雁门关》《新儿女英雄传》《武松与潘金莲》。在他的影响下,贵阳川剧"天曲社"的蔡天鹏等人排演了新编时事川戏《乞儿救国》,贵阳京剧社将话剧《奢香》改编成同名京剧公演,在贵阳的"厉家班"演出了具有抗日救亡思想意识的《戚继光歼倭记》《木兰从军》《班超》《吴越春秋》等新编历史京剧。

此期返筑的黔籍进步作家,充分发动群众,加强戏剧的宣传作用。共产党员肖之亮 1936 年春发起并成立"贵阳沙驼业余话剧社",社员从 40 余人发展到 260 余人,分成 7 个巡回演出队分赴贵阳附近的清镇、青岩、乌当、花溪和苗族聚居区的北衙,宣传抗日救亡,直接辅导的演剧队遍及全省 26 个县,将抗战戏剧推向社会化新阶段。七七事变后,肖之亮还在《贵州晨报》创办过贵州有史以来第一份戏剧批评副刊《贵阳沙驼业余话剧社旬刊》,他将《汉奸的子孙》《暴风雨中的七个女性》《回春之曲》《放下你的鞭子》等抗战话剧以及外国名剧介绍给贵州的观众,还创作了配乐话剧《东北是我们的家乡》《凌姑》(均由北大历史系学生肖家驹配乐)等。1938 年沙驼剧社成员高言志、李良广、谢凡生创作了苗族山歌剧《送郎打日本》,由沙驼剧社演出,是贵州第一个反映苗族题材的作品。1938 年 4 月,黄齐生亲自导演他的新作八幕话剧《奢香》,宣传抗日民族统一战线的主张。1938 年夏,达德学校周杏邨等人将黄齐生改良戏曲《大埠桥》改编成同名话剧,由黄齐生亲自执导,以贵州籍民族英雄何腾蛟的精神激励师生抗日救亡的热情。

1945年春，贵阳戏剧界一大盛事是田汉、熊佛西主持举办了“抗战戏剧展览会”，这是继桂林“西南剧展”后又一次规模空前的剧展。参加剧展的有熊佛西排演的洪深的《寄生草》、张俊祥的《万世师表》；李超、葛文华排演的曹禺的《蜕变》、沈浮的《金玉满堂》；在贵阳的一批知名演员排演了老舍、宋之的、张道藩合编的《国家至上》，曹禺的《雷雨》《日出》《北京人》，夏衍和于伶、宋之的合编的《草木皆兵》，陈白尘的《结婚进行曲》，阳翰笙的《前夜》，于伶的《花溅泪》，董每戡的《女店主》，陶熊的《反间谍》等剧，盛况空前，是我国进步戏剧力量的又一次展示。

上述活动活跃了贵州戏剧舞台，推动了贵州抗战戏剧运动的发展，也为贵州戏剧培养了人才。1945年，田汉以排演话剧《少年游》为由组建了剧社，成员大多是原沙驼剧社的社员。此后该剧组的人员组建了贵阳“民教剧团”，后更名“民众剧团”，成为贵州戏剧的一支骨干力量，一直活跃到1949年，中华人民共和国成立后该团人员合并组建了贵州省话剧团。

三、文化的影响与碰撞

1937年11月至1945年1月抗战期间出任贵州省主席的是吴鼎昌。吴鼎昌（1884—1950）祖籍浙江吴兴，生于四川华阳，曾留学日本并参加过同盟会，来黔背景颇具戏剧性——1937年孔祥熙、宋霭龄及其代办在上海纱布交易所投机炒作引发物价上涨、社会恐慌，蒋介石命吴查办此事，不久吴就接到任命，成为当时全国唯一一位文官省主席。[①] 他曾作《花溪闲笔》一书，于中可看出他的施政理想，是较为清醒能保持文人追求的官员。抗战时期贵州文化、教育的发展和兴盛，吴鼎昌的作用不应忽视。正是在抗战时期，贵州为外界所知晓，外来文化和本地文化发生碰撞和影响。

创办于1927年、发行到中华人民共和国成立的《旅行杂志》，是民国时期发布旅游信息最权威的刊物，也是当时了解各地景观和观感的窗口。抗战全面爆发前除1933年第7卷连载过曹鉴庭介绍贵州风物的《黔行纪略》外，几乎再没有贵州的消息。随着抗战的深入，通道的打开，情况有了变化。据我们对1937—1945年间的《旅行杂志》做的不完全统计，涉及贵州的文章

---

① 顾劳：《吴鼎昌治黔得失论》，《贵州文史丛刊》2006年第1期。

已有80来篇。贵州山水首先被人们作为自然景观欣赏——《旅行杂志》第14卷第7号就是以黄果树瀑布做封面的，1937年才辟为风景区的花溪，其“鸟瞰图”1941年也出现在15卷10期封面上；而“山地景象”同时更作为一种人文景观，给来自平原的人们以震撼。李长之进入贵州后惊叹：“今天经过‘二十四之字拐’，叫人惊绝。所谓‘二十四之字拐’者就是汽车爬一高山，像之字样的开上去，一共连着二十四次。真不能不叫人胆战心惊！……这种山国的旅行，是久居北方那种大平原的人所想象不到的。”①壮阔的高原山水，也被看成民族精神的象征，朱剑华在黄果树瀑布记录了介绍的志文：“黄果树瀑布……一泻千丈，万里飞空，蔚为壮观：……其浑厚伟大，固足以象征我中华泱泱大国之风。”②“战国策派”大将林同济，更从民族文化振兴与民族精神重塑的角度，高度评价了贵州山地文化对平原文化的警醒：“我们中国文明，一向是在平原发展，偏重于利用平原；对‘山地’的价值，始终不了解。”“现在的局面，已经迫使我们这个‘平原为基础’的民族，来到‘山地’上寻求复兴的柱石。我们必须要认识山地，爱护山地，发挥山地的威力”，“创造‘山地文明’以补我们数千年‘平原文明’之不足。进而就民族精神方面说，‘平原型’的精神，博大有余，崇高不殆。我们这个平易中庸的民族所亟须的，也许正是一般崇高奇险的‘山地型’的气魄！”③对壮阔的山地文化意义的认识和开掘，显然启迪并契合了“战国策派”在抗战环境下对“英雄主义”和“尚力主义”的倡导。无独有偶的是，进入贵州的闻一多先生，也有同样的发现。

1938年2月19日，300余名师生组织的“湘黔滇步行团”于湖南出发，经贵州后到达到云南，历时68天。教师中有闻一多、曾昭抡、李继侗、袁复礼等，学生中有后来著名的哲学史家任继愈、政治学家钱能欣、心理学家刘兆吉等。这一次与农民对话、与民间文化和少数民族文化对话，进行文学寻根的“西南采风”，保存下的成果主要有刘吉兆编选、闻一多作序的《西南采风录》和钱能欣写的《西南三千五百里》。闻一多在序中引了3首粗放的情歌后写道：“你说这是原始，是野蛮。对了，如今我们需要的正是它。——如今是千载难逢的机会，给我们试验自己血中是否还有着那只狰狞的动物。

① 李长之：《西南纪行》，《旅行杂志》1938年11月第12卷第11号。

② 朱剑华：《昆渝十日旅程记》，《旅行杂志》1941年4月第15卷第4号。

③ 同济：《千山万岭我来归》，《旅行杂志》1941年5月第15卷第5号。

如果没有，只好自认是个精神上‘天阉’的民族，休想在这地面上混下去了。”[①]这里，有对贵州文化的再认识，有对民族危机的焦虑，更有与林同济一样的对原始生命力的肯定和推崇，以及把民族文化复兴的希望寄托在民间的边缘的文化力量上的热望和思考。此期在内迁贵州的学者中，还出现了对贵州少数民族研究的热潮，大夏大学成立了社会研究部，吴泽霖、陈国钧两位民族学家曾组织“西南边区考察团”奔赴苗夷地区展开田野调查，结集出版了《贵州苗夷社会研究》《贵州苗夷歌谣》《贵州苗民概况》等一批成果。显然，贵州的山地文化、民间文化、少数民族文化等新鲜资源，正从不同的角度引起关注和探究，而贵州所特有的魅力十足的原始民间艺术给城市艺术家带去的活力和启迪，在此已无暇再展开探讨。

抗战时期的贵州，在得到知识精英带来的科技知识和五四新文化强劲的滋补之余，也以自己独特的高原文化给山外人发现的惊喜与全新的滋养，获得了一次丰富和影响民族文化发展的机会；抗战时期的贵阳，在承担大后方交通枢纽任务之余，自身也成长为一个文化中心，形成有异于重庆、昆明、桂林的特点。抗战时期已过去了 60 年，对于这些文化现象，应引起更多的关注和思考。

（原载《中国现代文学研究丛刊》2006 年第 3 期）

［朱伟华：贵州师范大学文学院教授］

① 闻一多：《西南采风录 · 序》，转引自钱理群等编：《贵州读本》，贵阳：贵州教育出版社，2003 年，第 328 页。

抗战时期的贵州文学景象

谢廷秋

一位贵州学者曾经说过："中国文学史上，曾有不少虽不显赫但也并不默默无闻的地域文学，在今天习见的文学史著作中，仅仅是淡淡的一笔，有时候甚至连一笔也没有。"①时至今日，贵州其实也就是这样一个不容易被人们想起的地域。然而，在那个战火硝烟的抗战年代，贵州因为其特殊的地理环境，成为抗战大后方，保护了中国很大部分的文化资源。默默无闻的西部大山在国难当头的危机年代撑起民族文化大厦，各路文化精英荟萃云集于云贵高原这块土地上，碰撞出耀眼火花。

一、抗战时期贵州文学的社会环境

"处理文学与社会的关系的最常见的办法是把文学作品当作社会文献，当作社会现实的写照来研究。某些社会画面可以从文学中抽取出来，这是毋庸置疑的。"②抗战全面爆发以后，贵州和全国一样，掀起了抗战救亡运动热潮。1938年，国民政府迁都重庆，由于贵州地理位置独特，沦陷区的国民政府机构、工商实业、高等院校、文化机构为避战乱，纷纷迁入。1939年，顾君谷在《贵阳杂记》中感慨万端："真梦想不到抗战以后，贵阳会形成西南诸省交通的中心枢纽，民族复兴的重要根据地。"③作为较为安全的大后方，贵

---

① 何光渝：《20世纪贵州小说史》，贵阳：贵州民族出版社，2000年，第11页。

② [美]勒内·韦勒科、[美]奥斯汀·沃伦著，刘象愚、邢培明、陈圣生、李明哲译：《文学理论》，南京：江苏教育出版社，2006年，第111页。

③ 顾君谷：《贵阳杂记》，《旅行杂志》1939年3月第13卷第3号。

州聚集了众多全国一流的文化名人,他们或教书,或参加文化活动,组织文学社团,积极开展抗战宣传,把北京、上海等文化中心的新文化气息迅速传播到贵州。他们的到来给贵州文学带来生机,并使之很快发展起来。与此同时,很多书店和出版社迁入贵州,带来了许多进步书籍、报刊;贵州出现了历史上从未有过的出版繁荣,贵州的文学也获得了很好的发展机遇和条件。

全国众多文化名人的到来,为贵州培养了一大批文学创作人才。除外地来黔的文化名人外,贵州返乡的文化名人也成为贵州抗战文学发展的中坚力量。如贵阳籍作家谢六逸于1937年从上海返回贵阳,遵义籍著名作家蹇先艾于1937年从北京返回贵阳,遵义务川籍著名作家寿生于1938年从北京返回家乡,他们的返乡为贵州文学的发展起到引领作用。

在国难当头、民族危亡的时期,贵州这个西南腹地深处的高原成为文学交流最频繁、文学创作最活跃的地方。

二、抗战时期的贵州文学

(一)抗战时期贵州小说创作

"文学的战争化,从文学的角度讲,的确是文学本身的某种程度的异化。从创作的实际看,抗战时期的战争小说的确精品不多。但是,我们必须认识到,这是文学的必要的牺牲。"①

1.揭露旧中国黑暗现实

抗战时期,贵州文学大都立足于现实,表现抗战大后方特别是贵州各阶层的生活变化,塑造形形色色的人物形象,描写普通百姓的凄苦生活,揭露政府的专制独裁和腐败无能。

王铣才的《阿保》,写阿保因天灾失收难以交租,子夭妻亡,走投无路,悲苦无告;陈北萌的《猎》通过对李警长以抓私捐为名榨取钱财、欺凌妇女的描写,揭露国统区的黑暗;方敬的《乡下》则反映了旧中国农村普遍存在的愚昧、迷信、贫穷的现实。张开的《邂逅》、荡平的《饿》都是反映难民生活的小说。《邂逅》描写了何先生在战乱中妻离子散、饱受煎熬的痛苦经历。《饿》

① 房福贤:《中国抗日战争小说史论》,济南:黄河出版社,1999年,第15页。

表现了一个职员在逃难过程中生活无依而饥饿难忍的艰难处境，这篇小说对饥饿的描写让人读之心悸。

先乘的《霸产事件》写法院利用国家权力掠夺一个贫而无告的人赖以活命的财产。夕石的《老人》，写年逾古稀的贫苦老妇的儿子并未中签，但受了贿赂的保长将老人的儿子抓了壮丁。文耕的《解铃与系铃》勾勒出一幅大鱼吃小鱼、小鱼吃虾米的图景，揭开了腐败官场中黑暗的一角。

2.控诉日本侵略者的罪行

河家的《黄昏》讲述了一个无家可归的流亡少女，在黄昏的街头，不得不接受别人施舍的故事。陈北萌的《火》写因战乱而带着孩子的妇女，流落异乡城市，深夜在茅草亭旁生火取暖，受尽欺侮，被主人毫不留情地赶走。芜梅的《卡车旁》描写了战争逃难者衣食无依的惨状。乃心的《平凡的死》叙述了一个文化人在艰辛的逃难旅途中死于贫病的故事。天明的《生》描写了一个逃难的妇女，不得不将婴儿生在车上，又不得不将刚出世的亲生骨肉忍痛丢弃的惨景。这些作品对造成人民流离失所、陷入水火的侵略者的罪行进行了血泪的控诉。

3.歌颂人民积极抗战

丹冶的《反攻前后》描写游击队反攻某镇时，“维持会”副会长仓皇逃进一个游击队员的家中，被家中的老母亲机智地赶出，鲜活地刻画出汉奸狼狈乞怜的丑态，表现了民众坚决抗战的决心。劲流的《不是橡皮娃》描写一个小学生面对日寇入侵由惊恐、义愤到勇敢地投入抗战行列的过程。东门外的《余崇贤》，主人公曾经沉醉于赌博、抽大烟，但在国难当头之日，誓戒恶习，终于走上了抗日战场。罗黑芷的《七里桥下》将抗日军人的勇敢机智、民众的觉醒与敌人的残暴等通过鲜明的艺术形象表现了出来。署名剑的《医院中的儿女》虽然是爱情故事却始终紧扣抗日，写的是抗战中的爱情，突出抗战在人们心中的地位。

4.表现强烈爱国主义的历史小说

即使是非现实题材的小说，也同样表现抗战的总主题。罗洪的《牺牲》以荆轲刺秦王为题材，把荆轲为民除暴的豪情壮志，樊於期大义凛然慷慨赴死的勇敢果断刻画得鲜明生动，歌颂了为真理为正义而献身的大无畏精神。秀苍的《风波亭》描写了岳飞父子被奸臣秦桧所害囚于风波亭中，听除夕之夜临安城中送岁的爆竹声时的悲愤心情。端木蕻良的《复活》以耶稣被犹大出卖而被处以死刑的描写，怒斥叛徒的无耻，歌颂牺牲精神的伟大与不朽。

(二)抗战时期贵州诗歌创作

当时贵州诗人中最活跃的是荒牧,他的代表作主要有《七月》《饥饿圈外》《开拓者底歌》等。其中,赞颂"七七"抗战的《七月》很富有鼓动性。荒牧还创作了贵州新诗开创以来的叙事长诗《胡队长》和抒情长诗《河》,《河》在抒发思乡之情中反映贵州人民的抗战觉醒。其他著名的诗人诗作还有采风官的《江边》《忧郁》,李麦宁的《宣言》《祝福》等及其抒情诗集《草原的恋人》。田井卉和张志发表了不少散文诗,对贵州散文诗的开创也是一个贡献。

1.初期的呼唤与呐喊

较早发出反侵略呐喊的诗歌是初民的《起来吧! 贵州的人们》。这首诗具有强烈的感人力量,富于鼓动性。鞠孝铭的《山城血火》愤怒地控诉日本侵略者对贵阳大轰炸的罪行,是一首有着明显纪实性的诗歌,写得深沉而有力度。抗战全面爆发后,朗诵诗的热潮也影响到贵州。靡芜的《姑娘赞》就是一首写得很有特色的朗诵诗,带有强烈的抒情色彩,又具备明显的朗诵诗的特点。

2.中期的抚慰与激励

随着抗战形势的发展,诗人们昂扬激奋的心情慢慢沉静下来,开始了更加深刻的思考。爱国主义的诗歌主题有了更为深沉而震撼人心的力量。杏人的《安慰之歌》抓住了时代心理,对"新的苦闷和抑郁"的安慰,有情致,有力度,于情绪的哀婉中见激昂。工情的《我们》激励抗战的人们,但刻意追求一种深切的抒情风格,趋向更丰富的意境,诗歌的艺术技巧也走向成熟。

3.中后期爱国主义情怀的深入

黑子的《原野之歌》是这类诗歌的代表作,既有被民族奋起抗敌所激发的热情和信念,又交织着对祖国、人民、原野、城市的爱与追求。诗中跳跃着像火把一样燃烧的热情,清新的笔调中蕴含着凝重。他的另一首诗《火的巡礼》歌颂抗争的烽火,万千火炬如野火燎原,燃烧华夏的一切城市。这样的诗歌已经脱离了初期的呐喊,有了实实在在的深沉的思索与较为完美的诗歌艺术形式。小英的《当黑暗到来的时候》是一首抒情长诗,诗人用蚊、蛇、老鼠等象征吮血者和贼盗,在阳光照不到的阴暗角落中猖獗;用小草象征伟大的生命,在季节的呼唤里醒来。"小草""泉水"的意象代表了一种顽强的生命力量,一种柔弱而坚韧的灵魂。在激愤而带讽刺意味的诗中,李泊的

《招考广告》别具一格。人民组成的招考委员会，招考的是“人”。体重不够没有关系，而“那肚皮油水太厚的”“绝不通融”；那眼睛看见穷人不向上翻的才合格；那鼻子能够“在女人的脂粉香里”“在朱门酒宴上”“嗅出腐烂的气息”的才合格；那嘴不能“靠吸血过日子”的才合格；那手“必须不曾打过同类的弱小的人”的才合格；那脚“必须不曾踏在人们的脊梁上”的才合格；那血“里面含有毒素的，赶快滚开”；那灵魂“比自己的身子还轻”“休想混进来”。诗人构思精巧，认为不够格做人的就是那些腐朽的统治者、败类。这是一首超越时空的绝妙之作。墨它的《关金票》是以民谣形式写的讽刺诗，揭露纸币贬值，物价飞涨，深刻地反映了民不聊生的国统区的人民生活现实，内容尖锐，形式短小精悍。杏人的《给忧郁的人》写出了富有哲理性的思索，将诗人的人格、情感、生活态度融入诗中，给读者以深层次的人生启迪。抗战时期的贵州诗坛，也有一些非重大题材的诗歌焕发新鲜的艺术活力。如铁马的《一片小草》：“纵然是一片天真的小草/残酷的车轮/轧伤了我的心/耗费了我的热情不再归来/我的灵魂之火烧起来了。”小草是历代诗人都歌颂过的普通物象，但是经过诗人情感的浇铸却摇身一变，承载了热烈的情感，成为新鲜的意象。荒沙的《杜鹃》别具匠心，从“声声啼泣”“声音流荡在夜空”的鸟，写到“满城新绿的山坡/开起红色的花朵”，杜鹃的血液、希望就是“映山红”，何等绝妙，杜鹃是鸟是花，是深含寓意的象征物。这一时期贵州的诗歌，从简单粗率的呐喊到情感的不断丰富深入，艺术个性、情趣色彩纷呈。现实主义的艺术容量不断扩大，同时还借鉴象征主义的诗歌艺术技巧，注重对诗歌语言暗示性的追求，丰富了艺术表现力。

（三）抗战时期贵州散文创作

1.揭露日本帝国主义侵略的罪行

张铁军的《悲痛与愤怒》、陶孝明的《悲惨的画面》、王绍明的《勿忘这一次惨剧》、杨平志的《警报声中》、知群的《炸后一瞥》等散文都描写了日军1939年对贵阳的“二四”大轰炸。这些散文记叙了作家们各自目睹轰炸的惨况，对日寇的罪行进行了愤怒的控诉。对1944年日军制造“黔南事变”，作家们表达了对敌人无比的憎恨。如家齐的《血腥的图画》记叙的就是日军在即将攻占独山之时人们的惊恐、慌乱、逃亡。孟畸的《独山之夜》除了记述日军侵占独山之前人们的惊慌失措外，还揭露了国民党败兵的趁火打劫。冷影的《沉闷》写了作者从独山步行到贵阳，目睹难民们逃亡的痛苦生活而深感同情，但对一些难民所表现的麻木不仁、苟且偷生、不思振作的精神状态感到悲哀。赵允恭的《从贵阳到独山》写独山光复后，作者从贵阳途经龙里、贵定、都匀到独山沿途所见的劫后惨状。

2.表达人们奋起反抗的主题

王伴石的抒情散文《山》赞美山的刚健硬朗，赞美山民山一样的性格、山一样朴素而崇高的灵魂；肖霄的《榴花》歌咏在用血写成的五月开放的榴花"是我们的心灵"，对将热血与生命献给了民族与人民的志士进行热情的礼赞。里荫的《微风吹荡中的歌声》、张汝芳的《晨晦中欢送赴征将士》以满腔热情的笔调记叙了抗战初期爱国学生欢送军队北上的热烈情景，爱国军官激昂慷慨"誓与鬼子拼命，保卫中华"的坚强决心。怀麟的《我们在高高的山岗下》记述了贵州郎岱一个岩脚山村少数民族的抗日激情，作者赞扬他们是"经过这伟大的自然威力锻炼出来的抗战圣手"。[①] 田井卉的《松林中》也赞颂了山乡一个有骨气的青年，毅然投笔从戎参加抗日战争的行动。吴纯俭的《流亡两章》《逃难路上》描写人民饱受欺凌之苦后的奋起反抗。

3.反映贵州乡土人情，抒发作家个人情感

张文敏的《船上》记叙沿江河道的艰难险阻，表现了拉船水手们的艰辛。罗琴儒的《生活在春天的赤水》以饱含深情的笔触描写了赤水河的自然景色，赞美了春天赤水河的鲜丽。张光似、沈锐的《安顺特写》和王裙九的《赶场速写》，分别记叙了安顺和龙场街头巷尾的风情。滋的《水的追忆》、石正芳的《值得回忆的一件事》写的是生活中所体悟的感情。何启明的《花溪散记》不仅写出花溪的美丽，而且借景抒情，表达团结奋进、抵抗外侮的愿望。

4.对法西斯与腐败官场的辛辣讽刺

杂文这一最富战斗性的形式也不乏佳篇。茅盾的《贝当与赖伐尔的下场》对法国维希政府元首贝当(Henri Pétain)与法兰西的"犹大"赖伐尔(Pierre Laval)的可耻行径进行尖锐的揭露与无情鞭挞；王伴石的《苦默庵随笔》以犀利的笔触，指斥那些自诩为"父母官"的官人们对民主的肆意践踏；肖霄的《未庄余闻》以鲁迅杂文式的泼辣犀利的笔调，辛辣地讽刺了国民党官场的腐败与国统区现实的黑暗，读之令人咋舌，思之叫人义愤难平；熊佛西的《贵阳三月》等作家们的生活散记，记录了作家们在战乱中颠沛流离的

① 艾筑生：《20世纪贵州散文史》，贵阳：贵州民族出版社，2000年，第27页。

经历与感受，从一个侧面反映了抗战时期的社会生活，是那个时代的一面镜子，同时又具有珍贵的史料价值。

(四)抗战时期的贵州戏剧

抗战期间，贵州戏剧创作得到较大发展。当时国内戏剧名家如夏衍、田汉、熊佛西、董每戡、欧阳予倩、洪深、安娥、叶子、张道藩、李超等都曾荟萃贵州，他们通过导演、编剧、讲座等方式开展抗战戏剧运动。其中最为突出的是田汉和熊佛西，这些戏剧精英组织的大量的戏剧活动促进了贵州戏剧的发展。贵州本土作家张道藩创作了大量话剧，在全国也产生了重大影响，成为此期间贵州话剧创作的代表人物。

1.田汉的戏剧演出及创作

1944 年田汉参加组织桂林"西南剧展"后来到贵阳，"田汉在贵阳组织了吴祖光的新作《少年游》的首次公演。公演由田汉侄女田萱具体组织，阵容强大，演出空前，连演十多天，天天满座"。[①] 1944 年冬天，冯玉昆领导的四维戏剧学校逃难到贵阳，在田汉的帮助下开始演剧活动。他们排演了田汉编剧的《新雁门关》《新儿女英雄传》《武松与潘金莲》。

1945 年田汉的京剧新作《南明双忠记》在贵阳完稿，讲述的是明末清初时抗清的故事，因该剧写作的背景是在抗战时期，所以无形中激起人们抗战的激情，在贵阳上演受到欢迎。

2.熊佛西的戏剧活动

熊佛西来到贵阳之后，积极展开戏剧活动，导演了曹禺根据巴金《家》改写的剧本，名震一时。他在贵阳举办戏剧讲座，传授了戏剧知识精华，促进了抗战时贵州戏剧与外部的融合，为贵州戏剧的发展奠定了一定的理论基础。

1945 年春，熊佛西和田汉在贵阳主持举办了"抗战戏剧展览会"。这是继桂林"西南剧展"后又一次规模空前的剧展。参加剧展的有熊佛西排演的洪深作品《寄生草》、张俊祥作品《万世师表》，李超、葛文华排演的曹禺作品《蜕变》、沈浮作品《金玉满堂》，贵阳知名演员排演的老舍、宋之的、张道藩合编的《国家至上》、曹禺作品《雷雨》《日出》《北京人》、夏衍和于伶、宋之的合编的《草木皆兵》、陈白尘作品《结婚进行曲》、阳翰笙作品《前夜》、于伶作品

---

① 王颖泰:《20 世纪贵州戏剧文学史》，贵阳:贵州民族出版社，2000 年，第 134 页。

《花溅泪》、董每戡作品《女店主》、陶熊作品《反间谍》等剧，盛况空前，是我国进步戏剧力量的又一次展示。上述戏剧活动活跃了贵州戏剧舞台，推动了贵州抗战戏剧运动的发展。

（原载《文艺争鸣》2011 年第 15 期）

[谢廷秋：贵州师范大学文学院教授]

抗战时期的贵州文学

陈锐锋

贵州的新文学是起步较晚的。五四时期只有省外的黔籍作家蹇先艾和谢六逸比较活跃,他们积极从事新文学活动,写了不少作品和文学论著。五四时期在贵州境内还没有公开出版的新文学报刊,就连公开出版的报纸也极少,较有影响的是军阀势力控制的《贵州公报》和贵阳学术界的《铎报》,这两家报纸经常有散文、诗歌、小说发表,但以文言文居多,以白话文发表的散文、小说也有,但极少,新诗还未见到。到了20世纪30年代,贵州的新文学才开始发展。20世纪30年代至抗战全面爆发之前在省外活动的黔籍作者如蹇先艾、谢六逸、卢葆华、陈沂、段雪生以及张梦麟、刘薰宇等人都不断有作品发表,蹇先艾、谢六逸、卢葆华等人还出版了作品集。省内的报刊也比过去多了起来,也经常发表散文、诗歌、小说,尤其是九一八事变发生后,不少青年学生都写了抗日救亡的诗歌、散文和小说,但总的来说,数量仍然不多,作者也少。

全面抗战时期贵州的新文学才有了较大发展。这是因为在抗日战争全面爆发的新形势下,高涨的抗日热潮激发了不少青年的爱国热情,提笔歌唱抗战,宣传抗战。另外,不少省外报刊先后内迁贵州,谢六逸、蹇先艾等知名文化人士也返回贵州,一些流亡贵州的文化人也创办了不少报刊,据不完全统计,抗战全面爆发后仅贵阳的报纸副刊等各种刊物达70多种(当然其中不少是短暂的),从而为发表作品提供了不少阵地。因此,本省的作者也比过去大为增加,出现了一些具有创作潜力的作者。

抗战全面爆发后,首先要提到的是贵阳地区出现了一些前所未有的文学团体,如贵阳文艺界联谊会、中国诗艺社、狼火文艺社、七七文艺社、大夏笔会、贵阳文协等,其中影响最大的是“贵阳文协”。贵阳文协是1940年2月成立的“中华全国文艺界抗敌协会贵阳分会”的简称,它是全国文协的分会，主要成员有蹇先艾、谢六逸、李青崖、张梦麟、田君亮、刘薰宇、齐同等人。贵阳文协成立时谢六逸在贵阳的《中央日报》发表了《中华全国文艺界抗敌协会贵阳分会的意义》，蹇先艾在《革命日报》发表了《一个新的战斗的堡垒》。蹇先艾在文章中提出要把分散的各个战友的力量团结起来，用我们的笔来发动民众，捍卫国家，粉碎敌人，争取最后的胜利，使文艺战士能发挥最大的力量。贵阳文协成立后，编辑了(贵阳)《中央日报》副刊《前路》和《贵州日报》副刊《革命军》，出版了《抗建》等刊物，此外，还组织过抗敌文艺座谈会、建立文艺通讯网等救亡宣传活动，这对团结文艺界抗日，推动贵州文艺事业的发展，发挥文艺的战斗力量，都起了较大作用。另外，贵阳文协还响应全国文协的号召，发起对贫病作家募集援助基金的活动，特别是对逃难来筑的文化人士，做了不少接待工作，使这些文化人士有了暂时的栖身之所，并帮助他们一些人去重庆、昆明等地。如 1994 年艾芜夫妇从桂林逃难来筑时，用一对箩筐挑着孩子，生活十分困窘，当时就得到贵阳文协的帮助，艾芜去重庆后，还特意来信致谢，并寄来作品发表。

抗战时期贵阳的众多报刊中，比较有影响的文艺刊物有《贵州晨报·每周文艺》《中央日报·前路》《贵州日报·新垒》《大刚报·阵地》《文讯》《西南风》以及《抗建》(半月刊)、《中国诗艺》月刊、《七七》半月刊等。

《贵州晨报·每周文艺》：1938 年蹇先艾主编《每周文艺》时，在《发刊小引》中明确表示创办该刊的目的是提高贵阳文艺界的写作水准，打破贵阳文坛的沉寂，发表包括众多的各种形式的文艺作品，但以刊登抗战文艺为主，不刊登吟风弄月的作品，谢六逸就常以“鲁愚”为笔名发表杂文。从该刊发表的作品来看，确实有不少密切配合抗战的杂文、诗歌、散文和短评，成为贵阳山城宣传抗日的重要阵地，起了唤醒民众的战斗作用。令人痛惜的是《每周文艺》只出了 51 期，即因 1939 年 2 月 4 日遭日机轰炸，报馆被毁，只得停刊。蹇先艾以极大的愤慨写了《毁》和《残暴的遗迹》等文，痛斥日寇的罪行，表示仍要坚持抗日文化工作。

《中央日报》(贵阳)原是国民党中宣部直辖的报纸，系《武汉日报》改版，1938 年内迁贵阳后改为《中央日报》。该报主要听命于国民党的政治需要，但由于报馆中也有一些进步人士，他们通过报纸发表一些抨击时政、宣传民主自由的文章。谢六逸主编它的副刊《前路》时，常发表一些宣传抗日救亡的作品，还连载过卜乃夫(无名氏)的长篇小说《荒漠里的人》。

《贵州日报·新垒》是 1945 年 3 月创办的，由蹇先艾主编，他在创刊号上明确宣布了该刊的方针是:“不登低级趣味的东西”,“取材以‘有关抗战为主’”,同时也发表其他健康的优秀作品(《从报纸副刊说到〈新垒〉》)。他先后发信向茅盾、巴金、沙汀、艾芜、臧克家、端木蕻良等人索稿,均得到这些知名作家的大力支持。如茅盾就即时寄来杂文两篇,《贝当与赖伐尔的下场》揭露希特勒占领法国时,法国伪政府头目的种种丑态,借以批判汉奸投降派;还有一篇《不可补救的损失》,对胡愈之的文化工作给予了高度的评价,很有史料价值。蹇先艾也重视发表本省青年的文学作品,如采风官(吴纯俭)、荒沙(陈福彬)、东门外(田卉井)、王冶新(王铣才)、李麦宁、张志等人都因常在《新垒》发表作品而得名。《新垒》从创刊到 1948 年 5 月 30 日结束,共出刊 199 期,第 53 期以前属于抗战时期,以后则是解放战争时期。发表的作品有小说、诗歌、特写、随笔、杂文、评论、独幕话剧、翻译等。从内容来看,以宣传抗日救亡,反映抗战现实,揭露国统区社会的黑暗腐败居多,使得这个刊物很有生气,富有鲜明的时代色彩,为贵州文学开拓了新局面,成为我国抗战文学中有影响力的一支重要力量。这是蹇先艾对贵州文学的发展所做出的一个重大贡献。

《大刚报·阵地》:《大刚报》是 1937 年抗战初期在郑州创办的,1944 年迁到贵阳,它的副刊《阵地》由方敬主编,当时郭沫若、老舍、刘白羽、袁水拍、臧克家等人都为这个副刊写过稿。这个刊物发表的不少作品都是反映抗日前线和大后方社会面貌的,除短小篇章外,它也连载过象罗洪的《茫茫夜》这样的长篇作品,影响也较大。

《文讯》月刊:1942 年在贵阳创办的综合性学术刊物,由谢六逸主编,1946 年迁重庆,后又迁上海。它除发表学术文化的文章,也发表文艺作品。主要作者都是名家,如茅盾、叶圣陶、朱自清、许杰、方敬、艾芜、碧野、唐弢、戈宝权、曹靖华、袁水拍、李健吾、李广田、冯雪峯、王统照、端木蕻良、洪深、陈白尘、冯至等,因而这个刊物不仅在贵阳就是在全国影响也大。

《西南风》:综合性小报,1943 年创办。它连载过肖元俊的《腊狗爷》,是当时颇受读者欢迎的通俗小说。发表的中篇小说《医院中的儿女》《劫后余生》等和长篇报告文学《西线话》,多是抗战题材的作品,也产生了一定影响。

其他发表文艺作品的报刊还有《力报·文场》、《南明晚报》、《七七》半月刊、《十日》旬刊、《抗建》半月刊、《中国诗艺》月刊、《新流》、《逸文周刊》等,多因生存日期短暂、发行面狭窄,影响不是很大。

抗战时期文学业绩成就卓著的贵州作者主要是蹇先艾和谢六逸。

蹇先艾(1906—1994)早在五四新文学运动中就在北平开始了他的文学

生涯，他在北平生活、创作长达18年之久，他把北平视为“第二故乡”，在这里他写下了大量的诗歌、散文和小说，出版了《朝雾》《酒家》《城下》等8部小说和散文集，其中尤以描写旧贵州背景、富有地方色彩的作品成就最大，被鲁迅誉之为有特色的“乡土文学”作家。抗战全面爆发后，由于日寇侵占了北平，蹇先艾决定回到贵州，表示要“用笔向人民宣传日军的罪恶”。回到贵州后，他一面在大中学校任教，维持生活；一面积极从事抗日文艺活动，如前面提到的主编《每周文艺》《新垒》、筹建贵阳文协等，并在繁忙的活动中挤出时间从事创作，他在这个时期出版了小说集《幸福》和中篇小说《古城儿女》，发表了中篇小说《破裂》(原名《秦芳芝》)和不少短篇小说、散文。在这些作品中，他写的较多的仍然是以贵州为背景的抗战题材内容的作品。值得一提的是《古城儿女》，这部作品描写了1937年7—9月北平沦陷后日本侵略军的种种罪行，揭露和痛斥了汉奸卖国贼的无耻行径，也表现了小市民的卑怯偷生和文化人的苦闷彷徨，着意表现的是一群爱国青年热爱祖国、报效祖国的思想和行动。这部作品的可贵之处是在现代文学史上较早反映了北平沦为“亡城”的情景，也较早地正面表现了抗日游击队的战争和持久战的思想。蹇先艾在抗战时期所写的散文主要有两种：一是根据自己的流亡经历所写的流亡见闻，他曾整理成《流亡散记》，后因故未出版。这些散文记述他颠沛流离的流亡生活，揭露日寇的暴行、汉奸的无耻和国民党当局的腐败，历来为人称道。二是他所写的针砭时弊、鼓吹抗战的杂文和一些回忆文坛旧故(如回忆朱大枬、胡也频、卢隐等)、回忆他的文学生涯的文章，其中有不少有意义的文坛史料。总的说来，蹇先艾在抗战时期所从事的文艺活动和创作，都表现了他的思想达到了新的境界，他的作品使我们看到了贵州真实的抗战现实。

谢六逸(1898—1945)早年留学日本，毕业于早稻田大学文科，回国后在上海商务印书馆工作，并与茅盾结识，加入了“文学研究会”，历任复旦、暨南、大夏等大学教授，他在复旦大学创办了我国最早的新闻学系，为新闻事业做出了很大贡献。20世纪20年代，他主要从事文学理论研究，尤其对日本文学深有研究，出版了《日本文学》《日本文学史》《日本小说选评》《世界文学》《西洋小说发达史》《中国小说研究》《神话ABC》《近代文学与社会改造》等20余种论著。20世纪30年代，谢六逸致力于散文创作，出版了《水沫集》《茶话集》《文坛逸话》等散文集，其中包括记叙、随笔和议论性杂感。他的散文谈天说地，题材广泛，具有情文并茂、娓娓道来的特点。他在上海还主编过《立报·言林》、上海《时报·小春秋》、《国民周刊》和《文学》旬刊等。其中《言林》所发表的文章抨击时弊、文笔锐利，很受读者欢迎，影响甚大，一时曾有“言林体”的称谓，当时郭沫若、茅盾、老舍、朱自清、郁达夫、巴金、夏衍等文坛名流均向其投稿。抗战全面爆发后，谢六逸回到贵阳，先后又在大夏大学、贵州大学、贵阳师院等校任教授，同时又积极参与创办和主编《每周文艺》、《前路》、《文讯》月刊、《抗建文艺》半月刊，又与蹇先艾等筹组贵阳文协等，为发展贵州的抗日文艺竭尽全力。他还以“鲁愚”为笔名在报刊发表不少文章，抨击时政，揭露反动当局的倒行逆施。他对《对于“剪衣队”的意见》一文，就是针对贵州省政府主席杨森无理下令剪长衫而愤然写下的，文中指责这是非法侵犯人民自由的举措。文章在《中央日报》发表时，特意直书本名并注明“文责自负”。此文传颂一时，表现他不巴结权贵、疾恶如仇的品格。杨森迫于世议，才不敢遂行原来的主张。

抗战时期省内还涌现出了一批有创作才能的文学青年，如王启霖、荒牧、田井卉、吴纯俭、张志等人都是常见的作者。

值得一提的是王启霖(1915—1949)，他是革命作家，笔名冰波、揽、万江，贵阳人，曾就读于中山大学化学系，但因志趣不合，又东渡日本留学。抗战全面爆发后，他回到贵阳，积极投入贵州中共地下党领导的抗日救亡运动。1939 年，他加入了中国共产党，最初担任《贵州晨报·每周文艺》的编务，利用文艺阵地宣传抗日救亡，又担任党领导的救亡团体筑光音乐会的艺术指导，后又任中共贵州省工委宣传干事和统战部书记。1940 年，他和新婚妻子一道奔赴新四军工作，不久，就在“皖南事变”中被俘，后侥幸逃脱去香港。1949 年，他辗转回到贵阳，以教书为掩护从事革命活动，同年夏天被贵州反动派逮捕，于新中国成立前夕被杀害，年仅 34 岁。

王启霖在从事革命活动中写了不少小说和散文，主要作品有揭露“皖南事变”真相的长篇小说《煎》，反映贵州彝民生活与斗争的长篇小说《四围山色中》；还有反映封建势力迫害学校青年师生、师生反迫害的中篇小说《狂雨》；短篇小说有为国统区被压迫妇女呐喊的《迫害》，揭露汉奸卖国求荣丑态的《告密者》《朋友，向我伸出你强有力的手吧！》，描写抗日斗争的《封锁线》，讽刺蒋介石的童话《皇帝的巡礼》等，杂文有《由自杀到自杀》《青年与写作》《三民主义的现实主义》《论革命者的思想学习》等。他的创作热情是很高的，如长达 30 万字的长篇小说《煎》，在艰辛的流亡中不到半年就完成了，后来遗失了又重写，另一部《狂雨》也是遗失了又重写，可惜两部长篇小说因战乱而遗失,《狂雨》直到新中国成立后才由华东人民出版社出版。王启霖的小说情节生动、语言质朴,杂文则写得推理严谨、文锋犀利、思想深刻。作为一个革命者,在繁忙的革命活动中,创作了多达百多万字的作品,这在新中国成立前的贵州作者中也是前所未有的。

擅长诗歌创作的荒牧写了好些富有激情的诗歌,如他所写的赞颂"七七"抗战的诗《七月》,很富有鼓动性。他还创作了贵州新诗开创以来的长诗,一是抒写游击队队长的《胡队长》;一是抒情长诗《河》,在抒发思乡之情中反映贵州人民的抗战觉醒。采风官的《江边》《忧郁》,李麦宁的《宣言》《祝福》等抒写个人情怀的诗及其抒情诗集《草原的恋人》也写得较有特色。田井卉歌颂抗日青年的散文《松林中》、反映教师生活穷困的小说《邻居》也有自己的特色。他和张志还发表了不少散文诗,这对贵州散文诗的开创也是一个贡献。另外,反映"二四"大轰炸的作品也较多,如《悲痛与愤怒》《悲惨的画面》《警报声中》《炸后的一瞥》《爱与恨》;反映"皖南事变"的《血腥图画》《独山之夜》《沉闷》《从贵阳到独山》等散文和报告文学也较突出。

当时省外流亡贵州工作的如李青崖(任大夏大学中文系主任)、齐同(任大夏大学教授)、方敬(任贵州大学外文系教授)、潘家洵(任贵州大学文学院院长)等人在贵州的文学活动中都是颇有影响的作家。

总的看来,抗战时期的贵州文学比起抗战之前确实有很大的发展,不少作者所表现的抗战热情和爱国主义精神是很可贵的,他们的作品反映了抗战的现实生活和斗争,表达了人民的呼声,突出了文学为抗战服务的主调,走的是现实主义发展之路。在当时国民党的统治下,虽然也免不了有悖逆抗日的声音,但却掩盖不了主调,进步的作者和国民党反动当局进行了不懈的斗争。当然,也不讳言,贵州由于地处偏远,文化积淀薄弱,文艺方向也缺乏理论倡导,省外的一些大的文艺论争对贵州的影响也不大,文艺批评也不多见。因此,文学作者仍不太多,还未能产生全国影响的作家作品,这也制约了贵州文学创作的发展,但为以后贵州文学的发展打下了有利的基础是不容置疑的。

(原载陈锐锋:《现代文学论集》,北京:国际文化出版公司,2005 年)

[陈锐锋:贵州师范大学文学院教授]

翻阅那页尘封的记忆

——《贵州日报》文艺副刊《革命军诗刊》研究

黄　葵

1937年7月中国抗日战争全面爆发，华东、华北地区沦陷，西南地区成为坚持抗战、复兴民族的基地。民国政府迁都重庆，政府机关、社会团体、文教科研、厂矿企业、新闻出版、金融机构等单位搬迁至西南大后方。为了保护中国已有的文化教育资源，国民政府组织华东、华北一些国立、省立和私立的大专院校大举西迁。一时间，在云贵高原的崇山峻岭中，聚集了众多知识精英和文化名士，他们视西南山区为战时中国经济文化保护屏障的同时，也为这一方山水带来了宝贵的文化资源和现代文明。为实现抗战胜利的愿望，各文化团体及各方人士都努力著书立说、办报出刊，出版发行各类书刊，文化活动数量之多、水平之高堪称西南文化史之最，为西南各省留下了丰富的抗战文艺史料及书刊文献。

《贵州日报》文艺副刊《革命军诗刊》是当时西南大后方繁荣的文化盛宴留给贵州文化界的宝贵财富。《革命军诗刊》是由贵州日报社与西南联合大学冬青文艺社联合主办的诗歌专辑，在1941年3月至1942年8月期间连续推出了11期诗歌专栏，刊发了西南联大师生们当时创作和翻译的大量诗歌作品。这些诗歌以丰富的内容、鲜明的主题、新颖的形式、现代的手法和上乘的质量，将战时边远的《贵州日报》点缀得熠熠生辉。

冬青文艺社是西南联大学生社团中社会活动最为活跃、活动形式最为丰富、活动成就最为突出、活动影响面最为广泛的一个文学社团。初期成员有林元、刘北祀、穆旦、汪曾祺、萧珊、马西林、萧荻等人，指导教师是闻一多、冯至、卞之琳和李广田。冬青文艺社从1940年初成立至1946年夏西南联大复员北上止，历时6年，主要从事诗歌创作和文学研究活动。冬青文艺社不仅在校园内开展各类丰富的文化活动，杜运燮在《白发飘霜忆“冬青”》一书中说：“还把活动扩展到校外，出版过铅印的刊物，这可能是联大早期学生社团活动中，独一无二的特殊情况。那就是大约在1941年，通过冬青社社员刘北汜的联系，在《贵州日报》(起初叫《革命日报》)上出版了《冬青诗刊》，由刘北汜负责编辑，每月一期，半版，大约出版了一年，于1942年8月30日出版到11期时停刊。”冬青文艺社通过与地方报刊合作的形式，将西南联大师生们的诗作有效地推向社会。

《革命军诗刊》创刊于1941年3月17日，停刊于1942年8月13日，共11期，其稿件由冬青文艺社组稿提供。在近一年半的时间中，《革命军诗刊》共刊发34位联大师生和西南三省文化界诗歌创作人士创作的诗歌及译诗78首。这78首诗歌均是诗人们创作后随即发表的，有的诗作后来已由诗人结集出版，有的至今没有被收入任何诗集，有的甚至属于诗人自己也无处寻找的佚诗。这些诗歌，采用了西方现代主义诗歌的创作方法，直面现实生活中战争的残酷与无情，以暗示的技巧来传情，以意象的运用来达意，用节制、深层、含蓄、悲壮的声音来表达诗人对人与世界的关系的认识和理解。很多作品均属于中国现代主义诗歌的上乘之作，且成为九叶诗派重要诗人的成名作和代表作。

《革命军诗刊》这78首诗歌中，西南联大诗人创作的诗歌占了很大的比例。冯至《十四行集》是1942年5月由明日出版社出版的，然而其中部分诗作早在结集前就在《革命军诗刊》中发表了。1941年6月9日《革命军诗刊》第2期刊载了冯至的《十四行诗一首》(《看这一队队的驮马》)，同年7月21日第3期又发表了《十四行诗一首》(《一个旧日的梦想》)，10月6日第5期继续推出了《有加利树》。由此可见身为西南联大教师的诗人冯至非常支持冬青文艺社的工作，随时将自己创作中较好的作品提供给文艺社，这才有可能使这些重要作品提前与读者见面。除冯至外，联大教师卞之琳、李广田、闻家驷等也对冬青文艺社的文艺创作工作给予极大的支持，并积极提供自己的诗作参加团社的活动。在《革命军诗刊》中刊发的联大教师的作品还有卞之琳的《译奥登》《里尔克诗一首》、李广田的《光尘》、谢文通的《诗一首》等。教师们对现代主义诗歌积极的创作与实践，不仅形成自己独特的诗学意识及诗学方法，而且以其先锋的创作态度影响着西南联大的青年学生们。

穆旦是西南联大外文系的学生，冬青社最早的成员之一，也是西南联大诗人群中创作热情较高、成就最为突出的现代诗人。穆旦1941年2月创作的《在寒冷的腊月的夜里》发表于1941年6月9日《革命军诗刊》第2期，

1940 年 11 月创作的《五月》发表于 1941 年 7 月 21 日《革命军诗刊》第 3 期，创作于 1941 年 3 月的《我向自己说》发表于 1941 年 10 月 6 日第 5 期，创作于 1941 年 1 月的《潮汐——给运燮》发表于 1941 年 11 月 27 日第 6 期。在 1942 年的《革命军诗刊》中穆旦还发表了创作于 1942 年 2 月的《春》、创作于 1941 年 12 月的《黄昏》及没有被收入诗人任何诗集的《伤害》3 首诗歌。这些在贵州发表的诗作中，除《伤害》外，其余 6 首全部收归昆明文聚社于 1945 年 1 月出版的诗集《探险队》，同时也被选入 1996 年出版的《穆旦诗全集》。这些诗歌在结集出版前，诗人对它们均做了一定的修改，因此这些穆旦的代表作和成名作，与最初在《革命军诗刊》上刊发时有所不同，甚至相距甚远。改动最大的是《春》。在《革命军诗刊》上刊载的穆旦第一版《春》原作是这样的："绿色的火焰在草上摇曳/他渴求着拥抱你，花朵/一团花朵挣出了土地/当暖风吹来烦恼，或者欢乐/如果你是女郎，把脸仰起/看你鲜红的欲望多么美丽/蓝天下，为关紧的世界迷惑着/是一株廿岁的燃烧的肉体/一如那泥土做成的鸟的歌/你们是火焰卷曲又卷曲/呵，光、影、声、色，都已赤裸/痛苦着，等待伸入新的组合。"而在穆旦的诗集里我们见到的《春》是这样的："绿色的火焰在草上摇曳/他渴求着拥抱你，花朵/反抗着土地，花朵伸出来/当暖风吹来烦恼，或者欢乐/如果你是醒了，推开窗子/看这满园的欲望多么美丽/蓝天下，为永远的谜迷惑着的/是我们二十岁的紧闭的肉体/一如那泥土做成的鸟的歌/你们被点燃，却无处归依/呵，光，影，声，色，都已经赤裸/痛苦着，等待伸入新的组合。"从穆旦的改动中可看出，诗人在意象塑造上，有意将鲜明具体的意象化为抽象而深邃的意象，将直白的情感表达置换为意蕴深藏的哲理思考，使得诗歌的包容性更大，指代性更强。通过诗人的改动，诗歌无论在形式上还是思想上都更具有现代色彩。在结集后的《黄昏》《在寒冷的腊月的夜里》《我向自己说》《潮汐——给运燮》等诗作中诗人均从句子、字词、标点符号等方面对发表于《革命军诗刊》时的原作做了或大或小的删改。诗人的这一系列改动并非都是成功和有效的，但仍可看出诗人对诗歌创作的诚挚态度及其诗学标准、观念、诗歌风格的变化轨迹和形成过程。因此，对《革命军诗刊》的研究，有助于寻找九叶诗派重要诗人思想表达方式及诗学观念的流变，进而观照中国现代主义诗歌的发展足迹。

就读于西南联大外文系的学生杜运燮，也是西南联大现代主义诗人群中创作成果较为丰硕的年轻诗人。《革命军诗刊》刊载了杜运燮创作的诗歌 8 首，分别是《革命军诗刊》第 2 期中的《风景》、第 3 期中的《我们打赢仗回来了》、第4期中的《十四行二首》、第6期中的《天空的说教》、第8期中的《诗二首》、第9期中的《机械士——机场通讯一》、第10期中的《在一个乡下的无线电台里——彬场通讯二》和第11期中的《向往》。杜运燮的这些诗歌以大后方的所见所闻作为思想的逻辑起点，在现实生活中摄取创作材料，将战时艰难环境中人们心中的沮丧与激昂、失望与渴求、冷酷与热情、欺诈与真诚等情绪形象而生动地描绘出来，用隐喻、象征、通感等表现手法和叙述技巧，知性与感性结合的深度创作模式，呈现给读者一幅战时的风云画卷，表达出自己对现实与生命的认真思考和对民族苦难现实的极大关怀。《革命军诗刊》中登载的这8首诗歌，均为中国现代主义诗歌创作的成熟之作，但并未被收入杜运燮20世纪40年代的诗歌专辑《诗四十首》和《南音集》，也未被收入《杜运燮60年诗选》及杜运燮、张同道编选的《西南联大现代诗钞》，个中缘由，值得探究。

刘北汜是冬青文艺社与贵州日报社的联系人，是《革命军诗刊》的积极策划者。他不仅努力组编稿件，也潜心于诗歌创作。1941—1942年间，他在《革命军诗刊》上发表了4首诗歌，即第3期的《消息》、第8期的《幸福》、第10期的《旷地》和第11期的《水边》。刘北祀曾就读于西南联大中文系，后又转入历史系学习，毕业后主要从事编辑工作。刘北祀的一生除编辑报刊，还潜心于文学创作活动，著有大量的小说、散文及通讯，出版了数量较多的小说集、散文集及通讯报告集，诗歌作品极为鲜见。因此，《革命军诗刊》中的这些诗作，应该属于他早年大学期间，在西南联大诗人群创作氛围的影响下的试刀之作，虽然影响不是太大，却也显得异常珍贵。

《革命军诗刊》刊载了罗寄一的诗作4篇，分别为第8期的《角度之一》《黄昏》、第9期的《犯罪》和第10期的《月·火车》。在这些诗歌中，诗人极力强调作为个体的人的存在，努力将外在世界和人的内心世界联系起来，有效地进行自我发掘、自我认识、自我剖析、自我反省和自我超越，从而达到对生命个体思想情绪和复杂心境的充分表现。其诗歌表现手法和意象构造与穆旦的诗歌创作有很多相似之处，表现出较高的艺术价值。

《革命军诗刊》不仅为20世纪40年代初活跃于西南大后方的现代诗人们提供了展示才华的舞台，还对介绍西方现代主义诗歌给予了极大的支持。一年半的时间内，先后刊载了风格多样、特色各异的西方现代诗歌译作10首。《革命军诗刊》第2期刊发了卞之琳的《译奥登》，第3期刊发了闻家驯翻译的法国魏伦(Paul Verlaine)的《错误的印象》，第4期刊发了雷石榆翻译的海涅(Heinrich Heine)的作品《颠倒的世界》,第 6 期刊发了闻家驯翻译的雨果(Victor Hugo)诗作《祭女诗》,第 8 期刊发了施蛰存翻译的英国 M.H.戴薇思的《玩偶》,第 9 期刊发了冯至、卞之琳翻译的里尔克(Rainer Rilke)诗歌各一首以及陈占元翻译的法国内纳尔的《幻想》,第 10 期刊发了冯至翻译的《译盖欧尔格诗一首》。这些西方现代诗歌的翻译作品以全新的认识世界的角度和眼光,将生命与死亡、人与世界、物与自然的关系作为诗歌创作的主题,力求达到对人生理性的思考与探究,为西南大后方的读者带来了新颖而独特的精神食粮。这些译诗无论是诗思还是诗艺,不仅影响着西南联大诗人群的创作与研究,而且经过《贵州日报》的有效传播,其影响面更加广泛。这在群山环抱的贵州省的文化传播史上是十分罕见的。

《革命军诗刊》由冬青文艺社组稿,稿件以西南联大师生的作品为主,同时也包括了一些西南大后方及香港等地的诗歌创作爱好者的习作,每一期诗刊的稿件来源都很广泛。香港《大公报·文艺》副刊的主编杨刚女士与联大诗人们交往甚深,她在《大公报·文艺》刊出联大师生的诗歌作品的同时,也与师生们进行诗歌创作交流,并且通过冬青文艺社在《革命军诗刊》上发表了她的诗歌作品《给卖报的女孩》《遗嘱》《清道》《晦晨》。杜运燮也将当时在厦门大学执教的林庚先生的《纸烟》和《诗二首》从闽西长汀带到昆明,转交给冬青文艺社投放在《革命军诗刊》上。诗刊除青睐于金克木、施蛰存等现代诗派主将的作品外,还用大量的版面刊登了耒阳报刊编辑上官柳的《月老祠前》、南宁省立临中教师李白凤的《我也做了导师》、昆明南菁中学教师方敬的《圆与线》、重庆陆大特别班令狐令德的《对像独白》等诗歌。这些诗歌作者虽然与西南联大诗人生活环境不同,工作学习背景各异,但他们诗歌的本质却异常相通,诗体自由而舒展,诗风含蓄而深刻,诗情冷静而内敛,诗艺现代而先锋,诗思抽象而深邃。相近的诗学观念和创作标准将他们联系在一起,共同将《贵州日报》文艺副刊装点得璀璨夺目。

1942 年 8 月 13 日,冬青文艺社在《革命军诗刊》第 11 期刊发了启事,告诉读者因其欲拟创《冬青诗刊》,以便向更广泛的地区和读者传播诗作,决定暂时停止与《贵州日报》的合作,并表达了对贵州日报社和读者的谢意,历时一年零五个月的《革命军诗刊》至此宣告结束。《革命军诗刊》虽已尘封久远,但它承载的文化足音依然散发着震撼人心的魄力,那场凄风苦雨中青春与热血共铸的激情,将有待于我们深入地探索与思考。

参考文献：

[1]革命军诗刊[N].贵州日报,1941-03-17(4).
[2]革命军诗刊[N].贵州日报,1941-06-09(4).
[3]革命军诗刊[N].贵州日报,1941-07-21(4).
[4]革命军诗刊[N].贵州日报,1941-09-12(4).
[5]革命军诗刊[N].贵州日报,1941-10-06(4).
[6]革命军诗刊[N].贵州日报,1941-11-27(4).
[7]革命军诗刊[N].贵州日报,1942-01-31(4).
[8]革命军诗刊[N].贵州日报,1942-02-27(4).
[9]革命军诗刊[N].贵州日报,1942-05-26(4).
[10]革命军诗刊[N].贵州日报,1942-07-13(4).
[11]革命军诗刊[N].贵州日报,1942-08-13(4).

（原载《编辑学刊》2013年第3期）

[黄葵：贵州师范大学传媒学院教授]

抗战时期贵州每周文艺社抗战文艺活动考释

尹　琴

《贵州晨报》是抗战时期贵州当地最重要的报纸之一，1936 年 4 月开始以每周四开一张随日报发行。抗日战争全面爆发后，在战争中随高等院校迁至大后方的知识分子日益增多，为更好地宣传抗日，在当时回到故乡的黔籍作家、翻译家谢六逸先生的号召及邀请下，李青崖、齐同、田君亮、张梦麟和蹇先艾等人与谢六逸一起成立了每周文艺社。每周文艺社自 1938 年 2 月 13 日起在《贵州晨报》第 910 号上出版《每周文艺》，每周 1 期，蹇先艾任编审，王启霖、王诗农参加编务。谢六逸、齐同、李青崖、林辰、张梦麟等人常为该刊撰稿。《每周文艺》副刊以发表诗歌、散文、杂感、短评等文艺作品为主，1939 年 2 月 4 日，日机轰炸贵阳，晨报社地址被炸，报纸停刊。存在的一年间，《每周文艺》共有 52 期，其中出版发行了 51 期（第 52 期应发行日期为 1939 年 2 月 5 日，未及发行就被炸毁，只留篇目），目前保留下来的原件只有 36 期（中华全国图书馆文献微缩中心保存，编号 1/N-0412，共 3 卷）。

一、同人社团创办的同人杂志

1938 年 2 月 1 日第 898 号《贵州晨报》第二版曾刊出《本刊增开政经、法律、社会周刊及每周文艺启事》的相关声明：

> 本报为在抗战时期适应读者需要起见，特开专访栏敦请吴澄华（政经）、张定夫（法律）、罗荣宗（社会）、谢六逸、李青崖、张梦麟、高滔、蹇先艾、田君亮、刘薰宇（文艺）诸先生分别主编政经、法律、社会、文艺各种

周刊；并决自明日起，每逢周二、周四、周六、周日依上述次序、轮流出版，诸先生或为文化名流，或为学界权威，为读者渴望已久，除履历俟于刊前分别介绍外，特此预告。

几日后的2月13日，《贵州晨报》在第四版上刊出《每周文艺》创刊号。创刊号上有一篇发刊小引，这篇发刊小引表明了《每周文艺》的创刊理念和追求，同时可看作每周文艺社的社团宗旨：

几个一向做着文艺工作的朋友，恰好大家一日都聚首在贵阳，有的是本省人，离家几十年，如今才回到故乡来；有的是跟随着学校流亡到了这里：同样是受了敌人炮火威胁的结果，既然彼此志同道合，而且从前又都互相知道或认识，于是感觉很有合作的必要了。换句话说，就是十分希望能够协力来继续做点文艺工作。

这"几个一向做着文艺工作的朋友"分别是谢六逸、蹇先艾、张梦麟、李青崖、齐同、田君亮、刘薰宇、王启霖、王诗农等人。此九人中，除李青崖、齐同二人，其余七人均为贵州籍知识分子。

这几个"彼此志同道合"的朋友合作起来"十分希望能够协力来继续做点文艺工作……更进一步来说，作家们分散到内地来，事实上是千该万该的。把内地的文艺空气提倡起来，给青年们贯注一些新的东西，倒是其次；最重要的乃是大家可以开始做点后方的，对于抗战有利的文艺活动，如唤醒民众，刺激民众，领导民众，从事各种工作之类。这样不惟本身有了出路，连中华民族因此也有了新的生机"。[①] 宣传抗战的办刊宗旨，在创刊号的《本刊征稿简约》中的第二条里也再次被强调：题材不拘，关于抗战的作品，尤为欢迎。据蹇先艾的后人回忆，当时谢六逸邀请大家加入社团时就提到其目的是"宣传抗日"。[②] 第3期薰宇的《抗战文艺的话》也表明每周文艺社与

① 蹇先艾：《作家的出路》，《蹇先艾文集·第三卷》，贵阳：贵州人民出版社，2004年，第220页。

② 蹇人毅在《乡土飘诗魂——蹇先艾纪传》提及这段往事："1938年初，某一日曾在商务印书馆任编辑多年的谢六逸先生来看望父亲，并受《贵州晨报》社长之托，希望大家合起来，为报纸办一个同人性质的文艺副刊，目的是为了宣传抗日。"详参蹇人毅：《乡土飘诗魂——蹇先艾纪传》，太原：山西人民出版社，1999年，第30～31页。

《每周文艺》副刊的办刊宗旨“要把本刊切实办成抗战宣传的阵地”。主编蹇先艾在1938年7月10日《每周文艺》第22期上发表随笔《一年间》更是明确表示:“如果文字并非完全没有用的话,即使是泼墨水来发泄愤怒,这种表现仍然是很可贵的……从今年的七月七日起,最低的限度,我也要摇动我的笔杆来负担起抗日工作。”①在《每周文艺》的发刊小引中也提道:“虽然本刊没有取名叫‘抗战文艺’,但因为文学与时代的反映,恐怕这一类题材的文章,今年反倒要刊载较多一些。我们敢担保读者们在这个周刊上看不见什么吟风玩月的、太消极的制作。”②

在已出的51期的《每周文艺》中,密切配合宣传抗日的作品确实也是最多的,《每周文艺》也一度成为贵阳山城宣传抗日的重要阵地,起到了唤醒民众的战斗作用。第15期鲁戈借通信《关于中华全国文艺界抗敌协会》、第31期齐同发文《略论文化应该团结》、第48期甘运衡撰文《关于文艺人的结集》等,都是号召文艺界同仁团结起来共同抗敌;第18期庸霞的小说《二皇军》塑造了一个漫画式的“二皇军”形象,施农发表于第13期的《从林房雄说起》和第19期的《斥菊池宽》分别讽刺了从无产阶级文学家转变为军国主义文化分子的林房雄和高喊“东亚的和平”的菊池宽那俗不可耐的市侩的嘴脸;第16期齐同的《文人“帮凶”》和薰宇的《哀周作人》等均讽刺了战时投机的“帮凶”文人及“汉奸”文人。此外,第27期“八一三纪念专刊”和第32期“九一八纪念专刊”则发表了两期旗帜鲜明的抗战文章:李青崖《八一三——淞沪抗战的楔子》、杨代淦《当我经过苏州的时候——听来的故事之一》、齐同《创痛的回忆——纪念九一八》和薰宇《一年以来》。除了专刊之外,《每周文艺》还经常刊发流亡散记或战争回忆,如蹇先艾《平津道上》《一年间》《我们的羞耻——海行纪事》《塘沽的三天》《弟兄》《母亲》等。蹇先艾的系列文章描写了流亡途中对日本侵略者横行乡里侮辱国人的愤怒、对“胆怯、奴隶性、没有血气、漠不关心”的大众愚民的不争、对混入学生群中刺探情报的汉奸的不齿以及流亡途中渗透温暖亲情的、令人动容的回忆。同类文章还有齐同《忽然想到》、姚广滨《由芜湖到武汉》、李青崖《长沙之行》《长沙之行续》、尼嘉《夜——北平狱中的回忆》、鲁彦《桂林——西南的堡垒》等外地作家战时流亡的经历或感慨。此外也有《略论文人应该团结》《战时文艺教育

① 蹇先艾:《一年间》,《贵州晨报》1938年9月10日。

② 《〈每周文艺〉发刊小引》,《贵州晨报》1938年2月13日。

的我见》《关于文艺人的结集》等号召所有文人团结起来不遗余力地为宣传抗日做贡献的、慷慨激昂的文章。

令人痛惜的是，《每周文艺》只出版了51期。1939年2月4日报馆遭日机轰炸："贵州晨报馆，青岛书店、中华书局、北新书局都消灭了。那条路上，没有一家完整的房子，连革命日报社也只剩下最后一栋印刷所，前面几层都被烧毁了。"[①]"大十字一带变成了瓦砾场，死伤了一两千人了，《晨报》馆破毁，《每周文艺》第五十二期也殉了难。"[②]即便是报馆破毁、报刊殉难，日本人的暴行也并没有打倒每周文艺社员们的抗战决心："但是我可以在这里发誓说，我并没有灰心，而且还要坚决地奋斗下去。在刊物徐图恢复之前，我觉得我们应当趁此培养我们的元气、蓄积我们的力量，多多磨炼我们的手腕；机会一到，我们自然就会呐喊起来，重新在文艺阵地上打游击，打冲锋，敌人是毁不了我们的。"[③]

二、破沉寂、提水准的办刊目的

关于《每周文艺》的创刊目的，发刊小引中是如此表明的：

> 报馆方面希望我们这个小团体来提高一下贵阳文艺界写作的水准；这一期望未免太大了，我们是承担不起的。虽然这个周刊必会列入雨后的春笋之群里；但愿它不是其中太弱的一支、最低的一支。本刊的作者们是决定向"好"的方面做去，打破贵阳文坛的沉寂是本刊同人的第一志愿，抛砖引玉是本刊同人的第二志愿。

从每周文艺社的成员身份来看，绝大多数人从事过文学创作或文学翻译工作，而且大部分人在出版社、高校或中等学校里从事出版教育工作，因

① 蹇先艾：《从报纸副刊谈到〈新垒〉》，《蹇先艾文集·第三卷》，贵阳：贵州人民出版社，2004年，第185页。

② 蹇先艾：《毁？》，《蹇先艾文集·第三卷》，贵阳：贵州人民出版社，2004年，第188页。

③ 蹇先艾：《毁？》，《蹇先艾文集·第三卷》，贵阳：贵州人民出版社，2004年，第188页。

此，报馆方面“希望我们这个小团体来提高一下贵阳文艺界写作的水准”，也是基于对每周文艺社成员创作实力的了解而提出的。而在“这一期望未免太大了，我们是承担不起的”谦虚之辞下，这一批“决定向‘好’的方面做去”的知识分子们还是表明了自己的承诺：希望这个周刊“不是其中太弱的一支、最低的一支”，同时提出了创刊目标：打破贵阳文坛的沉寂和抛砖引玉。

为打破贵阳文坛的沉寂，首先做的就是多体裁、多题材、多风格地广泛约稿。创刊号上曾发表了 8 款《本刊征稿简约》：(一)本刊欢迎各方赐寄稿件。(二)题材不拘，关于抗战的作品，尤为欢迎。(三)赐稿每篇最好在 2500 字以内，长稿本刊暂不需要。(四)来稿务须缮写清楚，并加新式标点。(五)本刊对于来稿有删改之权。(六)本刊稿费暂定 1000 字 1～3 元，年终结算。(七)来稿末附足额邮票者，不足时，恕不退还。(八)赐稿请寄贵州三山路贵州晨报社转每周文艺社。

而在目前保留的 36 期《每周文艺》中，共有作品 91 篇，作者 51 位(不含署名编者的文章)，作品体裁分别为：小说 12 篇、散文 62 篇(含杂文 53 篇、通信 4 篇、跋 1 篇、翻译作品 2 篇、编者文章 2 篇)、诗歌 9 首、报告文学 2 篇，体裁较为广泛。除了体裁多样之外，所刊题材也十分丰富，篇数最多的当然是宣传抗日的作品，其次还有紧跟时事的策划专栏或专刊。如第 27 期、第 32 期的发行日正值八一三抗战周年及九一八纪念日，因此这两期分别策划了“八一三纪念专刊”和“九一八纪念专刊”。除了专刊之外，还经常刊发流亡散记或战争回忆，号召文人团结宣传抗日的文章(前文已述)。其次篇数较多的则是与文学创作和文艺理论相关的作品。

《每周文艺》所刊文章虽体裁较为广泛，但缺少长篇作品。虽然尽量包含了较多形式的作品，但《每周文艺》也并没有做到“广大的、各种形式”的刊发——至少缺乏戏剧作品的刊发。而其时在抗战大后方的贵州地区，抗日宣传的话剧活动是开展得如火如荼的。[①] 并且，本刊编辑蹇先艾自少时在北师大附中读中学时就对话剧演出有着浓厚的兴趣。[②] 为什么没有刊发戏剧作品？可能是受《每周文艺》报刊的篇幅所限。编辑蹇先艾曾在《从报纸副刊谈到〈新垒〉》一文中说过：我以为编辑副刊，至少应当具备下面五个条件：(一)报纸的所在地及其销路；(二)报纸的主持人对于副刊的认识；(三)编辑的人选；(四)一个可以施展得开的地盘(篇幅)；(五)一群帮忙写稿子的朋友。[③]《每周文艺》所附的《贵州晨报》当时主要的发行地在贵阳，作为抗战大后方的贵阳曾经一度成为大后方重要卫星城市，《贵州晨报》的发行不仅辐射到了整个西南地区，还在广州、厦门、上海、北京、武汉等地都设有发行所。而"报纸的主持人"与"帮忙写稿子的朋友"的条件更是没有问题：作为已在北平成名的"有胆的""乡土作家"，蹇先艾找来了其当年在北师大附中读中学时的同班同学李健吾，还有其早年在北京松坡图书馆与之结下渊源的徐志摩，以及其他相熟的新文学阵营中的作家为本刊撰稿。五个条件中的四个都没有问题，唯独"一个可以施展得开的地盘(篇幅)"成为《每周文艺》的最大软肋：没有刊登话剧作品(话剧作品通常篇幅较长)或长篇作品，更大可能是囿于《每周文艺》副刊的篇幅。"说到抗战这几年来的报纸副刊，

---

① 朱伟华《抗战时期的贵州文化与文学》一文中提到，抗战时期贵州的另一热点就是戏剧活动。共产党员肖之亮1936年春发起并成立"贵阳沙驼业余话剧社"，社员从40余人发展到260余人，分成7个巡回演出队分赴贵阳附近的清镇、青岩、乌当、花溪和苗族聚居区的北衙，宣传抗日救亡，直接辅导的演剧队遍及全省26个县，将抗战戏剧推向社会化新阶段。七七事变后肖之亮还在《贵州晨报》创办过贵州有史以来第一份戏剧批评副刊《贵阳沙驼业余话剧社旬刊》，将《汉奸的子孙》《暴风雨中的七个女性》《回春之曲》《放下你的鞭子》等抗战话剧以及外国名剧介绍给贵州的观众，还创作了配乐话剧《东北是我们的家乡》《凌姑》(均由北大历史系学生肖家驹配乐)等。1938年沙驼剧社成员高言志、李良广、谢凡生创作的苗族山歌剧《送郎打日本》由沙驼剧社演出，是贵州第一个反映苗族题材的作品。1938年4月，黄齐生亲自导演他的新作八幕话剧《奢香》，宣传抗日民族统一战线的主张。1938年夏，达德学校周杏邨等人将黄齐生改良戏曲《大埠桥》改编成同名话剧，由黄齐生亲自执导，以贵州籍民族英雄何腾蛟的精神激励师生抗日救亡的热情。详细请参阅朱伟华：《抗战时期的贵州文化与文学》，《中国现代文学研究丛刊》2006年第3期。

② 蹇先艾：《蹇先艾年谱》，《蹇先艾文集·第三卷》，贵阳：贵州人民出版社，2004年，第451页。

③ 蹇先艾：《从报纸副刊谈到〈新垒〉》，《蹇先艾文集·第三卷》，贵阳：贵州人民出版社，2004年，第295页。

我们不能不承认大有'没有'的趋势，这种很普遍的现象，随时摆在我们的眼前：（一）地位低落，失去了它独立的资格；（二）篇幅缩小，仅占全版的二分之一；（三）期数减少，随时受到广告的排挤；（四）内容贫乏，作家搁笔。"①《每周文艺》副刊每周日随《贵州晨报》刊发，没有独立的发行资格，因此地位低落；而《贵州晨报》的容量本就不大，《每周文艺》副刊仅仅只占一版的位置（绝大部分时候，还要被广告挤占部分篇幅，经常只有 2/3 或 1/2 的版面）。正如创刊号上《本刊征稿简约》第三款所言："赐稿每篇最好在 2500 以内，长稿本刊暂不需要。"受"巴掌大"的版面篇幅所限，《每周文艺》则尽量刊发并扶持中短篇作品。

为保证刊物文章的质量，除了刊发"有方法、有内容的，整理国故的篇章"，《每周文艺》还"广约国内的名家担任长期撰稿"。除了每周文艺社成员们自己的文章之外，《每周文艺》还刊登了李健吾《〈刀光集〉跋》（第 1 期）和《孤岛通信》（第 29 期）、徐志摩《志摩遗札四通》（第 1 期）、李长之《战时文艺教育的我见》（第 18 期）、鲁彦《桂林——西南的堡垒》（第 51 期）、靳以《友情》（第 40 期）、甘运衡《关于文艺人的结集》（第 48 期）、严绍端《七年——纪念九一八》（第 33 期）、《告发》（第 41 期）等中青年先进作家的文章。在抗战时期，"内容贫乏，作家搁笔"已是普遍现象，已在文坛上获得声名的文人们的宝贵赐稿给了这个远在西南大后方的小报副刊的莫大支持，同时也为《每周文艺》副刊打响了名声。

《每周文艺》副刊在取得一些声名影响的同时，也渐渐实现"打破贵阳文坛的沉寂"的愿景。在选用文艺类稿件时，《每周文艺》的编委们还是比较侧重学术性及文艺性的。《每周文艺》还有意挖掘并重点刊发贵州本省籍青年作家的文章。在目前保留的 36 期 91 篇作品中，共有 51 位作者（不含署名编者的文章），除了 13 位是每周文艺社员和先进作家之外，其余 38 位是贵州籍或在贵州活动的青年作者。如黔籍进步女作家紫菲（原名王启凤，王启霖的姐姐）的小说创作就是从《每周文艺》起步的，她的小说作品《一个沉痛的纪念》和《维翠》分别刊发在《每周文艺》的第 17 期和第 28 期上；另一名黔籍作家庸霞也在《每周文艺》上发表多篇文章（分别为第 12 期《弟弟》、第 18 期《二皇军》、第 30 期《离家之前》）；此外还有笔名为莫风、苏利、姚广滨、拉

① 蹇先艾：《从报纸副刊谈到〈新垒〉》，《蹇先艾文集·第三卷》，贵阳：贵州人民出版社，2004 年，第 296 页。

林、舒丹、李里、明生、胡森、孙武、深泉等多位贵州本省籍知识青年的文学创作。这也正是《每周文艺》为实现“抛砖引玉”的具体努力。此外，除了抛砖引玉，《每周文艺》还下大力气有意引导贵阳文艺界进行较高水准的写作。主编蹇先艾在创刊号上发表了自己重要的乡土作品《平津道上》，随后又在《每周文艺》上连载自己学习写作的回忆（共 7 篇，分 5 期连载）——从如何走上文学创作之路到参与文学社会活动，再到如何提高文学创作水平等；此外，蹇先艾还联合其他社员在《每周文艺》上刊发了小说、散文、诗歌等多种题材的、高质量的示范性作品。这一系列的文章对于帮助当地有志青年和其他读者走上文学创作之路、提高创作水平起到了有益的引导作用。

三、自由论辩与兼容并包的办刊特色

尽管没有“一个可以施展得开的地盘”，也曾遇到“地位低落”“广告的排挤”“内容贫乏，作家搁笔”等各种实际问题，但蹇先艾仍然坚持自己的办刊原则：“关于副刊的内容……我始终认为把学术方面的论著或文学作品，和通俗的、比较注重低级趣味的文章放在一起，无论如何都不妥当，且有损于前者的尊严。”[①]因此，在发刊小引中《每周文艺》的编委们就曾经承诺过：“我们敢担保读者们在这个周刊上看不见什么吟风玩月的、太消极的制作。”除了不刊发趣味太低级的稿件来取悦“三教九流、诸子百家”的读者群体之外，《每周文艺》的编委们选择文艺类稿件时尤其侧重学术性及文艺性。

帮《每周文艺》打响“文艺”深度及“学术”品牌第一枪的是仅有的两篇较长篇幅的理论文章。这两篇文章的作者均为张梦麟，分别为刊发在第 2 期的《国防文学与国民文学》和第 23 期的《论典型》。张梦麟的两篇雄文前后相距半年，却引起了两次不小的文艺论辩，而这两次论辩也使得《每周文艺》在战争大后方分别掀起了两个阅读高潮。

《国防文学与国民文学》是张梦麟针对 1936 年“国防文学”和“民族革命战争的大众文学”两个口号之争所写的一篇文章：“在二十六年新年号的《新

---

① 蹇先艾：《从报纸副刊谈到〈新垒〉》，《蹇先艾文集·第三卷》，贵阳：贵州人民出版社，2004 年，第 185 页。

中华》里，我曾有一篇论文[1]参与国防的文字，我故意把文学二字放在国防之前，立论是说文学与国防的问题，归根到底，这是一个道德的问题。"在张梦麟提及的他的"第一篇文章"即《文学与国防》一文中，他十分清楚且支持"国难当头、匹夫有责"，"我们应当把一切的力量，都用到抵御侵侮，以求民族的生存上"，因此，在这个"当然而又当然的道理"面前，"我们当然可以命令文学也来参加这个努力……后来值得称为文学的作品，间接或直接地，没有一篇不是为国家民族服务的"。但张梦麟同时也坚持"在他一方面，文学既是一种独立的东西，它自然也有它的主张，有它自己的目的"。所以，"对于国防与文学的关系，是不是也要从文学的立场上来看一看这个问题呢？全是把重心放在国防的立场上，很少——简直可以说没有从文学的见地上来讨论的"。那些所谓的"my country，right or wrong（不管它对与不对，总是我国家）"的、"没有冷静的反省，只有行动的戢刺。没有深刻的批判，只有爱国的热情"的此类作品也是"终脱不了不通俗文学的范围，算不得上乘的"。因为，"文学的价值不能轻轻放过"，否则"文学便只有道德的价值，并无其他的发展"。在《国防文学与国民文学》一文中，张梦麟继续坚持文学家理应站在抗战最前线的观点，并指出那些借"国防文学"的口号争夺革命文学话语权的"虚伪面孔"："主张国防抗战文学的人，原来为的是民众，可是最矛盾讽刺的，却每每忘记了民众。"此处"提出国民文学这两个字来，意思只是在提醒我们的作家、我们的理论者，使他们不要只看到一面，忘记了另一面。在这样生死存亡的时代里，要为唤醒民众增加抗战的力量"。

由此可以看出，张梦麟在"国防口号"这一场论争中坚持文学及文学家应该为国防做贡献，但同时他又提出"从文学的见地上来看，文学应该是独立的"，传达出他对"在特殊情况下文学可能沦为空洞的宣传口号"的担忧。张梦麟对于抗战的支持和他对于文学独立性的坚持均引起了广大读者甚至许多知识分子的认同。这一前一后的两篇文章（《国防文学与国民文学》对《文学与国防》的呼应）使得《每周文艺》在读者群中掀起了第一个不小的阅读高潮。

继"国防文学"口号论争掀起第一个阅读高潮不久的一段时间里，张梦麟的名字并没有再次出现在《每周文艺》的报端。因此，很多读者纷纷给编辑部去信，询问相关情况。在千呼万唤中，张梦麟的另一篇文章《论典型》刊

---

[1] 此文应为《文学与国防》，发表于1937年《新中华杂志》第5卷第1期。

登在了《每周文艺》的第 23 期上。[①] 在这篇文章里，张梦麟以欧西近代小说为例，分析典型与个性，并认为"个性与典型是两种不同的描写，两者不可得而兼，而且也用不着调和"。不料，此文一出即刻引起了一场不大不小的辩论。早在张梦麟《论典型》刊发之前，就曾刊发过齐同的同名作品《论典型》（第 21 期），张齐二人的观点颇有不同之处，自然就容易引起读者的不同反应。接下来，第 25 期上则出现了启霖《典型及其他》和鲁蒙《个性与典型》两篇作品，就"论典型"这同一个话题进行了辩论。启霖认为"个性与典型本来就是统一的，且统一在形象里"，鲁蒙则认为"照张梦麟先生的意思说，不惟典型与个性是势不两立、不能互相有丝毫的妥协的趋势，而且，在作家凡是一个能够刻画典型的人，也不一定能描写个性"的观点过于"对立"。张梦麟则再次刊文《典型与个性》（第 26 期）回应以上质疑，并进行自我辩驳和总结。"我曾说过个性与典型是两种不同的描写，两者不可得而兼，而且也用不着调和。我的意思，不惟注意在两者的区别，更注意在两者的客观背景。在某一个社会环境里，作家是倾心于个性的创造，而在某一个社会环境里，作家所倾心的，又是典型的描写。"随之，张梦麟又从三个方面重点论述了"典型的个性与典型是完全不同的东西"。不料一个月之后的第 29 期，启霖再次发表《"典型"的混乱》一文，再次坚持"个性与典型本来就是统一的，统一在形象里"。这场关于"典型"的争议十分热烈。参与此次争论的人员中，齐同、张梦麟与王启霖均为每周文艺社成员，王启霖则是《每周文艺》后加入的年青编务，而另一位当事人鲁蒙则是贵州本省文艺青年。此次论争，《每周文艺》副刊不唯身份（齐同与张梦麟可算前辈先进）、不唯地位（无论社员、编务还是普通的文艺青年）均给予平等待遇，及时刊发，且在论争中只就文学观念进行辩论，不以宗派、门系论争，不牵扯政治、经济，在笔墨口水骂战四起的 20 世纪三四十年代，这样的论辩实属难得。同时也可以看出，尽管每周文艺社成员们各自的文学观念不尽相同，但大敌当前时，大家都把"以己之力为抗日宣传做出贡献"当成共同的任务。

除了这次关于"典型"的论争，《每周文艺》还以刊登通信的方式就其他读者感兴趣的话题进行过深入探讨，其中影响较大的就有第 48 期甘运衡的

---

① 据第 23 期编者按所刊，读者在第 2 期读罢《国防文学与国民文学》的雄文之后，仍觉得不过瘾，且连日来不曾听到作者张梦麟先生的消息，故满心期待再次见到张梦麟的大作。

《关于文艺人的结集》与第49期编者著《答甘运衡先生——关于文艺人的续集》二文对“文艺人的结集”进行的深入探讨。因此,《每周文艺》自由论辩、兼容并包的办刊特色也深入人心。

每周文艺社及《每周文艺》副刊存在的时间并不长,短短一年时间只有51期刊物。但《每周文艺》却凭一己之力,在抗战时期集结了多位著名的回迁贵州的黔籍作家,密切配合抗战宣传,针砭时事、唤醒民众、刺激民众、领导民众从事各种工作,一时成为贵州宣传抗战的重要阵地之一。在宣传抗战的同时,《每周文艺》用心办刊且努力提携后辈,对于提倡并净化内地的文艺空气也起到了重要作用。

(原载《贵州文史丛刊》2016年第1期)

[尹琴:贵州师范大学求是学院讲师]

传播与扩散:论抗战时期贵州外来作家的影响

谢廷秋

“五四新文化运动发源于北京、上海等少数中心大城市,它怎样向贵州这样的边远地区传播、扩散,这是一个饶有兴味的文学史研究课题……五四新文化,它的精神、理念,它的文学艺术成果,怎样为贵州这样的边远地区普通老百姓与青年一代所接受,特别是怎样渗透到市民的日常生活中去的?这或许是更重要、更根本的。在我看来,这样的接受与渗透,应该是到抗战时期才发生的。”从对贵州抗战文化研究的实际看,钱理群先生的论断是正确的。

抗战期间,边远贫困、封闭落后的贵州因为特殊的地理位置成为抗战大后方,大批高校、文化机构迁到贵州,大批作家及文化名人到了贵州。因此,抗战期间,贫困落后的贵州,文化活动却非常活跃。抗战时期先后来过贵州的文化界名人有著名作家茅盾、叶圣陶、巴金、闻一多、丰子恺、艾芜、萧乾、秦牧、廖沫沙、张恨水、端木蕻良、陈伯吹、李青崖、齐同(高滔)等;著名诗人方敬、方殷、周铜鸣、黄宁婴等;著名剧作家田汉、熊佛西等;著名电影导演和演员蔡楚生、郑君里、胡蝶等;著名新闻记者和出版家徐铸成、吴朗西、凤子等;著名画家徐悲鸿、关山月、叶浅予、吴夔等;著名音乐家和舞蹈家马思聪、吴晓邦、戴爱莲等。

这些文化名人,有的把贵阳作为中转站,转赴昆明、重庆等地,更多的则在贵阳和贵州其他城镇工作、生活、斗争。他们进行的文化活动,直接推动着战时贵州的文化事业,使得贵州省会贵阳与毗邻的重庆、桂林、昆明成为国统区的四大文化中心。众多的外来作家、黔籍回归作家以他们的作品直接影响和带动了贵州文学的发展。

外来的文化名人在贵州进行的活动是多样的,他们有的办报纸,宣传新思想和抗日救国;有的在青年学生中发表演说,以激励反侵略斗志;有的利用在贵阳的间隙，从事文化创作；有的举办文化艺术讲座，传播新文化。他们在贵州的活动正如钱理群先生所言，将五四新文化的精神、理念及文学艺术成果向贵州这样的边远地区传播扩散。我们从几位抗战时期到过贵州的作家在贵州的活动中就可以看到这种深刻的影响。

一、茅盾与抗战时期的贵州

1941 年 12 月 25 日，日寇占领了香港。茅盾和其他文化人士在共产党领导的东江游击队的保护下离开了险区。1942 年 3 月 9 日，茅盾夫妇与以群等人到达桂林，因为要写长篇小说《霜叶红似二月花》，茅盾便在桂林居住下来。1942 年 12 月，茅盾离开桂林，乘汽车到贵阳。在贵阳他看望了老朋友谢六逸，写下了散文《贵阳巡礼》和《司机生活片断》。《司机生活片断》反映了国统区混乱的社会生活。《贵阳巡礼》是对抗战时期贵州的"首善之区"——贵阳的真实记录。这两篇散文极具批判精神，揭示在国难当头的"非常时期"，在国民党统治下的大后方看不到抗战应有的景象，触目的是经济的畸形发展，消费商品和营业性行业的兴旺，这些成了大后方经济生活的突出特征。几天后，茅盾离开贵阳前往重庆。

1945 年，当时在贵州大学教书的蹇先艾先生，主编《贵州日报》副刊《新垒》，每周出刊二至三期，通过这一文学园地，不仅团结了一批老作家，同时也培养了一批本省的青年作家。蹇先艾四处向老作家约稿，写编后记，把副刊办得有声有色，茅盾也在上面发表了《贝当与赖伐尔的下场》《不可补救的损失》等文章。

除《新垒》副刊外，贵阳还有一个进步的文艺副刊，由著名诗人方敬主编的贵阳版《大刚报》副刊《阵地》，也得到茅盾的帮助和鼓励。这个副刊在茅盾的爱护、指导和扶持下，办出了特色，有时被汉口《大刚报》整版转载。

1945 年 6 月 10 日，茅盾在《阵地》上发表了《读〈春暖花开的时候〉》一文。《春暖花开的时候》是姚雪垠的长篇小说，写的是抗战时期台儿庄战役之前一群男女青年的生活，茅盾先生既肯定了这篇小说的成就，同时又严肃批判了它的缺点，这对克服当时的创作倾向产生了重大影响。

1945 年 7 月 4 日是茅盾五十寿辰，文艺界为了表彰他对新文学事业的卓越贡献和他在文学创作上的杰出成就，以及在团结文艺工作者坚持抗战、进步、推动文艺工作方面所做出的贡献,举行了庆祝茅盾五十寿辰暨创作二十五周年的纪念活动。《阵地》出了纪念专刊,转载了茅盾的文章《回顾》。这篇文章是他对自己的回顾,茅盾回顾了自己五十年来的生活道路和小说创作,客观地评价了自己。蹇先艾在《新垒》上也发表了纪念文章《补祝茅盾先生的寿辰》。蹇先艾的文章,满怀深情地赞扬了茅盾的文学革命活动。《阵地》的纪念专刊上,还发表了叶圣陶《略谈雁冰兄的文学工作》、老舍《给茅盾先生祝寿》、沙汀《感谢》、以群《茅盾先生生活点滴》等文章。他们的文章,高度赞扬和评价了茅盾五十年来的革命活动和文学活动。沙汀对茅盾给予他的扶持和培养表示非常感谢,方敬先生还给茅盾发去贺函,由于《阵地》副刊编了这期令国民党惊呼为"普罗作家"茅盾的五十寿辰专刊,把国民党当局震动了,他们认为"贵阳本是一杯清水,现在却给《大刚报》的文学副刊《阵地》搅浑了!"茅盾这个名字和对他的诞辰庆祝活动显示出文艺界团结斗争的威力。不久,茅盾在《阵地》上发表了《读宋霖的小说〈滩〉》,茅盾热心扶持新人是有口皆碑的,宋霖是一个年青的女作家,长篇小说《滩》是她的处女作,茅盾热情地评价了这部小说。

当年贵阳的这些进步报刊,由于有了茅盾等著名的作家撰稿,生辉不少,有力地促进了贵阳的抗战文艺活动,同时也促使五四新文化的精神、理念及文学艺术成果向贵州这样的边远地区传播扩散,给现代文学宝库增添了宝贵的财富。茅盾在贵阳留住的时间虽然很短,但他给贵阳地区文学刊物的支持是很大的,他在贵阳的文学活动也是他文学活动的一个组成部分。

二、巴金与抗战时期的贵州

抗战时巴金曾一度寄居于贵阳花溪,并在此与萧珊结婚。在贵阳期间,巴金写作了《生与死》《妇与夫》等短篇小说和中篇小说《憩园》的大部分,小说《第四病室》也是以他在贵阳的素材写作的。他曾将《第四病室·前记》寄到蹇先艾的《新垒》上发表,引起人们的关注,对贵州文学产生了极大的影响。

值得一提的是中篇小说《憩园》的由来。巴金曾于 1944 年 5 月 4 日与夫人萧珊来到花溪。他俩是到花溪旅行结婚的。巴金和萧珊听说花溪公园内有一座本地人称为"招待所"的"宾馆",于是便顺着花溪河南岸向西寻找。

大约走了一里路，便在一座农家水碾西侧，看到一处用柏树围成的小园。围园的柏树高丈余，树顶都剪成城垛形，远望像一座墨绿色的城。游公园的路穿小园而过。小园内靠河一边，是一栋小巧的青砖青瓦平房，这就是小憩园。里面设备简单，只有两三个房间和几张木桌椅、木床，没有电灯。这里只向客人提供住宿，客人吃饭还得到花溪镇上去吃。不过，花溪公园很美。而这小憩园的环境位置，更是处在公园的最佳处。巴金和萧珊到了小憩园，租下一间客房。巴金推开窗户，一股清新的空气扑了进来。巴金和萧珊结婚，“没有举行任何仪式，没有置一床新被，没有做一件新衣裳，也不曾办过一桌酒席”。傍晚，他俩从公园踏着落霞，走到花溪镇上，“在镇上的小饭馆里要了一份清炖鸡和两样小菜”，“在暗淡的灯光下从容地搛菜、碰杯、吃完晚饭，散着步回到宾馆”。他们“在一盏清油灯的微弱灯光下谈着过去的事情和未来的日子”，“谈着谈着，感到宁静和幸福。四周没有一声人语，但是，溪水流得很急，整夜都是水声”。巴金和萧珊在花溪小憩园住了三天，又到贵阳住了三天，而后萧珊去了重庆，巴金便以“黎德瑞”的化名住进贵阳“中央医院”，动手术治疗鼻子。当他治好鼻子正要出院时，萧珊的信来了，看到萧珊的信，巴金又想起了美丽的花溪，想起给他们带来安静与幸福的花溪小憩园。于是，他在动身离开贵阳之前，又特意专程到花溪住了三天，重温新婚的甜蜜，寻觅萧珊留下的足迹，感受萧珊留下的气息，并在这里完成了他构思已久的中篇小说《憩园》的大部分，然后才依依不舍地告别花溪小憩园，告别花溪，回到贵阳，踏上开往桂林的邮车。

巴金在贵州的文学活动虽然简短，但由于巴金在新文学史上的地位，他不仅在贵阳留下了一段佳话，而且也留下了深刻持久的文化影响。

三、田汉与抗战时期的贵州

1944 年冬，田汉参加组织桂林“西南剧展”后来到贵阳，“当时和夫人安娥住贵阳大十字附近(一说是黑神庙内临时搭成的‘寓所’)，直到 1945 年夏秋之交才离去”。在 1944 年末和 1945 年初，“田汉在贵阳组织了吴祖光的新作《少年游》的首次公演。公演由田汉侄女田萱具体组织，阵容强大，演出空前，连演十多天，天天满座，后因一些演员离开贵阳才停止演出”。这次演出，有力地推动了饱含新思想的新话剧在贵州的传播和接受，也为贵阳创建

“民教剧团”打下了坚实的基础。1945 年,田汉以排演话剧《少年游》为契机组建了剧社,成员大多是原沙驼剧社的社员。此后,该剧组的人员组建了贵阳“民教剧团”,后更名“民众剧团”,成为贵州新戏剧的一支骨干力量,一直活动到 1949 年,中华人民共和国成立后该团人员合并组建了贵州省话剧团。

1944 年底,来黔文化名人在遵义举办过一次文学讲座会。田汉、安娥、熊佛西、方敬、方殷、丰子恺等担任主讲。熊佛西讲戏剧知识,田汉讲戏剧理论,方敬、方殷分别讲诗歌欣赏和诗歌理论,丰子恺讲散文欣赏及理论等。据当时听过演讲的人回忆:有一次,轮到田汉主讲,他挽着夫人安娥,在文友们的陪同下,来到遵义市区杨柳街越来茶馆文学讲座会所在地。他戴一顶颇为奇特的帽子,上身穿一件褐色的皮夹克,脚穿一双长筒胶鞋,把肥大的裤管塞在靴内,身材魁梧,风度翩翩。他一到立即博得了早已等待多时的听众的热烈掌声。田汉频频向大家点头致意。当时遵义没有扩音器,但田汉主讲时,次序井然,每人都屏声静气地听讲。

田汉先后在贵阳、都匀排演他改编的抗日新戏《江汉渔歌》《新雁门关》《新儿女英雄传》《武松与潘金莲》。在他的影响下,贵阳川剧“天曲社”蔡天鹏等人排演了新编时事川戏《乞儿救国》,贵阳京剧社将话剧《奢香》改编成同名京剧公演,京剧“厉家班”在贵阳演出了具有抗日救亡思想的《戚继光歼倭记》《木兰从军》《班超》《吴越春秋》等新编历史京剧。

1944 年冬天,因战事爆发,冯玉昆领导的“四维儿童训练班”(后演变为四维戏剧学校)无法生存下去,被迫逃难到贵阳。在田汉的帮助下,生活稳定下来,开始正常的演剧活动。他们排演了田汉编剧的《新雁门关》《新儿女英雄传》《武松与潘金莲》,并在民教剧场和群新电影院公开演出。

1945 年 2 月 15 日是战时国民政府教育部、社会部设定的抗战时期戏剧节。此间,各个剧种都有积极的演出活动,其中京剧、话剧、昆曲、楚剧都在民教剧场有多场演出。此时,田汉的京剧新作《南明双忠记》在贵阳完稿,作品演出的权利交给了四维儿童戏剧训练班。该剧另一个名字是《桂林双忠记》,因该剧写作的背景是在抗战时期,所以无形中激起人们抗战的激情,在贵阳上演受到广大群众的欢迎。

田汉在贵州的文学创作、戏剧改编及演出、文学讲演等活动都有力地推动了新文化在贵州的传播和接受。

四、熊佛西与抗战时期的贵州

抗战时期，熊佛西来到贵阳之后，积极展开戏剧活动，导演了曹禺根据巴金《家》改写的剧本，名震一时。他在贵阳举办戏剧讲座，为贵州戏剧的发展奠定了一定的理论基础。在抗战这一特殊的时期，熊佛西举办的戏剧讲座传授了戏剧知识精华，促进了抗战时贵州戏剧与外部的融合，推动了贵州戏剧的发展。熊佛西后因事移居遵义。在遵义，熊佛西更是马不停蹄地进行戏剧活动。熊佛西还发动家人参加到戏剧的演出活动中。他和夫人叶子，还有他的友人林薇、邱玺等相继演出了张骏祥的《万世师表》、洪深的《寄生草》等戏剧作品，为贵州戏剧的发展做出了卓越的贡献。

1945年春，熊佛西和田汉在贵阳主持举办了“抗战戏剧展览会”。这是继桂林“西南剧展”后又一次规模空前的剧展，是贵阳戏剧界的一大盛事。参加剧展的有熊佛西排演的《寄生草》（洪深作品）、《万世师表》（张俊祥作品），李超、葛文华排演的《蜕变》（曹禺作品）、《金玉满堂》（沈浮作品），贵阳知名演员排演的《国家至上》（老舍、宋之的、张道藩合编）、《雷雨》（曹禺作品）、《日出》（曹禺作品）、《北京人》（曹禺作品）、《草木皆兵》（夏衍和于伶、宋之的合编）、《结婚进行曲》（陈白尘作品）、《前夜》（阳翰笙作品）、《花溅泪》（于伶作品）、《女店主》（董每戡作品）、《反间谍》（陶熊作品）等剧。其盛况空前，是我国进步戏剧力量的又一次展示。上述戏剧活动推动了五四新文化在贵州的传播和接受，活跃了贵州戏剧舞台，也推动了贵州抗战戏剧运动的发展，为贵州戏剧培养了人才。

五、李青崖与抗战时期的贵州

20世纪30年代中期，李青崖在上海复旦大学任教，并开始发表莫泊桑（Henri René Maupassant）著作的译文，引起国内文学界的关注。但是抗战全面爆发，1937年8月13日上海成为战场，复旦大学地处江湾，李青崖的住处毁于敌机轰炸。李青崖和妻子、女儿仓皇逃难，家私全部损失，三个人仅仅抢出了其最爱的法文原版《莫泊桑全集》。此后，李青崖就随复旦大学师生内迁，经江西、湖南到达贵阳。在贵阳的5年里，他主要在内迁的大夏大学任教，主持文学教学。他治学严谨，受到师生的一致称道。此外他同当时在贵阳的著名本土作家谢六逸、蹇先艾一起，尽力开展抗战文艺活动。他们组织每周文艺社，为《贵州晨报》开办《每周文艺》副刊，宣传新文化、新文艺，同时担当起宣传坚持抗战的重大任务。李青崖还与谢六逸等发起成立中华文艺抗敌协会贵州分会。

这位早年在武汉主办过《湖光》文艺月刊的新文学运动骁将，有着深厚的中国古典文学的功底，曾到法国研习文学。在黔期间，他担任大夏大学国文系主任，并在其他几所学校兼职任教，还参加了不少抗日救亡的社会活动。业余时间，他继续对法国文学进行钻研，在贵州期间，他在资料异常匮乏、生活十分艰苦的条件下，译出了莫泊桑的名作《橄榄田》和另一部法国名著《戴高乐传》，同时还译出了一些欧美国家的著名短篇小说。李青崖在贵州的教学和文学活动，有力地推动了新文化在贵州的传播和接受。

由于抗战的契机，大批文化人流向贵州，有流亡作家的文学活动及作品借鉴，再有回归作家蹇先艾、谢六逸等人的活动和影响，五四新文化运动所开创的思想解放、文化开放的新潮流向贵州这样边远的地区深度扩散。“它所带来的中外新文化，极大地改变了贵州这块土地上的知识分子、青年学生的知识构成、精神结构、生命选择、成长道路，甚至渗透到他们的日常生活中。对于贵州，这样的文化传递及所引起的精神变迁是带有根本性的。”抗战时期，外来文化从各个方面影响和促进了贵州文学的发展和进步，为贵州文学界留下了许多宝贵的精神财富，今天贵州的文学界还在享用这些财富，学习这些精神。这些都将久远地影响着贵州文化、贵州文学的发展。

［原载《贵州师范大学学报（社会科学版）》2013年第1期］

［谢廷秋：贵州师范大学文学院教授］

抗战时期的蹇先艾

陈锐锋

1937年7月7日，抗日战争全面爆发。时代风云的突变，改变了蹇先艾的生活与创作条件。众所周知，蹇先艾早年在五四时期的新文学运动中就开始了他的文学生涯。他在北平生活、创作达18年之久，他把北平视为“第二故乡”，在这里写下了大量诗歌、散文和小说，其中尤以描写旧贵州，富有地方特色的作品成就最大，成为现代文坛上有特色的“乡土文学”作家。

七七事变之后，日寇很快侵占了北平，蹇先艾目睹日寇的暴虐，飞机骚扰，汉奸横行，市民惶恐，因而愤然决定到大后方去，“用笔向人民宣传日军的罪恶”(《前夕》)。他是9月底率全家逃离虎口的，经天津、青岛、济南、郑州，历尽艰辛才辗转回到贵州。蹇先艾回到贵州以后，一面在大、中学校任教，以维持生活；一面怀着高涨的爱国热情积极从事抗日文艺活动。他的第一个行动就是与谢六逸、李青崖、齐同、张梦麟、高滔、田君亮、刘薰宇等知名的爱国文化人士联合创办《每周文艺》(附在《贵州晨报》上)，由他担任主编。他在发刊小引中明确表示创办《每周文艺》的目的就是打破贵阳文坛的沉寂；发表包括广大的、多种形式的文艺作品，但以刊登抗战文艺为主，不登吟风弄月的消极作品。从该刊所发表的作品来看，确实有不少密切配合抗战的杂文、诗歌、散文和短评，该刊成为贵阳山城宣传抗日的中心，起着唤醒民众战斗的作用。令人痛惜的是《每周文艺》只出了51期，即因1939年2月4日遭日机轰炸，报馆被毁，只得停刊。日机的暴行激起了蹇先艾极大的愤怒，他在《毁》《残暴的遗迹》等文中，痛斥了日寇的罪行，表示“敌人是毁不了我们的”，决心要坚持抗日文化工作，坚信这笔血债是必将清算的。

1940年2月，蹇先艾、谢六逸等人又筹备成立了中华全国文艺界抗敌协会贵阳分会，蹇先艾被选为理事。他在题为《一个新的战斗的堡垒》发言中阐述分会的意义时，提出要把分散的各个战友的力量团结起来，用我们的笔来发动民众，捍卫国家，粉碎敌人，争取最后的胜利，使文艺战士能发挥最大的力量。贵阳分会成立后，蹇先艾也为出版分会会刊、组织抗敌文艺座谈会，农村工作团、战地访问团等救亡宣传活动做了不懈的努力。

1945年抗战处于最艰苦的时期，蹇先艾又主编了《贵州日报》文艺副刊《新垒》，他在《新垒》创刊号上明确宣布了办刊的方针是："不刊登低级趣味的东西"，"取材以'有关抗战为主'"，同时也发表其他健康的优秀作品（从报纸副刊说到《新垒》）。他先后发信向茅盾、巴金、靳以、沙汀、艾芜、臧克家、端木蕻良等人索稿，均得到这些知名作家的大力支持。例如，茅盾接到信后，很快寄来《不可补救的损失》《贝当与赖伐尔的下场》两篇杂文给《新垒》发表。蹇先艾编辑《新垒》是付出了很大精力的。当时他又在花溪贵州大学任教，而编辑只他一人，不仅待遇微薄，花溪到贵阳的交通不便，经常是步行来回数十里取稿送稿，其辛劳是可以想见的。在他的努力下，《新垒》从创刊到1948年5月被迫终刊，共出刊近200期，发表了很多知名作家的作品，也发表了不少本省文学青年的作品。例如，吴纯俭（采风官）、荒沙（陈福彬）、田井卉（东门外）、李麦宁、王铣才（王治新）、张志、陈椝德等人都因常在《新垒》发表作品而得名。从内容来看，《新垒》发表的作品，以宣传抗日救亡，反映抗战现实，揭露国统区社会的黑暗腐败居多，使得这个刊物办得有声有色，富有鲜明的时代色彩，为贵州文艺开拓了新局面，成为我国抗战文学中一支有影响的重要力量。这是蹇先艾对贵州文学所做出的一个重大贡献。

蹇先艾长期以教书谋生，早在北平时就在弘达学院、春明女子中学教书。回到贵州以后，应刘薰宇之约在修文教书达三年之久，之后又先后任贵州遵义师范学校校长，贵州大学、贵阳师范学院中文系教授。蹇先艾在教学中并不是单纯传授知识，而是利用讲坛向学生灌输爱国主义思想，他也思考过"战时国文应该怎样教"的问题，意识到如果只去教那些与抗战无关的作品，对学生将是一种"虐政"（见《我的苦闷》）。在修文中学教书时，他还利用时机多次指导学生参加话剧演出，深入农村宣传，举行火炬游行之类的抗日宣传活动。1940年元旦修文举办高中的生产劳军游艺会时，从未表演过的蹇先艾亲自参加了话剧《通行证》的演出，扮演了剧中的一个角色，表现了他那可贵的抗日爱国热忱。

蹇先艾在从事繁忙的抗日文艺活动和教学工作时，还挤出时间创作。他先后出版的有小说集《幸福》（1946年）、中篇小说《古城儿女》（1946年）、中篇小说《破裂》（原名《秦芳芝》）。1944年还拟编辑小说集《沧桑》作为当代文艺丛书出版,后因停刊未出书。另外,还发表了不少短篇小说。他在这些作品中,写得较多的还是以贵州为背景的抗战题材的小说,例如《苍蝇纸》描写一个外省妇女流亡到贵州的悲惨遭遇。她家好几口人在南京被敌机炸死,丈夫又久无音信,她被逼疯后成天叫卖着"苍蝇纸"。《孤独者》写一个中学教员在抗战中的遭遇。她的老母在家乡沦为亡国奴,生死不明。他在逃难途中与儿子失散,妻子又病死,孑然一身流亡到大后方,处境极为悲惨。《幸福》则以幽默的笔调描写逃亡到贵阳山城的尹教授,口里讲的是冠冕堂皇的话,实际过的是吃喝玩乐的享乐生活,辛辣地讽刺了"高等华人"的醉生梦死。在《春酌》中写了一个靠发国难财的暴发户朱昌达,他满脑子都是金子、洋纱,生活富豪而庸俗,作者对这个奸商的卑鄙与无耻给予了有力的鞭挞。在小说《洩》中,通过王老爷贿赂县长要当区长而上当受骗的故事,揭露了大后方贪污行贿、黑暗腐败的官场。他的不少作品也表现了人民群众中所蕴藏的抗日救亡的爱国精神,例如《流亡者》中的莫云璋,因参加学生的抗日救亡运动而被打伤住院,他在学生中的威望极高,被称为"中国有为的青年"。《两个朋友》则写的是爱国知识分子的形象。他们虽然身陷敌占区,却能洁身自好,决不附敌,而且其中的一个还积极鼓励儿女投入抗敌活动。《乡村一妇人》写一个倔强的农村妇女为自己的儿子去当兵抗日而感到光荣。当她病死以后,她的女儿、儿子更是奋发地在"有希望的路径上跨着稳健的步子前进"。在《两兄妹》中,就连天真的小兄妹俩在游戏中也在练习打日本,说是要报仇雪恨。

此外,值得一提的是中篇小说《古城儿女》,1946 年出版时,蹇先艾在扉页上以杜甫诗句做题辞:"幽蓟余蛇豕,乾坤尚虎狼",以此寄托反帝爱国的意志。小说描写了 1937 年 7 月底至 9 月间,北京沦陷后日本侵略军的种种罪行,暴露和痛斥了汉奸的无耻行径,也表现了小市民的卑怯偷生和文化人的苦闷彷徨,但着意表现的则是一群爱国青年热爱祖国、报效祖国的思想和行为。其中尤以岑昌和蒙森两个形象最为突出。岑昌性格直爽、诚恳而又急躁,他以组织"实践学会"掩护抗日活动,但终因报国心切,采取个人冒险行为,在炸爆日本兵营之后,英勇献身。蒙森是个东北流亡学生,他沉着、冷静、能吃苦,有细密的政治头脑,他是"实践学会"的骨干力量,但不同意岑昌与敌人拼命,主张持久抗战,讲究抗日策略。当岑昌牺牲之后,他毅然参加了抗日游击队,成为坚强的游击队长。这部作品的可贵之处是在现代文学史上较早地反映了北平沦为"亡城"的情景,也较早地正面表现了抗日游击队的斗争和持久战的思想。

除了小说之外，蹇先艾回到贵州以后还写了不少散文和杂文，值得一提的是他根据自己的流亡经历所写的那些关于流亡的见闻。他曾整理成散文集《流亡散记》，但因故未出版，如《平津路上》《塘沽的三天》《老与幼》《我们的羞耻》等文，记叙了他在天津沦陷后颠沛流离的流亡生活，揭露了日寇的暴行、民族败类的可耻和国民党的腐败，也反映了由于国民党的不抵抗主义造成战争中人民流离失所的惨境。在《残暴的遗迹》《毁》等文中，他还以愤怒的心情记叙了日机狂轰滥炸贵阳的惨景，表示这笔血债必将清算的信心。这些散文是历来为人们所称道的。

蹇先艾在贵州由于接触了大后方的抗战现实，所以对国家民族的命运有着进一步的思考和关注。这在他的那些针砭时弊、鼓吹抗战的杂文中有着突出的表现。如在《作家的出路》《短简》《与老百姓无关》《分工合作》《标语》《我的苦闷》等文中，他从不同角度提出了正确对待抗日工作，以及如何在大后方开展抗日文艺工作和抗战教育的意见，批评那些有悖于抗日的行径。这些具有较强的社会性和针对性的文章，表现了作者强烈的爱国思想。

另外，这个时期蹇先艾还写了不少回忆文坛故旧的文章（如回忆朱大枬、胡也频、卢隐等）和回忆他走上文学道路、从事文学活动的文章（7篇学习写作的回忆）。他在饱含深情的回忆中，也为读者提供了不少有意义的文坛史料。

总的说来，无论是蹇先艾在抗战时期从事的文艺活动、教育工作还是他创作的丰硕成果，都表现了他的思想达到了新的境界，而且也使我们真实地看到了的贵州的抗战现实。他那正直的品格、高扬的爱国主义热情也是十分令人敬佩的。

（原载陈锐锋：《现代文学论集》，北京：国际文化出版公司，2005年）

［陈锐锋：贵州师范大学文学院教授］

“二十四道拐”及其抗战文学想象

——由电视剧《二十四道拐》说起

颜同林

历时数年、精心打造的大型抗日历史剧《二十四道拐》在中央电视台首次热播，与此同步的则是借助互联网平台在全社会广泛传播。由于等待已久，笔者正好抽出时间集中收看，有些情节则是在电脑上反复收阅。从弥漫的抗战硝烟之中回过头来，晃过眼前的已不单纯是70多年前在贵州晴隆二十四道拐这个特殊地方发生的故事，而是一段抗日战争中不可磨灭的历史记忆，一段与地域、民族、文化紧密相关的不朽传奇。寻找贵州与抗日战争的种种关联，虽然说是一种亡羊补牢式的历史补课，但此类不算迟到的历史沉思，已不言自明具有丰富的思想意蕴。

电视剧大片《二十四道拐》以抗日战争时期大后方一段交通线的历史真实为依托，发挥文学纪实与虚构共存的功能，讲述了在贵州黔西南州晴隆县境内“二十四道拐”所发生的抗日故事。从剧情演绎来看，主要时间段落为太平洋战争爆发为标志的20世纪40年代前后。电视剧聚焦于“二十四道拐”这条极其重要的交通要道，以中日双方“护路”“毁路”的矛盾冲突为主线，展开了国共两党、援华美军、侵华日军不同政治势力此消彼长的争斗。在这种宏大叙事的背景下，剧情的铺展与延伸饶有新意：中国军人梅松与日本美女间谍王雅琴代表着争杀的正反双方，援华美军则构成三角形的第三边，不断斗智斗勇，塑造了一群性格鲜明的人物，推动并主宰着剧情的演变；传统家族叙事的元素则依附于当地梅、刘两大家族的明争暗斗之上，由此也把回到家乡的特派员同时还是中共地下党员的梅松这一角色分量大大加强了；当地土匪武装何麻子、黑三等人物家仇国恨的情节穿插，以及不同人物身份的多重性，亲情、爱情的纠葛，使得此剧所讲述的故事十分好看、耐看，具有情节离奇、环境典型等传奇色彩。几乎让人难以置信，居然在贵州晴隆“二十四道拐”这个名不见经传的地方，在70多年前曾有这样壮志凌云而又曲折动人的传奇发生。老城墙上清晰的大字“晴隆”、以铁索联结的盘江大桥、身着布依族等民族服装的当地民众，和“二十四道拐”一样经常在画面上出现，特定地域的彰显十分鲜明、扎眼，这难道不是贵州抗战历史沉甸甸的阶段性收获么？

毫无疑问答案是肯定的！一条公路，一座大桥，一群中国军人，由此永远定格于抗日战争的硝烟之中，沉淀在中国人民的历史记忆之中。《二十四道拐》综合当下抗战剧的长处，突破地域的局限，建构出了抗战历史剧的新形态。当然，它留下的时代和历史的思考也是多元并存的。

首先，它对于中国抗战历史而言是一种不可缺少的历史记忆。正如习近平主席《在纪念中国人民抗日战争暨世界反法西斯战争胜利70周年大会上的讲话》所言：“中国人民抗日战争和世界反法西斯战争，是正义和邪恶、光明和黑暗、进步和反动的大决战。在那场惨烈的战争中，中国人民抗日战争开始时间最早、持续时间最长。面对侵略者，中华儿女不屈不挠、浴血奋战，彻底打败了日本军国主义侵略者，捍卫了中华民族5000多年发展的文明成果，捍卫了人类和平事业，铸就了战争史上的奇观、中华民族的壮举。”“战争是一面镜子，能够让人更好地认识和平的珍贵。今天，和平与发展已经成为时代主题，但世界仍很不太平，战争的达摩克利斯之剑依然悬在人类头上。我们要以史为鉴，坚定维护和平的决心。”围绕贵州“二十四道拐”这个特殊的地点所发生的“正义和邪恶、光明和黑暗、进步和反动”的战争，不仅是中国人民抗日战争的有机部分，也是国际反法西斯战争的组成部分。除中日军人之外，不同皮肤、操不同语言的外国军人频繁出现在剧中，与中国军民并肩作战，担当重要角色，这些都是尊重历史记忆的表现。它对于全世界人们对于战争与和平的启示，仍然是弥足珍贵的。

其次，具体到贵州的抗战历史，它把贵州融入第二次世界大战所波及的世界版图中，具有多重性，其意义更是十分深远。电视剧《二十四道拐》让人不自觉地想起救亡语境下的地域历史记忆。贵州省在20世纪上半叶，大部分时间是处于军阀割据势力中，你争我夺，民不聊生成为常态。直到1935年，由于红军长征途经贵州，以及尾随追击的国民党军政势力的到来，贵州才被外界真正认识。贵州地处西南内陆腹地，是典型的山区，各个方面较为落后，经常被外界所忽视。比如，“二十四道拐”就曾经被尘封了数十年，相当长的一段时间里人们一直都不知道它就在贵州境内。晴隆、“二十四道拐”、盘江大桥之类的地方，未能进入历史的记忆之册。从史实来看，七七事变以后由于日军的大举侵略，占据了我国的半壁江山，沿海以及大城市都处于敌人的铁蹄之下。在抗战最为艰难的时刻，太平洋战争的爆发，给中国抗日战争带来了转机，中国的抗日战争被切实纳入第二次世界大战反法西斯的阵营之中。中、美、英、法等诸多国家携手合作，共同反对法西斯国家的非正义战争。正是在这样恢宏的历史背景下，贵州晴隆"二十四道拐"这条交通大动脉节点，成为世人关注的焦点。于是，美国的援华物资囤积于印度、缅甸等国家，再途经滇缅公路运抵昆明，经过"二十四道拐"这一滇黔线不断送去前线和陪都重庆；于是，美国的飞机、军人，甚至是盟军的其他外籍军人才会出现在贵州晴隆各族人民的日常生活之中；同时，日本的间谍士兵潜伏到了"二十四道拐"，其飞机携带着无情的炸弹无数次投向了这里……历史改变了一个地点，也会改写这个地域上的历史记忆。尽管"二十四道拐"开始修建于20世纪30年代，是贵阳以西黔滇公路最为险要的咽喉要道，但都因为平凡而被世人淡忘。因为反法西斯战争的需要，"二十四道拐"的地位大大提升了，因为中国抗战，因为反法西斯战争，"二十四道拐"成为世界格局变动的一颗棋子。比如，1942年美国公路工程部队1880工兵营进驻贵州晴隆，用外国技术、工艺、材料修筑加固滇黔公路，对"二十四道拐"进行大规模维修；比如1945年，首批由美军驾驶的运输车队经过中印公路和"二十四道拐"，一路抵达陪都重庆，蒋介石在重庆发表《中印公路接通的意义》，将滇黔公路命名为"史迪威公路"。[①] 因为，这是中美共同抗日的最好历史见证。由此看来，晴隆的"二十四道拐"便是抗战历史中一条十分清晰的血肉之路，一条用中美军人七尺之躯共同筑成的英雄之路，一条不断延伸、不会止步的生命之路。

最后，《二十四道拐》除了与中国抗战、贵州抗战等历史事件相关之外，我想它与抗战文学和文化的建构也是值得大书特书的。"在抗日战争中，没有哪一条公路像滇缅公路这样举世瞩目"，"血脉一般的滇缅公路，在抗战文学中留下了壮丽的篇章"。[②] 作为滇缅公路、中印公路的延伸线，"二十四道拐"也是这条"史迪威公路"上的一部分，它应该与滇缅公路一样共荣耀，盘

① 参阅韩继伟：《"史迪威公路"的形象标识：晴隆"二十四道拐"的形成及作用》，《党史研究与教学》2013年第6期。

② 张中良：《抗战文学与正面战场》，北京：社会科学文献出版社，2014年，第157～158页。

旋于质朴与绚丽交织的文学画卷之中,留存在中华民族的文化长廊之中。长久以来,贵州抗战文学、文化的落后有目共睹。众所周知,抗日战争为贵州赢来了历史的发展机遇,中国现代历史上的不幸反倒促成了贵州社会、文学、文化的发展。可惜的是,贵州抗战文学与文化却被长期遮蔽起来,在外省学者眼中的抗战文学与文化版图中,一般只述说上海、武汉、广州、香港、桂林、昆明、重庆等地,几乎不会涉及贵州。对此,笔者曾做过一些补课式的还原研究工作[①],其中还关注过这样一件事:前几年,贵阳市档案馆编著的《抗战时期贵阳文学作品选》出版,一定程度上给了学术界一次重新认识贵州的机会。全书内容分小说戏剧选、散文杂文选、蹇先艾文选、诗歌选、抗战征文选和抗战山歌鼓词选等六个部分,巴金、茅盾、沈从文、穆旦等一大批文人的名字,和贵州本土文人蹇先艾、谢六逸一起,以左翼、右翼或自由派作家的身份一起出现。这些作品完全选自贵阳市档案馆馆藏民国时期报刊,而且只是汪洋大海中的一粟。本土著名作家李宽定在序中说:"这一大串响亮的名字,哪一个不是中国现代文化史上的精英?若不是因为那一场战争,他们能从古老的北平和繁华的大上海跑到我们这山沟沟里来?抗战胜利后,他们中又有几人重返过这片他们当年曾经避过难的土地?再翻翻当时的《贵州日报》,从抗战胜利算起,几十年间什么时候有幸刊载过如此众多名人大家的作品?那场灾难深重的战争,让这一大批文化精英把北平、上海等地的文化种子带到我们这穷山沟里来。种子是最大的财富,种子入土,哪怕再贫瘠的土地,也总会生根、发芽、开花、结果。我在想:20 世纪 80 年代贵州文学再度在国内文坛上崛起,是不是与此有些关系呢?"这是一个当下作家单纯站在本土文学角度的思考。但在我看来,贵州抗战文学与文化荒芜不堪的印象以及只有抗战口号的贫瘠无形中被冲刷得东倒西歪了!同时我还坚信,这仅仅只是一个晚来的开始,还会有更多史实陆续浮出历史的地表。

同样道理,以贵州本土力量为主牵头创作的《二十四道拐》,不仅印证了我的估计,还有力地扶正了贵州在抗战时期的历史形象,可谓在贵州抗战文学与文化的园子里移植了一棵参天的大树。贵州虽然在当时是大后方,但

---

① 参见拙文:《抗战时期贵州历史事件与文学书写》,《前沿》2012 年第 24 期;《文化生态洼地与新诗地理的精神瓶颈——以贵州现代诗歌为例》,《文学评论丛刊》2013 年第 1 期;《大后方文化卫星城与贵阳抗战诗歌的兴衰》,《南京政治学院学报》2014 年第 2 期。

从 1938 年开始，便频繁遭受日机的轰炸，并不是世外桃源；贵阳城区，曾被日机轰炸得面目全非；在抗战后期，在独山等地发生的“黔南事变”，也弄得全省人心思危。抗战文学与文化和贵州的关联，不应该被长期遮蔽，《二十四道拐》便是响亮的回答。进一步看，这是一个常写常新的大题目，值得有识之士不断提笔书写。著名学者钱理群先生，对贵州这片土地一直怀有深情，对此有一个评价，他认为贵州抗战文化是“贵州文化与五四新文化的历史性相遇”。[①] 此言不虚。比如，抗日战争时期，贵州以高山峻岭为特征的地理优势，形成大西南交通的枢纽和屏障。1938 年国民政府南迁重庆，贵州更是陪都的南大门。又比如，沦陷区的国民政府各级机构，工矿企业、高等院校与文化单位，纷纷内迁贵州，随之带来一大批全国一流的文化名人，五四以来的新文化迅速在贵州高原传播开来，形成一时之盛。在这样的时代潮流与背景下，贵州难道不是抗战文学纪实与虚构的富矿？

抗日战争的历史事件，战争年代的文学与文化，在贵州这个大西南的山区省份像“二十四道拐”一样向前延伸，没有止步，电视剧《二十四道拐》是抗战文学与文化想象的硕果。对于具有类似意义的贵阳轰炸、黔南事变之类，哪一个不是等待着我们重新去认识、想象和还原呢？我们这样期待着。

（原载《今日文坛》2015 年第 2 辑上）

[颜同林：贵州师范大学文学院教授]

① 钱理群：《抗战时期贵州文化与五四新文化的历史性相遇》，《贵州师范大学学报》2006 年第 2 期。

贵州作家诗歌研究

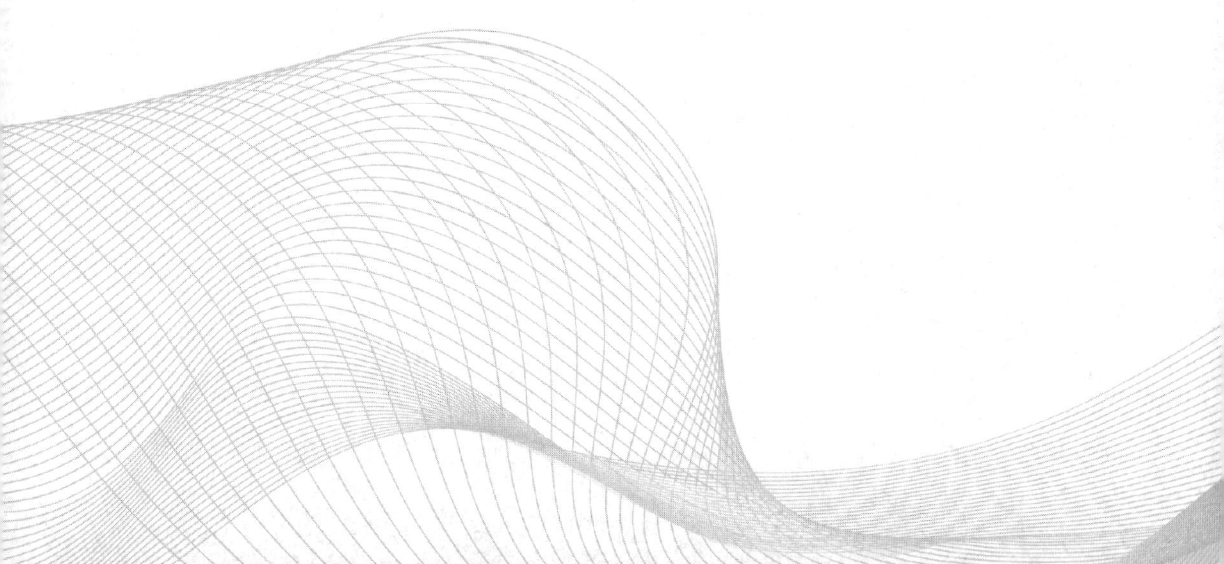

文化生态洼地与新诗地理的精神瓶颈

——以贵州现代诗歌为例

颜同林

像精神高地与经济洼地是一对矛盾体处于相生相克之中一样，文化生态的洼地与文学的精神高地也同样处于不断冲突变化之中。它们不是处于天平的两端，在高低之中呈悖反状态，相反的是两者大多处于同步化过程中。文化生态的洼地不太可能抬高精神力量以达到它应有的高度，文化生态不可能与政治、经济等因素类同化——以至于有可能出现政治黑暗、经济落后却文学繁荣的局面。因此文学乃至文化的精神瓶颈，基本上由文化生态所决定。换言之，与文化生态洼地对应的是，文学与文化的精神维度是低级别的，乃至于为世人所歧视或忽略。

以大西南地域为例，在自然地理上是不断隆起的高原，高山、丘陵、盆地彼此交错，无疑具有站得高看得远的海拔。但是，在文学的精神领域，这一地域并不具有相对等的精神高度，也没有成为引领时代风骚的精神高地。具体以贵州文学与文化为例，在20世纪以来的100多年中，它往往让人想起精神的洼地；被外界轻看的惯性力量，也加速着它文化生态的贫乏乃至恶化。“无可回避的事实是，在现代中国文化的总体结构中，贵州文化也是一种弱势文化，也就会面对‘被描写’或者根本被忽视的问题。这正是许多贵州有识之士痛心疾首的：人们对贵州岂止是陌生，更有许多误会与成见，并形成了有形无形的心理压力；而黔人的‘自我陌生’则造成了文化凝聚力的不足，更是贵州开发中必须解决的精神课题。”①这一感慨来自于一个走出贵州第二故乡的知名学者之手，是具有很强的代表性与说服力的。

站在新的时代面前，这一状态并没有发生质的改变。有感于此，本文试

---

① 钱理群：《前言：认识我们脚下的土地》，见钱理群等编：《贵州读本》，贵阳：贵州教育出版社，2003年，第1页。

以贵州民国时期的现代诗歌为例，探讨贵州文化生态洼地与诗歌的精神瓶颈之间的关系，不论是回溯历史还是针砭现实，这一议题的展开与深入都有十分显著的参考价值。

一

贵州现代诗歌，大体上可以纳入民国文学视野下的贵州地域文学来加以探讨。从现代诗歌扩散开去，譬如小说、戏剧、散文等文体，基本上也限定在地域文学的价值与意义之内。“中国文学史上，曾有不少虽不显赫但也并不默默无闻的地域文学，在今天习见的文学史著作中，仅仅是淡淡的一笔，有时候甚至连一笔也没有。”[①]贵州民国时期的地域文学，往往介于这两者之间，虽然说来令人沮丧，但却是无法改变的事实。不仅是研究贵州地域文学的学者颇有同感，就是普通的读者，往往如上述所言，对这一“被描写”的处境，对它被轻描淡写一笔带过的史实有较为深刻的共鸣。

如果稍微熟悉一下贵州现代文人在全国的位置，大概像谢六逸、蹇先艾、寿生等屈指可数的几位要相对靠前一些。谢六逸在新文学创作方面乏善可陈，后两位来自黔北，曾在20世纪二三十年代的文坛活跃过一阵：寿生受到胡适的赞赏，蹇先艾得到鲁迅的好评，但“很有趣的是，无论是寿生的《黑主宰》，还是蹇先艾的《水葬》，都是农村题材，都是揭露贫困山区的愚昧残忍。胡适和鲁迅两位新文化运动的领袖尽管在政治理想上不同，但是都憎恶封建专制，追求民主自由，都对中华民族的深重灾难表现出极度担忧，对爱国青年给予无比多的关爱。平心而论，寿生和蹇先艾的小说，从艺术层面看，在当时都不是最上乘的，从胡适和鲁迅的评语中可以看出，他们推荐的着眼点在于小说的题材特别、内容深沉”。[②] 寿生写诗不多，蹇先艾则写过一段相当长时间的现代诗歌，转写小说后以乡土小说知名，他们尚且如此，其他的就更不用多说了。争执其价值，或放大其意义，都没有意义。值得追问的是，为什么会出现这样的结果呢？在我们看来，原因自然离不开贵州处于低处的文化生态。贵州是中国政治、经济与文化的边缘与洼地，几乎

---

① 何光渝：《20世纪贵州小说史》，贵阳：贵州民族出版社，2000年，第11页。

② 蓝东兴：《寿生的文学命运与贵州环境》，《贵州教育学院学报》2006年第6期。

从来没有进入文学的主流阵列，回到贵州的文化人，可以说是在从事文化工作，但基本上没有进步与突破。直到很长一段时间，贵州有些地方略略有所变革，但基本状况并没有发生实质性改变。

从文化生态的洼地到文化生态的废墟，不过一步之遥，过度板结抑或沙漠化的文化之地，注定长不成参天的精神大树。在民国之初的十多年之中，贵州是地方军阀统治，不同派系与势力之间的烧杀抢掳、争权夺利成为习以为常的现象，文化人的生存与文化的积累没有基本的生存基础。此外，烟赌土匪之疯狂、基础教育之匮乏、民生赤贫之普遍，均触目惊心。[①] 在抗战时期，国民党先后以空降形式委任吴鼎昌、杨森为贵州省主席，党化势力占据绝对统治地位，地方军政势力则消失殆尽，省会贵阳也不像广西的桂林、云南的昆明一样有颇为强势的地方军政势力适当予以保护，地方自治的自足给文化多元带来足够的发展空间，因此贵阳与后者不能相提并论。当全国绝大多数地区饱受战争创伤之时，贵州境内基本上风平浪静，偶有敌人空袭或停留边地都规模甚小，损失并不突出。贵阳、遵义等地在当时可以说是一个个颇有地位的后方重镇，但均着眼于交通，在文化上却没有相应的成绩，以至于被后来的写史者轻视。譬如，《中国抗日战争时期大后方文学书系》编者就直言："重庆是抗日战争时期大后方（区别于解放区、沦陷区）作家荟萃的一个中心，桂林、昆明、成都，沦陷前的上海、武汉、广州，孤悬东南的金华、永安等地，都曾形成一时的抗战文化中心，西安、兰州、迪化（今乌鲁木齐），还有香港延及海外，抗日的作家们足迹所至，都留下了作品。"[②]也许，抗战时期毗邻重庆的省会贵阳，至多可以算是一个略有规模的文化卫星城，可知当时贵阳抗战文化发展的滞后、文艺与文学事业形势的严峻。

懒于耕作，疏于积累，是文化发展的痼疾。贵州山峦起伏的山头，也许阻碍过生存于这里的人将目光投向外界，也阻隔了外界的人把目光投向这片山地。熟悉贵州20世纪文学的文化人，都会发现贵州现代新诗发生、发展的过程甚为曲折，成绩不算理想。作为一个文化边缘的省份，贵州缺乏相应的文化土壤与氛围，贵州现代新诗自然也长期处于边缘化，收成甚少。比如贵州基本没有出版新文学的书局，外迁的一些书局，也是以销售外地图书

① 于曙峦：《贵阳社会的状况》，《东方杂志》第21卷第6号，1924年3月25日。

② 《编辑的话》，见《中国抗日战争时期大后方文学书系》，重庆：重庆出版社，1989年，第1页。

为主。当地最负盛名的本土书局——文通书局,也就总共出版过王亚平、祝实明、荒牧等人的三四册现代诗集。不过话也说回来,作为新诗地理的一个疆域,贵州也有自己的一些特色,在不同的历史阶段散发出缕缕亮色;而且更为重要的是,地域文化在众人拾柴火焰高般的长期积累下,像重新清理五四文化圈一样[①],通过适当的梳理与总结也还是有一定价值的。

二

贵州在20世纪90年代出版过一套《贵州新文学大系1919—1989》,其中上半叶的诗歌编在《现代文学卷・下》中,由研究贵州现代文学的本地学者陈锐锋、何积全负责编辑,编者在《诗歌概述》开篇中这样写道:"在'五四'以后的贵州新文学中,诗歌起步是较晚的。'五四'时期贵州的报纸尚无新诗发表,只有少量的民歌体发表。这主要是贵州长期的文化积淀薄弱,以及远离新文学发源地的北京之故","贵州的新诗是在30年代开始发展起来的"。[②]同是这一本书,编选者一共选入诗人60余人,其中3首以上者有黄齐生、蹇先艾、杨和均、卢葆华、仲常、荒牧、李麦宁、采风官等诗人,名声都有限。

相比之下,贵州现代诗歌的发展比全国晚了10余年。晚几拍发展起来的贵州新诗,呈现出缺乏诗歌大家、缺少诗歌阵地、缺少诗歌社团的"三缺"局面。如果稍作梳理,以小说著称的遵义籍作家蹇先艾,在20世纪20年代,倒是一手写小说、一手写新诗的第一人。蹇先艾出生于四川越隽,童年时期在四川长大,在遵义老家生活了四五年之后于1920年远赴北京求学,直到抗战全面爆发后于1937年回到贵阳,后来长期居留于此,算得上是现代文学史上贵州本土作家的代表。蹇先艾年轻时在北京求学、生活,依靠家学渊源与个人的勤奋努力,进入了当时北平文艺的中心。中学期间便与同班同学李健吾、朱大楠等组织文学社团,出版刊物或借报纸办副刊;大学进的是北平大学法学院,仍然保持对文学的热爱,在当时北平著名的报纸《晨报副

① 参见李怡:《谁的五四?——论"五四文化圈"》,《中国现代文学研究丛刊》2009年第3期。

② 陈锐锋、何积全:《诗歌概述》,《贵州新文学大系1919—1989・现代文学卷(下)》,贵阳:贵州人民出版社,1997年,第365页。

刊》《京报副刊》发表作品，涉足文类为小说、新诗与散文等。蹇先艾在写诗的过程中，得到了梁启超、王统照、朱自清、闻一多、徐志摩等人的指点。综观蹇先艾的创作，新诗创作主要限于 20 世纪 20 年代。曾发表新诗数十首，集有《孤独者之歌》一册，但遗憾的是由于他自己缺乏信心而没有出版。在谈及自己的新诗时，诗人这样回忆道："我的那些诗歌习作，境界不高，思想贫乏，不是谈情说爱，就是留连景物，还常常怀念遥远的故乡。诗是语言的艺术，我的语言也不精炼。"①这是诗人的自认，诗人杂糅着低沉而忧郁的情绪，大多直抒胸臆，或写景或抒怀，均显示出一个知识青年青春期写作的特点。诗人既有《夜深时》《寂寥》等抒发孤独、迷茫的作品，也有《骇人的恶梦》《哀故乡》等反抗反动当局的进步诗歌。《春晓》《雨后游龙潭》还被选入朱自清编的《中国新文学大系·诗集》。在形式上，蹇先艾最先创作的是自由诗体，后来受闻一多、徐志摩等诗人影响，有格律诗体的倾向，如《谢绝辞》《雪暮》便是典型的代表。另外，土白入诗作为新月诗派的一种口语写作尝试，在蹇先艾的诗作中也有好的体现，其《回去！》则是用贵州遵义土白写的，刊于《晨报诗镌》第 1 号。后来蹇先艾很少用土白写诗，改成用土白写小说，与他的"乡土作家"之称有内在联系。蹇先艾在北京求学、写诗，与贵州本地的诗坛是隔绝的。贵州新诗从无到有，慢慢地生长出来。20 世纪 30 年代的革命先驱，如黄齐生、王若飞、周逸群等人，在写旧体诗词之余，也有一些抒发革命意志、革命精神的口号式新诗。这些诗人诗作，大多内容积极向上，直抒胸臆居多；句式简短，诗意明朗，相应的不足是诗意淡薄，形象性不强。此外，较多的是一批业余诗人，偶尔为之者占多数，而且在诗史上也没有留下名字。"在省内报刊发表新诗最多的是青年学生，主要是抒发他们对'九一八'事变激起的爱国热情所爆发的诗情。他们的诗虽然写得较为粗疏，艺术上还不够成熟，但却是战斗的爱国主义诗歌，这在贵州新诗开创之初，有着这样健康的基调也是极为可贵的。另外，一些抒写人生感悟、苦闷彷徨的诗，也曲折地反映了一定的现实。"②

20 世纪 30 年代的贵州新诗界，女诗人卢葆华是有创作实绩的一位诗人。在 1932 年，她将新诗自印结集为《血泪》出版。卢葆华出生于遵义一个

① 蹇先艾：《我与新诗》，《蹇先艾廖公弦研究合集》，贵阳：贵州人民出版社，1985 年，第 99 页。

② 陈锐锋、何积全：《诗歌概述》，《贵州新文学大系 1919—1989·现代文学卷（下）》，贵阳：贵州人民出版社，1997 年，第 365～366 页。

官宦之家，年轻时曾在遵义女子师范读书，因不堪包办婚姻之苦，毅然离异之后于1929年去上海求学。其新诗也主要写于外地，表现了一个孤身女子反对封建、追求个人自由的心路历程。正如《血泪·自序》所言："只是想把过去的血泪，将来的期望，现在的祈求，全盘说出，不管是痛哭和欢笑，更不管是血和泪。""悲哀、苦恼、呻吟……这就是我的人生/像这样的人生，我真想早日把它结束/……/啊，深渊；深渊，无底的深渊/我的一生就被你沉困得无从救援！"(《苦痛的人生》)"我不怕用残废的形骸做了叛逆女性"(《我的心……》)"虽有美丽的色，只能夸耀一时/虽有清新的香，也只能兴奋片刻"(《桃花》)便能以管窥豹。诗人或抒发人生痛苦多于欢乐的苦恼，或借桃花来隐喻社会，或通过心的不宁静来写自己的不幸，都清新、自然，有内在的力量。另外，祖籍贵州的现代派诗人李白凤，写长诗《影》《祈祷》的李唯建，因为并没有像父辈一样在贵州真正生活过，很少被纳入贵州地域来论述，他们开始在20世纪30年代的诗坛显得比较活跃，延后一段时间来看不难感受到他们所取得的成绩。

抗日战争全面爆发了，战争与和平、启蒙与救亡、民主与自由既是社会历史的内容，也是地域文学艺术的母题。京沪等文化发达之地的诗人们，在被驱赶中逃亡到不同地理位置上的中小城市以及乡村，其中便包括贵州等大西南一隅。譬如，现代贵州文坛的先驱谢六逸、蹇先艾等知名文化人士返回贵阳，或主持书局编务，或主编副刊，促进了新文学的发展；一些流亡贵阳的文人先后创办了数十种报刊，为发表诗歌等作品提供了不少阵地。以文学团体而论，1940年2月成立的中华全国文艺界抗敌协会贵阳分会就带有标志性。分会成立时谢六逸、蹇先艾均是主角，惨淡经营，编辑了《贵州日报》副刊《革命军诗刊》，出版了《抗建》等刊物，积极从事救亡宣传活动，对团结文艺界抗日，推动贵州本地文艺的发展，发挥了积极作用。在贵阳落地开花的众多报刊中，较有影响的文艺刊物有《贵州晨报·每周文艺》《贵州日报·新垒》《大刚报·阵地》《文讯》《西南风》《抗建》《中国诗艺》《七七》等。一时之间，省会贵阳成为黔籍诗人与外地诗人的落脚地，虽然时间有长有短，但毕竟给贵州新诗赢来了兴盛阶段，据不完全统计，有上百位在诗坛活跃的诗人将足迹留存在了贵州这片土地上。在外省籍诗人队伍中，郭沫若、臧克家、方敬、穆旦、杜运燮、冯至、林庚、汪铭竹、吕耕亮、孙望、吴奔星、南星、方敬、吕荧、彭燕郊、魏荒弩、以滔等一大批人皆有诗作在贵阳的报刊上发表，或大多途经贵阳转徙各地；有位研究明清之际历史的贵州学者曾下断语:“不敢说是一条规律,但事实确实如此:天下太平,贵州似乎不足为道,而在多事之秋,它的地位便被抬升起来。”[①]从总的趋势来看,这一判断是准确的。在抗日战争全面爆发的新形势下,抗日主题成为诗歌的主旋律。以穆旦为例,穆旦曾参加跨越湘黔滇三省的步行迁校,在湘黔滇一行上,以步行经历和黔地风情为背景,创作有《出发》《原野上走路》等诗,20世纪40年代在贵阳报纸上发表有《在寒冷的腊月的夜里》《五月》《我向自己说》《潮汐》《伤害》《春》《黄昏》等力作;抗战胜利前夕,他来到贵阳在航空公司工作,与方敬等诗友过从甚密。又譬如蹇先艾就相当活跃,在主办的刊物报纸上,既向汇集在大后方的全国知名诗人等人约稿,还培植本省文学青年。不过,本土诗坛缺少像居留重庆的胡风那样有凝聚力的灵魂人物。

试以1944年秋冬的湘桂黔逃亡为例,也可略知当时贵州诗坛之一斑。当时不少待在桂林的文化人经桂林、独山、都匀一带流亡,疏散到贵阳的达数百人,是抗战时期文化人居留贵州最多的一次,总数达二三百人。有不少文章记录了这一惨状,如家齐的《血腥的图画》,记录了日寇即将进攻贵州边境的惊恐、慌乱与失措。孟琦的《独山之夜》,除了记录人们的混乱之外,还揭露了国民党败兵的不检行为。冷影的《沉闷》、赵允恭的《从贵阳到独山》,辛榆的《最艰苦的一程》、从荡平的《孩子的惊诧》写的都是当时的情形。熊佛西的《贵阳三月》也追述了这一件事。据本土诗人李麦宁先生回忆,黔南事变前后,逃难到贵阳故乡的他,认识了同样逃难到贵阳的外地文化人,有《大刚报》副刊编辑姚散生、桂林科学书店编辑洪青白等,三人根据逃亡经历合写长诗《人流三千里》,后因没有通过审查易人后出版。同一时期,从桂林经独山、都匀等逃到贵阳短暂停留的还有广东籍诗人黄宁婴、黄药眠,他们分别以此题材写出了叙事长诗《溃退》与《桂林的撤退》,给诗坛留下了一幅惨淡的历史图景。诗人方敬也是如此,在黔南事变之前,方敬刚刚携一家数口从桂林疏散到了贵阳,任职于贵州大学。经历过流亡、逃难生活的方敬,自然在诗歌中反映了这一情况,收入《受难者的短曲》诗集中就有同年12月创作的《受难者之歌》《出桂林》《不安的夜》等诗作。这些诗作比较理智,没有大声呐喊,是内敛的诗。“我们被芒茨刺破的带血的双足/履历着小的村庄与大的都会/曾许多次在风霜的深夜/穿过凄凉的街头巷尾/去哀求最后

① 史继忠:《安龙夕照》,见钱理群等编:《贵州读本》,贵阳:贵州教育出版社,2003年,第302~303页。

一家旅店的/紧闭的寒扉/在地上杂乱的草堆里/痛苦的呼吸起伏在一起。”(《受难者之歌》)“乱离、穷病、杀戮、死亡/从道旁哀号着的/女孩的大黑眼睛里/读出用血泪写的/中国的命运/一粒麦子要入地灭亡/生的灭亡,至上的灭亡。”(《出桂林》)“人抛锚在夜里/零度以下的严寒/冻到了发上,凝结了/叹息,眼角的泪珠/也静止在恐怖里”(《不安的夜》)这些诗作或以一个片断,或是抒情加上议论,记录了战争难民逃难中住宿、行路、等车的痛苦与不幸。

三

抗日战争胜利以后的几年时间里,随着外省诗人的回乡与离散,贵阳作为大后方诗歌创作的一个重镇便如潮水般消失了。虽然也有揭露国民党当局黑暗统治、反映民生疾苦的诗作,如俞苍茫的《我们这里》、晓村的《上弦月》、墨它的《关金票》、毕彦的《贫穷者之歌》等,但又复归于零散的状态。抗战胜利前后,一大批文化人陆续返乡,文化刊物、报纸等都也陆续荒废了。这里可以以两个例子来佐证:一是文通书局编辑所后来遭遇重重困境,不断在外省易地办公,给人喘息未定之感。二是蹇先艾主持的《贵州日报·新垒》副刊,从 1945 年 3 月 6 日到 1948 年 5 月 31 日,前后出刊近 200 期。这份文学副刊前期,茅盾、李广田、臧克家、彭燕郊等人均有作品刊登;而到了 1945 年底的第 100 期左右,稿件质量明显下降,前后之别相当分明。优秀自然来稿稀少,名家约稿也不顺畅,外地诗群的离散,这些都造成了贵州诗坛的迅速衰退。至于其他的文艺形式,也同样如此,偏远的贵州一时又沉寂下来,文化卫星城随之消失。

经过抗战救亡的锻炼与融合,贵州本地诗人也在缓慢成长。据《贵州新文学大系 1919—1989·现代文学卷(下)》所载,这一时期总共选了近 20 个诗人 20 余首诗,大多数没有诗名,主要是业余写作而已。譬如黑子、文传声,主业是新闻工作。采风官、荒沙、东门外、王冶新、李麦宁、荒牧等人身份是学生,或是中学教员,到了 20 世纪 40 年代中后期,总算成长为一小批较为有影响力的文学队伍。

其中成就较高的主要是荒牧与李麦宁,这两人都有诗集问世,荒牧著有《笑的行程》(1941 年)、《河》(1944 年),李麦宁著有《苦刑集》(1945 年)、《百合花与诗人》(1947 年)、《草原的恋人》(1948 年)。荒牧是当时贵州诗人中颇为活跃、成绩甚佳的诗人，诗作大多以抒情见长，句式自由灵活，诗思跳跃轻快。李麦宁作为流亡的学生，受大哥李白凤等诗人的影响与提携，学生时代与一些文化名人就有交往，成长较快，后来在贵阳从事新诗创作，直面战争的苦难与血泪，张扬复仇与战斗的精神，这也是其诗的母题。20 世纪 40 年代后期，李麦宁主办了一份纯文学刊物《离骚》，一共出版了 12 期，为贵州诗歌尽了最大的气力。可惜的是，两位诗人都被诗坛遗忘了，比如荒牧无人知晓，李麦宁直到 21 世纪初才出版《麦宁集》。正如贵阳老报人刘学洙披阅此书所言："我读《麦宁文存》，是怀着激情读的，看作是在读百年中国一位有特点的知识分子的生命史个案，是在读百年贵州新文化运动史的零章断片。李麦宁的《麦宁文存》，不是做出来的墨写文章，而是源自心灵的流淌。"[①]

总而言之，这一历史时期，外地诗人的作品与本土诗人的诗作是二重奏。诗人们以手中的笔为武器，表现了战时文艺的主题，譬如爱国、抗战、复仇，也表现了追求光明、暴露黑暗的心声，均体现了鲜明的时代特色。虽然在艺术上许多诗作还比较幼稚，如系一时感兴之作，大多直露无遗、缺乏诗味，但多少留下了历史的旧迹。

结　语

文化环境的贫瘠与恶劣，既是历史的包袱与因袭，也是不思进取、难以突破文化惯性的精神瓶颈。贵州现代诗歌是如此，其他大多数省市的新诗地理情况也大体如此。地域文化的不平衡与精神洼地的普遍存在，是一幅幅让人心酸的历史图景。过去的历史变成了遥远的过去时，新的文化悲剧却并没有消失。占领地理高地，冲出精神洼地，这也许是近年来贵州的一声响雷，吹号者虽已远离贵州，但其雷声仍在久久回响。

（原载《文学评论丛刊》2013 年第 1 期）

［颜同林：贵州师范大学文学院教授］

① 刘学洙：《老树著花偏有态》，《旧月清辉》，贵阳：贵州人民出版社，2010 年，第 182 页。

贵州新诗述评

陈锐锋*

在五四以后的贵州新文学中，诗歌起步是较晚的。五四时期贵州的报纸尚无新诗发表，只有少量的民族歌体发表。这主要是由于贵州的文化积淀长期薄弱，以及远离新文学发源地北京之故，只有在北京读书的蹇先艾在北京报刊发表了不少新诗，这是黔籍作者写新诗绝无仅有的现象。据蹇先艾自己说，由于经常阅读发表新文学的《晨报副刊》等报刊，激发了他的创作欲，加之受到徐志摩等诗人的影响和鼓励，便促使他从五四至20世纪20年代写了大量的新诗。这个时期贵州的报纸虽未见新诗发表，但早期的革命先烈和一些民主主义知识分子却写下了闪耀着五四时代精神的旧体诗。

贵州的新诗是在20世纪30年代开始才发展起来的。说起20世纪30年代以后贵州的诗歌发展，首先应提到的是为革命事业献出了宝贵生命的贵州革命先烈。1980年出版的《贵州革命烈士诗抄》收集了他们的旧体诗和新诗。革命先烈们的遗作不仅有很高的思想价值，而且在贵州诗歌的发展中也是具有历史意义的。20世纪30年代贵州的一批革命者，如黄齐生、林青、王若飞等人，除了写一些革命的旧体诗外也开始了新诗的创作。他们的新诗都表现了坚定的革命立场，抒发了无产阶级的革命情怀。其次是卢葆华的新诗创作显示了一个女诗人独具的特色。以上这些诗均未在贵州报刊发表。在省内报刊发表新诗最多的是青年学生，主要是抒发他们对九一八事变激起的爱国热情所爆发的诗情。他们的诗虽然写得较为粗疏，艺术上还不够成熟，但却是战斗的爱国主义诗歌，这在贵州新诗开创之初，有着这样健康的基调也是极为可贵的。另外，一些抒写人生感悟、苦闷彷徨的诗，也曲折地反映了一定的现实。总的来说，抗战之前贵州境内发表的新诗

* 本文系与何积全先生合作，抗战胜利后的评述为何先生所作。

并不多,作者也少,在形式上都是不拘一格的自由体,但从贵州新诗的开创来看,起步却是健康的。

抗战时期贵州的新诗有了进一步的发展。这是因为在抗战全面爆发的新形势下,高涨的抗日热潮必然激发不少爱国的知识青年提笔歌唱抗战;另外,不少省外报刊先后内迁贵阳。谢六逸、蹇先艾等知名文化人士返回贵州后,以及一些流亡贵州的文化人又先后创办了不少报刊,从而为发表作品提供了不少园地。因此,本省的诗作者也增加了不少,艺术上也有了进步,尤其是长诗的出现,标志着贵州新诗创作进入了一个新的阶段。这个时期贵州诗歌的主旋律就是反映抗战,宣传抗战,不少作者都以激越昂扬的声音,高唱战歌,表现了争取解放的民族信念和贵州人民的觉醒。贵州的革命者创作的新诗也比过去更多了,他们的诗闪耀着思想光辉,是贵州诗歌中的珍品。这个时期贵州的诗歌创作,虽然题材还比较狭窄,缺乏产生较大影响的力作,但从贵州诗歌的发展来看,仍然沿着健康的道路迈出了前进的步伐。

解放战争时期,贵州的诗歌创作在抗日战争时期的基础上稳步发展,诗歌创作的园地扩大了,诗歌作者的队伍加强了。暴露国民党的法西斯黑暗统治和表现人民群众受剥削受压迫的苦难生活,是这一时期诗歌创作的主流。不少诗歌作者写出了许多思想性和艺术性较强的政治讽刺诗,他们诅咒现实,诅咒冷酷、黑暗、腥秽的社会,从而激发了人民群众对反动统治的憎恨和对民主的追求,点燃了人民群众反抗的火焰,其社会效果是不可低估的。

下面分别评述各个时期的作家、作品。

首先要提到的是蹇先艾的诗作。前面指出蹇先艾是五四至20世纪20年代写新诗的唯一的贵州作者。他早在北京师范大学附中读书时就开始写新诗,最早的诗写于1923年3月,《小诗》就是他的第一首新诗。1926年后,他在闻一多、徐志摩等人创办的《晨报诗镌》上发表了不少新诗。他早期的诗主要是抒写他的孤独和忧郁。1925年当“五卅”的反帝斗争爆发后,他也感受到孤寂的情绪与时代不合拍,因而在《哀与愁》一诗中,表示要同“哀愁”告别。在《听啄木鸟作歌》里,他宣告:“啊,歌者/你诅咒宇宙的无情/不该吹悲调扰乱我的梦魂!”蹇先艾还有一些歌颂爱情、大自然和回忆童年生活的诗篇,多是借以排解心中的苦闷,寻求精神的慰藉。他的爱情诗写得坦率诚朴,写景诗则是歌赞大自然的美好,1935年朱自清编选《中国新文学大系·诗集》时,还选了他的《春晓》和《雨后游龙潭》二诗入集。他唯一的长篇抒情诗《童年之别》是借爱情、自然美和回忆童年生活来排解他的苦闷，但结果却反而增添了他的惆怅。蹇先艾也写了一些具有社会内容的诗歌，如《回去》《哀故乡》《骇人的恶梦》等，其中《回去》一诗以方言入诗，记录了“三一八”惨案中，反动军阀残酷屠杀爱国学生的场面，揭露反动派一个个都是“凶神恶煞”，痛斥杀人者“透残忍”，表达了作者的义愤。

总的来说，蹇先艾的新诗感情真挚、质朴，善于通过想象和联想创造诗的意境。由于他受闻一多、徐志摩新格律诗理论的影响，因此，他的诗也讲求形式、音乐及词句的美，具有建筑、绘画、音乐多方面的美感。他的诗在贵州的新诗发展中是具有开创意义的。

五四至20世纪20年代抒写革命情思的主要是一些民主主义者和革命志士所写的旧体诗。如著名的民主主义人士黄齐生在20世纪20年代初与王若飞等人赴法国留学期间所写的《巴黎学工》(七绝)：“投身工厂学劳工，要识劳资两阵容。阶级森森成壁垒，怎教世界不相攻?!”这首诗表达了他在法国勤工俭学时到铁工厂当打铁工人，从实践中所体会的阶级斗争这一朴素真理。另外有些七绝则抒写了他在国外的生活、心境和人生体验。黔西人士丁扬斌在五四时期最早用旧体诗《五四运动的决心》表达他所感受到的“粉碎旧世界，另创新世界”的五四爱国运动的激动兴奋之情。在北京的黔籍文化名人姚华(茫父)所写的旧体诗中值得提到的是1926年“三一八”惨案发生后，他怀着极为愤慨的心情，赋诗道：“留得一冬雪，春来两度看。为因埋战血，较觉作花寒。未霁仍将积，旋消若已残。不成惠连赋，愁思动长安。”在《二女士》一诗中，他怀着沉痛的心情哀悼死难的女师大学生刘和珍、杨德群二烈士：“宣和不闻陈东死，南渡胡为死东市！千年夷夏祸犹存，碧血又渍绿窗史。呜呼刘(和珍，赣人)杨(德群，湘人)二女士!”这两首诗的精神与鲁迅的《记念刘和珍君)等文是一致的，他对烈士的哀唱能汇合到以鲁迅为首的进步人士的悼亡声中，是难能可贵的。1927年，他还为他的学生——与李大钊同时殉难的革命烈士方舟的画集写了两首七绝题诗《题〈方舟画集〉》和《题方生(舟)遗墨鹭》，表达了他对革命烈士的深切同情和无限热爱。早期的革命者以旧体诗抒写革命情怀的，还有龙大道赞扬革命精神的《天柱峰》(五律)和邓恩铭表达献身革命事业的《述志》(四言)等。

五四至20世纪20年代以民歌民谣的形式宣传反帝反封建的爱国主义思想的诗歌，值得一提的有南洋女子师范学生所创作的10首《爱国歌》，号召人民群众要爱国，不忘国耻，抵制日货，强烈谴责卖国贼，表现了五四时期贵州青年学生强烈的反帝爱国的激情。廉泉的《新三字经》则以群众所熟悉的《三字经》形式列数民国以来日寇侵略中国的种种罪行，号召："望国人，从速起，今而后，勿忘耻，父诰子，兄诫弟，万年辱，须牢记。"毛宅三的《销国货歌》采用的是顺口溜的形式鼓助群众购买国货，不要迷信东洋货。革命先烈周逸群早年也以歌谣宣传革命，如他的《童谣》揭露资本家剥削压迫的罪恶，并讽刺他们"钱同命相连"的悭吝。20 世纪 20 年代末，周逸群在湘鄂边区从事革命活动时，又以《苏武牧羊》的曲子写了《工农，世界主人翁》的歌谣体，用来发动群众。这首歌的革命思想十分强烈，揭示了工农大众所受到的剥削压迫的苦难生活，指出：工农是世界的主人翁，但"世界创造者，反作穷罪人"，这是极不公平的。因此，"封建制度、资本主义，一律要铲平"。作者号召工农起来，团结斗争求解放："苏维埃政权，从此要实现，工厂归工友，土地归农民，工农团结，民主共和，革命大功成。"诗中还鼓励妇女解放。这首诗语言朴素通俗，民歌味很浓，有很强的鼓动性，是早期贵州革命者创作的一首难得的革命歌谣。

20 世纪 30 年代贵州新诗的发展最有光彩的是一批革命者的诗歌创作。他们对国民党反动统治强烈憎恨，对革命未来是满怀信心和希望的，愿为革命事业献身，充满着革命乐观主义精神，因此他们的诗闪耀着革命现实主义的光辉。黄齐生的《旅中钞书有感》一诗，通过他抄《论语》，联想到国统区的"礼坏乐崩，水深火热"的情景，无情地嘲讽了国民党当局的黑暗腐败。林青的《热血》表达了他"愿将满腔热血/换来幸福人间"的革命献身精神，在《合唱》一诗中不仅表现了他在狱中已将生死置之度外的坚贞不屈的革命气节，而且充满了对党的赤子之心的真情。著名的革命家王若飞于 1931 年 10 月在包头从事革命活动时被捕，在狱中所写的《钢铁心》《监狱怒吼歌》《头可断》等诗，突出地表现了他那"铁窗难锁钢铁心"的革命精神；《告别李培之》一诗，不仅体现了坚强的革命意志，而且充满了一个共产党人的胜利信念。另外，还有杨和均抒写他思念红军王连长、向往革命的《清明》《忆王连长》，以及他告别父母乡亲，决心北上去找红军的《再见》；聂汝达的《民族呀，民族》《我们愿》、熊大瀛的《悲壮的五月》等诗都表现了他们作为一个革命战士对祖国对人民对革命事业的无限热爱、忠诚的无产阶级革命情操。上述这些诗篇不仅有着高度的思想性，而且都写得明白晓畅，没有为了追求形式格律的完整而形成"削足适履"的现象。这是他们的诗歌所具有的共同特点。

卢葆华是20世纪30年代初颇有特色的贵州女诗人，她在上海所写的新诗结集为《血泪》，旧体诗词结集为《飘零集》。诗集《血泪》反映了她坎坷的命运，以及追求个性解放，追求光明、自由和理想，反抗封建礼教的思想内容。她在《血泪·自序》中说她的诗集“只是想把过去的血泪，将来的期望，现在的祈求，全盘说出，不管是痛哭和欢笑，更不管是血和泪”。她表示要把这个诗集“献给沉沦苦海中的朋友们”，显然她的诗旨在警世。她在诗集中抒写她痛苦的人生充满了“悲哀、苦恼、呻吟”，“像这样的人生，我真想早日把它结束”。她追求理想，但又苦于无门径而陷入苦闷彷徨（《苦痛的人生》）。在《我的心》《寄雅妹》《桃花》等诗中都热烈地呼唤着自由、光明、美好社会的到来，渴求埋葬“龌龊、腐败、枯燥的社会”。在旧体诗词《飘零集》中的一些诗篇，还表现了她对日寇侵略者的强烈愤恨。她不少的诗在忧郁、惆怅、彷徨中表现了她的坚韧、愤恨和追求，她的诗语言细腻柔美，色调哀怨。

20世纪30年代贵州省内报刊也开始发表新诗。由于省内新诗还是开创时期，因此作者较少，但这些省内作者所写的诗歌却是面向现实，关注现实，表现了强烈的爱国的忧患意识。最突出的是围绕九一八事变发表了不少富有战斗热情的诗篇。如程明呻在《良心血性》一诗中强烈谴责日寇野蛮侵略我国东三省的罪行。像这一类抗议日寇侵略的诗还有王世昌的《呐喊》、桑栋材的《寄给母亲》、金悄帆的《哲不归来》、夏明经的《呼声》、邵文斌的《奋斗》、赵介眉的《青年》、张善征的《寄友人》《心潮》、彭玉明的《国民》、谭文伟的《梦》等，作者大都是富有爱国热情的青年学生，他们在诗中从不同角度和各自的体验出发，抒发抗日救国的激情，表达了中国人民决不屈服、不怕牺牲、誓死保卫祖国的抗日决心和意志。

其他诗篇，则有表达对劳苦大众的同情，对剥削者的愤懑。如幽林的《渔光曲》抒写作者看到“富人与穷人生活的对比”，对“贫富悬殊的绝顶”的生活情景感到愤慨的心情。仲常的《农人》，感叹农民辛劳收获，却不得温饱，只有“呜咽泪满裳”；他在《儿》一诗中，又写了生活的困苦给自己教养子女带来的忧虑和艰辛。农的《送别》则写的是友人“为了生活拼命地前进”，去做“沦落天涯的游子”，他在送别好友远行的惆怅之中，透露出知识分子在旧社会生活艰辛的困苦心情。抒写人生感悟的有苏凯的《努力》一诗，作者鼓励人们在人生道路上不要为人生末路悲观，指出：只有“鼓勇精神前进”，才能“突破人类的障碍，共跻于光明之途”。另外，还有歌赞大自然的诗篇，如覃仁华的《秋的礼赞》，作者礼赞金秋季节的美好，歌赞它是“美的女神”，春、夏、冬都有自身的不足，只有秋色最宜人，能“给人们以冷冷的温存”。

以上这些诗篇虽然不多，但那些抗日救亡的诗歌，抒写青年学生强烈的爱国赤诚却是十分可贵的。其他一些诗无论是同情劳动大众的疾苦，也无论是曲折表现对暗黑现实的愤懑，还是抒写自己的苦闷惆怅，都面向时代、着眼现实。这表明贵州诗歌在开创之初便沿着现实主义的道路，迈出了健康的步伐。

1937 年抗日战争全面爆发后，贵州省内的报刊发表了不少以抗日为主题的诗歌，作者们怀着高昂的爱国热情、同仇敌忾的民族义愤，拿起诗笔做武器，为神圣的民族解放事业呼唤、歌唱。如初民的《起来吧！贵州的人们!》一诗，作者满怀激情地呼唤贵州人民投入抗日洪流，他提醒人们“贵州不是桃花源”，号召“有力出力，有钱出钱，打退敌人，还我河山”。更多的诗篇则是歌唱抗日，号召人民投身抗日洪流，如工情的《我们》歌唱中华民族不屈的抗争意志；黑子的《原野之歌》歌唱人民力量的巨大；杏人的《安慰之歌》号召青年抛开个人的惆怅，要振奋起来，“把青春嫁给战争的年月”；靡芫的《姑娘赞》描述了满怀“一腔爱国热肠”的姑娘“为战士作征衣裳”，“看护受伤的兵将”，作者对她的爱国行动深表敬意。当 1938 年 12 月 4 日日机对贵阳大轰炸之后，不少作者写下谴责日寇血腥罪行的诗，如鞠孝铭在《山城血火》一诗中，愤怒控诉了日机大轰炸的罪行。

在歌唱抗战的作者中，较为突出的还是荒牧。他的《七月》可以说是一首“七七”抗战的赞歌。他的《饥寒圈外》对逃亡到后方都市来的难民的苦难生活寄予无限同情，表达了他对日寇野蛮侵略的无比愤怒。另外，他还写过一首赞颂一群开拓者们用辛勤的劳动“要将荒漠的土地开拓出绿洲”的《开拓者底歌》。特别应提到的是他所写的一首贵州新诗开创以来少有的长诗《河》。作者在“前记”中说他故乡的“那条河在抗战的洪流中，澎湃起来了，呼唤起来了，惊动了沉睡的大地!”这首长诗主要就是通过对故乡河的赞美，表达作者对故乡的怀念和热爱，并唱出抗战时代的歌声。在诗中作者把故乡的河视为“相依为命的恋人”，他蛰居在外，却日夜惦念着故乡的河。在异地他乡虽然也有河，但却憎恨它，因为在那里“只有荒淫，只有罪恶”，使得作者的心也“被沾上了罪恶”，并蒙上了一层“悲哀的网”。对比之下，作者更觉故乡河的可爱。他赞美故乡的河是“生命之流”，它“养育着土地”，养育着人民。当作者归来时，像见到亲人一样，向它倾吐着欣喜之情，使作者更为自豪的是这条河呼唤故乡儿女投入抗战的洪流中去，欢呼它“孕育着抗战的生力军”。这首诗写得情真意切，既抒发了作者的思乡之情，又反映了贵州人民在抗战中的觉醒，有着明显的时代色彩。

贵州人民的觉醒也反映在不少以抗日为内容的民间山歌中。如 1938 年，北大、清华、南开三校联合大学由长沙迁昆明时，诗人闻一多组织了一个“湘黔滇旅行团”，在贵州就收集了不少抗日歌谣，如：“打日本，打日本/不打日本不安枕/他是我们大敌人/想把中国一口吞/要想救国图生存/非打日本不得行。”又如：“日本倭奴你莫作/来打中国不要活/有朝一日你懊悔/自搬石头自打脚。”仅此二首就足以反映人民群众同仇敌忾的高昂爱国热情。有一首流行在关岭一带的《抗日山歌》，是以夫妻对唱的形式表达农民群众高涨的抗日热情，表现了农民群众高度的爱国主义觉悟。

除了抗日诗歌外，这一时期诗歌的另一内容是抨击黑暗的社会现实，追求自由和光明，以及激励人们的斗志。山风的《为五月而歌》满怀激情歌赞革命的五月，作者通过回顾签订屈辱的“二十一条”卖国条约和“五四”“五卅”“五一”等反帝爱国斗争的光荣传统之后，深情地高歌：“在伟大的战斗里/让我来为五月而歌——/壮士的血洗尽了五月的耻辱！/更烧大光辉的火炬吧！”这是将历史与现实斗争相融合的赞歌。琼的《时代的飘泊者》鼓舞“时代的飘泊者”要坚定地“把握着胜利的轮舵”，驶向“自由、幸福的彼岸”。张君川的《星子姑娘》是一首光明的赞歌。杏人的《给忧郁的人》劝告在苦难的时代中苦闷忧郁的人们要振作起来。小英的《当黑暗到来的时候》是一首呼唤黑暗社会中的人们觉醒起来争取光明、自由和求生存的长诗。这首诗充满着与黑暗抗争的决心，表现了顽强生存的坚强意志。诗的感情深沉，有着作者深沉的思考。另外，有的诗不仅抨击社会的黑暗和不公，也表达对被压迫者的无限同情，如铁马的《一片小草》借“路边的一片小草”被“残酷的车轮”辗碎，表达对弱者的同情、对摧残者的无比憎恨。另外，还有采风官的《江边》《忧郁》、李麦宁的《宣告》《祝福》等诗抒写个人情怀，也较有特色。

抗战时期贵州的革命先烈创作的新诗也在发展，他们不仅写了比抗战之前更多的篇章，而且多是在监狱中写下的。他们的诗，高扬着革命精神，抒写了共产党人的崇高理想，表现了中华民族的浩然正气和中国人民宝贵的品格；他们的诗，放射出马克思主义者的人格光辉，在艺术上具有豪情激荡、质朴清新的风格，也有着鲜明的时代风采。

共产党人陈法轼于 1942 年被捕后在监狱中写了 4 首《狱中诗》，描述了黑暗的监狱生活和他所受的残酷折磨，但他面对黑暗的监狱却是无所畏惧的，他把监狱当成是锻炼革命意志的场所，表现了共产党人的革命乐观主义精神和革命英雄主义精神。李策在1938年领导贵州的学生运动被捕后写了不少文章和诗，表现了他的革命胸怀和坚强意志。如他在写给妻子的《狱中寄语之九十七》一诗中，强烈抨击反动当局“从不考虑外患日重”，只知镇压人民，把贵州变成“血腥的屠场”。敌人的监牢虽然把革命者折磨得十分“清瘦”，但他却说：“我们的骨头，仍然是挺硬挺硬。”他要求妻子“应该更勇敢地站起来/为了保卫真理/准备与各种各样的敌人/进行无情的搏斗！”还要求把孩子培养成为革命的接班人。凌毓俊于1938年8月在贵阳领导革命斗争被捕后，也写了很多诗，在《炼狱》中他表示：“将以自己的受难/去预约那新生的太阳。”表现了为人民争取自由、光明而献身的决心。另外，还有顾希均的《奋斗》、乐恭彦的《人生当如蜡烛》、邱纯和的《题赠战友》、肖次瞻的《〈海底梦〉读后》、黄齐生的《解放歌》等诗，都表现了为革命献身的决心和作者崇高的气节和操守。

上述这些诗歌表明：抗战时期贵州的新诗作者不仅比抗战之前大大增加，而且在思想内容和艺术上都有较大进展，尤其是共产党人那些抒写革命豪情，表现不屈斗争精神的诗歌。那些进步作者所表现的抗战热情和爱国主义精神，以及追求进步、反抗黑暗的诗篇，都体现了贵州新诗可贵的革命现实主义传统。在艺术上虽然有的诗还缺乏锤炼，诗味不足，但从总体上看，诗的语言、构思、形式等都比过去有明显的进步。

抗日战争胜利后，由于国民党统治集团的法西斯化，又把人民大众推向了苦难的深渊，揭露和鞭挞国民党统治集团的倒行逆施，成了这一时期诗歌的主要内容。俞苍茫的《我们这里》（《离骚》1948年第8期）就对国民党的黑暗统治进行了无情的嘲讽，他写道：“我们这里”，没有正直，没有良心，没有温饱，而有的是“饥饿”“疾病”“汤药”，即使有“欢笑”，然而这“欢笑”是“蘸了别人的眼泪画出来的欢笑”；有“粮食”，这“粮食”是“贫苦人的肉体和灵魂拌匀了的混合物”；有“爱情”，这“爱情”是“放上金砝码的天秤”上称的“爱情”；有“正义”，这“正义”只是“吐在舌尖上，贴在墙壁上，写在稿纸上……”的“正义”。强烈的愤恨，辛辣的语言，把人民大众心中的怒火淋漓尽致地表现了出来。晓村的《上弦月》[《中央日报》（贵阳版）1948年5月30日]对国统区的血腥现实表示了无限的愤慨和极端的不满。作者写道：在有上弦月的夜晚，天上“星光闪烁，碧空悠悠，境界十分美好的。可是人间呢？”却“到处是悲愁”。月夜里，“多少人家流落在街头，多少人暴骨在荒丘”；月夜里，

“多少人没有了耕牛，真理被强暴奸淫，四处伸满血淋淋的手”；月夜里，“屠户们脚下堆满了无辜者的骨头”。该诗对国统区由于当权者的腐败无能而带来的冷酷、残暴进行了愤怒的谴责和诅咒，写出了“月儿弯弯照九州，几家欢乐几家愁”的新意境。墨它的《关金票》(《小天地》1948 年第 35 期)则以民谣的形式，对国民党统治集团滥发的钞票、坑害百姓的伎俩进行了辛辣的讽刺。

由于国民党统治集团的专制、独裁，人民大众的生活痛苦不堪，诗歌作者们在揭露和鞭挞国民党黑暗统治的同时，对劳苦大众挣扎在死亡线上的苦难生活给予了深切的同情。毕彦的《贫穷者之歌》写出了农村经济破产后，许多农民不仅失去了生产资料，而且失去了生活资料：“我没有土地，我没有房屋。”由于失去了生存和生活的基本条件，他们就不得不去流浪，去乞讨。克蒙的《没有两样》(《贵州日报》1948 年 1 月 23 日)抒写了山区农民对生活的苦恼和忧愁。为了获得一个好收成，他们一年到头胼手胝足，风餐露宿，可是日子仍然难过。这是什么原因造成的呢？作者看到了有天老爷作怪的原因，也看到了人间存在着的罪恶。

这些诗歌，想象丰富，比喻贴切，写得流利、精致，字里行间翻滚着诗歌作者们激烈而深沉的感情波澜。

这一时期在贵州诗歌界比较活跃的有李麦宁、采风官、荒沙等。李麦宁在抗战后期就开始发表诗歌，并主办过文艺刊物《离骚》，出版过诗集《苦刑集》《草原的恋人》，李麦宁的诗善于表现人们关注的重大政治问题。如《播种者之歌》[《中央日报》(贵阳版)1945 年 5 月 26 日]和《我们的歌声是不朽的》(《力报》1945 年 6 月 7 日)就通过对播种者和抗敌演剧四队的赞颂，表现了团结起来，支持民族解放战争这一重大主题。在《播种者之歌》中，作者把“不惜将头颅一掷”的抗日志士比喻为“播种者”，他们“垦殖、播种、灌溉……忍苦耐劳一如耕牛”，祖国正是依赖他们，才“重显千古不灭的光华”。在《我们的歌声是不朽的》中，作者对抗敌演剧四队的同志深入工厂、农村、战场，宣传群众、动员群众的实际抗日行动给予了高度的评价：“我们底胸怀是一片大草原，我们底歌声是一个音乐的海”，“这儿有着光耀的星辰，还有创建新宇宙的力量”。李麦宁的诗还善于抒写自己的内心世界。如《遥记》(《离骚》1947 年第 1 期)和《心曲》(《离骚》1948 年第 6、7 期合刊)就表达了自己对远离的情人的深深怀念。李麦宁的诗写得清丽、隽永。他的不少诗，在句子的锤炼上下了工夫，读起来使人感到寓意较深，诗味较浓；但有的篇章在立意造境上尚显不足。

采风官又名吴昉，原名吴纯俭。20世纪40年代，他在《贵州日报》《大刚报》《力报》《诗创造》《离骚》等报刊上发表了几十首诗。采风官的诗取材比较广泛，有阐发人生哲理的，有描写贵州山水的，有怀念远方友人的……其中，思想性、艺术性较强，最具代表性的是他那些贴近现实，反映人民呼声的诗。他的《饥寒者的歌》(《贵州日报》1948年6月8日)抒发了劳苦大众要做"主人"、不做"奴隶"的思想和愿望。《忧郁》(《诗创造》1948年第2辑)写出了人民群众对历代反动统治者的愤慨和憎恨。《宣告》(《离骚》1948年第6、7期合刊)则唱出了国统区人民对民主、自由的向往。《勇敢的向前走》(《贵州日报》1948年2月19日)表达了人民群众决心团结起来，同反动统治者进行坚决斗争。采风官的诗写得明快、豪放，充满着现实感、时代感；但有不少诗只停留在对清新的生活气息的捕捉上，思想形象还不够开阔深厚。

荒沙原名陈福彬。20世纪40年代初，他便在《贵州日报》《大刚报》《力报》等报刊上发表诗歌，并与人合作出过诗集《四心集》。荒沙的诗，像一支短笛，吹奏着对现实的忧虑、对人生的思考，如《希望》(《贵州日报》1947年12月30日)："希望/海上的船"，"把舵人/认清风浪/船能安然渡到彼岸"，"人们/把思想的方向确定/希望/便能迅速到达境界"。荒沙的诗似小桥流水，清新、含蓄，富有哲理性；但题材狭窄，对生活的理解不够深，正如蹇先艾1946年所说的："荒沙的诗清新有余，还缺乏气骨，有的诗稍嫌狭窄，变化略小，如果作者肯离开家乡，出去各处走走，开拓一下胸襟，一定会有更大的成就的。"

(原载陈锐锋：《现代文学论集》，北京：国际文化出版公司，2005年)

[陈锐锋：贵州师范大学文学院教授]

百年新诗选本的地域化呈现
——论贵州新诗的选本现象

颜同林

如果说出版界冠名为“诗选”“最佳诗歌”“诗歌年选”之类的新诗作品“选本”,是一种与新诗创作实践滞后或同步的审美活动的话,那么这类选本的编选自然会带有兼顾思想与艺术、历史与美学的特点,也自然成为读者洞悉与把握新诗史上诗潮、流派与运动,以及凸显诗歌队伍、收录经典作品的载体。新诗“选本”现象,一直伴随着百年新诗的发展、演变而一路前行,不论是站在全国诗坛的高度,还是站在省份、地区诗歌圈子的视角来看,均是如此。不同地域、不同时期编选新诗“选本”活动一拨接一拨地进行着,差不多大同小异地遍地开花过。具体以贵州新诗近百年的历史而言,虽然与全国相比并不显得特别与出色,但作为文化边缘省份地区——贵州诗坛某一阶段与地域诗歌创作的实绩呈现,大体还是十分热闹的,相关编选版本众多,选家蜂起。对某一阶段或某个创作群体进行总结与反思,对一种新的创作思潮进行把握与凸显,既是一个省份文学脚印的延伸,也是选家诗学眼光与精神关怀的浮现。“读诗家专集不如读诗歌选本。读选本虽只能‘尝鼎一脔’,却能将各家各派鸟瞰一番。”[①]不同的选本,“鸟瞰”到的风景有异,也决定了一部诗歌选本的价值与地位。

在贵州新诗历史的长河中,诗歌选本在诗歌作品的传播与接受、文学史格局的形成,以及作品经典化的过程中,都扮演着独特的角色。这涉及一个社会的文学机制,以及机制本身造就的有形或无形的文学制度。正如有学

① 朱自清:《〈唐诗三百首〉指导大概》,见《朱自清古典文学论文集》(下册),上海:上海古籍出版社,1981 年,第 358 页。

者所言,“重读二十世纪中国文学的历史,就特别要注意那些文本以外的现象”。[①] 贵州新诗“选本”,作为“文本以外的现象”之一,便成为当下切入贵州新诗历史的一种有效途径。

一

贵州新诗起步比全国晚一拍,大概到20世纪20年代中期以后,才陆续有新诗人发表诗作。来自贵州遵义的蹇先艾在北京参加新格律诗活动时,有少许新诗创作。黄齐生、王若飞也有少量口号式的作品。20世纪30年代,女诗人卢葆华自印诗集《血泪》,影响较大;祖籍贵州的现代派诗人李白凤创作较多,成就较大。20世40年代,荒牧、李麦宁、采风官有诗集问世,大体能代表贵州当时新诗的水平。从中可见,在20世纪上半叶,贵州新诗创作实绩底子薄、基础差的特征是明显的。[②] 此外,如果从选本的角度来看则要比全国诗坛慢若干拍,在20世纪上半叶,基本没有贵州新诗选本出现过,这成为一种无法弥补的遗憾。

贵州新诗选本的真正出现,到20世纪50年代才成为现实,其显著的特点是与本土的出版机构——贵州人民出版社的成立有较为密切的关联。1950年第一届全国出版工作会议之后,出版体制明确分为编辑出版、书刊印刷、图书发行三个部分。经贵州省人民政府批准,全省出版业的龙头贵州人民出版社于1951年2月正式设立,开始在出版文化体制内的运营。“出版社通过文化改造和生产资料所有制的改造运动,到50年代中期,大都收归国有。‘民营’的出版社已不存在。”[③]在贵州特别典型,贵州人民出版社整合了20世纪40年代的一些民营出版机构及其分支,自成立之后便一边出版诗集,一边出版贵州诗歌的选本。20世纪90年代,贵州人民出版社还

① 王晓明:《一份杂志和一个“社团”——重评五四传统》,见《批评空间的开创:二十世纪中国文学研究》,上海:东方出版中心,1998年,第187页。

② 颜同林:《文化生态洼地与新诗地理的精神瓶颈——以贵州现代诗歌为例》,《文学评论丛刊》2013年第1期;《大后方文化卫星城与贵阳抗战诗歌的兴衰》,《南京政治学院学报》2014年第2期。

③ 洪子诚:《问题与方法:中国当代文学史研究讲稿》,北京:三联书店,2002年,第206页。

编印了一本《图书评论集》(1990年),在出版说明中宣称"广大读者和学术界、理论界、新闻界、出版界的朋友们为贵州人民出版社出版的图书撰写了大量的图书评介文章,在全国和省的各种报刊上发表"。出一本评论集子来汇集相关评介文章,既是水到渠成之事,也是非此一家不能有的底气。此书收录新诗集方面的评论文章数十篇,从侧面反映出绝大部分贵州新诗集子由贵州人民出版社出版的信息。直到20世纪90年代以后,这一状况才有一些改变,贵州诗人找外省出版社出版诗集、诗歌选本的现象陆续出现。一个省级出版社与该省诗歌事业的关系,由此可见一斑。从当代文学的整体格局来看,也是文学"一体化"[①]的具体反映。与出版、传播相适应,写作、阅读、评价等方面也高度统一,组织方式都与以前不一样。

贵州现代新诗发展一直十分薄弱,在20世纪上半叶,出版的新诗集也不超过10本,从事新诗创作的诗人,在全国有点知名度的也是寥若晨星。因此,诗歌选本没有出现过。第一本标志性的诗歌选本的出现,要到20世纪60年代初。以贵州大学中文系、贵州人民出版社名义编辑的《贵州十年文艺创作选·诗集》于1960年出版,出版社是贵州人民出版社,后来贵州诗人所出的诗集80%以上均由此出版社出版(以下论述凡是指涉此出版社,均不另注,而只注明出版时间;选本也是如此)。新中国成立十年时,全国各地不论是全国性的,还是地方性的,都出版过庆祝新中国成立十年之类的文学选集。这本书是贵州十年文艺创作选中的一本,与短篇小说集、散文特写集、儿童文学集、民间故事集、歌谣集、戏剧曲艺集、歌曲集等一起出版。8本选集的编选,少了新文学创作的面孔,十分重视民间文学的收集与整理,高度重视普通工农兵作者的作品,算是当时一个鲜明的时代特征。编者在编选说明中自述:"编选的作品,尽可能照顾到内容既能反映我省十年来各个战线上所取得的伟大成就,又具有一定的艺术质量;同时,能体现出我省的地方特点和多民族的特点,在风格上力求多样化。"这是一本旧体诗与新体诗、民歌体与自由体相交杂的诗歌选本,除前面有董必武、陈毅视察贵州时的旧体诗之外,大多数是贵州本土诗人的作品,计有诗人七八十人、诗作一百余首。从作者构成来看,一些作者的前面有"工人""农民"的字样,工农兵作者占了一少半。内容方面大体分为几个部分:反映贵州社会特别是农

① 洪子诚:《问题与方法:中国当代文学史研究讲稿》,北京:三联书店,2002年,第188页。

村经济生活的，贵州各地工地建设面貌的，贵州高原士兵生活的，以及广大山区民族风情与风俗的。这些普通而业余的工农兵作者，包括后来在贵州诗坛有诗名的张克、田兵、廖公弦、吴纯俭等人。

《贵州十年文艺创作选·诗集》当然不是第一本贵州新诗选本，在此之前，曾有若干大多数由贵州人民出版社编选的小册子，个别由《山花》编辑部、部队政治部或大学中文系等参与编辑。这些新诗选本大多数十页，所选作品艺术质量也一般；作者也以工农兵为主，呈现一种通俗化、大众化、民歌化的编选策略，如《山区的歌》(1955 年)、《我在乌江边上站岗——战士诗选》(1956 年)、《遵义颂歌》(1957 年)、《春光颂》(1959 年)、《高原战鼓》(1959 年)、《人小志气大——贵阳市小学生诗选》(1959 年)、《铁道尖兵之歌——铁路诗集》(1959 年)、《农村诗简》(1958 年)、《贵州大跃进民歌选》(1959 年)。1960 年也还一鼓作气编选了若干，如《歌满江河谷满舟——山花 1959 年诗选》(1960 年)、《工人歌唱大跃进——工人短诗集》(1960 年)、《贵铁凯歌——铁路短诗集》(1960 年)、《金梯——农村短诗集》(1960 年)。如今，这些为庆祝新中国成立十周年前后出版的诗歌选本已成为历史的陈迹，很少有人提及。

第二本规模较大、整体艺术质量较高的诗歌选本是 1979 年出版的《贵州三十年新诗选》。这里所指的 30 年，指 1949—1979 年。据前言中编者的介绍，此书为庆贺新中国成立 30 周年而编选，“在作者自荐和各专、县文化单位推荐，并经过查阅资料认真挑选的基础上，采取会议研究、个别交谈及书面通知等方式广泛征求意见后”正式编选后出版，为了统一风格，150 行以上的长诗一律没有入选。编选体例是以思想内容为单元，共分 7 个单元，分别是歌颂革命领袖与党；歌颂昔日的红军经过贵州的精神；少数民族村寨生活；贵州山区生活；工矿题材；赞美普通劳动者；讴歌军旅生活与士兵。整体而言，每一辑虽然没有标明，但以空格形式大体标出，同一个诗人在不同板块反复出现。此选本一共选了 100 多位诗人的 200 余首诗作。与第一本标志性选本的作者阵营比较，作者队伍显然得到了大量的扩充。在贵州诗歌史上值得书写一笔的诗人也大为增加，如新出现的面孔就有弋良俊、叶笛、周嘉堤、陈佩芸、漆春生、罗马、钟华、汛河、潘俊龄、李发模、程显谟、黄邦君、王泽洲、杜若、罗绍书……另外，还有不少新时期以后在贵州文坛做出过贡献的小说家、散文家、批评家等，偶尔写的诗也被收录进去了。同样，与 20 世纪 60 年代相似的是，在此之前数年也曾编选过一些时事性、宣传性较强的诗歌小册子，如《工农兵诗选》(1972年)、《苗岭飞颂歌》(1973年)、《朝阳歌——黔南新民歌选集》(1975年)、《火红的战旗》(1975年)、《鲜花献给毛主席》(1975年)、《喷泉集》(1975年)、《山海的悼念》(1977年)、《娄山新花》(1977年)。这些诗集以民歌体为主，内容以歌颂革命领袖，歌颂党给苗乡人民带来的幸福生活，反映热火朝天的贵州民族地区生活为主。

进入新时期文学以来，贵州新诗艺术的文体意识有所增强，随后陆续出版了一些较好的诗歌选本。《不朽的诗篇》(1981年)、《嫦娥舒袖》(1979年)、《一朵迟开的玫瑰》(贵州总工会编，1981年)、《抒情短诗百首》(何锐编，1985年)、《水花朵朵》(贵州省水利文学艺术协会编，1985年)便是代表。在这些诗选出版的过程中，一些知名诗人如钟华等也在个别选本中作序，带有鼓劲、总结与指引的目的。也许是出于对贵州少数民族作家的偏爱，1985年中国作协贵州分会、贵州省民族事务委员会编选了一套“贵州少数民族文学丛书”，其中有诗选一本，与短篇小说选、中篇小说选、话剧·电影剧本选、报告文学选、贵州少数民族当代文学概观、苗族·布依族·侗族·水族·仡佬族民间文学概况一共7本书一起出版。与前面两大选本不同的是，这次出现了冠名的主编、副主编、编选者等人的名字，如主编便是20世纪50年代登上诗坛的诗人田兵。在前言中，编者梳理了全省少数民族文学事业，如“十七年文学”时期，贵州少数民族作者作品见于报刊的约20人，加入贵州作协的不到10人，参加全国作协的只有1人；“文革”以后，以上各项分别达70余人、29人、7人，出版诗集的已有5人。具体到这本《诗选》，一共选了水族、仡佬族、布依族、回族、侗族、苗族、彝族7个少数民族的诗人52人，其中布依族诗人最多，占21人；选了3首诗的只有石尚竹、龙超云、潘俊龄3人，选了2首诗的占一半左右。从诗作来看，以描写各地民族村寨与边地生活的居多，诗体以民谣体为主，诗风明朗，民族气息浓郁。1987年，杨浩清编辑的《锦鸡泪》由贵州民族出版社出版，收录石尚竹等数位诗人的7部叙事诗，均系贵州诗人对贵州民间传说或故事进行再创作的作品。

整个20世纪80年代，贵州诗坛活跃的诗人黄邦君还编选有《抒情短诗一百首》《当代青年抒情诗三百首》《当代青年哲理诗选》《当代青年爱情诗选》(均为1985年)，罗绍书编选有《中国百家讽刺诗选(1919—1967)》(1988年)。这些选本虽然也选录了贵州诗人的作品，都主要不是针对贵州本地诗人诗作的。值得补充的是，贵州人民出版社《中国百家现代诗选》丛书于20世纪90年代前后几年陆续出版，在当时中国诗坛影响甚大；到今天来看，也是一套相当不错的诗歌选本。

二

进入20世纪90年代，随着市场经济的加速，文学与文化进入转型期。新诗选本出版作为出版文化的一部分，自然也进入转型过程之中。延续到21世纪以来十年时间里，贵州新诗发展不断加速，贵州编选诗歌的力度也有所加强，新诗选本也多了，以各地州市为范畴的选本陆续登场。相对应的是，1995年以前贵州全省的诗人出版的新诗集共200多部，1996—2010年短短10多年时间里也达到了这个数目。新诗选本的编选，或是省、地区文联的政府行为，或是诗人个体的行为，或是诗评家的行为，整个贵州诗坛出现了自由竞争的出版局面。

1997年，胡维汉、张克、卢惠龙任主编，尹伯生任执行主编，广泛联合贵州文学界有识之士，由贵州人民出版社出版了《贵州新文学大系1919—1989》。此大系一共分为现代文学卷、中长篇小说卷、短篇小说卷、诗歌卷、儿童文学卷、散文卷、文论卷、史料卷等8种共11本。这是一套秉着"展示贵州文学发展的轨迹，探求在时代大背景下，贵州文学的自身特点和潜在优势，为研究和促进贵州社会主义文学的进一步发展提供尽可能翔实的史料，做一点扎实的文化积累工作"①的理念而编就的集大成之作，基本上呈现了贵州新文学70年的实绩。其中诗歌卷实际上只包括1949—1989年40年之间的诗人诗作，由朱吉成编选，张劲作《重读来路》的长篇绪论。从体例来看，以诗人个体为序，共选133家，包括长诗与短诗、自由诗与散文诗，诗人方面包括健在的与去世的。这一选本以史料与艺术并重，基本涵盖了贵州新诗在这40年间的发展与成就，艺术价值较为显著。而现代诗歌部分则纳入《贵州新文学大系1919—1989·现代文学卷(下)》之中，与现代散文合成一本，由陈锐锋、何积全编选，并作《诗歌概述》的序言。现代诗作由革命先驱、烈士及大量无名诗人组成，在诗坛活动稍微持久与有影响力的有蹇先艾、卢葆华、荒牧、李麦宁、采风官等人。在20世纪上半叶，由于诗歌史料相

① 尹伯生：《贵州新文学大系1919—1989·引言》，贵阳：贵州人民出版社，1997年，第2页。

对缺乏，所选的诗作大多来自遗存下来的各期报纸杂志，遗憾的是所选力作不多，代表性不够。

21 世纪以来，贵州诗人的创作已有大的跨越，整个社会文学生态也发生了巨变。因为“高产、过剩、市场化决定了文学的传播和消费只能是选择性的传播和消费”①，有选择性，就会出现有目的性的凸显和遗存，也会有意或无意地被遮蔽和人为隐失。所有的现象都可以从以下各个方面找到证据和理由。

为了检阅既有的创作，更好地面向火热而丰富的新生活，2009 年由贵州省作协编辑并交作家出版社出版了《新世纪贵州作家作品精选》丛书，丛书共 3 本，分别是小说卷、散文卷与诗歌卷，书前印有“谨以此书献给共和国六十华诞”字样。根据所选作者均是省作协会员原则，《新世纪贵州作家作品精选 · 诗歌卷》所收诗人均是会员，共收 50 位诗人的诗作近 300 首。每一个诗人均附有简单的介绍与照片，每个诗人的作品并不限于 21 世纪以来所作，倒是选录了诗人的代表性作品，如唐亚平的《黑色沼泽》便是典型例子。2011 年，贵州人民出版社出版了贵州省文联编的《纪念建党 90 周年贵州文学精品集 · 诗歌卷》，收录 80 位诗人的 200 多首诗作。

如果说上述 3 种新诗选本仅仅是省文联、省作协在全省层面统筹运作而付诸行动的成果的话，那么一种新的局面也开始了，个别地区、诗评家个体开始涉足这一领域，出版了若干新诗选本。贵州文学在黔北，这是贵州文学界、诗歌界公认的事实。遵义地区历来是诗歌重镇，相关的编选也较多。出于新中国成立 50 周年的纪念，以 50 年为时间论域的诗选便有遵义诗人姚辉编的《遵义 50 年诗歌选》（中国文联出版社，1999 年），选录了黔北新诗代表性的诗人与作品。2002 年，萨客主编《遵义九人诗选》由四川人民出版社出版。2003 年，李发模、郭思思编辑《贵州的诗歌：21 世纪 21 人诗选》出版。2007 年，由林茂前主编的《遵义新世纪文学作品选 · 诗歌卷》出版，此书系《遵义文丛》第一辑 13 本书中的一本，收录 52 位诗人的 100 多首诗。与遵义地区相比，黔西北也是一个诗歌富矿。毕节地区的纳雍可以与遵义的绥阳相媲美，同是诗歌之乡，从这里走出不少有名的诗人，诗歌相关的活动等也较可观。2000 年，黔西北少数民族文学丛书之一《新诗选》由贵州民族出版社出版，共收录副主编罗剑在内的少数民族身份的毕节诗人 24 人以

① 罗执廷：《文选运作与当代文学生产》，广州：暨南大学出版社，2012 年，第 248 页。

及他们的100多首诗作。2010年,毕节田庆中主编的《纳雍跨世纪新诗精选》由福建海风出版社出版。2011年,罗建明主编的《黔西北文学·诗歌卷》由贵州民族出版社出版,书前有戴明贤的总序。此书装帧大气、厚实,清理了毕节地区(即黔西北)的诗歌库存,共收录诗人77人,诗作数百首。黔中安顺地区则在2005年,三泉、杨永范等6位诗人合集《云彩草书的丰沛:黔中诗坛六人行》由作家出版社出版;2008年,安顺地区7位诗人合集《岁月如何繁华》由中国戏剧出版社出版;2012年,王家鸿、梅培源主编的《安顺诗歌30年选》由中国文联出版社出版,收录安顺地区30年来57位诗人的数百首诗作。黔东南、黔南主要少数民族地区,诗歌相对较为单薄一些,但近几年也有很大改观。比如黔南地区就有较多收获:2008年,综合性文学作品集《山魂——贵州省都匀市文学作品选》《剑江潮——新时期贵州都匀获奖作品精选》都精选了新诗作品。2009年,作为新中国成立60周年献礼,当地诗人在中国文联出版社出版了《在时间之水中漂流》选本,一共收录彭世壮、杨启刚等6人诗作100多首,并附有诗人照片、简介与诗观;2012年,又在作家出版社推出30多位会员的抗灾诗选《内心伤重的河流》,诗作120多首,主题十分集中。

贵州作为中国散文诗的重镇,与散文诗人徐成淼是分不开的。20世纪90年代初期,徐成淼曾编选过两本贵州本土散文诗人的集子。1992年,由徐成淼编选的《中国散文诗大系·贵州卷》在广西民族出版社出版,印数5000册,据编者介绍:"这里编选的,是近70位贵州散文诗作者的200多首散文诗,可以大致反映贵州散文诗发展的轨迹和概貌。""贵州散文诗起步较晚,新时期之前未见有影响的散文诗作家与作品。新时期以后,在全国散文诗发展的推动下,贵州散文诗的发展很快。两年前,我曾编选出版'贵州八十年代散文诗选':《摇曳的火焰》。从那里边,已可看出,贵州散文诗的起点不低,一些作者表现出不可小觑的势头。两年后的今天,当我选编这本《中国散文诗大系·贵州卷》时,我惊喜地发现,贵州散文诗又向前跨出了新的步子;这是只要把两个本子加以对照,便可以得到证明的。"①站在全国散文诗发展的高度,及时总结贵州散文诗创作的实绩与经验,这一编选是有益于贵州诗坛的。另外张顺琼编选《贵州散文诗十家》于1994年由哈尔滨出版

① 徐成淼:《编后记》,《中国散文诗大系·贵州卷》,南宁:广西民族出版社,1992年,第274页。

社出版，所选诗人为罗文亮等10人，诗作近百首；诗人队伍中没有徐成淼等贵州代表性诗人，反映了选编标准的差异与歧见。

随着文化出版部门的多元化，正如上述一些诗人或诗评家曾主动编书印书一样，更为年轻的诗歌选家也开始了各自的行动。赵卫峰、西楚2003年主编《高处的暗语：贵州诗歌》，由中国文联出版社出版，收录20余人的诗作100多首，并有相关评论近10篇。赵卫峰、颜同林2011年主编的《21世纪贵州诗歌档案》系民刊《诗歌杂志》公益出品，由中国文联出版社出版。该选本由现场、选粹、观察3个部分组成，对2000年后贵州区域诗歌生态进行脉络式展现，共收录39位诗人的200余首诗作，并附有诗歌论文10余篇和21世纪以来的贵州诗书出版情况，在诗界引起较大反响。此书的连续出版物《21世纪贵州诗歌档案（2011—2014）》于2014年由中国文联出版社推出，两位主编在编选贵州这几年的诗人与诗作时，所采取的基本思路、板块设计、诗人队伍呈现等诸多方面大体相似，是贵州诗坛带有连续出版的诗选之代表，肯定会影响今后贵州新诗人，特别是“80后”诗人队伍的进一步集结与冲锋。

一些诗人也开始联合出版诗作，有代表性的如下：1976年，朱吉成、郑德明、王贤良合作出版《雄关放歌》；1991年，陆大庆、姚辉在华夏出版社出版《两种男人的梦》；2002年，赵卫峰、西楚、黑黑在四川人民出版社出版《过程：看见》等这些都是几个诗人的合集，虽不怎么属于本文所谈新诗选本范围，但这里略微指陈这一现象，以便引起更多的关注。

三

“新诗，作为新文学整体方案的一部分，其社会性和历史性不能忽略，它的生成与展开，同样处于20世纪中国复杂的历史、文化进程中，在具体的‘现场’中，新诗的传播接受、文化定位、读者样态以及文学史塑造等外部环节，与其历史形象和内在性质，都有着深刻的关联。单一的‘内部研究’似乎无法将这些关联完全说明。”[①]是的，文学社会学研究，与文本研究同样重要。贵州新诗的选本，是外部研究的对象，同样值得分析与总结。

① 姜涛：《“新诗集”与中国新诗的发生》，北京：北京大学出版社，2005年，第4～5页。

从 20 世纪五六十年代的新诗选本开始，贵州诗坛的选本多种多样，大体反映出贵州新诗界诗歌创作的实绩，下面再从传播与出版的视角进行透视，其特点与优劣也值得反思。

一、立足史料与艺术提升的两难抉择。贵州诗歌选本的适时出现，增加了诗歌界对贵州新诗的认识。与全国诗歌选本相比，贵州新诗选本在数量上并不差强人意，但它见证了贵州诗歌的发展与繁荣。不同诗歌编选者，或是以文类相归纳，或是以同仁相号召，或是以艺术独立为标榜，或是以特定区域为旨归，都能收录带有代表性的作者与作品。试以《安顺诗歌 30 年选》为例，是安顺诗歌 30 年（1982—2012 年）来一次集中与有效的梳理和历史回顾，当下比较活跃的本土群像大体收录无遗，而且得到了一种在立场上向他们倾斜的处理。在编排顺序中，编者以诗人姓名的音序为编排体例，每位诗人均附有照片和 100 字左右的简介。正如编者在《编后记》中所说，"这个选本，是对改革开放以来安顺诗歌创作的一次全面梳理和检阅，是改革开放以来安顺最全面、最系统的诗歌选集，当然也是收录诗歌作者最多、选稿范围最广、涵盖历史跨度最长的诗歌选本"。"入录的作者，从身份上看，来自不同的群体——既有机关干部、教育工作者，也有企业界人士、在校学生等等。从年龄组成上看，本书作者从四十年代贯穿到九十年代……在坚持以质量为先，注重权威性、全面性、史料性统一的基础上，对特殊人群比如'当前在线'诗人，以及女作者、少数民族作者、有一定潜质的诗歌新人，选稿上有都所侧重。"

但读者要追问的是，这些选本是否具有艺术的含金量？是否代表了贵州新诗所取得的成就？答案是肯定的，不过也要加以综合性的审视。贵州诗歌选本的编选者，20 世纪 90 年代之前主要是出版机构，文化部门有自己的编选原则与立场，而且大多数是政府行为，拿省里或市里的文化、出版等渠道的经费去运作与出版，一般以庆祝国庆、建党等为出版缘由，面向市场的诉求自然较弱。因此大多数选本比较中规中矩，编选者不得不在人情、名气方面与主管部门之间达成某种平衡。比如，上述《安顺诗歌 30 年选》，选录了王家鸿、张顺琼两位先后获得过全国少数民族文学骏马奖的诗人作品，却不知什么原因没有收录同获此奖的当地女诗人罗莲的作品。类似选本的遗珠之憾普遍存在，一些探索性、争议性的作品也很少收录，如哑默、黄翔的诗作，基本没有被纳入贵州诗歌的大型选本中去。在贵州新诗史上的一些遗漏者，一直得不到合理的疏理，如 20 世纪 40 年代的荒牧、李麦宁就各有

3 本诗集问世，但一直处于被遗忘状态；相反，一些并不以写诗见长的作家或文化官员，一些只在某一个阶段写诗后来又在诗坛销声匿迹的诗人，出于各种原因又反复出现在不同的选本上，所选篇目大体雷同，有的甚至不符合编选的原则，按道理是选不进来的。这成为一种无形的资源浪费！

二、整体而言，贵州新诗的选本与全国诗歌选本大体保持一致，编选的选本已有近百种，相对而言并不算少。从“十七年文学”到“‘文革’文学”，再到新时期文学，再到 20 世纪 90 年代以来的文学阶段，贵州新诗从面向工农兵，面向农村、部队、工地等基层中，逐渐分化出来，思想性与艺术性并重的趋势很明显。从出版来看，20 世纪 90 年代之前主要是在贵州本土出版，譬如贵州人民出版社编选并出版的便占绝对优势。后来随着全国诗歌事业的发展，随着出版文化的变迁，在外省特别是在北京出版机构出版的诗选多了起来。从诗选的编选、出版、发行来看，它暗示着进步与开放。另外，进入全国主流的出版机构，也扩大了贵州诗人诗作的全国影响力，全国诗歌选本也较多收录贵州籍诗人的作品，这是可喜的现象。但是，诗歌选本的编选越到当下，编选者的个体意志越占优势，出版诗歌选本变得相对容易许多，编选者自然要考虑到编选运作的可能性，综合考虑出版的成本与效益。于是寻找并利用资源成为一种不得不面临的现实选择。比如，郭思思曾以萨客笔名主编《遵义九人诗选》，选录的诗人有姚辉、惠子、安斯寿、郭思思、司马玉琴、陈灼、郭正勇、谢启明、陈国华，这一九人队伍并不纯粹，政府机关、文化部门的官员也有几位，正如诗评家沈奇在《回望中的一片灿烂》的序中所说，“除姚辉等三四人之外，其余几位诗人的作品质量有些参差不齐，尚无形成可把握的内在理路”。后来郭思思以“九人诗选”的名号出版了大量类似诗集，他偏爱“九”这个数字，把不同类别的九个诗人联系到一本书中，创造了一个出版的品牌，但类似的不足依然存在。

三、对于选本而言，在选录代表性的诗人与诗作方面，贵州诗歌选本在这方面还存在较大的问题，与全国相比仍有大的差距。说得苛刻一点，目前只有寥若晨星的几种选本，基本上做到了思想性、艺术性与公信力的结合。流行的、大范围的、在全国有影响力的诗歌选本还很鲜见。当然这也反映了贵州新诗创作的实绩。作为一个文化积淀历来薄弱的地域，贵州在全国有影响力的诗人不多，在全国有影响力的艺术质量高的诗作更少，这注定是贵州诗歌选本先天不足的劣势。“编一部选本是一种学问，也是一种艺术。顾名思义，它是一种选择。有选择就要有排弃，这就可显示选者对于文学的好恶或趣味。……一部好选本应该能反映出一种特殊的趣味,代表一种特殊的倾向。”[①]要做到这样,一要有好的有责任感与良知的选家,二要有足够好的诗人与诗作,二者不可或缺。贵州诗歌选本,一定程度上是贵州新诗前行的路标,需要各方力量的协作与配合,也需要一定的社会与时代条件。如果对此加以反思的话,笔者认为对优秀诗作的呈现还有相当的距离,选人是第一位,也是最容易的,但选出有代表性的作品就很困难了。其中的原因,可能是所选的诗人本身就缺乏代表性作品,这些诗人带有诗歌活动家性质,名声在外,诗坛上的写作者也大体知道有这么一个人,但记不住他写了什么诗作;另一种可能则是偷懒,编选者本身也缺乏发现好诗的眼光,以致造成只见诗人却没有优秀作品的现象。纵观贵州诗歌的选本,这一现象十分突出。比如,贵州作协所编的《新世纪贵州作家作品精选·诗歌卷》,除题目上冠以“精选”之外,在编后记中也说要“体现当今贵州文学创作水平,成为宣传贵州的一张名片”,但是优秀的作品仍然很少。这可能与只从会员作品中遴选有关。

“贵州的近代与现代,特别是中华人民共和国成立后的40多年,图书出版业有很大的发展。”[②]这一趋势仍在继续,以西南省份之一的贵州地区新诗创作为对象的新诗各类选本,一直断断续续在进行,而且节奏在加快;全省各地区总结各自文艺成绩的诉求也越来越强烈,因此这一编选与出版的文艺活动仍保持着旺盛的良好势头。如何呈现穿透黔地的诗歌之光,如何收录在全国诗坛叫得响的诗人,遴选有代表性的诗作,其选本可以得到贵州诗人、读者乃至于全国诗人、读者的高度认可,则仍具有毋庸置疑的挑战性。一方面,贵州诗歌选本的出现、发展、繁盛,基本能够见证贵州省这一地域诗歌精神和精英文化的成绩与走向,是贵州诗坛之幸;另一方面,穿越黔地的诗歌之光,必须又是独特的,能汇入并丰富中国诗坛的诗歌光芒!

(原载《北方论丛》2018年第2期)

[颜同林:贵州师范大学文学院教授]

① 朱光潜:《谈文学选本》,《朱光潜全集》(第9卷),合肥:安徽教育出版社,1993年,第217～218页。

② 贵州省地方志编纂委员会编:《贵州省志·出版志》,贵阳:贵州人民出版社,1996年,第1页。

大后方文化卫星城与贵阳抗战诗歌的兴衰

颜同林

差不多是中国现代历史上灾难代名词的七七事变在1937年爆发，在新一轮国共合作的时代大背景下，全面抗日战争正式拉开了大幕，整个中国被卷入这场战争。从1937年到1945年的数年时间内，战争与和平、启蒙与救亡、民主与自由等既是整个社会历史的内容，同时也是诗歌艺术的母题。残酷的战争给全国诗人们带来的除了来自于书面文字、传媒的阵痛与伤痕之外，最真切的莫过于不断逃亡以图生存的经历。个体生命失去了原来较为安逸而又稳定的生存环境，不论是物质生活还是精神生活，均呈直线下降趋势。诗人们被不断地驱赶，逃亡于不同地理空间的中小城市，甚至是荒凉的山村旷野，其中又以寓居内地中小城镇为主。诗人们从大都市北平、上海、天津、武汉、南京、广州……一路撤退到大西南一隅的重庆、桂林、成都、贵阳等地，或是大西北的延安、三边等某些城镇与村落。在这样的迁移与流亡中，中途又有多少人是刚安顿下来，还没有来得及喘一口气，又不得不计划下一次避难逃亡。在这样的辗转逃亡与生离死别中，诗人们经历了生命个体的伤痛，接触了以农民为主体的底层社会，目睹了外乡不同城镇的日常生活，参与了各自寓居城镇的现代化进程等精神建构，留下了徘徊在血与火、生与死、异乡与故土之中的复杂记忆。

立足于这样的救亡语境，我们来反观贵州抗战诗坛，可以惊喜地发现贵州新诗赢来了历史的发展机遇期，民国历史上的不幸却促成了贵州新诗乃至文学之幸。但遗憾的是，在全国新诗研究者视野中，贵州抗战诗歌却被无意中隐藏起来。曾有专门从事大后方文学、抗战诗歌等领域研究的学者，仅仅梳理与述说了上海、广州、香港、武汉、桂林、重庆、成都等地诗坛的概况，却因地域、史料等原因而遗漏了抗战诗歌的重要组成部分——“贵阳诗坛”。[①] 数十年来，贵州本土学者们也对脚下这片土地的过去，缺乏深入而全面的相应研究，除几篇当事人的回忆性文章外，便只有若干零星的文章。[②] 随着历史的推移，更多的史料被陆续挖掘整理出来，如《贵州新文学大系 1919—1989·现代文学卷(下)》(贵州人民出版社，1997 年)，收录了一大批来自 1919—1949 年之间的贵州诗坛作品，书前附有本土学者陈锐锋、何积全所撰写的《诗歌概述》一文。21 世纪以来，贵阳市档案馆整理馆藏的民国报刊等原始材料，先后编辑出版了“贵阳文化旅游”丛书和“解密贵阳档案丛书”[③]，这些书籍资料弥补了抗战时期相关史料的不足，一定程度上丰富并还原了那段历史文学与生活。笔者的部分材料与论述也来源于此。

一、贵阳：作为大后方文化卫星城的兴起

抗日战争全面爆发之后，地处大西南腹地的边缘省份贵州，凭借天然的高山峻岭等地理优势，无形中拱卫而成陪都重庆的一道屏障，有着当时大西南交通网络中的中等枢纽之地位。譬如，经贵阳中转，既可以北上向重庆去，或再转经成都往四川各地；也可以向西赶赴昆明，或再去缅甸、越南等；也可以穿过贵阳往东南方面走，一条路是往桂林，或再经桂柳转道广州、香港，或经过黔东南走水路赶赴湖南，再转中国北方各地。按以上线路走或相反，都是比较方便的。因日军的逼近与威胁，国民政府于 1938 年迁往重庆，国土大批沦陷，这样在沦陷区或半沦陷区的各级政府、企业、文化等机构或单位，络绎不绝地途经贵州或者内迁贵州，随之带来了一大批在全国叫得响

---

① 苏光文：《抗战诗歌史稿》，成都：四川教育出版社，1991 年，第 28～133 页。

② 如陈锐锋：《抗战时期的贵州诗歌》，《六盘水师专学报》1995 年第 2 期；朱伟华：《抗战时期的贵州文化与文学》，《中国现代文学研究丛刊》2006 年第 3 期；谢廷秋：《抗战时期的贵州文学景象》，《文艺争鸣》2011 年第 9 期，谢廷秋：《贵州抗战文化与文学研究》，华中师范大学博士学位论文，2012 年；孙向阳：《抗战时期黔籍作家的文学活动与贡献》，《贵州民族学院学报》2011 年第 6 期；以及笔者的几篇相关论文，包括省长基金课题的结项成果《大西南文化与贵州 20 世纪新诗研究》等。

③ 有《抗战期间贵阳文学作品选》《抗战期间黔境印象》《贵阳旧事》《抗战期间贵阳艺术活动》等数本，均于 2004—2007 年由贵州人民出版社出版。

的诗人与作家们。这些手无寸铁、以文字讨生活的文人们，原先在文化中心城市生活，现在不得不在战乱中远走他乡了，他们中绝大多数是首次来到贵州。虽然当地物质条件十分艰苦，但贵州这片贫困而粗粝的土地，毕竟给了文人们生存的安全感与生活的基本保障。踏上贵州这片土地后，他们往往选择的是寓居或者滞留于贵阳，少数则待在像遵义、安顺、铜仁等小城镇。从居留于贵阳的流亡文人来看，他们或者创办报纸的副刊、杂志，或者组织大小不一的文学社团，或者从事中小学教育实践等活动，五四以来在北京、上海等中心城市生发的新文化，在贵州省会贵阳陆续传播开来，形成了一个特有的历史现象，按著名学者钱理群的说法则是“贵州文化与五四新文化的历史性相遇”[①]。这种“历史性相遇”到底是怎样的相遇呢？在我们看来，显然是两种文化不对等的而又艰难的相逢与拥抱。

首先来看当时贵州省会贵阳的情况。据当时官方资料，鼎革后民国始将贵筑县治移息烽，更府为县，故贵阳为县，自民国始。考贵阳形势，南北狭长，东西较短，如椭圆状。全市面积约 8.5 平方公里。城垣分新旧两城，旧城居南，新城居北。全市人口，据 1936 年冬公安局之调查，计 21131 户 123021 人，共编为 181 保 1839 甲。人少之因，盖以十数年来兵匪相乘，继之饥馑荐臻所致也。市街自 1928 年以还，略具规模：仅只第一经线，即由六广门起，经北大路、南京路、广东路、西成路、中华路、南华路，至中正门止，计长 2.5 公里；纬线 3 条，分别长 0.925 公里、0.75 公里、0.22 公里。以上是皆为历年所筑成，唯惜修筑不良，并乏养护，不数年间，即呈破坏状！1935 年经翻修，已有好转。另有 7.7 公里长的环城马路。商业方面则集中于经线一途，市容近甚繁荣，尤以大十字为最。生活方面，则是物价逐年增高，因系于各省贩购，运费既多，厘税复重，价格偏贵。贵阳水源，北城多饮井水，南城多饮河水。[②] 由于政治、经济、文化和历史等原因，贵阳在现代城市化进程中已明显落后，甚至屈居于发达省区的县城之后。如果说以上举例是官方的统计的话，以下便是带有民间视角的个人性认知了。1938 年，西南联大由长沙迁往昆明，组织了一个湘黔滇旅行团，曾徒步经过贵阳，当时做社

① 钱理群：《抗战时期贵州文化与五四新文化的历史性相遇》，《贵州师范大学学报》2006 年第 2 期。

② 1937 年 2 月 24 日京滇公路周览会贵州分会宣传部印：《贵阳市素描》，转引自《贵阳旧事》，贵阳：贵州人民出版社，2004 年，第 3～11 页。

会调查的年轻学生是这样记录自己所接触的城市景观的:"贵阳现为贵州的省会,市区而外的地方,皆属于贵筑县。四面皆山,虽有小河横贯而不通航。城周约十五里,分新旧二城,旧城即府城,是明洪武十五年建的,清顺治初年,苗民乱起,城垣几乎全部被毁。顺治十六年重新建筑,康熙十一年又加修理。民国二十四年中央军至贵阳,大加修饰,焕然一新。城内以中华中山两路为主干,两路的交叉处叫大狮子(笔者注:即大十字),是全市最繁盛的地方。中山路南北长四里许,中华路东西长三里,黄泥石子路面,下雨天泥泞难走。两旁店铺房屋,尚称整齐。据说许多三层楼的房屋,都是为了前年京滇周览团过贵阳而临时加盖的。除了这两条大路,此外便是许多狭小街巷,有小店铺和住家拥挤在里面。市上多洋货店、百货店、杂货店,东西比外地要贵上三四倍。主因是交通不便,货物运输困难,次因是商人过意抬高物价。抗战开始以来,从战区避居来的外乡人很不少,贵阳市上因此也繁荣了起来。"[①]在文学的视野里,贵阳在抗战前则有"一条街"的戏称,流行甚广。知名作家茅盾两次经过贵阳,曾有一文这样描述:"二十七年春,从长沙疏散到贵阳去的一位太太写信给在汉口的亲戚说:'贵阳是出人意外的小,只有一条街,货物缺乏,要一样,没有两样。来了个把月,老找不到菜场。后来本地人对我说:菜场就在你的大门外呀,怎么说没有。这可怪了,在哪里,怎么我看不到。我请人带我去。他指着大门外一些小担贩说,这不是么!哦,我这才明白了。沿街多了几付小担的地方,就是菜场!我从没见过一个称为省城的一省首善之区,竟会这样小的!那不是城,简直是乡下。'……二十七年冬,这位太太又写信给在重庆的亲戚说:'最近一次敌机来轰炸,把一条最热闹的街炸平了!贵阳只有这一条街!'"[②]类似的描述还有一些,比如数十年之后上海知青叶辛的母亲就反对儿子来贵州,因当初她流亡到贵阳时,贵阳便只有一条街,不像个具有现代都市风格的城市。

其次,从文化积累与底色来看,贵州城市与经济诸方面也乏善可陈。在明清两朝,统治当局对当地苗民治理不善,清朝则主要采取高压手段,没有余力顾及地方上的实业、经济与民生。从中华民国成立起,一直到 20 世纪 30 年代初期,贵州省境内在政治生态上常见的是因地方军阀统治而在不同

① 钱能欣:《西南三千五百里》,上海:商务印书馆,1939 年,第 58～60 页。

② 茅盾:《贵阳巡礼》,《茅盾文集》(第 9 卷),北京:人民文学出版社,1961 年,第 390 页。

派系与势力之间的烧杀抢掳。争夺地盘、安于自治、保存力量等成为习以为常的现象;地域文化与新文学的发生与发展,则极其缓慢。此外,诸如烟赌土匪之疯狂、基础教育之匮乏、民生赤贫之普遍,均可谓触目惊心。[①] 20世纪30年代初期,以追击红军为名,南京国民政府削弱了贵州当地军阀的势力,国民党中央先后以空降形式委任了吴鼎昌、杨森等为贵州省主席,国民党党内势力迅速占据了不可动摇的统治地位,地方军政、士绅势力则差不多消失殆尽,以至于贵州省会贵阳在抗日战争数年之中,不像云南的昆明、广西的桂林一样有颇为强势的地方势力适当予以扶持。因此贵阳城市的地域文化、抗战文化,以及相应的文化空间,显然与昆明、桂林等同处大后方的城市不能相提并论。当全国大多数省区饱受战争创伤时,贵州全境基本上风平浪静,偶尔有日军空袭或侵袭边地,都规模不大,损失并不严重。贵阳、遵义、安顺等地在抗战时期可谓是一个个颇有分量的后方重镇,但均着眼于交通,在文化与文学上没有突出的成绩,因此常常被后来的写史者忽视。譬如,《中国抗日战争时期大后方文学书系》编者就是这样书写的:"重庆是抗日战争时期大后方(区别于解放区、沦陷区)作家荟萃的一个中心,桂林、昆明、成都,沦陷前的上海、武汉、广州,孤悬东南的金华、永安等地,都曾形成一时的抗战文化中心,西安、兰州、迪化(今乌鲁木齐),还有香港延及海外,抗日的作家们足迹所至,都留下了作品。"[②]书中提到了金华、永安、兰州、迪化,但偏偏没有提及贵阳。也许,毗邻陪都重庆的山城贵阳,至多算得上是一个略有规模的"文化卫星城"吧!

言及此,我们不妨对"文化卫星城"略作阐释。在全球因第二次产业革命之机而产生的城市化进程中,随着像伦敦这样的特大城市的出现,大城市人口膨胀、住房紧张、交通拥堵、环境恶化等弊端也引起了人们的重视。最早的先行者是英国人霍华德(E.Howard)与美国人泰勒(Graham Taylor),前者于1902年出版《明日的田园城市》一书,主张在大城市的远郊修建适居小镇,以疏散大城市多余的人口,减轻它的各种压力与负担;后者于1915年提出在大城市的郊区建立类似宇宙中卫星般的小城市,以解决大城市人口过多带来的种种弊病。时至今日,卫星城建设已成为全球化大潮中大城市

① 于曙峦:《贵阳社会的状况》,《东方杂志》第21卷第6号,1924年3月25日。

② 《编辑的话》,见《中国抗日战争时期大后方文学书系》,重庆:重庆出版社,1989年,第1页。

或特大城市的普遍现象，在缓解大城市压力、统筹城乡一体、促进现代化城市的文明发展等各个领域，都取得了成功的经验。本文借用“卫星城”的概念，创造性地提出“文化卫星城”的说法，既是客观地指出贵阳当时在大后方城市群中的地位，也是一个文化发展与布局上的隐喻。显然，它包含以下几重含义：一、在当时陪都重庆周围，贵阳城市发展较慢，政治、经济地位较低，充当着重庆的屏障与缓冲区域，或是疏散人口，或是释放战争压力，不一而足。二、在战时，贵阳成为人们出入陪都重庆的通道之一，独立性较弱，有依附陪都的特征，同时乡村化特色鲜明，具有类似于城郊接合地域之位置。三、更重要的是在文化上，贵阳新文化氛围不浓，地域文化欠发达，文化特征与地位模糊，独立性与自主性也较差。当然，这既有历史的原因，也有文化累积不足之故。因此，贵阳类似大后方文学版图中的“文化卫星城”，抗战文学与诗歌艺术的兴衰也系于此。

贵州全省境内不缺少山峦起伏的山头，正因如此，这些大大小小的山峰阻碍着生存于这里的人将目光投向外界，同样也隔断了外界的人们把足迹踏上这片土地。凡是稍微熟悉贵州 20 世纪文学与文化的学者，都会不约而同地发现贵州现代诗歌发生、发展与演变过程甚为曲折，成绩不够理想。作为一个地处文化边缘的省份，贵州缺乏应有的文化土壤与氛围，贵州现代诗歌自然也长期处于无人问津的边缘化状态。比如贵州没有出版新文学的大小书局，抗战时期迁来贵阳的一些新文学书局，基本上是以销售外地图书为主。本地最负盛名的书局——文通书局，也对新文学十分冷淡，比如，总共只出版过王亚平、祝实明、荒牧等三四册现代诗集；出版的新文学著述，也十分少见。贵州籍诗人与作家，在全国有一定影响力的也屈指可数。一切都差不多是白手起家，类似于在文化的沙漠中建立新的文化绿洲。限于国难的困顿与维持各自的生计起见，贵阳文化卫星城主要依靠外来文化人新创的各种文艺园地来支撑。据不完全统计，抗战时期贵阳文艺圈断续办过六七十种报刊副刊，也有若干种文艺杂志，为抗战文学尽了微薄之力。稍有影响的文艺刊物与报纸副刊有《大刚报·阵地》《西南风》《抗敌》《力报·文艺新地》《中国诗艺》《新流》等。如抗战全面爆发后回到本省的蹇先艾在 1938 年初与谢六逸、齐同、刘薰宇、张梦麟、李青崖等结成每周文艺社，蹇先艾任主编，在《贵州晨报》上附出《每周文艺》，一共出版 51 期，发表了配合抗战的诗歌、散文和评论等。这批成员随后成为中华全国文艺界抗敌协会贵阳分会的主要力量。在抗战快结束之际，蹇先艾在大学教书之余，主编了《贵州日报·新垒》，团结了一批外省与本省的诗人与作家，副刊开展得有声有色。又比如《大刚报》的副刊《阵地》，由避难在贵州大学任副教授的外省诗人方敬主编，编副刊一事主要由作家端木蕻良负责。《阵地》每期半版篇幅，每周2～3次，一般每三天一期，共出了100多期。主要刊发与抗战相关的短小作品，以散文和诗歌为主，也出过“诗歌专页”“外国名诗选译”专栏。刊发的新诗中便有祖文的《从今天起》、杜运燮的《山》、穆旦的《春天和蜜蜂》、何其芳的《歌》、端木蕻良的《无题》，以及彭燕郊、跃冬等诗人的诗作。这些文艺报刊，为逃难到贵州或途经贵州的作家诗人提供了生存的空间，也相应地推动了本地文艺事业的发展。与此同时，贵阳作为大后方文学的文化卫星城，也偶尔与重庆、昆明、桂林、成都等地的抗战文化活动相应和，大后方其他城市出版的文艺书籍、杂志、报纸也有限地进入贵阳城，如重庆出版的《抗战文艺》《文艺阵地》《七月》、桂林出版的《野草》等刊物在贵阳也能见到。由此可见，战时贵阳与全国抗战文艺仍然保持着各种联系，一起汇入全国抗战文艺的潮流中。

二、山城贵阳的历史事件与诗歌的城市书写

抗日战争全面爆发之后到抗日战争结束，贵阳作为大后方省份的省会，基本上没有遭到敌人的正面攻击。但也有例外，1939年2月4日的轰炸、1944年12月的黔南事变，这两件事情，都是抗战期间影响或冲击贵阳的历史大事件。前一件事件毁了小半个贵阳城，后一件事件虽然事发地主要是黔南，但贵阳受的后续影响最大，差一点到了毁城自保的地步，很多诗人与作家也都受到影响。因此，面对这些典型的历史事件，文人们用自己的笔，留下了各自的心灵记录。

1939年2月4日，日本战机共18架侵入贵阳上空，贵阳有史以来遭到日军的第一次大轰炸。当时日军飞机投弹数十枚，准确而集中地轰炸了贵阳市中心大十字一带，史称“二四”之难。当时贵阳城区不大，南至大兴寺（今中华南路北段），北至省府路，东到小十字，西达花牌坊（今中山西路东段）顿时成为一片火海。这一片小区域是贵阳最为繁华的中心城区，且由于当局缺乏防空意识与设施，市民也没有做相关演练，因此损失最为严重。日本战机主要投放的是燃烧弹，其次才是爆炸弹，各类商铺、机关、文化场所、

市民住宅等都成为被轰炸的对象，没有军事性质的目标被轰炸，显出日寇的残忍与冷酷。从文化事业来看，商务印书馆、中华书局、世界书局在贵阳的分支机构以及贵州日报、中央日报、贵州晨报的营业处、印刷厂，金筑与群星电影院、川剧院等，都被烧毁殆尽了。轰炸之后，据省府统计，敌机投弹120余枚，被炸面积约占全市1/7，被毁房屋约1326幢，市民死亡人数480多人，受伤人数730多人。贵阳被炸后引发的大火燃烧了三天才被全部浇灭。另外根据当时商会调查的民间数字，此一事件中死伤约有4000人，无家可归者高达2万多人，财产损失大约为3380万元。这是日本侵略者对贵阳人民犯下的不可饶恕的滔天罪行，是他们欠下的又一笔血淋淋的冤债。

除了这些可以物化与计算的有形损失之外，避难贵阳的文人的损失又有哪一些比较突出呢？首先是意味着贵阳城可能直面战争，不再是一个世外桃源了，报馆、学校、文化出版机构被迫疏散，呈分割状态。有些还迁到了贵州的其他小城镇去了，不再集中于贵阳城区。这一点对一个城市的文化建设相当具有冲击力和负面影响。其次，就是影响了一些具体的文化活动与组织筹备等工作，逼迫文人在停留与逃亡之间再一次做出艰难的选择。贵州本地文化名人蹇先艾回忆，他与谢六逸等编辑的《贵州晨报·每周文艺》随着《贵州晨报》被毁而停办。从上海回到贵阳不久建立新家的谢六逸，家里也损失甚大，在私人书信中谢六逸是这样描述的，“二四之祸，舍间旧宅被毁于火，亲故流离，凄惨殊甚”。这一轰炸之后，蹇先艾写过一篇记事文《毁》如实记录了《每周文艺》被毁的情形，另有散文《残暴的遗迹》也有类似的表达。蹇先艾因此也就离开了山城贵阳，回到家乡遵义居住，延缓了他在贵阳从事文学事业的进程。记录此事件的其他诗文还有张铁军《悲痛与愤怒》、鞠孝铭《悲惨的画面》《炸后的一瞥》等，通过记录各自目睹的轰炸的惨景来对日寇进行无情的控诉；彭冷白的《爱与恨》，则以饱含血泪的情调叙写妻子惨死的家变。1945年还有多人撰文回忆此次轰炸的各种场景与种种灾难，比如社程的《火的经历》；甚至事隔半个多世纪，李麦宁也有《“二四”轰炸见闻》问世。相较于以叙事描写见长的散文而言，新诗在诗体上具有短悍、精炼的特点，容易现场发挥。比如《大刚报》社长文传声，在《中央日报》1939年4月7日上发表《你记得“二四”，贵阳！》一诗：“你记得‘二四’，贵阳！/炸弹爆裂了你的脉搏/火舌吞噬了你的心脏/那血手，断脚，肚肠，脑浆！/那黑烟，红焰，破瓦，颓墙！”这便是涉及这一题材的代表性诗歌作品。

“二四”轰炸事件，虽然延迟了中华全国文艺界抗敌协会贵阳分会的成立，但在当地文人谢六逸、蹇先艾等人的努力下，贵阳文协最终在1940年初成立，蹇先艾作《一个新的战斗的堡垒》的讲话，讲话一开始，便宣称："酝酿了一年多的文协贵阳分会，今天成立了。我想，凡是在贵阳的文艺工作者，都应当觉得是一件非常高兴的事。为了'二四'敌机的轰炸，为了朋友们的疏散或远行，为了每个人其他工作的忙碌，为了私务的复杂与牵掣，使我们负责筹备的人不能把分会早一点筹备就绪，这自然是我们应当引咎自责的。"[①]中华全国文艺界抗敌协会贵阳分会理事还有张梦麟、李青崖等十余人，其中包括《中央日报》(贵阳版)主编王亚明。贵阳文协编辑了《中央日报》(贵阳版)的副刊《前路》、《贵州日报》的副刊《革命军》等，扩大了贵阳抗战文艺的阵地。

除了"二四"轰炸，1944年的"黔南事变"，则是另一件历史大事件。1944年6月开始，日军为了打通新的战线通道，发动了豫湘桂大战役，攻陷了河南、湖南、广西等大部分地区。作为日军此一战略进攻的一部分，敌人在攻陷湖南衡阳、广西桂林等地以后，于1944年11月底由广西境内侵袭到贵州独山、荔波、三都、丹寨等县，武装占领20多天，直到12月中旬才退出贵州境内。攻陷期间，敌人进行了无情的烧杀抢掳，国民党军队则是节节败退，甚至一些国军的败兵也化身为土匪沿途扰民不已。受战争影响，湖南、广西等的难民往贵阳方向逃亡，时值隆冬，沿途难民达40万人之众。而且，贵阳城里人心惶惶，因组织不周，死伤极多。当时贵州省主席是吴鼎昌，贵阳市市长是何辑伍(何应钦的侄儿)，聚散也是迫于形势；官方还计划做焦土作战、四处疏散的准备，如果日军进攻贵阳的话，贵阳城将被当局毁城而弃。幸亏贵阳不算最核心的军事重地，日军也因战斗力减退而撤离贵州境内。因此贵阳城没有发生像长沙一样的毁城事件，否则城市化的进程又将大大推迟，城市文化也将更加贫弱。当时滞留在贵阳的文化工作者就有200多位，还不包括被一批批送走的文人，戏剧家熊佛西曾有这样的记载：

> 我比较先到贵阳，见了同志们遭受这种浩劫，几度为之涕泣。我们与贵阳的几位朋友商谈，是否可以发动一种组织，筹募一笔款子，对于这般流亡而忠贞的文化工作者予以救济。首先，承何辑伍、储裕生、陈

---

① 蹇先艾：《一个新的战斗的堡垒》，《蹇先艾文集》(第3卷)，贵阳：贵州人民出版社，2003年，第246页。

恒安、项学儒诸先生及新闻界诸君子赞同，辑伍先生极热心，积极地在市政府组织"战区文化人协济会"，自任主任委员，储裕生、陈恒安等任委员。该会拨款五十万，以一部分改建文化人招待处，对他们予以现款的接济，每人得二千元至五千元不等。款项微薄，但亦表示贵阳人士对于内迁文人之敬意。同时，中央文化运动委员会张道藩先生也拨款四十万，谷正纲先生也拨款一百万，所以后来每人可以领到五千元至一万五千元。社会服务处的项学儒经营的餐厅，对于文化人用餐予以半价之优待。

复承青年会国际协会的史上达、惠金安、杨子显诸先生的热心襄助，使得到的文化工作者暂时得以喘息。

但这些救济仅限贵阳的文化人，而那些尚滞留在其他地方的同志们还是不能得着帮助。因而贵阳当地的文化工作者又发起"贵阳文化界联谊会"的组织，以义演、义卖等又筹募了一笔款子，交《大刚报》记者欧阳柏先生，亲赴独山一带分发。该会同时又举行各种招待会，予置筑之文化人以精神的关照。联谊会主要负责人、各报社及文化团体的代表，谢六逸、刘贤站、储裕生、陈恒安、刘永祐、郑永欣、汤黑子、曹未风、蒋道南诸先生协力较多。[①]

以上材料，说明当时贵阳的省、市政府机关是如何工作的，忙碌的人中包括当时贵州籍张道藩等人，以及贵阳文化工作者如谢六逸，也包括汤黑子等多名记者兼诗人等。当然，这只是一个小小的侧面，但这样的大大小小的接济、转移、护送文化工作者的行为一直没有中断过，只是限于时势与人群，规模有大小之分而已。当时暂居于桂林的文化人，一般从桂林，经独山、都匀一带流亡到贵阳，或者再经贵阳往外省去。在这条没有选择余地的逃亡路线上，抗战时期文化人居留贵阳最多的也就是这一回。身经战乱，以笔书之，如孟琦《独山之夜》除记录难民的混乱之外，还揭露了国军败兵的不检行为；家齐《血腥的图画》则记录了贵州边境人们的惊恐、错乱；赵允恭的《从贵阳到独山》、冷影的《沉闷》、从荡平的《孩子的惊诧》、辛榆的《最艰苦的一程》……无一不是记录着当时战乱与逃难的种种苦况。

据本地诗人李麦宁先生回忆，在黔南事变中逃亡到贵阳的他，认识了许

---

① 熊佛西：《贵阳三月》，《贵州日报》1945 年 8 月 16 日。

多先后逃难到贵阳的外地诗人，如《大刚报》副刊编辑姚散生、桂林科学书店编辑洪青白和诗人何嘉等。李麦宁与姚散生、洪青白根据各自逃亡经历合写长诗《人流三千里》，各自用颤抖的诗笔记录下了血腥的人生悲剧，忠实刻画了时代的历史侧面。[①] 从桂林途经独山、都匀一路逃难到贵阳短暂居留的，还有粤籍诗人黄宁婴、陈残云等，其中黄宁婴在诗尾处注明“独山”的诗有《路边草》等，后又写了两千余行的叙事长诗《溃退》，以湘桂黔溃退路上之经历为主，《独山急惊》《兔场野火》《贵阳在屏息着》等章节便是反映贵州境内溃退的。一起遭遇过战乱的好友陈残云，是这样评价与回忆的：“宁婴的长诗《溃退》，便是具体而形象地描画了这一幅惨淡景象的画图。它揭露了国民党反动部队的腐败无能，诉说了广大人民所遭遇的灾难和不幸。……诗中所描写的真实画面，也是我目睹过和经历过的，我比别人感受得更加深刻，我们一同睡过毛坑，推过板车，走过惊慌的村镇，越过荒僻的峻岭崇山。宁婴以强烈的感情，作了历史的记录，使人忘不了旧中国的可悲命运。”[②]又比如川籍诗人方敬，拖家带口地遭遇了黔南事变，诗集《受难者的短曲》中也有此类诗作，《出桂林》《不安的夜》《受难者之歌》等诗较为典型。“乱离、穷病、杀戮、死亡/从道旁哀号着的/女孩的大黑眼睛里/读出用血泪写的/中国的命运/一粒麦子要入地灭亡/生的灭亡，至上的灭亡。”（《出桂林》）“人抛锚在夜里/零度以下的严寒/冻到了发上，凝结了/叹息，眼角的泪珠/也静止在恐怖里。”（《不安的夜》）“我们被芒茨刺破的带血的双足/履历着小的村庄与大的都会/曾许多次在风霜的深夜/穿过凄凉的街头巷尾/去哀求最后一家旅店的/紧闭的寒扉/在地上杂乱的草堆里/痛苦的呼吸起伏在一起。”（《受难者之歌》）……这些诗作大多比较内敛，或以片断描摹见长，或以抒情真挚见长，记录着战争环境下民众逃亡的艰辛与不幸。

三、离散中的独唱与合奏

大西南以重庆为中心，进入重庆，成为当时战争难民的首选，而贵阳则

① 参见李麦宁的《黔桂路上的故事》《〈人流三千里〉流产四十年祭》《我与〈离骚〉杂志》等诸文，见《麦宁集》，贵阳：贵州人民出版社，2011 年。

② 陈残云：《黄宁婴的生活道路和他的诗——代序》，《黄宁婴诗选》，广州：广东人民出版社，1980 年，第 10 页。

是陪都重庆的南大门，自然成为一条不可缺少的要道。因此，在离散与停留之间，夹杂在战争难民之中的诗人与作家，其身影成批次或零散性地出现在贵阳的街头，抗战文学与本土化生存就这样坚韧地结合在一起。缺乏艺术空气的文化卫星城贵阳，正如谢六逸所倡议的贵阳需要一所完全的艺术馆，这样才不缺少艺术的空气一样，[①]慢慢地让人嗅到了艺术的空气，愈来愈浓……

这里以几个诗群为例，来论述这些诗人的身影如何在贵阳落脚、生根。不过值得强调的是，冯玉祥、冯至、杨刚、林庚、雷石榆等一大批诗人也是贵州诗坛的参与者与见证者。首先来看后来在诗坛扬名的九叶诗派诗人群体，就有穆旦、陈敬容、杜运燮、方敬等人。方敬在到贵阳之前，曾有一段时间编选诗刊的经历，出版过《雨景》等诗集。他在贵阳、遵义都停留过一段时期，在筑期间不仅创作了一些诗作，还主编《大刚报》副刊《阵地》，主要刊登小作品，以散文、诗歌为主，坚持抗战文化的方向，丰富多彩，编得很有艺术品位。何其芳、杜运燮、穆旦、端木蕻良、彭燕郊等人的诗作，就在副刊上发表过，其中一些还是经典性作品。诗人自道"曾在贵阳文学园地里积极热情地耕耘过，算是尽了一点绵薄之力"[②]。以穆旦为例，诗人于 1938 年 2—4 月，曾在西南联大读书期间参加湘黔滇三省的步行迁校，一路创作出《出发——三千里步行之一》《原野上走路——三千里步行之二》等优秀诗作；20 世纪 40 年代，远在昆明的穆旦，也在贵阳当地报纸如《贵州日报·革命军诗刊》上发表《在寒冷的腊月的夜里》《我向自己说》《五月》《潮汐》《春》《黄昏》等诗歌，还应方敬之邀在方敬主编的《大刚报·阵地》发表《甘地》等少量作品。1945 年，当方敬在贵阳编副刊时，他也来到位于贵阳的航空公司短暂工作过，与方敬交往甚密。"我们终于离开了渔网似的城市/那以窒息的、干燥的、空虚的格子/不断地捞我们到绝望去的城市呵！/而今天，这片自由阔大的原野/从茫茫的天边把我们拥抱了/我们简直可以在浓郁的绿海上浮游/……我们起伏在波动又波动的油绿的田野/一条柔软的红色带子投进了另外一条/系着另外一片祖国土地的宽长道路/圈圈风景把我们缓慢地簸进又簸出/而我们总是以同一的进行的节奏/把脚掌拍打着松软赤红的泥土。"（《原野上走行》）"逆着太阳，我们一切影子就要告别了/一天的侵蚀也停止

① 谢六逸：《贵阳缺少的是甚么》，《贵州日报》1942 年 8 月 29 日。

② 方敬：《回忆〈阵地〉》，《新文学史料》1992 年第 4 期。

了,像惊骇的鸟/……我们的周身已是现实的倾覆/突立的树和高山,淡蓝的空气和炊烟/是上帝的建筑在刹那中显现/这里,生命另有它的意义等你揉圆。"(《黄昏》)陈敬容没有在贵阳生活过,但曾在以贵阳为大本营的文通书局外地分局工作过,如重庆分局、上海分局,后来抗战胜利前后在贵州诗坛发表的诗作也不少,是当时的活跃诗人。

贵阳还是现代派诗人的大本营之一,虽然他们在当时大多还没有成名,或名声还不响亮。如有现代派之称的一个团体便是中国诗艺社,其编者与作者队伍主要有吴奔星、汪铭竹、吕亮耕、孙望、林庚、金克木等人。吴奔星,湖南安化人,抗战全面爆发后经长沙数次到贵阳,还应谢六逸之邀,在国立贵阳师院任教大半年之久,在此期间写诗 10 余首。汪铭竹,南京人,南京沦陷后,全家一路往西逃亡,由湖南进入贵州,流亡到贵阳时在中华路拐角处开设以新文艺书籍为主的"白鸟书屋"维持生活,文艺方面则在贵阳复刊《中国诗艺》(1938 年在长沙创刊,办过一期)。吕亮耕,湖南益阳人,1939 年春与母亲流亡到贵阳,靠写作收入等维持生活,在贵阳期间,曾大量投稿香港、重庆、贵阳、桂林等地的杂志及报纸副刊,发表诗作有《不死的记忆》《给蒙古骑士》《难民的列车》《流离三章》等。在贵阳期间结识的文友有汪铭竹、廖崇群、林蒲、陈纯仁等,写作兴趣旺盛,1940 年 5 月出版诗集《金筑集》,收《大时代的诗人》《黎明》《夜袭》《望江南》等诗 15 首,均系流离道中之作(后又编辑诗集《长江集》,中国诗艺社诗友徐仲年作长篇序言《长江集序》,但最终未能印行)。诗人在《金筑集》的后记中注明是 1939 年除夕于金筑,原文是这样说的:"这个集子里共收小诗十五首,含月圆数,差不多都是流离道中的作品——偶然有点意思,便写下来的,所以都不太长。至于较长的一些诗稿,我另有计划,归在别的集子里面去了。天寒岁暮,又是一年向尽。在这时把这些小诗辑起来付印,算是给自己重温了一遍旅途中经历的感觉;至于集名题作"金筑",也算是给这个羁留我半载时日,而今又行将别去的山城,作个小小的纪念罢。"

贵阳诗坛还活跃着一批有军人背景的诗人作家,如臧克家、彭燕郊、魏荒弩、刘北汜。臧克家居留重庆期间,经常在贵阳本地的报刊发表诗作,刘北汜也是如此。比如魏荒弩于 1938 年流亡到了贵阳、遵义等地,1939 年秋天曾在贵阳湘雅医学院治病,随后在贵阳西郊青山坡疏散区进行疗养,亲历"二四"之难,当时日寇飞机在贵阳上空低空飞行并轰炸,诗人全身被炸起的泥土掩埋住,差一点丧命。魏荒弩当时在贵阳诗坛较活跃,在《中国诗艺》

《贵州日报·革命军诗刊》《中央日报·前路》等上面都有发表诗作。20 世纪 80 年代,魏荒弩与吴朗合编诗歌集子《遗忘的脚印》[1],收录他的诗作《青山坡之夜》《血债》《怀念》若干首,这些诗作都是在贵阳写成的,前面两首诗的结尾处还标注为"筑城疏散区"和"青山坡"字样。"随着长蛇似的流亡队伍/历尽了艰难与磨难/我终于来到这乱离的边城"(《青山坡之夜》),这"边城"便是当时的贵阳,贵阳在抗战时期的诗人作品中还有"山城"的说法。相对而言,魏荒弩的诗比较节制,并不单纯是实录,更多的是自己漂泊的无助与对民众苦难的体认。诗人包白痕曾在内迁到贵州龙里的陆军辎重兵学校当学员,常常往返于龙里与贵阳之间,曾在贵阳《中央日报》和《贵州日报》副刊多次发表诗作。诗人以滔,是下江人中的一员,抗战初期到了大西南,在重庆考取陆军辎重兵学校,在贵州龙里校本部学习,继续写诗,1941 年毕业后去滇西工作,后参加中国青年远征军去了印度,筹办"诗焦点"印度版。炼虹,屡次途径贵阳,诗作时有发表,在当时贵阳诗坛较为活跃。

随着外省诗人在贵阳诗坛的耕种与收获,本土诗人作为方阵也开始形成,年纪较大的有仲常、文传声、黑子等人,年轻诗人则有荒牧、李麦宁、采风官、荒沙等比较突出。譬如在中学当教师的荒牧,1944 年在贵阳文通书局出版《河》,是"诗焦点"丛书之一,《河·前记》中说:"'诗焦点'的据点相当辽阔,源陵版系白痕兄主编,印度版系以滔兄主编,壁山版系丽砂兄主编,筑版系我负责。除了这而外,我还在贵阳主编一个自己底诗刊《诗潮》。"可见,荒牧是当时一个十分活跃的年轻诗人,除《河》之外,1941 年,他在行列社出版了他的抒情诗集《笑的行程》,1945 年在文通书局又出版了诗集《花瓣》。他的诗有鲜明的时代内容,如反映抗日精神,抒发怀乡情绪。值得交代的是,这人的资料及诗集没有被关注过,国内诗歌史料专家刘福春所编的《中国新诗书刊总目》也没有收录。另外作为 20 世纪 40 年代诗坛的新秀,青年诗人李麦宁在 40 年代后期曾有优秀的表现。据诗人回忆,他父亲是贵州本地人,因七七事变滞留贵阳并一直留了下来。在抗战时期他还算是初来者,在抗战胜利后的 40 年代后期,则是一棵大树,不仅主编了《离骚》诗刊 10 多期,还出版诗集数本。这在贵州本土诗人中是罕见的。

---

① 此书为 25 人的诗歌选集,反映了西南地区 20 世纪 40 年代一群诗歌作者的创作面貌及其编辑出版活动,而且大多数作者为既有新诗史书写所忽略。《遗忘的脚印》,广州:花城出版社,1985 年。

不同诗人群体的汇聚,不同风格诗作的传阅,让大后方文化卫星城贵阳大放异彩,遗憾的是这一丰富而繁杂的局面并没有维持多久,同时也缺乏顶尖的大家努力组编与经营。假如历史可以重设,贵阳城里也有胡风这样的编辑家,也有艾青这样的诗人在贵阳较长时间呆过、生活过,那么抗战时期的贵阳诗坛肯定不只取得这样的成绩,而是百花齐放,成为大后方诗歌的重镇,而不只是一个小小的卫星城。虽然并不尽如人意,但这一时期毕竟是20世纪上半叶历史上最好的时期之一,扭转了贵阳在五四以来一直处于文化领域不毛之地的局面。这是贵阳城市的幸,也是它的不幸!

四、返乡与归途:贵阳文化卫星城的衰落

抗战胜利前后,一大批诗人与作家陆续返乡,他们原先经营的刊物、报纸等园地陆续荒废了,曾经避难过的城市又成为他们不得不告别的故土。在最艰难的抗战时光,虽有生离死别,虽有酸甜苦辣,但毕竟造就了贵阳文化卫星城的规格与气度,抗战诗歌给贵阳城带来了文艺的空气,带来了诗意的生存。抗战诗歌是这个内陆城市新的名片,它与城市一起经历了荣光与梦想,一起遭遇了屈辱与抗争的岁月。

历史又翻开了新的一页,短暂的衰落已不可避免,这里可以从两个例子来形象地加以说明。一是文通书局编辑所在战后遇到重重困境,不得不屡次变更负责人,不得不为了屈就异地知名文化人的办公地点而数次迁徙到外乡去办公运转,不久便彻底衰落了。二是蹇先艾办的《贵州日报·新垒》副刊,起讫于1945年3月6日到1948年5月31日,前后出刊近200期。在这份文艺副刊中,茅盾、李广田、臧克家、彭燕郊等人均有诗名,该副刊成为传播新文化、扶植新作家的阵地,资深作家与优秀作品,在抗日战争后期影响甚大。到了1945年底的第100期左右,稿件质量明显下降,前面是副刊的精华部分,名家荟萃,可为一时之选。但抗战胜利后这批文化人先后返乡,忙于生计无暇他顾,稿件水平也就下降了。另外还有一个现象,即一稿多发,在贵阳诗坛多次发生,抗战胜利后最为明显,许多诗人为了生活,在京沪等大城市发表之后,又在贵阳媒体发表。原发性的文艺作品减少,自然来稿更是稀少,约稿也十分艰难,外地诗群的离散造成了贵阳诗坛的衰退。至于其他的文艺形式,也同样如此,偏远的贵阳一时又沉寂下来,文化卫星城

的地位也随之摇晃起来。

总之,贵阳作为抗战时期大西南的文化卫星城,诗人、诗歌都与这座特殊的城市发生了不同的关联。抗战语境下的抗战诗歌,通过自己特殊的方式与存在,参与到贵阳这座城池的现代化进程当中去,丰富了城市的精神生活。同时,贵阳诗坛受制于城市的文化空气与文明程度,作为一种历史的存在,它仍在召唤着不同目光与心灵的探询。

(原载《南京政治学院学报》2014 年第 2 期)

[颜同林:贵州师范大学文学院教授]

隐逸诗人与诗的公共性

——论哑默的“地下”诗歌

王辰龙

一、文学史叙述中的哑默

贵州诗人哑默并非“文学史上的失踪者”①。现今几种通行的当代文学史著作或诗歌史著作，都对哑默其人其诗做出过明确的定向与定位。在史家看来，哑默最为重要的文学行动，发生在“文化大革命”期间，以及“新时期”开始前后的几年间。哑默被视为20世纪70年代“地下”诗歌写作群体中较有影响力的贵州诗人群的一员，他与文学上的本地同袍，以及其他重要的“地下”诗歌写作群体（如“白洋淀诗群”、上海诗人群等）共同“促动了‘朦胧诗’这场新诗革新运动的酝酿”②。“文革”后，在1978年10月到次年3月间，作为贵州民间组织“启蒙社”的重要成员，哑默也曾多次与黄翔等人北上入京张贴诗歌大字报，并散发、出售自印的诗歌作品集。这些充满激情且勇气可嘉的壮举，据说为同时期正筹办《今天》杂志的北岛等人注入了一针来自“外省”的强心剂。③ 不难发现，史家总把哑默放入某个文学群落中去论述，即便是在聚焦他个人的写作风貌时亦是如此。例如，有学者指出哑默的

① 此处借用了陈方竞著作的题名。陈方竞：《文学史上的失踪者》，北京：北京大学出版社，2007年。

② 张桃洲：《中国当代诗歌简史：1968—2003》，北京：中国青年出版社，2008年，第20页。

③ 洪子诚、刘登翰：《中国当代新诗史》，北京：北京大学出版社，2005年，第171～172页。

“地下”诗歌是“典型的个人化的灵魂独语”[①]，但仍属于当时“潜流文学”的一种典型风尚，即“以极隐晦的形式曲折地反映‘文化大革命’社会现实投射到内心的深层感受，冷僻奇崛的意象构筑的是一个远离‘文化大革命’生活表象的艺术情感空间”[②]。通行的文学史叙述中，哑默作为个体的独异性，要小于他作为群体一员的意义，这或许是对哑默在诗歌史的位置所做出的审慎而恰切的安置。哑默在“文革”后继续写作，但似乎常被谈起的仍是他因见证特殊年代个体心灵而受认可的“地下”诗歌。[③]

随着20世纪80年代对“地下”诗歌的挖掘与整理，逐渐形成了一种讲述诗歌历史的角度：“新时期”的“新诗潮”分别由在诗艺上展开探索的“朦胧诗”及其后的“第三代”诗构成，它与同时期人道主义色彩显著的其他文类创作一起，与新文化运动时期的启蒙精神遥相呼应；“新诗潮”并非横空出世，它有着明确的前史，以食指(郭路生)为代表的“地下”诗歌正是它的直接来源；与此同时，从“地下”诗歌到“第三代”诗，实际上接续了1949年前中国诗歌史上借鉴西方现代主义文学思潮的创作谱系，按照时间顺序，这条谱系分别由李金发等“象征派”诗人，戴望舒、卞之琳等“现代派”诗人以及穆旦等“中国新诗派”诗人所构成，并在当代中国确立其新的社会主义现实主义文学规范时被中断。这种对新诗现代性与西方文学现代主义之关系的构建，虽略显粗犷，但大致符合历史事实。可是需要强调的一点在于：类似的诗歌史图景在刻画“地下”诗歌时，往往突显了它非主流的异端性质，偏重于谈论它与“文革”时期公开的诗歌界(红卫兵诗歌等)间的差异、隔阂，并强调“地下”诗歌如何在想象世界的方式与理解中国的角度上对被允许的当代文学规范进行了冒犯与超越，却也可能遮蔽了事实的另一面，即“地下”诗歌与符合主流意识形态的文学写作之间，在某些层面上存在着或明显或隐秘的内在关系。这种有意无意的遮蔽也应和了20世纪80年代“重写文学史”的潮

① 董健、丁帆、王彬彬主编：《中国当代文学史新稿》，北京：北京师范大学出版社，2017年，第227页。

② 董健、丁帆、王彬彬主编：《中国当代文学史新稿》，北京：北京师范大学出版社，2017年，第225页。

③ 1999年，北京的中国致公出版社出版了哑默的文学选集《墙里化石》，在编选这本文集时，哑默并未大量选入他写于“文革”期间的“地下”诗歌。在2006年，由李润霞编选的哑默、灰娃诗合集《暗夜的举火者》作为陈思和主编的“潜在写作文丛”之一种，由武汉出版社出版，较为集中地展示了哑默的“地下”诗歌。

流:以启蒙主义与现代化取代阶级论标准,“回到文学自身”,翻转式地改写政治与文学间的关系。

在20世纪80年代,西方“现代派”文学及其“非写实”的写作方法,被当时一些作家与文学评论者拿来反叛“当代确立的僵化的现实主义文学成规和语言”①。若置身类似的文化氛围中,便不难理解诗歌史的讲述者何以把“地下”诗歌追忆成受“现代派”文学启发的文学行动,一度作为边缘群体的“地下”诗歌写作者,与长久以来被当代中国视为异端的西方“现代派”,恰好有“行”与“言”之间的相通性。但作为整体的“地下”诗歌写作群体,实则从年龄段到个人经历都有不少差异。其中,日后被命名为“归来者”的诗人们,在诗艺上主要延续着被放逐前的方式而并无显著的现代主义特征,他们的“地下”诗歌,其有别于主流之处,更多地表现为政治蒙难者独有的现实感与历史体验。说到“地下”诗歌与西方现代主义之间的联系,实际上针对的是“文革”时期的知青(如“白洋淀诗群”中的多多等诗人)或留守中心城市的青年(如北岛),而当年以“仅供内部批判”出版的译介类书籍,确也在思想与文学上为他们展示了不同于“革命话语”的世界观和方法论。因此,“地下”诗歌写作群体并非千人一面,在反抗主流文学表达方式之外,群体中的不同个体,他们对文学传统的辨识、继承,与对文学前景的想象、实践,都有各自的心思,“现代主义”并非唯一路径。基于对“文革”时期“潜流文学”内部差异性的认识,本文以哑默的“地下”诗歌作为研究个案,试图重新审视“地下”诗歌写作超越主流的层面及其限度,不时尖锐起来的新意与难以完全摆脱的主流话语印记共存于哑默诗中。

二、隐逸诗人的修辞体系

按照哑默个人的说法,他在激变的当代历史进程中主动把自己流放到了文学的世界,如他在为选集《墙里化石》所作的自序中写道:“失学的那一年,除了用歪歪斜斜的字帮大人誊写写不尽的检查、交代、供状、自白书、反省材料、交心报告外,我只好到传统文化中去寻梦了。古典文学,《芥子园画

① 洪子诚、刘登翰:《中国当代新诗史》,北京:北京大学出版社,2005年,第209页。

谱》，三四十年代的散文、小说、诗……给我提供了一个规避现实的世界。”[①]此后，哑默到贵阳郊野的农村做代课教师，开始过起远离城市中心、疏离时代主流的乡间生活。可以说，在与黄翔等人做出北上壮举之前，哑默可以被视为一个隐逸诗人，而他对自身的历史命运与文学使命也有着清醒的认识：“我一直坚持在主流意识形态的专控之外进行创作与操作，没有实惠，只有风险与时时都会不料而至的灭顶之灾。当我暗暗记述时代的时候，我并没有意识到自己已接受了中国人文传统中的文化指令，以一种宗教承担精神自觉地进入历史巨大的叙述中：复现我所生存过的时代。当时我只不过是以一种文弱的方式坚决抵抗、坚持不合作，尽可能地守住一点文明，并直视丑恶而已。”[②]作为隐逸诗人的哑默，他的部分作品实践着三种有别于主流诗歌的修辞体系：一、歌颂充满力量的生命形式，将情爱体验升华为超越社会局限的所在；二、将自然事物书写为比现实与历史更为永恒的存在；三、塑造一个不必向政治生活祈愿便能全然自足的主体形象：“我”选择与时代的主流保持距离，在以自我为中心的、本真的日常生活中守卫私人空间独一无二的价值。

在《想起了一件事》中，诗人描绘了一段异常美好也异常惨烈的恋爱经历：“想起了一件事/使我的心无言以形容/冬夜的风雨在屋外阵阵吹送，纯洁和青春浸沉在爱的顶峰！//想起了一件事，使我的心悲恸/不忠实的少女背弃了我/我多么的苦痛！”在20世纪五六十年代的文学环境中，隐秘的私人生活与亲密的两性关系逐渐成为表现的禁区，而在哑默笔下，情爱成为一种力量充沛的生命体验，足与抵抗“冬夜”“风雨”所隐喻的、带有压抑性的社会生活。更值得注意的，是诗人对个体痛苦的坦诚。按照学者刘小枫的观察，革命者常宣扬一种可以命名为“人民伦理”的主张：“人民伦理的网是用历史发展的必然性铁丝编织起来的……在人民伦理中，个体肉身属于自己的死也被‘历史必然’的‘美好’借走了，每一个个体的死不是为了民族解放的‘美好’牺牲，就是为了‘主义’建设的‘伟大’奉献。”[③]据此反观哑默笔下的痛苦，正是从切肤的、噬心的身心感觉层面上提升并放大个体的存在：“我”的极乐或哀伤是非历史的、去政治的，只与最为私密的欲念有关，而非

① 哑默：《墙里化石》，北京：中国致公出版社，1999年，第2页。

② 哑默：《墙里化石》，北京：中国致公出版社，1999年，第4页。

③ 刘小枫：《沉重的肉身》，北京：华夏出版社，2015年，第103页。

受制于任何公共事件，诗中的“我”超越了(或规避了)眼下的现实。同时期的主流文艺样板不曾为任何绝望的处境与悲观的心境留下表达的空间，这些作品构筑出的理想国里没有一个伤心人。在另一首同样写于1968年的《春天、爱情和生命》中，哑默写道：“春天来了！/生命在疾呼/生命在高唤/生命在用蓬勃的生机/冲决着一切桎梏、束缚。”情爱之外，诗人赋予自然以超越性的意义维度。

有时，诗人对自然的书写显得比较通常且易于把握，例如，《鸽子》等书写飞鸟的作品把飞翔的姿态想象为自由的生存状态。有时，哑默则会像被放逐的古典诗人那样，寄情山水之间，以记游诗的形式将风景中的瞬间凝固为文字上的永恒，如写于1971年的《春之声》：“婉如一曲明丽的新歌/春到花溪/我沿着弯曲的河畔/寻找春天的足迹。//河水哟/你深藏着温暖/送走最后的浮冰/花洲上的水鸟哟/你升升啼叫，可是为了早发的春情?”在同时期的政治抒情诗中，自然事物体系往往呈现出雄峰巨川式的伟岸特征，以象征革命理想的崇高与社会主义中国的富饶。与此不同，哑默倾心于自然世界具体而微小的层面及其蕴含的生命意志，如写于1970年的《夜》：“碧绿的苔藓爬满石头/蝙蝠夜翔、萤火闪光/蟋蟀、知了、夜蝉/还有稻田里的蛙声……/一齐在交配的季节欢唱/野百合、水仙、红山茶/在静静地等待黎明的初光……”对具体的微小之物的关切，也表现在他对自我形象的塑造，如1970年的《我的房间》一诗：“这是一个平常的早晨，圆帐、被子、床单虽已理好/书架、桌上还乱放着书笔纸张……烧杯、试管、曲颈瓶/锑锅、铁桶、工具箱/水壶、罐头、煤油炉……是手稿也是引火的纸堆放在地/蟋蟀在里面做窝/蚂蚁在其间穿行/墙角靠着锄头、斧子/还有渔网、猎枪和一顶草帽。”诗人事无巨细地把身边事物陈列为带有指向性的意象，以此说明自由的心智活动与日常劳动所组成的普通生活，它本身便是可贵的美善。

三、个体、时代、诗的公共性

带有隐逸特征的个体生活并非都是出于自愿，一如古典中国很多有官职的诗人，是遭受罢黜、被逐出政治中心后，方才向残山剩水与醇酒妇人寻求慰藉，并于诗文间留下相关的踪迹与见证。流放的诗人中，也有人试图在文学传统中找寻自我救赎和应对危机的资源。例如，被贬谪后的苏轼便曾借陶渊明的诗题，去书写他所经历的、与陶渊明类似的处境和心境，“通过有条不紊地尽和陶诗，苏轼召唤了古人知音的陪伴……与同时代诗人的唱和常常可能是为面对面的社交场合下的礼节所迫，而追和古人则是完全自愿的选择，打破了时间和空间的限制。这种选择因此被赋予界定楷模的意义，后者的文学成就、道德高度都是仿效的对象”[①]。通过对某种文学传统做出阐释式的转化，一个写作者有可能突破自我的限度。之于1949年后的当代汉语新诗写作者而言，他们面对着三种传统：古典文学，外国文学，以及历史尚且短暂的汉语新诗自身。20世纪80年代前，书写政治抒情诗的当代作者，他们效仿的文学传统主要来自西方前现代的浪漫主义诗人，马雅可夫斯基等苏联诗人，以及1949年前本国的左翼诗人与延安等红色根据地的革命诗人。除了跟随政治主题的写作诉求之外，政治抒情诗的写作者们从他们所效仿的文学榜样身上学到了一整套的审美方式与修辞体系：愿将整个身心投放到宏大的事物上，以自然界的雄伟存在去承载诗人自命崇高的情感和理想；诗歌中的“我”不是纤弱的“小我”，而是充满力量并无限扩张的“大我”，代表民族或人民发出高昂的宣言。

出生于1942年的哑默自称很早便扎进传统文学与20世纪三四十年代的文学中，但在他由少年到青年的成长过程中，也正是政治抒情诗声势浩大的时段。虽然，哑默自觉地与文学主流保持距离，写下那些带有隐逸色彩的作品，但与此同时，主流文学话语的喧嚣也在他另一些作品中留下时代特征显著的回响。例如，写于1968年的《海》，其开端为“大海呵，大海！/我的心/飞过雪封冰冻的高原/穿越群山峻峭的峰巅/冲决迷离的雾霭/扑向你的胸怀/大海/你是生命的母亲/自由的巨人”。在这首诗之后的诗意推进中，诗人没有像同时期的政治抒情诗作者那样，将宏伟的自然事物引申为祖国或革命的象征性意象，而是将大海表述为“我”心所向的生命形式，但诗中“可上九天揽月，可下五洋捉鳖”[②]式的空间想象力与庄严郑重的宣誓式独白（“我要用青春和生命/激情、信念和热忱/饱和我的血液/让它燃成不灭的烈焰/熔化天幕、烧开地牢/和你一起呼吸/和你一起狂欢舞蹈！”），也正是政治抒情诗的标配。再比如，写于1972年的《心之歌》中，诗人想象着“我”有一颗既慈悲又正义的、可以包容世间万物的“心”：“我的心/涵盖整个世界/

① 杨治宜：《“自然”之辨：苏轼的有限与不朽》，北京：三联书店，2018年，第200页。

② 毛泽东：《水调歌头·重上井冈山》。

包罗万千宇宙/我的心/潜藏人类的过去、现在和未来/从单个的细胞到巨大的生物/从微小的原子到无量的天体/从无机物到有机物/从原始的到高度发展起来的。"诗中的"我的心",不免令人联想到政治抒情诗中代言人民的"我"或"我们",两者都以某种不容置疑的道义作为力量和勇气的源头。

上述诗学事实,在有的论者看来,是不免令人遗憾却又难以规避的缺陷:"毕竟这些诗歌生成于一个畸形的文化环境中,难免营养不良,亦不能完全免疫于政治思维和革命话语的侵害,在与主流诗歌与时代风尚自觉隔离、自我超越的同时,一些诗歌在精神取向和艺术技巧等方面仍然留下了无法分割的痕迹。"[①]与其说哑默的"地下"诗歌营养不良,莫不如说他在当时未曾找到与主流诗歌截然有别的修辞方式去呈现个体对公共事件的关切。当生活中有"严重的时刻"[②]降临,知识分子的责任心迫使哑默不时地就由"出世"模式转向"入世"姿态。于是,哑默的一些诗作将对个体命运的审视放置于时代的整体状况中,类似的文本具有介入社会的公共性。即便修辞体系上留有主流文学话语的表达印记,但哑默带有公共性的诗歌在主题与内核上则与政治抒情诗截然有别。譬如,上文论及的《心之歌》中的"大我",终归与政治抒情诗中的代言式主体有着本质的差异,后者的出发点是革命之道的权威性,而哑默笔下的"心"则以人道主义作为衡量时代的尺度,对此,诗人写道:"当知识被贱视、鄙弃/愚昧和无知被供上祠堂/当人不能依照自己的愿望去生活/一切被专制死死地钳住/当饥饿和寒冷威胁着人们/孩子在母亲的怀中哭啼,我的心是痛苦的"。隐逸与公共性,这两种看似矛盾的写作维度,在时间上此起彼伏地构成了哑默"地下"诗歌的全貌,从中可窥见"潜流文学"试图对主流文学话语做出的双重超越:发现"非政治"生活的意义,并以"人道"重审"政治"。

[王辰龙:贵州师范大学文学院讲师]

---

① 李润霞:《编者序:亦诗亦史——关于"文革"时期的潜在诗选》,哑默等:《暗夜的举火者》,武汉:武汉出版社,2006年,第7~8页。

② 借用奥地利诗人里尔克一首诗作的题目。

从新时期到新世纪:贵州新诗 30 年

颜同林

从新时期到新世纪(即 21 世纪,下同)已有 30 余年,它在新中国历史向前延伸的轴线上不断后退并沉淀下来。这是改革开放不断加深拓宽的历史阶段,也是中国社会发生翻天覆地变革的重要时期,值得深入总结历史经验。新时期以来的诗歌艺术,随着社会转型与经济发展,也同样经历了类似的嬗变。作为当下中国新诗的重要组成部分,贵州新诗在 30 余年的发展历程中,一起参与并见证了中国新诗的发展与繁荣,贵州诗人们一共创作了 100 余部新诗集,一代又一代地涌现出一批在全国具有诗名的实力派诗人,他们在贵州新诗史上扮演了不可缺少的角色,整体创作实力不容忽视。

来自西南高原的贵州诗人们,立足于大西南的特定地域与多民族文化共生共荣的生态圈,用诗歌这一艺术形式记录着时代与地域的双重变奏,记录着生活在贵州山山水水之间各族人们的生存实感。他们将自我的追求与时代的发展、地方的现实生活结合起来,继承中国新诗固有的传统,在思想艺术、形式创新方面不断思考,勇于探索,构筑出了一道道具有独特光芒的贵州图景。

一

贵州是一个多民族杂居的内陆省份,不同民族诗人的创作构成了贵州诗歌异彩缤纷的底色。20 世纪 70 年代末以来,伴随着中国改革开放的开始和社会环境的变迁,贵州出版传媒事业逐渐复苏并蓬勃发展,以《山花》、《贵州日报》、贵州人民出版社为代表的文艺阵地,为贵州本土诗人创作、发表各自的作品提供了新的平台。其中受出版传媒影响甚大者,莫过于贵州少数民族诗歌。譬如少数民族诗人个人诗集的出版，在 20 世纪 80 年代以前没有一本少数民族诗人诗集出版，而整个 20 世纪 80 年代就出版了七八本，20 世纪 90 年代以来数量更多；又如本土诗人从地方报纸杂志起步，经过一段时间的锻炼与适应，努力走出了贵州重重叠叠的大山，发表在像《诗刊》《人民文学》《民族文学》之类的全国各类杂志上的诗歌数量明显增多，质量也有所提高。布依族诗人弋良俊的《含翠的木叶》、王泽洲的《远山》、张顺琼的《春的思绪》、江农的《爱的露珠》、毛鹰的《叶影集》、汛河的《盘江放歌》、潘俊龄的《吹响我的金芦笙》、顾业才的《乡野之恋》便是当时有一定声誉的诗集。20 世纪 90 年代以来，这一态势仍在积极延伸，在全国性的报纸杂志及全国性出版机构，经常可以看到贵州少数民族诗人的名字。从获奖来看，获全国少数民族文学创作奖即“骏马奖”的贵州诗人也较多，除潘俊龄、罗汛河、石尚竹三位是诗作获奖之外，余下四位都是以诗集获奖：布依族诗人张顺琼的诗集《绿梦》、彝族诗人禄琴的诗集《面向阳光》、布依族诗人罗莲的诗集《另一种禅悟》、土家族诗人喻子涵的诗集《孤独的太阳》。在贵州诗坛，穿青人陈绍陟，苗族诗人龙建刚、彭世庄，水族诗人任菊生，布依族诗人王家鸿、王芳礼、牧之……也时有佳作刊发。

从新时期到新世纪这几十年时间，贵州少数民族诗人不断推出新人，老中青相结合，相互竞争，形成了一个百花齐放的优良传统。“新时期以前，在诗坛露面的少数民族作者，仅有数人，而到了 80 年代中后期，则增至到数十人。”①这一轨迹是十分显著的，这里仅以贵州民族学院为例略加论述。在僻远的一角，贵州民族学院差不多成为贵州少数民族诗歌创作的一个重镇。贵州民族学院是一所与诗歌不断结缘、不断开花结果的地方高校，在贵州高校中居于领先地位。当代贵州文学创作中的“民院现象”，已成为学界关注的一个新课题。除老而弥坚的徐成淼之外，步入灵境的土家族诗人喻子涵是园丁中的代表。从学院毕业出来的学生，有相当一群人在贵州诗坛很活跃，白族诗人如空空、赵卫峰、黑黑，苗族诗人如西楚，侗族诗人如朱良德、张路，布依族诗人如杨启刚……这些民族身份不一的诗人，与组成贵州人口的 49 个民族一样，各自均有自己较为鲜明的民族风格、习俗与民风。这一切杂糅着贵州的地貌、气候、物产，多多少少呈现在诗人们的作品中。书写高

① 张劲：《重读来路——贵州新诗四十年论析》，《贵州新文学大系 1919—1989 · 诗歌卷》，贵阳：贵州人民出版社，1997 年，第 46 页。

原、野地,追求音乐旋律的黑黑,以民族村寨题材、田园风格为个性的杨启刚,艺术手段繁复、走在语言试验前列的西楚,他们代表了贵州“70 后”诗人的高度。此外,写无题诗、唱和诗的张野,努力于长诗建构的罗树,还有王家鸿、朱良德、张路、郑瞳、杨光焕等诗人,也正在形成自己的特色与风格。

白族诗人赵卫峰,在 20 世纪 90 年代以来的贵州诗坛,有一定的影响力,省外影响也较大,让读者记住了他所唱出的诗歌边地的智者之歌。保持对现实世俗生活的敏感是赵卫峰诗歌创作的起点,而语言有张力、富于弹性,是他诗风陌生化的主要成因。“作为贵州九十年代后期至今的重要诗人和贵州七十年代后诗人方阵领军人物的地位却也无可怀疑。……他的适时出现,引发了贵州青年诗人方阵对既有秩序的冲荡。”[①]这段话有一定的说服力。赵卫峰,这位 20 世纪 70 年代初期出生、来自贵州毕节的本土诗人,近 10 多年来曾在《诗刊》《星星》《山花》等数十家专业诗歌刊物上发表过大量诗作,结集有《过程:看见》(合著)、《蓦然回首》等诗歌集子,也曾编辑《高处不胜寒:贵州诗歌》和诗歌研究连续性内刊《诗歌杂志》等。新世纪以来他把部分精力转向诗歌研究,推介当下贵州新诗,以煤粑场诗札的方式开辟一个新的阵地,可谓左右开弓,论著皆丰。在贵州新世纪诗坛,他还是一个热情的诗事活动组织者,鼓舞着一大批年轻诗人并肩作战,引领着贵州当下诗歌得以不断壮大并继续着自己的步伐。作为耸立的贵州高原的一个中坚力量,其创作的活力与才情引人瞩目。

与少数民族诗人一样,散文诗也是贵州诗坛一张颇具特色的彩色名片。如果说中国散文诗是一片枝繁叶茂的大花园的话,那么贵州散文诗则是一个花团锦簇的后花园。20 世纪 50 年代中期,年轻的外省人徐成淼因创作散文诗《劝告》而被错误批判,被发配到贵州僻远县城工作,一度搁笔多年。“文革”结束后,平反后“归来”的徐成淼到了省城高校工作,赢来了自己迟到的春天,并在自身周围形成了一支散文诗的黔军。正如评论者所说的,“徐成淼当之无愧是贵州散文诗发展第一人,他的散文诗创作和理论研究,在全国散文诗界产生了不小影响。他利用自身的影响,推动了贵州散文诗作家队伍的形成”。[②] 在散文诗创作方面,徐成淼出版了《星星河》《燃烧的爱梦》

---

① 黑黑:《边缘的诗歌与诗歌的边缘》,《山花》2003 年第 7 期。

② 维佳:《“现象”与现象后——贵州散文诗近三十年散思》,《贵州日报》2008 年 7 月 18 日。

等若干集子，在理论评介方面推出了《散文诗的精灵》等诗集，在诗事组织方面编选了《摇曳的火焰——贵州八十年代散文诗选集》《中国散文诗大系·贵州卷》，并倡导成立了贵州散文诗研究学会。徐成淼的诗有一种沉甸甸的历史厚实感，他不仅抒写着个人的沉浮、挣扎与得失，而且往往超越自身，变成对人生、命运的哲理思考。贵州其他有影响力的散文诗人有罗文亮、程显谟、哑默等人。罗文亮的散文诗具有浓郁的民族特色和地方神味，诗作多取材于布依族人们的生活、民俗与风情。在他出版的散文诗集中，《布依情》《布依人的婚恋》是这方面的代表作。程显谟有散文诗集《心灵的河流》，曾编选出版了《当代散文诗一千家》，其散文诗以高原意象著称，诗风硬朗、放达。新世纪以来，散文诗创作中成就最突出的则是喻子涵，其散文诗颇多哲学意味，以思辨生命的意义见长。值得补充的是，在朦胧诗潮中，哑默曾与黄翔齐名，原是进行潜在写作的中坚力量，《写在野地里》是哑默早年的代表性作品，《乡野的礼物》是其散文诗集。后来他不断努力，虽然写下了几百万字的文稿，并梳理、汇编贵州隐态文学与诗歌民刊资料等，但是直到新世纪才赢得全国诗界的认可，譬如知名学者陈思和主编的丛书分册《暗夜的举火者》，便收录了哑默从1963年到1977年的诗歌，有183首之多，哑默的其他作品集也陆续得以出版。而移居海外的黄翔，则在海外出版了他较多的个人诗集。

在上述散文诗人的带领下，贵州散文诗发展较为顺畅，由自发走向自觉。散文诗人团队中创作较为丰硕的还有董朝阳、陈春琼、黄健勇、西离、刘毅、欧骁、维佳、赵俊涛、雷远方等一大批人。这一群体或抒写生命个体的苦难历程，或咏叹青春、爱情，或描摹民族风情，或求索历史、命运，其题材、内容与审美空间上均有各自的特色，风格、语言、技巧上也基本跟上了全国散文诗创作的水准。

二

大凡论述新时期以来的贵州诗坛时，评论者差不多都会关注到一个讽刺诗歌创作与编辑的现象，一般也会把注意力集中到代表性诗人罗绍书等身上。罗绍书在参加全国讽刺诗会、专门创作讽刺诗、编选讽刺诗选方面，做出了较好的成绩。“他的成就赢得了众多赞誉之声，他不愧是当今贵州诗坛杰出的讽刺诗人。”[①]贵州省文联主席蹇先艾推荐罗绍书参加全国诗会时曾说：“罗绍书同志正在选编一部《中国百家讽刺诗选》，是一件有意义的、带有填补空白性质的工作；且这些年来，他以较多业余时间从事讽刺诗创作，发表了一批讽刺诗，很有特点，在实践他自己‘写得新一点、活一点、辛辣一点’的主张上，有些体会。”[②]作为文坛前辈的蹇先艾，其评语相当理智、苛刻，有大家风范。据统计，全国 15 个省市和地区的一些专家学者对以罗绍书为代表的贵州讽刺诗人有类似的评价，众多的论者都像以上引述者所言说的那样，均在讽刺诗这一特色十足的诗体上肯定他们的耕耘与贡献。

罗绍书以丰厚的讽刺诗创作成绩作为基础，让诗界瞩目与肯定。此外他在联系全国诗界、推动讽刺诗创作、推介贵州诗人方面也做出过特殊贡献。诗人敢作敢为，其基点是自己在创作方面的自信。几十年来，罗绍书以创作讽刺诗为主，计有 490 余首之多，在全国各类刊物大量发表，或初刊，或转载，引起过评论界的关注与肯定。后来陆续结集的创作主要有以下数种：《浅刺微讽集》《美刺集》《美刺新集》《振振有词》《集外三编》等。其创作特点有三：一是题材广泛，视野开阔；二是讽刺手法十分含蓄、形象、生动；三是充分调动并融合各种艺术手段，达到某种冷幽默效果的手段。此外，罗绍书对讽刺诗的贡献还鲜明地体现在他对中外历代优秀讽刺诗的疏理上——由他编选、贵州人民出版社出版的《中国百家讽刺诗选》（1988 年）与《外国百家讽刺诗选》（1990 年）在中国新诗史上都是屈指可数的。这两本讽刺诗选的编选，是罗绍书与中外讽刺诗人对话的结果，也是他与中国诗界不断联系、集思广益的结晶，因此对中国当代讽刺诗的创作、理论都有范本的意义。

罗马、乔大学、黄邦君、徐成淼、阮居平、邬锡鑫等贵州诗人也有一些讽刺诗佳作，虽然均不及罗绍书专注。以《中国百家讽刺诗选》为例，贵州籍诗人占了七八位，显示出了一定的地域优势。值得补充论述的是黄邦君，他虽然偶尔从事讽刺诗创作，但主业在抒情诗创作方面，在 20 世纪八九十年代的贵州诗坛上颇具人气，在编选全国性诗歌选集方面也有较好的成绩。

与贵州讽刺诗团队一样，贵州女诗人队伍也是巾帼不让须眉。改革开

---

① 陈锐锋：《讽刺诗中见品格——评贵州诗人罗绍书的讽刺诗》，《理论与当代》2006 年第 8 期。

② 罗绍书：《美刺诗论》，北京：台海出版社，1999 年，第 221 页。

放以后，随着中外交流的深入与中西文化的冲击，女性与文学的关系也大为改观，在新诗领域，贵州女性诗歌颇为活跃，女性诗人群体逐渐形成并不断壮大。女性诗人们通过具体的写作实践构成了新时期以来女性诗歌的华章，其中贵州女诗人唐亚平是“第三代”诗歌代表人物之一，她以鲜明的女性意识闪耀于诗坛，成为女性诗歌创作潮流中的中坚分子，其诗歌结集有《荒蛮月亮》《月亮的表情》《唐亚平诗选》等数部。提起贵州高原的女诗人唐亚平，诗歌界一般都会及时而准确地与她的代表作《黑色沙漠》组诗联系起来。《黑色沙漠》组诗结构完整，加上同题为《黑夜》的序诗与跋诗一共 12 首，诗人不仅在诗的首数上精心考虑，而且从序到跋构成一个穆旦《诗八首》式的圆形结构——一个从黑夜到黑夜的封闭结构。组诗的叙事时间大致与黑夜相吻合，以“一个尤物”“我”黑夜的内心活动与日常生活为细节展开。它从头到尾，相当整饬地进行暗度陈仓式的过渡、衔接与照应，一切笼罩在暗处，给人闻香识女人之叹！组诗用女性身体的意象，暗示着黑夜无数次的诞生，抒情主体则完成一次自我的裸露与背叛。正如女性诗歌所张扬的“黑夜意识”一样，是“一种来自内心的个人挣扎，以及对‘女性价值’的形而上的极端的抗争”。[①] 沿此奔走的女性诗人在拒绝了太阳与月亮之后，自然从一极滑到了另一极，从白昼滑入了黑夜的深渊而焦头烂额地奔跑。

唐亚平之后，贵州女性诗人群体大多以诗思细腻见长，题材方面集中于爱情、青春、日常生活等范畴。罗莲、西篱、钟硕、青红、天空、宋小竹、青石小城等女诗人便是其中的业绩突出者。这一批女诗人消弭了唐亚平式的叛逆，关注当下现实与普通人伦之常，不论是都市题材还是家庭生活题材，都呈现出女性固有的柔情与丰润。

三

以上 4 个版块是贵州诗坛在 30 余年的发展中颇有特色的有力存在。除此之外，当然也还有不少有异彩的诗人诗作。宛如绘画有主色调，自然也有不同绿叶的映衬与搭配，不同诗人的精神世界像扇形一样展开着，展示了贵州新诗的不同色彩。

① 翟永明：《再谈“黑夜意识”与“女性诗歌”》，《诗探索》1995 年第 1 期。

从年龄与诗龄而言，以下诸位都有过独特的光芒与不可忽略的影响。老诗人王蔚桦在20世纪50年代就从事新诗创作，是当时云南部队诗人，作品较多，力作也不少，他还是20世纪五六十年代出版新诗集最多的贵州诗人。新时期以来，诗人有影响力的莫过于长逾6000余行的《邓小平之歌》，政治理想与热情贯注始终，先后再版，成为贵州政治抒情诗的一个响亮音符。长期生活在贵州遵义，对遵义地区诗歌贡献甚大的是李发模。他在新时期以政治叙事诗《呼声》而一鸣惊人，这一作品主要是揭露“文革”中血统论对青春、人性的摧残，融抒情于叙事之中，可谓是贵州诗坛“伤痕文学”的佳作。李发模也是让贵州新诗走向全国的先行者，后来诗人写作与发表了大量的作品，出版诗集10余部，大量作品以遵义、酒文化、长征故事等为审美对象。

作为国内一位略具影响力的当代诗人，贵州诗人张克以朴实无华的文字风格著称。张克的创作可以延伸到20世纪五六十年代，以对贵州家乡风景的描写居多，其中绝大多数都是以深入浅出的诗句呈现在读者面前，有上口、明朗、易懂等特点。来自黔北的廖公弦，也是一个才情卓异的诗人。新时期以来，为当代文学的研究与教学之需，学术界曾编辑出版了一套《中国当代文学研究资料》丛书，该丛书为国家重点研究项目，由茅盾、周扬等人为顾问。其中贵州仅有的一册只选了两位作家——蹇先艾和廖公弦，书名为《蹇先艾廖公弦研究合集》，从中足以见出廖公弦当时在贵州的影响。廖公弦留给诗坛的有《山中月》《美人醒来》《山与我们合影》《廖公弦诗选》等，其诗作中颇多“山中月”“山路”“山溪”“山泉”等意象，负载着地域文化，素有乡土田园诗之称。以《少女的太阳》闻名的是叶笛，其诗歌意象奇特，风格轻快。

与上述诗龄较长者相比，以下诸位都是“60后”诗人，贵阳的南鸥、王家洋，遵义的姚辉，黔西南的赵雪峰等，都以实力著称，长时间与新诗为伍。他们不仅各有几本诗集出世，而且在刊物编纂、创作传承等方面，有诸多可圈可点之处。

“在高处，你会看到/所有的升降沉浮”“我说像我的一代人正被雾气抱起/不费力地就放进沧桑的图景”（赵卫峰《在高原》）；“你能够承受命运最沉重的一击/却无法忘记乡村的一滴雨，一片云”（空空《八月，还乡》）。是的，这就是贵州新诗在沉浮中的图景，这就是贵州诗歌融于山水中的性情与心智。贵州新诗在20世纪七八十年代曾短暂地形成过诗歌高潮，跨过了21

世纪十年之后，贵州诗歌正在凸显它的潜力与元气。这一切，都需要更多的风格独特、创造力旺盛的诗人个体去合力完成。应该相信，在诗歌的边地，抑或高原，智慧的心灵之歌会带来更多的倾听者。

[原载《贵州民族学院学报(哲学社会科学版)》2012 年第 4 期]

[颜同林:贵州师范大学文学院教授]

贵州作家散文研究

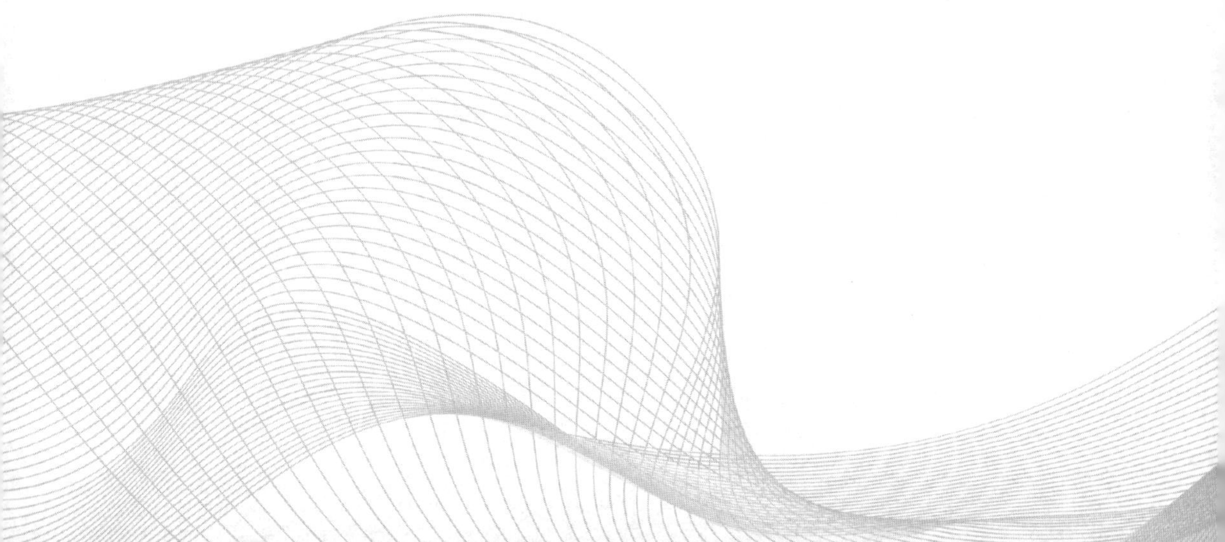

贵州现代散文评述

陈锐锋

散文是贵州新文学中出现较早的一个品种。五四时期贵州的黄齐生先生在达德学校创办的《达德周刊》上就经常发表政治时事评论，鼓励婚姻自主，提倡汉苗各族文化沟通。他和老师们极力提倡白话文，摒弃“之乎者也”的老八股习用的一套形式。他认为，文化要普及，就要推行白话文，才能和时代相适应。以黄齐生为代表的具有民主主义思想的知识分子，已成为当时贵州传播民主与科学、倡导白话文、反对文言文的先锋。但当时贵州境内还没有公开出版的新闻学报刊，就连公开出版的报纸也极少，较有影响的是军阀势力所控制的《贵州公报》和贵阳学术界的《铎报》。这两家报纸经常有散文、诗歌、小说发表，但以文言文居多，以白话文形式发表的作品不多，其中白话散文主要是关于社会和时事的短评，以及少量的游记。五四时期贵州的散文还处于萌芽状态，但已出现了有时代感的短评，这也是可贵的。虽然这些文章还多是文白杂糅，尚未摆脱旧文学的束缚，但这也是新旧文学转换期所不可避免的现象。

五四至 20 世纪 20 年代的省外较为活跃的黔籍作者是蹇先艾和谢六逸。蹇先艾在北京读书时，积极从事新文学活动，写了不少散文、诗歌和小说。谢六逸则主要在上海从事文学活动，1920 年他就在茅盾主编的《小说月报》上发表探讨象征主义的文章；1921 年又加入“文学研究会”；他在 20 年代主要致力于文学理论的研究，出版了《中国小说研究》《神话 ABC》《西洋小说发达史》等不少论著，直到 30 年代，他才致力于散文创作。

20 世纪 30 年代贵州的散文创作开始有了明显的发展，这是与当时贵州报刊的发展分不开的。值得提到的是那些揭露抨击军阀统治和呼唤抗日救国的文章，这些文章多出自青年学生之手，突出地表现了他们的爱国激情，有着鲜明的时代精神。

20 世纪 30 年代至抗战全面爆发之前在省外活动的黔籍作者如蹇先艾、谢六逸、卢葆华、陈沂、张梦麟、刘薰宇等均不断有文章发表，也颇有成就。蹇先艾、谢六逸、卢葆华等人还出版了散文集，他们的文章叙写了各自的人生见闻和体验，也反映了社会的现状，贯注了现实主义精神。

抗战时期是贵州散文大发展的时期。1937 年抗日战争全面爆发后，由于日寇铁蹄长驱直入，国民党军队节节败退，整个西南成了抗日救亡的大后方，大批文人也来到贵州，或经贵阳去重庆、昆明等地，有的则在贵阳谋职安家。蹇先艾、谢六逸等黔籍作家也先后来到贵阳。此时贵阳的文化空气十分活跃，创办和内迁的报刊达 20 余种，这就为文艺作品的发表提供了很多园地。特别是蹇先艾先后主编的文艺副刊《每周文艺》和《新垒》，谢六逸主编的《文讯》都是很有影响的报刊，发表了很多散文、特写、随笔、杂文、小说、诗歌等，内容十分丰富。1940 年 2 月，中华全国文艺界抗敌协会贵阳分会成立，号召广大文艺工作者团结起来，投入对日本帝国主义的斗争，这对促进贵州文艺界积极创作反映抗战现实、为抗战服务的作品起了很大的作用。

抗战时期贵州的散文作者比抗战之前大为增加，写得较多的除蹇先艾等外，还有不少富有激情的年轻作者。从思想内容来看，也比抗战之前大为拓展，宣传抗日救亡，反映抗战现实，是这个时期散文的主调；其他则是抒写个人的感受、情怀和追求，以及记叙旅游见闻和风土人情等，但也都是贴近现实的篇章。散文的品种也有所丰富，如社会时评、杂感、叙事、抒情、随笔、小品等，在艺术表现上也有明显的进展。

1945 年 8 月，日本帝国主义宣布无条件投降，中国人民艰苦卓绝的抗战终于取得了伟大胜利。但抗战胜利后，以蒋介石为首的国民党反动派打着“和平建国”的旗号，在“国家统一、民主政治”的口号下，坚持独裁内战方针，企图加强其反动统治。贵州的国民党当局，更是加紧对各族人民进行残酷的剥削压迫，使贵州各族人民的生活苦不堪言。在抗战胜利之初，一些作者还对胜利寄予希望，但随着黑暗现实的加剧，不少作者继承着散文的战斗传统，无论杂感、记叙文、抒情文，都以揭露黑暗、抨击反动统治、倾吐人民的反抗呼声、渴求光明自由为主要内容。这是本期贵州散文的一大特点。另一个特点，是那些抒情散文，特别是出现较多的富有诗意的散文，抒写的思想内容都与时代息息相通，艺术表现也比较有特色。田井卉、采风官（吴纯俭）、张志、王启霖等都是这个时期较有成绩的散文作者。

上面几个时期的散文概述表明：一方面，五四以来贵州的散文创作是随着时代逐步发展的，尤其是抗战时期散文获得了大的发展，在创作上始终紧扣时代，反映人民的疾苦和呼声，表达作者对光明自由的追求，走的是现实主义发展之路；从散文的形式来看，也越来越多样，艺术表现日趋成熟，作者的队伍也在逐步扩大，这都是与全国的散文发展方向相一致的。但另一方面，也要看到，五四以来的三十年间，贵州由于还缺乏文艺方面的理论倡导，北京、上海等地的文艺争论对贵州的影响也不大，文艺批评也不多见，因此，文艺创作上还未形成风格流派，这也制约了贵州文艺创作的发展。

以上是对贵州五四以来至新中国成立时期散文发展所做的总的概述，以下分别就各个时期的散文创作进行评述。

五四时期贵州报纸最早出现的用白话文发表的时评和杂感，主要是对五四反帝爱国运动直接做出反应的文章。如五四运动伊始，《贵州公报》就发表了署名泽的《敬告全黔公民》的文章，表示支持民众发起组织公民大会，支持贵州人民反对北洋军阀政府的卖国投降政策的爱国行动。剑胆也在《铎报》连续发表《速去卖国贼》《中日均有国民大会》《抗议……拘捕》以及无的《办不到》、岷的《一面恢复秩序，仍一面要求达吾目的》等短评和杂感，对北洋军阀袒护卖国贼、逮捕爱国学生、蹂躏人权、屈膝媚外的罪行和日本帝国主义的假"公道"等进行抨击。有一篇"随感录"式的文章还以新颖的访问形式揭示了我国人民无主权、教育不普及、实业未振兴、外交丧失主权、没有新闻言论自由的现实；还有一些杂感则是抨击礼教纲常的旧俗，揭露社会腐败，以及抒发人生感悟的文章。上述这些杂感体制短小、语言浅直，虽无卓见，却也表达了贵州先觉者反帝反封建的愿望。另外，还有一些颇有新意的游记散文。如王仲卓的《游黔纪程》，记叙作者乘船游黔的见闻，揭露军阀部队奸淫抢掠、无恶不作的暴行，作者将笔触深入贵州的穷乡僻壤，写得颇为真切；李璜的《旅欧随感录》，则以随笔的形式记叙作者旅游西欧的见闻，赞扬西方人办事效率高的自主精神，以此针砭中国一些人以投靠别人阔阔的惰性。

蹇先艾在北京所写的散文，最早开始于 1922 年。他在新中国成立前创作的散文主要收在《城下集》《离散集》《乡谈集》中，前两集是记叙、抒情的散文，后者是论说性的杂文。蹇先艾在 20 世纪 20 年代创作的散文，数量不多，也大多未收成集，但已有多种形式，如抒写个人情怀的《深秋及其他》，记叙纪念活动的通讯《赴女子两级中学周年同乐会记》，追怀故友的抒情记叙《吊一个薄命的诗人》，评论社会和文化的杂感《〈友谊〉与〈批评〉》《观〈酒后〉与〈一只马蜂〉》，以及用日记体形式记叙一个青年遭遇的《一封信——摘自悲秋的日记》，以传记体形式评介作家创作生活的《〈黑奴吁天录〉的作者——斯土活夫人评传》，还有文坛论辩的《答实秋君》等。蹇先艾早期的文章也显示了他的文才，如最早发表的《深秋及其他》一文，描述他连夜乘舟做梦和雪夜围炉听母亲讲述往事的幻想，篇幅虽短，却写出了美的境界，颇有诗意，文笔简洁，富于想象，显示出作者所蕴藏的文思。但总的看来，蹇先艾 20 世纪 20 年代的散文还写得浅露稚拙，这是一个作者在起步之初所难以避免的。

另外，值得一提的是黄齐生的《新贵州之真实现象》一文。1926 年作者出任遵义省立二中校长时，因支持学生发起的“二二救援会”反对国民党反动派在重庆屠杀共产党人的罪行，为军阀周西成所不容，竟以“接近共党嫌疑，主张自由恋爱”的罪名遭到通缉。黄齐生被迫逃往上海后，又惊闻达德学校遭周西成解散，他便以愤慨的心情在上海《黔首》发表《新贵州之真实现象》一文；他以耳闻目睹的事实，从政治、经济、文教等方面揭露在周西成统治下贵州的黑暗。《黔首》记者在文末特别指出：“齐生先生，是贵州学界的先进，其人格的纯洁与诚恳，是一般同乡所素知的。”他“以亲见着黔省的黑暗、军阀的横暴、人民的痛苦，不能不说几句真情话。”“这篇文章所记载的，通通是他亲自耳闻目睹，确实可据的。”这是当时揭露抨击贵州军阀统治最尖锐也是少见的一篇文章。

20 世纪 30 年代前半期，贵州仍然是军阀统治的天下，军阀混战给贵州各族人民带来了深重的苦难。当时《贵州学生》等刊物就发表了好些文章反映了人民在战乱中的痛苦生活和强烈的不满。如小疑的《遵城战迹的残影》就记叙了 1933 年桐梓系军阀之间在遵义打仗给遵义人民带来的恐怖和不安。石君的《无所安慰的安慰》揭露了军阀之间都是打着“奉命讨逆”“为民除害”的旗号，而实则是争权夺利，割据为雄，他们的争战使贵州人民陷于“水深火热、民穷财困”的境地。文章呼吁有识之士起来“暴露军阀的丑恶罪状，联合外同乡，作有效的制裁”。署名寅的《恐怖充满了贵州》一文，以愤怒的笔调揭示：“恐怖充满了贵州”乡土，“有枪阶级的淫威压住了民众呻吟的声浪”，“军阀的欲望一日一日的增大，小百姓的负担也一天一天的加重”。“苛捐杂税层出不穷”，把小百姓逼得铤而走险，“以致弄得贵州全境几无一片净土”。军阀们由于分赃不均，便以武力相见，“若干人的生命便作了他们数人争私欲的牺牲品”。作者猛烈抨击王家烈打着“拯民于水火”的旗号进行内战，压榨人民的无耻行径，他指出：“贵州，是我们小百姓的贵州，并不是毛光翔、犹国才、王家烈少数军阀的独占物。”作者愤激地呼吁人们起来努力去“驱逐那般恶鬼以解除民众的苦痛，夺还我们民众的贵州！”上述这些文章都充满了对贵州军阀统治的无比痛恨和对人民命运的深切关注之情，言辞激烈，很富有战斗性。

1931年九一八事变发生，日本侵略军侵占东三省，激起了贵州各族人民的义愤，尤其是青年学生写了不少文章呼唤抗日救亡。如龙运章就在《劝告同胞反日书》中列数了日寇侵略东三省的种种罪行后，大声疾呼：“愿我同胞，快快团结起来，抱着宁为断头鬼，勿作亡国奴的决心，以我们的赤血和白铁，与日本拼命。”这很能表达广大学生的爱国激情。

这个时候还出现了一些涉及个人友情、生活琐事、歌颂大自然的随笔和抒情文。如呼唤真实友情的周树值的《你的敌人就是……》、闲的《重来握手》；就买猫捕鼠的生活小事，暗示一种生活哲理的忠恕的小品文《猫》；结青的《觉》描绘早晨日出时大自然清新、充满生气的景象，表达作者对大自然的热爱，是一篇富有情致的抒情散文。

20世纪30年代是蹇先艾散文创作的发展期。他在这时期的散文不仅数量多，而且艺术上逐渐趋于成熟，这和当时的散文的发展是分不开的，尤其是小品散文在30年代很有声势，不仅出现了一批以发表小品散文为主的刊物，还有鲁迅、朱自清、周作人、郁达夫等人的理论倡导，这对蹇先艾都有明显影响。这从他所写的不少回乡散记、流亡散记和游记性的旅游随笔就可以看出。1928年以后，蹇先艾曾多次返回贵州体验乡情；为了突破狭窄的生活圈子，增进对社会人生的认识，他又两次旅游山东，因而人生阅历丰富了，思考也多了，这就扩大了他的散文题材，比过去有了更丰富的社会内容。首先是他的旅游散文颇有特色。他在《三等车中》说他旅行之所以要乘三等车，是因为三等车“是一个中国小社会的缩影”，可对人生“有更多一层的认识”。在《大明湖上》一文中更表白他旅游的目的是要“多看见一点社会，景物不过是附带的领略”。因此，他的游记散文不是单纯写游山玩水，而是在写景中寄托他对社会人生的关注。例如，《长江轮船上的通信》以书信的形式，记叙他从汉口到重庆在轮船上的所见所闻，勾画出一幅社会人生的图画，揭露了暗无天日的时代里形形色色的怪现状。在8篇旅游随笔中，通过他漫游青岛、济南，以及铁路沿途所见，在描述的种种社会生活中，蕴含着对社会人生问题的思考。

蹇先艾的一些散文有着浓郁的乡土特色，这在《贵州纪行》《渝遵道上》《家与邻》等文中表现得最为鲜明。例如，《渝遵道上》记叙他从重庆乘滑竿回遵义的见闻和感受，文中描绘了贵州道上大量的山乡景物和地方风情，他抓住川黔道上的崇山峻岭、山道险阻、烟馆林立、人民贫困等特点，真实地反映了贵州山乡的贫穷、闭塞和落后。此文与《贵州纪行》都是当时有助于人们了解贵州的难得的乡土作品。

20世纪30年代也是谢六逸散文创作的丰收期，他的散文主要收在《水沫集》《茶话集》《文坛逸话》等散文集中，其中包括记叙、随笔和议论性的杂感。他的散文谈天说地，题材广泛，具有情文并茂、娓娓道来的特点。如《素描》一文，以"暑期学校所感""新闻价值""现代的范先生"为小标题，在描述教育界、新闻界、学界的种种丑行中，给予了辛辣的嘲讽。《三等车》揭示国民党军队的腐化。在《家》一文中，他列数上海社会的种种污浊，表达他对大都市的厌恶。谢六逸的杂感，对社会人生有着明确的是非爱憎。如《中国人的"过多症"》一文，讽刺社会上那些"财产过多"的守财奴，揭露他们用剥削穷人的手段而获得的过多财产，他们住的是租界，靠"洋大人"保镖，是一些准备当亡国奴的无耻之徒。

从遵义冲破封建意识束缚而出走上海的女作家卢葆华，她在20世纪30年代所写的散文主要收在散文集《哭父》中。由于她人生经历坎坷，又有着坚毅的抗争意志，所以散文也主要是抒写她的人生经历和体验，揭示社会的冷酷。她在《哭父·自序》中说：这个散文集"是一个孤苦伶仃的飘零女子的哭父哀音。分明地，反映着畸形社会里一个被压迫者在死去父亲的伤痛的呻吟中，而积极地指责了这目前社会制度的残酷"。从一些散文中我们可以看到：她要挣脱没有爱情的死婚，不单有家庭、亲族的反对，还要承受极大的社会舆论压力。在《临别》一文中，她说"明知遵义底社会不容许我这礼教的叛徒"，但她是不会妥协的。在《二十二号》中，她表示她是"礼教下叛逆的女性，专制婚姻的抗争者"。在《哭父》中，她也袒露了反叛封建婚姻时的内心苦恼，诉说她从世家的小姐夫人的环境里飘零到上海，饱尝了当工人、教员、职员的苦楚，诉说她在上海"无时无刻不在生和死的界限上彷徨着"，由此产生了"对于生感到空虚和失望"。在"一·二八"之战中，她从上海沦落杭州，身伴药炉，心怀恐怖，用血泪写下了好些吐露悲愁的文章。卢葆华的文章尽管写尽了她的磨难和悲苦，但也关注着国家民族的危难。如在《梅花》一文中，在赞美梅花的高洁和傲骨之时，联想到自己飘零的境遇，感慨"国事危如累卵"，抒发了忧国忧民的情思。卢葆华的散文有着鲜明的自传色彩，由于内容真实，感情真挚，文笔纤细，有很强的抒情性。柳亚子在其散文集的题诗中，赞其“琐屑字常语可思”“真爱弥纶见此时”。

作为教育家、学者的张梦麟、刘薰宇在上海报刊上发表的杂感具有一种坦言直陈的长者风度。如张梦麟的《说真话》一文，赞扬英国作家萧伯纳一贯有“说真话”的勇气，他对社会上那些言行不一致，以冠冕堂皇的言辞蛊惑人心的人表示十分鄙弃。他劝解人们“不要做的是一样，想的又是一样”，而要有“说真话”的品行。在《过于专门》中，主张学者不要过于专门化，他批评中国学者多是各守专门园地，不越雷池一步，不读文学作品所带来的局限和弊端。刘薰宇的《乡音》一文，写他在上海从一个老友的谈话中得知贵州不少亲友死于困顿，青年吸食鸦片成风，农民被压榨逼上抢劫之途。他认为这都是贵州的政治环境造成的，连年战乱，把贵州弄得民穷财困。他对“贵州政治已走到山穷水尽”十分愤慨。在《人生》中，他由每天上班路遇讨饭的叫花子，顿感和自己每天上班去讨“工钱”无甚区别，由此嘲弄自己的人生态度就具有讨饭性质。张梦麟和刘薰宇的文章中都蕴含一种人生况味，但刘薰宇更具有幽默感。

出生于遵义的陈沂 20 世纪 30 年代在上海从事革命活动时，因被捕而写下了《狱中回忆记》一文，揭露了国民党监狱的恶劣环境、官吏的腐败、反动派血腥屠杀革命者的罪行，同时又记叙了追求真理的革命青年在狱中坚贞不屈的革命精神。由于记录真切，有不少细节描写，文笔流畅，使人从监狱中看到国民党的罪恶统治，写得很有力度。1936 年，陈沂还根据他回乡的见闻写了一篇反映贵州怪现状的《化苗的人们》的通讯，文中揭露打着“化苗”（即开化贵州苗民之意）旗号到贵州来掠夺，压迫各族人民的旧官僚、旧军队，以及统治阶级的帮凶、帮闲们的无耻行径，使读者看到旧贵州在“化苗”者们的统治奴役下暗无天日的现状。陈沂的文章无论记人叙事，或所写的现实，都是他亲身经历、亲见亲闻的如实反映，因此，具有纪实性特征和质朴的艺术风格。

全面抗日时期文学创作的中心主题是抗日救亡，其中尤以散文最为突出。

抗战全面爆发后，蹇先艾根据自己的流亡经历，写了不少流亡散记，他以耳闻目睹的事实揭露日寇侵略的种种罪行，抒写沦陷区人民的惨痛遭遇。如日寇占领北平后，老百姓在日军监视下沦亡的凄苦(《四点钟》)；日军凌辱中国妇女、任意毒打中国人的暴行(《平津路上》)；日寇屠杀中国军民的残忍(《老与幼》)；在《我们的羞耻》中，他揭露并痛斥了一个伪装流亡学生的狡诈和无耻之徒;《前夕》一文则歌颂青年学生对日寇的同仇敌忾,以及他们对未来的坚定信念;《塘沽的三天》写的是作者在流亡生活中颠沛流离的境况,暴露出国民党政权的腐败无能和贪婪险诈,没有过多的渲染,却给人留下了深刻的印象。1939 年 2 月 4 日,对于日寇飞机轰炸贵阳的暴行,蹇先艾写了《毁》《残暴的遗迹》等文,记述了他主编的《每周文艺》社址被毁,痛斥日机狂轰滥炸的罪行,他表示:“敌人是毁不了我们的。”决心要坚持抗日文化工作,并坚信这笔血债是必将清算的。

蹇先艾回到贵州以后,由于接触了大后方的抗战现实,因此,对国家民族的命运有了进一步的思考和关注,促使他积极投身于抗日救亡的文化活动。他参加了筹组贵阳文协,主编文艺副刊,并写了不少后来收在《乡谈集》中的针砭时弊、鼓吹抗战的杂文。如在《作家的出路》《短简》《与老百姓无关》《分工合作》《标语》《我的苦闷》等文中,从不同的角度提出了正确对待抗日工作,以及如何在大后方开展抗日文艺工作和抗战教育的意见,批评那些有悖于抗日的行径。这些具有较强的社会性和针对性的文章,都表现了作者强烈的爱国思想。

另外,这个时期蹇先艾还写了不少回忆文坛故旧的文章(如回忆朱大枬、胡也频、庐隐等)和回忆他走上文学道路、从事文学活动的文章(7 篇学习写作回忆录),给读者提供了不少有意义的文坛史料。

总的来看,这一时期是蹇先艾散文创作的丰收期,在艺术上也发展了他那情真意切,语言质朴无华的风格。

这一时期贵州报刊出现了不少以抗日为内容的杂文,有的揭露、谴责卖国行为和日本的法西斯统治,有的歌颂人民的正义斗争,有的呼唤人民振作起来坚持抗战、争取胜利等。

宋海若的《秦桧的主和》以南宋秦桧卖国投降议和,残害忠良的史实,谴责汉奸汪精卫与日议和的卖国行为。张先智的《秦桧的状元》讽刺有些人为秦桧翻案喊冤,掩盖秦桧的卖国罪行的论调是因为今日有不少“活秦桧”在,他们为秦桧减一分丑,就为“活秦桧”减一分罪。启霖的《由自杀到自杀》以柔顺的日本女子用自杀来反抗社会迫害的事实,揭露日本国内的法西斯统治。作者指出,当她们不再忍气吞声地以自杀反对战争之时,那自杀的将是军阀和财阀们。董继汉的《杂感二题》赞颂抗战中人民的觉醒。榉人的《祖国的人们》赞扬苦难中的人民为了快活的明天,每天以艰辛的工作“支持了祖国的生命”。刘可宗的《把握着胜利的关键》、梁园东的《振作起精神来》、江恢的《举起民族革命的火炬》等文，分别强调为了争取抗战的胜利，必须树立自力更生的决心，树立长期抗战的观念，继承革命传统，巩固和扩大抗日民族统一战线。一些文艺工作者则撰文呼吁文艺要为抗战服务（如刘才雄的《国难时期的艺术》、卡斯的《救亡与话剧》等）。青年学生提出“读书不忘救国，救国不忘读书”的口号（马德全的《读书和救国》等）。这些文章都表达了强烈的爱国热情。

另外，也有不少文章是对黑暗、腐败的社会现实进行揭露和抨击的。如谢代的《麻木者的独白》一文，说他接受过真理，懂得人生的意义，也有青春，曾幻想过人生的美丽远景，但现在他却冷淡、困倦、消沉，神经已经麻木了，因为他“面临许多不公平、不人道、不合理的事情”，表达了他对黑暗现实的强烈不满。他的《劳动给我以生之勇气》则是写他在艰难、坎坷的人生道路上力图从感伤中解脱自己，终于在和船夫们的劳动中受到了启迪。丹雷的《求学与服务》指出贵州教育的弊端是“学校与社会脱离”，使学生在学校所学，并非社会所用，这是“自误误国”。作者对很多学校把学生从事社会活动视为非法，或用种种方法阻碍、迫害学生参加社会活动的做法进行了尖锐的批评。冉隆勋的《“古道可风”与“遵古炮制”》一文，着重批判了保古守旧、不思进取的“今不如昔”的论调。谢六逸常用“鲁愚”的笔名发表文章，但发表《对于“剪衣队”的意见》一文时却特署本名。此文明确反对杨森下令剪长衫的无理举措，文中声明“文责自负”，表现了他不巴结权贵、疾恶如仇的性格。杨森迫于世议，才不敢推行原先的主张。

除了议论性的时评和杂感而外，出现较多的是反映贵州抗战现实的叙事散文。其中有的赞扬抗日军民，有的描写难民生活，有的揭露现实的黑暗和腐败，还有较多的是记述日机对贵阳的狂轰滥炸和反映日军侵略的“黔南事变”。其他还有反映风土民俗等的记叙散文。

里丽的《微风吹荡中的歌声》、张汝芳的《晨曦中欢送赴征将士》以满腔热情的笔调记叙全面抗战初期爱国学生欢送军队北上抗日的热烈情景，和爱国军官激昂慷慨地表示“誓与日本鬼子拼命，保卫中华”的坚强觉醒。抗日热潮不仅在城市涌动，而且波及贵州山乡。怀麟的《我们在高高的山岗下》就记述了贵州郎岱一个岩脚山村少数民族的抗日激情。作者赞扬他们是“经过这伟大的自然威力锻炼出来的抗战圣手”。田井卉的《松林中》也赞颂了山乡一个有骨气的青年，毅然投笔从戎参加抗日的爱国行动。张永康的特写《都匀师范的女生》记述抗战时期都匀师范女生勤奋学习、吃苦耐劳的品德，作者赞扬道：从她们身上看到了女界无限光明的前途。赞扬青年学生积极参加抗日活动和劳动人民艰苦、耐劳美德的还有余嘉桢的《一年来的铜仁剧运》和张文敏的《旅游随笔》等文。这些文章都从不同的方面表现了大后方的贵州人民高昂的抗日热情和民族美德。1944 年 12 月，日本侵略军侵占了独山，进行了疯狂的烧杀掳抢，制造了震惊全国的"黔南事变"，而国民党军队则推行"焦土抗战"，不战而退。这在不少文章中都有真实的记录，如家齐的《血腥的图画》，记叙日寇在即将攻占独山之时人们的惊恐、慌乱、逃亡，他们"想不到在这遥远的偏僻的山国，也尝到了敌人直接侵略的痛苦"。作者指出："必要时，我们得贡献出自己的生命，为了社会、祖国、全人类的幸福与和平。"孟琦的《独山之夜》，除了记述敌人侵占独山之前人们的惊慌失措的混乱情景外，还揭露了国民党败兵的趁火打劫。冷影的《沉闷》，记述作者从独山步行到贵阳，对难民们逃亡的痛苦生活表示同情，但对一些难民所表现的麻木不仁、苟且偷安、不思振作的精神状态则感到悲哀。赵允恭的《从贵阳到独山》则是写独山光复后，作者从贵阳途经龙里、贵定、甘粑哨、都匀到独山沿途所见的极为悲惨的劫后情状。辛榆的《最艰苦的一程》写了一群流亡学生在严冬的榕江逃难的辛酸。荡平的《孩子的惊诧》中展示了两种人的逃难生活：富人们坐着小包车，口含雪茄，贵妇人则是怀抱哈巴狗，而普通百姓过得却是人不如狗的生活。

1939 年 2 月 4 日，日寇飞机 18 架侵入贵阳，投弹数十枚，轰炸面积达全市的 1/7，大火延烧了 3 天，死伤 1200 余人，损失惨重，这就是"二四"大轰炸所造成的灾难。这在蹇先艾的文章中有所记述。其他还有张铁军的《悲痛与愤怒》、鞠孝铭的《悲惨的画面》《炸后的一瞥》等文，都记叙了各自目睹轰炸的惨景，对日寇的罪行进行了愤怒的控诉。彭冷白的《爱与恨》以饱含血泪的文笔记叙爱妻惨死在日寇轰炸之中，写得尤为动人。直到 1945 年还有人写文章回忆这次轰炸惨景(如社程的《火的经历》)，可见，这场大灾难给贵阳人民带来了多么深重的痛苦。

有不少文章的记叙也反映了国民党统治下贵州城乡各个方面的黑暗现实，老百姓生活的困苦。如惠江的《诉不出底心声》，写作者目睹黔北山区农民千百年来过着沿袭不变的原始生活，他们吃的是蕨根、树皮，却仍要被迫去送征粮。梅春煦的《雉毛官》，揭露国民党官吏的贪污受贿。苗族同胞将前清县衙"皂役"称为"雉毛官"，他们常向犯人索贿，而到民国以来变相的"雉毛官"更多了，如政府派到乡下去丈量土地的测量员，就公开营私受贿，十分可恶。陈旭的《夜市》，通过城市夜生活的描述，揭示富人们的荒淫与贫苦人们为生活而挣扎所构成的夜生活是十分污浊的。王碧贤的《十字街头》通过描述贵阳十字街头种种世俗的人生相，揭示了繁华的街头所掩盖的社会的丑恶与贫困。

关于记述贵州风土民情的文章有东山[illegible]的《苗胞的情歌》，表现了苗胞们对爱情的大胆追求与纯洁；张文敏的《船上》，记叙沿江河道的险阻和水手们拉船的艰辛；罗萃儒的《生活在春天的赤水》，以饱含感情的笔墨描述赤水的自然景色，赞叹春天赤水河的鲜丽；张光似、沈锐的《安顺特写》和王搏九的《赶场速写》，分别记叙了安顺和龙场街头巷尾的风情。另外，滋的《水的追忆》、石正芳的《值得回忆的一件事》，则写的是生活中所获得的感悟。上述这些文章显示出鲜明的地方特色和作者的生活感悟。

这个时期的抒情散文有较大发展，有些抒情文实际上是过去所没有的散文诗。田井卉和张志在这方面写得较为突出。田井卉的《梦里的旅程》《春》《春天的歌》《山》《散文二章》等，分别抒写赞美暴风雨的威力、春天充满的生气、飞雪中清新而瑰丽的景物等，作者通过描写大自然的种种景物，既抒发了对大自然的热爱，又表达了对光明的憧憬，有的还寄托了对人民疾苦的关注。在《我们的血液沸腾着》一文中，他还通过描写严酷的寒冬，坚冰紧锁大地的凄凉景象，抒发了对挽救祖国危亡的抗日人民的赞颂之情。张志的《暴风雨呀，怒吼吧！》写得像郭沫若历史剧《屈原》中的《雷电颂》一样，也是通过歌赞风雨雷电的威力，抒写作者对社会黑暗的憎恨，对光明的渴求，也清吐了内心的苦闷，具有散文诗的情感冲击力。在《夏夜》中，通过描写夏天夜晚的情景，抒写农人在辛劳之后渴求生活的平安，以及夏夜中失意者的苦恼、颓唐。王伴石的《雾》《山》也是通过景物的描写，抒写向往自由的心情，并表达对保卫山川而战的山民们的敬意。伯琴的《我的伙伴》，抒发的是一个负伤的抗日战士的英勇志气。萧霄的《榴花》中所写的五月榴花、乃心的《芭蕉》中所写的移植的芭蕉，则是抒发各自寂寞的苦闷心境。还应提到的是何启明的《花溪散记》一文，通过作者在花溪坝桥上观看奔腾怒吼的瀑布的描写，寄托他对人们能像瀑布那样团结抗战的期望。上述这些以景抒情的文章都较好地体现了“融情入景”的散文境界，并有较强的时代气息，篇幅短小，文字也较精炼，是散文的一大发展。

除写景抒情之外，还有寄物抒情言志的随笔小品，如纯仁的《羊》，借买小羊饲养一事，坚信“我们这个百余年来任人宰割得像羊的民族”，终将要站起来反抗。兰泽荣的《山麻雀》通过所饲养的山麻雀，透视出“黔南事变”前后时局的动荡不安。张先智的《真正的王麻子》嘲讽一些懂得登龙术的作者，请托名人写序的无聊行径。这些文章也往往是通过生活中的“一斑一点，一枝一叶”，表现作者的思想感情和时代的精神风貌；在艺术表现上也比过去的随笔小品有明显进步。

贵州抗战胜利之后散文创作的主要内容是揭露和抨击社会现实的黑暗和丑恶。但在抗战胜利之初，有的作者对胜利之后的和平民主还是寄予希望的，如蹇先艾的《感想与希望》和伍仃的《天亮了，我们怎样？》等文就表达了他们善良的愿望。蹇先艾在文中以喜悦的心情记叙了贵阳人民欢庆抗战胜利的情景，并表示他要“好好打起精神来替国家做点事情”；渴求抗战胜利后“全国一致，精诚团结”，实现永久的和平与民主。但他在一些文章中对国民党当局也表示了不满。随着社会的日益黑暗，他也被迫不再写作了。揭露和抨击现实的黑暗比较尖锐的是杂文。如矛风的《土地的主人》抨击了社会的不公，指出广大劳苦大众虽然勤劳耕种、当兵、纳税，但他们仍然只有“饥饿的自由”、努力的命运；所谓“穷人可以入天堂”，完全是愚弄人的鬼话。作者坚信长夜必将过去，黎明必将到来。唐学英的《生之叫喊》表达了对在天寒地冻中叫卖的小贩的同情。猎人的《打狗》一文，借议论狗性的种种表现，抨击讽刺社会上一些人眼光势力的狗性，主张“凡狗都通通除去，免得这个世界变成狗的世界，弄得地方不安宁”。文和的《人才奴才蠢才》是一篇对所谓“三才”（人才、奴才、蠢才）理论进行尖锐揭露和讽刺的杂文。文章揭示了愈是人才就愈难找饭吃，而能找饭吃的人大都靠有“奴才”和“蠢才”的性格的怪现状。此文言词锐利，讽刺辛辣，有力地揭露抨击了社会的不正之风。另外还值得提到的是王启霖和雪苇的杂文。王启霖写了《青年与写作》《三民主义的现实主义》《论革命者的思想学习》等文章，表现了一个共产党员作家的革命思想境界。如写于贵阳解放前夕的《论革命者的思想学习》一文，根据新中国即将成立的新形势，明确提出革命者必须学习毛泽东思想的重大问题，文章所论述的革命思想是贵州解放前所达到的最高思想水平，十分难得。雪苇写了《关于关云长》《墨索里尼的死》《明鬼》《欺天》等文，他运用马列主义的思想剖析事理，是相当有深度的。如《关于关云长》一文，雪苇认为民间敬奉关云长主要是因为“忠义”，这是“层层压迫下的农民所最宝贵的”。这是由于他们阶级的经济生活限制了他们的政治水平，缺乏团结所致，当他们找到无产阶级之后，便再也用不着这个偶像了。在《欺天》一文中，对蒋介石抗战初期的“庐山豪语”，抗战后在政协会上所做的种种“保证”，进行了深入剖析，有力地揭露了他言论的虚伪性，指出他是个“欺天的老手”“流氓骗子”，他的本性是“对外为奴，对内为兽”，他玩弄的政治把戏完全是从秦桧、曾国藩、袁世凯那里继承来的。这些文章写得深刻有力，是富有战斗性的。

这个时期揭露黑暗现实，同情人民疾苦，渴求和平民主的记叙文也是不少的。如田井卉的《店》，通过一个杂货店从兴到衰，说明只有在太平日子生意才会兴盛，表达了一个小店主渴求和平的愿望。高思的《深秋贵阳城》，记叙了抗战胜利后贵阳的种种腐败和黑暗现状。孙维成的《夜山城》，着重描述了贵阳山城两种夜生活的情景：一些人花天酒地，荒淫无耻，更多的人则是无家可归，彷徨歧途，出卖自己。蔡壬侯的《卖唱者》，写抗战时期一个流浪艺人的悲惨境遇。吕品的《杂记回家》，记叙作者在抗战胜利之后趁假期回乡（息烽）探亲的见闻，揭露国民党官吏的贪赃腐化。采风官的《胜利面像》，揭示抗战胜利给贪官污吏和奸商们带来了种种好处，而对广大老百姓并未带来什么变化，表达了他对现实的强烈不满和对抗战胜利的失望。他的《选师》，记述的是他们夫妇二人在南京为了谋生去报考小学教师的情景。三四百人报考，却只录用两三个人，所谓“选”，实则是对教师的愚弄。于沧的《寂寞》和冯凤仪的《搬家》等文，也都反映的是知识分子生活的困顿和所受到的压榨和侮辱。这些文章通过不少事实的记叙，使人们看到抗战胜利后，在国民党统治下不但未能给人民带来和平与安宁，反而使人民的生活更加贫困，人民依然受到凌辱和压迫。

还有一些怀念亲友充满真情的记叙文，也反映了社会的黑暗和人民的苦难。如金风的《周年祭》、黑子的《招魂》这两篇怀念亡妻的文章，都饱含作者的真情和辛酸，读来使人联想到朱自清的名篇《悼亡妇》。平一的《漫步荒原上》则怀着凄楚的深情回忆母亲对他的爱抚和期望；《遭遇》一文，记叙的是故乡箴妹的不幸生活遭遇，作者以悲苦的心情对这个贫病交加的弱女子表示深切的同情。

有的记叙文则旨在表达对事业的追求，如采风官的《序曲》、健华的《海的呼唤》、肖元瑞的《我的童年》等。

关于记述贵州山川风情和反映乡风民俗的散文，写得有特色的如南华的《北盘江游踪》、如渊的《剑河侧影》、梅宗乔的《正月初八》等，把富有情趣的民俗写得有声有色。田井卉的《田野的黄昏》，表达了农民渴望“不抽兵”，过太平生活的善良愿望。光沛在《榕江归来》中呼吁：“今日之言普及国民教育，提高乡村文化，确是刻不容缓的事。"但这种良好的愿望无法实现，也是可想而知的。

这个时期的随笔小品和学术性的札记也是值得一提的。随笔小品多是通过对一些生活片段的记述，表达作者对人生的感受、情绪、见解等。如洪波的《等待》、钟信的《我的"敌人"》、张志的《友情》《进城》、野马的《人生体验》、吴珍的《眼镜》、杨岚的《手杖的爱》等。

学术性札记的作者有张毕来和林辰等。张毕来写了好些《秋夜拾零》，都是以说古论今的形式阐释一些学术观点，其中也包含着他对社会现实的褒贬。林辰是卓有成就的鲁迅研究专家。他在《鲁迅与韩愈》《鲁迅与章太炎及其同门诸子》《鲁迅在中山大学》《鲁迅在厦门大学》等文中，通过记述鲁迅的生活、心境、人品、文风等诸多方面，提出了有价值的资料与看法，并表达了他对鲁迅的敬重之情。

抗战胜利后的抒情散文在取材、构思、语言的运用等方面，较之抗战时期都有大的发展，尤其散文诗更有明显的进展。这些抒情文或以景抒情，或托物寄情，或直抒胸臆，都抒写了作者的心境、爱憎，或者寄托着作者对美好生活的向往。

抒情文中较多的是对大自然的赞颂。荒沙的《时间的感觉》一文，迫切渴求"有一个晴朗的春天"，寄托他对光明、幸福的向往。在《路》一文中，作者不仅歌颂了中华民族的勤劳、勇敢，也抒发了他渴求民主、自由、和平的新中国的到来。田井卉在《春天来了》中，也抒发了对民主、自由、和平社会的向往。张志的《水》，通过描述流水的威力和温情，赞叹"它是生命之神"，借此表达了他对阻碍历史前进的旧事物的憎恨和对美好未来的追求。

寄物托情的抒情文，如劲流的《灯》和敖正荣的《路灯》，都是通过对灯和路灯的赞颂，寄寓着对光明的强烈追求。菊子的《夏虫篇》，赞颂"有一分热，发一分光"的萤，为人们解除烦闷而自由歌唱的蝉，渴望熊熊烈火的飞蛾，以及在没有阳关的泥土里干着卖力不讨好的活的蚯蚓，作者通过对这些弱小昆虫品格的赞颂，寄寓着他的人生追求。

（原载陈锐锋：《现代文学论集》，北京：国际文化出版公司，2005 年）

［陈锐锋：贵州师范大学文学院教授］

《文坛逸话》的文体形态兼及谢六逸的文学观

陈　悦

1927年1月10日至8月10日，谢六逸以"宏徒"为笔名在《小说月报》发表系列短文，介绍海外作家逸事。1928年10月，这组系列文章汇集为单行本《文坛逸话》，共27篇(其中《勃莱克的幼年》与《拜伦的幼年》是增补的两篇长文)，纳入文学研究会丛书，由上海商务印书馆出版。20世纪40年代，赵景深在怀念谢六逸的文章中称其为"散文家"，认为谢六逸"用宏徒这一笔名所写的《文坛逸话》，写西洋文人的逸事，也是隽品"[①]。1993年，上海书店把这本《文坛逸话》列入"文学研究会作品专辑"重新影印出版，以"展示文学研究会的创作成就和重要影响"。[②] 1997年，藏书家陈子善先生在介绍叶灵凤的《读书随笔》时提道："现代作家写的外国文学书话集，只有宏徒(谢六逸)的《文坛逸话》和黎烈文在台湾出版的《艺文谈片》可以与之媲美。"[③]《文坛逸话》的确是一个有独特审美意味的文本。不过除了上述只言片语的称誉，无论是中国现代散文研究、书话研究还是在谢六逸的文学创作研究领域，都少有人留意这册小集子。有意思的是，陈子善先生于1998年5月20日在《中华读书报》发表《书话杂谈》，将现代书话的起源追溯到1929年1月郑振铎发表的书话，而不是他曾称赞过的《文坛逸话》。或许是因为《文坛逸话》中的大部分文章都很简短，体量过小，难以提供丰富的阐释空间；或许是因为人们将之作为"译述"而忽略了它在散文创作上的价值；更有可能是《文坛逸话》作为书话的文体特征并不具有代表性，以致专门研究书话的专著都未曾提及过这本小书。

---

① 赵景深：《文坛忆旧》，上海：上海书店出版社，1948年，第96页。

② 秋阳：《谢六逸评传》，贵阳：贵州民族出版社，1997年，第123页。

③ 陈子善：《〈读书随笔〉的版本和遗文》，《博览群书》1997年第3期。

然而，若把《文坛逸话》作为一个完整的文本进行整体性研读，不难发现作者自觉的写作意图与文体意识，把《文坛逸话》作为谢六逸散文创作的重要部分，更能全面地把握谢六逸散文的特征与成就，进而认识中国现代散文写作及书话写作的开放与形态的丰富。对外国作家的选择与介绍方式，必然受作者思想观念的影响，故而又可把《文坛逸话》视为破解作者文学思想的符码；放在 1927 年中国新文学孕育着转型的语境中，《文坛逸话》的文学态度还彰显了谢六逸文学思想的个性。

一、独特的书话形态："摆龙门阵"的随笔体式

谢六逸是从译介外国文学开始走向新文学阵营的。早在 1919 年，他就在《晨报》副刊上发表《文艺思潮漫谈——浪漫主义同自然主义的比较》，介绍西方近代文学思潮的发展脉络及特点。20 世纪 20 年代，他的学术论著《西洋小说发达史》被称为"西方小说史的创举"[①]。"文坛逸话"系列是谢六逸学术论著、翻译工作中衍生出来的札记、随笔，类似于周作人的"读书录"或者"看书偶记"。1926 年，谢六逸进入复旦大学中文系任教，主要教授"西洋文学史"和"东洋文学史"课程。随后在《小说月报》上发表的系列短文像极了授课中的"段子"，应该是从他授课内容中提取出来的。《文坛逸话》是读书、讲学笔记，把外国文学资料的编译作为基本材料，显然属于书话的写作方式。但是这些读书材料经由创作主体的重新编码，呈现出与典型书话不尽相同的形态特征。

现代书话内容与形式虽然非常繁杂，文体特质模糊混沌，但是经过学者们的理论提炼，书话的核心特征基本达成共识："书话即是'话'书、谈书"[②]；"'书'的不可缺少是形成书话文体凝聚力的特点和首要条件"[③]。典型的书话书写对象在"书"与"文"，议论、品评与抒情都围绕于此。如郑振铎的"《读书杂记》十九则，从荷马史诗说到英译苏俄小说集《蓝蓝的城》，从元刊本《琵

---

① 秋阳：《谢六逸评传》，贵阳：贵州民族出版社，1997 年，第 66 页。

② 赵普光：《书话与现代中国文学》，北京：人民出版社，2014 年，第 41 页。

③ 赵普光：《论现代书话的概念与文体特征》，《新华文摘》2006 年第 6 期。

琶记》说到《丛书书目汇编》，文笔清隽，趣味盎然，则则都是典型的书话”[①]。《文坛逸话》绝大部分的篇章则是对外国文豪逸闻趣事的介绍，作者聊文豪们的稿费、马克·吐温日常生活中的幽默故事、迭更司（现译狄更斯）在上流社会的聚会中唱乞食歌等。少数篇目是对作家一生的总结和评价。《勃兰特》寥寥几笔总结丹麦批评家勃兰特“先辱后荣”的一生。《痛骂男女关系者》称赞乔治·桑“是一个有勇气的女作家”。《文坛逸话》始终聚焦于作家、聚焦于“人”。

中国现代文学史上，“书话”记录了读书人与“书”的关系，“它辨书识书，品书论书，比其他内容的散文随笔多了一份书卷气，多了些儒雅、博洽和恬淡”[②]。书话自然“充溢强烈的书卷气息”[③]，叶灵凤的《读书随笔》谈诗弄文就有着书斋中文艺范的自洽。《文坛逸话》则不然，从材料的筛选上就能见出作者独辟蹊径的创作路向。作者从海外文学家的生平资料中摘取一个细节、一段趣事或者某种习惯，这些故事有的幽默风趣，有的则如同来自异邦传奇。如陀思妥耶夫斯基在死刑台上意外获赦、死里逃生（《死刑台上的杜思退益夫斯基》）；法国诗人鲍特莱尔（今译波特莱尔）“喜听玻璃破碎的声音”，“不喜自己头发的颜色与别人一样，因染发后使成绿色”，夏天穿冬衣、冬天穿夏衣，喜欢一个肥矮的女子（《鲍特莱尔的奇癖》）；还有从小就有特殊功能，能看见树上的仙子，能预知弟弟“升天”的勃莱克（《勃莱克的幼年》）；以及普希金决斗而死的故事（《普希金的决斗》）。这些可做茶余饭后闲谈的材料，尤其是那些传奇性的细节、事件，让《文坛逸话》充盈着一股活色生香的俗世生活气韵，扑面而来的是一股浓烈的“俗趣”。这种通俗趣味在对托尔斯泰的介绍上更是突出。作者介绍托尔斯泰并不涉及他的创作与思想，却找到了一个书斋里的学者通常不会关注的细节，即《托尔斯泰与二十八》，文字很短，不妨全文引录如下：

> 托氏生于一八二八年八月二十八日，最初之作《少年》第一卷出版日为二十八，他与沙菲亚订婚也为二十八日，他的长子诞生日为二十八日。他的儿子伊利亚·托尔斯泰曾说：托氏自己排斥一切迷信，只有这

---

① 陈子善：《书话杂谈》，《中华读书报》1998年5月20日。

② 赵普光：《书话与现代中国文学》，北京：人民出版社，2014年，第41页。

③ 赵普光：《论现代书话的概念与文体特征》，《新华文摘》2006年第6期。

> 二十八的数目，与托氏的关系极深，托氏很爱这个数目。

《文坛逸话》的“俗趣”不仅体现在材料选择的角度与眼光上，在文体形态上尤见作者的趣味所在。《文坛逸话》初版本有丰子恺先生设计的封面：一位戴着眼镜的长髯先生侃侃而谈，五个年轻人沿桌而坐，出神地倾听。谈者神采飞扬，听者自在轻松。丰子恺先生的封面画勾勒了《文坛逸话》“讲述”的话语方式，即《文坛逸话》的写作特征——师生、朋友围坐，侃侃而谈，有话长说，无话短说。该书短文只有100字左右（如《痛骂男女关系者》《托尔斯泰与二十八》），长文则接近1万字（如《拜伦的幼年》）；写法上，有的如同新闻报道般简洁客观，有的夹叙夹议带抒情，文章轻松自然。这是现代散文史上颇为发达的“闲话”体散文的典型文风。《文坛逸话》有着这类文体的共性，如老友神聊，无拘无束；同时它又有自我鲜明的艺术个性，作者汲取了中国古代小说、民间文艺的手段，把“洋人”们的趣事说出了中国风味。

《马克·吐温的领带》《阿那托尔·法郎士不受人拍》《普希金的决斗》《兰姆姊弟的苦运》《诗人雪莱》《迭更司唱“莲花落”》等，都是讲述作家生活中的某个事件，运用人物对话、场景渲染、细节描写等小说笔法，把这些作家变成鲜活的人物，由人物言行呈现独具的个人风貌，颇得中国古代笔记体小说的神韵。《十返舍·一九之滑稽》写日本江户时代的滑稽作家十返舍·一九“性格豪放，不拘小节”，“丧妻三次，奇行很多”，比如头套着浴桶回家；比如换上先来拜年的书店老板的礼服出门；死前嘱托门人一定要在他死后打开在他身旁的小包，里面居然是一大包花炮。作者将一桩桩奇事娓娓道来，恰似民间关于智者故事的讲述。《拜伦的幼年》是全书在篇章结构上最为讲究的一篇，在正式讲述拜伦幼年经历前，有一段引人入胜的开头，语气、节奏及表达的形象性，犹如精彩的评书开场白。且看：

> 从前，法国有一个拿破仑，他提着一口剑扰乱欧洲，这是大家都知道的。英国有一个诗人叫拜伦，他手里的一支笔，也震动了全世界。无论老人或者少年读了他的诗，胸里都觉得有点跳跃。他不仅是一个诗人，也是一个有侠气的英雄。他能够扶弱助强，他看见希腊受了土耳其的压迫，他就帮助希腊独立军起义，他的豪侠行动是千古不朽的。

1926年，谢六逸在《趣味》杂志发表了一篇文章，介绍日本咖啡屋，标题叫《摆龙门阵》,开头"题解"说:"'摆龙门阵'是一句贵州的俗话,四川人也有说的,意近于'闲谈''说故事'之类,即英语的 gossip,日本人的'四方山的话'是也。"[①]在谢六逸看来,写随笔,如同中国老百姓的"摆龙门阵"。《文坛逸话》不是书斋中的文人玩赏的文学体式,而是独特的"讲述"式的书话,一种"摆龙门阵"的随笔体式。《文坛逸话》把外国作家的介绍放到坊间茶社,汲取中国民间故事、传奇甚至评书的民间文学资源,这与将"古代读书或讲学笔记、题跋、解题等目录之学、诗话词话等传统批评方式几种"[②]形式作为渊源的典型书话迥然有别。让现代书话臻于成熟的唐弢先生希望书话在形式上"特点更鲜明、更突出、更成熟",但同时又提出"使特点本身从枯燥、单调逐渐地走向新鲜、活泼和多样"[③]。《文坛逸话》作为一个独具民间风韵的样本,呈现了书话开放的写作空间和多元发展的可能。

二、搭建外国文学与普通民众的桥梁

林语堂认为随笔的精髓在于"个人笔调",文如其人的原理更多地体现在散文文体中。据朋友回忆,谢六逸"身体很魁梧,而性情却很和易,似乎不大说话"[④],虽然"平日里常是静默寡言","和朋友们'摆龙门阵'则又极有风趣,幽默的语句不时从他的嘴里溜出来"[⑤]。谢六逸还把自我的言谈风格带入课堂,将知识性融入趣味性中。他的学生舒宗侨曾经回忆,"谢先生讲课好似谈家常,有时穿插些幽默故事,学生都乐意听他讲授"。"摆龙门阵"这种贵州民间文化生活对谢六逸有很深的影响,并非健谈的谢六逸一旦进入"讲话"模式,便能迅速找到平等的、轻松有趣的交流方式,也因此形成了写作的"个人笔调"。这种"个人笔调"与周作人的平和冲淡、林语堂的雅致幽

---

① 谢六逸:《摆龙门阵》,见陈江、陈庚初编:《谢六逸文集》,北京:商务印书馆,1995年,第22页。

② 赵普光:《书话与现代中国文学》,北京:人民出版社,2014年,第23页。

③ 唐弢:《晦庵书话·序》,北京:三联书店,1980年,第5页。

④ 郭沫若:《怀谢六逸先生》,见陈江、陈庚初编:《谢六逸文集》,北京:商务印书馆,1995年,第386页。

⑤ 徐调孚:《再忆谢六逸先生》,见陈江、陈庚初编:《谢六逸文集》,北京:商务印书馆,1995年,第389页。

默都不一样，而是散发出一股俗味和土性。这样的笔调与谢六逸关于新文学发展的思考高度一致。

1919 年，尚在日本留学的谢六逸在国内刊物上发表了三篇文章《文艺思潮漫谈——浪漫主义同自然主义的比较》（译述）、《长期流刑》（翻译托尔斯泰小说）、《平民教育谈》。这三篇文章提出了谢六逸在很长一段时间里思考的两个问题：新文学建设与平民教育。1920 年，谢六逸发表《妇人问题与近代文学》，借助妇女问题传达了他关于文学功能的认识。他说“除了妇女自身已具觉悟之外，辅助迪发他们思想的，就是由文学入手”[①]，由于文学的普及教育功能，新文学建设与平民教育两个问题有了紧密关联。此后谢六逸谈通俗小说、谈戏剧建设、谈外国文学译介，都没有离开过如何走向民众这一命题。

他主张通俗小说“内容上至少须有文艺的趣味，意在引诱一般人对于高深文艺的初步的（起码）的兴趣”[②]。他认为“剧本既不是为个人的，当然与民众发生关系”。“不要借口民众的知识不及，而搭起‘稍安勿躁’的架子。只要你们肯研究肯干，演出由浅入深的戏曲来，他们（民众）也是很欢迎的。”[③]尤其在外国文学译介上，谢六逸的思考更能体现他探索文学大众化的彻底性。1922 年初，《文学旬刊》发起关于“民众文学的讨论”时，谢六逸撰写《文学与民众》一文积极响应，他首先认为“文学的民众化是可能的”，然后具体讨论实现民众化的途径。他提出除了要为民众创作新作品，还应当做两件事：一是研究整理本国固有的读物中为民众熟知的、可取的部分；二是有选择地、讲究方法地译介西洋的作品。外国文学情节与本国风俗人情相差很远，民众难以理解，谢六逸专门介绍了日本的做法：编译其意，文章要通俗浅明。这一主张深深地影响了谢六逸译介外国文学的方式。

20 世纪 20 年代，谢六逸发表的介绍外国文学作家作品的文章已经出现了与众不同的风格。语言上通俗浅白，不避口语，营造与读者亲切交流的氛围。如《源氏物语》一文，他称作者为“紫式部奶奶”，用“了不得”一词称赞

---

① 谢六逸：《妇人问题与近代小说》，转引自秋阳：《谢六逸评传》，贵阳：贵州民族出版社，1997 年，第 48 页。

② 谢六逸：《现在需要的小说杂志》，见陈江、陈庚初编：《谢六逸文集》，北京：商务印书馆，1995 年，第 332 页。

③ 谢六逸：《谈戏剧》，转引自秋阳：《谢六逸评传》，贵阳：贵州民族出版社，1997 年，第 111～113 页。

这部"日本古典"作品,"我们自家""顶老实""涨破了脑袋"这样一些口语在文章中也是运用自如。发表《文坛逸话》时,上述主张落实到更自觉的文体追求中。

1928年,《文坛逸话》汇集出版,谢六逸写了一篇妙趣横生的代序:"'头陀生来愚拙,不管谈龙谈虎,只得说猫说狗',洒家宏徒是也。蓬莱数载,访仙未遇;泛桴回来,走投无路。虽久已皈依我佛,却还贪念酒、肉、声、色,有时野性发作,便也东涂西抹,胡诌几句,送去杂志补白,换得银钱,好买咖啡、卷烟、花生米……今日天气晴和,不免模仿东土亚美利加洲辛克勒亚上人,学他把火油抱在胸前,站立闹市贩卖——这个生意不错,行行走走,不觉已来到了十字街头,待我把书摆开来,叫喊几声则个:'过路的客官,快来快来!……'"[①]该序交代了《文坛逸话》容身的空间,在它所登载的《小说月报》上,这些短小的文字是作为"补白"而存在的,由此不难理解《文坛逸话》一些片段式的篇章结构(《勃莱克的幼年》与《拜伦的幼年》并未在刊物上发表,所以是结构完整的长篇)。但即便是补白的文字,谢六逸也有很高的立意:向大众推介杰出的外国作家。将世界性的大文豪立于闹市"贩卖",这个奇妙的意象正是前述立意的形象化表述。

《文坛逸话》作为搭建外国文学与民众桥梁的通俗文本,除了具备上述语言风格以及挖掘、汲取民族民间文艺的资源,显示出生动的民间情趣之外,还有一个显著特征:没有把这些国外的大作家呈放到冰冷的"名人坛"上,而是恢复他们作为鲜活的"人"的形象,拉近作家与大众读者的距离。当然,谢六逸说过通俗不是"从俗"[②],贴近民众趣味选择外国作家的逸闻趣事,并非猎奇,更非八卦。知识性的内容确立了《文坛逸话》庄重的品格。

前述《文坛逸话》系列短文应该与谢六逸的教学有关,除了时间的巧合外,更在于传授知识的方式。由马克·吐温生活中的幽默事件,导入他的名作《青蛙》(《马克·吐温的领带》);介绍史特林堡童年家庭生活的不幸、恋爱的挫折,最后落脚到"他的创作都是描写性欲的斗争、两性的不安与憎恶女性的"(《史特林堡与妇人》);鲍特莱尔的奇癖背后,是对传统和世俗的反叛,如他的诗"对于他人不满足,对于自己也不满足,我在黑夜的孤独与静寂之

① 谢六逸:《文坛逸话·序》,上海:商务印书馆,1928年。

② 谢六逸:《现在需要的小说杂志》,见自陈江、陈庚初编:《谢六逸文集》,北京:商务印书馆,1995年,第332页。

中救出自己”(《鲍特莱尔的奇癖》)。由作家的生活细节、性格特征、成长经历入手,引导学生认识作家,理解其创作,在今天依然是想把课堂变得生动有趣的教师们惯常采用的方式。《文坛逸话》是作者性情与教书职业互相促动的结果,知识性决定了《文坛逸话》的“高级趣味”。[①] 中国现代许多作家兼有教师的身份,他们的学术成果大都与学校的课业讲授有关,但少有文学创作与授课有关的,谢六逸的创作则提供了一个有趣的个案。《文坛逸话》于“俗趣”中灌注知识,实现知识性与趣味性的融合。

1929 年谢六逸在他出版的第三本散文集《水沫集》的序言里说:“我喜欢用‘随笔’的形式写我自己的感想或是介绍国外的著作。随笔与其他的杂文都具有特殊的效能,常常能够兴奋阅者的精神;……国内的 journalism 到如今依然不常见富有情趣的小品文字。……五年以来(一九二三年到一九二七年),我很想学些这一类的文字,使阅者在读罢皇皇大文之后,稍稍改换口味,正与饱餍珍馐后尝尝盐韭是同一个用意。”[②]如何让外国文学的介绍兴奋读者的精神与摸索“富有情趣”的小品文的写作,两个问题统领到民众文学建设这个目标下,便有了《文坛逸话》亦庄亦俗的格调。如何在普及的基础上提高民众的文学品味,《文坛逸话》做出了积极探索。

三、强调作家“内的生活”的文学思想

由《新青年》领航的现代文学翻译活动,有着鲜明的指导思想。基于新文化与新文学建设的双重目标,译介外国文学既为新文学建设提供新资源,也为启蒙提供思想武器,故而《新青年》《小说月报》都很注重译介“为人生”的作品,如《新青年》的“易卜生专号”,《小说月报》的“被损害的民族文学专号”。谢六逸认同文学的教育普及功能,专注于文学与民众关系的建设,无不是与时代的共鸣。他早期翻译介绍托尔斯泰、“平民诗人惠特曼”、契诃夫、果戈理、屠格涅夫、安德烈夫、歌德、薄伽丘等,这个名单与文学革命时期外国文学译介的热点多有重叠。不过,1927 年后,译介潮流随着革命文学

① 徐调孚曾经称赞谢六逸“他所提倡的趣味,是相当高级的”。参见徐调孚:《再忆谢六逸先生》,见陈江、陈庚初编:《谢六逸文集》,北京:商务印书馆,1995 年,第 389 页。

② 谢六逸:《水沫集·序》,上海:世界书局,1929 年,第 1 页。

的兴起有所转移，《文坛逸话》所介绍的作家与当时的翻译新潮流拉开了距离，但是并没有脱离五四时期借外国文学的译介输入新的精神血液这一思想框架，甚至在文学转向的语境中，让这一思想更显突出。

《文坛逸话》讲述的作家没有循规蹈矩，没有千人一面，无不张扬着自我的精神，或者说谢六逸正是刻意强化每个作家鲜明的个性特征。马克·吐温的幽默，华盛顿·欧文的友爱，歌德的高傲，狄更斯的洒脱不羁，都在作家的生活细节中得以彰显。更引人注意的是那些超越俗世道德与传统行为规范的作家，如南方熊楠的"好酒癖""不洁癖与裸体癖"，因为性攻击而入狱的侯爵沙德（今译萨德），而乔治·桑则是一个"痛骂法国男女关系""和社会挑战的"勇敢的女性作家。对此，谢六逸较少做出文学之外的评价，表现出对作家个性、人格的极大的尊重。《文坛逸话》整体释放出人的自由与个性张扬的精神气度，如同郭沫若的《女神》，是新文化运动"人"的解放、"人"的现代化思潮在美学上、情感上的表达。《文坛逸话》在调动大众读者兴趣，普及外国文学知识的同时，又彰显了开放的现代意识。就内容而言，《文坛逸话》既是通俗的，也是先锋的。

受精神分析学思想的影响，新文化运动先驱曾经直言不讳地讨论性话题，关注文艺与性的关系。周作人、周越然、叶灵凤等人，都写过不少书话专门谈论性爱作品、性书籍、性学知识。《文坛逸话》也毫不避讳性的话题。《鲍特莱尔的奇癖》介绍鲍特莱尔"喜欢的女子是奇丑的"，鲍特莱尔的"裸足的接吻"一句诗，来自于诗人把美人"吊在屋顶上，以便吻那美人的脚"的想象。《南方熊楠这人》介绍南方熊楠有"不洁癖与裸体癖"，"喜欢约朋友到山里去作猥谈"。《暴虐狂与受虐狂》直接书写"暴虐的色情狂的元祖"侯爵沙德和"受虐的色情狂""奥国作家马若"（今译萨克-马索克，受虐癖一词即来源于他）的变态性行为。在众多友人的眼中，谢六逸"沉着持重"[①]、"刚毅木讷"[②]、"有耐性、富涵养"[③]，是一个具有中国传统儒士风范的人，很多时候，

---

① 茅盾：《忆谢六逸兄》，见陈江、陈庚初编：《谢六逸文集》，北京：商务印书馆，1995年，第377页。

② 章锡琛：《爱护自由的六逸》，见陈江、陈庚初编：《谢六逸文集》，北京：商务印书馆，1995年，第386页。

③ 徐调孚：《再忆谢六逸先生》，见陈江、陈庚初编：《谢六逸文集》，北京：商务印书馆，1995年，第388页。

说话“谨慎小心，有分寸”[①]。在《文坛逸话》里，谢六逸坦然地谈论前卫与开放的性话题，甚至描写惊世骇俗的性行为，这建立在谢六逸关于性的现代性认知及谢六逸的文学思想的另一面上。

谢六逸较少有直接的关于文学理论的阐述，大多是在译介文字与针对某个具体问题的讨论时透露出他对文学本质及创作动机的理解。谢六逸在日本近代文学的滋养中孕育、建构了他自己的文学观。白桦派的主张与厨川白村的思想是他早期论文学的主要凭借。1919 年，谢六逸发表的《文艺思潮漫谈——浪漫主义同自然主义的比较》一文就是参考厨川白村的《近代文学十讲》（一般认为 1919 年 11 月发表在《新青年》上的朱希祖的《文艺的进化》是最早的《近代文学十讲》的译文）。1922 年，谢六逸翻译了日本文学博士松村武雄的长文《精神分析学与文艺》，在《文学旬刊》上连载 10 期，最后所附“译者按”，特别指出此文“所言颇有价值”，“阅此文，可见一种杰作，初非无故产生，必与作者的内的生活有莫大的因缘，而此种因缘，也不是人人具有的”[②]。谢六逸最爱读日本白桦派代表人物长与善郎的《生活之花·序》，并摘译了讲述创作动机的部分篇章，长与善郎认为创作是因为“觉得自己的胸内有蠢然而动的东西”，而且“内部的冲动越强越好，越深越好”，“因为精神则在里面，生命则在里面”[③]。谢六逸与近现代留学日本的鲁迅、周作人、郭沫若、郁达夫等一样，从白桦派和厨川白村的思想中获得了关于文学的新的认知，据此形成自己的文学观。在他看来，情感与个性是文学的内核。他认为小说的动机起于情感的冲动。[④] 他所理解的个性是“人的外部与内部融合的一体之中……这个性便是在全体中的活动力之总结……外面的人是常为人所见，此个性则不易见，倘若外部的人受了压迫或是继续虚伪生活的时候，这个性是要乘机发作的”[⑤]。这不过是对厨川白村所说的“生

---

① 茅盾：《悼六逸》，见陈江、陈庚初编：《谢六逸文集》，北京：商务印书馆，1995 年，第 374 页。

② 谢六逸：《精神分析学与文艺》，转引自秋阳：《谢六逸评传》，贵阳：贵州民族出版社，1997 年，第 82 页。

③ 秋阳：《谢六逸评传》，贵阳：贵州民族出版社，1997 年，第 32 页。

④ 谢六逸：《小说的作法》，见陈江、陈庚初编：《谢六逸文集》，北京：商务印书馆，1995 年。

⑤ 谢六逸：《平民诗人惠特曼》，见陈江、陈庚初编：《谢六逸文集》，北京：商务印书馆，1995 年，第 180 页。

命力受了压抑而生的苦闷懊恼乃是文艺的根柢”[①]一种更形象的表述吧。

文艺与“内的生命”(包含性)是谢六逸文学思想的第二组关系。《文坛逸话》写作前后,谢六逸还翻译了松村武雄的专著《文艺与性爱》,写过《猥谈》,介绍民间歌谣传说中的性暗示,由此就不难理解《文坛逸话》对沙德和马若的介绍了。《文坛逸话》对作家作品少有品评的文字,但是文本整体上注重从幼年生活、两性生活入手介绍作家,从两性关系理解作家人格,再进入其创作,对读者进行精神分析批评式的引导,不妨视为文学创作的动力来自于“内生命”冲动主张下的批评实践。

总之,文学与民众、文艺与“内的生活”是谢六逸文学思想中两对重要的关系,围绕这两对关系,谢六逸在文学功能上,推崇文学的普及教育功能,与五四改良人生的启蒙文学观产生共鸣。研究者们多从这一角度出发认为谢六逸持“为人生”的文学观。但是在文学动机上,谢六逸强调作家的“个性”与情感。即使在1927年新文学主潮转向文学与社会、文学与阶级的阐述与建设之时,谢六逸依然坚持自己的主张。《文坛逸话》即是例证。1929年,谢六逸批评当时盛行一时的普罗文学“不能够获得大多数无产者的欣赏”时,抽象地提出“把受压榨、忍痛苦的生活表现得明了痛快”[②],依然有着厨川白村的影子。

放在中国新文学追求世界性与坚持民族特性的坐标里考察,谢六逸的文学思想具有典型意义,让更多民众接触、理解、接受了外国文学的主张与实践,时至今日,依然具有启示性。在这个坐标里,知识精英的视野与民间趣味相融合、既通俗又先锋、既幽默又庄重的《文坛逸话》足以与张爱玲、赵树理的创作放在同一平台上讨论。

(原载《贵州社会科学》2017年第9期)

[陈悦:贵州师范大学文学院教授]

① [日]厨川白村著,鲁迅译:《苦闷的象征》,北京:人民文学出版社,1988年,第21页。

② 谢六逸:《文艺管见》,见陈江、陈庚初编:《谢六逸文集》,北京:商务印书馆,1995年。

漫评蹇先艾的现代散文

陈锐锋

一

在中国现代文学史上，散文创作占有相当重要的地位。在现代作家中几乎没有一个不写散文的。蹇先艾也不例外。他从五四时期开始的文学生涯中，除写诗歌、小说而外，就开始了散文的写作。当然，就他的整个创作来说，小说的成就最为显著，但新中国成立后却不多了；诗歌也有特色，但创作量少，辍笔也早；而散文写作则时间最长，始终未搁笔，直至今日还笔耕不辍，经常读到他的新作。在现代散文家的队伍中，蹇先艾的散文成就虽然不能和一些名家相颉颃，但也有着他自己的特色。他作为“乡土文学”的作者，在散文方面也是有代表性的，前人在评论他的散文集《城下集》时就指出：“在我们今日富有地方色彩的作家里面，他是值得称道的一位。”[①]因此，在现代散文的百花园里，蹇先艾也应该有一席之地。本文着重谈谈蹇先艾从五四到全国解放的散文创作。

蹇先艾的散文写作最早开始1922年，几乎和写诗歌、小说同步。他在新中国成立前的散文主要收在《城下集》《离散集》《乡谈集》中，前两集是记叙、抒情的散文，第三集是论说性的杂文。还有一些收在短篇小说集中的作品，如《朝雾》中的《秋天》，《还乡集》中的《映姊》，《酒家》中的《山东七哥》等，无论从写法还是从体裁来看，实际上也应属于散文范畴。1937年抗战全面

---

① 蹇先艾：《城下集》，上海：开明书店，1936年；刘西渭：《咀华集》，广州：花城出版社，1984年。引文内容是刘西渭对蹇先艾的评价。

爆发后，日寇侵占北平，蹇先艾辗转逃离回到故乡，他在流亡途中写了不少见闻散记，回乡后曾整理成集《流亡散记》，后因局势动荡未能出版。除此而外，蹇先艾还有相当部分的各种散文见于不少报刊中，如先后在他所主编的《贵州晨报·每周文艺》和《贵州日报·新垒》上发表的一些文章，和《叹逝》等系列文章均未结集出版。

蹇先艾出生于闭塞的贵州的一个封建地主家庭，早年是“在暗淡的环境里度过”[①]的。他很早就离开了家，经历着忧患的人生。他为人正直，做人老实，生活圈子狭小，在旧社会他是狷介自守、不与统治者同流合污的一介“寒儒”。因此，在20世纪20年代以后，虽然他没有表现出多么强烈的革命性和反抗精神，但他始终是正直的、进取的、爱国的。他生活的烙印，为人的品格，在他的散文中反映得最明显。

总的说来，蹇先艾的散文在思想内容上主要是写日常生活的感受，对故友的纪念和几次记述旅游的见闻。抗战后写得较多的则是反映日寇侵略，人民流离失所的苦难生活，以及褒彰正义、针砭时弊、鼓吹救亡的杂文。在艺术风格上，显得朴实自然，没有构思上的曲折离奇；在感情上则是真诚挚厚而不矫揉造作；语言上纯朴素雅，没有华丽艳冶的辞藻。可以说，平实、真挚、简朴是蹇先艾散文的基本风格。下面试就思想和艺术做简要的评述。蹇先艾新中国成立前的散文创作大致可以分为三个阶段，即1922—1927年间的初创时期，1928年到抗战全面爆发后返回故乡之前即他散文创作的丰收时期，1937年9月他返回贵州之后从记叙、抒情走向议论的杂文创作时期。

二

蹇先艾初创时期的散文，数量不多，且大多未收成集，但已有着多种多样的体裁。例如，书写个人情怀的小品《深秋及其他》，记叙纪念活动的通讯《赴女子两级中学周年同乐会记》，追怀故友的抒情记叙《吊一个薄命的诗人》，评论社会和文化的杂感《〈友谊〉与〈批评〉》，评介话剧演出的《观〈酒后〉与〈一只马蜂〉》，以及用日记体形式记述一个青年遭遇的《一封信——摘自

① 巴迅：《蹇先艾和他的〈山城集〉》，《红岩》1958年第1期。

悲秋的日记》，以传记体形式评介作家创作生活的《〈黑奴吁天录〉的作者——斯托夫人评传》，还有文坛论辩的《答实秋君》，阐述文艺问题的论文《文艺欣赏谈》等，这些篇章多是直白式的记叙、抒情和议论，艺术上直露有余，而韵味不足，思想境界较为浅露稚拙，缺乏厚度和深度，这恐怕是一般青年作者初入文坛学步时所必经的阶段吧。虽然如此，有的文章仍然透露出作者的文才。例如，我们见到他最早发表的《深秋及其他》一文，这是作者不满 20 岁时的一篇习作，文章写他连夜乘舟做梦和雪夜围炉听母亲讲述有趣的往事的幻想。这篇抒情散文篇幅很短，但却写出了美妙的境界，颇有诗意，在稚拙的文笔中表现了对故乡和母爱的怀念，流露出孤独、凄凉的思乡愁绪，文笔简洁，富于想象，使人感到年少的作者蕴藏着无尽的文思。如前所说，蹇先艾的一些小说和散文的界限很难分清，例如，《朝雾》中的《秋天》和《家庭访问》，从取材来说，写的就是作者自己青少年时代的生活。前者写他和姊姊秋天去花园划船的童年乐趣，文中没有故事情节，主要是以幽美的笔调描绘出一幅幅桃林荷池、垂杨晚云的深秋景色，是颇有情趣的；后者记叙他和 C 君(按：指北师大附中的同学闻国新)同访平民学校一个学生的家庭，作者以质朴无华的文字写出该生家庭生活的贫困，字里行间充满了对穷苦群众的无限同情，写得凄楚动人。像这样的作品，他并不考究人物的塑造和情节的构思，完全用的是散文笔法，实际上是把小说当散文来写。因此，作为散文来看是写得不错的，这类作品也很能显示作者创作散文的才气。总体来看，蹇先艾的初期散文虽然还不够成熟，但已初步显示出他的才能和个人风格。

从 1928 年起，蹇先艾在辛勤创作小说的同时，散文创作也有了可喜的进展，不仅数量多，而且艺术上更加成熟了。他的散文值得重视的也是这个时期的创作。蹇先艾这个时期散文的丰收也是和当时散文的发展分不开的。在中国现代散文史上，20 世纪 30 年代正是小品散文的一个发展时期，当时不仅出现了一批以发表小品散文为主的专门刊物，而且鲁迅、朱自清、周作人、郁达夫等还从理论上对五四以来小品散文的发展进行了总结和探讨，例如，对日记体和书信体散文的倡导，对传统的游记散文的重视等。这对蹇先艾都有明显的影响，他用日记体和书信体的形式写了不少回乡散记、流亡散记和游记性的鲁游随笔等。另外，从 1928 年以后，他曾多次返回贵州体验乡情，为了突破狭窄的生活圈子，增进对社会人生的认识，又两次旅游山东，因而人生的阅历更加丰富了，思考也多了。所以，他在这个时期的散文题材有所扩大，社会内容也比初期丰厚了。

首先，我们看看他这个时期所写的旅游散文是颇有特色的。他写了回乡途中的感受，记述了旅游山东的沿途见闻，在这些文章中他没有用艳语浓词把山川景物、地理方位介绍形容一番，而主要是通过叙事写人表现了较为丰富的社会内容。例如《长江轮船上的通信》就以书信的形式，记叙了他从汉口到重庆在轮船上的所见所闻，其中有：汉口码头满街兜揽生意的“票房”，英轮上茶房仗势对平民旅客的叱骂和敲诈、对“官舱”客人的巴结逢迎，青年学生中低级性史小说的流传，抽大烟赌博的人到处都是，沿江码头各种小贩争夺顾客的叫卖声，沙市民众超度孤魂野鬼的迷信，一个失去亲子的老人所受的冷漠，美国轮船上那地狱般的“公事房”，万县官府检查员对旅客财物凶暴的搜查，以及三教九流的种种世俗相等。作者通过一条轮船为我们勾画出一幅幅社会人生图画，揭露了暗无天日、形形色色的怪现状。作者对下层人民的同情，对反动统治的憎恶，以及对旧社会麻醉堕落生活的慨叹都渗透在字里行间。在八篇鲁游随笔中，我们也可以看到：作者无论是游览青岛，还是漫游济南，或是铁路沿途所见，都着力描绘了社会生活的各个方面，其中都包含了作者对社会人生问题的思考，这都丰富了文章的思想内容。所以蹇先艾的记游散文正如有的评论家所指出的，“不是名人的游山玩水，不是骚客的吟咏题跋，全得之于无心，终而成为一个有心人的甘苦”，旅行在他是不得已，一种人生的回避，一种社会的学习”。[①] 的确如此，他的游记没有完全沉醉在大自然的山光水色之中，忘却尘世的纷扰，而是常常流露出对现实的不满，关注社会、民众的情怀。比如在《三等车》中就表现了他接触和了解社会生活的热情，他说他外出旅行之所以要乘三等车，就因为三等车“是一个中国小社会的缩影”，使他“对人生更多了一层认识”。因此，在文中他以精炼的笔墨勾勒出了这个“缩影”各个方面的社会众生相。就在游览大明湖时，他也不忘伤时痛世，情不自禁地流露出对船家贫困境遇的同情，对他们诚挚美好品质的赞美，他明确表白游览的目的就是要“多看见一点社会，景物不过是附带的领略”（《大明湖上》）。他对社会人生的关注，由此也可见一斑了。

当然作为游记来说，总是离不开要写自然山水的。蹇先艾笔下的山川景物不仅和社会内容结合，而且写得别致精炼。他通过细致的观察、精微的

① 刘西渭：《咀华集》，广州：花城出版社，1984 年。

体味,抓住景物的主要特征加以描写,便使人有身临其境之感。如《贵州纪行》中北方平原的风光、汉口的景色、山峡的奇山异水等,作者都能写得曲尽其妙。在“鲁游随笔”中“天连水,水连天,云翳在辽阔的天空变幻”,帆樯严密排列在海边的青岛海景(《海滨小景》),“尘嚣与烦热”笼罩的济南之夜(《济南的一夜》),“空旷盛大”的千佛山(《千佛山》),以及《车窗外》中铁路沿途各站小贩兜售食物的情景等,都写得绘声绘色。

蹇先艾的一些散文还有着浓郁的乡土特色。这在《贵州纪行》《渝遵道上》《家与邻》等文中表现得特别鲜明。以《渝遵道上》为例,这是一篇以日记体形式记叙作者从重庆乘着滑竿回遵义的途中见闻和感受。文中描绘了贵州道上大量的山区景物和地方风情,如那飞瀑喧嚣的悬崖,崇山峻岭中绵长的石梯,深谷天堑中的瓦盖木桥,城墙从平地逶迤到山巅的桐梓山城,鹅石板上垫河沙的贵州马路,还有那山道上囚笼似的滑竿,运输货物的脚夫,山村小镇上门外挂着红纸灯笼的“栈房”,小店吃的帽儿头饭,沿途的土地庙和节孝牌坊,山道上随处可见的黔军,以及那数不清的铺面前挂着白皮纸糊方灯的烟馆;作者在记叙中还用了不少山乡的方言土话;在旅程中作者对朝夕相处的轿夫“完全平等”相待,没有尊卑之分,对人民过着原始、贫困的生活,以及他们对外界世界的茫然无知,情不自禁地发出“他们太可怜了”的慨叹,这充分表现了作者对故乡人民苦难生活的人道主义的同情心。总而言之,这篇还乡散文,不仅生动地描绘了贵州山区的景物和乡土风情,而且以方言土语入文,抓住川黔道上的崇山峻岭、山道险阻、烟馆林立、人民贫困等特点,真实地反映了贵州山乡的贫穷、闭塞和落后。这在当时的散文中也是一篇有助于人们了解贵州的难得的乡土作品。

在20世纪30年代,蹇先艾的散文中值得重视的还有那些反映抗日救亡、表达坚定的爱国主义立场的散文。

1937年抗战全面爆发后,蹇先艾被迫离开北平,他根据自己的流亡经历写了不少流亡中的见闻。在这些流亡散记中,他以耳闻目睹的事实揭露了日寇侵略的种种罪行,抒写沦陷区人民的惨痛遭遇。如日寇占领北平后,老百姓在日军监视下沦亡的凄苦(《四点钟》),日军凌辱中国妇女、任意毒打中国人的暴行(《平津路上》),日寇屠杀中国军民的残忍(《老与幼》),以及日机狂轰滥炸贵阳的惨景(《残暴的遗迹》)等。《城下》一篇,作者不仅记叙了1933年5月华北危机时期,日机每天威胁北平,弄得人心惶惶的情景,而且对国民党当局妥协投降的行径也有所揭露。作者说他写这篇时最痛心,并以此篇作为散文集的书名[①]，也可看出作者目睹国家危亡的悲愤之心。在《我们的羞耻》中，他还揭露并痛斥了一个伪装流亡学生的汉奸的狡诈和无耻。在揭露日寇侵略的罪行中，他也反映了广大军民的民族仇恨、抗日的斗争意志和必胜的信念。如《前夕》一文，他记叙了离开北平的前夕三个学生的来访，写出了青年学生对日寇的同仇敌忾，坚信"正义、人道、光明，在不远的前面期待我们"。《塘沽的三天》描叙作者如何冲出敌人的监视而走向神圣的后方，记载了他在抗日斗争中炽热的感情和坚定的步伐。

如果说，这些流亡散记着重揭露日寇侵略罪行、激发人民爱国斗志的话，那么，蹇先艾在回到贵州以后，由于目睹过日寇的野蛮侵略，历尽了流亡的酸辛，又接触了大后方的抗战现实，所以他对国家民族的命运更进一步地思考和关注，并积极投身于抗日救亡的文化活动，表现了高度的爱国热忱。比如筹组贵阳文协，主编文艺副刊，宣传抗日救亡等。在这期间，他除写小说而外，其散文便由抒情记叙走向了理智的议论，这就是《乡谈集》中那些针砭时弊、鼓吹抗战的杂文。在《作家的出路》一文中，他不赞成青年作家单纯为谋生而寻找"出路"，认为在国难时期，"为了民族的团结，任何人都得要忍苦耐劳，国家才可以希望有办法"，至于作家，也只有用文字参加救亡工作，才是"最正当、最伟大的出路"。在《短简》中，他进一步指出：在国家危急存亡的时代，文艺界应当认识到，用笔杆来参加抗战是义不容辞的。他表示反对那些专写风花雪月的堕落行径。至于像周作人之流的汉奸文人，他十分鄙弃，对他们进行了愤怒的谴责(《苦雨斋之群》)。在一篇纪念五四运动的文章中，蹇先艾以自己的经历说明五四时期青年学生懂得读书不忘救国，因此，提出纪念五四就应该发扬这种爱国精神，"应当格外加紧救亡与解放民族的工作，才算得有价值，有意义"(《我们怎样纪念五四》)。关于如何在大后方开展抗日文艺工作的问题，蹇先艾在一些文章中也发表了不少意见。比如他主张宣传抗日，应当重视文艺的大众化(《与老百姓无关》)；认为作家到前线去虽然很重要，但也不能忽视大后方，因为后方也有不少可写的对抗战有利的题材(《分工合作》)。他还主张农村宣传抗日的标语应当具体、简单、通俗，鉴于农民不识字的多，最好是用漫画代替标语，歌曲代替口号(《标语》)。关于抗战教育问题，他鉴于青年学生渴望多读富有爱国激情的作品，主张中学国文课必须改革，应让中学生多读富有爱国激情的作品，反对只读

---

① 蹇先艾：《乡谈集》，贵阳：文通书局，1942 年。

古文;在写作上也应让他们学写关于抗战的报告文学、街头剧等(《我的苦闷》)。此外,他还就抗战文艺的现状,具体论述了创作技巧、作家的工作和深入现实生活等问题。从这些杂文中,我们可以看到蹇先艾在全面抗战时期的视野较前开阔了,思想也更敏锐了。虽然一些文章对国民党当局的抗日认知还有局限,但他能触及时事,提出了一些具有较强的社会性和针对性的问题,都表现了一个正直作家强烈的爱国思想,是很可贵的。

蹇先艾除写小品、杂文、游记之外,还有一些回忆性的散文也是有其特色的。例如《吊一个薄命的诗人》《信》《我现在是为文学的朋友流第三次的眼泪了》,以及发表在《新垒》上的回忆朱大枬、胡也频、庐隐等文坛旧故的系列文章,都表现了作者对故友浓厚的情愫。这些文章的篇幅都不长,但知人论世,往往能抓住故人一些突出的个性特征,使之在字里行间跃动起来,颇有动人之处。在回顾往情时,他还常常为我们提供一些有意义的文坛史料。还要提到的是《乡谈集》中"学习写作回忆录"的 7 篇文章,回忆了作者走上文学道路,从事文学活动等情况,不仅给我们提供了不少有价值的研究史料,而且也给我们一些有益的启示。比如在《向艰苦的道路走去》一文,他记叙在生活困窘中对写作"一向抱着严肃的态度",在写作中体会到文学是"与恶势力、恶社会战斗的武器",而不是"公子哥儿们游戏消遣的工具"。他总是不满足于已有的成就,不断在艺术上做新的追求。这些经验之谈,今天读来,对于我们重视文学的社会效益,不断追求艺术美是有教益的。

三

总体来说,蹇先艾 1928 年以后的散文题材比早期有所扩大,从思想内容来说,所反映的生活仍有局限,但比过去深厚多了,基调是积极的、健康的。从艺术成就来说,主要是在 1928 年以后到他返回贵州之前,后来的杂文虽然思想性强,但作为散文艺术来看,丰收时期的创作更能显示作者的个人风格。

我认为蹇先艾的散文在艺术上主要有三个特征。第一,感情的真挚是蹇先艾散文的一大特点,这显然是与蹇先艾为人处事正直、老实分不开。他的散文不管记叙、抒情、议论,都是以真挚的感情写他自己的所见所闻、所思所感。如《吊一个薄命的诗人》《信》《家与邻》《平津路上》《病》《我与文学》等文，从题材来说，都是比较狭窄的，写的是故友、学生、弟兄、生病、旅游见闻等日常生活和身边琐事，虽然战斗意气不足，但那叙事的真实、感情的真挚却是真切动人的，没有虚伪的“道学气”。例如，悼念诗人刘梦苇之死的《吊一个薄命的诗人》一文，他怀着无限的哀思追忆他和刘梦苇的交往，对刘梦苇因贫困而死深表同情。作者用第二人称写来如泣如诉，更加重了哀思悲痛之情，而且把他和刘梦苇的命运联系起来，悲叹他们都是没有父母的“孤鸿”，都“同样在人间的凄风苦雨之中彷徨”。文章的调子是悲观低沉的，但却有一种催人泪下的真情。全面抗战时期，他以真挚的感情所写的那些流亡散记，处处跳动着他那颗赤诚的爱国之心，是非常感人的。在《平津路上》一文中，他在真实地记叙逃离北平到天津的途中目睹日寇的种种暴行时，还披露了自己的内心，这就是既愤慨日军欺压中国人的恶行，又责备自己“只有空洞的义愤”，因为没有勇气把挂着的武器抢下来刺杀敌人，骂自己是个“卑鄙的人”。在《城下》中，他面对日寇铁蹄践踏华北的危亡时刻，也悲愤地自责：“我们只图苟安，唉！我们对于国家有什么用处，我看前线的一个下士都比我们这种卑鄙的人有价值呢。”像内心的这种恐惧、胆怯和苟安，一般人是不肯说的，作者却直言不讳地袒露出来，他不但不为自己开脱，而是责骂自己“卑鄙”，这使我们很自然地想到朱自清的《执政府大屠杀记》，朱自清在此文中也是在愤怒揭露敌人的同时，坦率地承认自己心里有可耻的“怕”的感觉。像这样的坦率和老实，让我们不但不觉得作者卑琐，反倒感到情真意切。

由于感情的真挚，因此读蹇先艾的文章也使人有一种亲切之感。不仅是抒情、记叙如此，就是那些议论性的杂文也可看出作者没有摆着架子说话，而总是把自己摆进去跟读者交流。例如，《一年间》一文，一开始概述了他一年前逃离北平的缘由和心情，接着便写他一年来受到为民族而英勇抗战的爱国军民所鼓舞，然后便有这样的议论：

这一年间，我差不多是胡胡涂涂地度过来的。仔细回忆一下自己，究竟做了些什么事情呢？逃难，回家教书，写几篇不关痛痒的短文……一些琐碎的节目，便填满了过去生活的空白。当我接到友人们从外面寄来的杂志，读着他们那些悲壮怒吼的文章的时候，自己便觉得惭愧而且惶恐起来了。

这段自责的话说得多么诚恳！因而最后表示“要用笔杆来负起抗日工作！”这就不是空论了。所以这篇短文读来使人感到亲切自然。

第二，平实自然是蹇先艾散文的又一特点。这主要表现在他选取题材的平实和结构作品的自然严谨上。蹇先艾的散文不管是小品、游记，还是杂文，在取材上都惯以平易出之。他写亲朋故旧、学生平民、工作旅游，谈学习、谈写作，等等，无一不是生活中常见的平常人和平常事。但在他的一些文章中，总能留给读者一点体验、一点思考、一点情趣、一点新鲜的意味。比如像“鲁游随笔”中的《茅店塾师》，记叙他旅游曲阜时住在一个小客店遇见一个敬圣崇经的老人，恭奉孔圣的人在当时是很常见的，但作者却写了他的迂腐可笑、他的没落，使读者既看到孔孟之道流毒之深，也感受到时代进步潮流的不可阻挡。他的不少文章如果从结构来看，并没有构思上的奇巧，似乎都是随兴而来，无有定规，其实他是有章法的。我们试看《失书记》一文，主要写他丢失书籍的事，这题材是很平凡的，确实没有什么奇特之处。开首一段是写简陋的书斋中唯有五架书是自己所宝贵的；接着便写因许多书的丢失而感到十分失望愁闷；第三段写夫妻二人议论失书的因由；第四段回顾藏书的历史：那是在经济困顿、节衣缩食的情况下，克服种种困难才购得了自己所喜爱的书；最后，说明由于藏书都是惨淡经营得来的，因而一旦丢失便格外痛心。以上几个段落看起来是想到哪里写至哪里，好像没有什么严密的构思，其实是很有层次的。开始突出几架藏书的宝贵，以下略叙失书的简况之后，便详写如何克服种种困难买书藏书，这都是为了衬托失书之痛惜。全文都是围绕书来写的，线索清楚，结构紧凑，没有故作惊人之笔，写得很自然，使读者也不得不为作者失书而叹息。

也许有人觉得蹇先艾的散文缺乏美好的意境，我以为不能一概而论，他的一些游记如《长江轮船上的通信》中描写的三峡风光，《渝遵道上》所写的崇山峻岭，都是有意境的。但如果以有无意境来定散文的优劣，这又不免偏颇。文学作品可以有各种探求，散文当然也不能只以意境为唯一的内涵，例如，朱自清的名篇《背影》就谈不上有什么美的意境，但写出了真情，因而催人泪下。像蹇先艾这篇《失书记》，本身虽然平淡无奇，但写出了失书的痛惜感，在平实中见情致，也是一种风格。

第三，蹇先艾散文在语言上的特点是质朴无华。这和上面所说的情感的真挚，取材、结构的平实自然是有联系的。他在《踌躇集序》中谈到他的创作时曾说：“鲜艳夺目的，幽默的，泼辣的，这三种文章我都是十足的外行，都不会写；要我亦步亦趋地学时髦，偏自己又缺少这样的耐性——没有法子想，只好在'字句的质朴'上做点儿功夫了。"这句话说得老老实实，但也表明了他执着追求的是语言的朴素美。我们读他的文章，的确感到朴素自然，浅显易懂，没有雕琢铺张的痕迹，也没有多少彩词丽句，更没有用冷僻难懂的词，都是平平常常的口语，清淡闲雅，平正通达，有的文章的语言还有着蹇先艾特有的乡土味。朴素自然的作品，不像大红大绿的作品那么显眼，它自有一种美感在。鲁迅指出蹇先艾的文章是"简朴"的，"很少文饰"，也是肯定他的文风具有"简朴"美。这里试以游记《大明湖上》为例。文章主要是记叙作者游览济南大明湖的见闻。作者先写进大门时一眼望见大明湖的景象，觉得没有《老残游记》中所写的那么美，接着便是雇船游湖，雇船时着重写与船家讲价钱，上船后与老船夫的对话，从中写出船家生意的清淡、生活的贫困，流露出作者对劳苦人民的同情。游湖时，只写了湖上景色，略提了历下亭的对联，张公祠则是通过老船夫来介绍，其他景观则一带而过，重点仍是写作者对老船夫的同情。文章最后写老船夫追着要找还作者多给的钱，既表现出作者对船夫的同情，又表现了船家诚朴的美好品质。全文不过两千字左右，按"一路行来"的线索写得很有层次，有面有点，有详有略，既写景又写人，互相交织，语言文字非常简洁朴素，给人留下了较深的印象。这里，我们不妨再引其中一段写景文字看看：

> 画舫在飘满了浮萍的水上徐徐前进，转了几个弯，便看不见来路了。绿草被风萧萧地吹动着，瞑目静听，那凄凄的声音，仿佛微雨的飘降；遥望它们的姿态，又像在向我们卑微地鞠躬。千佛山遥遥在望，简直不似山，是几笔用淡墨画成的山的轮廓。

这是写湖上的景色，寥寥几笔，便勾画出船行在远山近水，满湖浮萍、芦苇丛生的大明湖景象。作者并没有用大红大绿的色彩去涂抹，也没有堆砌多少形容词，只是把景物白描出来，便将景物的声音、色彩、形态、光影都写出来了，写得既绘影绘色，又显得质朴、素雅、自然，的确给人一种美感。

综观蹇先艾在民主革命时期的散文创作，我们可以看到，他在当时的历史条件下，确实取得了一定的成就，有他自己独特的风格。当然由于他自己主客观条件的局限，对生活的挖掘还不能说很深刻，境界也还不够阔大，在艺术上有的篇章也还未能做到文质并茂。虽然如此，但他的散文创作，毕竟是随着时代在前进、在深化，尤其是他的那些旅游随笔和流亡散记，在当时还有着它特有的认识价值和美学价值。我们不能离开历史条件去过多苛求作者。如果我们从散文发展的角度来审视的话，还应当考虑到，在五四文学革命后，旧文学刚被推倒，新文学正处在建设之初，蹇先艾的散文创作虽不能和朱自清、冰心等名家相比，但在向旧文学的示威中，他也以自己的成就做了贡献，这也是特别可贵的。新中国成立以后，蹇先艾长期从事文艺界的领导工作。他在繁忙的工作之余，以饱满的生活激情和旺盛的创作活力，写下了大量歌颂党和社会主义的新篇章，这些作品主要都结集在《新芽集》《苗岭集》《蹇先艾散文小说选》中。看得出来，蹇先艾在新中国成立后的散文作品，题材有新的开拓，思想内容也有了深度，技巧也更见熟稔和醇化。尤其值得注意的是，近年来他写了不少未收成集的回忆文章，如回忆鲁迅、郭沫若、茅盾等文坛老作家和《晨报诗镌》等文学活动的文章，都是不可多得的佳构，为现代文学的研究提供了珍贵的史料，是颇有价值的。他还写了不少理论批评和序跋，对指导创作、扶植文坛新人也是起了积极作用的。他在长期的写作生涯中虽然积累了相当丰富的经验，但他每每谈到自己的创作时，总是说自己的不足，称自己的作品是“习作”，从不自傲。总之，蹇先艾 60 年来在散文方面写作的勤奋、态度的严谨、艺术上的追求，都是值得我们后辈学习的。

（原载陈锐锋：《现代文学论集》，北京：国际文化出版公司，2005 年）

［陈锐锋：贵州师范大学文学院教授］

精准扶贫主战场的文艺轻骑兵

——论欧阳黔森报告文学“脱贫三部曲”

颜同林

报告文学是一种特殊的文体，归属于散文一类。从文体属性来看，它兼顾文学与新闻的双重特质，具有文学性、新闻性，以真实、客观见长，素有文艺轻骑兵之美誉。报告文学能及时、准确、客观地捕捉时代纷繁复杂的信息，全方面报告时代进行时中的现实生活，反映时代的独特精神。正是在这个意义上，中国改革开放以来社会的巨变，促使报告文学迎来了自己的复苏与发展，从事报告文学的创作队伍日益庞大，各类题材的报告文学作品，不论是数量，还是质量都有显著的提升。“党的十八大以来，砥砺奋进、实现中国梦的新的时代生活，为报告文学的写作提供了无限丰富且有重大价值的题材和质料，同时，也极大地激活了报告文学作家关注时代、抒情时代、致敬时代的热情。”“精准扶贫，全面脱困，不只是一项国策，更是举国上下的行动。这也成为近年报告文学写作的一个重点题材领域。”[①]显然，这是新时代报告文学的又一个黄金时期。文学史家洪子诚经过认真考察，认为报告文学在20世纪80年代曾有过两次高潮，报告文学常常拥有大量读者，引起热烈反应，“原因之一是，由于特定语境中新闻受到的限制，报告文学有时承担了新闻的某些功能，以‘文学’的形式来‘报告’读者关心的社会新闻与现象”。[②] 延伸来看，这一论断似乎还没有过时，脱贫攻坚、精准扶贫题材之所以受到报告文学作家的青睐，部分原因也同样如此！

对于贵州文学而言，报告文学很长一段时间都不甚发达，在反映时代生

① 丁晓原：《报告文学：在报告文学中，我们遇见新时代》，《文艺报》2018年9月19日。

② 洪子诚：《中国当代文学史（修订版）》，北京：北京大学出版社，2007年，第212页。

活上颇为单薄与乏力。进入新时代以来，贵州被称为全国脱贫攻坚的主战场、决胜区，报告文学这一文艺轻骑兵成为记录新时代的文学利器，被派上主战场后成为冲锋陷阵的重器。著名作家欧阳黔森素以各类小说、电视剧、电影、诗歌等文学样式的创作在文坛著称，从事报告文学的创作历史较为短暂。但令人惊讶的是，他最近创作的关于贵州精准扶贫题材的三部报告文学，在2018年《人民文学》不同刊期的头题上集中发表，破天荒地改写了贵州题材的报告文学连续占据权威文学杂志头题的历史。它们分别是2018年第1期上的《花繁叶茂，倾听花开的声音》，2018年第3期上的《报得三春晖》，以及2018年第9期上的《看万山红遍》。这一文学现象不仅在贵州文学历史上，还是在《人民文学》杂志办刊史上，都具有不可代替的重大意义。它既是贵州题材报告文学在全国文坛占位的不言自明的突破性存在，也是当下报告文学在反映重大题材、承载时代精神的有力佐证。欧阳黔森的这三部报告文学，均是对习近平总书记关于精准扶贫的重要论述的集中反映和形象呈现。这三部报告文学主题类似而丰富，格调大气而恢宏，艺术特征鲜明而醒目，各自独立又互相勾连，构成了当下精准扶贫主题的"脱贫三部曲"。欧阳黔森报告文学的"脱贫三部曲"，在当下中国报告文学的发展历史上，无疑是沉甸甸的重要收获。这也印证了"脱贫三部曲"所担当的地位，即"文艺过去、现在和将来都是时代前进的号角"。[①] 这一特殊的"号角"将持续鼓舞人们在追求美好生活的道路上昂扬奋进，不会停留，也不会止步！

一、精准扶贫主题的创造性反映与个案呈现

作为一个欠发达或后发达的西南地区省份，贵州的自然人文条件是山多无平地，人多土地少。相当长一段历史，贵州在全国人们的心目中，一直是落后、贫穷与愚昧的代名词，也自然而然是党中央和国家重点扶贫的省份。在贵州文学历史上，与传统的农业经济社会形态相匹配的是乡土贵州的书写，且最为典型。从蹇先艾、何士光到欧阳黔森等几代黔地作家的创作来看大体如此，普遍模式是以乡村叙事为重点，将时代变革、社会风貌、人物

① 李敬泽：《"两个重要"：文艺地位和作用的再认识》，《人民日报》2015年3月20日。

形象安置在具体的村落之上，以小见大地呈现出时代变迁中的人性侧面和人物命运。

作为贵州作协、文联的负责人，欧阳黔森既要遵循内心的文学召唤，也要履行党和政府所规定的文学创作任务。这位来自铜仁的黔籍作家，在乡土小说创作领域成就斐然，他对乡村叙事执着而倾心，其笔下代表性的如黔东的三个鸡村、梨花村，乌蒙山区腹地的盘江村等便是。在这一批或长或短的地域性题材小说中，贵州各地百姓在党和政府的指引下脱贫致富的题材占据多数。在脱贫攻坚的时代主潮下，追求美好生活的愿望是其笔下人物的思想侧面。其中，穿插他的地质生涯、经历，或以家乡黔东为故事发生地的颇为常见。在小说故事背景中，武陵山区与乌蒙山区最为典型，比如中篇小说《八棵苞谷》《村长唐三草》、长篇小说《绝地逢生》都是类似的题材。不用讳言，不论是短、中、长篇小说创作，还是电视剧、电影等文学样式的创制，欧阳黔森主要以贵州多民族聚居地为故事背景，讲述各级基层干部、各民族同胞共同进行脱贫致富奔小康的地道中国故事，俨然已成为他颇为稳健、明朗、鲜明的风格，作家自己也已成为贵州文艺战线上关于脱贫攻坚书写的代言者。

譬如中篇小说《八棵苞谷》，以苗岭腹地白鹰村为故事发生地，聚焦于歌王龙起民、三崽父子的山区乡间生活，特别是围绕大龄青年三崽的婚姻大事而展开的曲折情节，离不开对摆脱贫困的渴求与影响，小说中主要涉及人多地少、易地搬迁、换亲联姻等核心情节。《村长唐三草》涉及驻村扶贫、乡村旅游、产业调整、生态保护等情节。长篇小说《绝地逢生》曾有同名电视剧在大江南北热播，它书写乌蒙山区腹地盘江村在科学发展、产业调整的时代巨潮中摘掉贫困帽的历史进程。不难看出在这一批小说中，图生存、谋发展，脱贫致富、走向共同富裕是或显或隐的共同主题。

创作题材的延续、艺术形式的更新在作家笔下一以贯之。显而易见，不论是书写新农村脱贫奔小康的《花繁叶茂，倾听花开的声音》《报得三春晖》，还是书写资源枯竭型城镇走向新生的《看万山红遍》，在主题上都具有连续性、前沿性。它们既是贵州这片积贫积弱的土地上脱贫攻坚的纪实写照，也是新时代精准扶贫主题的文学表达。之所以“脱贫三部曲”能迅速及时地在《人民文学》同一年度三个头条刊发，是因为它们确实无愧于新时代重大题材的召唤与期待。这一点还可以从《人民文学》刊发时卷首中一目了然的推介文字里窥见一斑。三次刊发的栏目均是“新时代纪事”，其卷首是这样重点介绍的："2018 年开始了，文化自信表现于中国文学方面的形态将是什么样子的？在美好的憧憬中，在我们以信念和热情自愿自觉深入生活、扎根人民的实际努力下，新时代现实题材创作的丰收年，必将是 2018 年的文化标识。《花繁叶茂，倾听花开的声音》讲的是贵州老区花茂村的脱贫故事。这个对中国革命史有着特殊意义的小山村，红色根基与绿色发展相统一，在新时代成为受到总书记的指引和关怀、得到全国关注的革命老区实现精准脱贫的典范。"（见第 1 期卷首）"《报得三春晖》记述家园大地经历过艰苦奋斗、努力生存的不平凡岁月，在脱贫攻坚的最后决胜阶段，老百姓'不忘本来'、最懂得深怀真切铭感的淳古之风，带给毕节这块热土的恰是我们新时代的新士气、新地气、新风气。"（见第 3 期卷首）"本期'新时代纪事'发出《看万山红遍》，作家以老地质队员的细心勘察和饱满的写作激情，记述了位于贵州铜仁的著名汞都万山，从资源枯竭的典型转变为绿色发展样板的历史巨变过程，从中可以真切感受新时代中国的治理智慧和新时代人民的精神风貌。"（见第 9 期卷首）三部报告文学刊发之时，竟然不约而同地受到如此重要而独特的推介，不是偶然的文学现象，而是有感于作品冲出纸面的思想冲撞，有感于作家别出心裁的艺术表达。

诚然，不论是革命老区的花茂村、苟坝村，还是毕节赫章高寒山区的海雀村，在新时代的历史机遇面前都发生了难以置信的沧桑巨变。《看万山红遍》中的铜仁万山这一汞都，也走完了资源枯竭型城市的化蛹成蝶、凤凰涅槃之路。三部报告文学，都离不开"脱贫"主题的打磨和引申，从不同视角记录了人们追求美好生活的真实画面。也就是说，"脱贫三部曲"都是新时代精准扶贫的典型个案，都离不开党中央和习近平总书记关于扶贫的重要论述的指引和规划，都离不开当地基层干部和广大群众的艰苦奋斗和脱贫实践。"脱贫三部曲"，思想站位高远、审美内涵丰富、艺术技巧娴熟，称得上是从精准扶贫主题的文学百花园中脱颖而出的力作。

二、从花繁叶茂到万山红遍：新时代的千年之变

脱贫主题在文学中如何具体展开，如何以文学的方式进行形象呈现，是当下考验作家良知与责任的试金石。作家是否自觉地深入生活、扎根脚下的土地，在新时代纪事的艺术轨道上疾驰，也是考核其能否直面现实、拥抱

现实的风向标。欧阳黔森敏锐地捕捉到了报告文学这一文艺轻骑兵的优势，快速推进、轻装上阵，在脱贫攻坚的主战场上跑出了贵州加速度。欧阳黔森调动长期在贵州各地村寨、厂矿、企业深入体验生活的积累，又针对性地进行海量采访，独立思考和琢磨，厚积薄发，终于给新时代交出了自己的答卷。这也印证了优秀作家只有用眼睛去观察，用心灵去感受与体验，将审美的触须伸向火热的现实生活，才能个人性地获取现实的重大题材，书写人民文艺的优秀作品。现实重大题材的创作，要深入现实的内部，呈现现实生活的宽度和广度，凸显现实生活的生动与繁复。

《花繁叶茂，倾听花开的声音》作为2018年《人民文学》开卷第1期的头条，站立在“新时代纪事”这个重点栏目之上。原名荒茅田的花茂村，自20世纪50年代更名后一直没有摆脱贫困，直到党的十八大以来，特别是习近平总书记视察花茂村以后便经历了大河改道式的历史巨变。基层干部的勤政苦干，农村“三改”的曲折宛转，农业特产品的产销，乡村旅游的产业兴旺，诸如此类乡间的新鲜事物，全在遵义县播州区枫香镇党委书记帅波，花茂村第一书记周成军、潘克刚，以及脱贫致富能手如母先才、王治强等的采访中得到淋漓尽致的体现，也在贵州省、市各级政府的政策文件的颁布执行中得以上下贯通。从贫穷到小康再到富裕，这是乡村的三级跳。党的十八大报告明确提出，要在2020年之前全面建成小康社会，这是中国社会的千年之变，是习近平新时代中国特色社会主义思想的重要内容。毫无疑问，这也是无数个花茂村正在经历或即将经历的历史事件。花茂村地处大娄山脉的马鬃岭下，与红色旅游会址苟坝村毗邻，周围贫穷程度不一的村庄有20多个，作者将花茂村、苟坝村作为重点，以点带面地写出了革命老区的蜕变，其中不乏过去生活的沉重叹息和挣扎，也包括现实人物的喜怒哀乐和梦想。村容村貌的勾勒，统计数据的跃动，无一不是精准扶贫原则、政策、举措的鲜活记载。比如，在花茂村除了通水、通电、通电话、通广播电视，水泥路成网状连通着每家每户以及每一块农田之外，还通网络、通天然气，有污水处理管网、有电商、有互联网＋中心、有物流集散点。显然这些乡村现代化生活的设施和条件，正改变着贫穷落后的农村面貌，也改变着普通百姓的精神风貌。这一切巨变发生的背后，无不体现着党和政府的治国理政能力，无不体现着人民群众创造历史的不朽力量，无不体现着普通百姓追求美好生活的朴素愿望。

与黔北革命老区村庄相仿的是，地处毕节赫章县边远之地的海雀村，其脱贫之路更是惊心动魄。早在1985年，这个由苗、彝同胞组成的小村庄，绝大多数村民差不多都处于长期饥饿的生死边缘，严重的缺衣少食、生态恶化，看不到希望，这是其过去的真实写照。也就在这一年，新华社记者刘子富的内参，习仲勋书记的批示，拉开了党中央和国家成立毕节扶贫试验区的大幕。三十余年数代党和国家领导集体的扶贫接力，三十余年在党的领导下多党合作助推贫困地区发展的合力同心，以及像当地文朝荣支书那样的愚公带领广大村民艰苦脱贫的壮举，无一不是脱贫攻坚主战场上的生动情节。其中，胡锦涛刚任中共贵州省委书记时去赫章的专程走访，习近平总书记先后七次对毕节试验区的指导和批示，习仲勋书记退休后在“深黔携手、扶贫帮困”活动中为毕节困难群众捐赠的一个月工资及津贴，都是丰富而暖人的历史细节。“谁言寸草心，报得三春晖”原是写游子对父母养育之情的感恩，移用于此，最为恰当地表达了当地百姓感恩党和政府数十年如一日在扶贫工作中的切实帮扶。

与上述略有不同的是，曾经坐拥朱砂之富的铜仁万山，新中国成立以后成为第一个特区，是黔东铜仁周围村庄百姓羡慕的大型厂矿。万山特区由于汞资源的枯竭而走向破产，改名为万山区之后，已破落到无地自容的地步。这个曾为新中国工业做出重要贡献的老工业基地，祖国没有忘记，也没有嫌弃。与花茂村、海雀村不同，作为特色工业城市，万山区大面积的深度贫困成为新时代新的扶贫难题。万山人在绿色转型发展中，不论是第一产业，还是第二、三产业，都有突破性的进展，可以说是多轮驱动、遍地开花。九丰高科技农业博览园的引进和示范，中华山村利润分红“六二二”模式的创制，新能源汽车项目的快速上马，朱砂古镇的焕然一新，百万年薪聘电商人才的回报……这一切，正印证了“关键在人，关键在思路”的脱贫实践。在这三部作品中，欧阳黔森用生动丰富的事实、翔实有力的数据、平凡而真实的人物群体，阐释了牢记嘱托、感恩奋进的贵州扶贫道路与时代精神。“深深地感受到了泥土的芳香，以及芳香中散发出来的思想光芒”（《花繁叶茂，倾听花开的声音》），这种思想光芒来自什么地方呢？那就是精准扶贫，那就是党的十八大以来党中央和习总书记所说的同步小康，一个也不能落下的庄严承诺！这承诺，让花茂村找到了乡村旅游和农特产品的力量，让海雀村找到了生态发展、控制人口的新路，让万山找到了现代高效农业、新能源汽车、旅游、电商等并驾齐驱的新门径。

“脱贫三部曲”是欧阳黔森对贵州现实的三次勘探，像三束探照灯一样照亮了中国的西南一角。“脱贫三部曲”主旨鲜明，不夸张、不伪饰，用扎扎实实的数据、案例说话，在纵向与横向的多维对比、对照中发声。这是贵州作为脱贫攻坚主战场的捷报，也是新时代一个个全新的绿色信号。进入新时代，全面实现小康的发展目标已规划好，习近平总书记关于精准扶贫的重要论述，成为当下扶贫工作中真扶贫、扶真贫的思想指南。从一个村庄到另一个村庄，从一个城镇到另一个城镇，真真切切地让华夏大地发生了千年之变。

如何扶贫脱贫，如何抓住扶贫的牛鼻子，“脱贫三部曲”也形象地进行了揭示。“辛苦了共产党，幸福了老百姓”，“让每一栋黔北民居都成为产业孵化器”，“扶贫更要扶志气”，“让生态变成‘摇钱树’，让‘乡愁’成为‘大品牌’”（《花繁叶茂，倾听花开的声音》）；“扶贫开发与生态保护并重”，“牢记嘱托，感恩奋进”（《报得三春晖》）；“眼见为实”，“沧海横流方显砥柱，万山磅礴必有主峰”，“关键在人，关键在思路”，“转变观念，解放思想是第一要务”（《看万山红遍》）。这些闪光的观点、思想，或是党和国家领袖的讲话和指示，或是基层干部的心得和观念，或是普通百姓的总结和归纳，再结合作者数次深入采访之后的党政文件、精神，统计数据，新闻纪录，人物访谈等等，一切均是为新时代大声喝彩的洪钟律吕之声！

三、在形式与技巧之间：“脱贫三部曲”的新元素与新风格

《花繁叶茂，倾听花开的声音》《报得三春晖》《看万山红遍》作为“脱贫三部曲”，本身就足以构成一个文学现象。其思想性、艺术性的有机结合，无疑是最值得关注与剖析的。欧阳黔森坚持眼见为实的写作路子，保持向现实主义文学致敬的姿态。在三部报告文学的字里行间，作者或者夹杂自己创作电视剧、小说等方面的实情，或者掺杂自己长期在贵州乡镇扎根生活的片断，或者巧妙地穿插各种实录的经历和场面，以及历史文化掌故与地方性知识，这样显得真实而从容。作者站在海量采访的基础上，叙述与纪实并行，写景与抒情结合，适当掺入自己的精彩议论，在艺术审美维度呈现出新的风格。

首先，“脱贫三部曲”形象地阐释和凸显了习近平总书记关于精准扶贫

的重要论述的思想精髓与实践品格。三部曲的时间纵深集中于2012年党的十八大到当下这一范畴之内，在时间节点上为了对比和呼应，也有做适当延伸与拓展。比如《花繁叶茂，倾听花开的声音》就有村庄长时段贫穷的过去，包括20世纪50年代村庄改名后的线性时间延续；《报得三春晖》则主要从1985年习仲勋书记对毕节赫章县的批示开始；《看万山红遍》集中从2008年写起，前后时间节点也有对比和延伸。三部作品互相之间有多重勾连，有些政策文件、党中央和习总书记的相关讲话精神，时时在作品中相互参照。比如《看万山红遍》在开头几段中，就有对写作前两部报告文学的介绍和铺垫。总体而言，在“脱贫三部曲”中凸显了习近平总书记关于治国理政的重要论述的引领性，凸显了精准扶贫思想的实践品格。虽然仅仅是三个点，即两个村庄与一个县级特区，但在思想内蕴上却是贵州改革开放以来扶贫工作的经验积累、摸索和改进，酣畅淋漓地凸显了习总书记执政以来“把人民的利益放在第一位”的理念。新时代精神的写照，各级机关干部、群众的身影，都游刃自如地召唤进来，写出了新时代党和人民群众的勠力同心与血肉联系。这种思想的光芒像探照灯一样照亮了作品的主题，让作品拥有自己的灵魂。

其次，文学性与新闻性的结合，同时又侧重文学性的表达。主要体现在以下方面：一是文章结构上的巧妙设计。欧阳黔森的强项之一是各类小说的创作，譬如对短篇小说而言，作者自认为它称得上是一种快乐的形式，在兴奋点还没有消失的时候就已经完成，常常给人以饱满、激动和完美的印象，“短篇小说不仅是一口气写完的，它还必须能够让读者一口气读完。”[①]在报告文学的结构层面，作者倚重事物内在逻辑的纹理，充分调动多重叙述手段，巧妙穿插，适当补叙与倒叙，给人一种一气呵成的行云流水之感。短篇小说一口气写完的优势，能让读者一口气读完的自我期待，在报告文学创作中得到了曲径通幽式的体现。三部报告文学，篇幅长的四万多字，短的也有一万多字，其中穿插了大量的时政报道、新闻纪实、统计数据，但都不乏味，让人一口气读完后真正有所收获与感触。这说明作者在叙述的节奏、材料的剪裁上，能做到环环相扣、张弛有度，经过了自己独特而巧妙的艺术处理。比如统计数据，相对而言是枯燥、单调的，但作者取样适量、准确、生动，不是数字的堆砌，而是经过心灵的手掌的抚摸。特别是在不同阶段的数据

① 欧阳黔森：《味道·后记》，北京：中国文联出版社，2003年，第179～180页。

比较中，真正看出了差距和变化。具体的案例、材料、数据等是实在的，写景、抒情的穿插是务虚的，两者杂糅交错，又能各呈其美，说明作者在谋篇布局、吞吐含纳方面确实高人一筹。二是把人物写活，写成立体的大写的人。欧阳黔森总结大获成功的电视剧编剧经验时是这样说的："我的主旋律创作力求从大写的人的角度来写故事，写好了鲜活的人物，才能赢得观众。"①报告文学的"脱贫三部曲"又何尝不是如此？写好乡土人物，讲述贵州故事，一直是欧阳黔森文学创作的长处，也是他理解文学创作、刻画好人物的牛鼻子。写好人物的方法有很多，其中既有中国"史传"传统、笔记小说的传承，也有乡土世界以人为中心进行画龙点睛的内在逻辑。写好乡土贵州现实中的人物，有个性，有故事，在"脱贫三部曲"中比比皆是。不管是一个村庄还是一个城镇，不管是涉及市县或乡镇一级的干部，还是村委的基层党员、地头的普通百姓，这些人物是本真的、现实的，有名有姓，言行举止之间成为一个个站立起来的人物。在刻画这些人物时，作者录入人物重要的对话，或是特殊的言行，强调了人物行动的意义。譬如《看万山红遍》，人物众多，上到中央、省级领导，下到区、乡党员干部和群众，成为流动的人物画廊。其中着墨较多的人物既有陈昌旭、陈少荣、田玉军、张吉刚、吴泽军、杨尚英、田茂文、毛照新等采访过的各级领导干部，也有曾经的困难群众杨通宝、李来娣、唐绍维、余秀英，也有脱贫致富的种植大户冯忠情、张小进、刘永奇，还有经营方面的人才陆晓文、华茜等人……作者或是寥寥几笔，或是旁敲侧击，几乎是声到人到，出出进进的是时代变革激流中的先进人物群像。三是注重生活细节，变细节为文学经典细节。比如《看万山红遍》中，作者采访汞矿职工李来娣，因为2008年万山受到重大雪凝灾害时，习近平同志曾到她家中访贫问苦。李来娣自强、感恩，后来她家的住房、生活条件发生了显著的改善，她在党的十九大期间还去北京看望习总书记，虽是在北京期间的电视上看的，但她说这样看习总书记更近一些。这一细节真实、感人，写出了万山汞矿职工的感恩之举，写出了百姓对人民领袖真挚、朴素的情感。

最后，作者重视事件的进程，在叙述、报道的同时，主要把一个个事件化成有声有色的故事。比如《报得三春晖》一文，作者花了较多篇幅插入安大娘的故事，围绕她的遭遇来做今昔对比，来侧面详写首长习仲勋、记者刘子富对海雀村的贡献，来写贫困农家的感恩和希望。比如《看万山红遍》后半

① 沈士楚：《欧阳黔森：执着于黔地乡土的"歌者"》，《当代贵州》2011年第30期。

部分，集中叙写万山区各级部门的扶贫政策，人的观念转变，当写到第一、二、三产业的转型时，文章中分别插入了引进九丰现代高效农业园区、万仁新能源汽车、百万年薪聘电商人才等的故事，其来龙去脉详略不一，该交代的毫不含糊，不该多说的干净利落。在报告文学的结尾，也会补入有关联的故事，或前后照应，或侧面引申，或引人遐思。往往在讲述故事时，大故事下面还套着小故事，或扣人心弦，或舒缓自如，讲述得有变化、有起伏，而且这些事迹本身具有传奇、典型、新颖的一面，一经艺术的剪裁，便缝合严密，十分合适。

结　语

精准扶贫，是习近平新时代中国特色社会主义思想的重要内容。新时代的乡村剧变、产业振兴，离不开精准扶贫的时代作为。乡村的蜕变，城镇的新生，人们的生活富裕，不是一个个动听的口号，也不是空洞的概念，而是眼见为实，看得见摸得着的真实存在。从花茂村到海雀村再到万山这样的城镇，奇迹正在发生。这是一个产生英雄的时代，也是创造奇迹的时代。曾有学者认为英雄叙事是理解欧阳黔森全部作品的一把钥匙，“英雄情结或英雄主义的激情、豪情，在欧阳黔森的作品里既是价值取向，也是他的写作姿态和立场”。[①] 这一观念也从侧面印证了“脱贫三部曲”所蕴含的内在气质与精神品格。

从《花繁叶茂，倾听花开的声音》到《报得三春晖》，再到《看万山红遍》，脱贫主题同中有异，异中有同，各自将精准扶贫主题推到了一个新的历史高度。欧阳黔森的“脱贫三部曲”，是三个连续性的报告文学的高峰，耸立成为贵州文学的高地，也是当下报告文学的主峰。

（原载《山花》2019 年第 2 期）

[颜同林：贵州师范大学文学院教授]

① 杜国景：《欧阳黔森的英雄叙事及其当代价值》，《当代作家评论》2016 年第 2 期。

贵州作家小说研究

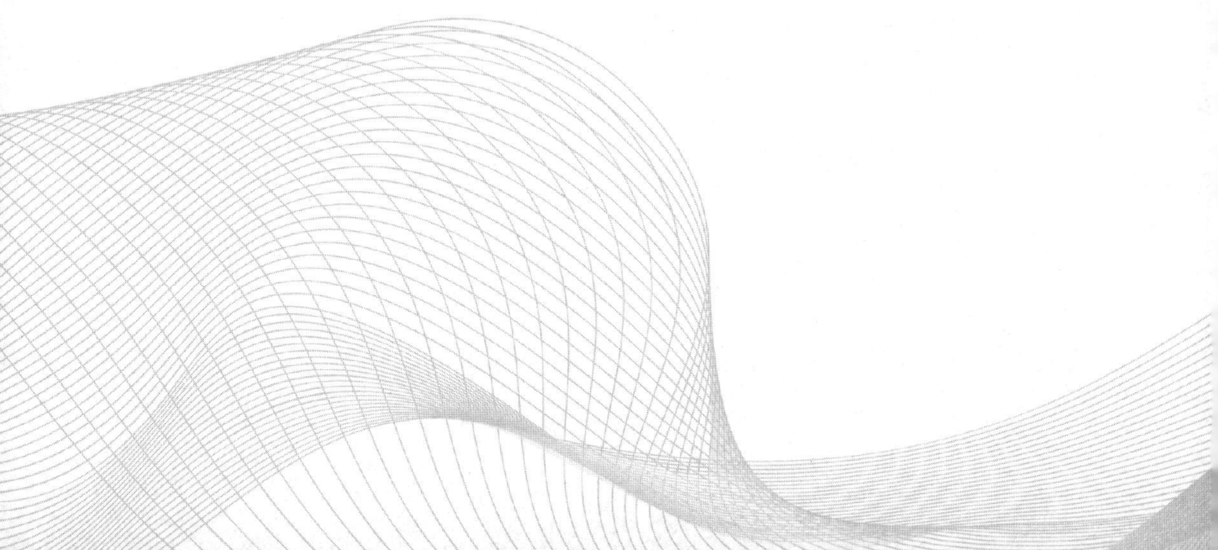

蹇先艾乡土小说新论

陈　悦

反观20世纪上半期中国新文学作家群，贵州籍作家寥然可数。蹇先艾几乎是一颗孤星，其创作中萦绕的“贵州情结”是彰显其创作个性和价值的重要因素，理应受到关注这块土地者的珍视。几十年来，研究者虽然稀落，却也并未断绝。只是一直以来人们总是关注蹇先艾言说着怎样的贵州，而忽略了言说者自身。

其实，我们有理由相信，在蹇先艾开始书写贵州时，贵州犹如梦影。

考察蹇先艾生平，他虽是贵州遵义籍人，但1906年却是出生于四川越隽县，1915年才随官任期满的父亲回老家定居。1919年13岁时，由父亲送到北京读书，寄居在异母长兄蹇方叔家，在北京一住就是18年。由此算来，蹇先艾在贵州常住不过四年多，其间，蹇先艾主要是在家读书，没有太多的机会接触社会，贵州的人生世相、民俗文化并不像湘西之于沈从文、浙东之于鲁迅那样融注到蹇先艾的气质、精神之中。

蹇先艾的创作是在异乡的孤独和丧亲的痛苦中开始的。1927年8月，他结集出版了第一部小说集《朝雾》。就风格而言，集中大部分作品都于“淡淡的甜味之中间杂有无名的怅惘和难遣的忧愁，洋溢着田园牧歌的情调”①，以至于严家炎先生说：“如果作者继续写这种小说，他也许会成为第二个废名吧。”②蹇先艾不会成为第二个废名。因为在废名处，田园风格的形成来自于“他对故乡、乡间父老以及千百年来形成的古老淳朴的民间风习和文化的热爱”③，而对于蹇先艾，贵州乡间生活只是模糊的记忆，它只是承

① 杨义：《中国现代小说史·第1卷》，北京：人民文学出版社，1986年，第484页。

② 杨义：《中国现代小说史·第1卷》，北京：人民文学出版社，1986年，第484页。

③ 杨义：《中国现代小说史·第1卷》，北京：人民文学出版社，1986年，第451页。

载自己童年岁月的故地。

《朝雾·序》中作者有一段自白："我已经是满过二十的人了，从老远的贵州跑到北京来，灰沙之中彷徨了也快七年，时间不能说不长，怎样混过的，并自身都茫然不知。是这样匆匆地一天一天地去了，童年的影子越发模糊消淡起来，像朝雾似的，袅袅的飘失，我所感到的只有空虚与寂寞。这几个岁月，除近两年信笔涂鸦的几篇新诗和似是而非的小说之外，还做了什么呢？每一回忆，终不免有点凄寥撞击心头。所以现在决然把这个小说集付印了……借以纪念从此阔别的可爱的童年。"[①]

在作家的主观意识中，与其说他在诉说贵州乡土，不如说是在倾诉自己。遥远的故土是失怙者在现实孤寂生活中巡索的慰安，是情感上渺茫的依托。它传递的不过是"月是故乡明"的历时性体验。

被鲁迅选入"新文学大系"的《水葬》和《到家的晚上》是《朝雾》中写实性最强的两篇作品，其中《水葬》被认为"最能代表他的贵州乡土题材特色"[②]。如果把乡间风俗、人情，地域色彩作为考察标准，这两篇作品的乡土内容并不厚实。相对于《朝雾》中的其他作品，《水葬》注重了细节与场面的描写，但关于"水葬"这一习俗本身少有特色性的描写（如王鲁彦描写冥婚），熟悉鲁迅作品的人，不难分辨，《水葬》中表现的人性的"冷酷"是鲁迅式的"冷酷"，驼毛不过是贵州的阿 Q。《到家的晚上》则"带有破落户子弟的感伤情绪"[③]。当然，《水葬》和《到家的晚上》是一个新的开始，表现了作者在一个理性的高度上审视乡土的努力，"预示着作者后来发展的某些趋势"[④]。

1928 年，蹇先艾因私事返回家乡遵义，居住了三个月。这一次经历让蹇先艾从"童年的甜梦"中"醒来"，真实地触摸到了贵州。《盐巴客》《贵州道上》《渡》等作品讲述的都是与故乡"接触"的故事。叙述主体不再是孤独的怀乡者而是一个"观察者"，甚至是一个"受教育者"——一是被底层人民生活的艰辛困苦所打动，一是被其自然环境与社会环境所震动。作品以自己返乡途中的经历为题材，叙述的展开都是对故乡人事（虽然是某个侧面）从误解到理解、从不尽知到了解的过程，包括对贵州险峻的山路："多年不回贵

① 转引自何光渝：《20 世纪贵州小说史》，贵阳：贵州民族出版社，2000 年，第 59 页。

② 钱理群、温儒敏、吴福辉：《中国现代文学三十年（修订本）》，北京：北京大学出版社，1998 年，第 71 页。

③ 杨义：《中国现代小说史·第 1 卷》，北京：人民文学出版社，1986 年，第 484 页。

④ 杨义：《中国现代小说史·第 1 卷》，北京：人民文学出版社，1986 年，第 484 页。

州，这次还乡才知道川黔道上形势的险恶，真够得上崎岖鸟道、悬崖绝壁。”（《盐巴客》）他到处遇见的都是陷落在泥淖中的老人、女人、穷人。新的记忆掩盖了作者早年的童年回忆和怀乡情绪，想象中的“小溪、跳墩、林间、小鸟”变成了贵州的崇山峻岭、深壑峡谷，记忆中可亲近的家人和乡邻变成了“崎岖鸟道上艰难爬行的轿夫、盐巴客的潦倒的身影”。1934 年发表的《乡间的悲剧》（后改名为《倔强的女人》），1935 年发表的《灯捐》《踌躇》，1936 年发表的《盐灾》等，甚至触及贵州的社会结构和阶级分化。可见这次返乡促进了蹇先艾对贵州较为全面的了解，扩展了蹇先艾小说创作的视野和题材范围（鲁迅指出《朝雾》“描写的范围是狭小的”），也促成了他对贵州面貌的真实言说。1928—1937 年间的创作达到了一定的社会深度和广度。这些作品“集中了现代贵州各种阶层、各种身份、地位的社会角色……这些形形色色的人物在军阀统治与盐烟经济桎梏下的哀乐苦痛、生死兴衰，构成了一幅立体的世纪上半叶贵州地方社会的现实图景”[①]。在叙述上，蹇先艾完成了从抒情到写实的转换，无论是环境描写、人物的塑造还是故事结构，《盐巴客》《贵州道上》都可以算是现实主义佳作，是真正能代表蹇先艾乡土写实成绩的作品。

其实，在现代文学史上，也有不少作家留下过描述贵州的文字，特别是抗战时期。萧乾的游记散文《贵州书简》、巴金的小说《第四病室》都有关于贵州经济文化落后、社会生活黑暗的“现实图景”的描写。相对于这些“局外人”的叙述，蹇先艾的乡土写实只是比他们离这块土地更近，看得更真切而已。除此之外，他还有作为“局内人”与贵州的另一种“纠缠”。

一旦这块被审察、描述的土地与作家的自我生活和情感相关联，作家下笔时就会不由自主地流露出抒情的笔调。《映姊》是以作家自己的大姐为原型创作的，依然是回忆，写法上近乎散文，没有刻意的布局，在映姊家庭旧事的回叙中，特别表现了作者返乡后面对亲人的快乐又陌生的复杂心态，无奈和隔膜的伤情飘溢在文中。怀恋旧友的另一篇小说《子澜君》中有一段在故乡与想念中的儿时伴侣相认过程的描写更引人注意：“我的举止与服装……还有种种都早已饱过许多好奇的人们的眼福了。加之这天参加婚礼的贵宾没有一个不是戴小帽穿长袖马褂或者穿罗汉衫的，只有我穿的是洋式的服

① 贾剑秋：《哀痛的边地——论蹇先艾乡土小说的文化视角》，《西南民族学院学报（哲社版）》2002 年第 4 期。

装，自然不免要被仁丹胡拟为鬼子之类。他看我，我也就看他，我以为，难道他的衣服不比我更可笑吗？瓜皮小帽，八团花的马褂，双梁鞋。"面对在烟榻上吞云吐雾的旧友，"我从前想向他说的一腔话，这时无从说起了"[1]。两篇小说叙述者与被叙述者都曾有过亲密的关系和亲近的愿望，同时又被设置了不可跨越的距离，相互的"看与被看"不是接受和理解而是不能彼此融入的陌生。

这是蹇先艾小说中出现的第三种乡土叙述。在新文化运动的中心地烘焙出来的蹇先艾，难免用现代知识者的眼光审视封闭、落后的贵州，无奈这片"被看"的乡土同时又是作家自己的故土，中国传统文化中眷恋故土的美好情愫以及作家漂泊生活中寻觅精神家园的需求使他不能满足于旁观式的审视，他要融入。然而理性认知所带来的与故乡的心理距离和自己身上带回的异质因素(从服装、谈吐到思想)，迫使他体味对乡土情感上的陌生，自觉到自己成为故乡中另类的尴尬，乡情依在，但乡愁变成了乡怨。

1933年创作的《酒家》是一部有趣的作品。就故事而言，它是一部五四后常见的爱情悲剧：来自省外的大学生与小城的酒家女相爱，结果酒家女却要嫁给当地有权势的驻防团长做姨太太。不过，小说以酒家女订婚而带来的喜庆为基调展开叙述，从当事人到邻舍都在期待着这场喜剧的到来。只有一个人与围绕这个事件的喜气格格不入——那个省外的大学生。小说具讽刺性的一幕是他试图说服酒家女看到此事的真相，却引来嘲讽和激怒，最后被当成乱匪打死。

从前述蹇先艾现实主义创作立场来看，这一文本显然是一种"反常"叙述，叙述立场偏向于酒家女一方，增加了文本反讽的意味。大学生的悲剧自然批判了"小城"古旧、愚昧、黑暗，而大学生"不合时宜"的努力一样受到了嘲讽。文本传递的不是现代知识者面对传统乡土的辛辣批判(这种笔法来自于对对象的彻底超越和否定)，而是强烈的郁悒之情、反观知识者乡土处境的无奈，而这一切似乎还是源自对乡土的一份难解的情怀。

蹇先艾关于乡土的三种叙述并非特例。我们很容易联想到鲁迅有名的独白："觉得北方固不是我的旧乡，但南来又只能算一个客子。无论那边的干雪怎样纷飞，这里的柔雪又怎样的依恋，于我都没有什么关系了。"(《在酒

① 蹇先艾：《子澜君》，《蹇先艾文集》(第1卷)，贵阳：贵州人民出版社，2003年，第281页。

楼上》)也会联想到抒情乡土作家沈从文。“在《湘行散记》中，在对湘西农村赞颂的同时，也透露了作者对这热爱着的地方的某种程度的疏远感”，“尽管心中仍怀有热爱，他本质上却已是一个旁观者了”[①]。不过，也许是因为蹇先艾的小说没有过于繁复和深厚的内涵，其关于乡土的叙说才更加单纯、明晰，便于梳理。

在20世纪中国现代化的话语体系中，乡土被置放在城市文明和来自西方的现代文明的对立面。中国知识分子经历的现代与传统、中国与西方的文化冲突聚焦于此。于是，从现代文明立场上对乡土的审视引出批判性的乡土写实小说，从传统文化立场发展出乡土抒情小说。乡土成为验证知识者文化价值取向和理性态度的标识。这种辨析似乎准确、明晰，却又过分简单。很多研究忽略了这一点：乡土同时也是作家生命中的故土——一个纯粹的情感体验的对象。

20世纪上半期的乡土作家共有离乡的背景和漂泊者的身份，乡愁是其创作的情绪表征。童年回忆便是被故乡放逐者的自我情感慰藉，其间有着中国文学乡情乡愁表达的传统。不同于传统的复杂性，他们毕竟处于20世纪的时空下，中国的现代化之旅虽艰难启动，这样的情感慰藉在现代理性的思维框架中也是脆弱、苍白的。作为现代知识者，其精神结构、思想结构已成为故乡的异质，与故乡现实的“遭遇”只能使自己成为精神上永久的放逐者。在民族传统文化心理驱使下对故土的亲近和理性上的拦阻，形成了乡土作家普遍地对故土(乡土)欲归而无所归的困境。不过，抗战的全面爆发，似乎让蹇先艾摆脱了困境。

抗战全面爆发后，蹇先艾携全家从北平逃亡，回到故乡。20世纪二三十年代，蹇先艾在新文坛勉励耕耘、频频收获的时候，贵州本土的新文学却近于荒漠。贵州新文学真正发展和活跃起来，源自抗战的契机。一方面是内迁的社团、报社、杂志社的带动，一方面是蹇先艾和谢六逸等人的返乡，为贵州文坛带来了生机与活力。由于抗战，蹇先艾的文学事业得以落土故乡，并得到新的发展：他先后参与组建了每周文艺社、中华全国文艺界抗敌协会贵阳分会，主办刊物《贵州晨报》副刊《每周文艺》、《贵州日报》文艺副刊《新垒》。在这繁忙的活动中，蹇先艾的精神也得以回归故乡，至少在创作中是如此表现的。这时期创作的小说，诉说了抗战时乡间生活的艰难、逃难者的

① 李欧梵：《现代性的追求》，北京：三联书店，2000年，第79页。

苦难、大后方民众抗战的热情、地方官僚乡绅的丑恶行径，显示了贵州抗战文学的实绩。作家与故乡的心理纠缠被更宏大的情感代替，乡土色彩流向对贵州地域环境的描写和地方语言的运用。

（原载《中国现代文学研究丛刊》2006 年第 3 期）

[陈悦：贵州师范大学文学院教授]

从《水晶山谷》到《绝地逢生》:贵州作家欧阳黔森生态文学解读

谢廷秋

贵州作家欧阳黔森在长篇小说《绝地逢生》的扉页写下了这样的手记:“美丽,但却极度贫瘠,这是‘石漠化’地貌的特征。联合国‘教科文组织’把这一类地区列为不适合人类居住的地方。这是一个人类生存的绝地,我们的故事就从这绝地开始……”①这份手记既充满诗意又高度凝练地揭示了人类一些特殊地区的生存困境。

20世纪科学技术和现代工业文明的飞速发展,极大地改变了人类的生活空间和生存境遇,也导致了人与自然关系的全面割裂、疏远和冲突,生态环境恶化,生态危机日益严重。生态文化作为一种拯救地球的新的文化形态理论,受到全球众多学者的热切关注,尤其是欧美作家的生态文学创作给全世界带来了巨大的精神震撼。

生态文化是文化在特定环境下的延伸和创新,它倡导人与自然和谐相处,倡导绿色的生活方式和天人合一的伦理道德观念,使人们真正了解自然,尊重自然和保护自然,走建设生态文明的发展之路。

贵州“欠发达、欠开发”的特殊省情,使其保存着良好的自然环境和原生态文化,具有建设生态文明的优势和潜力。因此,贵州需要切实把保持良好的生态环境作为最突出的竞争优势之一,大力推进生态文明建设。那么,贵州文学特别是贵州乡土文学在建设生态文明时代的使命是什么?文学能发挥什么作用?

回顾20世纪的贵州乡土文学,从蹇先艾到石果,从石果到何士光,无论他们描绘了怎样的乡土,精神意蕴大多都是传统与现代、愚昧与文明的冲突。

---

① 欧阳黔森:《绝地逢生》,贵阳:贵州人民出版社,2008年,第1页。

蹇先艾发表于1924年的小说《到家》，描写了一个在北京求学十年的青年重归故乡，而故乡的荒凉与破败使“我”哀痛不已。评论家何光渝先生认为《到家》颇似鲁迅《故乡》的描写，“它深深地打上了那个时代的烙印，又明显地表现着这些被生活驱逐到异乡的作家的特殊经历和感受。热爱故乡，同情农民，而又无法在故乡人民的苦难面前闭上眼睛”。而给蹇先艾带来更大声誉的《水葬》，更是借故乡惩处小偷的野蛮习俗“沉潭”彰显出对旧习俗、对精神麻木的批判和“出于这冷酷中的母性之爱的伟大”（鲁迅语）。这也是“国民性批判”的时代主题。

20世纪50年代崛起的石果，他的作品承袭了反封建文化的主题，他发表于1953年9月《人民文学》上的小说《风波》，写新中国成立初期母女两代农村妇女争取恋爱婚姻自由，饱含着对封建宗法伦理观念犀利的文化批判，同时也歌颂了新时代给妇女命运带来的转折。这篇小说在20世纪50年代就引起了关注，《人民文学》的主编邵荃麟为此约请石果谈话，对他勉励有加。21世纪初，《风波》又获得了贵州省首届文艺奖。

20世纪80年代，何士光为贵州文学赢得全国声誉，最主要的还是得力于其在《人民文学》上发表的《乡场上》《种包谷的老人》《远行》等一批乡土文学作品，他因此曾三次荣获全国优秀短篇小说奖。《乡场上》描述了封建人际关系网的存在是农村现代化建设的障碍，《种包谷的老人》揭示了农民顽强的生命意志中所反映出来的保守性，这些无一不表达了作家对传统的批判。

变化当从欧阳黔森开始。1999年欧阳黔森发表在《当代》的小说《十八块地》，写到了“文革”后期严峻年代的乡村生活，但作者并没有在“文革”符号上下功夫，而是将“文革”的荒诞与乡村的宁静、淳朴形成鲜明的对照。写“文革”时代的乡村生活却写出了田园诗般的清新风格，这不能不说是文学贴近生活而又超越时代的一种想象方式。这种超越当然又与作家创作的当下感受有关。

进入21世纪以后，欧阳黔森的乡土小说有了质的飞跃，生态意识凸显，对人与自然的关系、工业文明予以深刻反思，写出了具有生态文明意识的中篇小说《水晶山谷》。

生态文学，不是单纯描写自然的文学，它要揭示人与自然的关系，表现自然对人的影响、人在自然中的地位、人与自然关系的紧张、人与自然关系的和解等。而且面对严重的生态危机，生态文学侧重于发掘人与自然的紧张、疏离、对立、冲突关系的深层原因,即造成人类征服自然和掠夺自然的思想、文化、经济、科技、生活方式、社会发展模式等社会根源。《水晶山谷》正是这样一个文本。小说中的七色谷原来是一条没有名的美丽峡谷;小说中的主人公田茂林原来是一个质朴上进的农村青年,就像那个遥远的山村、美丽的峡谷一样尚未被现代文明陶冶。地质队的到来,给偏僻的山村带来了现代文明,给无名的山谷命了名,让田茂林了解了外面的世界。这曾经是我们非常痴迷的景观:现代文明之风吹进闭塞的山村。但是现代文明是一柄异常锋利的双刃剑,它高悬在人类的头顶,常常使人们陷于进退两难的悖论之中。欧阳黔森的深刻之处,正是写出了人类的这种困境。

田茂林作为乡村的文化人,他爱美丽的七色谷,爱七色谷里那些既不能当饭吃又不能当衣穿的五颜六色的奇石。"七色谷是美丽得让人流泪的。山谷里满是五颜六色的石头,那石头上有晶莹剔透的水流过,那水透明得没有颜色,因而它可以容纳任何颜色,这时它容纳的就是五颜六色的石头的颜色,在阳光的照耀下显得更加五彩缤纷……山谷里大大小小的石头是非常美丽的,可以说它们是天堂之物。……一块块五颜六色的石头无需讲什么,它在这里是可以用静默震撼任何一颗爱美之心的。"[①]然而,在了解了奇石的价值之后,"公元1990年春,三个鸡村前南十二华里的黑松林迎来了它千年来最为黯淡的时刻。三个鸡村的田茂林带了一帮人,把它折腾得惨不忍睹。山上像发生了一场战争,一层层的书页状石头被炮火掀翻,满山的碎石掩盖了所有的长不高的绿色植物,只有那些参天大树还伸展着千年的翠手,指向空中昭示着它们依然存在"。[②] 田茂林挖到了500个三叶虫石,换回了5000元人民币。从此,田茂林就越发不能罢手,继续把七色谷那些"天堂之物"送到城里来的老板手中。田茂林的发财梦与城里来的老板们的发财梦结合在一起,不仅使得七色谷永远不复存在,而且也葬送了自己。人类以破坏自然为代价来满足自己的欲望,最终必将陷入深刻的精神危机之中。田茂林正是由于陷入了精神危机之中无法解脱,才会选择与水晶山谷一起消失。

20世纪后半期,"三大膨胀"即人口膨胀、欲望膨胀、通货膨胀日益严重。王诺在《欧美生态文学》中指出,"人们应当深思并质疑:鼓励人们奋发

① 欧阳黔森:《白多黑少》,贵阳:贵州人民出版社,2006年,第99页。

② 欧阳黔森:《白多黑少》,贵阳:贵州人民出版社,2006年,第89页。

图强、自我实现、创业打拼，其实是不是在激发贪得无厌的欲望大膨胀？许多人以羡慕的口吻津津乐道的那些‘成功人士’，究竟是成功地攫取和占有了大量的物质财富，并连带地消耗了更多的资源、造成了更多的污染，还是成功地丰富了精神生活并创造了精神成就，或对生态的可持续和人类存在的可持续做出了重要贡献？”[①]事实上物欲膨胀不仅毁灭自然，也毁灭人性，田茂林由一个质朴上进、懂得审美的农村青年，变成一个金钱至上的工头并最终消亡，的确是表达了作家欧阳黔森的深思与质疑。

欧阳黔森对乡村与城市、自然与欲望也做了比较，从中表达出对乡村与自然的趋向选择。《水晶山谷》通过对白梨花与杜鹃红两个人物的鲜明对比体现出这种选择，前者代表诗意的乡村，后者代表欲望的城市。作者在名字上就有所暗示，“白梨花”即“白”，象征洁白无瑕，“杜鹃红”即“红”，象征红尘欲望，这是“白”与“红”的对比。白梨花喜爱自然、保护自然，她在乡场上看到猎人出售国家保护动物红腹锦鸡，就哭着苦苦哀求猎人放掉。当田茂林带她去看七色谷，她被美丽的七色谷感动得掉泪，一直阻止未婚夫田茂林对七色谷的破坏，她说：“把我们梨花村前山那些百年梨树砍了卖了还叫梨花村吗？……你把这里的石头搬走卖了，这儿还叫七色谷？”[②]为了阻止田茂林，她甚至叫自己的父亲去告诉他不要彩礼。实在无法阻止田茂林，她选择了分手。而当田茂林失去了未婚妻，又遭受自己良心的谴责，陷入了精神危机之中无法解脱，选择与水晶山谷一起消失后，“有一个年轻美丽的女人每年去烧香”。可以说白梨花有着一颗纯洁善良之心，是诗意的化身。而城里来的老板杜鹃红追求金钱利益，看到美丽的七色谷就像看到金钱，毫无审美之心，参与对七色谷的破坏，丝毫不为它的美丽所感动。她发现了紫袍玉带石惊喜万分，更加贪婪，她说：“天然的奇石是很好，可它不能重复也就不能批量，这样，钱就赚得不稳定。紫袍玉带石是可以成为一个品牌的，它的独特是可以成批量地做成长期稳定的高档工艺品。”[③]她可以说是欲望的代表。白梨花和杜鹃红从名字到本质，体现了诗意与欲望的对比，以及乡村与城市的对比。通过对比，传达出作者鲜明的价值趋向。

社会学家斐迪南·滕尼斯（Ferdinand Tönnies）把人类社会分为“自然

① 王诺：《欧美生态文学》，北京：北京大学出版社，2003 年，第 196 页。

② 欧阳黔森：《白多黑少》，贵阳：贵州人民出版社，2006 年，第 100 页。

③ 欧阳黔森：《白多黑少》，贵阳：贵州人民出版社，2006 年，第 129 页。

意志占主导的礼俗社会”和“理性意志占主导的法理社会”，他认为前者是传统社会，典型代表是乡村；后者是现代社会，典型代表是都市。乡村作为一个与城市相对的概念，一直是人们乡愁意识的情结之所，是作家的情感寄托，是精神家园的保留地。他们在作品中热烈地怀恋故土，激情地歌咏乡村，并强烈地批判城市。在城市，一个人拥有很多东西，但物质的东西往往更容易失去；而在乡村，一个人拥有的看似很少，却是内在的、丰富的。白梨花和杜鹃红的对比，也正是作家对精神家园的情感寄托。

《水晶山谷》的题材和主题都充分显示出作家鲜明的生态意识，不仅揭示出人类对自然环境的破坏，也揭示出物欲社会对人类心灵的污染；不仅赞美诗意乡村对自然的护佑，也批判了欲望城市对自然的掠夺。这是贵州作家对生态危机的积极应对，也是对生态文明的深情呼唤。从更深刻的意义来说，这也昭示了贵州乡土文学的转型。

长篇小说《绝地逢生》更是一部蕴含鲜明生态意识的作品。这部作品的序曲是作家2004年发表的中篇小说《八棵苞谷》。在《八棵苞谷》中，作家写到了农民在石漠化的土地上种粮无法生存的现状，后来经过科技扶贫开发、生态治理彻底改变了村里的面貌，白鹰村一下子成了小康村。欧阳黔森在小说中借专家们送的对联“少生孩子多养猪，多栽树子少放羊”表达了鲜明的生态意识。这部作品已经在积极关注贵州石漠化治理和生态修复等重大问题，显示了作家关注现实人生的一种理想主义情怀。可以说这也是对当下很多作家远离现实人生，只关注一己私欲的一个有力匡正。

《绝地逢生》中盘江大队人多地少，生态严重失衡，耕地面积随着生态环境的逐步恶化而逐年减少，植被严重退化，石漠化相当严重，已经不适合人类居住。盘江为什么会变成这样？小说通过人物的对话进行了反思：“专家说得对啊，这几年来，我们的生态环境越来越恶劣了，石漠化越来越严重了。就说这座大山吧，我听我爹说过，其实几十年前，它还有不少参天大树，可现在，你看，到处都是光秃秃的石头，寸草不生了。我们是自己毁了自己啊！”“是啊，那一年大炼钢铁，我就带着青年突击队在这山上，一口气砍了十几棵大树。当时还自以为不得了，现在想起来，我们那时候太蠢了。”[①]曾经有生态专家说过：石漠化是癌症，沙漠化是重症，荒漠化是一般疾病。由此可知石漠化治理的难度。蒙幺爸带领盘江人同石漠化做斗争，终于让盘江这个

① 欧阳黔森：《绝地逢生》，贵阳：贵州人民出版社，2008年，第114页。

不适合人类居住的绝地开满鲜花、绿树成荫，经济得到蓬勃发展。这既表现了作家对贵州石漠化治理和生态修复的生态意识，又张扬了作家的生态文明理想。

《绝地逢生》是一部主旋律的作品，它不仅反映了农村改革开放30年的发展历程，而且阐释了"科学发展观"的重大意义，这是这部作品改编的电视剧能在全国两会召开期间亮相中央电视台一套黄金时段的重要原因。这也是近几年来在宣传贵州的文化工程中做得很成功的几件事，从"多彩贵州"逐步打造成贵州省的文化品牌，到推介"公园省大氧吧"的生态旅游，再到两会期间全面展示贵州农村的改革风貌、生态治理，无一不是文化战略工程的成功。

但是从更深的意义来看，"绝处逢生"的过程，描写贵州乌蒙山区人们如何使昔日石漠化程度加深，被联合国称为"不适宜人类居住"的石山村，变为今日山清水秀的生态村，使昔日贫穷落后的"光棍村"变为今日幸福和谐的小康村的过程，是文学关注和表现人类生存状态的责任使然。"当代文学艺术应当为促进人与自然的和解、人与自然的和谐作出贡献。文学艺术应当走进自然、关爱自然，重振'自然之维'。这不仅仅指文学艺术创作中题材的选择和风格的营造，更体现出一个文学艺术家的良心和职责。"[①]应对生态危机，治理生态环境，把不适合人类生存的不毛之地变成伊甸园是人类的使命。具有鲜明的人类意识与生态意识，描述人与自然的关系，呼唤生态文明，是一个有良知的作家的使命。美国著名作家卡逊(Rachel Carson)在《寂静的春天》一书中揭露了美国资本家为了追求利润使用剧毒杀虫剂，最大限度地污染了环境，使得春天再无鸟语花香即变为一个可怕的寂静的春天，这部书1962年问世以后引起美国朝野极大的震动，像黑暗中的一声呐喊唤醒了广大民众，仅至1962年底已有40多个提案在美国各州通过立法以限制杀虫剂的使用。生态文明思想像一盏明灯照亮了人类的环境意识。

欧阳黔森的作品反映出来的生态思想与欧美生态文学作家是一脉相承的，无论是他的《水晶山谷》还是《绝地逢生》，无论是批判还是歌颂，都鲜明地体现了人类的生态意识。欧阳黔森甚至在他的另一部中篇小说《莽昆仑》中感叹："人类的现代化文明是以破坏自然为代价的。你看这现在的冰川已

① 鲁枢元：《生态批评的空间》，上海：华东师范大学出版社，2006年，第327页。

经要萎缩到雪山的顶峰了，总有一天，雪山都会变成黑山。”[①]这表达了作者面对生态危机的深沉忧患。

世界各国虽国情不同，但面对生态危机时的思考是相同的。中国，由于特定的社会、文化、人口和经济条件，环境与资源的问题会显得更加严峻。如果这一问题解决得好，中国有希望成为一片文明昌盛的人间乐土。《绝地逢生》无疑以艺术的方式展示了一条解决的路径，这是应该引起我们高度重视的。

文学即人学。文学关注和表现人类的生存状态，必然要和关注人类的生态相关联。日益恶化的生存环境和日趋严重的生态危机，是生态文学产生的根本原因。在贵州成功申报荔波为世界自然遗产（后贵州又申报成功“赤水丹霞地貌”和“施秉云台山喀斯特地貌”为世界自然遗产），贵阳建设生态文明城市，中共贵州省委提出“坚定不移地走建设生态文明的特色发展之路”的鼓舞下，贵州作家特别是乡土文学作家应该肩负起历史的使命，为人与自然和谐共生、诗意地栖居在地球上呐喊。

在过去的20年中，中国当代生态文学尽管发展迟缓，但富有良知的作家以重建生态家园为使命，仍然创作了大量很有价值的生态文学作品。相比之下，贵州的生态文学创作才刚刚起步，在贵州这块土地上抒写的空间无比开阔，而且贵州本土少数民族文学如侗族歌谣、苗族歌谣中有大量的可资借鉴的具有生态意识的文本。回应时代要求，关注生态问题，呼唤生态文明，歌咏美丽的大自然，揭露和批判对生态环境的破坏，谱写人与自然和谐相处的生命之歌，实现贵州乡土文学的转型，是21世纪贵州乡土文学的历史使命，也是作家欧阳黔森作品最深刻的意义所在。

（原载《当代文坛》2012年第2期）

［谢廷秋：贵州师范大学文学院教授］

① 欧阳黔森：《白多黑少》，贵阳：贵州人民出版社，2006年，第337页。

贵州新一代乡土文学的叙事艺术

——冉正万中短篇小说创作浅论

孟 晓 朱伟华

青年作家冉正万出生于贵州省余庆县的黄土湾，这是地处黔北的一个小山村。当作家离开这片曾经特别想挣脱的贫困之地时，生活的经历又开始让他对记忆中的故土产生怀念之情。这份情感流诸笔端演绎成“冉姓坝”系列小说，它如同贾平凹的“商州系列”、莫言的“红高粱系列”小说，成为个人有别于其他作家的一大特色。就像诺贝尔文学奖获得者福克纳(William Faulkner)的“约克纳帕塔法县”，冉正万所写的“冉姓坝”也是以故乡作为原型，成为他文学世界里重要的虚构地点。从1996年开始发表作品至今，冉正万的创作呈现上升的趋势：作品《奔命》获贵州省首届政府文艺奖二等奖、贵州省第四届新长征文艺创作一等奖，《乡村话语》获贵州省第五届新长征文艺创作一等奖，中篇小说《爸老师》改编成电影剧本。而在2010年9月，《树上的眼睛》入围第五届鲁迅文学奖，这引起了更多人的关注。对于作家本人，这应是他自我创作道路中的重要转折点，是进入新的创作天地的又一起点。冉正万善于用诙谐、幽默的笔法勾勒出黔北地域的风土人情。他将巧妙的叙事视角、民间的叙事话语和深沉的叙事风格凝结为他独特的叙事艺术，传达出内心对乡土世界的深入洞察和对人性的真诚关怀，也使得自己成为贵州新一代乡土文学的代表作家之一。

一、巧妙的叙事视角

在描写冉姓坝的系列作品里，冉正万将“冉姓坝”作为故乡的一个事实载体，在这一背景下将自我的故乡情结通过编织农村不同人物的命运传达给读者。在对冉姓坝进行描述时，作者特别注意叙事视角的选取。不同的叙事方式可使相同的内容产生不同的效果，在绝大多数现代作品中，正是人称和视点创造了作品本身。冉正万正是根据内容表达的需要来选取叙事视角，他采用了第三人称和第一人称的叙事视角，但在其中又加以自己巧妙的设计。第三人称叙事是最古老且最常用的一种叙事角度。在西方叙事学理论中，这种视角被称为“零度焦点叙事”，也就是一种全知全能的叙事；而第一人称叙事的最大优点，就是弥合了叙事者与接受者的疏离与隔膜。

在“冉姓坝”的系列小说里，冉正万更多地运用了第三人称的叙述视角，在五篇重要的中短篇里就有四篇采用了第三人称的叙述视角。在第三人称的叙述视角里，作者描绘了一幅幅农村画面，或像素描，或像水彩，或像国画，在这种全知全能的视角中，冉正万以一种客观、冷静的笔法述说着乡村的故事，这种叙述使得叙述者大于人物，就像冉正万自己在创作谈《皇帝与丫鬟》中言及的，“写作时我就是皇帝”，[①]笔下的人物就是芸芸众生，人物塑造取决于作家的“有意而为之”，人物命运是被作家预先掌控的。而读者可以通过作者冷静的叙事来对文本进行再创造，也能从作品中拓展出更多的阐释空间。在中篇小说《奔命》里，描写了农村老汉王海洲在秋天抢收谷子的故事，三个儿子都在外打工，老伴行走不便最后病亡，加之天气阴晴变化，空巢化的农村找不到人手帮忙，使王海洲的这次秋收充满了灰暗、艰难的悲剧色彩。在贫困的贵州山村，农作方式还处于原始状态，缺乏先进的农耕手段和其他谋生方式，加之青年劳动力的流失，这是作者呈现在读者面前的“奔命”后的悲剧根源。另一篇《乡村话语》讲的也是人与土地的故事，主人公王希凡同样有三个儿子，但王希凡较王海洲要幸运得多，儿子们没有都抛弃农村外出打工。其中重点写的是老三王果，在封闭的山村里，王果通过有限的外界信息激发了自己的创造力，开始尝试新的道路。文中通过他卖土地、修房、开店、买碾米机和运输车等事件，展现了农村年轻一代在家乡改变生活方式的探索。同时，通过父子两代“坚守土地”还是“出让土地”的矛盾冲突，给人以更多的思考。现代气息与创新思想浸入贵州这片土地时，给人们带来了开拓和改变，也带来了反思与追问。这个故事的讲述似乎是对《奔命》主题的回答，两篇形成一种呼应，但后一篇更为丰富，没有对两代人的选择做简单肯否的判断，而是让读者自己去怀想。同样写家有三个儿子的两代农人的乡村故事，冉正万通过“客观的”第三人称描写，宏观地展现了他们

① 冉正万：《皇帝与丫鬟》，《文学界》2007年第12期。

所代表的农村家庭的不同命运，而这也是变化中的现代贵州农村家庭的一种缩影。在文本中冉正万不流露自己的主观情感与体悟，而是通过故事来挖掘其中的深意，有一种潜藏在文本后的客观引导，通过两个家庭给读者以启迪，同时给读者极大的阅读审美空间。

而在《树上的眼睛》一篇中，冉正万选择运用了第一人称的叙述视角，将“我”的舅舅的性格全面地展现出来，“树上的眼睛”实为舅舅的眼睛，因为舅舅的腿早在修水库时就被意外压断了，只有在树上他才能看到家以外的世界。“我”的舅舅通过树的高度和望远镜，窥探到整个村子的人和事，从此这个村子开始没有任何秘密。主人公通过一双淳朴的眼睛和在乡村土地上滋生的道德标准来批判与监督这一切，但在时代大环境影响下农村由于利益驱动发生的消极变化，这些与“我”的舅舅的观念相背离，在客观上形成一种矛盾。在成为“边缘人”的处境中，舅舅最终选择了离开这棵树，这意味着传统的道德规范在社会发展中呈现出屈服于社会大众的趋势，再一次描述出“无根时代”的困惑。通过“我”的舅舅这个人物，借助具有亲切感和真实感的第一人称叙述角度，作品传达出作家对当今农村和社会的深度思考。工商业的发展对改变农村落后面貌自然是一大推进，但在城乡两种文化的相互碰撞中，淳朴的乡风也在悄然发生着变化，而“我”的舅舅冉广贵正是一个捍卫美好乡土文明的代言人，然而由于社会势力的强大，使他成为守护精神文明的孤独者，在给人以警醒的同时，也让人感到作者对现实的焦虑与深沉关注。冉正万根据文本需要巧妙地运用第一人称的叙述视角，使平淡的乡村故事深蕴一种内在的张力，给人以强烈的真实感和内心的巨大触动，这正是冉正万“借第一人称叙事者的自我解剖、视角的转换以及作家与叙述者有意的间离等手段，表达作家的理性思索”，[①]冉正万交替使用客观和主观的视角再现当代黔北农村，用内心深沉的关怀来思考社会现实。他以内心的真实写意凸显了自我思想中的乡土世界，让读者在游走于黔北地域的风土人情之中时，又不乏无限深思。

---

① 陈平原：《中国小说叙事模式的转变》，上海：上海人民出版社，1988年，第3页。

二、民间的叙事话语

冉正万的民间叙事话语源于黔北故土，这是冉正万文学叙事话语的重要标签，也成为诸多乡土文学话语的一支分流。在农村成长的经历无不在离乡之人的记忆里烙下深刻的印迹，然而离开乡土后的经历却让冉正万重新感悟乡土，以更加成熟的姿态依恋故土，在实现自我内心的回归后开始将故乡的人与事写进自己的文学世界。冉正万作品中的民间叙事话语正是源于他在城市对照下对农村淳朴与自然的怀念，对养育他的黔北故土的感恩与依恋。在具有黔北特色的地域话语下，凝结着冉正万对故乡的特殊情谊与心灵感知。

冉正万小说的方言充满浓厚的黔北乡土气息，研究者认为，"方言是一个地域的所有人经过长期创造而约定俗成、凝结流传下来的心有灵犀的共有符码，它源于民族共同语，又不同于民族共同语"，①"冉正万小说语言极富特色，通常用质朴而又不失幽默诙谐的口语拉家常的形式展开，一下就缩小了作品与读者的距离"。② 小说语言中主要有叙述语言和人物语言两类，而冉正万小说方言在两类语言中都有所体现。从叙述语言来看，在《奔命》里当王海洲的老婆因病去世后，有这样一段描述：

> 但堂屋还是没法腾空，老婆婆占了一半，另一半则堆着她自己种出来的谷子，她的冥床下面也是谷子，是王海洲最后背回来一直没晾干水气的那一批。王海洲说，让她和谷子睡在一起，她会高兴的。

作者的叙述中没有用"老人"等其他的词来写王海洲的女人，"老婆婆"正是在方言里对这位老太婆的准确表达，"让她和谷子睡在一起，她会高兴的"这句话也是当地惯常的表达。这种表达不在于字词组合有多么特别，而

---

① 张瑞英：《巴蜀文化与四川现代乡土小说的表现艺术》，《苏州大学学报》2007 年第 1 期。

② 罗阳富：《审视乡村与地质生活——评冉正万小说》，《贵州师范大学学报》2001 年第 4 期。

在于这些平实字词的平淡组合渗透了农村人与土地、谷物难以言表的深厚情感。

> 马上就要开始种油菜了，只有先干起来再说，他想。干起来了就好解释了，不干恐怕永远也不好解释。他的父母死得早，主要是舅舅把他养大的。从中学开始，他的吃穿用，全是舅舅给的。每到假期他都要帮舅舅种地，所以他对冉姓坝的土地也是相当熟悉的。对农活也比较熟悉，只是长期不干了力气小了点。

这是《奔命》小说最后王海洲的外甥左佑决定返乡时的心理。左佑是农民的儿子，通过自己的努力在城市定居，然而毅然打算回乡重操农活，最终选择回归故土。作者用一种极为口语化的方式将左佑的心态描述出来，质朴的话语表现了农村人先干再说的务实的思维方式，这些话只有用纯正的方言述说时才显得更为顺口。冉正万用朴实的语言展现了自小在农村长大的左佑的真实想法，作者将这安排在文章的末尾有一种总结性作用，“白天不知黑夜的黑”，农村生活成长起来的左佑在城市复杂的现实环境中格格不入，所以洗脚城的小姐称他“农”，觉得他不能融入当下的城市生活。冉正万将左佑的回归认为是一种“本”的回归，在纷繁芜杂的现实社会里，应该保留原始本真的做人秉性。作家为这个人物取名“左佑”，或许是“左右”的谐音，寓意着一个农村子弟在人生道路上的选择。

在人物语言的描写中，作者运用原生态的民间话语讲述着广阔的农村世界。在《金幺羔》中有这样一段对话：

> 金幺羔认真烧火，没接她妈的话，妈又说：“如果说有个细的（孩子），还怕你丢不下，你们又没细的，你得早拿主意。羊角儿去了都一年多了。”金幺羔突然说：“你遇到表叔娘，叫她不要到我家去！”妈愣了一下，背过身用手背抹了抹眼睛。
>
> “我晓得你舍不得冉姓坝，他妈对你也还好。可还有几十年呐……”

金幺羔是一个农村妇女，在一年前不幸丧夫，这是在回娘家后与母亲的一段对话。话语中出现了一些具有地方特色的语言，其中最为明显的便是

“细的”一词,意为“孩子”。冉正万将黔北方言自然地运用于文中,让人读来感觉亲切,特别是对于那些具有黔北生活经历的人们。在文化水平不断提高的同时,普通话也在逐渐普及,然而在老一辈的话语体系中,尤其在乡村还较大程度地保留了地方语言特色。在黔北民间话语中还有许多独特的表达,作者将这种语言纳入自己的文学叙述中,构成了贵州民间叙事的独特性与民族性。冉正万将目光投向黔北农村,“其创作大多描写普通人的艰难生活和复杂心理状态,以问题作背景,把目光投向人生百态、世间悲喜,保持生活的原汁原味”。① 金幺羔正是他笔下的一位普通妇女,简短的对话表露出一个年轻女子在婚姻意外破裂后的困境。面对难忘的爱情和善良的婆婆,虽然明白母亲的好心,却不忍心背弃这份情感而离开这个新家。在婚姻逐步物质化的现代境遇里,金幺羔是凭着良知在生活中行走。冉正万将问题作为背景,展现了浮躁的现代社会中仍坚守责任与良知的农村妇女,隐含的赞美之情付诸笔端。作者用极具地域色彩的语言表达现实农村的女性命运,更是对社会现实的拷问和对女性的人文关怀。

三、深沉的叙事风格

冉正万避免自己流露主观情感,在独特的叙事视角和民间叙事话语之后,以熟悉的语言,含蓄地揭示出农村的陋习和农民的愚昧,用一种冷静、幽默的口吻呈现原生态的农村世界。这种方式给读者带来独特的阅读审美体验,在平淡与轻松过后让人反思故事背后的原因。他使创作呈现出“形象大于思想”的特点,让这些文本经过各类读者咀嚼后生发出新的文学意义。

在小说《乡村话语》的最后,主角王希凡老汉说:“把种子埋在地里就能长出庄稼来,把人埋在地里,却什么也长不来。”这是王老汉对种子和庄稼的思考,也是冉正万对人和土地的深思。对一个以表现乡土为己任的作家而言,这是一个严肃而深入的思考。在冉正万随后写的寓言式小说《红尘图》里,作者延续了这个思考,他让小说中的人物章正宣回答了这个问题:“我说这是因为人看不见人发芽,人埋在地里,同样可以长出人来。”这句话应该包

① 罗阳富:《审视乡村与地质生活——评冉正万小说》,《贵州师范大学学报》2001年第4期。

含了作者心中的答案。土地上生长的庄稼滋养着世代的农村人,滋养着世代从农村走出去的城市人,土地是根,无论人走到哪里,时代发展到哪一步,土地永远是人们不能忘却的根,这才是冉正万最想表达的人与土地的深层关系,这也是以农耕民族为主的中国大地一直有悠久乡土小说传统的原因。中国乡土小说自五四以来得到空前的发展,鲁迅开创的乡土小说在创作实践上走出了广阔的道路,庄汉新说:"'乡土文学的作家',多是'侨寓京城',远离乡土,先前有着乡土农村生活经历的赤子。他们怀着对记忆中的乡土的依恋,不断做着遥远而深沉的故乡梦。"[①]贵州作家蹇先艾以边远山区的风土人情作为创作源泉,其《水葬》等受到鲁迅先生的充分肯定,享有"贵州乡土作家"的美誉,以贵州山水风情的描绘汇入乡土作家的行列;在时代与文学的自身延续中,作家何士光作为土生土长的贵州人,他也努力地以内心的审视来描写这片养育他的土地,以《种包谷的老人》等倾诉着自我浓浓的乡土情意。在新农村建设的步伐中,冉正万成为贵州乡土小说的又一代表,在秉承传统—现实主义创作手法的同时,融入西方的创作手法。卡夫卡是他最为欣赏的作家,在追寻大师的足迹中,他将眼光定格在边远的山村,注重人们的精神世界,创造性地塑造了拥有丰富内涵的贵州黔北农村的景象。在冷静与幽默的语调中包裹着作家对这片土地的深切关怀,特别是对于人物精神层面的细腻描写与展示。

"冉姓坝"在作家的笔下已成为展现黔北农村的重要阵地,透过这扇古朴的窗户,读者可以感受来自农村原始状态下的乡风民情。冉正万以一种巧妙的叙事视角表达对生命的尊重,用本土化的民间语言书写乡间人的生存环境、思维模式、心理状态和伦理价值观。这幅画卷展现了作家对故土的依恋和对现代农村中人与事的深度思考。虽然立足农村,但视野却不为此而受限;虽然讲述故事,但不为编故事作为最终目的,"我从不向读者呈现故事,虽然我一直羡慕那些编织故事的能手"。[②] 冉正万自述:"我认为所谓功利心也是动力,但是,一个写作者如果只由功利心驱使,则会和文学拉开距离,这距离有时真的难以弥补。"[③]从这段话语里可见作家的写作取向,他遵

① 庄汉新、邵明波:《中国 20 世纪乡土小说评论·序》,北京:学苑出版社,1997年,第 2 页。

② 冉正万:《皇帝与丫鬟》,《文学界》2007 年第 12 期。

③ 李浩:《小说的边界在哪里》,《文学界》2007 第 12 期。

循内心的声音写作，从独特的冉姓坝的叙事中，提炼出中国广大农村在城乡转型中的真实状态，力图以贵州农村来展示中国乡村世界的一个缩影，使自己的创作具有更大的社会意义。

蹇先艾的《水葬》立足贵州这片贫瘠的土壤，深刻揭露了贵州边远地区的恶习；何士光透过山地生活，写出人们生命的坚韧；冉正万的作品以小见大，注重叙事艺术与乡村情感的融合，在城乡二元化的进程中，以淳朴的眼光观照农村的发展与变化，在乡土里审视都市，在都市中关注农村，他是继贵州乡土小说作家蹇先艾、何士光之后又一个乡土情的忠实代表，在不以编故事为目的的故事描述中，流露出一颗对故土和祖国的赤子之心。在中西方文化的碰撞中，冉正万力求从叙事艺术上对贵州进行乡土文学的探索，寻找人性的回归，在以土地为核心词的文学书写中，面对这个无根的社会，追问我们的根究竟在哪里，这是冉正万乃至众多有良知和社会责任感的作家所深思的问题。

（原载《贵州文史丛刊》2013 年第 1 期）

[孟晓：贵州师范大学文学院 2010 级硕士研究生；朱伟华：贵州师范大学文学院教授]

作家的责任与文学的理由

——论贵州新生代作家冉正万

管新福

一

冉正万是近年来贵州文坛上创作勤勉且灵性十足的青年作家，他的强劲崛起给贵州文学界注入了写作的自信和活力。凭借着对文学终极意义的追求，对文学诗性的惯常坚守，冉正万形成了自然率性、朴实厚重的文风，日益受到评论界的广泛关注。

在他从事写作的十余年里，冉正万将笔下的"冉姓坝"打造得鲜活丰实，富于特性。由于写作的自信心和内部准备不足，他试笔期的小说还颇有瑕疵，比如对语言的驾驭还不够熟练，在叙事上还不够圆润等，但已经体现出强劲的创作势头；他稍早的短篇《飞鼠》《连环套》《飞机》《鼠仇》，中篇《乡村生活》《奔命》《露草珠花》等小说写得异常出彩；最近几年，冉正万步入一个作家创作的黄金时期，作品的底蕴更加丰厚扎实，可读性和力量感显著增强，新近的短篇《树上的眼睛》《天门》《纸摩托》，长篇《纸房》《洗骨记》，是当代贵州文学的重大收获，更是对作家执着坚守文学本位的有力褒奖。

在具体的题材选用和写作策略上，冉正万常以故土的社会万象和乡间的人事入题，以直面生活的勇气，还原生活的本色。家乡的风俗人情、山光水色和喜怒哀乐屡屡被他摹画在细腻的文字之中，文本流露出较为浓郁的乡土风味。但在另一层面，作品也表述了在传统暴力和现代工业文明的双重挤压之下乡村纯真人性的普遍失落，亦表达了在时代转化过程中乡土人情发生偏移的阵痛。他的创作版图是一个相对固定的黔北农村世界，但已跳出传统乡土作家的窠臼，不管在主题挖掘还是在艺术探索方面都朝着新的向度敞开，根植传统却又超越传统，提供了多重阐释的可能性。从写作风格上看，冉正万的写作小心翼翼地游走于传统和现代之间，伴有一种对苦难、对生命的敬畏，对历史、对现实的宽容；亦有着文学现代性的实验特质和超验气息，以及欧风美雨的时髦文风。

二

由于历史、地域等原因，贵州在文化上相对落后，缺少凝固性和向心力，造成文学发展先天不良且缺乏后劲。而在贵州这片神奇的土地上，却留存着众多的乡土元素需要贵州作家去书写，而只有贵州本土的作家才能和这些元素接得上“地气”。最近艺术界对“原生态”的重新发现和迷恋，充分证明了贵州元素能大有可为。在这点上，冉正万在贵州作家中表现得尤为抢眼。

冉正万小说的主人公大多属于社会底层的边缘群体，这就使得他对贵州乡土熟稔异常并情有独钟。这片土地上总是有那么多正常却也离奇的东西使人流连忘返，甚至存在科学思维难以解释的先验领地，它们成为冉正万日后写作取之不竭的源泉。无论是“地质队”还是“冉姓坝”，在作家的笔下，都永远处于一种自然环境偏僻贫瘠、现实秩序僵固粗鄙、传统伦理积厚沉郁的状态。它们既是作家成长的精神故土，也是作家的思想摇篮。他把诸多贵州乡土里朴实的人性、神秘的元素乃至于落后的陋习用很平常的叙述语气娓娓道来，特别是他用司空见惯的叙述语调描述乡土陈规陋习和人性劣根时，作品的效果往往比奇特的渲染更加触目惊心。他把贵州黔北农村的很多细微习俗写入小说，复制进一些诙谐幽默的方言俚语，恰到好处地表述着那些人和事，充分展示了作家还原生活的能力。

在他的小说中，黔北乡土题材本身存在明显的二元对立，一方面乡土的原生态诠释着一种善良纯朴的人性，它们温润着冉正万善良而敏感的心灵；另一方面乡土又具有愚昧落后的顽固表征，形成作家创作的“哀其不幸，怒其不争”的怨艾底色。《飞鼠》《纸摩托》等小说就是如此。我们在读他这些乡土题材作品的时候，明显能发现他写作心态的愤懑迷惑和忧伤艰难。但随之而来的疑问是：他为什么会这样毫不掩隐地、原汁原味地表达他梦魂萦绕的那片故土，而不去美化它？我们认为，冉正万这样写作不是基于他的冷漠和哗众取宠，而是基于他的痛苦和思索——那种对乡土纯朴人性的真诚讴歌和对千百年来农村愚昧陋习的道德谴责，以及对乡土社会转型期人性失落的焦虑、对纯朴人性复归的强烈渴望。是他根植的故土以及在此基础上形成的乡村经验支撑着他的写作，这个因素是作家的立身之基，也使得他在文学上走得更远更稳。同时，他对那片被城镇化日益蚕食的碎片化乡土进行的化石般的文本留存，从目前中国城镇化的趋势、农村的自然生态环境和人文保护意识来看，多年以后这些古旧元素都可能成为遥远的传说。因此，冉正万的写作是一种审美的守望，同时亦体现了一种文化反思的积极态度和重塑精神家园的担当意识。

三

需要指出的是，他的小说和传统乡土小说相比，显得更有张力和实验特征。冉正万的写作速度是比较慢的，因为他以质量和深度立足。卢梭(Jean-Jacques Rousseau)在《忏悔录》中总结自己的写作时说："为了吃饭而写作，很快就会窒息我的天赋，扼杀我的才情，从一支唯利是图的笔下是产生不出任何刚劲伟大的东西来的。"①冉正万也知道一个光想着成名的作家肯定难有伟大建树，作家要有平缓的心态和开阔的胸怀，要耐得住诱惑和寂寞，这既符合写作的规律，也可使作家免于走偏。

冉正万把自己从庸俗的写作动机中抽离出来，时时反观自己的思想，这使他能一贯地坚守作家的人格底线，遵从现代社会里一个作家应有的道德操守。正如他所言："我心目中的作家，必须有充满现代气息和普世精神的率直。"②令人失望的是，今天的作家似乎都热衷于数量的堆积，而忽视了深度的提炼和直入灵魂深处的努力，这使得文坛上肤浅浮躁之风蔓延，文学在今天进入一个两难的悖论境界。"创作上的浮躁现象源于两个尖锐的几乎无法克服的矛盾：一个是出产要多的市场需求与作家'库存'不足的矛盾，另一个是市场要求的出手快与创作本身的要求慢、要求精的规律发生了剧烈

---

① [法]让-雅克·卢梭：《忏悔录》，长春：时代文艺出版社，2004年，第223页。

② 冉正万：《在本地改稿班上的讲稿》，http://blog.sina.com.cn/s/blog_493daceb010090ky.html。

的矛盾。”[①]写作对冉正万来说是非常神圣的事情，这就使他能从功利性写作的桎梏中解脱出来。他曾深刻地指出：“随意性的写作只会导致失败或者自讨苦吃。……以人性为基准面，把笔触深入到事情的内部。……文学应该成为除宗教之外，对人都有教益的东西。”[②]在冉正万看来，他最不愿意做的事情就是放弃对写作的责任。基于此，他对当前文坛上一些写作病症给予严厉的批评：“在商业出版物的推动下，类型化写作成了一种潮流。这种潮流像洪水一样，把人冲得晕头转向，不少人沦落成卖字求财的写手。所以，作家必须向读者呈献自己的生活，说出你自己对这些生活的感受，否则，你的创作动机和目的就值得怀疑。”[③]他知道写作不容易，需要作家的责任和良知，粗制滥造的东西是对文学的随意践踏。从他涉足文坛开始，就坚持作家心灵的自由展露，总是表现出对真切的内心感受的信赖和对鲜活的经验事实、朴素的生活常识的用心体悟。“他虽然并不剽悍，也不事张扬，但很有韧性，在时光的淬炼中，那些在直觉与经验中积累起来的感受得到了升华。”[④]

四

冉正万的文学之路，虽然有很多世俗的元素轮番冲击，但正是由于对文学梦想的一贯执着，冉正万选择成为纯文学杂志《山花》的编辑。对此，冉正万深有体会：“常常想，作为贵州作家也许应该有自知之明。如果长期在这块土地上生活和写作，是不太可能大红大紫的。中心话语权不在自己手里，同时由于没有集团优势而让人觉得了无声息。”[⑤]冉正万做出的这个选择，就是对文学的真正热爱和坚守。

虽然冉正万的人生重心转向了编辑审稿，他总在不断更新着自己的文

① 雷达：《当前文学创作症候分析》，《光明日报》2006年7月5日。

② 冉正万：《警惕同质化，构建属于自己的世界》，http://blog.sina.com.cn/s/blog_493daceb010090ky.html。

③ 冉正万：《警惕同质化，构建属于自己的世界》，http://blog.sina.com.cn/s/blog_493daceb010090ky.html。

④ 杭丽滨：《冉正万散记》，《文学界(专辑版)》2007年第12期。

⑤ 冉正万：《无限的虚构和有限的小说》，《创作评谭》2007年第1期。

学运思方式，表达对文学的精微洞见。可以说，冉正万用另外一种方式亲近着他痴迷的文学并承担着一个作家应有的责任：奋力坚守着纯文学杂志狭小的生存空间，以使精英文学薪火相传。冉正万充分感受到了当下纯文学日益萎缩的窘境，也发现曾是贵妇人的精英文学在大众传媒和通俗文学的轮番冲击之下早已风光不再，正因为面对这样的文学现状，才需要强劲的坚守。在改革开放以来形成的商业化大潮中，作家们难以在文学之路上一走到底，队伍随时都在发生分化。"我们生活在一个人们不爱真理不寻求真理的时代，真理日益被利益和兴趣以及对财富的向往所代替。"[①]随之而来的是作家纷纷下海，投笔从商，虽有几个难能可贵的坚守文学本位的作家，却也被形而下的生存问题弄得焦头烂额，文思随之钝化，身份也随之边缘化，这样的写作境况对作家的写作信心是一种致命的打击，并使他们被动地放弃思考和写作。因此，怎样把作家从尴尬的处境中解放出来，如何重建纯文学的权威地位和作家的写作信心就成为当下中国文学界的头等大事，因为只有完成这个任务，作家和诗人方能进入哲思状态，才能潜心写作。也只有这样，才能"自然而然地淘汰那些功利性作家的写作行为，因为它不可能让作家们在短时间内满足一些世俗的愿望。这种严峻的现实，将会促使文学远离那些急功近利的浮躁表达，回到纯粹的精神生活中来，回到那些因内心的需求而写作的人群中来，从而有效地保障作家队伍的纯粹性"。[②]

商业大潮对文学的冲击，引起了学者和知识精英的深刻忧虑，文学如何自救、作家该怎样抉择成为一个获得普遍关注和探讨的重大话题。刘再复先生认为："在商业潮流下，文学只有两种出路，一种是迎合潮流，把文学当作文化产品和文化消费品；另一种是抗拒潮流，坚守文学自己的独立品格，保持对文学的忠诚信仰，创造文学的精品、诚品。真正的作家、诗人只能选择后者。"[③]但是大多数作家在做出选择的时候总是举棋不定，往往为了经济回报选择降低作家的精神生态和人文情怀。对于冉正万而言，他坚信作家"对小说以及其他艺术的需要，完全是出于一个人灵魂的驱使，而与饥寒

---

① ［俄］别尔嘉耶夫著，安启念、周靖波译：《精神王国与恺撒王国》，杭州：浙江人民出版社，2000 年，第 3 页。

② 洪治纲：《文学信念与作家的知识分子承担》，《天津师范大学学报（社会科学版）》2005 年第 6 期。

③ 刘再复：《刘再复新论五题》，《当代作家评论》2010 年第 6 期。

饱暖无关”。[①] 但是，在精英文学日渐萎缩、道德普遍退化、科学主义大行其道的今天，作家正日益边缘化，文学的能指优势让位于科学的所指优势，文学的隐喻功能备受打击，失去弹性。面对这个深度异化了的世界，冉正万选择了用小说去涤荡异化的路子，无疑充满着坎坷。但在这座象牙塔里，他却寻求到了作家圣洁的心灵，他以一种另外的方式接近文学，在阅读和文本写作的张力中对文学进行界说。正是在这样一种平和的心态下写作，才使他有足够的耐心和定力来对写作话语进行反复锤炼，使写作充满睿智和真性情，能激荡读者的精神内核。不管在文学的哪个领域，一个作家只有具备足够的担当意识，才能对文学做出本真的贡献，这对于当下在夹缝中苦苦支撑的纯文学，当属一种可贵的坚守。

结　语

作家应该在文本中对社会出路和人性发展进行思索，对人的美德进行颂扬，同时也应对人性的阴暗面进行揭示，这个神圣的使命需要作家严肃地对待。唯有表现了人类普适性的文本和对写作负责的作家才有资格和历史一起同行。冉正万本着对社会、读者、写作负责任的态度来形构他的小说世界，抗拒着时代变迁出现的各种诱因，在文学之路上踽踽独行，成为当下文坛的一道亮丽风景。

（原载《文艺争鸣》2012 年第 3 期）

[管新福：贵州师范大学文学院教授]

① 刘醒龙：《小说是什么》，《小说评论》2007 年第 1 期。

冉正万长篇小说《天眼》中的民族国家认同问题

索良柱

《天眼》是冉正万继《银鱼来》之后推出的一部长篇小说新作。虽然在我看来，《天眼》不及《银鱼来》，但也保持了高水准，这说明冉正万的长篇小说创作已步入成熟期，他未来或许会给我们带来更多的惊喜。在这里，我不打算评论冉正万的整体创作，而是主要来讨论一下《天眼》。《天眼》选取切入的角度是“民族国家认同”，这显然不是从文学的角度来谈文学，作家本人写作的时候也未必想到了这个问题；不过我以为这些都不重要，重要的是，把《天眼》置入这样一个视野中，或许会刺激我们做出一些反思。《天眼》写的是特殊的边地，既然是边地，很自然地可以放到民族国家认同的宏大视野中来考量。“民族国家”是一个舶来的概念，西方语境中的“民族国家”指的是单一民族国家，这个指向放到中国来，显然是危险的，因为中国长期以来一直是多民族国家。传统中国更倾向于强调基于文化的认同，但在进入近现代以后，传统文化自身面临诸多危机，基于文化的传统中国认同也风雨飘摇。现代中国面临的一大挑战，就是如何重构国家认同。冉正万的长篇小说《天眼》，以主人公陈绍种一家的悲剧命运，昭示了重构现代中国国家认同的过程中需要避开的一些陷阱，值得我们重视。

一

第一个陷阱，就是把民族国家认同与政治认同等同。事实上，政治认同与民族国家认同是有区别的，两者不能画等号。准确来说，政治认同只能是民族国家认同里面的一个构成部分而已。要确立起现代中国的民族国家认同，国家认同与政治认同应该区分对待，既不能简单地把它们混为一谈，也不能粗暴地把它们捆绑到一起。从长远来看,过于单一、激进和偏执的政治认同诉求对民族国家认同只会起消极的解构作用。在《天眼》中,我们看到了无尽的政治运动,这是符合历史实际的。历次政治运动,其出发点显然是要确立起政治认同,但过于频繁的政治运动恰恰把人们推进无所适从的深渊,即使是政治认同本身也无法真实地构建起来。

从政治认同的角度看,陈绍种三兄弟都陷入悲剧之中。大哥陈绍种,一生都不认同自己的地主身份。与那些实实在在的地主比起来,陈绍种的地主身份名不副实,因为他是选举选出来的地主。在新旧社会交替之际,寨守父亲意外死亡,作为长子的陈绍种理所当然地被选为地主。讽刺的是,一开始,选举的和被选举的,其实都不知地主为何物。陈绍种不知道地主老爷每天干些什么,他劝自己不要踌躇满志,自己是被他们选出来的地主老爷,和真正的地主老爷还有距离。“他现在要做的是缩短甚至弥合这段距离,成为一个真正的地主。”关于地主的行事方式,陈绍种想得最多的是“不魍道、不万恶,做人要仁义”。自然,新社会的政治运动很快就让陈绍种认识到什么是地主,倍感屈辱和不甘的陈绍种,在余生中一直努力要为自己的身份平反。

在三兄弟中,陈绍轮最小,他从小就身体不好,胆小懦弱,比较爱哭。他本来一直是二哥陈绍冒的跟屁虫,但是识字读书彻底改变了他的命运。燕毛顶识字班开班后,陈绍轮被派到学校打杂。他被老师(残疾老兵)不同于燕毛顶的见识深深吸引。陈绍轮听老兵讲故事,学会了写字看书,他发现书上的故事比老兵的故事更精彩复杂。他开始背字典,背课文。那些重要的政治文章,他还能倒背如流。陈绍轮自觉不自觉地要远离有政治污点的“地主”大哥,也疏远了没有政治觉悟的二哥,以更好地融入政治潮流中去。他的绝技,除了倒背文章,还有写字。在瓦房的板壁上,在路边的石头上,他写了很多口号。他把路上的一块石板翻起来,写上“十五年内超过英国”,然后再盖下去。他在一头水牛背上写“祖国在跃进”,在学校的墙壁上写“教育必须为无产阶级政治服务,教育必须与生产劳动相结合”。参加龙洞湾劳动期间,在刮光的燧石坡上,他用石灰水写了四个大字“超英赶美”。石灰水写字会很快被雨水冲淡,会被疯长的杂草掩盖。陈绍轮决定在首魁崖上写一幅全世界最大的标语,用桐油调石灰,写上去不怕日晒雨淋。陈绍轮要写十四个字“反对资产阶级右派分子向党进攻”。每个字有篮球场那么大。写这幅标语足足花了半年时间。桐油有毒,写完最后一个字,陈绍轮像用烟火熏了三年的腊肉。巨幅标语引起巨大轰动,陈绍轮因此被调到公社"大跃进"工作组。陈绍轮成了潮流的宠儿,然而,在激荡多变的政治潮流中,陈绍轮最后还是成了牺牲品——"犯反革命罪,判处死刑"。

与怯弱且被动的大哥不一样,陈家老二陈绍冒性格鲁莽刚烈,敢于反抗。父亲是被寡妇罗品家的牛挑死的,这不过是一次意外。但陈绍冒却执意要为父亲报仇、为父亲正名,他在半夜把罗品家的牛牵到月亮坑,用标枪把牛刺死。这样的事,一辈子都在求平反的大哥陈绍种显然做不来。陈绍冒因杀牛与寡妇罗品结仇,然而,后来让大家吃惊和意外的是,陈绍冒竟然退掉正式的亲事,一心要与寡妇罗品相好。在这片封闭的山区,陈绍冒这样做堪称惊世骇俗,但正是如此性格为陈绍冒的悲剧埋下了根源。陈绍冒是一个打猎的好手,枪法很好,他敢于介入"文革"武斗中去。他敢于带枪去"劫法场",要救自己的弟弟,但没有成功。就像为父亲报仇而杀牛一样,弟弟被枪毙,陈绍冒被推到了悬崖边。在老兵的怂恿之下,陈绍冒决定造反,让燕毛顶回归昔日的独立王国。然而,在历史的大趋势下,陈绍冒的造反不过是一场小闹剧,最后落得被部队剿杀的结局。

面对政治潮流,大哥陈绍种选择被动承受,二弟陈绍冒选择反抗,三弟陈绍轮选择融入。陈家三兄弟不管做出何种选择,最终都难逃悲剧。仅仅就政治认同层面来说,他们都没有确立起真正的政治认同。而如果从政治认同与民族国家认同的关系来看,在陈绍种三兄弟这里,我们看不到任何与政治认同稍微有所区分的民族国家认同可以依托。我们可以设想,在政治认同找不到任何出路的时候,如果有民族国家认同缓冲一下,陈家三兄弟的命运或许不会如此惨淡。

二

第二个需要避开的陷阱,就是过度强调同一性,对差异缺乏包容。为实现认同,肯定会强调同一性,但是要辩证处理同一与差异的关系。对中国这样一个复杂的大国来说,建构现代化的国家认同虽然是有难度的,但也依然是一个可以实现的目标。关键在于,我们要认识到,这是一个历史过程。如果忽略历史的过程性,急于求成,只会适得其反。中国幅员辽阔,首先在地理空间内部就有很大的差异性,而空间的差异性也会衍生出其他方面的差异性。

《天眼》故事的发生地，本身就是一个独特的差异空间。燕毛顶一面连接大娄山支脉，三面绝壁。只有一面悬崖可以攀爬上去，因为另两面悬崖之下都是河流。燕毛顶人对绝壁上的小路从没有停止过整修，但他们上下燕毛顶仍然要扛一架梯子，有十一处必须架上梯子才能上去或下来。燕毛顶人因此得了个诨号，被叫作扛梯子的人。可以攀爬的这面悬崖，叫首魃崖。燕毛顶曾请来一个落第秀才，准备培养几个读书人，但是秀才被悬崖的险峻给吓坏了，哭着要求领他上来的人把他送下去。秀才后来给悬崖取名首魃崖。燕毛顶人的历史可以追溯到明代，他们的祖先原为御前带刀侍卫，因得罪大内总管逃出皇宫，东躲西藏，钻进西南腹地，在茫茫大山中逃亡三年，最终找到燕毛顶落地安家。几百年来，想要霸占燕毛顶这块土地的人不少，但"一夫当关，万夫莫开"的地势条件，使得燕毛顶无数次把兵、匪挡在外面。在明、清两朝和民国时期，燕毛顶不出夫差，不抽壮丁，不交厘金，不入户籍，从未缴过皇粮。燕毛顶的人只有在山下犯了什么事，被官府抓起来投监或者砍头，他们才能体会到王权的威力。平常年份，官爷不会到燕毛顶来，燕毛顶这点财富他们看不上眼。只有乡坝里歉收，所征银粮入不敷出才会来，他们来一次要做好久的噩梦，梦见自己爬在悬崖上，上不去也下不来。

燕毛顶游离在政治秩序之外，几乎算得上一个小的独立王国。空间的差异和封闭会衍生出其他的差异。村里的权威是寨佬和寨守。在燕毛顶，寨守的话就是村规、民约，是大家的行为准则。燕毛顶有自己独特的风俗，比如祭祀"定根老祖"，比如人死了以后不用土埋，而是树葬：在树上搭架子，把死者放到架子上。但是，燕毛顶的差异和封闭不可能是永恒的，因为燕毛顶在时间之中，在历史之中。时间的（历史的）临界点终究要来临。革命的潮流终于越过悬崖，抵达燕毛顶。燕毛顶全部被纳入新的秩序之中，作为高地的燕毛顶在此时已在实质意义上被抹平。首先进入燕毛顶的，是领袖画像。岩壁上贴着，陈绍种家的大门上也贴着。那时寨守（陈绍种的父亲）还没有被牛挑死，寨守不同意贴画像，说燕毛顶自古以来不入户籍，不出夫差，王法不到……但不知道刘队长和他说了些什么，他没敢坚持下去。新贴的画像提醒着每个人，燕毛顶不再是以前的燕毛顶了。但出乎燕毛顶人意料的是这个"不再是"，如此彻底，如此决绝。

没有了寨佬和寨守，现在有的是村长和农协主席。农协主席郑少财告诉大家：从此以后，燕毛顶属于社会主义大家庭。这意味着什么呢？意味着燕毛顶不再与外面有差异。“其他地方有白米饭吃，我们也有白米饭吃，其他地方的人有棉被盖，我们也要有棉被盖。”其他地方有学校，燕毛顶也要建学校。燕毛顶虽然是全县甚至全省最小的行政村，但麻雀虽小，五脏俱全。别的村有的，燕毛顶也一定要有，一样都不能少。地主成分，本来是根据是否有雇农和土地面积划定的，这两条陈绍种都够不着。然而，别的村有地主有富农，燕毛顶怎能没有？陈绍种正是在这样的背景和逻辑之下被选为地主的。陈绍种一生都要为自己的身份平反，说明他没有理解这个逻辑。罗景朝当了两年村长，已经去县城开过八次会。“三反”动员大会、互助组学习班、“五反”动员大会、反对美国细菌战游行、农村爱国卫生运动大会、全县各族各界代表大会等。罗景朝抱怨自己出燕毛顶爬上爬下“爬够了”，他也同样没有理解这个逻辑。郑少财则努力地跟上这个逻辑的运动，努力地让燕毛顶跟外面保持一致，不要“拖后腿”。郑少财喜欢说，动起来了，全国都动起来了。“动起来了”成了他的口头禅。除“四害”运动，公私合营和合作化运动，全县“肃反”、审干运动，全县中小学教师整风“反右”等活动，郑少财都参加了，郑少财太忙了，越来越忙。郑少财自己觉得，“他的脑子和身体都跟不上，这是别人看不见的。全天下不是动起来了，而是跑起来了”。郑少财最后也成为这个“同一化”逻辑的牺牲品，他在“反瞒产”中被打断腰。

三

《天眼》第十七章开篇写了一场别开生面的法事。南无师傅每做一个动作，都要大声宣扬，他这是在干什么。他先朝神龛正中的领袖像鞠了一个躬，祝毛主席万岁万岁万万岁。声称新社会是明灯，新社会不用点烛。香由以前的三支变成一支，叫一心跟党走。钱纸的宽度变了，说这不是钱纸，是卫生纸。烧钱纸是迷信，烧卫生纸不算迷信。最特别的是，南无师傅唱经时，调调是唱经的调，但内容却是《纪念白求恩》。除了《纪念白求恩》，还念唱了《为人民服务》和《愚公移山》。在这个特别的法事场面里，“旧”的东西以新的形式复现，而“新”的东西以某种形式被作旧。在关于社会变革的激进想象与实践中，新与旧是水火不容、势不两立的，旧的东西是必须消灭掉的，新的东西是必须要确立起来的，然而现实并非如此简单。

这场特别的法事虽然没有直接涉及民族国家认同的问题，但是对我们却不无启发。中国从传统向现代转型是一个复杂的系统工程。建构新的民族国家认同也是其中的一部分。认同涉及人心，甚至涉及很多无意识的心里积淀，但认同又要随着时代更新。也就是说，民族国家认同也同样涉及新旧的矛盾问题。燕毛顶被纳入全国范围之后，互助组和合作社工作组到燕毛顶检查，说燕毛顶拖了全县全乡的后腿，除了燕毛顶，其他村至少有百分之六十的农民成立了互助合作组。而燕毛顶到现在一个互助组也没有，再这么下去，“不光拖全县后腿，连国家第一个五年计划的后腿也要被他们拖住”。这种“拖全国后腿”的说法，燕毛顶的村民或许能够勉强理解。但是，要让他们把燕毛顶放到全世界范围内去理解，这对于村民们来说，未免是太过于陌生的东西。集体农庄成立后，郑少财带领大家“和全世界无产者一道解放全人类”。村民们无法理解，自己在燕毛顶犁田打耙，怎么就能帮助坦桑尼亚、阿尔巴尼亚。这种具有“全球化”视野的国家认同，对燕毛顶的村民来说，最终不过是一些虚飘的标语口号而已，无法落实为有实感经验的真正认同。名与实的脱节与断裂，成为常态。

实际上，不管是政治认同还是民族国家认同，所有这些认同都有一个共同的核心基础，那就是人们的日常生活。或许正是意识到了这一点，无休无止的政治运动似乎隐藏着这样的目的——激进地重构人们的日常生活以重构人们的政治认同。在《天眼》里，我们看到，燕毛顶人的日常生活频频被激进的政治运动干扰，甚至被完全打乱和颠覆。正常的日常生活已成为奢侈之物。釜底抽薪，直接破坏人们日常生活的根基，并没有达到构建坚实的政治认同的目的；相反，日常生活被破坏带来的生存危机感（如大饥荒）使得人们开始以自己的方式怀疑政治。对陈家三兄弟来说，陈绍轮选择扛起枪造反，试图恢复以前的独立王国。而陈绍种，早在内心深处拒绝了这个世界，在行动上则是到处寻找天坑人，原因很简单，天坑人不会挨饿，天坑人也不会嫌弃他是“地主”。陈绍种没有找到天坑人，但是遇到了因为患有麻风病被赶进深山老林的文久泉一家，文家三口远离“人类社会”，与禽兽为邻，反而过着简单但自给自足的生活。这种本来应该十分平常的生活状态，令陈绍种艳羡不已。至于陈绍轮，小说没有对他押赴刑场的心理进行聚焦，但我们完全可以设想，临死前的他，对于自己追逐的政治浪潮，是否有所醒悟呢？当人们最基本的日常生活被摧毁，政治认同也罢，国家认同也好，都将失去它们得以依附的根基。

结　语

黄仁宇在《中国大历史》一书中，从大历史（长时段历史）的角度，对毛泽东的革命对中国社会的贡献做了一种相对中立和理性的评价。他认为，在推动中国从传统向现代转型的历史进程里，蒋介石和毛泽东各自完成了一半任务。蒋介石完成了让中国的上半身转向现代，但是国民党对中国的基层没有掌控能力，于是这个历史任务落到了毛泽东、落到了共产党的肩上。中共通过土地革命等手段把基层中国翻了个天，这实际上是完成了把基层中国整合成现代中国的历史使命。黄仁宇是历史学家，作为历史学者，需要有这样的冷静，甚至必要的时候也不妨显得冷漠一点。是的，中国要完成从传统中国向现代中国的转型，这是历史的必然，我们也能预见到，转型或许并非顺利，会有很多曲折，会有很多阵痛。这意味着很多有血有肉的个体会成为历史前进所付出的代价。《天眼》中陈绍种三兄弟就是这样的个体生命，作家把他们从历史的黑洞里打捞出来，为他们作传。天地不仁，以万物为刍狗；作家有仁，悲悯万物。面对宿命般的历史轨迹，作家仍然要对命运发出诘问。这或许就是文学存在的意义吧。作家永远不会是一个宿命论者，他只要提笔写作，他就是一个叩问者。我们是不是一定要走这样的路？我们有没有其他命运的可能？叩问不仅指向过去，还关乎我们未来的命运，因为我们也无可例外地置身于历史之中。在这个意义上写作，不仅会照亮历史的暗处，安慰历史的游魂，更是参与形塑我们未来的命运。

（原载《新文学评论》2016 年第 4 期，收录本书时标题有改动）

［索良柱：贵州师范大学文学院副教授］

风土民俗与世道人心的“交响”

——肖江虹乡土文化小说论

周爱勇　朱伟华

“70 后”作家肖江虹出道不算早，也不丰产，却是一个匠心独运的作家。从 2007 年开始发表小说至今，肖江虹 12 年来仅发表 1 个长篇，不足 20 个中短篇，结集出版中短篇小说集 3 部，共计约 100 万字，年均不足 10 万字。相比丰产作家，肖江虹的创作速度已经够慢，但他仍然保持清醒的警惕。当 2009 年、2011 年、2012 年、2013 年的创作溢出其预设的出版量后，肖江虹发出了自觉的提醒：“到了不得不思考的时候了。扪心自问：对文学，你还抱有虔诚的敬畏吗？对自己的文字，你还有十年磨一剑的耐心吗？慢一点，再慢一点。这才是文学创作最基本的态度。”[①]在当今浮躁功利的社会，一个青年作家能有如此清醒的态度已属不易；对一位已经在文坛崭露头角，作品曾获人民文学奖、小说选刊年度奖及省政府文艺奖等殊荣的成名作家而言，这种自觉的反省意识更加难能可贵。此后在 2015 年，肖江虹小说创作竟出现十年来的第一次“断档”，而断档的孕育，促成了《人民文学》2016 年第 9 期上新作《傩面》的诞生。作为点睛之笔和集成之作，《傩面》和 2013 年、2014 年同样发表在《人民文学》上的《蛊镇》和《悬棺》，共同组成肖江虹中篇小说“巫傩三部曲”。

当期《人民文学》卷首语是如此推介《傩面》的：“《傩面》不是一般的民俗小说，‘常’之固守和‘变’之瓦解已经不能概括作品的各个层面，在这条文脉上，从沈从文、汪曾祺到王润滋、李杭育再到肖江虹，恒久的极致手感的养护，所面对的是世风的粗糙渐次变大，实情实景几乎已经框不住心神的奔突。于是《傩面》既珍视生命又溢出现世，让世道萌动着先人的往生以及命将归处的活生生的灵迹，在有无‘怕惧’、傩面还是脸壳子的选择中，安顺、深

① 肖江虹：《当梦想照进现实》，《文艺报》2013 年 9 月 18 日。

远而素容决然地承担人间情义和信义的传续。带有工匠精神的小说，一定要有相称的语调和语感，他的《蛊镇》和《悬棺》就是；这部活气弥润的《傩面》，已经超出了这种要求，是人物语调、情境语调和叙述语调臻于完美融合的小说范本。"[①]提到"小说范本"的高度，《人民文学》极致地褒奖了《傩面》的文学价值；而将肖江虹的创作纳入沈从文、汪曾祺等开创的乡土文化小说谱系，更是从文脉的高度极具见地地对其文学成就在文学史中予以定位。

"从沈从文、汪曾祺到王润滋、李杭育再到肖江虹"这条文脉，其"能指"以民风民俗的呈现为外在特征，其"所指"则以"世风"的"常"与"变"为精神内核。这种"世风"以凡俗人生的世道人心为表现内容，其"常"与"变"的演绎被放置于现代化进程的语境中，表现出对乡村美好人性和传统道德的讴歌，对乡村传统文化的留恋以及对城市现代文明的反思。一般认为有两种现代性，第一种是社会领域中的现代性，源于工业文明与科技革命，强调科学理性、社会进步等理论。第二种是批判社会现代化进程的美学现代性，基于对社会现代性的反思，强调非理性因素、民族主义等理论。[②] 五四新文化运动以民主、科学为旗帜的反传统姿态，表现出"祛魅"的理性主义倾向，形成了社会现代性的大潮。自称是"二十世纪最后一个浪漫派"[③]的沈从文，用牧歌笔调构筑桃花源般的"湘西世界"，通过对优美自然、淳朴民风的书写，赞美乡村美好的道德人性，批判现代城市文明，对逝去的乡村传统文化追忆向往，并希望以此为坐标，对文化进行"重造"。沈从文乡土文化小说从源头上开拓了有别于社会现代性的美学现代性，体现了他超前的现代性意识，也注定了他"文学理想的寂寞"[④]。这种美学理想在沈从文的嫡传弟子、跨越两个时代的汪曾祺身上得以接续，在 20 世纪 80 年代的"寻根文学"运动中得到声势浩大的回应。进入 21 世纪，肖江虹"巫傩三部曲"是对沈从文美学现代性遥远的世纪回响。"巫傩三部曲"表现出在社会大转型背景下，城市文明冲击乡村社会，依托于巫风傩俗的乡村礼俗文化、道德秩序和精神

① 《人民文学》2016 年第 9 期卷首语。

② [美]马泰·卡林内斯库著，顾爱彬等译：《现代性的五副面孔》，北京：商务印书馆，2002 年，第 343 页。

③ 沈从文：《水云》，《沈从文全集》（第 12 卷），太原：北岳文艺出版社，2002 年，第 127 页。

④ 钱理群、温儒敏、吴福辉：《中国现代文学三十年（修订本）》，北京：北京大学出版社，1998 年，第 285 页。

信仰逐渐瓦解崩塌，乡民在这种礼崩乐坏、道德失范、信仰沦丧的困境中离弃或坚守，活着或死去。可贵的是，“巫傩三部曲”不仅接续了沈从文“湘西世界”的美学现代性书写，而且在社会现代化进程加速、往回走已然无望的事实面前，在新时代背景下敏感地捕捉和表现出社会新质，既真实地面对社会反映现实，又艺术地体现出对人类与自然、人性与神性、传统与现代关系深刻而具有独创性的思考。“巫傩三部曲”为社会现代性与美学现代性长期背离的困境，提供了一种突围的可能性。

一、从优美自然到“复魅”自然：“否定之否定”

沈从文认为，“美”即“神”，美的事物蕴含“神性”。“一个人过于爱有生一切时，必因为在一切有生中发现了‘美’，亦即发现了‘神’。必觉得那个光与色，形与线，即是代表一种最高的德性，使人乐于受它的统制，受它的处治。”①自然因其自在自为、自然天成、优美怡人，符合沈从文的审美思想与人生理想，被认为是“神”之所在，蕴藉“神性”。因此，在沈从文作品中可以看到自然美、自然神性与美好人性交相辉映的诗意表达。《边城》中“翠翠在风日里长养着，故把皮肤变得黑黑的，触目为青山绿水，故眸子清明如水晶。自然既长养她且教育她，为人天真活泼，处处俨然如一只小兽物”。② 优美的自然不仅长养着翠翠的身体，还孕育着她美好的人性。翠翠俨然成了自然的小精灵。边城中的其他人物，如老船夫、天保、傩送等，无一不是如翠翠般是自然之子，具有美好人性。作品中，流星和雷雨、渡船和白塔蕴含着自然的神性：流星和雷雨暗示和印证老船夫的死亡，老船夫听从自然的安排从容离世；渡船和白塔伴随老船夫的死亡而消逝，预示和隐喻美好人性道德的消亡。在沈从文笔下，人是自然之子，自然如神般庇佑和启迪人；优美的自然生发美好的人性，顺应自然成为美好人性的重要部分；优美自然与美好人性和谐统一，共同构筑了桃花源般的“湘西世界”。沈从文采用浪漫主义手

① 沈从文：《美与爱》，《沈从文全集》（第17卷），太原：北岳文艺出版社，2002年，第359页。

② 沈从文：《边城》，《沈从文全集》（第8卷），太原：北岳文艺出版社，2002年，第64页。

法，理想化地描绘了在“前现代社会”中人与自然和谐共存的状态，人们仿佛生活在人类的童年期，保持着一颗“最绿的童心”[①]。沈从文笔下自然风景更多地表现出优美的特征，充满着理想色彩、牧歌情调和蓬勃朝气。

随着现代社会的到来，人类距离童年期越来越遥远，逐渐失去对自然的迷恋和敬畏，人和自然的和谐被破坏，肖江虹“巫傩三部曲”即是在这样的背景下产生的。如果说沈从文对优美自然激发美好人性的“正衬”描写展现了人与自然交互关系中和谐的一面，那么肖江虹对险恶自然砥砺美好人性的“反衬”描写，则发展出人与自然交互关系中既冲突又和谐的另一副面孔。同沈从文《边城》一样，肖江虹《傩面》开篇也由自然环境进入，但不同于沈从文“边城”的青山绿水，肖江虹笔下的傩村是穷山恶水：风急山高，山路弯绕，黄土裸露，怪石嶙峋，植被低矮稀少，长期浓雾弥漫，鲜有阳光朗照。“傩村有半年在雾中，浓稠的雾气，从一月弥漫到五月，只有夏秋之交为数不多的日子，阳光才会朗照。”长期浓雾的自然天气促成了傩村人靠着声音辨析身份、“始终不那么透亮”的生活状态，以及似梦似醒、似真似幻的心理状态。加之恶劣的自然环境，傩村人长期处于艰苦穷困、危机重重的生存境遇，这形成了他们笃信鬼神巫傩的心理习惯和文化氛围。正如马林诺夫斯基所言：“凡是有偶然性的地方，凡是希望与恐惧之间的情感作用范围很广的地方，我们就见得到巫术。……危险性大的地方就有巫术，绝对安全、没有任何征兆余地的就没有巫术。”[②]自然环境以其险恶、贫瘠激起人与自然的矛盾，同时也引发人对自然的敬畏；浓雾天气构成傩村的外部环境，也为驱散心中雾霾的“傩戏”的盛行，提供了肥沃的土壤。

傩村处在明朝奢香夫人所建的古驿道上，是“一个面具，一身袍服，就能唱一出大戏”的地方，也是一块盛产寿星的土地。这里的阳光稀少而珍贵，每逢有阳光露面，寿星们就齐聚村头，享受温暖的抚慰，“阳光温暖，很快倦意就上来了，七八颗花白的脑袋低垂着，口水牵着线长淌”。温暖的阳光使寿星们睡得昏天暗地，然而一旦傩面上脸，他们的天地瞬间清澈透亮，继而高声诵唱，“唱词仿佛一剂良药，一排的垂死顿时成了逢上及时雨的蔫苗”。

---

① 易瑛：《巫风浸润下的诗意想象——巫文化与中国现当代小说》，长沙：湖南师范大学出版社，2013年，第94页。

② ［英］马林诺夫斯基著，李安宅译：《巫术科学宗教与神话》，北京：中国民间文艺出版社，1986年，第122页。

如同自然阳光驱散浓雾和阴冷，温暖寿星们的身体；傩戏的精神阳光照亮寿星们的内心，驱散他们的恐惧，温暖他们的心灵，唤醒他们垂老身体中的生命力。自然风景的阳光和人文景观的傩戏互映，“是一种意象、一种心灵和情感的建构”[①]，阳光、傩戏与寿星构成一种内外的统一。在敬畏自然和反抗自然的过程中，傩村人的想象力和创造力被激发，创造传习了傩戏，以求得心灵的慰藉，获取生活的信心和力量。傩村人在反抗险恶自然中艰难生存，自然以其神秘、威严、壮阔给人震慑与启迪，在臣服自然和征服自然的矛盾冲突中，傩村人形成坚韧、乐观、豁达、知足的人生态度，保有对神灵和自然的敬仰和虔诚。他们心灵平和美好，天性淳朴善良，傩村险恶的自然环境培育了自身独特的巫傩人文环境并浸润其中，用神性的光辉照亮浓雾掩映的山村。这种心有所属的安宁，才是生存条件恶劣、不宜人居的傩村盛产寿星的原因。自然风景与人文风景的关系，体现的是人与自然关系，正如西蒙·沙玛(Simon Schama)所言：“风景不仅成为感官的栖息之地，更重要的是，风景还是精神的艺术。……风景首先是文化的，其次才是自然的；一草一木，一水一石，均有想象性的建构投诸其上。”[②]傩村人透过浓雾看到的“一草一木”，是有各种神灵栖息的“想象性的”自然；他们艰苦劳作换取的“一水一石”，也是承蒙神佑才得到的生活资源，在这种“互动”中体现了人与自然既冲突又和谐的关系。

艰苦恶劣的自然生存条件，也是《蛊镇》和《悬棺》的叙事语境——“蛊镇四面环山，进进出出就靠一个豁口，豁口有个名字，叫作一线天。”《蛊镇》中祖宗选择蛊镇扎根的主要原因是“为了躲避战乱。祖先们打过一场败仗，为了躲避追杀，才选了这样一个易守难攻的地方”。“老人们常黑着脸告诫，不要轻易越过豁口，一线天的那头有吃人的妖怪，红头绿面，口若血盆。”在《悬棺》中，祖祠崖记载着祖先的罹难史，悬棺崖安置着祖辈的灵柩与魂灵，而燕子峡之所以被族人视为圣地，不仅因为艰险攀爬才能掏取的燕粪，为农作物提供养分保障了人们的生计；还因为燕王宫的鹰燕为后代腾出生存空间，每三年进行一次的殉崖壮举！无论是人还是燕，都生存在何等艰苦卓绝的环境中，人们在这种穷山恶水中繁衍生息，同险恶的自然无疑形成尖锐的矛

---

① [美]段义孚著，张箭飞等译：《风景断想》，《长江学术》2012年第3期。

② [英]西蒙·沙玛著，胡淑陈等译：《风景与记忆》，北京：译林出版社，2013年，第5页。

盾。然而,人们从祖先崇拜、鬼神信仰、自然神性中汲取抗争的力量,激发坚定的精神信仰,保持着坚韧、勤勉、克己、利他的美好人性,坚守祖辈生活的故土,同神秘的自然保持着和谐关系。在《悬棺》中为延续祖辈悬棺安葬的习俗,族人苦练攀岩技艺征服祖祠崖和悬棺崖,抛开生死在悬崖上掏燕粪以种庄稼,族人原始、野性、强劲的生命力被悬崖和鹰燕所激发,展现出质朴、健康、美丽的生命形态,与神性、自然融为一体。肖江虹"巫傩三部曲"的自然风景具有险恶和神秘的特征,然而《傩面》中的薄土浓雾、《蛊镇》中的"一线天"豁口、《悬棺》中的悬崖鹰燕,这些自然环境既带来苦难又给予激励,既是实体景象又是抽象意象,既提供物质基础又满足精神需求。充满神秘性的风景既冲突又和谐地与人互动,形成人与自然的交互关系。在这个交互过程中,自然的神性得以呈现,人自身的力量也随之激发,人们恢复了对自然的敬畏和信仰,自然随之"复魅"。

在社会现代性和美学现代性的矛盾中,沈从文的美学理想是一种"追寻逝去的美好时光"的回转之道,而沈从文笔下"前现代社会"人与自然和谐的美好图景,在其创作时代已经是一种充满浪漫主义色彩的想象。肖江虹笔下山水的贫瘠、苦难、神秘,不仅源于他的生长地贵州的自然条件,也是他直面优美自然被社会现代性毁坏的现实选择。在社会现代化进程加速、往回走已然无望的事实面前,肖江虹作品对自然的"复魅"显然不是简单地返回过去,不是追求"前现代社会"人与世界和谐的"自然天成"的状态,而是在认可现代社会发展历程后力图达到的"否定之否定"。作者用险恶山水砥砺美好人性的"反衬"写法,展示出人与自然的冲突,揭示了经由自然"复魅"达到的人与自然和谐的另一种形态。这是他思想和艺术上的自觉追求,体现了肖江虹对人与自然关系清醒而真实的思考。

二、独特的"巫傩人物系列":人、神、物"三位一体"

沈从文的作品通过自然美与人性美的和谐统一,表现出生活在桃花源般"湘西世界"的人们健康、朴拙、美好的生命形式。其笔下的老人无不善良、纯朴、仗义、豪爽,少男少女无不纯真、美丽、忠贞、热忱,虽然都是世俗凡人,却大多具有急公好义的美好品性。沈从文嫡传弟子汪曾祺承继了对世俗人生的描写,传唱着人性美好的赞歌,并在人物形象上,发展出自己独特的“匠人系列”。汪曾祺的《故乡三陈》《鸡鸭名家》等作品中人物都有一技之长，他们不只因技艺出神入化成为传奇人物，还在于他们在以技谋生的同时，以其善良、本分、敬业、坚韧的生活态度和克己利他的道德操守散发出人性光辉。汪曾祺以“浮世绘”式手法表现各行各业匠人的美好人性，将这些市井人物的执着和神乎其技刻画得栩栩如生。继承乡土文化小说传统的肖江虹也擅写匠人形象，如《蛊镇》的蛊师、《悬棺》的攀崖匠、《傩面》的傩师，然而他笔下这些匠人擅长的是特殊的巫傩技艺，由此形成独特的“巫傩人物系列”。

匠人的手艺往往要借助特定工具或器物才能实现，从而形成“人”与“物”之间密切的联系，而肖江虹“巫傩人物系列”因为涉及神性因素，就有了人、神、物三者之间的关系。肖江虹对这三者关系的思考和处理，经历了一个发展变化的过程，前段以《蛊镇》《悬棺》为代表，后段以《傩面》为标志。《蛊镇》是最初体现作者对人、神、物三者关系尝试和思考的作品。作品中的“蛊”因制作原料、制作工序以及功效的神秘性和特异性，被描述成一种“神化之物”。蛊师王昌林会看风水、知晓族群和祖先历史，参透蛊镇百年前地图与幺公脸上红斑一致的神迹，领悟到神灵的提醒；尤其是擅长制蛊施蛊，能让人在幻境中幸福离世，是具有“神化之技”的人。然而，王昌林一生执着蛊业，制蛊施蛊治病救人，体现出人性中纯良与光彩的一面；但他深恐无人承继蛊业，违心地制作了后被误用的情蛊，间接导致了他人的死亡，又体现出人性中灰暗的另一面，这使他无法升华到更高层面，成为“神化之人”。在《悬棺》中，“神化之物”是悬棺和鹰燕，这两个神物一个关乎村民的精神信仰，一个关乎他们的生计生活，从而被族人神化。小说中具有“神化之技”的是一个悬棺族群。他们信守族群的历史传统，为坚守祖辈世代生活的故土和悬棺安葬的习俗，抛开生死在悬崖上讨生活，艰苦卓绝地锤炼下一代的攀崖技艺，坚持自己的精神信仰，与旅游开发和地方移民抗争。他们保存着原始、健康、野性、质朴、良善的生命形式，散发出朴拙、坚毅的人性光辉。在这个族群中还出现了两个能力超群、充满“神迹”的人物：一个是老一辈“二老祖”来高粱，另一个是新一辈“我”来畏难。在来高粱身上体现出诸多“神迹”，如摔崖未死的命大，同辈人“差不多死完了”而他活到72岁的长寿，自制假肢和翅膀爬上悬崖飞入悬棺的超常能力等。在来畏难身上也出现了一些“神迹”，如他在祖祠崖洞中“看到”祖先历经土匪灭族劫难的过程，在练习攀崖中被祖祠崖的祖先“拯救”，在家园丧失前“看到”自己的丧事，丧失家园后“发现”从祖祠崖走出来的祖先等。然而,这两个人物虽具有更为特殊的技艺,在族群中也具有更大的代表性,但他们的“神迹”在作品中多是利用幻境、梦境等方式来表现的,所以,看起来更像是一种文学修辞表现手法而非人物真正具有的“神力”。显然,他们还没有抵达“神化之人”的层面。

人、神、物的“三位一体”,即呈现神迹的“神化之物”与掌握“神化之技”并拥有理想品格的“神化之人”的完美结合,只有在《傩面》中才得以真正实现。小说中的傩师秦安顺,无疑是一位具有勘破预兆、参透神迹、神灵附体、沟通人神等“神化之技”的人物。小说详尽地描写了他的超人才能:他从黄昏院子椿树上唤醒他的一只乌鸦、跟缠他到妻儿坟地的一群乌鸦以及盘旋和扑腾在院外枯树上的几十只乌鸦身上,勘破了自己即将死亡的预兆;他通过傩面看到了怀孕三个月的母亲,甚至看到了父母生前的婚事,与母亲进行跨越时空的交流,从而参透他将在自己的降生中死亡的神迹暗示;秦安顺还通过傩面使神灵附体,与鬼神沟通,敬奉鬼神,为逝者引路,给生者传话,为乡民祭鬼谢神,为病罪者延寿释怨……他似乎自由地穿梭于历史与现实、真实与幻境、生与死、虚与实的时空之间。傩师的“神化之技”还表现在唱“傩词”、跳“傩戏”和在傩仪中手舞足蹈异于常人,表现出沟通人神的虔诚与迷狂,弥漫着庄严神秘的氛围,闪现着鬼神的魅影。傩仪、傩戏具有神秘性和世俗性的双重特点,傩仪、傩戏暗含着“神的俗化”,“使人接近神,形成一条沟通由神到人的道路”[①]。傩师通过跳傩唱傩使“神”俗化,变得可感可知,知晓人意,满足人愿,人们在仪式中释放内心的焦虑和恐惧,求得心灵的慰藉和安宁。所以在艰难的日常生活中,傩仪在民间有释放焦虑、满足祈愿的重要功能。傩村人笃信傩仪傩戏往往“不求真伪,但求慰藉”。傩村最后一个傩师、年过古稀的老人秦安顺,用生命的最后余热,虔诚而艰难地为乡人唱傩跳傩,帮助乡人祈愿还愿,战胜生活的苦难,渡过死亡的恐惧。他不求回报地付出,不避困苦地坚守,彰显着人心的真善、情义与纯良。尤其是面对因绝望而“恶言恶行”地诅咒傩戏、亵渎神灵、谩老欺邻的颜素容时,秦安顺通过逆来顺受的包容、润物无声的感化和坚定不移的向善之举,传递着人间的挚爱与真情,一点一点地温暖着她硬冷的心,修正了她失范的行为,恢复了她生活的信心和勇气,使颜素容回归温情与信仰。《傩面》既写出了秦安顺的“神化之技”,更写出了他纯真、善良、坚韧、利他的优秀品质与美好人

① 吕大吉:《宗教学通论新编》,北京:中国社会科学出版社,1998年,第420页。

性，使他散发出理想人性的光芒，兼具神性与人性，达到"神化之人"的高度。小说赋予"匠人"以神性的特征，致力于挖掘和彰显人性的美好，试图恢复人性中的神性，实现人性的"复魅"。在这部小说中，"神化之物"的傩面也特别值得注意，前两部小说《蛊镇》和《悬棺》中，无论是"蛊"还是"悬棺"和"鹰燕"，都只是具有"神性"的物什，而《傩面》中的面具本身，就是"神"的化身！这是《傩面》不同于"巫傩三部曲"另外两部作品的独特之处。中国的信仰中没有西方宗教中那个永恒常在的"神"，中国的神总要借助某些器物通过某种仪式才会出现，如俗话所说的"请神如神在"，因此物和仪式成为人神沟通的媒介。如《蛊镇》中蛊师通过蛊与蛊神沟通，《悬棺》中族人通过悬棺与祖先魂灵沟通，而傩面既是由人及神、由神及人、人神沟通的媒介，又是人神之间的界线。秦安顺戴上傩面便成了"神"，摘下面具便成了人，傩面是真正的"神化之物"。正如人是具有神性和兽性两面性的，只有向神性攀登的、具有理想品性的"神化之人"秦安顺，才能拥有"神化之技"，通过"神化之物"的傩面看到神奇世界。戴上傩面"成神"的秦安顺，正是"复魅"的理想人格的外在呈现。神性寓于人性之中，极致的真善美即是神性，理想化的人性是充满神圣色彩的，"三位一体"的描写实现了人性与神性的统一。

沈从文侧重描绘世俗凡人的美好人性，汪曾祺对技艺的描写成为表现美好人性的手段。汪曾祺笔下匠人涉及的器物如高跷、鸡鸭等都是凡俗之物，这些匠人神乎其技的手艺多与人们的日常物质生活相关。而肖江虹笔下匠人的器物如蛊物、悬棺、傩面等则为精神生活所需，匠人的技艺也因之具有沟通神、人两界的神秘性和神圣感。匠人经由技艺所表现出来的美好人性，与神化之物结合，实现匠人人性、神性与神物的合一。肖江虹通过对匠人技艺及其器物的神秘性书写，试图超越凡俗人生，实现人性的"复魅"，体现对人性与神性关系认识的深化，是作者对乡土文化小说人物刻画传统的继承和升华。

三、"向后看"与"向前看"：从对抗到和解

沈从文、汪曾祺创作于 20 世纪的小说，已经有关于传统与现代关系的思考。1934 年沈从文返乡时发现，"'现代'二字已到了湘西"，"农村社会所保有的那点正直素朴的人情美，几乎快要消失无余，代替而来的却是近二十

年实际社会培养成功的一种唯实唯利庸俗的人生观。敬鬼神、畏天命的迷信固然已经被常识所摧毁，然而做人时的义利取舍、是非辨别也随同泯没了”。[①] 面对城市文明对乡村社会的扩张和渗透，沈从文痛感传统道德的逐渐沦丧、乡村自在生命形态的蜕变，在创作中采用了讴歌自然神灵和乡村真诚美好人性、鞭挞城市荒淫虚无生活和虚伪自私人性两副笔墨，形成作品中城市与乡村、现代与传统二元对立的模式。汪曾祺小说更多地是以对渐次消失的独特风俗、奇人奇事、轶闻掌故的传奇性描写，脉脉深情地传递出对逝去的美好时光的依恋。从中不难窥见，汪曾祺回归传统的感情及认同乡土中国的价值取向，与沈从文是高度一致的。他们的创作中都体现出对传统与现代存在不可调和矛盾的认知，以及对现代社会、城市文明价值意义某种程度上的质疑和否定。

在传统与现代冲突更加激烈的21世纪，接续沈从文、汪曾祺对传统承袭问题的思考，肖江虹对传统与现代关系的认识，是通过对传统民间技艺“失传”和“断代”的焦虑表现出来的。肖江虹作品擅写民俗技艺传人中的“最后一个”——《百鸟朝凤》写无双镇最后一个纯正唢呐班的唢呐匠、《蛊镇》写蛊镇最后一个蛊师、《悬棺》写燕子峡最后一个悬棺村落、《傩面》写傩村最后一个傩师。这一个个“挽歌”式的作品，组成了肖江虹小说中的“最后一个”系列。“最后一个”系列作品都涉及传统民俗技艺的传人问题，这也是传统与现代问题一个最直接的“聚焦点”。而肖江虹对这个问题的思考，显然有一个递进和变化的过程，这使得他《傩面》前后的作品，体现出不同的倾向。《傩面》之前的作品，更多地强调现代文明对传统社会的冲击与破坏，导致民俗技艺陷入没有传人或虽有传人也无法传承延续的困境。例如，在城市文明冲击下，《百鸟朝凤》中无双镇最后一个纯正的唢呐班的老班主竭尽全力传续技艺，最终仍黯然退出乡村舞台；在现代化进程中，《蛊镇》最后一个蛊师在无人承继蛊业的绝望中自我施蛊，在幸福的幻境中离世；在旅游开发和地方移民的双重夹击下，《悬棺》中燕子峡最后一个悬棺村落失陷，被迫放弃了世代生活的故土和悬棺安葬的习俗。在上述作品中，现代社会、城市文明基本是以负面姿态出现的，选择善良朴实、心智聪慧、身体强壮、土生土长的乡野后生作为技艺传人就成为老一代对抗现代城市文明的方式，如《百

---

① 沈从文:《长河·题记》,《沈从文全集》(第10卷),太原:北岳文艺出版社,2002年,第3页。

鸟朝凤》设定的传人是善良老实的青年游天鸣,《蛊镇》设定的是心智超群的六岁稚童幺公,《悬棺》设定的是野性强壮的后生来畏难和曲向海。面对现代文明对传统文化的冲击和破坏,肖江虹作品试图通过老一代传人对技艺的不懈传承和悲剧性努力,体现出对传统文化的认同和坚守,对现代文明的拒斥和抵抗。肖江虹此间作品体现出与沈从文回归乡村、汪曾祺归复传统大体一致的认识。然而,现代化进程是不可阻挡的历史潮流,美学的追忆无法抵御现实的变化,肖江虹作品中出现了传统文化的“大溃败”,民俗技艺陷入无法传续的困境,作品流露出对“最后一个”消失的悲痛和伤感,有一种“哭于穷途末路”的哀音。

肖江虹对传统与现代关系的认知,在《傩面》中发生了一个重大转变,小说通过对傩戏传承人的“反常”安排,传达出作者对传统与现代关系独特而崭新的思考。《傩面》以对比的手法,刻画了秦安顺和颜素容两个新老人物。笃信神灵的老傩师秦安顺,为乡民唱傩跳傩、祈愿还愿、克己渡人、无怨无悔,他一生执着、信念坚定,是一个没有太多变化的人物。而身心被城市异化、罹患绝症回乡等死的颜素容,却是开始行为放荡无拘、在老傩师感化下回归温情与信仰的变化性人物。在现代化与城市化的冲击下,作为民间传统技艺的傩戏不仅面临后继乏人的困境,而且傩面还遭遇“面具后头有鬼神”的质疑和否定,傩面在人们心中失去神性,陷入变成商品化“脸壳子”的“失魅”的境遇。在这种背景下,作为傩村最后一个傩师的秦安顺,尽管仍然虔诚地为乡人唱傩跳傩,但他对傩戏的传续其实已不抱任何幻想和希望——十五岁夭折的大儿子生前一听到秦安顺唱傩戏便蒙住两只耳朵,“脸上难看得能拧出水来”,剩下的两个儿子也没有“子承父业”,“扛着行李进城去了”。在老傩师死后,赶回送葬的两个儿子对着一大堆傩面犯难:“这活绝种了”,傩面留着何用?当他们决定将傩面烧给父亲时,默默走来捡起“威严中透着慈祥”的伏羲氏面具的颜素容,使一切发生了变化。在小说结尾,颜素容将曾经最不相信的傩面戴上,透过傩面回到了童年的故乡,听到了儿时母亲的召唤,似听到老傩师见闻的另一个世界,完成了心灵的救赎,实现了傩戏在精神层面的传续。最应接班的儿子与父亲背向选择使传承陷入绝境,完全无望的传续却因外姓女子的曲身而柳暗花明。按照传统标准,技艺传续一般是传男不传女,传内不传外,即便是对外收徒,也一定如在《蛊镇》和《悬棺》中那样,选择本地品行优秀、淳朴善良、身心健康的后生,而颜素容与这些条件无一匹配。这是一个受到城市伤害“污染”、身患绝症、寻死等死、不信鬼神甚至亵渎神灵的女性，她是完全不适合甚至“不配”介与神技的。这种“反常”处理，带来强烈震撼。此外，不同于肖江虹此前作品中技艺传人都是由老一代选定的安排，颜素容是自己主动选择的。她从傩戏中找寻到精神力量和生命价值，这成为她接续傩戏的内在动力。最有可能的成为不可能，最不可能的成为可能，傩戏传人的“反常”安排，蕴藏着作者对传统与现代关系独特而深入的思考。

在《傩面》中，老傩师的儿子们怀着对城市的向往，背离乡村走入城市。由乡入城的单向性，使他们只看到城市光鲜的一面。与之相比，颜素容具有由乡入城和由城返乡的双向性，她是在城市受到伤害“污染”、走到尽头才绝望返乡，表现出一种被动的回归。由乡入城和由城返乡的双向性，使她看到了城市美好的一面，也看到了城市存在的问题。在这种背景下，她拥有了城市与乡村、现代与传统的双重视野和参照，在被动回乡和绝望求死的处境下，由于老傩师的感召和拯救，她重新发现了乡村的神性、土地的力量和人世的温情，这些照亮了她濒死的生命，完成了她生活信心、道德信仰的重建。有了这种内在力量，她才能感知和闻晓“傩面”后那神秘天地的洞开，感知自己和广大世界的联系，建立对神灵的敬仰和虔诚，从而成为傩戏精神上的传人，实现了真正意义上的返乡——精神上的主动返乡。《傩面》在表现现代对传统带来的冲击与和破坏的同时，体现出传统与现代的矛盾并非不可调和、二者存在着转化可能性的新认知。《傩面》中现代社会通过由城返乡的颜素容这一媒介，为传统社会提供了新的视野和活力，传统社会的价值被重新发现，传统社会的资源被重新激活，长期二元对立的城乡关系有了建立互补修复关系的可能。肖江虹“巫傩三部曲”这种认知上的发展，是作者自觉追求的结果，也是时代变迁使然。20 世纪，面对传统与现代的矛盾，沈从文和汪曾祺提供的是一条“向后看”，即回归乡村和传统的道路；21 世纪的肖江虹直面现实，真实地面对这种时代困境，他通过《傩面》试图寻找一条“向前看”，即城市与乡村和谐共存、现代与传统互补发展的破解之道。

四、巫傩背后是人心

当肖江虹被问及小说风格是否秉承沈从文的遗风时，他如是说：“可能湘西和贵州接壤的缘故，所以在情绪上会有一些相似的地方。”[①]这种“情绪上相似的地方”实质上是一种“文学的地理性”的表现。“所谓文学的地理性，是指某一作家的成长与某一作品的产生，往往与特定的自然山水环境存在必然的联系。”[②]贵州是巫傩文化的重镇，“中国是当今世界上保留傩戏最多的国家，而贵州由于它所处的特殊地理位置和社会经济文化条件，则是中国傩戏最多，保存较为完整的一个地区”。[③] 肖江虹出生和成长于这片黔地傩乡，在农村生活了整整 15 年，30 岁后才正式发表作品。为创作《蛊镇》《悬棺》《傩面》等巫傩题材小说，他先后深入贵州 10 余个县市 30 多个乡村收集材料，完成文学笔记 80 余万字，“没日没夜地遍地乱跑，让我和那片土地建立了朴素而深厚的感情。如今，一旦空闲下来，我就会回到那里住上一段时间，听老人们絮叨往事，看风掠过村庄，闻烈日下苦蒿的味道。我小说的场景和人物，几乎都和那片土地有关”。[④] 家乡巫风傩雨的自然浸润，给了肖江虹小说创作丰富的养分。肖江虹认为“每个题材都有属于它的气息”。[⑤] 独特的巫傩气息，造就了肖江虹独有的文学世界，从以下四个方面不难看出：第一，小说讲述的自然地理空间高度集中。“巫傩三部曲”的故事都发生在贵州黔北猫跳河流域，《傩面》在描述傩村的灵童引路习俗时就写道：“其实不光傩村，猫跳河上游的蛊镇，下游的燕子峡都有这个讲究。”第二，小说讲述的内容围绕巫风傩俗展开。“巫傩三部曲”就围绕巫蛊、悬葬、傩戏等风俗活动进行描述，还通过人物（人名）、情节等之间的“互文性”来建构系列小说风俗活动的文学地理世界。第三，小说体现了共同的思想主题，即通过描述巫风傩俗的日渐消亡、乡村传统文化的逐渐衰落，反思现代文明。第四，小说呈现出相似的艺术特征。这组小说风格较为一致，具有情节松散、节奏舒缓、语调平静、情感内敛的独特叙事风格。同沈从文故乡湘西

① 肖江虹、陈艺：《写出乡村内部结实的那一部分——肖江虹谈获奖作品〈蛊镇〉》，《贵州都市报》2014 年 1 月 13 日。

② 邹建军、周亚芬：《文学地理学批评的十个关键词》，《安徽大学学报（哲学社会科学版）》2010 年第 2 期。

③ 庹修明：《叩响古代巫风傩俗之门：人类学民族学视野中的中国傩戏傩文化》，贵阳：贵州民族出版社，2007 年，第 62 页。

④ 肖江虹：《当梦想照进现实》，《文艺报》2013 年 9 月 18 日。

⑤ 肖江虹、陈艺：《写出乡村内部结实的那一部分——肖江虹谈获奖作品〈蛊镇〉》，《贵州都市报》2014 年 1 月 13 日。

相比，贵州的自然环境更为险恶，人们在恶劣的自然环境中艰难生存，从生活的苦难中砥砺人性，从自然的神秘中生发信仰。雄阔的大自然给人以力量，去战胜生活的苦难，如同巫傩精神给人以信仰去超越死亡的恐惧。肖江虹作品表现出的"美即超越苦难"的审美思想，与根植于贵州险恶自然环境的巫傩文化密切相关。

然而，巫傩文化给予肖江虹创作的馈赠，绝不仅限于作品的题材内容。从沈从文《边城》《长河》等"湘西世界系列小说"，到汪曾祺《受戒》《大淖纪事》等"高邮系列小说"，再到王润之《卖蟹》《鲁班的子孙》等改革开放后的"城乡系列小说"，以及李杭育《最后一个鱼佬儿》等"葛川江系列小说"，这些乡土文化小说都是在民风民俗、乡土风情的描写中演绎着人性道德的"常"与"变"。肖江虹自觉地融入这个大传统，正如他在《蛊镇》创作谈中说道："'蛊'属于民俗范畴的东西，在小说中只是一个依托，作品最后的指向依旧是人。"[①]肖江虹试图依托民俗反映现代化、城市化进程中人物的命运和乡村社会的变迁。正是基于现代性的反思和文化批判的立场，肖江虹回到乡土民间，依托巫风傩俗，不仅将民间巫傩文化作为一种文学资源，更作为一种思想资源，用以审视和观照世界，表达他对世界的情感体悟，尝试以边缘的地方乡土文化来丰富完善现代城市中心的文明。他在承继美学现代性书写的同时，试图寻找人类与自然、城市与乡村、现代与传统和谐发展之道，为社会现代性与美学现代性长期背离的困境提供一种突围的可能。这种独创性思考通过精湛的艺术手法表现出来，使作品呈现出独特的"张力"：在创作手法上，融会了现实主义的冷峻写实与浪漫主义的温情想象；在审美范式上，杂糅了浪漫派的艺术审美与现代派的艺术审丑；在表现内容上，展示了奇异魔幻的民俗事实同时揭示沉重苦难的乡村现象；在主题立意上，有深刻的批判性反思又有前瞻性乐观的展望……他的艺术风格不是牧歌式的纯美清新，而是挽歌式的低沉悲凉和灵歌式的高亢悠长的混响。他的新作《傩面》尤其带给我们惊喜，这部作品不仅是肖江虹"巫傩三部曲"的集成突破之作，也是沈从文开创的乡土文化小说一支取得的代表性成果。这使得肖江虹像他笔下民间技艺的"传人"一样，远承遗风、近接余韵，引领着当代乡土文化小说创作的方向和水准。肖江虹"巫傩三部曲"写出有神性的"匠人"，

---

① 肖江虹、陈艺：《写出乡村内部结实的那一部分——肖江虹谈获奖作品〈蛊镇〉》，《贵州都市报》2014年1月13日。

他本人也是同样具有执着专注“工匠精神”的作家。相信他这种一部部推敲、一点点打磨的“精雕细刻”的写作方式，这种保持清醒自觉的反省意识与沉潜平和的创作心境的书写姿态，会为他提供源源不断的超越自我的内在动力，为我们读者带来更多的阅读期待和更大的美学震撼。

（该文主体部分曾以《从“湘西世界”到“巫傩三部曲”——论肖江虹乡土文化小说的承创》为题在《扬子江评论》2019 年第 3 期发表，收录本书时有修改）

［周爱勇：贵州师范大学文学院 2015 级博士研究生；朱伟华：贵州师范大学文学院教授］

批判传统：肖江虹小说《百鸟朝凤》被忽视的主题

罗长青

肖江虹的《百鸟朝凤》是中国当代文学史上一部知名的传统文化题材小说，讲述的是主人公游天鸣拜焦三爷为师学习吹唢呐的故事，同时也展示出以唢呐为代表的传统农耕文化在现代城市文明时代所遭受的冲击。小说《百鸟朝凤》最初发表在《当代》2009 年第 2 期，后被 2009 年第 11 期《新华文摘》全文转载。2012 年，曾执导过《人生》《老井》《变脸》等知名电影的吴天明执导拍摄同名电影《百鸟朝凤》。与吴贻弓、张暖忻、黄健中、滕文骥等人一道，吴天明被看作是“第四代导演”的代表，而电影《百鸟朝凤》也具有农村中心题材、开放式结构、自然质朴风格等“第四代导演”作品的共性。2014 年，导演吴天明因病逝世。2016 年，影片《百鸟朝凤》在中国大陆上映。由于电影《百鸟朝凤》上映后票房情况并不乐观，制片人方励借助网络直播平台，通过下跪和磕头等方式恳求全国影院为《百鸟朝凤》增加排片。制片人“下跪求排片”的做法引发争议，但随后电影《百鸟朝凤》票房情况有所好转。有研究者认为“看似无奈之举实质上演变成为一次事件营销”[①]。

已有评论大多针对电影《百鸟朝凤》进行分析，而对改编前的小说原作缺乏应有的关注。截至笔者撰稿之时（2019 年 6 月 5 日），中国知网（www.cnki.net）总库以“百鸟朝凤”为题名检索“戏剧电影与电视艺术”类文献达 204 篇，而以“百鸟朝凤”为题名的“中国文学”类文献仅有 11 篇。在极为有限的 11 篇文献当中，只有宋涛《艺术生产与传统艺术的终结——评小说〈百

① 李莎莎：《〈百鸟朝凤〉“下跪”事件的传播学审视》，西南大学硕士学位论文，2017 年。

鸟朝凤〉》①、王远柏《肖江虹：〈百鸟朝凤〉的贵州故事》②、舒炜《乡间早没人能吹百鸟朝凤了——对话作家肖江虹》③三篇文献与小说《百鸟朝凤》主题相关，且仅有宋涛《艺术生产与传统艺术的终结——评小说〈百鸟朝凤〉》一篇文献为专题性小说作品分析。或许是受电影《百鸟朝凤》的拍摄、宣传、上映等的影响，已有评论对以唢呐为代表的传统文化大多持同情理解的态度，如李冰燕《从〈百鸟朝凤〉看传统文化的传承困境》④和胡静《民俗匠心的挽歌与传统文化的哀歌——论〈百鸟朝凤〉的电影改编》⑤。

与老舍《断魂枪》、李杭育《最后一个渔佬儿》、冯骥才《神鞭》类似，小说《百鸟朝凤》对待传统文化的态度也是辩证性的：传统文化既有精华也有糟粕，对积极向上的内容应该保持和发扬，对落后和腐朽的内容必须改造和剔除。在叙述传统文化与现代文明冲突的过程中，小说《百鸟朝凤》既肯定了传统文化的合理之处，也表达了对传统文化的批判反省。本文围绕唢呐班与唢呐曲所象征的传统文化，从教育教学、传承模式、伦理秩序三个角度，通过文本细读的方法解读小说《百鸟朝凤》批判与反省传统文化的主题。

一、从教育教学角度看小说的传统文化批判

教育应该尊重孩子的选择。小说《百鸟朝凤》叙述了一个拜师学艺的故事，但唢呐并不是主人公游天鸣自己的选择，而是源于父亲对他的人生安排。小说对这个问题交代得很清楚：

> 我不喜欢念书，可我也不喜欢做唢呐匠，我也说不清为什么不喜欢做唢呐匠，可能是从小到大总听见父亲在耳边灌输唢呐匠的种种好，听

---

① 宋涛：《艺术生产与传统艺术的终结——评小说〈百鸟朝凤〉》，《石家庄学院学报》2017年第1期。

② 王远柏：《肖江虹：〈百鸟朝凤〉的贵州故事》，《当代贵州》2016年第43期。

③ 舒炜：《乡间早没人能吹百鸟朝凤了——对话作家肖江虹》，《廉政瞭望》2016年第6期。

④ 李冰燕：《从〈百鸟朝凤〉看传统文化的传承困境》，《电影文学》2016年第18期。

⑤ 胡静：《民俗匠心的挽歌与传统文化的哀歌——论〈百鸟朝凤〉的电影改编》，《语文学刊(外语教育教学)》2016第9期。

> 得多了，也腻了，就厌恶了。而且我断定，我的父亲之所以希望我成为一个吹唢呐的，目的就是图那几个乐师钱。（引自2009年《当代》第2期《百鸟朝凤》，下同）

“我也不喜欢做唢呐匠”这句话说明，游天鸣将吹唢呐看成是手艺，吹唢呐与木匠、石匠、泥水匠一样是赚钱谋生的手段。游天鸣误认为父亲只是为了钱才将孩子送去学唢呐，这也间接证实了游天鸣认为唢呐就是赚钱谋生的工具。

游天鸣确实误会了他的父亲。游本盛没有实现吹唢呐的人生梦想，所以将自己未能完成的梦想寄托在孩子身上。尽管如此，这又涉及一个严肃的教育学话题——什么样的父母有资格要求孩子实现自己未能完成的梦想？父母希望孩子能够实现自己未能实现的人生梦想无可厚非，但只有那些愚蠢的父母才会强迫孩子实现自己未能完成的人生目标。《打造孩子的核心竞争力》这本家庭教育读物就持这样的观点：

> 每个人的成长过程中都会留下未能实现的目标，若是父母把孩子看成自己生命的延续，将自己的理想寄托到孩子身上，孩子就会成为父母成功道路上的替代品，从而丧失自我。有些孩子会因此产生逆反心理，最终导致“希望越大失望越大”的结局。①

即便我们选择的是支持立场，假设父母在条件允许的情况下有资格让孩子去实现自己的梦想，那么也要从理性角度考虑，通过这样一种方式去实现自己未能完成的梦想，这样做的可能性及其带来的风险问题。从梦想角度来说，如果父母对所要实现的梦想了解得很多，尊重孩子的兴趣爱好，那么孩子更有可能实现梦想，但小说中的游本盛并不了解唢呐。当焦三爷说游天鸣不是学唢呐的料，游本盛回答说游天鸣平时吼他的妹妹全水庄都能听见。这说明游本盛对唢呐的无知，同时也暗示了游天鸣的唢呐学习之路的艰辛。从教育的角度来说，只有熟悉孩子的兴趣爱好，理性看待孩子的优势与不足，这样才有可能取得成功。从孩子的角度来说，游天鸣对唢呐并不感兴趣，而且也没有表现出任何学习唢呐的天赋（详见表1）。在焦三爷不

---

① 周云炜：《打造孩子的核心竞争力》，郑州：郑州大学出版社，2015年，第169页。

愿收和游天鸣不愿学习的情况下，游本盛一意孤行送游天鸣学唢呐，这样注定会有极大的风险，而对当事人游天鸣来说则是一场豪赌。

表1　游天鸣并没有表现出任何学习唢呐的天赋

	蓝玉	游天鸣
拜师测试	蓝玉轻描淡写地就完成了测试，不仅我惊讶，连师傅都有些惊讶了。	没能用芦苇秆吸尽一瓢水。焦三爷说，他不是做唢呐匠的料子。
练习进展	蓝玉是有天分的，他才来一个月，就接到师傅递给他的一人多高的芦苇秆了。	我到这一步比蓝玉整整多用了一个月时间。
学艺先后	拜师在后，但学艺在先。	拜师在先，但学艺在后。
学艺态度	蓝玉总是起得比我早，甚至比师傅、师娘还早，为此他还得到了师傅的夸奖。	说实话，我也想像他那样起得早的，我也想得到师傅的夸奖的，可我就是起不来，硬着头皮爬起来也是昏昏沉沉的，好一阵子满世界都在乱转。到后来我索性不起来了，夸奖也不想要了，只要让我多睡一会儿就阿弥陀佛了。
路人评价	过往的土庄人会停下来仔细听一听，听完了就远远地喊说“焦家班后继有人了”。	我则没有这样的待遇，过往的听见我的唢呐声拔腿就跑了。
师门评价	他吹奏的是一段喜调，曲子轻快地在屋子里跳跃，他脑袋和调子一起左摇右晃的，吹得一屋子喜气洋洋。吹奏完了，大师兄就摸蓝玉的大脑袋，说不得了不得了，其他师兄也说好，只有师傅不说话，大口大口地吸烟。	我颤颤抖抖地把唢呐塞进嘴里，呜呜地憋出几个滑音和颤音，然后我低下头，说我就会这点了。一屋子都无话了，只有油灯在轻轻地跳动。师兄们都神情肃穆地看着师傅，师傅还是低着头吸烟。

小说并没有直接点明，游天鸣学习唢呐的最终技艺如何，但从蓝玉与游天鸣的学习对比情况来看，游天鸣学艺过程应该不无艰辛。在窦老支书的葬礼上，游天鸣竟然忘记《百鸟朝凤》，这说明游天鸣对唢呐曲《百鸟朝凤》不熟。考虑到游天鸣既没有吹唢呐的兴趣爱好，又没有蓝玉那样的天赋，他作为唢呐班的班主忘记吹奏《百鸟朝凤》，这样的“意料之外”其实也属“情理之中”了。

与游天鸣的不肯学不愿学但不得不学形成鲜明对比的是，蓝玉想学愿学却没有机会学。在传声仪式结束之后，焦三爷就不再允许蓝玉留下，他甚至当面质问师傅："我吹得比天鸣都好，天鸣能学《百鸟朝凤》，我为什么不能？"结合蓝玉"咬着牙说话"和"将左手中指都抠出血来"两个细节，读者不难感受蓝玉对学艺的渴望。蓝玉甚至幻想，只要留在师傅身边，他就能学会《百鸟朝凤》，但焦三爷并没有给他这样的机会。就是被选为继承人的游天鸣都觉得师傅这样做不太合理，因而发出这样的感慨："其实师傅是不对的，蓝玉天分比我好，他确实是比我精灵了一些，可人精灵点有什么不好的呢？"

蓝玉想学愿学却没有机会学再一次证实，学习者自发流露出来的兴趣爱好及其主动做出的人生选择并没有被置于重要的位置，而那些事实上对唢呐并无真正兴趣的孩子却因为逆来顺受而颇受欢迎。既然唢呐可以看成是传统文化的象征，那么小说所展示出来的这种违背教育规律的传承方式，又怎么不可以看成是对传统文化的批判呢？

焦三爷选定游天鸣作为继承人，这已经是游天鸣所能实现的最佳赌运，但人生和事业的成功不能总是依靠运气。对唢呐缺乏真正爱好的游天鸣，即便是学会了《百鸟朝凤》，他也不可能肩负起传承唢呐的重任。竞争是不可避免的，即便不谈西洋器乐，传统器乐还包括古筝、锣鼓、喇叭、二胡等；哪怕是就唢呐而言，也需要同其他唢呐队进行竞争。小说的结果是讽刺的，学成归来的游天鸣并没有让游本盛如愿以偿，唢呐班能接的活越来越少，几乎赚不到几个钱。"听母亲说，父亲想让我做一名唢呐匠其实并不完全为了钱"，这句话中的"并不完全"实际上告诉读者，游本盛让孩子学唢呐的另一个目标就是为了钱。结合"人家师父说了，父亲这人鬼精鬼精的，不是吹唢呐的料"这句话，我们可以判断游本盛年轻时想学唢呐却多次被拒绝，其中很可能的原因是学习动机不纯，或许就是因为过于看重"乐师钱"。当初游本盛渴望孩子通过学唢呐赚钱的愿望有多强烈，那么后来游本盛就将遭受同等程度的失望。假如游本盛原本就没有让孩子通过学唢呐赚钱的想法，那么游本盛固然不会有什么失望。

著名教育家苏格拉底曾经说过："教育不是灌输，而是点燃火焰。"[①]《百鸟朝凤》中的唢呐学习强调的不是创造而是顺从。首先，小说以"不管师傅问什么，都要顺着他"作为开篇，这相当于点明"顺从"在唢呐学习和继承中的核心价值观地位。其次，父母不约而同地将游天鸣顺从焦三爷当成学好

① 苏格拉底：《苏格拉底的教化哲学》，长春：吉林出版集团有限责任公司，2013年，第248页。

唢呐的必要条件。父亲对游天鸣的告诫是："不管师傅问什么，都要顺着他。"母亲则说："要勤快，眼要尖，要把你那根全是懒肉的尾巴夹好。"最后，焦三爷在教学过程中的简单粗暴则可以看成是师徒顺从关系的具体表现形式。师傅让做什么，徒弟就做什么，不需要解释说明；像选定继承人这样的头等大事，连当事人游天鸣都被蒙在鼓里；焦三爷不想让蓝玉继续学习吹唢呐，蓝玉就得回家，连个解释也都不会有。假如说唢呐学习代表的是传统文化传承，那么这样一种以下级接受上级的顺从模式无疑是小说所要批判的。

创造力的培养是现代教育极为重要的训练目标之一。凡是对教育教学略有了解的人们都明白，在教育教学中过于强调学生对教师的顺从，这并不利于激发学生的创造力。在这个意义上，焦三爷确实代表的是传统意义上的唢呐匠，他不可能培养出具有独立思考能力和创造精神的徒弟，而能够让焦三爷选定为继承人的徒弟自然是像焦三爷自己一样的唢呐匠，而不会是具有创造和革新精神的唢呐文化传承者。对游天鸣来说，他留在无双镇坚守，而不是进城务工赚钱，这只是源于他对师傅的承诺，而不是出于对唢呐的真正爱好。没有尊重孩子的选择，培养的孩子缺乏主体性。吹唢呐一直是外部强加的结果，甚至最后留下来吹唢呐，那也是因为"答应了师傅"。作为一个成年人，即游家班的班主，践行自己的承诺才留下来吹唢呐，这显然不是一个成熟的唢呐班班主，或者是唢呐艺术爱好者说出来的话。

从某种意义上说，游家班的衰落与游天鸣缺乏改革意识和创新思维确实不无关系。当无双镇出现了城里请来的乐队，"我（游天鸣）痛苦地捂着脑袋蹲在院子里"，这说明他害怕竞争和不愿意迎接挑战。大师兄站在山梁上喊："去看看吧！如今无双镇的唢呐都成他们（火庄）的天下了。"这暗示作为游家班班主的游天鸣，他对唢呐行业的发展状况不了解，或者是已经了解但采取了拒绝的态度，否则为何要在山梁上"喊"呢？大师兄的喊更像是在叫醒梦中人。虽然游天鸣信守自己对师傅的承诺"将唢呐吹下去"，但他没有选择进城务工更像是一种姿态而不是一种选择，因为他守在乡下也并没有想尽各种办法将唢呐班做大做强：他既没有像火庄唢呐班那样推行"土洋结合"的改革，又没有像他师傅那样招募培训徒弟。

退一步而言，进城赚钱与吹唢呐也未必是水火不相容的矛盾。小说结尾那位衣衫褴褛的老乞丐吹奏的是一曲纯正的《百鸟朝凤》。这固然可以理解为唢呐人进城谋生的不易，从而解读出传统艺术在现代社会所遭遇的困局，吹唢呐的老乞丐极其不利的人生处境则可以看成是这种困局的象征。

尽管如此,同样的场景也可以理解为唢呐艺术的现代涅槃,由于不再将唢呐艺术与传统的道德伦理评价绑定在一起,唢呐发展成为与小提琴、吉他、手风琴等西洋乐器一样的自由艺术。这不得不让人联想起伦敦、巴黎、纽约等欧美大城市的街头艺人通过自己的文艺才华为市民欣赏艺术或者表演提供了另外一种可能。令人遗憾的是,游天鸣魂牵梦萦的并不是现代社会的个体化自由艺术,而是传统社会的集体化礼乐。

> 年轻的部长很豪迈地一挥手,说去把他们都叫回来,费用我们来出。他的语调和姿势让我热血一下涌了上来,我仿佛看到了我的游家班整齐出场的场景,那是多么让人神往的一个场面啊!七八个人一字排开,悠悠扬扬地吹上一场。我梦里经常出现这样的场景。

假如游天鸣是出于对唢呐的真正爱好,那么吹唢呐的方式应该是多种多样的,不一定非得七八个人排成一排,也不一定非得红白喜事才能吹,甚至还不一定是留守在无双镇水庄吹唢呐。

这并不是游天鸣本人犯下的错误,而是他的父亲游本盛一意孤行和他的师傅刚愎自用的结果。为了成全父亲一辈子都未能实现的梦想,游天鸣付出了非同寻常的努力,而且也遭受了原本就不应该遭受的痛苦。为了践行自己对师傅的承诺,游天鸣觉得自己应该永远留在无双镇,哪怕是穷到了连安葬父亲的钱也没有,他也没有离开无双镇的念头。从道德角度而言,游天鸣确实值得仿效;但从人性角度来说,游天鸣却只能让人同情。心不甘情不愿地被送去学唢呐,糊里糊涂地接受唢呐班继承人的任命,这样如同牵线木偶一般的人生更像是一幕悲剧而不是喜剧。

二、从传承模式角度看小说的传统文化批判

传统艺术是中华文化文明与域外文化交流传播结出的硕果,这应该是没有什么争议的,像唢呐曲《百鸟朝凤》这类知名作品,也没有例外。唢呐起源于西亚地区,随着回教东渐传入中国。唢呐系阿拉伯语 surna(祖尔纳)

的音译。[①] 持一种狭隘的民族主义观点去反对唢呐艺术，这样的观点显然是愚蠢的，原在民间流传的《百鸟朝凤》结构松散，没有高潮，即兴发挥时，公鸡啼晓、母鸡生蛋，甚至连小孩的哭叫声等都可以随意加入。唢呐自由地模拟各种禽叫鸟鸣，惟妙惟肖地表现了百鸟争鸣的情景。这首曲子原是流行于山东、安徽（主要为皖北地区）、河南、河北等地的民间乐曲，系"山东鼓吹"衍变发展而来。1953 年春，由山东省菏泽专区代表队作为唢呐独奏参加全国会演，受到热烈欢迎。[②] 无论是从唢呐传入与民族化的过程来看，还是从唢呐曲《百鸟朝凤》的衍变发展来看，唢呐艺术应该秉持开放而不是保守的特征。小说《百鸟朝凤》中的唢呐传承却表现出极端的封闭性，其中包括但不限于以下三个方面。

（一）多代单传方式增大了传承风险

一个唢呐班只有班主一人有资格吹奏。老班主只教一名徒弟吹奏，且老班主在教会新班主吹奏之后，自己就失去了吹奏资格。名曰《百鸟朝凤》，却不允许"人人有份，人人能吹"。这样一种传承方式无疑存在诸多风险。公允地说，唢呐存在客观和主观两方面的风险，如无法寻找到德才兼备、适合传承的徒弟，遇身体原因无法教会徒弟吹奏，师傅出于私心让徒弟做长工等，唢呐班内部因此引发传承争斗等，这些都有可能导致神曲《百鸟朝凤》的吹奏失传。小说中就出现过这样的场景。在窦老支书的葬礼上，游家班班主游天鸣竟然忘记吹奏《百鸟朝凤》，这似乎在暗示单传一人的唢呐随时有可能失传。在场的师傅焦三爷并没有代劳，即便人群中有人建议"焦三爷吹一个不就行了"，焦三爷还是固执地将唢呐折成两截。

从土庄的焦家班到火庄的游家班，这种单传模式的风险最终暴露出来。与无双镇其他庄子相比，房屋和道路都比较落后。或许是由于火庄人穷则思变的原因，小说对此并没有交代，但火庄出现了多个唢呐班，这是不争的事实。火庄出现的多个唢呐班，有可能是徒弟另立门户，师傅仍然在接活；也可能是同门师兄弟，自由另立门户。焦家班和游家班并不是不可以这样做，而是他们遵循多代单传模式不愿意这么做：游家班班主游天鸣忘记吹奏

① 曾遂今：《中国乐器志·气鸣卷》，北京：人民音乐出版社，2010 年，第 181 页。

② 陈辉：《海风文学丛书·高山流水》，杭州：浙江工商大学出版社，2016 年，第 29～31 页。

《百鸟朝凤》，人群中有人建议焦三爷吹一曲，但在场的师傅焦三爷并没有代劳；游天鸣的师弟蓝玉非常想学《百鸟朝凤》，但焦三爷不愿意将曲子传授给两个徒弟，估计焦三爷更不愿意接受两个徒弟另立门户的设想。这样一种单传模式让继承人游天鸣也觉得无法理解：

> 最后，我觉得我那几个师兄也可怜，为什么师傅不全给传了呢？那样就整齐了，人人有份，个个能吹《百鸟朝凤》，焦家班、蓝家班、游家班，还不响亮死啊！

假如说唢呐代表的是传统艺术，吹唢呐是弘扬和发展艺术，那么更多人吹唢呐意味着队伍的壮大和力量的增加，对弘扬和发展唢呐传统艺术不无裨益。从这个意义上说，从焦家班到游家班的单一传承模式事实上并不利于弘扬和发展唢呐艺术。当游天鸣仍然固守着四台、八台、《百鸟朝凤》的模式时，火庄出现了十六台唢呐；当水庄游天鸣还是无双镇农民装束时，火庄唢呐班班主则穿上了西服和扎了领带；当游天鸣无活可接的时候，火庄的唢呐班却没有闲着。这些都应该看成是现实带给唢呐单一传承模式的教训。

（二）以德为先的吹奏方式减少了受众

小说通过游本盛之口直接点明“只在白事上用”，“受用的人也要口碑极好才行”，又通过师娘之口说明，四台、八台、《百鸟朝凤》的层级关系，读者从中知道，能够听到八台已非易事，至于《百鸟朝凤》则大多是一个传说：即便是近水楼台的土庄人，运气好的话一年也就能听上一两回而已。老庄叔说，他此前听《百鸟朝凤》是十年前，焦三爷在肖大老师去世时给吹过一次。这也佐证了吹奏《百鸟朝凤》的不易。非但如此，甚至与天鸣一起学过唢呐的蓝玉，想听《百鸟朝凤》也是满怀期待而不得。在焦三爷固执地将唢呐折成两截之后，蓝玉从地上拾起断成两截的唢呐，他说的就是“看来我这辈子是听不了《百鸟朝凤》了！”作为焦三爷的徒弟，竟然说自己这辈子听不到《百鸟朝凤》，这说明从焦家班至游家班延续的唢呐吹奏方式，根本就没有考虑和顾及过唢呐听众的感受。此外还包括游天鸣的父亲游本盛，从游天鸣学习唢呐到离开人世，一直没有听过游天鸣吹奏过《百鸟朝凤》。这固然说明游天鸣严格执行师承传承，但也再次说明聆听《百鸟朝凤》的不易。

焦家班和游家班都奉行只有为那些德高望重的死者才能吹奏《百鸟朝

凤》，这样的出发点可能是好的，在一个缺乏法制的封闭社会也确实有必要通过人伦道德来维持社会秩序，但这样做的弊端也极为明显，因为这样做是以剥夺大多数人聆听《百鸟朝凤》的自由作为前提的。老庄叔说十年前听过一回《百鸟朝凤》，蓝玉说这辈子再也听不到《百鸟朝凤》，这都说明焦三爷和游天鸣固守的唢呐传承模式根本就无视听众的期待。正如那些不尊重读者阅读感受的作品很可能会销路不畅，那些不考虑听众期待心理的吹奏很有可能会为听众抛弃。

在无双镇与外界交流极为有限的封闭时代，从焦家班到游家班的单一传承模式尚能维持，但在无双镇与外界交流变得日益频繁之后，如果说西洋乐队和演唱会占领了年轻人的文化服务市场，那么以火庄为代表的土洋结合唢呐队则抢占了中老年人的文化服务市场。当游家班仍然在坚持以德为先的原则时，其他的唢呐班则省掉了接师礼和运送工具的规矩。从唢呐班的服务意识角度来看，我们也能够理解为什么游家班日后会沦落到无活可接。

（三）与时代前进步伐格格不入的保守心态

顽固保守心态直接体现在对外界的变化缺少必要的感知。在马老爷子的葬礼上，作为游家班的班主游天鸣，非常惊讶地感受到，对唢呐班深感厌恶的不仅是西洋乐队，而且包括对西洋乐队产生兴趣的年轻人。游天鸣之所以没有任何心理准备，是因为他想当然地认为唢呐将像过去一样仍然是无双镇人们的挚爱，甚至像金家那样给钱哀求也吹不上《百鸟朝凤》，却仍然需要小心翼翼地招待以免发生怠慢。与其说这是源于游天鸣的天真，还不如说这是源于一种郁于过去时的艺术保守心态。诚如小说所描述的那样，这样一种顽固保守的心态不仅导致了对唢呐接受的自负，而且导致了对不同艺术公平竞争的排斥。当乐队以唢呐班竞争者的身份出现时，唢呐班没有任何一个人做好与乐队公平竞争的心理准备。“到底是搞哪样卵哦！”“这些狗日的是从哪里冒出来的！”“哎呀！”“哦哟！”除了惊讶和愤怒之外，也只有沮丧和痛苦。游天鸣听到吉他声，以至于“痛苦地捂着脑袋蹲在院子里”。从行为方式来看，唢呐班更是以自我为中心，根本不考虑受众的感受，而是以一种近乎无赖的方式去干扰乐队的吹奏。文化传承的是文明，其中体现出对文化传承者和传承对象的尊重。不合时宜的吹奏最终引发了年轻人的厌恶，导致了年轻人柳三和唢呐匠蓝玉之间的混战。这不仅是柳三和蓝玉之间的个人对立，更是深层次的价值观冲突。

> 你们吹一次能得多少钱？他说。
>
> 和你有关系吗？我答。
>
> 我付你双倍的钱，条件是你们不要再吹了。
>
> 我摇头说那不行。
>
> 没人喜欢听你们几根长鸡巴吹出来的声音。
>
> 那我也要吹。
>
> 这时候我的师弟站出来了，他过来推了年轻人一把。说柳三你干啥？叫柳三的说关你啥事？蓝玉说就他妈关我的事，咋了？

无论是游天鸣的“和你有关系吗”“那不行”“那我也要吹”，还是蓝玉的“就他妈关我的事，咋了”，这些言语之间透露的都是不愿意合作，拒绝沟通和解释。相比之下，柳三先是以“双倍价钱”进行谈判，然后是以“没人喜欢听”来施加压力。虽然柳三在此期间出言不雅，但迷于乐队无心打架斗殴，倒是蓝玉先动手打人，拳头奔着柳三的脑袋呼啸而去。唢呐班的唯我独尊不是偶然的，焦三爷在收徒之初的不近人情、在金老爷丧事上的极度傲慢、在传声过程中的神秘莫测，这些都说明唢呐班已经发展成为一种顽固保守的文化。

如果说整篇小说的焦三爷及其唢呐传承故事揭示了传统文化遭遇的传承问题，那么小说结尾衣衫褴褛的老乞丐吹奏《百鸟朝凤》则寄寓了传统文化的再生。“车站”“广告牌”“闪烁”象征着现代社会，“衣衫褴褛的老乞丐”和“凄凉的夜色”是传统文化遭遇传承问题的隐喻，唢呐曲《百鸟朝凤》的“高远”和“纯正”则暗示着传统文化的涅槃与新生：

> 在车站外一块巨大的广告牌下，一个衣衫褴褛的老乞丐正举着唢呐呜呜地吹，唢呐声在闪烁的夜色里凄凉高远。这是一曲纯正的《百鸟朝凤》。

这时的《百鸟朝凤》已经恢复了“民间”与“自由”特征。吹奏者不再是令人敬畏的唢呐班班主，而是衣衫褴褛的老乞丐。《百鸟朝凤》的吹奏不再是此前限定的“白事”场合，也无需德高望重的死者。吹奏不需要经济资助，也省去了烦琐的礼仪，老乞丐可以根据个人意愿自行吹奏。这与“焦家班”和“游家班”因为人手或经济原因而解散形成了鲜明的对比。小说描述唢呐声“凄凉高远”，其中的“高远”当然可以理解为声音的传播，但同样可以理解为，以唢呐为代表的传统文化经过凤凰涅槃后的新生，即传统文化与自由艺术结合的希望。在这个意义上，小说最后一句“这是一曲纯正的《百鸟朝凤》”，其中的“纯正”既是对老乞丐吹奏唢呐艺术本身的正面评价，也可以看成是对唢呐艺术自由传承的积极肯定。

三、从伦理秩序角度看小说的传统文化批判

小说以汉语词典“百鸟朝凤”词条作为开头，特地标注“索引”二字。这等同于告诉读者：“百鸟朝凤”是整个小说的隐喻。小说特别列举“百鸟朝凤”的释义“旧时喻指君主圣明而天下依附，后也比喻德高望重者众望所归”，这象征着传统中国最为重要的秩序伦理“明君圣主，百姓归顺”。

无双镇一共有五个村庄，按照中国古代道教哲学的系统观“五行”作为划分依据，分别取名金庄、木庄、火庄、土庄、水庄。这暗示“无双镇”实际上就是中国传统的缩影。在无双镇，红白喜事若没有唢呐，“主人面子上过不去，客人也会觉得少了点什么”，这表明了唢呐不可或缺的地位。只有“德才兼备”的唢呐匠才会被师傅教会吹奏《百鸟朝凤》，也只有“德高望重”的死者去世才配得上吹奏《百鸟朝凤》，这可以看成是“明君圣主”的象征。一个唢呐班只有班主一人吹奏《百鸟朝凤》，老班主教会一名徒弟吹奏《百鸟朝凤》即失去吹奏资格，这与君主继承关系也颇为类似。

既然无双镇的唢呐很好地体现着中国传统秩序伦理，那么小说对唢呐的叙述必然会体现这种批判，按照这样的假设能够寻找到相应的证据。游天鸣特别提及了装唢呐的两个布袋：由“师傅的内裤”和“师娘贴肉的裤衩”改造而来。

> 我装唢呐的布袋子是师娘缝的，碎花青布，唢呐刚好能放进去，可熨帖了；蓝玉的唢呐也有布袋子，是藏青棉布缝制的，后来我才发现，装蓝玉唢呐的布袋子的前身是师傅的内裤。这个秘密我一直没有给蓝玉讲，再后来我又发现，我的布袋子是师娘贴肉的裤衩改的。

在无双镇,唢呐具有崇高的地位,以男性“内裤”和女性“贴肉的裤衩”制作装唢呐的布袋,这实际上是在亵渎唢呐的神圣。既然唢呐传承和唢呐曲《百鸟朝凤》很好地体现中国传统的秩序伦理,那么以男性“内裤”和女性“裤衩”制作装唢呐的布袋实际上破坏了唢呐象征中国传统秩序伦理所带来的神圣。这似乎暗示叙述者对传统秩序伦理提出了质疑,否则叙述者为何要突出两个特殊的唢呐布袋呢?

无双镇极为封闭的社会环境和以班主为统领的唢呐传承模式造就了焦三爷这样的唢呐王,他们借助唢呐在当地人精神生活中的重要位置,争夺乡村道德审判权,拥有较高的社会地位,享用较为富裕的物质生活。在唢呐班衰落之前,唢呐班最不缺的就是“烟”“酒”“钱”,所以,唢呐班事实上已经成为传统秩序伦理的既得利益者。

关于烟,小说提及 72 次。在无双镇,金庄烟叶质量是最好的,所以游天鸣去看师傅的时候,买的就是金庄烟叶,但焦三爷吸一口就知道味儿不对,再吸一口就能准确判断出来:

> 我给师傅装了一锅刚带来的烟叶,师傅吸了一口,再吸一口,说没买准,金庄最好的烟叶在高昌山下,那片地种出来的烟叶才是最地道的,这烟叶儿不是高昌山下的。

假如说金庄烟叶是一个地域品牌,那么高昌烟叶则是这个地域品牌中的极品。焦三爷能够吸一口就能判断,吸两口就能确定,这说明焦三爷平时经常吸金庄烟叶,而且高昌烟叶也没少吸,否则就不可能训练出如此灵敏的鉴别能力。小说并没解释金庄烟叶是否昂贵,但金庄烟叶名声在外,供需关系未必平衡,至于高昌烟叶则更是奇货可居。

关于酒。“烟酒茶是一刻不能断的”,其中也包括酒。小说 29 次提及酒。焦三爷并不酗酒,游天鸣学艺三年都没有见过焦三爷在家喝酒,但焦三爷却是有酒量的,游天鸣回去看望师傅时,焦三爷喝了三碗高度烧酒。正如高昌山下的烟叶是抽出来的,三碗高度烧酒的酒量也是喝出来的。焦三爷不酗酒却有酒量,这说明不是有没有酒喝的问题,而是愿不愿意喝的问题。游天鸣回去看望师傅的时候,师傅搬出陈年老酒就很能说明问题:

> 晚饭时辰,师傅搬出来一土壶烧酒。

> 十年了差不多，师傅一脸兴奋地说，火庄陈家酒坊的，那年给陈家老爷出活的时候到他酒房子里接的，没掺一滴水。

“搬”是指将物体从一个位置移动到另一个位置。焦三爷有干农活的习惯，从“搬”字可以看出，这一壶烧酒并不轻。“没掺一滴水”说明酒的纯度高，同时也可以理解为酒的质量好。“十年了差不多”说明囤积时间长。在农耕文明时代，只有那些非富即贵的名门望族才能做到长期囤积大量高质量好酒。在缺衣少食的时代，为了避免浪费粮食而禁止酿酒的政令并不鲜见，如后赵石勒皇帝“为节约粮食，禁止酿酒”[①]和抗日战争时期国民政府“禁止以粮食酿酒”[②]。

关于钱。与72次提及烟，29次提及酒相比，小说只有21次提及钱，其中包括：“父亲想让我做一名唢呐匠其实并不完全为了钱。”“给钱是规矩，收钱是规矩，连推辞都是规矩的一部分。”“前几天你二师兄来过一趟，说你们那边乐师钱出得很阔呢！”“我付你双倍的钱，条件是你们不要再吹了。”“别人的儿子每年都能给家里寄回来数目不等的钱，我却只能坐在家里吃吃喝喝。”“我用卖牛的钱将父亲安葬了。”“看来，城里这钱还真他奶奶的好挣。”虽然小说并没有直接点明钱如何重要，但关键时间节点都能看到钱的相关性：游天鸣很长时间都认为，父亲送自己吹唢呐就是为了钱；《百鸟朝凤》不是随便吹的，焦三爷说给钱也不行；柳三说付双倍钱，前提是不要吹唢呐了，最后发生了冲突；父亲死后无钱安葬，只好卖牛得点钱；师兄弟都跑到城里去赚钱，没有多少人愿意留在乡里吹唢呐。这实现上等同于告诉读者：唢呐、金钱、秩序存在着一定的关联。

> “前几天你二师兄来过一趟，说你们那边乐师钱出得很阔呢！”师傅往地上啐了一口烟痰说。
>
> “不多的，就是有钱的那几家大方些！”
>
> “人心不足蛇吞象啊！”

① 中国大百科全书出版社：《中国大百科全书(中国历史)》，北京：中国大百科全书出版社，1994年，第595页。

② 万铀能等编著：《中国近现代粮食贸易简史》，武汉：武汉出版社，2001年，第159页。

如果说“吐烟痰”暗示着焦三爷对金钱的不屑，那么“蛇吞象”则是焦三爷对徒弟的提醒。文中提及的“二师兄”也是需要说明的。二师兄是焦三爷最满意的徒弟，天分好，也勤奋，但焦三爷并没有教他《百鸟朝凤》，很可能是因为二师兄过分关注钱：

> 大师兄说了，这是他吹唢呐以来领到的最多一回钱，二师兄在一边也说，钱是最多的一次，可吹得是最轻松的一次。
>
> “前几天你二师兄来过一趟，说你们那边乐师钱出得很阔呢！”
>
> （主人说过，钱不是问题）主人走了，二师兄看着师傅说：“师傅，查老爷子德高望重呢！”

从上述引文可以看出，二师兄比较关注钱的问题，再结合二师兄与焦三爷因为“进城打工”而发生的争执与冲突，这些都构成了完整的证据链：以唢呐曲《百鸟朝凤》为代表的伦理评价模式，其实不断地受到金钱腐蚀。甚至唢呐队没有正式声明的解散，其实也可以看成是金钱腐蚀的结果，例如，二师兄选择进城务工，以便可以赚更多的钱。焦三爷通过二师兄的话来提醒天鸣“人心不足蛇吞象”，焦三爷试图阻止二师兄进城务工，这些都可以看成道德理想主义者在传统乡村伦理秩序受到挑战的情况下，试图去维持乡村秩序所做的努力。

“君主圣明，天下依附”是人治社会的秩序伦理之一，其主要特征是个人必须服从于集权，缺乏独立自主的个体意志和绝对的人身自由，无论是思想观念还是日常生活都受到集权模式的控制。小说并没有直接质疑焦三爷的道德人格，焦三爷严守自己的道德底线——从金老爷子出丧时拒绝吹奏《百鸟朝凤》，到窦老支书出丧时主动要求吹奏《百鸟朝凤》，但小说真正要阐释的问题是——将伦理判断交之于一人，只要集权者存在任何一点道德问题，那么就会带来极大的不确定性。小说《百鸟朝凤》中的师徒关系就是这样的。在无双镇封闭的人治社会中，焦三爷是唢呐吹奏和传承的主宰者。让不让你学，学什么，怎样学，学多久，这些都得看焦三爷的性格、脾气、心情，而作为学徒的游天鸣只能听天由命。游天鸣既没有猜想到自己所要遭受的惩罚——由于没有用芦苇秆吸上水，晚餐的米饭被减去半碗，也没有预料到自己会成为唢呐继承人——师傅并没有让聪明勤奋的二师兄学习《百鸟朝凤》，也没有让天赋极好的蓝玉学习《百鸟朝凤》。在传统的人治社会中，虽然通过思想控制和限制自由的方式,君主与百姓之间形成了相对稳定的施令与接受关系,但这种关系既不人道,也不稳定。小说演示了这样一种关系,学徒游天鸣对师傅焦三爷表示了极大的愤怒与不满:

> 我最不留恋的就是师傅,我还偷偷给他起了外号,叫焦黑炭。焦黑炭没有一点好,整天绷着脸不说,还不让我吹唢呐。想了好多,我的心里五味杂陈,喉咙一硬,就悄悄呜呜地哭起来,一直哭到天色微明,回家的路也能见着了,我才站起来离开,走出一段回头看了看,眼泪又下来了。

从给师傅取外号可以看出游天鸣当时极为愤怒,从彻夜长哭可以看出游天鸣当时非常痛苦。这激起了游天鸣的叛逆,不辞而别也可以看成是无言的抗议。焦三爷告诉游天鸣,游天鸣看到父亲摔伤掉下了眼泪,这是他收下游天鸣做徒弟的真正原因。焦三爷选择一位富有同情心的徒弟,这样做在道义上确实没有问题,但也不能说就完全没有私心,因为性格温和的游天鸣肯定比刚烈要强的蓝玉更为顺从而不是叛逆。小说叙述已经暗示却又没有挑明的是,焦三爷在此之前或许遇到过并不太听话的徒弟。

传统人治社会秩序伦理的最大挑战是不确定性。对集权者而言,挑战既可能来自内部,也可能来自外部。当坚船利炮敲开了古老中国的大门,以"君主圣明,天下依附"为代表的传统人治社会秩序伦理,受到了以"人皆生而平等"为基础的现代法制社会秩序伦理的冲击,任何试图去阻止或改变这种趋势的努力都将是徒劳,而且可能会付出相当沉重的代价。小说《百鸟朝凤》形象地证实了这一点:唢呐王的继承人游天鸣没有他的师傅那么幸运,无双镇开通了进城的公路,洋乐队受到年轻人的欢迎,曾经的唢呐王风光不再。由于固守传统而不思改革,唢呐班的班主游天鸣为自己的保守付出了代价,他甚至连安葬父亲的钱也不是那么容易凑齐,只有将作为家中基本生产资料的牛卖掉。游天鸣的人生悲剧说明,坚守文化、伦理、秩序等传统时需要放眼世界,只有在交流和创新过程中才能真正继承传统。

在叙述传统文化与现代文明冲突的过程,小说《百鸟朝凤》既肯定了传统文化的合理之处,又表达了对传统文化的批判反省。从教育的角度来说,如果不重视孩子的兴趣爱好和天赋特长,而是反复强调对权威的服从,那么就不可能培养出具有开拓精神和创新意识的传统文化传承者。从传承的角度来说，多代单传的师徒相授模式带来极大的传承风险，以德为先的吹奏方式减少了唢呐受众，而唢呐班固守“多代单传”的师徒相授传统和“以德为先”的吹奏方式则决定了其不能顺应时代发展。从伦理的角度来说，“君主圣明，天下依附”代表的是人治社会最为核心的秩序伦理，必然与现代法制社会“人皆生而平等”伦理秩序构成冲突，唢呐必然发展为自由艺术，而不是糅合道德审判权于一体的礼乐。

［罗长青：贵州师范大学文学院教授］

看见那些消失的人

——评肖江虹长篇小说《向日葵》

索良柱

一、看不见的人

人类的历史，是一部“不断进步、奔向文明”的历史，同时也是充满野蛮和排斥的历史。阶级、性别、种族……这些把人类社会分隔开来的无形之墙，尚未消失。20世纪的种种思潮，诸如马克思主义、女性主义和后殖民主义，其初衷正是致力于从不同方向拆解这些“无形之墙”。

然而，有一种“无形之墙”迄今尚未被充分注意到——那就是对“病人”的歧视和排斥。身患“恶疾”者，被歧视，被排斥，被驱逐，甚至被处死。在这些病患的历史谱系里，麻风病人是被排斥程度最为严重的群体。青年作家肖江虹的长篇小说处女作《向日葵》(参见《钟山》长篇小说专号2011年B卷)，就是以一群麻风病人为主人公。在小说中，那些恐怖的排斥和驱逐，比比皆是。排斥首先针对麻风病患者，然而，最为惨烈的是麻风病患者的家属也会连带遭到排斥，以至于连患者家属在恐怖的压力之下也会加入“集体正义”的一方。在传统的宗族乡村社会里，患者家属即使敢于顶着压力保护患者，也往往难以为继，因为，“集体”最终会越过家属对患者进行“处置”。龙善奎、楚柳柳、马成福、王东平、大钟、孙德方……各自都经历过恐怖的排斥和驱逐。这些被“人的世界”彻底遗弃的“癞子”们，在太阳坝组成了一个大家庭，互相慰藉，继续艰难地活下去。然而，新一轮的驱逐又要向他们袭来。徐家寨，这个太阳坝旁边的村庄，因为离“癞子窝”最近，也成了社会歧视和排斥的对象。为了“自保”，在族老的主持下，徐家寨对太阳坝采取轮番“行动”。马成福被砸死，王东平被猎杀……如果不是日本人入侵使两个村庄的矛盾暂时得到缓和,“癞子”们不逃离太阳坝,其结局是可想而知的。

麻风病人,在三重意义上都可以说是“看不见的人”。其一,一个人一旦患上麻风病,不管其身体是否继续存活,他已经在社会意义上宣告死亡了。在这样的社会环境中。麻风病人要么“被消失”,要么主动从人们的视线里消失。这种对麻风病人的残暴驱逐是以“捍卫集体”为其正义支撑的。剥夺患者的作为人的资格的被认为是麻风病,而不是社会群体,在这种观念下,对麻风病患者的排斥甚至算不上是一种对“人”的排斥,而是对一种威胁人类社会群体的、令人生厌的“物”进行处置。能把这个“物”清除干净是大好事。在《向日葵》里,瓦厂村的三叔公安排村民放火烧死楚柳柳时,叙述者告诉我们,三叔公思路清晰,表情镇定,谁负责放火,谁把守西边的出口都交代得清清楚楚,从容地像一个运筹帷幄的将军,“样子一点不像是在安排一场杀戮,倒像是做过年时杀年猪的准备工作”。得了癞病的地主老爷龙善奎的“丧事”则是“一场不折不扣的喜丧,连马占全杀猪的刀口上都洋溢着喜悦的光芒,洗菜的搓捏着喜悦,和煤的捶打着喜悦,连灵堂里的烛火都燃烧得欢欣鼓舞”。

其二,在医学的视野中,麻风病人也是“看不见的人”。严重的疾病,不仅招来普通人的歧视,甚至也会受到医生的歧视。在很长的历史时期里,医学对麻风病无能为力。医学即使关注麻风病,其重心也是在疾病上,而不是人。不过,这种思维方式不只是在面对麻风病的时候才有,而是全面渗透在西方医学里的。医学尤其是西方现代医学,更多地是用“科学”范式来定位自身,与“人文”联系甚少,在这样的思维惯性之下,病人被抽象为某种疾病的物化的载体。医学目光聚焦麻风病的时候,自然是见病不见人。随着近些年人文社会医学在西方的崛起,固有的思维方式遭到了冲击。其中,最有影响力的相关著作,当数福柯(Michel Foucault)的《疯癫与文明》《诊所的诞生》和苏珊·桑塔格(Susan Sontag)的《疾病的隐喻》。福柯对现代西方医学提出了严厉的批评,他主要关注精神病。桑塔格致力于解构附着于疾病之上的隐喻,想让疾病回到疾病本身,她主要关注结核病、癌症和艾滋病。遗憾的是,两位思想家都没怎么注意到麻风病。

其三,在文学和电影艺术中,麻风病人亦是“看不见的人”。很多时候,麻风病人或与麻风病相关的事物是以负面的形象出现在文学或电影作品中的,其效果恰恰是强化了对麻风病人的既有成见。例如,在莫言的《红高粱》

里，九儿的父亲为了换一头骡子把她许配给麻风病人单扁郎，“我爷爷”余占鳌为扫除自己跟九儿在一起的障碍，干脆把单家父子都杀了。这一杀戮行为并未让“我爷爷”觉得有何不妥和不安。在2011年的国产恐怖片《孤岛惊魂》里，麻风病医院是影片渲染恐怖气氛的重要手段。麻风病人在文学和电影中的这一类出场，是“非人”化的，是一种抽象物、恐怖物。

二、看见苦难，更看见人心

在麻风病已被医学征服的今天，尽管也还有一些人会患上麻风病，也还有一些带有麻风病后遗症的患者依然在某些角落继续生存，但是，作为大规模的社会恐怖现象的麻风病基本上已经消失。从这个世界开始有麻风病起，一直到它被西方现代医学“终结”，在这一漫长的历史时段里，那些麻风病人，确实在三重意义上是“看不见的人”。如果再没有作家去关注这部分人，他们将彻底沉入历史的黑暗部分。幸运的是，青年作家肖江虹看见了他们，他的目光照亮了他们。这是一个值得高度肯定的文学行动，肖江虹的“看见”，可以说是世界性的。因为，在整个世界文学的范围内，正面表现麻风病人的作品少之又少。

当肖江虹的目光聚焦于这群人的时候，他都看见了些什么呢？为了写这篇小说，作家深入麻风村，与麻风病人一起生活，掌握了大量第一手材料。实际上，对于一个有着出色想象力的作家来说，无须进入麻风村，凭着想象就可以完成写作任务。因此，笔者以为，与麻风病人的切身接触，更主要是来自作家内心深处的文学伦理的要求。他首先要克服自己对麻风病的恐惧，跨出这一步，他才有可能看到麻风病人所遭受的种种罄竹难书的苦难。但是，看见麻风病人的苦难，这也仅仅只是第一步，如果就此止步，那么作品不可能取得成功。因为这一步，是新闻记者都能做得到的，有些记者，或出于猎奇，或出于同情心，也会深入麻风村，近距离接触麻风病人，而他们写出来的东西，要么是冰冷的“纪实”报道，要么是煽情的“报告文学”。对于作家而言，接近麻风病人的时候，更需要跨出第二步，避开“同情心”陷阱，要对自己的同情心做适度的克制；否则，眼中所见，皆是苦难，麻风病人都被抽象为绝对的可怜虫。肖江虹成功地跨出了这第二步，他看到麻风病人的苦难，但是他更看到苦难之外的许多东西。

肖江虹看到了生命的异常坚韧。在《向日葵》里，很多麻风病人面对疾病及其带来的社会排斥，都曾有过自杀的念头，但更强烈的是那种近乎原始的活下去的本能，当生命被推入一种极端的处境中，这种异常坚韧的生命力使得所有的苦难都相形见绌。更重要的是，肖江虹发现并开掘出了麻风病人的人性光辉，他看到了他们被剥夺一切以后，浴火重生，重新生发出对生活、对人的大爱。这种爱的可贵之处在于，它几乎都要穿越一个“恨”的历程，经历过这样的“辩证”旅程，它变得很有包容力和非常坚韧。

马成福患麻风后，除了烤酒匠逢年过节的时候依然给他送烧酒，全村再也没有一个人敢去他家。这种排斥延伸到他儿子身上，在可怕的压力之下，马成福的儿子对父亲起了杀意。这让马成福感到心寒，于是他放火烧房子，想烧死儿子，结果却意外烧死了给他上门送酒的烤酒匠。楚柳柳由于心地善良在瓦厂村有很好的口碑，但是当麻风病摧毁了她的一切时，她也会燃起恨意，她带着恶意把麻风病传染给了对她有不轨企图的龙善奎。龙善奎，被家人灌醉以后装进棺材活埋，他对家人的恨也持续了很长一段时间。但是，以牙还牙式的“恨”非但没有让马成福、楚柳柳和龙善奎们找到平衡，反而会让他们陷入更痛苦更纠结的心境之中。他们最后都消解了恨，超越了恨，进入了一个甚至可以说是完全只有大爱的世界中。马成福不记仇，接纳了龙善奎，龙善奎不记仇，救了楚柳柳。在龙善奎的领导下，太阳坝成了癞子们温暖的家。他们的爱并不是只是内部的、针对“同类”的，我们可以看到，他们慢慢甚至开始谅解世人对他们的排斥，即使在面对徐家寨的种种严酷攻击时，他们也没有再燃起恨意。

龙善奎、龙脉子爷孙俩是作家在《向日葵》里着力最多的两个人物。相比其他人物，他们在麻风病的冲击之下，并没有失去生命的主动性——龙善奎经历了“再生”，龙脉子经历了“成长”。与马成福、楚柳柳不同的是，龙善奎在得麻风病以前，不是普通人，他是龙家庄的地主“龙老爷”。但是，患上麻风的龙善奎，不仅褪去了地主老爷的权威和光环，而且跟其他的麻风病人一样，连做人的基本资格都难保。除夕之夜，家人把龙善奎灌醉，装进棺材，向外宣称龙老爷“去了”，急匆匆地办上一天“丧事”，然后把他抬到山里给活埋了。这一埋，埋掉了自私的龙善奎，却再生出一个有大爱之心的龙善奎。或许，对龙善奎自己来说更为重要的是，他从一个地主变成了一个生产者。当他挥着锄头刨出一块荒地时，他才领悟到他还是龙老爷的时候，“虽然龙家庄一眼望过去都是他的土地，但他从来就没有真正属于过土地，那些土地也没有真正属于过他”。而龙善奎的孙子龙脉子，是在太阳坝长大的。在他的成长过程中，他要经历两个严酷的考验：其一，他要超越仇恨，要比其他人来得艰难，因为他从小就生活在这样一个被隔离的环境中，对外面的“正常人”世界缺乏了解；其二，他还必须忍痛割舍自己对朵朵的爱情，让她嫁给健康人。龙脉子最终艰难地通过了这两重考验，也步入了他爷爷那样的大爱境界，成为太阳坝真正的精神传人。

三、“看见”的方式及其存在的问题

批评即苛求。如果我们以高标准来审视《向日葵》，会发现作品有局限。首先，作家对人性的呈现有一定的偏颇。在作品中，我们看到麻风病人都变得十分善良，这与现实其实是有偏差的。作品中麻风病人所遭遇的苦难，其残酷程度也不及现实中那么强烈。悲悯情怀固然是一个优秀作家必须具备的灵魂素质，然而作家的悲悯情怀，他的伦理立场，他对人性对人心的信心，所有这些都应该通过文本的叙述声音间接体现出来，而不是对叙述内容进行直接干预。这意味着，作家要足够强大，他必须正视人世间的一切美丑、真假和善恶，他不能主观选择“有所见有所不见”，不能只看见自己愿意看见的部分，擦除自己不愿看见的那部分。文学的美学尺度要求作家控制好自己的情感，而且这些情感必须置入叙述声音的形式制约中，这其实是一种净化和升华。只有经由这一净化和升华，作家的伦理立场和情感倾向才会摆脱粗野或宣泄的性质，抵达美学的高度，具有真正的力量，从而也才有可能对读者的情感起到净化作用。

其次，《向日葵》里的麻风病人，他们对恨的超越，他们爱心的再生和提升，似乎都来得有点容易。作家忽视了“过程性”，这样就会使得作品有概念化和简单化之嫌。一个作品的说服力，往往就是由作品中“过程性”的呈现力度所决定的。作家完全可以构想一幅理想的人性图景，但是作家的真正着力之处，是用精彩的、有难度的“过程性”来说服读者。在短篇小说《天堂口》里，肖江虹也遭遇过“过程性”的难度：要在较短的篇幅里从正面写出年轻人扇子在范成大影响下的合乎情理的转变过程，是很有难度的。小说最后干脆直接跳过这一转变过程，如此一来，只要扇子有一点点转变的可能，那么小说的结尾就完全成立。这种处理，在一个短篇小说里，是完全可行的，也是很聪明的一种方法，但是在长篇小说里，就不能回避“过程性”的难度了。优秀的长篇小说，在“过程性”方面通常都是引人入胜的，让读者不知不觉陷入其中；与此同时，作家通过叙述声音的操控又能让读者与作品有所疏离，这样的作品具有复杂而迷人的张力。当代世界思想的最大转变，就是由哲学的本体论转向存在论，告别形而上学，告别本质论，发问的重心由“是什么”转向了“如何存在”，以前更关注“本质”，现在则更关注“过程性”。显然，在这样一种思潮背景下，小说具有了高度的哲学性质，因为，在揭示世间人与事的过程性方面，没有比小说更好的载体了。

再者，参考桑塔格的《疾病的隐喻》来看，《向日葵》在很大程度上回避了麻风病的隐喻。桑塔格是美国著名评论家，与波伏娃(Simone de Beauvoir)、阿伦特(Hannah Arendt)并称西方当代最重要的女知识分子。桑塔格身患癌症后，切身之痛加上批评家的敏锐，使她发现病人不仅要承受疾病的生理负担，还要面对社会加诸疾病之上的种种象征意义，这些象征意义通常都是消极的，带给病人沉重的道德压力。当然，少数疾病也可能会有积极的隐喻，例如，在很多文学作品中结核病都被浪漫化。桑塔格操起批评的解剖刀，力图剔除鬼魅般萦绕在疾病之上的那些隐喻，不管这些隐喻是积极的还是消极的，她的目标是让疾病回到“疾病本身”。桑塔格认为，使疾病远离这些意义、这些隐喻，尤其能给人带来解放，甚至带来抚慰。她强调，要摆脱这些隐喻，“光靠回避不行。它们必须被揭示、批评、细究和穷尽”。桑塔格没有分析麻风病，但是作为人类历史上几乎最令人感到恐惧的疾病，围绕它的隐喻相应地也会比其他疾病严重。肖江虹在《向日葵》里采用的策略是绕过这些可怕的隐喻，直接恢复麻风病人的人性资格。实际上，这种处理手法不大可取。因为，作家本人或许可以跳过隐喻之墙，但是很多读者却深受这些隐喻的影响，如果不带领读者去穿越这一道隐喻之墙，那么他们很难真正接受和认同作品中这一群麻风病主人公。

不过，对于文学而言，涉及疾病题材的时候，把隐喻全部拆除，桑塔格这样的立场不宜全盘接受。例如，中国现代文学的开山之作《狂人日记》，更多地是在隐喻层面上利用精神病，而不是对精神病进行就事论事的实写。余华的《河边的错误》看似是对一个反复发作的精神病人的实写，但作品更耐人寻味的其实还是它的隐喻层面。当然，需要指出的是，文学作品在宏观层面上利用疾病的隐喻来承载作家的社会批判，与那种针对具体病患的歧视性的隐喻是有区别的，尽管它们也有一定联系，毕竟都使用了隐喻思维。没有区分上述两个层面的疾病的隐喻并予以区别对待，这是桑塔格的一个失误。《向日葵》在针对病患的层面上绕开了隐喻，而在作品的宏观层面上，作家也没有利用隐喻的打算，他一心一意要做的就是直接面对这些作为“人”的病患。

实际上，桑塔格剔除隐喻，让疾病回到“疾病本身”，这种想法本身有其天真的一面，因为只要我们还在使用语言，就永远无法从隐喻之网中抽身离去，医学“科学”的语言也一样如此；换言之，从来就没有也不可能有一种纯粹的“疾病本身”。福柯在其《疯癫与文明》《诊所的诞生》等著作中，深刻地揭示了现代医学的“科学”幻觉，医学、疾病、社会政治等都是紧紧纠缠在一起的，在现代性的建构中，医学发挥了绝对不可忽视的重要作用。福柯给我们的启示是，文学作品在处理疾病题材的时候，作家需要注意到疾病、医学与社会的那种复杂的现代性关联。在这方面，迟子建的《白雪乌鸦》比肖江虹的《向日葵》更成功，然而，这两部作品在一定程度上又是不可比较的，因为《白雪乌鸦》写的是哈尔滨 1910 年发生的鼠疫，《向日葵》写的是封闭的边远山区的麻风病，而其时的哈尔滨已具现代城市的雏形，与现代性有千丝万缕的联系。何况麻风病甚至是一种前现代的疾病，与鼠疫不可同日而语。福柯就曾经明确地把鼠疫与麻风病对立起来，他认为鼠疫的控制模式是现代的，而麻风病的排斥模式是前现代的。其实，不管是《向日葵》还是《白雪乌鸦》，都不是很成功的作品，这在很大程度上是受到题材对象的限制。其实黑格尔(Georg Hegel)很早就在他的《美学》中指出，文学作品从正面去写疾病颇有难度，因为疾病类似自然灾祸，是外在的、偶然的，疾病题材的戏剧冲突价值很有限。黑格尔提醒了我们疾病题材的难度，但是他并没有看到桑塔格、福柯等人看到的东西，因此，《向日葵》和《白雪乌鸦》都仍不失为有益的尝试。

《向日葵》发表于 2011 年，这个作品实际上是肖江虹早些年的习作。既为习作，自然是存在一些明显的局限。然而，一个青年作家，在写作操练的阶段，就敢于去挑战这样一个很有难度的题材，去看见这些“消失的人”，而且，他不仅看到了他们所遭受的苦难，更看到了他们苦难之外的东西，这是难能可贵的。扎实的语言功底，出色的想象力，博大的悲悯情怀，对文学存有敬畏之心，对文学性有着自觉地追问……从《向日葵》这样的习作中，我们已经可以感受到一位未来优秀作家的文学气场。实际上，肖江虹已经以《百鸟朝凤》《喊魂》《天堂口》《犯罪嫌疑人》《内陆河》《蛊镇》等优秀作品证明了自己的非凡实力。相信他未来会带给我们更多的惊喜和感动！

（原载何锐主编:《峡谷,我听到疾行的蹄铁:“70后”作家长篇小说评论集》,南京:江苏文艺出版社,2013年）

［索良柱:贵州师范大学文学院副教授］

中国城市文学中的贵阳形象书写

——论谢挺长篇小说《爱别离》

谢廷秋

在城市化进程中,当中国文学要展现一幅丰富、完整的中国城市书写时,贵州作家谢挺的长篇小说《爱别离》注定是贵阳书写中的代表作。谢挺为贵州文学贡献了一部典型的城市小说,填补了城市文学中贵阳形象之空白。除刘心武、王朔笔下的北京,王安忆、程乃珊笔下的上海,冯骥才笔下的天津,方方、池莉笔下的武汉,张欣笔下的广州,叶兆言笔下的南京,贾平凹笔下的西安,迟子建笔下的哈尔滨,徐坤笔下的沈阳,何顿笔下的长沙,范小青笔下的苏州,慕容雪村笔下的成都等,一定还有谢挺笔下的贵阳。小说以小见大,描述了一个家庭在一个城市中四十年的变迁,记录了一个时代下的缩影,展现了贵阳鲜活的市井人生。

一、一座城市的"浮世绘"

"我父亲很年轻的时候就来到了我们这座城市"[①],小说一开篇就定位了城市的指向。20 世纪 50 年代,父亲程仲昌(解放军团长)因为和母亲(国民党少将军长的女儿)的婚事遭到干预,放弃大好前程,从部队退伍转业到贵阳。父亲做了一家公私合营的玻璃厂的党委书记兼厂长,他把一个公私合营的企业经营得风生水起,而且"父亲是个富有情趣的人,风流而浪漫,用现在的话说,他很会享受生活"。[②] 他每个周末带我们下馆子,周日去公园雷打不动。因为风流,父亲也有"作风"问题,有与母亲的战争,逃离家庭。

① 谢挺:《爱别离》,北京:作家出版社,2004 年,第 1 页。

② 谢挺:《爱别离》,北京:作家出版社,2004 年,第 3 页。

“文革”来了，把一个小作坊变成一个像模像样的企业，且从不拿公家一针一线的父亲被打成了走资派，被批斗、毒打，住进了医院，后一病不起，四十岁结束了生命。

母亲马用华是将军之后，也曾是自信满满的大学生，在市建公司作为一个设计师，她为这座城市留下了很多的印迹。第一座大跨度的拱桥是母亲设计的，退休前她还设计了这个城市的第一座也是当时号称西南第一的立交桥。“她的预算总是又快又准，别人几个人十几天的工作量她两三天时间不到就拿出来。”[①]这样知性、干练的女人最终却和嗜酒、喜欢骂娘的老光棍搬运工蒋重根结合在一起，若不是“文革”，换到别的任何一个时候他们都很难走到一起。母亲与蒋重根的结合是不可思议的，姐姐选择小市民家庭出身的林远祥，放弃干部家庭出身的黄政同样令人费解，“你要想清楚噢，这种家里你将来咋混得出来”[②]，母亲对黄政家的看法起了重要作用。一个将门之后、曾经聪明自信的女人不仅对自己不自信，甚至对女儿的幸福也不自信。这是一个母亲的悲哀，更是时代的悲哀。

其实在那样的时代，他们的遭遇又算得了什么呢？另一个女人——将被枪毙的“马锦贞的脸上，嘴的位置箍着一圈铁丝，两条血水沿着她的嘴角流淌下来……马锦贞大概又想喊口号了，但立即又有一名女公安从背后上来，这一次她朝前压着马锦贞的头，用一块胶布贴到她的嘴上”[③]。《爱别离》把这个和张志新一样敢于讲真话的女人，被打成“反革命分子”的女人，宁死不屈的女人，镌刻在贵阳城的记忆深处。马锦贞临刑前的游街示众是当年轰动贵阳的事件，“这当然很精彩，每个人都仰着脖子，张着嘴，就像看着食物——就像有一年看运芒果的车子经过”。[④] 小说举重若轻的笔触不仅续上了鲁迅“看”与“被看”悲剧的国民性批判，而且进一步地揭示了“看客”的悲哀：当年看运伟人送给工宣队的芒果的车子不也是这样吗！作家谢挺“悲悯地在这本书中记录了一个时代的缩影——一城一街一户的尺幅千里，青萍蘋之末”[⑤]。

《爱别离》既是一部典型的城市文学，又是一部典型的成长小说，它描绘

---

① 谢挺：《爱别离》，北京：作家出版社，2004 年，第 107 页。

② 谢挺：《爱别离》，北京：作家出版社，2004 年，第 139 页。

③ 谢挺：《爱别离》，北京：作家出版社，2004 年，第 56 页。

④ 谢挺：《爱别离》，北京：作家出版社，2004 年，第 56 页。

⑤ 懿翎：评《爱别离》，转引自谢挺：《爱别离》封底，北京：作家出版社，2004 年。

了一代年轻人在特殊年代的残酷青春，在事业、情感、婚姻之间的迷惘和挣扎。作品以生动的语言、独特的故事、鲜明的人物性格，以及对人物命运的强烈悲悯，深深地打动人心。

姐姐程萍是父母亲的第一个孩子，是他们的爱情结晶，有一个幸福的童年。父亲的早逝使姐姐不满14岁就辍学成了一名工人，“其实父亲死的那一刻，姐姐的好日子就已经过完了，等待她的无非是一个接一个串在她生命里让她疲于应付的事情”。[①] 在母亲与蒋重根搬走，抛弃自己的孩子后，21岁的姐姐就担起了家庭的担子，后来听母亲的劝告又嫁到了小市民家庭，矛盾纠纷不断。最终，清纯、漂亮、斯文的姐姐变成了一个可以骂大街的妇人。

弟弟程武是一个傲头傲脑的文艺青年，他左冲右突，一会儿成为这个城市最负盛名的服装设计师，一会儿经营夜总会、结婚离婚再婚分手，春夏秋冬的故事无不是普天大同而又迥然怪异的都市“浮世绘”。程武的成长记录了一个时代的缩影，也勾勒了一座城市的面貌。

“父亲做厂长时每个周末都会带一家人去东兴餐厅下馆子，因此使得我们成了河西路29号最引人注意的人家。”[②]东兴餐厅、河西路如今都已消失，但当年位于小十字的东兴餐厅是多么显赫，那时贵阳没有什么像样的餐厅，最显赫的就是位于喷水池的贵阳饭店、位于中山路教育厅对面的小上海餐厅和东兴餐厅了。岁月流逝，这些当年贵阳市民社会的消费场地已然消失，但《爱别离》将它在文学中复活，留在了人们的记忆里。

小说中写到的喷水池逛街，从小十字东兴餐厅一直打到大十字的斗殴，朝阳电影院看电影，莲花坡回民商店买牛羊肉，省府路玩滑轮车直冲而下有时还会十分惊险地从中华路急驶的车队中穿过去，火车站捡烟盒、拎包，阿嘛相馆照相，展览馆看《水浒传》的展览，蔡家街为外婆请老中医，红都舞场跳日场舞，视野中最高的邮电大楼，保留老城墙的文化巷，贯珠桥边的市公安局，人民剧场到人民会场的“渔场”，合群路的老房子等等，所有老贵阳的城市记忆都在谢挺小说中复活。今天很多建筑与街道已不复存在，《爱别离》的贵阳都市感却鲜活地保留了下来，谢挺的小说尤显珍贵。

其实更珍贵的是谢挺写出了这个城市：文化的无根（不像北京），商业的无传统（不像上海），喧嚣浮躁却与时代亦步亦趋，人性流弊世事苦诣却普天

① 谢挺：《爱别离》，北京：作家出版社，2004年，第48页。

② 谢挺：《爱别离》，北京：作家出版社，2004年，第3页。

大同，这种独特的城市氛围正是贵阳特色。谢挺的贡献就在于：在中国城市文学的版图中，书写了一个独一无二的贵阳。

二、小城市业已消失的神话

谢挺说过："如果从文字的角度来理解贵阳，它显然有天然的优势，这里的市民阶层很发达，所以它不同于北京、上海等，它显得更纯粹。什么叫市民，它是中国发育最成熟的群体，它就像个大熔炉一样，什么东西投进去都能猛烈燃烧，从这个层面衍生出来的词有：民间、江湖、社会……这个层面还是弱势群体，无所依傍，但这种纯粹只能在最边缘，换句话说，只有在贵阳这种城市才能保存下来。小地方还容易诞生神话，小说中的'高文'就是这样一个神话。"[①]

小说中的哥哥程文，因为个子长了一米八九，别人给起了个外号叫"高文"。一个在社会上打架、摸包、抢钱的角色，何以成为神话、成为市民的理想形象？这就与市民社会的热情、仗义、藏污纳垢、敢担当分不开。哥哥从农村出来（三岁那年父亲把他送回了农村老家），对到城市来乞讨的农民有感情，很大方很亲切，哥哥的成名架就是为这些被骂"拿抓""农民"的人而打的，这场斗殴使整个大十字的交通都陷入瘫痪。弟弟不偷不抢不打架，但口碑却没有哥哥好，喜欢哥哥的老头老太可以数出一大把来。谁家遇到点事，提个水啦，下车煤啦，哥哥都乐意帮忙。不是哥哥一脚踢开邻居老青的门，老青就会因煤气中毒而死。"我的朋友杨义明羡慕我有一个好哥哥，他说哥哥这样的人，虽然只见过几面，但留给他的印象太深了，现在想起来就像《水浒传》《三国演义》里的人物，这种年代肯定见不到了。"[②]

街道办事处的刘妈最喜欢哥哥，每次公安局有行动都会事先通报他：最近不要出去了，又要抓了。派出所老高也常过来看他，还送来节日慰问费。他们都觉得哥哥这个人不错，至少本质不错，只是一不小心走了歪路，因此他们才会对哥哥充满了惋惜。

外婆对哥哥却只有赞扬，说这么多的孙子外孙，也就小文像他外公（国

---

① 罗晓燕：《〈爱别离〉背后的故事——访作家谢挺》，《贵州日报》2004 年 2 月 6 日。

② 谢挺：《爱别离》，北京：作家出版社，2004 年，第 156 页。

民党的起义将领马军长)。在外婆的丧礼上,是哥哥真正的悲伤和威仪制止了长辈们争夺遗产的争吵。甚至有一个小学老师,腼腆、文静、好人家的姑娘看中了哥哥却被哥哥拒绝了。

更神的是,成绩不好的哥哥却喜欢读书,而且他看的书远远地超过了读高中又差点读大学的弟弟,他读过全套的世界名著。这些书、这些故事帮了他的大忙,在他坐牢的时光,他靠讲故事来打发时间并坐稳牢头的位置。

哥哥对弟弟关爱包容,无微不至,以至于27岁的哥哥惨死后,伤痛至极的弟弟只能这样解脱:"文大爷的死就是为我让路,为了让我不变成寄生虫,为了让我自食其力,文大爷只能死。"[①]

哥哥是市民社会真正的理想形象,是一个神话。他身处社会底层,被时代的洪流所裹挟,打架、摸包、抢钱无所不能;但他爱读书,有正义感,仗义而敢担当,这简直就是市民社会崇拜的对象。其实市民社会的理想形象还有模特李春云,她虽然身处社会底层,但自尊自爱,为了尊严而拒绝上百万财产。"一想到李春云时我心里总会充满了敬意,渐渐地这个名字也变成了某种象征……世风日下,有人会因为五块钱杀人,但也有人会为了尊严而拒绝上百万的财产,这个世道并没有坏到底。"[②]还有好人孤老周妈,姐姐程萍的孩子林珊要找人带,她对姐姐说:"你看我也没有生养过,如果你放心,就把娃娃交给我,钱不钱的就算了……"她还替林珊订了一份牛奶。[③] 还有弟弟程武的知青朋友沈卫军,因为跳"黑灯舞"(家庭舞会),在"严打"中被判死刑,他却没把程武捅出来,"在他遭遇灭顶之灾的时候没把我拉下水"。[④] 甚至没有文化的林老太,虽然有小市民的种种恶习,却也有着无坚不摧的母爱和坚韧的品格,她的几个儿子都遭遇了不幸,她却用柔弱的肩膀挑起家庭的担子,"她的收入也就是每天在门前卖的那点葱姜蒜,她没有抱怨过,至少从一个母亲的角度我佩服她"。[⑤]《爱别离》在某种程度上,记录了这些业已消失的都市神话。

"一部真正意义上的小说,在于它贡献出了精湛、精深、精微的哲学思想和叙述张力。叙述是硬道理。谢挺的叙述珍稀感人。他用叙述的锦绣光芒

① 谢挺:《爱别离》,北京:作家出版社,2004年,第210页。
② 谢挺:《爱别离》,北京:作家出版社,2004年,第291页。
③ 谢挺:《爱别离》,北京:作家出版社,2004年,第140页。
④ 谢挺:《爱别离》,北京:作家出版社,2004年,第153页。
⑤ 谢挺:《爱别离》,北京:作家出版社,2004年,第281页。

刺穿了故事的天空、人际的云层，他用叙述的温暖芳香完成了对家事、人事、世事以及情事的写作责任。”[①]

三、契合心灵图景的贵阳方言

方言与小说的关系，一直是文坛争论不休的话题之一。有论者认为在小说中大量使用方言，会对方言区以外的读者构成阅读藩篱；而大量加注释也会影响阅读的流畅感。有论者却认为在小说中方言使用得好，会释放出一种独特的张力和魅力，给读者带来新鲜的审美感受。如何处理好方言与普通话的关系，把握好使用的度，对作家是一种考验。谢挺的《爱别离》对贵阳方言的使用做了一次有益的尝试。

汉语有悠长的历史，词汇相当丰富，丰富的语料库为作家的选词提供了多种可能性。词是文学语言符号的最小质量单位，它既是语义性的，又是体验性的，所以作家选择的词必须意义和意味都要契合心灵图景。《爱别离》是一部描写市民生活的都市小说，谢挺的小说用词，一方面书卷气浓厚，一方面又不乏方言土语，充分地展现了都市生活的体验性并呈现出雅俗并存的风格。

谢挺在小说中使用方言土语，时而表现人物性格，时而体现地域特征，时而产生诙谐效果，具有独特的审美意蕴。

“很小的时候，我就隐隐约约地知道我还有个在北方老家的哥哥……他刚到时，父亲怕他头发里有虱子，替他推了个光头。……哥哥的同学少不了对他感兴趣，他的口音和光头，他们给他起外号——‘光播’，但只叫了一天就没人敢再叫下去了，第二天哥哥就为他的‘光播’打了一架。他的身材倒不是最主要的，哥哥天生就是块打架的料，他天不怕地不怕，谁叫他‘光播’就打谁，打完这个再去追另一个。”[②]“光播”是贵阳方言中的专有名词，指光头，但作者在此处对于它的运用却是创造性的。他通过这样描绘凸显了哥哥的性格，使得光头的外形与哥哥天不怕地不怕的性格特征有机结合在一起。这样不仅更加传神达意，而且为哥哥的命运埋下了伏笔。

---

① 懿翎：评《爱别离》，转引自谢挺：《爱别离》封底，北京：作家出版社，2004 年。

② 谢挺：《爱别离》，北京：作家出版社，2004 年，第 22 页。

“很少有人会从母亲的角度看问题，这也是母亲内心受到震动的一个原因。是啊，她年龄不小了，小孩又多，再晚点，可能连蒋重根这样的人也找不到。母亲不‘刁度’——她没有脑子，经不起怂恿……父亲去世后，母亲就像一株温室中的植物失去了屏障，这让她加倍地敏感……她早已不是那个娇生惯养的马家三小姐了，也不再是早年那个自信满满的女大学生，现在她只是个被残败的家庭、三个孩子拖得几乎疯狂的女人。”①“刁度”是贵阳方言中一个很独特的动词，内涵很丰富，作者在此处的运用独具匠心。他通过描绘、补充等方法，使特有变为共有，把一个出身名门、自信满满的知性女人变为一个没有脑子、经不起怂恿的市井女人，这该是一个多么能改造人的时代啊！方言的运用使其中的表现力更为丰富，绝不仅仅是经不起怂恿那么简单。

“这样的事我也是头一回遇到，有期限，有价钱。那时候还没包二奶的说法，最流行的婚外恋，我们这儿叫作‘搭偏厦’，也需要暗中进行，但到底它还是个情感活动，以感情为根基，人们还不大习惯交易，尤其这么大数额的交易。”②“搭偏厦”是贵阳方言中具有浓厚“市井方言”特色的动名词，显示了贵阳方言非凡的创造性。它既照应了传统（传统称大太太为正房，其余为偏房），又回应了现实（那时贵阳市民住房狭小拥挤，很多人家在紧挨住房边搭出一小间房子解燃眉之急，亦称搭偏厦），与婚外恋十分对应。此处方言的运用既是语义性的，又是体验性的，所以作家选择的词语意义和意味都契合了心灵图景。

“我似乎很少失败，我们这儿的话，很少吃别人的灰豆——当然也有人不理我，那她就一定不是‘鱼’。那些属‘鱼’的女孩其实也很好辨认，她们在街上东张西望，在你找她的时候她也在找你，如果是两个女孩，一定有一个大声说话，目的还是为了让你把她从人堆里找出来，然后她们就可以很招摇地从你的视线中走过去。”③“吃灰豆”这一贵阳方言含义也十分丰富，既非单纯受人冷眼，也非单纯遭遇失败，作家在此处的使用蕴含了更多的意义，还产生了独特的诙谐效果。

“终于我就在文大爷的被窝里看见了女人，自然是那种我们这儿喊作小

① 谢挺:《爱别离》，北京:作家出版社，2004 年，第 106 页。

② 谢挺:《爱别离》，北京:作家出版社，2004 年，第 290 页。

③ 谢挺:《爱别离》，北京:作家出版社，2004 年，第 145 页。

乌妹的女孩,大概是他的兄弟们为他奉献的。也难怪文大爷对他们会是那种态度,她们都是在不同的地段上混的女流氓,跟不同的'爷'混,满口下流话,日妈捣娘,烟酒全沾,反正不是什么好东西。"[①]"小乌妹"这一贵阳方言相当于今天普通话的"小太妹",但比"小太妹"更富表现力,因为"乌"有乌七八糟之意,活画出这类人的下流像;但"乌"又显得含蓄,骂人也骂得有几分文雅。

"我的顾客群就这么壮大了,由甲到乙,乙又拉来丙丁,也许服装就是这样口口相传的行业,所以我们这儿才会有句话,塘子是喂出来的。一种含义是生意就像有生命的动物,需要你的爱惜,另一种含义就是无论如何你都不能着急。我不着急,年底时我已经有了一批相当固定的顾客。"[②]"喂塘子"有几分相似于北京话的"练摊",但又绝不相同。"练摊"有练习、历练、不能着急之意,却无"视生意为有生命的动物,需爱惜之意"。只有"喂塘子"这样的方言才能更好地表达这多重意思,才会使人叹服方言的表现力。

谢挺在小说《爱别离》中运用方言土语十分广泛,已经形成他用词的一大特色。如在他小说《爱别离》中经常出现的贵阳方言还有"丧德"(缺德)、"讨打"(欠揍)、"拿抓"(乞丐)、"抬好点"(巴结好)、"傲头傲脑"(骄傲)、"电抱鸡"(个矮,相貌差)、"蛮钉的"(很漂亮的)、"钓鱼""耍马子"(招惹女孩)、"角子"(人)、"箍子"(警察)、"跳汉"(卖假货次货的)、"鬼二哥晓得"(鬼才晓得)、"拙笨"(笨蛋)、"搞到事了"(发了财)、"大务小事"(大大小小的事)等等。

谢挺在小说《爱别离》中的方言创作从创作主体方面讲,促进了作家独特的审美表达,同时也促进了其独特的认识与深层经验表达。从作品方面讲,其对地域文化的强调和凸显,也具有深刻的文化意义。维特根斯坦(Ludwig Wittgenstein)说:"想象一种语言就意味着想象一种生活方式。"[③]谢挺小说的语言的确想象出了贵阳独特的生活方式,从语言的角度表达了贵阳的城市况味,至少到目前为止,无人能超越谢挺。

《爱别离》是一部独特的城市文学作品,"或许由此提供了另一种典范人生。由此看到了人类无法僭越的卑微和无能,由此看到了一群饥有食、寒有

---

① 谢挺:《爱别离》,北京:作家出版社,2004 年,第 174 页。

② 谢挺:《爱别离》,北京:作家出版社,2004 年,第 245 页。

③ [英]维特根斯坦:《哲学研究》,北京:三联书店,1992 年,第 15 页。

衣的百姓在精神上饥无食、情感上寒无衣的窘迫；他们赍志以没，随波逐流的生存状态；中国古语所谓的‘夫人不言，言必有中’的世事变迁”。[①]

（原载《黔南民族师范学院学报》2019年第2期）

［谢廷秋：贵州师范大学文学院教授］

① 懿翎：评《爱别离》，转引自谢挺：《爱别离》封底，北京：作家出版社，2004年。

探寻平衡的都市寓言

——论戴冰的小说创作

唐　江

戴冰是贵州文坛近年来颇为活跃的一位青年作家，他的小说创作呈现出的别样和“先锋”，使其不同于传统小说风格。阅读戴冰的小说，给人一种强烈的恍惚摇晃的不稳定感，他笔下的一个个故事抑或片段更像是在探寻平衡的都市寓言。戴冰的创作努力，正是在这种对生活和自身心灵的平衡点的探寻之中进行的。

把戴冰的小说称为都市寓言，首先是因为他的创作题材多以都市生活为主。无论是早期的一系列“都市青年”小说，还是现在的创作，笔下的主人公有打工的大学生、摇滚乐队成员、都市少女、机关工作人员、知识分子、自由职业者等，他们流连于酒吧、音像店、舞厅、艺术院校、商业大街、楼房……即便是离开，也是从一个城市转到另一个城市。这与作者对都市生活的熟悉和习惯有关，这也可以从作者在其他题材写作上的有些力不从心得到印证。而寓言性质，则体现在戴冰小说并无意展现都市生活原态，城市只是他小说中一个巨大而模糊的存在背景。地理学上的城市是一个迷宫，就像生理学上神经、血管网络是一个迷宫一样，现代都市的庞大本身所带来的密集恐惧症，可以吞没一个个个体，但也可以使之混融其间。面对现代都市的密集与挤压，一旦不由自主地进入人群与都市景观，我们几乎就会迷失。戴冰着力表现的就是人在这种迷宫中的某种生存状态。

如《一颗石子掉进河心》中对城市街景的描绘：“透过窗子可以俯瞰全市最繁华的地段：喷水池中央那个似乎永远被一层水雾笼罩着的大圆盘近在眼前，六条宽阔的道路集中在圆盘四周，满载着沉甸甸的人群辐射出去。那个大圆盘像是人群的源发地，因为人群从中间像喷泉那样不停地冒出来，似乎永远也散不尽……”《光阴的故事》中城市作为背景的虚幻迷离：“依稀是置身在城市中央的一条商业大街上，耳朵里全是些喧闹的声响：汽车声、吵架声、卖报声，两个隔得极远的熟人互相徒劳地大声寒暄……阳光耀眼地照射在一切景象上，一切都在这火热中发晕，并且不断地摇晃。而在近旁，却有一管油黄的洞箫细声细气地响，时而成为一种背景，时而又越出这喧闹，像一条风中的游丝虚无缥缈。”在他的小说中，读者不能像读很多都市小说那样找到自身生活的亲切写照，但那些怪诞、迷幻的人与事背后的象征内涵，却往往在某个瞬间给予人以洞穿灵魂的一击，从而形成寓言般的折射效果。戴冰通过小说建构的世界揭示了日常景观中人群混杂的虚无感以及个体的渺小与脆弱，书写出一个现代人群的寓言世界，在晃动与叠加的意象中更显出现实的虚幻。

戴冰的都市寓言“探求平衡”的特点，首先体现在其主题的模糊、隐晦和不易把握上。但这显然并不是作者故弄玄虚或玩味深沉，而是基于他对生命、文化、现实的种种较为深刻而自省的思索。《伏法》中的“我”乘坐一列不知目的地的火车到达一个不知名的小站，在一系列不知所以的住店、寻人行动及梦境的交错中按计划般杀了人，并顺从地被捕伏法。《一颗石子掉进河心》中的“我”是一个为摆脱麻木而辞职的自由撰稿者，遇到了一个慕名而来的厌倦千篇一律生活状态的女人，两人成为一对情人。不久女人指出他并未摆脱生活的平庸和麻木，因而离去，“我”也成了一个四肢永远失去知觉，只留下模糊记忆的人。《技术问题》中的妻子在平静如常的生活中突然提出要与丈夫离婚，并有穿着制服的“九个 1”组织工作人员上门帮忙，最后妻子也穿着“九个 1”的制服离家而去。这些故事看似荒诞离奇，人物的性格、思想也难以捉摸，但却能使读者循着小说创造的梦幻、恍惚的非常态氛围去探求和追寻宿命、生存、时间等终极命题，作者创作的意义与价值也正在于此。法国著名诗人、哲学家保尔·瓦雷里(Paul Valery)说过：“生活意味着每时每刻缺少什么东西——改变自己以达到它——然后，又重新置身于缺少什么的状态。我们依靠不稳定为生，通过不稳定的生活，生活在不稳定之中：这就是敏感性的全部内容，它是有机体的生命中魔鬼般的活力。”戴冰的小说更具荒诞性、现代空间感，通过一个个都市中的故事去追问世界的真相、人性的裂变与幽微。

其次，戴冰的都市寓言并没有采用传统的叙事方式，而是以恍惚迷离的叙事逻辑，将关于事件、记忆、幻想、心绪的片段穿插连缀，形成了独特的审美景观。《光阴的故事》是以女主人公早上醒来对房间的打量开始的，由近视的感觉、阳光中的尘埃、男友的睡姿引起的种种心绪，和男友、情人间的莫名琐事，对节拍器、时间、空间等的梦呓般的思索融合在一起，打乱了故事交代上的理性顺序，使小说的构架呈现出意识的流动性。《追逐》开始似乎在四平八稳地讲述一对男女青年的相识恋爱、准备结婚的过程，但当写到两人在空旷的楼梯追逐后，小说开始渗透出虚化、恍惚的一面。也即女主人公变得像"盲人那样空洞，仿佛没有长着眸子"的眼睛、莫名的恐惧、"空空洞洞的声音"，以至小说突然终止的收尾。这部分篇幅不到全篇的三分之一，却完全打破了小说叙事上的均衡感，引领读者与人物一起陷入一种对自身处境的怀疑和困惑中。这样的作品在戴冰的创作中还有很多，这种叙事逻辑的不稳定性也许会造成阅读理解上的一定障碍，但同时正是这种障碍加深了其小说人物一贯具有的那种迷惘、彷徨，作者也正是在这种"晃晃悠悠"中探求着都市中人的生存意义的支点。这种叙事方式的反平衡，恰恰使读者在阅读感受中去和作者一起弥补和探求新的平衡。正如伊塞尔(Walfgong Iser)所说，把读者"牵涉到事件中，以提供未言部分的意义……而由于未言部分在读者想象中成活，所言部分也就'扩大'，比原来具有较多的含义：甚至琐碎小事也深刻得惊人"。

戴冰从事写作是从诗歌入手的，1989 年转入小说，他的小说创作带有诗歌的语感痕迹，通过紧张而密集的文字表达和纵横捭阖的意象呈现出他对"存在"与生俱来的焦虑感。多年后其小说《技术问题》改编为戏剧搬上舞台，接受《贵州都市报》采访时的戴冰曾表示："每一部现代主义作品，无论是小说还是戏剧，其实都是一部现代寓言……我个人更关注人的荒诞行为底下无以言表的孤独、羞耻，还有私密而黑暗的欲望等，那几乎都是潜意识中的东西，躲在意识不自知的渊薮之下，常常磷火一闪，让人惊悚。"从戴冰的创作可以看出，他受魔幻现实主义创始人、幻想小说的代表博尔赫斯(Jorge Luis Borges)影响颇深。博尔赫斯"尝试哲学宗教的文学可能性"的写作方式是他和其他作家最根本的区别。博尔赫斯营造的荒诞而又充满深刻哲理的世界、迷宫一样的叙事结构、无尽的形而上学的思索使戴冰获得了极大的启发和指引，这的确使他的创作从早期到近期在思想深度上得到了提升，走向一种更为成熟的写作。但也应该看到，正是由于对博尔赫斯迷幻世界的崇拜和追寻，戴冰的小说在幻想、梦呓中陷得过深，风格化的同时也设置了过多的阅读障碍，影响了人们对其小说的理解和接受。这一点作者也已有所意识，并开始了新的突破实践。

进入 21 世纪，大众文化市场的形成、边缘性另类书写、网络文学等文学现象的出现使写作呈现出多元共生的特性。在这样一个时代，写作者只有将个体的生命融入广袤的天地，才有能力来抗衡历史的惰性和现实的压力。作为一个贵州籍作家，在如何走自己道路的同时也关注贵州文坛整体新形象的树立，在作品中如何加入地域文化的渗透，应该是包括戴冰在内的贵州作家们都应思考的问题。

（原载《今日文坛》2001 年“秋”辑，收录本书时有修改）

［唐江：贵州师范大学文学院讲师］

全景式描绘中国西部边陲小城镇世相

——论唐玉林沧桑武陵三部曲

谢廷秋

翻开唐玉林沉甸甸的沧桑武陵三部曲，历史的血雨腥风扑面而来。这位坚持梦想的作家，驾驭如此重大的历史题材，全景式地描绘了从辛亥革命到“文化大革命”60多年间中国西部边陲小城镇的历史画卷。通过对西南边陲小镇人们的生存与精神状态的细致观察、精心描绘，作品反映中国社会天翻地覆的时代沧桑。

一、空间与时间

时间和空间是事物存在的最基本方式，离开两者中的任何一个，便无从奢谈任何事物及其存在。但长久以来，相对于时间，空间一直被压抑和贬值，被视为匀质空洞、静态孤立的容器，作家的空间意识也相对薄弱。而沧桑武陵三部曲《中南门》《清浪街》《龙井巷》，无论从书名还是从内容看，强烈的空间意识扑面而来，那城门、那街道、那小巷无一不把读者引向那独特的西南边陲小镇——铜仁。空间的本性让事物进入彼此共存的结构中，事与事的关系是相互参照的关系。空间关系在相当多的小说中起作用，与小说情节的发展关系很大，主人公的命运不可能脱离情节的空间位置。在沧桑武陵三部曲中，空间就像一个背景没变化的舞台，这样的小说，空间的重要性更突出，因为空间的整一成了维系小说情节的重要手段。可以说，沧桑武陵三部曲对空间的设计是独具匠心的。

时间维度和空间维度构成了人类一切社会活动的经纬，但两者的本性却不相同。时间既神秘又具体，它与我们的生命感紧密相连，我们的生命来自时间，生命随时间的流逝而衰老、消亡。时间的本性是将事物组成一条无限行进的线，过去、现在、将来作为一个线性的、可变的时间序列，事物与事物之间遵循先后的秩序。“那还是清朝皇帝下台的前一年。有一天，住在中南门城门旁的挑水老汉杨老满，去茶园山一个朋友那里喝喜酒，回家走到九鬼坡时，已是夜半子时。杨老满突然听到路边有轻微的抽泣声……后大着胆子走近些，就着月光仔细看去，才看清楚是一个六七岁的小孩。”三部曲中的第一部《中南门》的主人公杨远（国民党先烈付光华之子、杨老满养子）就在这样的时间中出场了。小说结尾是 1928 年国民党元老李炳堂上书省党部检举当年诬告付光华的洪兴德。《中南门》展现了 1911 年辛亥革命到 1928 年的时代沧桑，一个挑水走夫成为一方巨富，最终散尽千金，神秘失踪。江湖凶险，个中滋味，难以言说，多少丰富的内涵和神秘的时间在作家笔下舒缓展开。

时间观念是用时间的连续性将空间进行系列化，而空间观念则是将时间的历时次序向共时形态转化。《中南门》正是在时间和空间两个维度上把辛亥革命党人的斗争、民国时期的地方自治、绿林莽汉的进退、商场的争斗与小城镇生活的方方面面立体地展示出来，演绎一幕幕爱恨情仇。

从文学本体意义上来看，小说首先是一种时间性的存在，它是以语言文字为媒介按时间的先后次序叙述出来的。这一特点在以故事和情节取胜的传统小说中尤为突出，故事是沿着时间线索展开的，情节的发展也是建立在一条因果关系的时间链中。不仅《中南门》是这样的因果链，《清浪街》也是这样的因果链。

《清浪街》开篇即是“民国十八年，仲秋。八月十八。清浪街的中医世家桑大夫刚用过早膳，陈家院子的剃头匠宇清观就匆匆赶了过来”，请桑大夫去接生。结尾是 81 岁的桑大夫为被判死刑的伪政府县长陈漾雷送行后无疾而终。小说以 1929 年到 1949 年 11 月间为时间背景，在相同空间上演了一幕幕诡计连着诡计，仇杀扣着仇杀的血雨腥风的人生惨剧。杀人[illegible]夺美女巧施苦肉计，商会会长伸张正义孤身退匪敌。青楼女子也有[illegible]胆，红粉佳人却是蛇蝎心肠。官、匪、民争斗数十载，其间夹杂着红军[illegible]抗战逃难、国共战争。惊险的场面，独特的风情，令人流连，叹为观止。

《龙井巷》从 1957 年反右切入，到 1976 年毛泽东去世结束。小说复活了那个荒诞的红色年代的一段青春记忆，展示了一个人从阶下囚到县委书记的传奇人生。

但是小说同时也是有空间性的，在物理时空中，时间与空间是互为依存的，无法实际分开，时间仿佛是以一种潜在的形态存在于一切空间展开的结构中。恩格斯认为："一切存在的基本形式是空间和时间，时间以外的存在和空间以外的存在，是无法想象和荒谬的。"[①]但是在小说的审美时空里却不是这样，"观古今于须臾，抚四海于一瞬"。小说在时空调度上享有最大的自由。小说中的时间把漫长的人生浓缩在相续的动作中，小说中的空间则将众生相汇集于并列的动作中。《龙井巷》中"反右"积极分子刘丽因内急上厕所，回来已被推选为"右派"；当年出卖方仁和的覃彩云却偷情怀上了方仁和之子的孩子；因有个"右派"姐姐受尽牵连的上官雅在"文革"中成了风云人物；烈士后代方继志大起大落，从阶下囚到县委书记，又被开除工作籍下乡劳动改造，又东山再起；善与恶、爱与欲、痛与悟的人间戏剧在相同的空间轮番上演。

三部曲之间最大的联系是空间上的联系，而时间上的次第展开又串联起了人物之间的联系，如桑大夫由《中南门》跨进《清浪街》，仁心、仁术依旧；覃彩云从《清浪街》跨进《龙井巷》，从年幼无知时的出卖到生命垂危时的忏悔。正是在这样的时间维度和空间维度上，全景式地描绘从辛亥革命到"文化大革命"60多年间中国小城镇的历史画卷才栩栩如生。

二、故事与人物

"谈到故事情节，我认为这是一篇小说的主干。凡是小说特别是长篇小说，一般都是先把故事情节构思好，再去考虑人物。因为人物形象的塑造不是靠语言的堆砌而是需要依附故事情节与大量的细节客观地反映出来。故事有两点好处：一、它是一个人物的载体。只有有了故事，有了细节，人物才有所依附；二、有了故事，既可以增强小说的故事性，也可以增强作品的可读性。小说写出来是提供给广大读者来阅读的，而不是只给几个研究者来研究。因此，要考虑到读者的阅读感受，小说的可读性就不得不认真对待了。梁晓声曾经说过一句话：中国小说需要情节去拯救。这句话我十分认同。莎士比亚给我们留下了大量的精美作品，阅读后会发现，他的每一部作品都有着十分精彩的故事情节。而正是这些精彩的情节使得他的作品获得了世

① 恩格斯：《反杜林论》，北京：人民出版社，1970年，第49页。

界各地读者的喜爱，并在世界各地广泛流传。所以在我看来，故事情节与人物塑造并不矛盾，而是完满统一的。但是如果只是一味地注重故事情节的猎奇、玄妙，而不关注人物性格在故事中的走向，那也是要不得的。”[①]这段话深刻地表达了作家对小说特别是长篇小说里故事和人物的认知。小说人物能否完美地成活，小说能否产生较强的可读性，就看小说作者如何组合细节、设置情节。

沧桑武陵三部曲的故事性、可读性很强。小说既然要多方面地刻画人物，就必须有完整的、有丰富生动的故事情节。小说中人物性格的形成，发展和变化也是通过丰富完整的情节来展示的。《清浪街》以程漾雷、杨政国等人物活动为线索，大故事套小故事，环环相扣，层层推进，具有很强的吸引力。如小说第一章的中心故事是叙述程漾雷只身劝退攻打铜仁的廖江。而小说却从剃头匠宇清观请桑大夫接生写起，中间又穿插杨昆斋如何发财、如何娶妻、如何生子，杨公望如何与云秀相好、如何接管家财，云世术如何让廖江残害妹夫等故事，而后又自然地回到廖江带兵攻打铜仁，程漾雷只身退敌的现实中。这一波三折的故事在小说里比比皆是，读之不忍罢手。而在这些故事中，程漾雷、桑大夫、杨政国、廖江等人物的性格塑造得鲜明生动，给人留下深刻印象。

《中南门》从小人物挑水走夫杨远说起，小人物如何娶了中南门的“狐狸精”寡妇周小妹，引出了土匪何彪，促成了杨远的经商，引发了宋慧涯与何彪的争斗，官军对六龙山土匪的围剿；由杨远的邻居刘嫂，引出觊觎刘嫂房产的中南门甲长钱旺财，钱旺财的女婿县长马宇豪，杨远在铜仁灾年的施粥与马宇豪的巧取豪夺(铜仁富豪们捐献救灾的五万块大洋)；马宇豪太太与姨太太的争风吃醋，远在贵阳的太太何雯丽与花匠偷情怀孕到铜仁找马宇豪寻掩护，姨太太钱凤英为杀何雯丽雇用土匪张大顺并委身于张；杨远意外地救下何雯丽，何雯丽留下了(偷马宇豪的)五万大洋的银票；钱凤英偷情怀上土匪张大顺的孩子，张大顺绑票引出土匪肖少勇为洪兴德绑走杨远刚满月的儿子；随后引出李炳堂，追出陈年往事，找到 20 年前铜仁的县官周立本，揭晓了辛亥革命党人付光华的血案。人物带出人物，故事带出故事，仍然是环环相扣，层层推进，不到谜底揭晓，读者欲罢不能。

没有这些精彩的故事，没有这些鲜活的人物，沧桑武陵三部曲会失之空

① 唐玉林、孙向阳:《唐玉林访谈录》,《铜仁日报》2015 年 6 月 27 日。

洞，全景式的描绘也无法立足。

三、通俗与高雅

毫无疑问沧桑武陵三部曲是通俗小说。无论是《中南门》《清浪街》还是《龙井巷》都是立足于民间姿态，以通俗易懂的方式，满足大众普泛化的艺术口味。"通俗文学是文学的民间姿态，它以浅近的方式，力求满足但同时也塑造着大众普泛化的艺术口味；它不热衷于精神开掘但却洋溢着情感的浪花；它也许没有思想的内在质地和艺术形式的独特建构，但却有着吸纳大众心灵的有效途径；它也不具备规范世风劝诫人心的责任意识，但却向读者群体展示出文学最为迷人的娱乐价值。因此，它虽然浅近、芜杂，甚至功利化、滥情主义，但是作为高雅文学的构成基础或者对应体系，却因代表着文学的世俗化取向而显示出同样不可或缺的价值。"[①]沧桑武陵三部曲正显示出了同样不可或缺的价值。

"高雅文学往往是文学的理想模式，代表着文学发展的纯正方向，它以超拔的姿态拉开文学与现实、与大众的距离从而获得一种自由创造的独立品格，而这种品格，又往往被视为人类自身价值的确证或象征。所以人们往往用高雅艺术作为文化自豪感的有力支柱，并力图用它来影响和规范文学的基本走向。"[②]

值得注意的是，高雅文学与通俗文学，其定位并不是一成不变的。在文学发展中，我们经常发现，某种通俗文学会逐渐转化为高雅文学，如言情泛滥的《红楼梦》当初就是通俗文学，却因博大、深邃转化成为高雅文学。沧桑武陵三部曲虽然并无超拔的姿态拉开文学与现实、与大众的距离从而获得一种独立品格，却因全景式地描绘了从辛亥革命到"文化大革命"60多年的中国小城镇的历史画卷，饱含了作家对历史、对人性的深邃思考。因此，沧桑武陵三部曲也具有转换的可能。

---

① 张永刚：《雅俗变异：文学价值转换的一种方式》，《曲靖师范学院学报》2001年第1期。

② 张永刚：《雅俗变异：文学价值转换的一种方式》，《曲靖师范学院学报》2001年第1期。

如《龙井巷》中的"铜仁城始建于明永乐年间。经过500多年的演变，到解放前夕，形成了三街六巷九牌坊的格局。三街即清浪街、清平街、太平街；六巷即陈家巷、万家巷、白家巷、杨家巷、郭家巷、龙井巷。九牌坊即九个城门"。此章本是要讲覃彩云为一碗凉粉大动干戈，仗势欺侮刘丽姐妹，却从龙井巷的来历说起，再说龙井的水清冽甘甜、消暑止渴、用来搓凉粉吃后凉透心扉，引出买凉粉的纠纷。这一跌宕，避免了直奔主题，又增加了文化品位，显出格调的高雅。

沧桑武陵三部曲的缺陷也是显而易见的，其中离奇情节的编造对低俗化的迎合十分明显。如《龙井巷》覃彩云与方继志的偷情，《清浪街》《中南门》也有太多的偷情故事，这些看起来是增加了小说的可读性，其实是在降低小说的品位，使得作家对历史、对人性的深邃思考依附在眼球吸引上。这不能不说是一种独立品格的缺失。

（原载《今日文坛》2015年第2辑上）

[谢廷秋：贵州师范大学文学院教授]

贵州戏剧影视研究

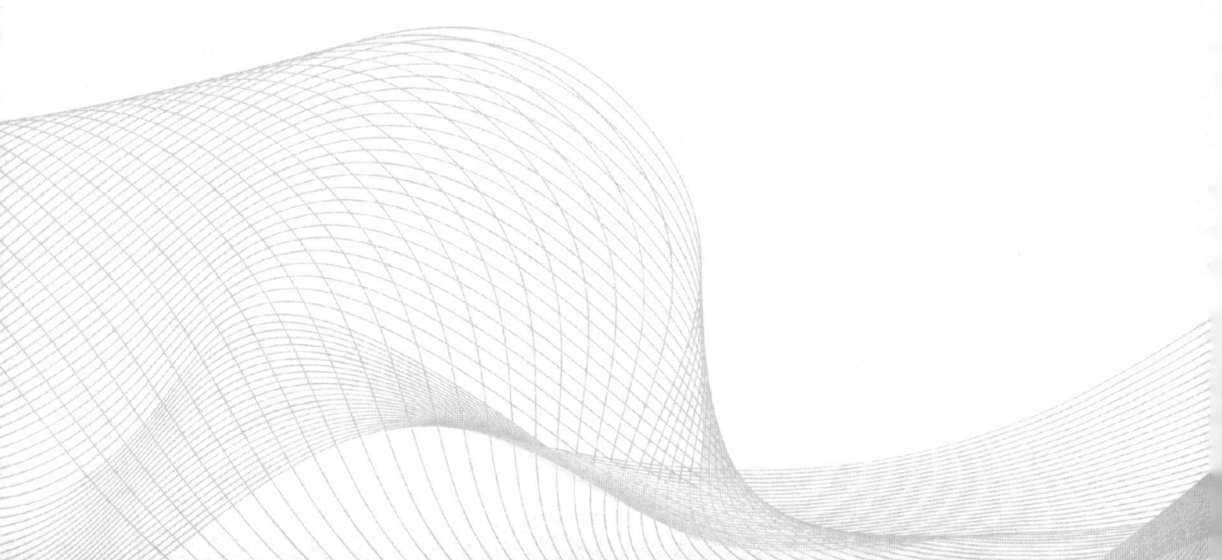

民间戏剧文本及叙事模式之差异性研究

——以贵州汉、侗、布依族戏剧为例

朱伟华　徐江南

联合国教科文组织2003年通过的《保护非物质文化遗产公约》第二条明确规定,"在本公约中,非物质文化遗产指被各社区、群体,有时是个人视为其文化遗产组成部分的各种社会实践、观念表述、表现形式、知识、技能以及相关的工具、实物、手工艺品和文化场所"。① 加入世界《保护非物质文化遗产公约》以后,我国加大了对民族民间文化的保护力度,从2006年开始公布了一系列非物质文化遗产保护目录,其中民间戏剧是非常重要的一部分。

民间戏剧是指那些广泛流传于民间的、广大民众集体创作的传统戏剧。② 在戏剧发展史上,许多民族都保留了自己的民间戏剧,民间戏剧承担着继承传统、为戏剧发展提供养分的重要作用。作为多民族国家,我国民间戏剧种类繁多,总体分为民间大戏和民间小戏两类。民间大戏包括京剧、豫剧、昆曲、越剧、川剧等;民间小戏有秧歌剧、傩戏、采花戏、目连戏、花鼓戏、木偶戏、皮影戏、地戏、侗戏、布依戏等。民间大戏一般流传地域广、受众群体宽、艺术形态较成熟,许多已上升到完善专业剧种的高度。林林总总的民间小戏虽然艺术形式没有民间大戏那么成熟,但由于流行地域、生存环境、民族文化的差异性,却也蕴含了更为丰富的文化符码,更值得深入挖掘研究。

贵州是一个多民族省份,全省有49个民族成分,少数民族成分数仅次于云南,居全国第二,民间戏剧活动也较其他省更加丰富活跃。此外,特殊的高原地形和偏远的地理环境,使民间戏剧最大限度地保存了内容和形态的独特性和差异性。2006年5月,被列入国家第一批非物质文化遗产保护

① 非物质文化遗产,http://baike.baidu.com/view/11090.htm。

② 毕桪:《民间文学概论》,北京:民族出版社,2004年,第328页。

目录的贵州民间戏剧有地戏、侗戏、布依戏、花灯戏、傩堂戏、彝族撮泰吉和石阡木偶戏，全都是民间小戏。其中花灯戏（灯戏）名录列入云贵川三省，傩堂戏名录列入河北、安徽、湖南、贵州四省，木偶戏名录更多，列入包括贵州在内的九省。彝族撮泰吉虽然具有唯一性，但以表演为主。因此，本文选择了既有独特性又有代表性的贵州汉、侗、布依三种民间戏剧进行考察。为使研究深入，本文只从文本形态层面分析，表演形态的研究将另文从事。

一、生存状况与文本内容

任何一种艺术的形成和发展，都与产生它的民族形态及生存状况密不可分。民间戏剧活动与社会联系最为密切，能充分显示特定社会的风貌和民众心理，揭示社会意识形态及文化状况，还与当时社会的经济发展条件密切相关，故一直被看成人类学社会学研究的重要对象。[①] 贵州的汉族、侗族和布依族民间戏剧，在戏剧文本内容间存在相互影响和渗透的同时，也因为特殊的自然和社会环境，呈现出差异性特征。

（一）安顺地戏内容系列

安顺地戏是汉族民间戏剧，但这里的汉族不是一般意义上的汉族，而是指明代"征南战争"发动后从江南至黔中的屯兵移民后裔，他们承袭祖先的谋生方式和社会习俗，世代繁衍形成汉族一个特殊族群——屯堡人，形成了独有的屯堡文化，"黔中屯堡文化即是历经六百余年积淀下来的，目前国内最具特色的一种地域文化现象"。[②] 而地戏则是屯堡文化的集中体现。黔中屯堡以安顺为中心，东起平坝县以西和长顺县西北部、南到紫云县、西至镇宁县、北达普定县，方圆近1340平方公里，社区居民30万名左右。"安顺屯堡区在地貌区划上属于黔中丘原盆地区，表现为典型的锥形峰林和大型

① 朱伟华等：《建构与生成——屯堡文化及地戏形态研究》，桂林：广西师范大学出版社，2008年，第2页。

② 朱伟华等：《建构与生成——屯堡文化及地戏形态研究》，桂林：广西师范大学出版社，2008年，第1页。

溶蚀盆地组合的地貌类型，地形平缓开阔，土地结构以丘陵和河谷坝子为主。”[①]四周虽有山川，但都距屯堡中心较远。在贵州这个没有平原的省份，黔中屯堡区平坦的“坝子”最多，农耕条件相对优越，“因此从总体上看，安顺屯堡区可算一个自然地理单元，内部交流方便，奠定了屯堡社区稳定发展的重要基础”。[②] 优越的自然环境为屯堡社区的生存和发展奠定了坚实的基础，使他们可以发展自己的族群文化。更重要的是，明代作为征服者进入这块土地，清代后的汉族移民却将他们看成少数民族而加以歧视，这使屯堡人有一种张扬正统、重述自己辉煌出身的强烈愿望。这种其他汉族没有、各少数民族也不具有的特殊文化心理，在头戴武将面具、身穿战袍、以武打为表现形式的地戏中得到充分体现。

据我们调查，目前在屯堡区流传的有 25 个剧目，“379 堂（一套面具一批演员演出一个剧目称为一堂）演出”[③]。地戏的基本内容，以前很多研究者都做过概括，如沈福馨认为，“安顺地戏只演武戏，更确切些说，只表演正史故事，虽然附会在历史故事上许多神话传说，有的甚至是完全虚构的故事，但其主线是力图表现通史，反映几千年中国封建王朝的兴衰，歌颂心目中的英雄人物”。[④] 高伦指出，“地戏所表现的全部是一朝一朝、兴废征战的故事”。[⑤] 顾朴光指出，“安顺地戏演出的剧目，全部取材于古代的话本小说、历史演义和民间传说，内容都是金戈铁马的战争故事”。[⑥] 桂梅认为，“地戏，主要以古代历史军事题材为表现内容。剧目取材于《三国》《列国》

---

① 朱伟华等：《建构与生成——屯堡文化及地戏形态研究》，桂林：广西师范大学出版社，2008 年，第 71 页。

② 朱伟华等：《建构与生成——屯堡文化及地戏形态研究》，桂林：广西师范大学出版社，2008 年，第 71 页。

③ 朱伟华等：《建构与生成——屯堡文化及地戏形态研究》，桂林：广西师范大学出版社，2008 年，第 263 页。

④ 沈福馨、帅学剑等：《安顺地戏论文集》，北京：文化艺术出版社，1990 年，第 19 页。

⑤ 沈福馨、帅学剑等：《安顺地戏论文集》，北京：文化艺术出版社，1990 年，第 53 页。

⑥ 沈福馨、帅学剑等：《安顺地戏论文集》，北京：文化艺术出版社，1990 年，第 125 页。

《隋唐》《杨家将》《岳家将》等历史演义故事”[①]。而我们通过对地戏文本的全面考察发现，地戏文本虽然以历史作为外在的故事框架，实际内容却已经基本脱离历史事实，是按照屯堡人的精神文化需要，推演出历史和传说中的英雄业绩来。从叙事模式的角度看，地戏文本所表现的内容可以划分为“征讨”和“传奇”两个系列：

第一是“征讨”系列。这个系列的地戏同历史的关系比较薄弱，以《薛仁贵征东》《薛丁山征西》《五虎平南》《五虎平西》等带有“征”“平”“下”“扫”等字样的作品为代表。征讨系列地戏的内容模式一般都是以受命出征开始，先攻关斩将，后出现挫折，再到救兵出现。救兵一般是主帅晚辈、招亲女性或仙人徒弟。几番周折，获胜回朝，惩处奸臣，接受封赏。这一系列的戏表现英雄们代表正统朝廷对异端番邦进行的讨伐。

第二是“传奇”系列。这个系列的地戏表现的是特定历史时期，出场角色基本是历史人物，以《三国演义》、《隋唐演义》(《大反山东》《四马投唐》)、《杨家将》(《杨家将征辽》《八虎闯幽州》)、《精忠岳传》等为代表。但这些地戏的编写不仅像小说一样演义历史，而且比“演义”走得更远，都是以一部历史演义小说为基础，改编成地戏时突出表现其中的英雄人物。如《三国演义》一开始就是大臣禀报黄巾造反，汉灵帝亲笔张榜招选天下英雄，接着是桃园三结义，然后刘关张去杀张角消灭黄巾军。这仍是番邦造反、张榜招贤、英雄出马、平番建功的模式，历史演义变成了英雄传奇。“表现特定历史时期的英雄故事，带有显著的屯堡社区叙事特征。”[②]

“从文本看，所有的地戏剧目整体上都有一个完整的固定结构模式，即每一部地戏都以皇上设朝开篇，以皇上庆功封赏为结局。也就是说，每一部地戏都以朝廷作为情节的起点和终点，让故事中的英雄们受委派从朝廷出发，经过征战讨伐，最终取得胜利，又回到朝廷报功复命，情节上形成一个完整的闭合结构。在某种意义上，这种从朝廷出发又回到朝廷的结构模式，正好反映了屯堡人以正统国家武士的身份自居而又忠于朝廷的集体无意识的

---

① 沈福馨、帅学剑等：《安顺地戏论文集》，北京：文化艺术出版社，1990年，第63页。

② 朱伟华等：《建构与生成——屯堡文化及地戏形态研究》，桂林：广西师范大学出版社，2008年，第263～264页。

一种固执的表现。"[①]以正统国家将士自居是地戏的核心价值观,因此地戏内容单一,只演征战故事,只演成功不演失败,这反映了屯堡人的身世来源和民族心理。因为地戏是按照剧本进行表演的,地戏文本就成了满足屯堡社区叙事需要的"想象性产物"。

(二)侗戏内容系列

贵州侗族人口约100万人,主要聚居在黔东南黎平、榕江、从江等地。侗族是由古代百越的一个分支发展而来,移民时间较长,是贵州较早的土著居民之一。侗族人民多居住在四周环山、中间又有许多河流的地方,依山傍水的侗寨与他们的耕种习俗密不可分。侗族人民多聚居、少杂居,通常一个姓氏居住在一个寨子,鼓楼、风雨桥等建筑为能歌善舞的侗族民众提供欢聚娱乐的场所。世居黔东南一带的侗族民众就在这种生态环境中,形成了他们独特的侗戏。"侗戏剧目约500个"[②],大多取材于侗族民间故事和现实生活,还有少数从汉族文学作品改编而来。就内容来看,侗戏大致可分为三个系列。

第一是民间传说故事系列,包括《丁郎龙女》《善郎娥梅》《三郎五妹》《金汉列美》《吴勉王》《奴计》《补贯》《珠郎娘美》《雾梁情》《江女万良》《秀银吉妹》《石旦姑娘》《雪妹》《刘媄》《侗寨古英雄虎丹》《金俊与娘堕》《田人汉和美化》等。这一系列剧作往往流传久远,其内容和故事为侗民所熟悉和喜闻乐见,这部分剧作是最能反映侗族历史和文化特点的。

第二是反映现实生活系列,包括《官女婿》《考女婿》《巧媳妇》《六女评郎》《勤懒女婿》《琵琶缘》《花园夜》《巧为媒》《双招亲》《恭喜发财》《送礼》《积肥》《小姑贤》《多一餐》《亲家风波》《浪子回头》《厌公婆》《杉木恋》《不务正业》《女儿也是传后人》《电话牵上夜郎》等。随着社会发展的影响,侗族地区涌现大量新事物和新观念,这部分剧作就及时地反映了侗族现实生活中的各个方面。

第三是汉族文学改编系列,包括根据小说《二度梅》改编的《梅良玉》,由汉族传说改编的《李旦凤姣》,以及从汉族故事而来的《陈世美》和《毛红玉

---

① 朱伟华等:《建构与生成——屯堡文化及地戏形态研究》,桂林:广西师范大学出版社,2008年,第265页。

② 陆中午、吴炳升:《侗戏大观》,北京:民族出版社,2006年,第20页。

英》等。这部分剧作表明了民族文化之间的融合，侗族对外来文化的积极吸纳。从剧目选取和改编中，也能看出侗族的审美取向。

侗族民间戏剧文本内容深受本民族生存状况的影响，其中最突出的两个主题是“对权贵的反抗”和“对爱情的忠贞不渝”，这在各系列剧目中都有鲜明体现。清代以前历代王朝主要通过土司制度对侗族地区进行统治，清朝雍正实行“改土归流”，土司和封建官吏的剥削激起了侗民的强烈反抗。1855年有姜应芳领导的侗族农民大起义，同年还有姜芝灵领导的晃州侗族农民起义等，反映这种反抗精神的有《侗寨古英雄虎丹》，而《补贯》讲述补贯运用聪明才智同官吏、财主进行巧战，对封建权贵进行有力的鞭挞和讽刺。《金汉列美》写金汉投生到地主松堂家，仗着有钱有势，对妻子列美喜新厌旧，后被莫娘、杨妍的阴魂缠死；列美不顾家人百般阻拦，历尽艰辛，终于使金汉得以重生的故事。妻子的“忠”和丈夫的“变”、民众的“善”和权贵的“恶”在戏剧中形成鲜明对照。侗戏中表现追求忠贞爱情的戏很多，但侗戏表现对爱情的忠贞并不等同于汉族封建伦理的“从一而终”，相反这种道德规范对侗民的“影响和渗透是微乎其微的”[①]。侗戏抨击的是侗族从上古流传下来的“姑表亲”或称之“女换舅家”的习俗对青年男女爱情的压抑。“从人类婚姻史来看，侗家的‘姑表亲’不是汉族封建社会的‘三纲五常’‘三从四德’的同类，它蕴含的更多的是原始部落婚姻的逆向指标。‘姑表亲’所体现的婚姻价值观念，更接近于部落社会时期为使家族的产业不外流而为之产生的家族联姻习俗。”[②]特殊的地理条件以及数次侵略和剥削，使侗族选择群居而非独处，他们对新生事物的接受趋于保守，也是对封建外来势力另一种形式的抵抗。

（三）布依戏内容系列

贵州省布依族人口约占全国同族类总数的94%，主要聚居在黔南、黔西南及安顺镇宁、关岭县等地。布依戏主要流传分布在黔西南州的布依族集聚区，包括册亨、安龙、兴义等县市，望谟、罗甸、贞丰等地也有少量传演。从地域分布和自然环境来看，布依族居住在北盘江两岸的平坝河谷地带，地处黔桂滇三省的交通要道，与各地交往比较频繁。因此布依族较其他民族

① 刘斯奇：《生存与美的探求》，贵阳：贵州人民出版社，1993年，第158页。

② 刘斯奇：《生存与美的探求》，贵阳：贵州人民出版社，1993年，第158页。

而言，更加自觉地吸收各族文化营养以丰富和发展自己。布依戏在很大程度上受广西北路壮戏和本省汉族文化的影响。资料显示，“布依戏剧目约120 出”[①]，一般将其分为民族剧目和移植剧目两类。

第一是民族剧目。民族剧目主要是根据布依族民间传说或真人真事改编而成，这些剧“无论是内容还是形式，都更富于布依族特色、布依族风格，它展现的是布依族人们的爱好、愿望和民族审美意识”[②]。如《卜当》《一女嫁多夫》《人财两空》《弄假成真》《三聘村姑》《胡喜与南祥》《六月云》《三月三》《转路洞》《金猫和宝瓢》《罗细杏》《只生一个好》等剧，都将布依族的生产方式、社会习俗及民间传说在剧本中展露无遗。如剧本《罗细杏》，主人公细杏不满包办婚姻离家出走，同一陌生男子结婚，她幻想自己能用辛勤的劳作换取一家人的幸福生活，可事与愿违，她备受家人的虐待。最后她决定和情人一起逃离苦海，在广西建立了快乐之家。从这个根据布依寨真实故事改编成的剧本可以看出，黔西南布依族与广西壮族有着一衣带水的亲密关系，也反映出现实中布依族在生活和艺术上受到邻近广西壮族的影响。

第二是移植剧目。布依族是一个善于学习和交往的民族，学习汉族文化、接受汉族习俗成为他们发展过程中一个重要的环节，“读汉文、习汉礼，仿照汉人排列字辈，修家谱，婚丧礼仪，部分地区也局部改从汉俗……过年的张贴春联、门神，都仿照汉俗，是吸收汉文化的具体表现”。[③] 并且，“大量汉族移民从江西、湖广和四川涌入布依族地区，不仅大大增加了布依族地区的人口，而且带来了汉族地区较为先进的科学技术、文化以及各种比较成熟的文学艺术样式”[④]。此类剧目包括《白蛇传》《蟒蛇记》《樊梨花》《杨家将》《精忠传》《穆桂英挂帅》《陈世美不认前妻》《梁山伯与祝英台》《说岳传》《朱砂记》《花木兰》《八仙过海》《狸猫换太子》等。

许多移植剧目虽不是布依族人民首创，但在改编、表演和传唱的过程中，已经带上了鲜明的布依族特点。相比侗族而言，也许是因为布依族更善于与周边环境和其他民族协调，无论是歌颂劳动人民、反映人们美好愿望的《三聘村姑》《一女嫁多夫》，还是描述争取自由婚姻、反映民风民俗的《罗细

① 龚德全：《布依戏》，贵阳：贵州民族出版社，2012 年，第 24 页。

② 龚德全：《布依戏》，贵阳：贵州民族出版社，2012 年，第 24 页。

③ 布依族简史编写组：《布依族简史》，贵阳：贵州人民出版社，1984 年，第 145 页。

④ 何秋全、陈立浩：《布依族文学史》，贵阳：贵州民族出版社，1992 年，第 371 页。

杏》《三月三》《六月六》，在内容和戏剧结局上，布依戏都显得比侗戏轻松欢快，这也体现了一种较为开放的民族心理。

二、生态环境与文本意象

一个民族的形成及其文化的发展，与孕育这个民族的自然、社会、经济等因素有密不可分的关系，因为“所有文化都植根于生存基础”[①]，生态环境便是最基础、最不容忽视的一方面。贵州地形地貌复杂多样，因各地生态环境的不同形成五大差异性地域，即“黔中丘原盆地区、黔东山地丘陵区、黔南山原山地区、黔北山地区、黔西高原山地区”[②]。黔中地戏，黔东、黔东南侗戏及黔南、黔西南的布依戏等，都是在本民族独特的生态环境中孕育和发展起来的。周边环境的浸润，自然生态的耳濡目染，使各民族戏剧文本中充满鲜活灵动、迥然有别的丰富意象。

（一）地戏环境与文本意象

安顺屯堡区地貌上属黔中丘原盆地区，地势开阔平坦，河流舒缓繁多；周围虽有自然山川如轿子山山脉，但都距屯堡中心较远。因此，受这些生态环境的影响，地戏唱词中少“山”而多“河”。有些剧本虽提到了“山”，但只是一个象征权力的空泛概念，并无实意。然而正像它的地名是以屯、堡、哨、卡、关、所为标注，屯堡社区的形成实际是一个历史人文地理结果而非自然地理结果，所以在地戏文本中大量出现的并不是自然意象，而是社会意象。屯堡村民更多地将目光投向过去，投向征战讨伐、王朝兴衰，因此地戏的核心意象总是与征战相关的各种事物，如“刀枪”“战鼓”“征马”“帅旗”“营地”“战场”等。作为儒家正统文化的维护者和汉族的传承人，地戏中还出现了大量的传统文化意象，如在地戏每次上演前有“扫开场”。“两方主将亮相后，由两个小孩扮的小军（也称小军老二）来开场。这两个平时只在地戏表

① 朱伟华等：《建构与生成——屯堡文化及地戏形态研究》，桂林：广西师范大学出版社，2008 年，第 69 页。

② 朱伟华等：《建构与生成——屯堡文化及地戏形态研究》，桂林：广西师范大学出版社，2008 年，第 70 页。

演中跑跑龙套、传书报信的小角色，在扫开场仪式中，却是玉帝派来的天使，是法力无边的神灵。两小军手握扫帚作兵器，边走边舞边念：

一对童子一双双，金銮宝殿侍玉皇，
天宫领了玉皇旨，差吾下界走一场。
……

念完扫场词后，两小军相互用手把住对方肩膀，继续念道：

和合二神仙，两手把住肩，
有人侍奉我，金银财宝万万千！”①

这时的小军已不是戏剧中的龙套人物，而变成一个象征符码。这种情况在地戏中非常普遍，这和屯堡社区的族群文化有关。“河流”将分散的屯堡社区联结成一个自然地理单元，但“过河”又在象征意义上形成屯堡的一个重要习俗，屯堡妇女一生信佛，而佛事活动中最重要的便是“过河”。“过河”有其特殊的意义和内涵：“龙年过河求一家人顺顺利利，马年求马到成功，鸡年求吉祥如意”，信佛的妇女一生要过三次河才算功德圆满，屯堡妇女代表全家过完三次河，便可“乘船”去往将要到达的地方，有资格发船的信徒一般是年过六十的屯堡老太，“发船”当天她会收到亲戚、朋友的祝贺。所以，“船”是屯堡妇女通往净世不可或缺的工具，也是她们福寿双全、功德圆满的标志和象征。“河”“船”虽由自然意象而来，但又超越一般的自然景物，不仅反映屯堡村寨的生态环境，还呈现其宗教信仰。

（二）侗戏环境与文本意象

贵州侗族主要分布在黔东及黔东南一带，属长江水系和珠江水系的分水岭；所在山区是全国著名的林区之一，北部有武陵山脉和苗岭山脉支系，南部有苗岭山脉主干及支干。因此，侗族生态环境可概括为溪河纵横、丛山环绕。受这一生态环境特征的影响，侗民不仅“靠山吃山靠水吃水”，还逐渐

① 朱伟华等：《建构与生成——屯堡文化及地戏形态研究》，桂林：广西师范大学出版社，2008年，第171～172页。

形成了"万物有灵"的观念。富饶的山水在侗民看来就是万物之源，他们将与之相关的事物都视作神灵，如"山神""水神""井神""树神""雷神""桥头婆"等，与生态环境相关的自然之物作为意象出现在侗戏文本里相当普遍。与"山"相关的意象，如"山""林""树""石""鹰鹞""藤""瓜""鹤鸟""乌鸦""野鸡"等，就多次出现在侗戏文本里。《李旦凤姣》中王娘说："山中枫树突时断，冲冲竹子突翻根。"《丁郎龙女》里索梅对丁郎倾泻情感道："哥得妻，哥得好妻龙配凤，妹我命苦不得跟你成双对，好比鹰鹞不共笼，要是原先你娶我呀，早已藤满园来瓜满架。"侗戏文本中与"山"相关的植物，大多还与侗民的神灵崇拜有关，"乌鸦""鹰鹞"等均是此类意象，如"公鸡不按时啼鸣，预兆着将要发生火灾"，"鹤鸟一旦出现，即认为有不祥的兆头，不是天降大祸，就是社会动荡不安"[①]等。与"水"相关的意象，如"龙宫""龙王""雨""河""草塘""鲤鱼""黄鳝""泥鳅"等也是侗戏文本的核心意象。如《丁郎龙女》中"脱离险境起步归，瓢泼大雨送我行"，"龙女啊！头一个月我得一条金丝鲤。养在凼里早早晚晚看不厌。前段涨大水金丝鲤鱼下河转，害得我心灰意懒好孤单"，"老虎和猪怎能共一屋，黄鳝泥鳅分长短，铜铁怎能熔一炉"等。侗戏文本意象主要取自然之物，因此无论动物还是植物，在文本中都有大量出现。可知生态环境不仅对侗民日常生活影响重大，还对侗族艺术发展影响深远。

（三）布依戏环境与文本意象

同其他少数民族一样，布依族在历史发展过程中形成了自己的原始生态文化圈。布依戏主要分布流传在黔西、黔西南州的册亨、安龙、兴义等县市，该区历来被认为是"布依族的发祥之地"[②]，属珠江水系南北盘江流域。因此，布依人民认为"盘江"就是自己的"母亲河"。如果说侗戏的意象中有山有水，在布依戏中则更多集中在"水"上。布依戏中"盘江"意象的意义不同于侗戏中宽泛的代名词"河"，而是有特定地域内涵的实指意象。"盘江"不仅可以带来丰富的物质生活，也能寄托布依族多彩的精神世界。《罗细杏》一剧就多次用到"盘江"这一意象：第一场《定情》，幕启便对"盘江"做了精细的描述，紧接着伴唱词"盘江水，浓连波，三月三，歌连歌；阿哥阿妹情正

① 刘锋：《侗族》，昆明：云南大学出版社，2004 年，第 571 页。

② 布依族简史编写组：《布依族简史》，贵阳：贵州人民出版社，1984 年，第 2 页。

浓，江水不断歌不落”，细杏对阿品情意表白“妹意长，似盘江，千年不断”；第二场《逼婚》，细杏心事重重地唱到“盘江水，流不断，好似心事诉不完”；第四场《逃婚》，二幕启“盘江畔的山野荒坡，乱石重重，江水滚滚”，棍师在剧终前悲唱山歌：“嗨呦，嗨哟！盘江水，流不断，冲出峡峪绕过山。木筏闯滩去远方，何时才能把家还？”“盘江”在其他布依戏剧中也多处被提到，如《金竹情》《一女嫁多夫》《全龙马在申》等剧。较之侗族对“河”的喜爱，布依族对“盘江”多了一分敬仰；不同于侗族“万物有灵”的泛神倾向，布依族盛行以“盘江”为核心的动物崇拜，如布依人民认为“盘江”里的“鱼”是有灵性的动物，他们常用这一意象来寄托情感，并认为在困境中能得到“鱼”的帮助，如在《金竹情》第四场《金竹传情》中凡龙与鲤鱼对话，郎秀得到鲤鱼姑娘的同情，并最终帮助他们金竹合一。通过“盘江”及与之相关的意象，我们可找到布依人民的信仰崇拜和情感归宿。

各民族因地形地貌、历史渊源和生活习惯的差异形成不同的生态环境，受这些环境影响形成异于其他族类的生态文化圈。在民间戏剧文本中，选择人们熟知的意象传情达意，也许正是民间戏剧得以广泛流传和表演的原因之一。另一方面，各民族独特的民间文化、社会习俗，也在戏剧文本凝练的意象中得到保存和传播。然而，我们更应该注意到的是，同一个意象，其实在不同民族的文本中会注入自己独特的内涵，例如，在地戏、侗戏和布依戏中都出现的“河流”这个意象就是如此。

三、民族心理与文本形态

“艺术是人类心理的外化。它体现着民族的情绪情感和性格特点。”[①]民间戏剧是在民间流传多年形成的，其间蕴含着丰富的文化积淀。它的戏文内容讲述了本族民众喜闻乐见的故事，它的文本形式或者说讲故事的方式，则体现其民族的心理、审美习惯和价值取向。分析地戏、侗戏和布依戏的叙事模式，可以让我们更清晰地发现其差异性的表现及形成原因。

① 孙玉兰、徐玉良：《民族心理学》，北京：知识出版社，1990年，第226页。

(一)地戏文本形态与叙事模式

《中国戏曲志·贵州卷》指出:"地戏剧本民间称为'唱本',是以第三人称为主的叙事说唱体,没有代言体……"[①]在实际文本中并不是这么绝对,往往唱词中有情节的叙述,有人物动作的交代,也有第一人称的角色话语。这些同第三人称的叙述融合在一起,形成地戏文本中第三人称叙事说唱和第一人称代言话语交错在一起的表现形态。这是因为地戏每个剧目都是长篇大书,地戏只是对说唱文本的搬演,"说书式"第三人称的叙述是连接情节所不可或缺的。而在地戏表演中,主要依赖武打,唱腔以表意为主,一唱众和,调式非常简单。然而在戏剧人物的选择和故事情节的讲述方式上,地戏却体现出高度类型化的特点:

1.正与反(忠与奸)

屯堡人是以中央王朝代表的身份,作为汉民族强势文化进入贵州的。因而作为屯堡文化核心的地戏,就体现了国家武士所代表的正统意识,处处表现出对正统性的推崇。在地戏文本中,"正"与"反"二元对立的冲突模式,贯穿地戏的所有故事情节。在征讨系列的地戏中,基本情节结构就是番邦反叛,元帅出征,几经波折,得胜还朝。代表中原汉族正统的朝廷自然是正方,被征讨的反叛番邦就是反方,两方构成黑白分明的简单对立关系。平番讨叛,就是为朝廷效力尽忠,所有的人物关系都以此为标准来设置安排。皇帝、元帅、男女英雄形成完整谱系。元帅是连接皇帝和英雄的人物,在朝廷面前他代表英雄,在英雄面前他又代表朝廷。由于元帅的这种双向身份,在地戏文本中他一般是作为屯堡文化忠义观念的象征,成为地戏的主角。因而征讨系列的地戏,经常以元帅本人或其家族命名,如《薛仁贵征东》《薛丁山征西》《杨家将三下河东》等。在传奇系列的地戏中,因为演义小说的影响,不能像征讨系列那样简单地以正统王朝和反叛番邦为正反两方,这种情况下地戏文本编写者就把"天意"所归、即将登位一方及为之而战的英雄作为正方,与之对抗的作为反方。例如,在《大反山东》中,将要建立唐王朝的李氏家族和为唐王朝建功立业的英雄们为正方,而其余的特别是与李唐王朝对立的是反方,即使他们也是反对隋朝的起义军,如王世充、窦建德等,都

---

① 中国戏曲志编辑委员会:《中国戏曲志·贵州卷》,北京:中国戏剧出版社,1999年,第65~67页。

概称为“十八家反王”。《三国演义》中刘备一方是正方，同刘备对立的无论是董卓、曹操还是孙权，都是反方。与“正”“反”相关联的还有“忠”“奸”对立。忠奸对立实际上是正反对立的镜像，“忠”就是正方，“奸”就是反方。由于地戏是以武打为主要表现形式，男性占据主导地位，女性的出现只集中在一个情节模式上，即“女将招亲”，25个地戏文本中，只有个别剧目没有这样的情节。女将招亲情节一般具有以下特点：(1)女将都本领高强，胜过男性，最有名的如樊梨花和穆桂英，甚至代替长辈掌了帅印；(2)都是女性主动追求男性，有的因此而抗拒父母之命，甚至杀父弑兄如樊梨花，完全背离正统封建伦理道德；(3)女将们这种置传统观念不顾，主动追求婚姻对象的行为，被地戏作者解释为通过性的方式归顺正统王朝。所以，女将招亲、归顺正统、助夫成功这种情节，仍可纳入“正反(忠奸)对立”的基本模式。

2.仙与凡

地戏以“跳神”的形式出现，需要塑造超凡脱俗的神性英雄。地戏文本大多自小说改编而成，在对英雄能力的表现上也明显受小说的影响。小说底本写作水平较高的如《三国演义》，就有“三英战吕布”这样不借助神仙法术展示两方英雄本领的战斗场面；但受地戏表现形式和文本编写者能力的限制，很多争斗难以在实际场景中展开，只能走《封神演义》的路子，通过“神化”来展示英雄们超乎寻常的本领。于是，大多数地戏文本中的英雄，就像《荷马史诗》中的人物一样成为半仙半凡的神人，而地戏(特别是在征讨系列里)中的多数战争，也就演变成神仙们的斗法，在这一点上，地戏显得更像是历史小说同神魔小说的结合。地戏中不仅神仙斗法的情节非常普遍，而且每个英雄都有对应的星宿，许多人物都是天上的星宿下凡，英雄本来就是“仙人”。如白虎星转世的吕布、罗成、薛仁贵、郭子仪、杨六郎、狄青，大鹏星转世的岳飞、秦叔宝，黑虎星转世的牛皋、王虎，薛丁山和樊梨花则分别是金童星、玉女星。因此，只有借助神仙法术和灵器宝贝，过关斩将的英雄征战才能最终完成。《四马投唐》是村民们最为喜爱、演出频率最高的剧目之一，戏中有不少星宿神人，如唐太宗李世民就是天上派下来的紫微星，代表天神护佑管理臣民，但是总有人反叛作乱，这是青龙星、赤须龙、泾天龙、五鬼星等妖星下凡引起的，老天又派出白虎星、金童星、玉女星和门神来对付他们，还有雷神李元霸、哪吒投胎的裴元庆，“星君”很多，群众喜欢观看。屯堡村民坚持将地戏称为“跳神”非常准确：剧中有许多神仙道人出现；剧中的“历史人物”都已“成神”；这些平定天下的英雄又寄托了村民们对“骑着高头大马来”的祖先的崇拜和祭祀，满足他们希望通过“跳神”来保佑风调雨顺、五谷丰登的愿望。

3.父与子

代际关系是家庭伦理关系中最富张力的关系之一。在地戏文本中，家庭代际关系往往体现为父子之间的传承与冲突，这也构成了地戏基本的模式构架之一。地戏文本中，有薛家将、杨家将、狄家将、岳家将几个以“家”命名的系列，另外《罗通扫北》《大破铁阳》等也都有明显的子承父业或子报父仇的情节，这些戏都属于征讨系列，每部戏都有家族的传承关系。按照传统的儒家伦理规范，父与子由于血缘的继承和经济的抚养，形成支配与被支配的关系，所谓“父为子纲”。但在地戏文本中，父与子关系的体现却不同寻常。一般传统的父子关系表现为子遵父教、子承父业，而在地戏文本中，这种父辈尽到抚养教育职责、子辈继承父辈业绩的情况往往不被重视，所出现的子辈人物多是几笔带过的配角或过场人物。另一种父子关系在地戏文本中却成为常见的表现模式，即由于奸臣迫害或是失散等原因，子辈英雄没有直接与父辈接触，在没有传承和扶持的情况下，对父辈（前辈）的业绩继承和发扬，并为自己家族建立了新的功勋。杨家将系列的地戏就多是这种模式，《大破铁阳》《沈应龙征西》也都是这样。在地戏文本中，凡是能承担重任，率兵救父，或是接替重任，完成父辈事业的后代，往往都是这种脱离家庭庇护，因为某种机缘来到修道成仙的师父身边、由神仙师父抚养教导成才的。如薛丁山、罗通、岳雷等都是如此。这种情况和屯堡社区当年动荡不安的周边环境，和明代屯军制度中“替役补伍亲子化”①的规定等情况，着有相当的吻合程度。

（二）侗戏文本形态与叙事模式

侗族是一个热爱生活、追求自由的民族，唱歌是侗民精神生活特别重要的组成部分，他们以歌讲史、以歌劝世，“饭养身，歌养心”。侗戏在侗歌的基础上应运而生，早期的侗戏以唱为主。在侗乡一般称“看”侗戏为“听”侗戏，这是因为侗戏“是在侗族大歌中叙事大歌的基础上受桂剧、祁剧、辰河剧、桂北彩调、贵州花灯等地方戏曲的影响而形成的一个独特剧种”。② “以唱为

① 万明：《晚明社会变迁问题与研究》，北京：商务印书馆，2005年，第428页。

② 王胜先：《侗族文化史料（第三卷）》，凯里：黔东南苗族侗族自治州民委民族研究所，1987年，第95页。

主”的侗戏表演形式，决定了它“唱”的技法很重要，一出跌宕起伏的戏总是由不同的“唱腔”构成。侗戏的唱腔主要有“戏腔”“哭腔”“歌腔”“新腔”“客家腔”五种，一出侗戏的内容通过不同的唱腔，使观众从中体会到不同的情感和美的享受。侗戏文本朴实简单，多唱词少道白，有的类似对唱，但有明确的角色身份。侗戏有长有短，其内容无论来源于神话传说还是现实，都紧贴侗民日常生活实际，体现侗民朴实的民族心理，在侗戏文本中，下列几种叙事模式是高频出现的。

1.善与恶

中国传统文化中有孟子、荀子性善与性恶之争，各族百姓在民间文学中则永远推崇扬善抑恶主题，在继承发扬侗歌劝世教导作用上发展起来的侗戏，这种善恶对立模式更为明显。侗戏中劝人友善待人、勤劳勇敢、和睦邻里、尊老爱幼等唱词比比皆是，同时，侗戏将侗民喜闻乐见的民间故事、传奇小说搬上戏台，让善恶对峙，将善恶冲突表现得淋漓尽致，最后善胜恶败，大快人心。善与恶在戏文里，不仅组成戏剧的情节主线，还构成侗戏最基本的冲突模式。如《补贯》是侗民根据身边的故事进行创作编写的，戏剧题材来源于榕江三宝农民补贯。该剧讲述善良的补贯自小机智勇敢，不畏艰难同财主等恶势力做斗争，维护了乡民的利益，得到了人们的爱戴，恶人最后遭到报应和惩罚。又如《莽隋》，这是据从江县老戏师吴冠儒翻译并口述整理而来的戏剧，故事中流美姑娘与算命先生智斗，流金和流宜两兄弟被算命先生的谗言蛊惑，对“扫把星”的妹妹流美无端生仇，将其推下悬崖。后家道日益败落，两兄弟沦为乞丐，却受到流美的热心款待，兄弟二人认识到错误并得到流美的原谅，善行终于得到彰显，恶人终于遭到报应。戏剧用善恶冲突将故事引入高潮，“好人有好报，恶人有恶报”成为贯穿侗戏文本始末的主线。而在处理善恶冲突时，侗戏特别突出正义、善良一方的反抗性，写出好人勇于抗争才战胜恶人，体现出侗民倔强刚毅的民族性。而侗戏中表现最多、在下节将论述到的爱恨情仇故事，也往往是在善恶是非的冲突模式中展开，这在以下论述中可以清晰地看到。

2.爱与仇

从心理学角度分析，一个民族的艺术活动必定饱含这个民族的情感特征，而侗戏无论是来自神话传说、民间故事，还是来自现实生活、改编作品，表现最多的就是对男女忠贞爱情的颂扬，众多保留剧目都体现这个特点，如在侗戏中很有名的《李旦凤姣》（改编剧）以及《三郎五妹》《甫桃乃桃》《金汉列美》《珠郎娘美》《善郎娥梅》等。这些剧表现男女主人公爱情受阻源于两种情况：一是坏人、富人觊觎女主人公的美貌而加害男主人公，导致家庭破裂、亲人受难，这种情况有《李旦凤姣》《珠郎娘美》《善郎娥梅》等；二是两情相悦的男女双方，受到来自长辈或家族的阻碍，这种情况有《三郎五妹》《金汉列美》等。要认识这种悲剧产生的原因必须了解侗族民间婚姻习俗，“姑表亲”与“行歌坐月”是侗族并存于现实又相互矛盾的婚恋习俗。“姑表亲”即“姑家之女，必嫁舅家之子，叫做还骨种。如不成婚，就是舅家同意，也还要赔偿一笔彩礼”。[①] “行歌坐月”是侗族青年男女交往的传统方式，侗族青年男女在“行歌坐月”中以歌声传情达意，自由选择心仪的对象。许多青年男女在“行歌坐月”的交往中找到自己心爱的对象，却往往被“姑表亲”这种婚俗葬送幸福甚至生命。《金汉列美》就集中表现了“姑表亲”与“行歌坐月”这一不可调和的矛盾，金汉与列美就是这种旧婚俗的牺牲品。侗戏的爱恨情仇写得非常热烈，善于塑造敢爱敢恨的刚烈人物，如《珠郎娘美》中银宜欲夺娘美为妻杀死珠郎，娘美这位弱女子就举起镰刀，亲手砍死银宜替珠郎报仇。侗戏倾尽全力去推崇自由、忠贞的爱情，将爱情写得惊天地、泣鬼神，感情描写激越、强烈、极端，“相信万物有灵和灵魂不死，是侗族宗教信仰的思想基础”。[②] 因此，《金汉列美》中相爱的男女主角在阳间做不成夫妻，就赴死到阴间去做夫妻，歌颂那种不离不弃、生死相随的爱情，“生愿同生恩恩爱爱在一起，死愿同死变神变鬼共坟丘”。这部戏赞扬了那种生死相随、忠贞不贰，超越生死、超越贫富、超越时空的爱情。

3.新与旧

侗戏的发展繁荣是在新中国成立之后，“从19世纪30年代侗戏产生到20世纪40年代末的120年内，创编的侗戏剧目仅几十个。……50年代和80年代是侗戏的鼎盛时期，在总共500多个侗戏剧目中，绝大多数都是这个时期创作的”。[③] 反映新旧冲突是侗戏中较常见的题材内容和戏剧模式。这类作品呈现新社会改变侗民生活和观念下的人生百态，旨在肯定新事物、贬斥旧思想。这类戏剧一般由代表新观念的甲方与代表旧思想的乙方组

① 王胜先：《侗族文化史料（第六卷）》，凯里：黔东南苗族侗族自治州民委民族研究所，1987年，第225页。

② 杨权等：《民族知识丛书·侗族》，北京：民族出版社，1992年，第116页。

③ 陆中午、吴炳升：《侗戏大观》，北京：民族出版社，2006年，第3页。

成，双方因一个事件发生新旧冲突，最后乙方接受甲方的教育，摒弃旧思想过上新生活。这类剧随时代变化有不同的具体内容，如1965年首演的《奴救赖》宣传科学，揭穿鬼师的骗术；独生子女政策提出后，有《生男生女都一样》《女婿也是儿子》等剧作；改革开放后有表现勇于学习打拼，走上致富道路的新侗民的《巧为媒》《当家人》《赶市场》等。这类剧作没有第一、二类那样深入人心，但从中还是能看到侗民生活的变化和他们追赶新时代的迫切心理。

（三）布依戏文本形态与叙事模式

布依族能歌善舞，在继承发扬本民族艺术传统、借鉴学习其他民族艺术样式的基础上，形成舞蹈与歌唱结合的布依戏形态。布依戏使用的语言因剧目来源的不同而有所区别：来源于布依族民间故事和反映本民族现实生活一类的戏剧，其唱词和对话均采用布依族民间语言；移植自汉族流传故事或戏剧的剧目，多采用汉语，或用汉、布语相结合的方式。布依戏不像地戏、侗戏那样以连唱多天的连轴戏为表现形式，大多属于有分场结构的整幕剧，情节较为单纯。在民歌和说唱艺术的影响下，布依戏声腔的主要曲调由八音坐弹戏发展而来，"形成了'正调'、'大五调'（也称喊板）、'灯调'、'浪哨腔'、'苦调'五种腔调"。[①] 曲牌数有时多达十几种，可用以烘托气氛、渲染背景。布依戏由多种伴奏和多段唱腔形成，多个演员分角色演唱加上程式化动作，舞台表现丰富。受布依民族心理影响，其叙事模式具有以下特征。

1.男与女

布依戏按题材来源可分为民族剧目和移植剧目，而在题材上对男女关系的关注贯穿这两类剧目始终，但又有不同的表现和侧重。民族剧目大多根据布依族民间传说或真人真事改编而来，具有鲜明的布依族特色，在叙事模式上表现为对纯真坚定男女爱情的追求。该类剧大多以男女双方的爱情萌芽开始，以爱情修成正果结束，中间会穿插许多障碍来阻止两人结合，但坚定的信念使他们从不放弃追求，最后有情人终成眷属。如布依戏《罗细杏》，该剧数次获奖，广受布依群众欢迎，最大的原因就是动人地反映了布依女子爱情的忠贞和对自由的追求：陆阿品在浪哨（谈情说爱）场上与罗细杏

① 龚德全：《布依戏》，贵阳：贵州民族出版社，2012年，第53页。

结下纯朴爱情，但卜苏威逼细杏同他的憨包儿子成亲，抢走细杏、杀死罗大爹、痛打罗大妈，悲剧不断上演，细杏宁死不屈，终于在朋友的帮助下与阿品远走高飞，爱情修成正果。又如《看山穿》，李员外将女儿许配给看山穿，之后又相继许配给海龙王、翁先生、神箭手，四人在迎亲时相互争斗，县官后来也起了歹心欲纳李家姑娘为妾，聪明的李家姑娘巧施良计，挣脱县官，与看山穿双双离府远去。无论是细杏还是李家姑娘，两人最后的圆满结局均与自身的努力分不开，这类剧不仅体现布依族的爱情至上观，还将布依女性塑造成行动的主体，她们成为追求爱情、婚姻自主的新人。由于没有侗族“灵魂不死”的宗教信仰，布依族的爱情故事都发生在现世，最后往往有圆满结局，不似侗戏那么多生生死死，体现出乐观的现世情趣。在移植剧目中，也有大量男女关系的描写，如《七姊妹》《樊梨花》《陈世美不认前妻》《白蛇传》《玉堂春》《杨门女将》等。此类戏剧中男女英雄、仙人与凡人、发达丈夫与贫穷妻子的情爱纠葛构成戏剧的主要冲突模式，与地戏表现男女英雄以征战为主不同，布依戏中更多关注“招亲”等情节因素，同时仍然体现出女强男弱的模式。例如，《七姊妹》《樊梨花》中女将本领高于男性，指挥战争取得胜利；《五虎平南》《薛仁贵东征》中狄龙、薛仁贵被段红玉和攀秀花招亲；《陈世美不认前妻》中秦香莲告倒陈世美，戏剧以女胜男败结束等。这类戏剧往往关注男女情感生活，截取一段情节入戏，体现出女性自强意识和圆满结局带来的娱乐性。

2.官与民

布依戏中组成戏剧冲突的另一组矛盾是官与民。该类戏剧以某一事件为双方冲突的导火线，最后以官败民胜为结局，旨在揭露和批判黑暗势力对劳动人民的压迫和剥削，也在戏剧表演中给广大群众以信心和希望。如著名传统戏剧《六月六》，此剧由贺德荣根据民间传说改编而成，讲述了清代同治九年六月初，官府勾结地主，派出官兵进驻龙广，对布依人民进行大范围屠杀。官府的残暴行为激起布依人民的反抗情绪，他们与官兵交战厮杀并请来民族英雄杨元帅，六月初六日这天历经几日的战争终于结束，官兵失败逃跑，布依人民最后取得胜利。又如《金猫宝瓢》，此剧官民冲突不如《六月六》那么激烈直接，但从另一侧面将官员的丑态暴露出来：布依寨卜苏（地头）家养有一只黄猫，一日觅食至邻居家将水瓢摔破，农家将猫打死，双方产生纠纷去官府评理，在“金猫”与“宝瓢”的辩论和陈述中，农家机智聪明地战胜贪婪无赖的卜苏，使县官袒护卜苏的目的最终失败。官民对立模式在移植剧目中也有体现，如《武显王闹花灯》中皇亲武显王仗势欺人，正月十五日见田子真妻子罗惠英貌美便抢去做妾，并打死罗惠英儿子朱克，最后武显王被包公判斩，官与民的冲突同样得到凸显。又如《二下南唐》《五虎平南》《穆桂英挂帅》《精忠传》等剧目，均是表现地方权势压榨人民引发内乱，朝廷招贤纳士，官民冲突得以平息的事件。此类冲突的发展可概括为"由官强民弱到民胜官败"。这类戏剧有两点需要补充：第一，财主、地痞等权贵势力仍算作"官"，他们凌驾于百姓之上，对群众进行剥削和伤害，他们和民众的冲突仍是官民冲突的一种；第二，官败民胜的结局还包括"贪官败清官与民同胜"模式，这在《武显王闹花灯》《陈世美不认前妻》《包公案》等布依戏中均有体现。

布依戏与侗戏一样也有不少由真人真事改编而成的现代小戏，如《好媳妇》《金竹情》《胡喜与南祥》等，真切地反映了布依族人民的日常生活。布依戏演出时，无论道白还是唱词都特别注意人物身份，将人物分为"好""坏"两边。由于布依族与周边环境和其他民族相处较和谐，民族心态平和，文本推崇团圆结局，文本中常出现幽默诙谐语言，相比地戏和侗戏，更多一些喜剧色彩。

四、民族审美与文本风格

民间戏剧作为民间文艺中的一种，在流传和表演过程中不断发展完善，并逐步加深着本民族的审美积淀。"艺术是一种社会意识形态，是一定社会生活的反映，是社会生活和人类思想情感的再现和表现，是人类用感性形象的手段把握世界的一种方式，它具有一种比现实世界更集中、更普遍的审美品格。"[①]各民族的审美品格体现在民间戏剧活动中，就形成了戏剧文本的多样性、丰富性和差异性。同时，通过不同民族民间戏剧文本的形态，我们能更好地理解各民族的文化根性。在此，借助《民族生态审美学》的几个观念，对地戏、侗戏和布依戏文本审美风格做出以下概括。

① 徐之梦等：《美与审美》，北京：机械工业出版社，1993年，第323页。

(一)地戏的“竞生之美”

“所谓竞生之美,是在审美的主客体关系中,主体占据着矛盾结构的主导、中心的地位,主体的潜能得到自由实现,而客体则处于从属的地位,客体的潜能在一定程度上受到压制,成为主体本质力量移注、投身的对象,是主体本质力量的一种确证。”①屯军移民黔中虽已有几百年历史,但有关祖先的记忆,他们都会通过演唱地戏中王朝兴衰的故事来延续和保持。正如“征讨”和“传奇”系列,地戏主角永远是出征的元帅、争战的英雄,突出抗争与讨伐的“竞生”。屯堡居民以他们独特的审美意识,将地戏文本内容锁定在唐宋争战故事范围内;继承着屯军尚武的精神,《封神演义》充分肯定武王伐纣的正义性,为“以正压邪”的角逐张目造势;《楚汉相争》描写刘邦项羽两人由最初结拜兄弟到最后争夺天下,将“胜者为王”的竞争意识显露无遗。从审美主体看,“竞生之美”也是另一形式的“壮美”,“壮美的突出特征是‘力的显现’……义士无畏,敢于打破人际的暂时平衡面凸现,当为壮美。……壮美感中包含有使命感,显示榜样力量的壮美对象……洋溢着英雄激情”。②地戏中洋溢的英雄激情和使命感,体现了屯堡居民的生存意识,这种“竞生意识”也带来社区的向心力和凝聚力,使屯堡文化穿越历史长河而保存下来。

(二)侗戏的“依生之美”

“所谓依生之美,是指美的生成过程中,审美的主客体关系表现为:客体占据着本体、本源、主导的地位。”③侗族主要的居住区四面环山,是全国著名的林区之一,平坝中多河流,物产丰富、风景优美。在自然环境的熏陶感染下,侗民逐渐形成与自然依存的关系,他们一切依从自然,特色建筑鼓楼、风雨桥都依山傍水而建,多声部侗族大歌则来源于对自然天籁之声的模仿。侗民经常围坐在取自然之物(木头、竹子等)建成的公共场所对唱大歌、演出侗戏,文本唱词及戏剧意象都受自然环境的深刻影响。侗戏演出时间顺应自然,传统短剧如《补贯》《丁郎龙女》《善郎娥美》《送礼》等 1～3 天演完;长

① 黄秉生、袁鼎生:《民族生态审美学》,北京:民族出版社,2004 年,第 28 页。

② 胡家祥:《审美学》,北京:北京大学出版社,2000 年,第 158～160 页。

③ 黄秉生、袁鼎生:《民族生态审美学》,北京:民族出版社,2004 年,第 20 页。

剧如《珠郎娘美》《金汉列美》等则延到 5～7 天，戏剧对白可根据时间长短进行适当调整。“依生之美”还表现在将自然神化，对自然臣服，相信万物有灵和灵魂不死，将投身大自然看成是一种美的归宿，《善郎娥美》中娥美为守护与善郎的忠贞爱情，拒绝表哥逼婚，投河自尽；《孤独的王乔星》中王乔星因嫉妒错杀了自己的儿子王连，悲恨交加拔剑自刎，变成了一颗孤独的星星。“依生之美”体现的是“崇高的浪漫、质朴的秀美、艺术的自然”[①]的审美特征。

（三）布依戏的“共生之美”

“所谓共生之美，既不是客体占据着矛盾的主导地位、主体依从依生于客体，形成客体化的主体；也不是主体占据矛盾的主导地位，主体征服客体，形成主体化的客体。而是主客体相适相宜，协同共生，形成一种和谐的、高级形态的美。”[②]布依族地处滇黔桂三省交界处，旧时是壮族一个支系，“解放后，经过本民族内部协商和国务院正式批准，1953 年，把居住在红水河以北的贵州布依人确定为‘布依’，而居住于红水河以南的广西、云南部分的布依人确定为‘壮族’”。[③] 布依族语言与壮语、水语等有历史渊源，与这些民族世代友好并有通婚习俗。布依族与汉族的文化交流同样密切频繁，在发展过程中熟读汉文、学习汉礼、移植汉俗，吸收汉族文化养分，这些形成了布依戏的“共生之美”风格。布依戏是移植剧目最多的，在这些剧目中为读者展示了布依寨优美的自然风光、独特的民族心理和审美情趣，与环境及其他民族保持着和谐关系。他们以审美的眼光看待生活，在多元文化形成过程中不断丰富发展自己，剧作中体现出更多的欢快情绪，许多悲剧最后也以美好结局收束。如据汉族剧目和布依族民间传说融合而成的移植剧目《梁山伯・祝英台》，“梁祝化蝶”的结尾被改编成二人双双殉情后死而复生，最后幸福地在一起。无论是戏剧的故事情节还是处理手法，布依戏中随处可以看到民族文化交融带来的共生和谐之美。

“戏剧是一门综合性的集体艺术。……它既包容了视觉范畴的静态的

① 黄秉生、袁鼎生：《民族生态审美学》，北京：民族出版社，2004 年，第 70 页。

② 黄秉生、袁鼎生：《民族生态审美学》，北京：民族出版社，2004 年，第 37 页。

③ 广西壮族自治区民族研究所：《广西民族研究参考资料（第六辑）》，桂林：广西壮族自治区民族研究所，1986 年。

空间艺术,也包容了听觉范畴的动态的时间艺术;尤其是必须把观众包容进来,让他们在具体生动的艺术感染中,共同参与创造"[1],而民间戏剧由于是各族民众长期集体创作的结晶,所以更具有文化研究的特殊意义。希望以贵州汉、侗、布依族戏剧为例进行的差异性研究,能为推进民间戏剧研究的深入、更好地保护我国珍稀的非物质文化遗产,提供有意义的启示。

(原载《戏剧艺术》2014 年第 1 期)

[朱伟华:贵州师范大学文学院教授;徐江南:贵州师范大学文学院2012 级硕士研究生]

---

① 徐之梦等:《美与审美》,北京:机械工业出版社,1993 年,第 393 页。

侗戏《金汉列美》的版本比较及意义重勘

陈祖燕　朱伟华

随着国家对非物质文化遗产的重视和扶持，越来越多的非物质文化遗产得以走向世界，向世人展现其耀眼光芒。2008 年，贵州黔东南侗戏《珠郎娘美》成功"申遗"，激发了黔东南当地政府和群众保护侗戏的积极性，加强了人们保护优秀民间文化资源的意识。在此契机下，侗戏《金汉列美》这个文本再次引起许多人（包括笔者在内）的关注，这个精美文本所蕴含的那种感天动地的爱情故事令人感到深深的震撼。2009 年 8 月，《金汉列美》被积极申报为国家非物质文化遗产。难怪当年余秋雨教授听了《金汉列美》的故事后，竟忍不住拍案惊叹道："可惜侗族没有文字，要有是，早在海明威前一百年就获得诺贝尔奖了！"[①]《金汉列美》的艺术魅力由此可见一斑。为一睹《金汉列美》的精彩剧情，我们查阅大量资料，发现《金汉列美》原始戏文版本已经遗失，现在流传的《金汉列美》戏文唱本是根据民间歌师口述整理或根据演出译编的版本。由于口授相传和演出者二度创作等原因，《金汉列美》在传承中出现了许多内容相似、特色各具的译编版本。目前最受关注的主要有四个：一是 1986 年 12 月，由贵州人民出版社出版、李瑞岐编的《民间侗戏剧本选》中，吴生贤翻译，刘尚远、李瑞岐整理的《金汉列美》剧本（以下简称"1986 年版"）。二是 1987 年 8 月，由黔东南苗族侗族自治州民委民族研究所出版、王胜先主编的《侗族文化史料》（1～10 卷）第 7 卷中梁旺贵的论文：《侗戏〈金汉列美〉浅谈》（以下简称"1987 年版"）。三是 1991 年 2 月，由

① 在田野调查中，我们采访到了从江县文化馆原馆长、侗戏剧作者、七场侗戏《金罕》的改编者梁维安先生（现 71 岁）。据他说，1985 年，他到上海戏剧学院进修，得到了余秋雨教授的指导。余秋雨听说了《金汉列美》的故事后，非常高兴，就邀请梁维安到其家中一起讨论这个故事，并做出了上述评价。

黔东南从江县贯洞当地侗戏剧作者梁维安改编的七场侗戏《金罕》,《金汉列美》"申遗"的申报书用的就是该版本的故事内容(以下简称"1991 年版")。四是 2006 年 12 月,由贵州人民出版社出版,收入"贵州地方知识与文化记忆"丛书,贵州大学西南少数民族语言文化研究所主编,由潘永荣、张人位编译的《金汉列美》(以下简称"2006 年版")。《金汉列美》那美丽的爱情传说及其不同版本引发的一些问题牵引着我们揭开它的神秘面纱。2010 年 4 月初,我们走访了《金汉列美》的故乡——贵州省黔东南地区从江县贯洞镇龙图一带,了解到《金汉列美》的一些原始故事内容,还发现了《金汉列美》的许多重要的民族文化现象。

一、内容相似、特色各具的戏文版本

在田野调查中我们了解到,《金汉列美》又叫《吉金烈美》《吉金》《金汉》《金罕》。讲述的是男主角金汉和女主角列美坚贞的爱情故事。金汉是贯洞寨的富家子弟,列美则是贫苦人家的女孩。双方的父母早已按照"姑表亲"婚俗为他们各自订了婚。可是他们俩在"行歌坐月"的交往中,产生了真爱,并结下了爱情的结晶。他们试图冲破"姑表亲"的婚姻旧俗,但无奈封建势力太强大,他们成为"姑表亲"和封建势力的牺牲品,两人的真爱成为一场悲剧。在阳间得不到真爱,他们便到阴间寻找爱的歌堂,演绎了一段超越生死、超越贫富、超越时间与空间的爱情赞歌。据当地人讲,《金汉列美》原始戏文唱本塑造了 70 多个形象各异的人物形象,全诗共有 3000 多行,当时拿到鼓楼上演需要七天七夜。《金汉列美》以爱情故事为线索,将天上与地下、人间与鬼蜮、社会与自然融为一体的创作方式,集中体现了侗民追求幸福生活的人性探索。《金汉列美》的 4 个版本内容相似,各有特色,现就各版本戏文内容做对比分析。

(一)"1986 年版":纯粹描写阳世"一男四女"的八场侗戏

"1986 年版"是目前看到的最早版本。在主要人物的构设上,加入了杨妍、莫娘两姐妹与金汉的爱恨纠葛,使故事情节演变为金汉和前妻葵花,金汉与心上人列美以及金汉与情人杨妍、莫娘两姐妹的多角爱情关系。金汉被描写成与多人发生感情的"花心男",成为教育后人的反面教材。与侗乡流传的金汉忠于列美，为了追求真爱超越生死、超越时间与空间的描写相去甚远。“1986 年版”是一场纯粹描写阳间的戏，与原版男女主人翁在阳间得不到真爱，宁可死了到阴间寻找幸福的描写截然相反，原始版本神秘、浪漫的色彩减淡。在剧本的改编上，“1986 年版”最早将《金汉列美》改为只有八场戏的剧目，体现出改革侗戏“锐意创新”的尝试和勇气。在八场侗戏里，每场戏都有一个小标题命名，恰当地概括出剧情从“换心”“驱妻”“私奔”“情变”“告密”“拐逃”“追夫”到“团圆”的发展变化。该版本情节紧凑，冲突集中，初步显示了改革侗戏的实绩。其在主要人物设置、场数的安排、结局的处理上，对其他几个版本产生了不同程度的影响。如，“2006 年版”也加入了杨妍、莫娘与金汉的情感纠葛；“1991 年版”从“婚礼”“生离”“突变”“死别”“寻夫”“重逢”到“闹殿”的七场侗戏设置方式，与其不谋而合；在结局的处理上，“1991 年版”金汉被“身心分离分二女”的开放式结局有“1986 年版”“拉他出去用刀劈！”的影子。这显示出该版本对后来翻译或整理的《金汉列美》版本的影响。

（二）“1987 年版”：生死相依，对爱情悲剧的浪漫化处理

“1987 年版”是一篇较早研究《金汉列美》的论文，没有完整的剧本，但对《金汉列美》的产生地与背景、故事内容和主要情节都做了详细的介绍，从侧面提供了《金汉列美》的另一个版本。在该版中，列美是金汉门当户对的妻子，出身贫寒、年轻漂亮的婄央仰是金汉爱慕的对象。“1987 年版”与“1986 年版”有同有异：相似点是金汉并不喜欢“姑表亲”的妻子。不同点有三：一是“1986 年版”中金汉的“姑表亲”妻子葵花在“1987 年版”被改成了列美，金汉的心上人列美名字变成了婄央仰。二是“1986 年版”金汉和列美（即“1987 年版”的婄央仰）经历了一番艰辛得以结为夫妻，但“1987 年版”的“列美”（即婄央仰）并没有与金汉发生爱恋，她自知家境贫寒，配不上大户人家，也不愿意做小老婆，始终与金汉保持着距离。三是“1987 年版”没有杨妍、莫娘两姐妹与金汉的情感冲突，还原了男女主人翁死后到阴间寻找真爱的情节。这与我们田野调查了解到的“一男二女”的爱情冲突以及金汉与列美死后在阴间相爱的情节吻合。在“1986 年版”中，没有男女主角的死亡，到了该版，金汉的父辈们对婄央仰（即“列美”）进行一系列的威逼、羞辱直至逼着她走投无路自杀身亡。金汉因深爱婄央仰（即“列美”），在得知她死后，亦寻死追随婄央仰（即“列美”）而去。于是这对苦命鸳鸯在阴间的“芦笙

堂”，吹芦笙，跳芦笙舞，得以自由相恋。这种浪漫化的处理方式，一方面淡化了“姑表亲”婚姻旧俗对青年男女的毒害，另一方面表达了人们探寻幸福在何处的思考，以及追求自由、追求平等、追求幸福生活的愿望。这种浪漫化处理方式，极其符合侗族人民爱幻想的天性，是对侗族人民思想的一种深刻认识。金汉表妹到阴间寻找金汉无果，只好自己回家，按照封建家规守寡后半生的结局方式，寄予了作者对金汉表妹的同情和对旧婚俗的批判。“1987 年版”是最早介绍《金汉列美》产生年代的版本，认为约产生于雍正、乾隆年间，说明《金汉列美》这个故事确实历史深远。

（三）“1991 年版”：现代戏剧艺术的引入和“身心分离分二女”的开放式结局

“1991 年版”是一个现代感很强的版本，透露出了改编者的现代戏剧艺术修养。虽然“1986 年版”初步尝试了对侗戏剧目进行改革，但“1991 年版”的改革则走得更远，将原版需要连续上演“七天七夜”的故事，改为七场侗戏，压缩到 2 个小时内完成表演。在不违背原版的基础上，立主脑，去枝蔓，加入序幕、旁白或舞台提示的现代戏剧艺术手法，使得《金汉列美》的戏剧冲突更加明显，体现了改革侗戏剧本的新尝试，适应了现代文化冲击下人们观剧心理的改变。此外，“1991 年版”与“1986 年版”相似点还有金汉反抗“姑表亲”的旧婚俗，追求自由婚姻。与“1987 年版”和田野调查到的主要情节相似，该版本演绎的是“一男二女”的爱情赞歌，结局是一对追求自由婚姻的恋人在阳间得不到幸福不得不去阴间寻找爱的歌堂。但具体到细节，该版与“1987 年版”又有异同，同的是该版中金汉的表妹是列美，但女主角婄央仰的名字变成了娥娘。在两个版本中，都是在婄央仰和娥娘被金汉的父辈逼迫毒害致死后，金汉寻死到阴间追求真爱，金汉的前妻亦寻死追寻金汉到阴间。不同的是，在阴间的描写上，“1987 年版”阴间的“芦笙堂”变成了“1991 年版”的“十二层歌堂”；“1987 年版”的结局是金汉与心上人在阴间幸福地生活，金汉前妻守寡终生；在“1991 年版”中变成了金汉被“身心分离”分给了前妻和心上人。这种震撼人心的结局方式将侗族人民爱幻想的天性和浪漫主义色彩发挥到了极致。这种得不到时苦苦追求与得到后大失所望的强烈反差，给人强烈的冲击和震撼。金汉不得不成为旧婚俗和自由恋爱这对矛盾冲突的牺牲品。追求幸福的三个人最终都不能随心所愿得到真正意义上的真爱，开放式的结局给人留下了无限的思考空间。

(四)"2006 年版":"侗汉"双语出版的最原始、最完整的长篇叙事歌版本

"2006 年版"是长篇叙事歌版本,用侗语和汉语对照,配上插图,翻译整理出长篇叙事歌《金汉列美》这本书。该版在篇幅上尽量接近原始戏文版本,在语言上保持了侗族语言的丰富性,保留了侗族叙事歌押韵、风趣、充满生活智慧的特点,为观众提供了关于侗族民风民俗的很多文化信息。翻译、整理的 300 多首侗歌再现了侗族的原始韵味和社会风貌,可谓是一部关于侗民族生产、生活、繁衍的民族史诗。在主要人物的刻画上,与"1986 年版"相同的是,也加入了杨妍、莫娘两姐妹与金汉的爱恨纠葛,演绎了金汉和表妹贵花、妻子列美、情人杨妍和莫娘一男四女的感情冲突。同"1986 年版"一样,金汉冲破了与贵花定的"姑表亲"的封建风俗,经历了逃婚、私奔等艰辛与列美得以结为夫妻,却抵挡不住一夫多妻的诱惑,又与杨妍、莫娘两姐妹发生感情。相异的是,"1986 年版"中金汉被杨妍、莫娘"拐逃"到官府处断案,列美到官府处寻夫的情节,在该版中被改为金汉被杨妍、莫娘"拐死到阴间",列美二入阴间寻夫。"1986 年版"的结局是金汉被官府断为"拉他出去用刀劈!",后来"桥公"和众人为其求情,遂免于一死,与列美重归于好。在"2006 年版"中,结局变成了金汉与杨妍、莫娘在阴间风流快活,拒绝返回阳间;后来在金汉爷爷魂魄的劝说和玉帝的裁判下,金汉夫妻得以重返阳间团聚,杨妍、莫娘两姐妹被判为坏女人继续留在阴间。同时,该版将列美(即"1987 年版"的婄央仰和"1991 年版"的娥娘)塑造为"一个多么重情重义的人,为了自己的爱情,她不惜牺牲自己的一切去营救自己心爱的人,特别是当她把金汉从一个死人变成活人,更显示出了爱情的力量"。[①] 但是,将金汉描写成"花心丈夫",杨妍、莫娘两姐妹描写为勾引男人的坏女人形象,淡化了忠贞爱情的传统爱情观。金汉、列美夫妻重返阳间团聚,冲淡了《金汉列美》的悲剧性。

这几个版本比较而言,差异主要体现在主要人物的增减、女主角姓名的更改和最终结局三方面,矛盾的焦点始终指向贫富悬殊与封建婚姻对追求自由婚恋青年的扼杀。对比这些特色各具的译编版本,原始《金汉列美》的

---

① 王继英:《一曲感人的爱情赞歌——评侗戏〈金汉列美〉》,《贵州民族学院学报》2009 年第 2 期。

内容逐渐清晰。

《金汉列美》是一出超越生死、超越贫富、超越时间与空间、生死相随的爱情悲剧，是对美好爱情永恒追求的一首赞歌。无论是金汉追随心上人列美（娥娘或媠央仰）去阴间，还是“金汉”前妻寻夫到阴间，无不显示了那“爱情的力量”。由此可见，作者想要歌颂的是那种生死相随、不离不弃的爱情。阴间也因此被隐喻为没有贫富悬殊、人人平等的“人间乐园”。在褒扬忠贞不贰的爱情、探寻民族幸福生活的哲理思考方面，“1991年版”的故事内容比较贴近原始戏文版本。虽然“1991年版”的故事内容只有七场，在人物的丰富性和语言的民族性方面也不如“2006年版”全面，但是该版本对那种超越生死、超越贫富、超越时间与空间的爱情描写，及其出其不意的“身心分离分二女”的结局，非常震撼人心，体现了人类对美好爱情永恒追求的普遍价值。因为，纵观国内外的爱情经典，国内的如《梁山伯与祝英台》、国外的如《罗密欧与朱丽叶》之所以传为经典、经久不衰，就是因为这些作品所歌颂所赞扬的那种生死相随、忠贞不贰的爱情观，是千百年来老百姓最认可、最推崇的爱情观。这几个特色各具的版本，在优势互补中为观众展现了蕴含在《金汉列美》中的丰富、多元的文化价值。

二、《金汉列美》的多元文化价值及意义

《金汉列美》在传承中出现这么多的版本，一方面说明《金汉列美》确实是一部艺术经典，受到了侗民的热爱和追捧；另一方面，也透露出在现代文明冲击下，人们正以一种“现代的眼光”来理解《金汉列美》多元的文化价值。如“1986年版”和“2006年版”加入了杨妍、莫娘两姐妹同时与金汉发生爱情关系，这可能是人们的一种想象。在现代人看来，像金汉这样一个家财万贯的少爷，不可能不花心，家里三妻四妾也不是不可能。这种想象和改编满足了一些具有现代眼光的观众的心理，但是不太符合人类追求忠贞爱情的传统观念。又如，“1986年版”和“1991年版”将需要上演七天七夜的戏份，改为八场戏或七场戏进行演出，则是适应快速的现代生活节奏下人们观剧心理的改变。事实上，每一种译编版本都相应地体现出不同的文化价值，只有对这些文化符码进行解读，才能了解蕴含其中的深刻意义。

(一)堪比经典的浪漫爱情绝唱

侗戏多以颂扬男女之间的爱情为主要故事内容,在众多传统保留剧目中,能真正倾尽全力去推崇忠贞、自由的爱情,能将爱情写得那么惊天地、泣鬼神,感情描写地那么激越、强烈,能将天上与地下、人间与鬼蜮、社会与自然融为一体的,唯有《金汉列美》。即使已经"申遗"成功的侗戏《珠郎娘美》,也难与《金汉列美》所体现的那种超越生死、超越贫富、超越时间与空间、超越人间与鬼蜮的情感相媲美。《珠郎娘美》叙说贵州三宝地方有位聪明、能干、漂亮的侗族姑娘娘美,在"行歌坐月"时与忠厚老实的珠郎发生爱情。为了逃避父母包办的"姑表亲"的婚姻,他们双双私奔,逃到从江贯洞。当地财主银宜见色起意,想独占娘美,设计杀死了珠郎。娘美为夫报仇设计杀死银宜后,逃往他乡。无论是对浪漫爱情的热烈歌颂、对忠贞不渝爱情的描写,还是对追求幸福生活的爱情观,抑或是人物形象的塑造,《金汉列美》都比《珠郎娘美》显得更为深刻、丰富和饱满。贵州省从江县非物质文化遗产保护委员会办公室提交的《金汉列美》"申遗"的申报书中说清末民初,当叙事歌《金汉列美》首次出现在侗乡鼓楼上演出时,连续表演了七天七夜。《金汉列美》因其独特的艺术魅力和隐喻的深刻哲理,令广大侗民连看七天七夜也看不厌。从此以后,《金汉列美》在侗民的心里掀起了层层情感波澜。改编成同名侗戏演出后,《金汉列美》更受到侗民的喜爱。

《金汉列美》充分体现了在侗族历史和社会变迁中,侗民对忠贞爱情的追求和对幸福在何处的探寻,深刻反映了侗民探寻美好幸福生活乐园的深层思考。有别于阳间的贫富悬殊和不平等的社会现实,《金汉列美》将阴间隐喻为没有贫富悬殊、人人平等、人人向往的幸福歌堂。金汉与娥娘(即"列美")那超越生死界限、超越贫富悬殊的爱情,堪比《梁山伯与祝英台》中梁山伯与祝英台那唯美彻骨、惊天动地的爱情。金汉与娥娘不顾世俗眼光所追求、所演绎的爱情,也不逊色于《罗密欧与朱丽叶》那矢志不渝、生死相随的爱情。金汉与娥娘把梁山伯与祝英台、罗密欧与朱丽叶那矢志不渝、忠贞不贰的爱情展现得淋漓尽致。在爱情面前,生死的界限消失了,阳间得不到幸福,就去阴间寻找幸福的殿堂。从某种意义上说,《金汉列美》可算得上侗族文学史上的浪漫爱情绝唱。

(二)侗族民俗文化心理的缩影

《金汉列美》展示了侗族丰富多彩的民风民俗,尤其对婚姻习俗和宗教信仰表现得淋漓尽致。在侗族民间,“姑表亲”与“行歌坐月”是并存于现实但又相互矛盾的婚恋习俗。许多青年男女在“行歌坐月”的交往中找到了自己心爱的对象,可是往往被“姑表亲”婚俗葬送掉爱情、幸福甚至生命。《金汉列美》就集中表现了“姑表亲”与“行歌坐月”这一不可调和的矛盾。“姑表亲”即“姑家之女,必嫁舅家之子,叫做还骨种。如不成婚,就是舅家同意,也还要赔偿一笔彩礼”。[①] “姑表亲”的落后制度,曾经造成过不少悲剧。金汉与列美就是这种旧婚俗的牺牲品。而“行歌坐月”“不落夫家”的社会交往方式,则使得青年男女(包括已婚但未住进夫家的女子)有机会自由交往。“行歌坐月”是“侗族青年男女交往的传统方式,侗族有‘不落夫家’(也称‘坐家’)的习俗,即新婚之夜不入‘洞房’,或数日后新娘便返娘家。逢年过节、农忙或夫家有事,夫家才请人把妻子由娘家接来与丈夫同房过夜,待怀孕生产后才始居夫家”。[②] 这就是为什么金汉和列美虽然各自都有婚约还能“行歌坐月”唱歌的原因。侗族青年男女在“行歌坐月”中以歌声传情达意,自由选择心仪的对象,若双方情投意合,就常来常往,直至感情不断加深。感情发展到谈婚论嫁的时候,就得相互交换“把凭”(信物)。在“2006 年版”中金汉和列美交换的把凭是“三十白银”和“绸子白布”,因为“女出绸布眼能见,男出金镯心能查”。男方的信物多为项圈、戒指、白银等,女方多以布匹、花带等纺织品为信物。经常在一起“行歌坐月”的男青年被称为“月堂伴侣”,姑娘则称为“月堂姐妹”。如“1986 年版”中的宝宜就是金汉的“月堂伴侣”。当初,金汉去与列美“行歌坐月”,就是宝宜陪着去的。

《金汉列美》还体现了侗族的“自然崇拜”精神。“相信万物有灵和灵魂不死,是侗族宗教信仰的思想基础。”[③]在《金汉列美》的人物中,既有现世生活中的人,也有阴曹地府里的鬼神;既有超凡脱俗的神仙,也有人格化了的山川河流。相爱的男女主角在阳间做不成夫妻,就死到阴间去做夫妻。“生

---

① 王胜先:《侗族文化史料(第六卷)》,凯里:黔东南苗族侗族自治州民委民族研究所,1987 年,第 225 页。

② 谢彬如等:《保护与民族地区社会发展——关于贵州民族文化保护与发展的研究》,贵阳:贵州民族出版社,2004 年,第 130 页。

③ 杨权等:《民族知识丛书·侗族》,北京:民族出版社,1992 年,第 116 页。

愿同生恩恩爱爱在一起,死愿同死变神变鬼共坟丘。”这种“灵魂不死”的宗教信仰,体现在戏文中即是男女主角都不害怕死亡。侗族认为人是阳间的过客,出生即是磨难的开始——“哭来世间报道,人生不会逍遥,落地哭三声,忧愁从此生。”[①]因为人们总是哭着来到这世界的,死亡意味着能摆脱苦难的束缚。侗民爱歌如命,唱歌对他们来说是最幸福的事情,所以他们就将阴间想象成是十二层歌堂,如同汉族人心中的世外桃源一般。《金汉列美》一方面以阴间喻阳间,揭露了当权者仗势欺人、鱼肉弱小的社会现实;另一方面又认为即使阴间、阳间的状况是一样的,阴间也还是比阳间公平,因此愿意在阴间接受审判而拒绝返回阳世。这样的安排与汉族人把阴间比喻成十八层受苦地狱的心理情感是完全相反的,而这也体现了侗族的“自然崇拜”的宗教信仰。

三、以唱为主的表演形式及教育意义

在侗乡,一般称看侗戏为听侗戏,这是因为侗戏作为侗族人民传统的戏剧形式,“是在侗族大歌中叙事大歌的基础上受受桂剧、祁剧、辰河剧、桂北彩调、贵州花灯等地方戏曲的影响而形成的一个独特剧种”。[②] 以唱为主的侗戏表演形式决定了它“唱”的技法很重要,一出跌宕起伏的戏总是由不同的唱腔构成。侗戏的唱腔主要有戏腔、哭腔、歌腔、新腔和客家腔五种,一出侗戏的内容通过不同的唱腔,使观众从中体会到美的享受。如在“1991 年版”中,当金汉的父亲逼着娥娘在金汉和表妹列美的婚礼上唱歌祝福金汉夫妻俩时,娥娘看着心爱的人与别人结为夫妻,心里很是哀伤,就带着哭腔唱道:“笑语声喧喜筵开,歌堂姐妹庆贺来。一贺夫妻同偕老,相期白首到仙台。二贺夫妻常恩爱,鸾凤双飞永开怀。三贺早日生贵子,月里丹桂双手摘……”这种表演唱腔节奏自由,音调凄楚哀怨,较好地表现出演唱者所演的人物形象。

以唱为主的表演形式,使得侗戏的舞台表演很朴素,戏台空间小得最多

---

① 据梁维安介绍,此话是从江县贯洞镇著名歌师吴鸿干的信条。

② 王胜先:《侗族文化史料(第三卷)》,凯里:黔东南苗族侗族自治州民委民族研究所,1987 年,第 95 页。

不过十几平方米。和大多数侗戏一样,《金汉列美》的舞台空间是超时空的,一般是故事叙述到哪里,时空就延伸、拓展到哪里,场次和角色的变化由演员念白告知。《金汉列美》的正本表演形式最早是演员坐着唱,一般将演员分成两排坐着,根据剧情的发展,该哪个演员道白、演唱通常由戏师事前安排好,一个角色唱一段,另一个角色答唱。后来,《金汉列美》的表演转向二人上台走步表演。一般是由两个演员一起走到戏台上,自报扮演者姓名,并说“我现在金汉家”或“我现在在歌堂”等之类的话,以此提醒观众自己扮演的角色和叙事时空。每个角色歌唱完一句后,两人走“8”字交换位置之后再接着唱。像《金汉列美》这出人物角色众多的侗戏,后来发展为多人同时上台表演,在“1991 年版”的表演中,甚至运用了幕布、布景、灯光等现代舞台效果,体现了改编者在历史进程中逐步革新侗戏表演的尝试。

《金汉列美》的表演程序是严格按照侗戏的演出程序进行的,一般由“着妆”“立坛请师”“开场白”“正本演出”“消散歌”这几个部分组成。侗戏的“着妆”除了小丑穿特制花衣外,其他角色通常穿生活装,有些地位显贵者穿节日盛装。“立坛请师”是侗戏演出一个必不可少的程序,由掌簿戏师来主持,通常要设香案、供酒肉、化符、请神,意为保佑戏班人员演出成功、万事如意。“开场白”由一个演员诵读,《金汉列美》的开场白从人类起源、民族迁徙等说起,最后介绍剧中人和剧情,如“嗨! 众位乡亲呀! 现在我不说别的,只说说咱们的老祖宗。……我叫金汉老头,养了三个男孩。大的叫松海,当中的是松宝,小的叫松万。等一下他们三兄弟出来和大家说。现在我没有空,我进屋去了”。[①] 直白而又贴近生活的叙述方式,不仅使得观众观剧的过程轻松愉快,也起到了切入正本的作用。开场白结束才进入正本,“正本演出”结束时由全体演员演唱一段“消散歌”,如“1986 年版”的消散歌:“大家静听莫喧哗,听我讲句结尾话:秤杆无砣称不起,楼中无柱往下塌。朝中无王天下乱,人不规矩会犯法。金汉乱理失足恨,奉劝后人莫学他。多亏洪干心会想,编歌编戏教大家。”消散歌说明剧本的教育意义,表示演戏结束,大家可以离去。这样既娱乐了大家,同时也起到了一定的教育作用。它教育老人不能阻碍青年自由选择婚姻,否则青年将不得不反叛家庭,最终酿成悲剧。它教育青年不能三心二意,否则将不会有好下场。而那些关于神仙、鬼蜮、天上、人间的表演则吸引着孩童展开丰富的想象,丰富他们单调的童年生活。

① 杨权等:《民族知识丛书·侗族》,北京:民族出版社,1992 年,第 85 页。

四、原创第一出侗戏的深远意义

前面分析的几个版本都是流传改编本，而《金汉列美》的真正作者是贵州省从江县贯洞镇的著名歌师吴鸿干(1779—1839)。《金汉列美》“申遗”的申报书中介绍，清朝嘉庆、道光年间，吴鸿干根据当地发生的真人真事创作成长篇叙事歌《金汉列美》，后改编为同名侗戏进行演出。在各个版本中，作者的真实姓名是一个谜，称他为张鸿干、张洪干、张宏干、张红干、张讽干的都有。《金汉列美》“申遗”的申报书和“1986 年版”《金汉列美》则称作者姓吴，叫吴鸿干或吴洪干。关于“鸿”字出现多种版本可能是笔误所致，至于作者的姓氏，对比各种资料，我们认为《金汉列美》“申遗”的申报书所称“吴鸿干”是比较可信的。在田野调查时，梁维安告诉我们，贯洞当地吴姓居多，在清朝嘉庆、道光年间，几乎没有张姓，可以吴鸿干的墓碑为凭。根据《金汉列美》“申遗”的申报书提供的信息得知，现在仍然健在的《金汉列美》传承人瞿永福(男，1928 年生)是吴鸿干的孙女婿，吴鸿干的名字是得到了瞿永福确认的。“1987 年版”《金汉列美》是最早介绍《金汉列美》产生年代的：“侗戏《金汉列美》的产生是在改土归流时期，当时侗族社会已经进入封建社会晚期，由于缺乏文字记载，详细年代尚不清楚，约于清代雍、乾年间。”[①]比《金汉列美》“申遗”的申报书认为产生于“清嘉庆四年(1799 年)”的时间还要早。而“2006 年版”认为《金汉列美》的产生时间为“清道光年间(约 1838 年)”，比前面两个版本的时间稍晚一些。由于年代久远，缺乏文字记载，《金汉列美》确切产生年代已经无法考证，但我们认为最晚应该产生于清嘉庆、道光年间。

提到侗戏，少不了提及在侗乡被普遍认为是“侗戏鼻祖”[②]的著名戏师吴文彩(1798—1845)。由黔东南州文化局编、李瑞岐主编、1989 年出版的《贵州侗戏》是第一本专门介绍侗戏的书籍，其中记载吴文彩于“公元

① 王胜先：《侗族文化史料(第七卷)》，凯里：黔东南苗族侗族自治州民委民族研究所，1987 年，第 234 页。

② 贵州省文化出版厅：《贵州民间艺人小传》，贵阳：贵州人民出版社，1986 年，第 230 页。

1828—1838 年间","将汉族故事《朱砂记》与《二度梅》改编为用侗语道白、演唱的侗戏脚本——《李旦凤姣》与《梅良玉》。这是侗戏历史上具有重大意义的脚本,它们的产生,标志着侗戏的开始"。[①] 该书认为吴文彩改编的《李旦凤姣》和《梅良玉》是第一侗戏,但是李云飞在论文《侗戏两大家及其代表作简论》[②]中对这一结论提出质疑:"其实稗官野史中也无《李旦凤姣》的故事,它的出处只是清代余治所编的剧本《朱砂痣》。""《朱砂痣》问世的时间,很可能是在 1850 年之后。这就与吴文彩于 1828—1838 年改编此剧在时间上发生了抵牾。……我这里推论 1850 年《朱砂痣》问世,还是一个保守的估计。"[③]这样一来,如果李云飞的推算正确,则吴文彩改编侗戏《李旦凤姣》和《梅良玉》应是在 1850 年以后,比吴鸿干的《金汉列美》产生于道光年间(1838 年)的时间还要晚十几年。那么吴文彩的生卒年及其侗戏创始人的说法,显然有待商榷。

除了创作时间的先后之外,两人选编的题材也有差别。吴鸿干的《金汉列美》取材于当地发生的真人真事,所叙述的是发生在侗民身边自己的事,所描写的是侗族的生活习俗、风土人情,所启发的是生活在这块土地上的侗民。最重要的一点是,《金汉列美》是原创文本,真正是由侗族人讲侗族人自己的故事,不是改编和转译。这种原创性所具有的价值和保留的大量原始信息,是最值得珍藏和最具有历史意义的。虽然吴文彩改编的《李旦凤姣》和《梅良玉》同样产生了深远的影响,但它毕竟是汉族的题材,讲述的是汉族故事。因此,我们认为无论是从创作年代、内容题材还是原创性来比较,《金汉列美》都堪称真正意义上的侗族本土原创第一出侗戏。因为《金汉列美》是吴鸿干用侗族的语言,侗族惯有的富于想象、善于思考的思维,写出了反映侗族本土风俗习惯和生活内容的作品。《金汉列美》无论从内容上还是思想上,都保留着侗族婚姻、家庭、宗教信仰等生产、生活习俗的痕迹,集中展示了侗族丰富的文化内涵。从这个意义上说,作者吴鸿干应被称作"用侗族题材创作侗戏的鼻祖"[④],《金汉列美》算得上"本土原创第一侗戏"。

侗戏是贵州的又一张省级文化名片,《金汉列美》作为侗族原创的第一

---

① 黔东南州文化局编:《贵州侗戏》,贵阳:贵州民族出版社,1989 年,第 43 页。

② 李云飞:《侗戏两大家及其代表作简论》,《贵州文史丛刊》1995 年第 4 期。

③ 李云飞:《侗戏两大家及其代表作简论》,《贵州文史丛刊》1995 年第 4 期。

④ 贵州省从江地方志编纂委员会编:《从江风物志》,昆明:云南民族出版社,2008 年,第 116 页。

出侗戏，则是这张文化名片中最令人引以为豪的艺术瑰宝。金汉和列美那超越生死、超越贫富、超越时间与空间、生死相随、震撼人心的爱情故事，完美地诠释了侗民对忠贞爱情的向往与追求。《金汉列美》再现了侗族生产、生活、繁衍的原始韵味和社会风貌。无论从内容上还是思想上，都保留着侗族婚姻、家庭、宗教信仰等生产、生活习俗的痕迹，集中展示了侗族丰富的文化内涵。作者将天上与地下、人间与鬼蜮、社会与自然融为一体的描写，集中体现了侗民追求幸福生活的人性探索。《金汉列美》既有鲜明的民族特征，又体现了人类对美好爱情永恒追求的普遍价值，可谓侗族文学史上的经典之作。从这个高度来定义《金汉列美》，才能真正认识到侗戏的存在价值和文化意义。

[原载《贵州民族学院学报(哲学社会科学版)》2010 年第 6 期]

[陈祖燕：贵州师范大学文学院 2008 级硕士研究生；朱伟华：贵州师范大学文学院教授]

《邓恩铭》:歌剧舞台上的又一朵红花

谢廷秋

2017 年 12 月 19 日,贵州黔南民族师范学院自编自导自演的大型爱国主义教育歌剧《邓恩铭》在贵州省国际会议中心上演,80 分钟的演出让观众在激昂的歌声、动人的音乐和充满视觉冲击力的舞台中,深情追溯了邓恩铭的辉煌一生,也让革命英雄的事迹在歌剧的全新舞台上再度绽放出动人的光芒。演出结束后,掌声久久不息。

这是贵州黔南第一次以歌剧形式演绎红色故事,也是贵州高校第一部原创红色歌剧。歌剧是典型的西方艺术形式,它是将音乐(声乐与器乐)、戏剧(剧本与表演)、文学(诗歌)、舞蹈(民间舞与芭蕾)、舞台美术等融为一体的综合性艺术,是一门传统的西方舞台表演艺术,是主要或完全是以歌唱和音乐来交代和表达剧情的戏剧(是唱出来而不是说出来的戏剧)。歌剧的演出和戏剧的所需一样,都要凭借剧场的典型元素,如背景、服装和表演等。较之其他戏剧不同的是,歌剧演出更看重歌唱和歌手的传统声乐技巧等音乐元素。歌手和合唱团常有一队乐器手负责伴奏,有的歌剧只需一个小乐队,有的则需要一个完整的管弦乐团,有些歌剧还穿插有舞蹈表演。歌剧被视为西方古典音乐传统的一部分,因此和古典音乐一样,流行程度不及当代流行音乐,而近代的音乐剧(如《妈妈咪呀》等)被视为歌剧的现代版本。可以说,歌剧是比话剧更西方的艺术表现形式。世界经典歌剧有《浮士德》《乡村骑士》《卡门》《图兰朵》《阿依达》《茶花女》《弄臣》《托斯卡》《奥赛罗》《蝴蝶夫人》《艺术家的生涯》《塞维利亚的理发师》《魔笛》《费加罗的婚礼》等,常演不衰。

以歌剧形式演绎中国的红色故事从 20 世纪的《江姐》《洪湖赤卫队》就开始了,而且非常成功,流传下来的经典唱段之多,大家都会哼唱,几乎就是用歌剧艺术进行爱国主义教育的最好范本。贵州黔南民族师院推出的歌剧

《邓恩铭》再一次成功地用最西方的艺术形式演绎最中国的故事，不仅讲述中国的故事，也讲述了贵州的故事和黔南的故事，这又是一次成功的尝试。

一、好剧本塑造革命者形象

邓恩铭生于1901年，字仲尧，贵州荔波人，水族。邓恩铭出生于一个贫苦农民家庭，生长在贵州少数民族山乡，幼年靠亲友资助求学。6岁上私塾，10岁到荔泉书院读书。16岁离开家乡到山东，投奔过继给黄家当县官的二叔黄泽沛，并由二叔资助于1918年进入济南山东省立第一中学读书。五四运动爆发后，邓恩铭积极响应北京学生爱国运动，组织学生参加罢课运动。1920年11月，他与王尽美等组织励新学会，介绍俄国十月革命，抨击社会现状。1921年春，邓恩铭参与发起建立济南的共产党早期组织。同年7月，邓恩铭与王尽美代表山东共产党早期组织，赴上海出席中国共产党第一次全国代表大会。他是中国共产党创始人之一，是参加中共一大的唯一的少数民族代表。1925年2月8日，他组织领导青岛胶济铁路工人大罢工。1928年12月，邓恩铭在济南被捕，1931年4月在山东英勇就义，年仅30岁。2009年9月，邓恩铭被中央宣传部、中央组织部等11个部门评选为“100位为新中国成立做出突出贡献的英雄模范人物”之一。歌剧《邓恩铭》的编剧深入挖掘了黔南红色文化资源，塑造了革命家邓恩铭的光辉形象。全剧分为三幕七场，分别选取了邓恩铭远离家乡赴山东学习、在山东积极开展学生运动、参加中共一大、领导纱厂罢工、惩治党内腐败分子、不幸入狱并英勇就义等片段，整体反映了不同时期邓恩铭的成长和革命历程。从邓恩铭16岁离家到30岁牺牲，如何反映一个革命者的形象？目前剧本选择的重大事件无疑最能展示革命者的家国情怀和生命历程。

二、好的创作团队体现专业追求

歌剧由黔南民族师范学院音乐舞蹈学院院长韦祖雄教授任艺术总监，声乐博士王占文任总导演，声乐硕士张世琦、博士王占文任编剧，张世琦、文学与传播学院吴英文博士作词。特邀中国音乐学院喻文烨（作曲博士）音乐创作团队作曲，中国音乐学院容世杰（声乐博士）、铁路文工团李扬（青年男高音，独唱演员，师从容世杰）等专家担任现场指导，黔南民族师范学院音乐舞蹈学院师生 90 余人参与排练演出。这个优秀的创作团队，对歌剧的艺术追求十分专业。

三、好的艺术形式丰富多彩

歌剧通常由咏叹调、宣叙调、重唱、合唱、对唱、独唱、序曲、间奏曲、舞蹈组成，歌剧《邓恩铭》展现了这些元素，还包含了静止的造型如雕塑，大量的说白如话剧（便于观众理解剧情），剧终合诵囊括各种歌剧元素。歌剧《邓恩铭》演唱形式丰富多彩，对白编排得当。剧中人物邓恩铭、侯玉清、王复元、隋得功等人物形象在演员的倾情演绎下变得生动鲜活。

第一幕《离别家乡》表现 16 岁的邓恩铭告别亲人师友，踏上外出求学历程，就是以邓恩铭的独唱开启："黎明村寨/山水依然/男儿立志出乡关/学业不成誓不还/辞师友，别亲人/前路漫漫世事难/乡土血脉流/青春山花开/埋骨何须桑梓地/人间到处是青山。"歌词集中展现了邓恩铭的理想和情怀，演唱由舒缓到高昂。邓母的唱段简洁精练："养儿十六年/今日别娘去/茫茫山外路/思儿寸心知……"表达了依依难舍情。邓恩铭的老师却用了一段告白："人民疾苦，国家危亡/为师早已晓得你救国救亡的远大理想/莫言跋山涉水/莫畏道路艰险/历经磨难，终可实现！"谆谆教诲合乎老师的身份。同窗送别合唱起："还记得昨日书声琅琅/今日又匆匆离别家乡/同窗情谊莫要相忘/先生教诲常记心上。"结尾是青梅竹马的云仙与邓恩铭的对唱："你要去远方，我好想跟从/想我们青梅竹马，情深意浓/如今你远离家乡把真理追寻/勿忘樟河水，常念故乡土/苦等早一天成就大学问/云儿添光彩，山乡花更红。""君问归期未有期/回首乡关甚依依/春雷一声震天地/捷报频传是归期。"短暂的一幕丰富多彩又富于变化。值得提出的是，为塑造好邓恩铭的英雄形象，表现高昂的革命理想，邓恩铭在剧中的独唱都是采用男高音。

第二幕《峥嵘岁月》是全剧的重心，包含了《游行》《红船》《罢工》《反腐》四场丰富的内容，再以独唱开始就会显得单薄，所以大幕拉开合唱开启第一场《游行》场景："春风劲吹，气宇轩昂/学子奋起，救国救亡/惩治国贼，还我山东/誓死力争，打倒列强/同志们，同胞们/中华儿女，齐心向前方/惩治国贼,还我山东/誓死力争,打倒列强。"歌词表达了时代的声音,民族危亡之际,中华儿女奋起反抗,邓恩铭走上革命的道路正是历史的必然。中间有侯玉清、邓恩铭、王尽美的独唱穿插,介绍了三个学生领袖,再以合唱结尾,首尾呼应。

第二场《红船》是邓恩铭去参加中共一大,仍然以合唱的形式表现:"沉沉阴霾,覆盖着古老的东方/列强,战争,饥慌/深深苦难,笼罩在穷人的心上/南湖边,小船上/凝聚着多少人的希望/点燃了多少人的梦想/南湖边,小船上/共产主义,伟大信仰/闪耀金色的光芒/共产主义,承载希望与梦想/胜利远航。"而临结束的时候,邓恩铭在红船上出现,吟诵了一首他自己创作的诗,表达了共产主义理想,与合唱形成呼应。

宣叙调是歌剧等大型声乐中类似朗诵的曲调,又称"朗诵调",为歌剧中速度自由、伴随简单的朗诵或说话似的歌调。第三场《罢工》宣叙调就以低沉暗淡的合唱开启:"我们不分昼夜/纺纱织布/我们不分昼夜/为谁创造财富/我们的生活/却牛马不如。"随后,以邓恩铭和工人的对唱表现启发工人觉悟。结尾是觉醒后的工人们高昂的合唱:"罢工,罢工,我们已热血沸腾/罢工,罢工,我们要获得新生/团结起来,鼓起勇气/跟随组织,争取胜利/同胞们我们要勇敢前进/打倒列强打倒帝国主义/夺回做人的尊严/夺回做人的权利。"前后的对比十分鲜明。

第四场《反腐》是全剧中对白最多的一场戏,这在歌剧中是不多见的。针对中共山东省委干部王复元贪污党费、活动经费3000元,邓恩铭、侯玉清对王复元展开了尖锐的批评。面对批评,王复元唱道:"我不在乎什么共产党籍/为了什么渺茫的理想/多少次我命悬一线/却从未把福享。"邓恩铭、侯玉清轮唱斥责王复元,邓恩铭、侯玉清男女高音合唱:"有的人为了理想不惜生死/有的人为了利益不顾廉耻/道不同不相为谋/曾经并肩共事的革命同志/是否想过心灵的救赎?"面对执迷不悟的王复元,邓恩铭代表党组织将其开除党籍。这场戏可以说是戏剧冲突最集中的,也是对白、唱段最富于变化的。

第三幕《英勇就义》包含《斗争》《国殇》两场。第一场《斗争》以警察局局长隋得功低沉的独唱开启:"最近共匪四处活动/学生游行,工人罢工/还要偷偷聚会/闹得我身心疲惫/听说共匪出了内鬼/拉他入伙,供出同党/一网全打尽/正好领赏。"王复元唱道:"我22岁入党/担任过省委组织部长/共产党/我为他抛洒热血差点把命丧/区区几千大洋/让我名声败坏/无处躲藏/

我这捕共队长/应该搞些名堂。”随后是合唱、重唱、复唱，凸显敌人的色厉内荏。结尾却是灯减暗，王复元得意洋洋退至右台。到侧台时，追光，快速闪出两人，将王复元擒拿，共产党锄奸队枪决了王复元。轻重分明的艺术表现，表明斗争取得了胜利。

第二场《国殇》是浓墨重彩的一场戏，邓恩铭遭叛徒出卖三次入狱，戴着手铐脚镣，身穿血衣，遍体鳞伤地出现在舞台中间，坚毅的眼神和不屈的身骨，深深地烙印在观众心中。隋得功唱道：“痴迷共产，本不为错/共产实现，何年何月？/前两次进宫，都让你逃脱/这一次嘛～/只怕手起刀落！/可喜可喜/共匪头目，又少一个/可叹，可叹/满腹经纶，一腔热血。”邓恩铭与隋得功的对唱针锋相对，大义凛然：“救穷人于水火/为革命而流血/死得其所。”邓恩铭就义前的一段咏叹调起伏跌宕：“遥望故乡路/贵山深处/贵水流不息/贵客他乡断魂时/昨夜梦里回故乡/村寨前小河旁/乡学少年书声琅/铜鼓响，收稻忙/婆婆孙儿竹椅上/又把童谣唱/男儿十六去远方/嘉兴雨，南湖浪/革命信念胸中藏/赤子心，坚如钢/甘为救国当闯将/不畏道路长/梦醒时，泪两行/湿透斑斑血衣裳/男儿不畏百战死/唯恐爹娘太悲伤/贵山高，贵水长/春风送儿归故乡/今生无悔祭国殇。”咏叹调是抒情调，这是一种配有伴奏的一个声部或几个声部以优美的旋律表现出演唱者感情的独唱曲，此处的咏叹调将邓恩铭的感情展露无遗。回望故乡和自己的一生，歌剧首尾相连。背景从贵州荔波的民族村寨到工人罢工的纱厂，从嘉兴南湖的红船到邓恩铭英勇就义的刑场，歌剧《邓恩铭》运用了简约而写实的舞台视觉设计。一幕幕时空背景在现在与过去中切换，在现实与梦境里交替，多媒体与实景结合打造出的宏大视觉景象令人应接不暇。

邓恩铭就义后，以工人、学生、邓母的演唱表达了对邓恩铭的深深思念，特别是侯玉清大段的咏叹调，抒发了对邓恩铭的敬仰之情。“你的热情/点燃了人们信仰的火种/你的精神/将会在烈火中永生。”侯玉清收尾的唱段被合唱重复，强化了邓恩铭精神永存。

全剧还将水族元素贯穿其中，有民族传统文化的表达。从音乐制作、舞台背景到服装，在讲述红色故事的同时，也展现着水族的民族民间文化。如水族特色服饰、水语（序幕中邓恩铭的奶奶教孙子唱水族童谣）、水书（序幕中在舞台右前方垂挂下来），还有水族音乐贯穿整部歌剧。众人缅怀就义烈士邓恩铭时的低吟，如“西风烈/江水长/送英魂/归故乡/今生无悔祭国殇”等唱词与开场悦耳动听的水族民谣形成强烈反差，让观众仿佛置身其中并产生强烈的共鸣。这都是歌剧《邓恩铭》的创新,值得肯定。

作为一部红色题材歌剧,《邓恩铭》留给观众最深刻的印象就是音乐旋律动听,美声唱法专业。中国音乐学院喻文烨音乐创作团队以及张世琦、吴英文为歌剧谱写了朗朗上口的唱段。如果说这部歌剧有什么不足之处的话,最大的不足便是唱词虽朗朗上口,但平白如话,缺少诗意的提炼,很难流行传唱。像《江姐》:“红岩上红梅开,千里冰霜脚下踩。三九严寒何所惧,一片丹心向阳开”,“春蚕到死丝不断,留赠他人御风寒。风儿酿就百花蜜,只愿香甜满人间”;像《洪湖赤卫队》:“洪湖水呀,浪呀嘛浪打浪啊,洪湖岸边是呀么是家乡啊,清早船儿去呀去撒网,晚上回来鱼满舱”等这样能够代代传唱的歌词非常缺乏。这是歌剧《邓恩铭》修改时必须要考虑的问题。但瑕不掩瑜,歌剧《邓恩铭》仍然是一部进行爱国主义教育的好剧。

(原载《艺术评鉴》2018 年第 3 期)

[谢廷秋:贵州师范大学文学院教授]

电声光影三十年

——贵州电视剧创作巡礼

李 俊

著名电影理论家贝拉·巴拉兹(Bela Balazs)在他的《电影美学》一书中写道:电影是“一个规模宏大的企业产品”,具有“昂贵的成本”和“极端复杂的集体创作”。这句话当然也适用于其同样姓“电”的兄弟“电视”。二者都是被称为重装备、高投入的大把“烧钱”的行当。一个电视台要生存发展,就必须有三大节目支柱——新闻片、文艺片、专题片,电视剧是文艺片的主样与核心。美国三大电视传媒CBS、NBC和ABC尽管以新闻立台,可每天黄金时段播出的主打节目却是电视剧,中国的电视台就更是这样了。

中国自1958年开展电视传媒业以来,就一直把电视剧的生产放在了显要位置。1997年突破了年产1万集大关,现今已成为世界电视剧生产头号大国。同样,贵州自发展电视广播伊始,就把电视剧的生产放在了显要位置。1980年,贵州电视台摄制了单本剧《试用》,开贵州电视剧之先河。至2008年,全省共摄制电视剧达150余部500多集。与全国其他省区相比,从数量上来说是中等偏下,从质量上来讲却是中等偏上,荣获了包括“飞天奖”“五个一工程奖”“金鹰奖”等全国电视剧所有最高奖项。仅就电视剧“昂贵的成本”这一内因而言,贵州经济实力差导致对文化建设的投入非常有限。一部电视剧的投入少则几十万元,多则数百万元,上千万元的戏也很常见。这样的制片资金要在贵州这片土地上落实十分不易,到省外去筹措更是难于上青天了。可就是在这样的境况下,贵州的电视人筚路蓝缕,成绩丰厚且成就辉煌;奇迹般地盛开了绚丽的电视艺术之花。因而对其近30年的艰苦历程与辉煌岁月做一番巡礼,很有必要,也很有意义。

贵州电视台毫无疑问是省内拍摄电视剧的鼻祖。1968年贵州电视台刚一建立,全台11名电视人手握一部旧式16毫米电影摄影机就开始策划拍电视剧,但因技术、资金之故一次次地落空了。风雨飘摇地走过“文革”岁月之后，贵州电视台有了较快的发展，终于在1980年拍出了全省第一部电视剧《试用》，第二年又连拍了两部单本剧《赶场》和《起步》，贵州的电视剧创作由此起步。1982年省台首次与中央电视台合作，拍摄了单本剧《在密林，在山岗……》。这部电视剧叙述了1949年中共领导下的滇黔边纵队一支小分队配合解放军进军大西南悲壮牺牲的感人故事，情节精巧，人物形象丰满，艺术感染力强，加之题材为革命性质，被中央电视台选为向党的生日献礼节目，于6月30日晚播出，在全国引起了较大反响。这是贵州电视剧进军全国并获得好评的开始，也是贵州电视剧以"革命历史题材"(红色题材)为鲜明特色的首次亮相。乘此东风，贵州电视台于1983年成立了电视剧部，专门负责电视剧的摄制。之后，贵州电视台独立或与中央电视台、河南电视台等合作，拍摄了《洗马关前》《蘑菇的故事》《铜鼓》《茅台酒的传说》《乌蒙情》《黄金高原》等优秀电视剧，其中1994年独立摄制的14集连续剧《黄齐生与王若飞》，达到了贵州革命历史题材电视剧的第一个高峰。

《黄齐生与王若飞》(编剧：王蔚桦，导演：赵焕章、赵谦、贾盛云)讲述了贵州安顺籍著名民主人士黄齐生与其外甥——著名革命家王若飞为民族解放、国家独立而英勇奋斗的可歌可泣的壮丽人生，二人的舅甥之爱、朋友之情和同志之谊感人至深，思想性与艺术性完美融合，达到了当时中国电视剧艺术的最高水准。该剧先后在中央电视台和全国各地方台播出，荣获了1994年度中宣部颁发的"五个一工程奖"。可以说，这是贵州革命历史题材电视剧在全国的第一次精彩亮相。

除贵州电视台以外，全省9个地、州、市的电视台也拍电视剧或电视小品。比如，贵阳电视台在1985年建台的当年就摄制了一部7集连续剧《黑风蛇影》，可谓出手不凡。至1996年的10余年间，共摄制了90多部电视剧和电视小品，成绩斐然。其中《贵州道上》《万岁之路》《欲之火》《剑与仇》《流泪的黄昏》《岁岁重阳》《民办教师》等播出后受到广泛好评。尤其是根据全国优秀教师、贵州松桃民办教师田沛发30余年献身乡村教育并流血护校的真实事迹创作的4集连续剧《民办教师》，在中央电视台播出之后引起了较大的反响。此外，在资金、技术严重短缺的条件下，黔南州的都匀有线电视台独立摄制了《人性的毁灭》(上、下集)和《小七孔迷雾》(上、下集)两部电视剧，遵义电视台独立或与其他单位合作拍摄了6集连续剧《神风探长》、两集短剧《特殊任务》和单本剧《永生的雕像》。

从20世纪90年代中后期开始，贵州电视台及全省各地、州、市、县的电视台逐渐“转向”,不再把电视剧生产放在显要位置,而是以新闻片、专题片和娱乐片为主,偶尔拍一些电视小品或“栏目剧”,比如贵州电视台的系列小品《都市百姓》、贵阳电视台的栏目剧《天天摆故事》等。原因何在?技术、资金是次要因素,主要原因在于两个方面。一是专业化的制作单位比如贵州电视剧制作中心相继成立并迅速崛起,在激烈的市场竞争中占据了主导地位;二是全国广电系统的政策调整。我国从1958年开办电视广播,却一直没有明确确立新闻节目在电视台的主导地位,电视台长期以文艺节目(尤其是电视剧)和社教类节目的生产、播出为主,许多人甚至认为电视台是一个文艺单位,传播新闻是报纸和广播电台的事。直到20世纪80年代初,国家广电总局才正式明确电视台是以传递信息为主要任务的新闻机构,并在20世纪90年代初再次严正规范,彻底纠正了将文艺节目,尤其是电视剧的生产摆在新闻节目生产之上的做法。此后,电视剧的生产就由专业化的摄制单位来主导,各级电视台成立一个“影视部”来专门管电视剧的发行、审片和播出等;当然,也时常与其他专业生产单位“合拍”,走制、播结合之路。

贵州电视剧生产的主力军是贵州电视剧制作中心。1986年5月,贵州电视剧制作中心在贵州电视台电视剧部的基础上建立起来,作为省广电厅的另一个直属单位。1987年3月,中心摄制的第一部电视剧《将军的世界》就达到了一个很高的起点,先后在中央电视台及其他省级电视台播出,并在当年的西南片区电视剧评选中获奖。从此,贵州电视剧的创作朝着专业化、正规化的方向蓬勃发展,数量骤增,质量也有很大的提高。至2007年的21年间,中心共摄制了90余部310多集电视剧,其中有45部155集荣获国家级或省部的奖项。也就是说,中心生产的电视剧正好有一半是获奖的优秀作品,比如《二月天》《瀑布边的布依娃》《小桥流水》《省城轶事》《难念的经》《原情》《遵义会议》《大关人》《杨虎城的最后岁月》《邓小平在1950》《周恩来在贵阳》《日子如水》等,都是广大电视观众所喜闻乐道的。

中心1996年为纪念红军长征胜利60周年而摄制的8集连续剧《遵义会议》(编剧:石永言、郭晨,导演:赵谦、张翰、杜汉杰,摄像:刘培福、张新平),可以说是继《黄齐生与王若飞》之后,贵州的革命历史题材电视剧在全国的第二次精彩亮相。该剧首次为贵州捧回了中国电视剧的最高奖“飞天奖”,同时也荣获了全国“五个一工程奖”。这是一部典型的“贵州戏”,除几个主要演员之外,其余编导摄美等主创人员全部为贵州人,显示了贫穷落后的贵州并不缺少全国一流的电视剧创作人才。

2000年前后，中心摄制的《杨虎城的最后岁月》《邓小平在1950》《周恩来在贵阳》《邓恩铭》《喋血黎明》5部戏，囊括了中国电视剧三大奖——“飞天奖”“金鹰奖”“五个一工程奖”，形成了贵州革命历史题材电视剧的创作高潮，在全国引起了极大的反响，标志着贵州电视剧的创作已在全国省一级生产单位中处于领先水平，以至于全国重大革命历史题材影视创作领导小组两次组织专家学者到贵阳来召开学术研讨会。这5部剧中，尤其以1999年摄制的《邓小平在1950》(编剧：唐佩琳，导演：都晓、杜明，摄像：刘培福，制片人：陈彬)为代表。该剧取材独特，构思新颖，故事情节引人入胜，人物形象生动感人。编剧处理重大历史题材手法娴熟，游刃有余，显示出深厚的剧作艺术功底，导演的视听语言表达如水流花开般自然真实，主演卢奇的表演神形兼备，炉火纯青。中国电视艺术家协会原主席、全国重大革命历史题材影视创作领导小组组长杨伟光称《邓小平在1950》一剧“内涵丰富”“细腻、生动、感人”，“是一部难得的优秀之作，一部精品”。

21世纪初，全国民营性质的电视剧制作公司风起云涌，贵州也出现了一家较有影响的“贵州巨日影视公司”。该公司一成立就以24集连续剧《夜郎王》(编剧：李俊等，导演：潘明光，主演：李解、罗海琼等)创造了贵州电视剧的两个“最”：投资最大(1200余万元)、集数最长，从而成为贵州电视剧创作的一支生力军。“夜郎”是贵州一个不可争议的历史文化资源，自1968年贵州开办电视广播以来，各级电视台就以文艺片、专题片的形式无数次反映过，贵州的电视人与作家也曾多次策划、尝试将其以电视剧的样式搬上荧屏，可由于投资过大都没有成功。贵州巨日影视公司推出的《夜郎王》，可以说圆了贵州几代电视人的一个梦想。继该剧之后，由该公司总经理、作家罗大胜编剧的30集连续剧《三线人》在紧锣密鼓地筹备，计划于2008年3月开机。

贵州到目前为止所拍摄的150多部电视剧的主创人员之一——编剧，几乎全是贵州人。尽管贵州缺乏制片资金和技术力量，但从来就不缺少电视剧创作人才，尤其是不缺少剧作家。早在20世纪80年代初，贵州的剧作家就为中国奉献了两部具有里程碑意义的电视剧精品：《敌营十八年》《蹉跎岁月》。1980年，贵州剧作家唐佩琳创作了一部反映革命战争年代地下党斗争生活的剧本《敌营十八年》，由于当时的贵州电视台无技术力量更无资金，只好交给中央电视台摄制，由王扶林执导拍成了9集连续剧。在此之前，全国的电视剧都还是单本剧或小品，这是中国的第一部电视连续剧，播出时可谓万人空巷。中国传媒大学吴素玲教授在《中国电视剧发展史纲》一书中盛赞该剧“为中国电视连续剧的起步和发展探索了一条成功的道路”。唐佩琳也因此成为被写进中国电视艺术史的第一个贵州人。同样是由于技术和资金之故，1982 年，时任贵州省作协副主席的著名作家叶辛将其小说《蹉跎岁月》改编成 4 集同名电视剧交由中央电视台拍摄，播出后在全国同样影响巨大而深远。2006 年，著名作家、贵州省作协副主席欧阳黔森将他反映红二方面军长征历史的长篇小说《雄关漫道》改编成 20 集同名电视剧，由中共贵州省委宣传部和八一电影制片厂联合摄制，作为纪念红军长征胜利 70 周年的重点剧目在中央电视台一套黄金时间隆重播出，再次引起巨大反响，贵州也再一次以革命历史题材剧荣获了 2007 年的全国电视剧“五个一工程奖”。

综上所述，近 30 年的贵州电视剧创作史，既是一段艰苦创业的历程，又是一段成就丰硕的光辉岁月。回顾历史，我们深感欣慰；面对现实与未来，我们也有理由充满自信。目前贵州已经磨炼出一支高素质的电视剧创作队伍，并形成了梯队，技术设备有了很大的改进，制片经费的投入也在逐年加大。多彩的贵州是一个电视剧题材的“富矿”，是一个文化生态的大观园，园中有厚重的历史文化、神奇的自然山水文化和多彩多姿的民族民间文化。革命历史题材（“红色经典”）和少数民族题材电视剧的创作，必将在未来的岁月中再一次大放异彩。

（原载《贵州日报》2008 年 12 月 8 日）

[李俊：贵州师范大学文学院教授]

《十八洞村》:国家话语的诗意表达

鲁鹏飞

贵州籍女导演苗月编剧并执导的党的十九大献礼影片《十八洞村》是一部"精准扶贫"的匠心之作。2017 年,由潇湘电影集团有限公司、峨眉电影集团有限公司、华夏电影发行有限责任公司出品,王学圻、陈瑾主演,票房累计 10702.9 万元。苗月以女性导演特有的人文主义情怀,讲述了十八洞村退伍军人杨英俊及以其堂兄弟为代表的湘西农民扎根土地、转变观念、摆脱贫困的生动故事,是"精准扶贫诗意化的现实主义力作",通过了口碑和市场的双重考验。影片运用舒缓的叙事节奏呈现含蓄内敛的情感张力,以淡雅的美学风格再现了湘西大地诗意的脱贫攻坚画卷。

《十八洞村》自 2017 年 10 月上映以后,获得了普通观众和业内专家的一致好评,先后获得多个奖项。2018 年 4 月,获得第 8 届北京国际电影节主竞赛单元——天坛奖提名奖。2018 年 5 月,获得第 25 届北京大学生电影节组委会大奖。2018 年 12 月,获得第 17 届华表奖优秀故事片、优秀编剧、优秀女演员(陈瑾)三项大奖。陈瑾也凭借"麻妹"一角获得第 34 届大众电影百花奖最佳女主角奖。2017 年 10 月,在由国家新闻出版广电总局电影局主办、中国电影艺术研究中心(中国电影资料馆)承办的电影《十八洞村》学术研讨会上,与会专家高度评价该片的思想价值和艺术价值,一致认为这是一部弘扬中国精神,讲好中国故事,体现社会主义核心价值观的优秀作品。

著名影视文艺理论家仲呈祥称赞这是一部"坚守中华文化立场,立足当代中国现实,结合当今时代条件",自觉把镜头聚焦于底层人民群众的,思想较为精深、艺术颇为精湛、制作相当精良的精品力作。① 中国电影艺术研究中心主任、中国电影资料馆馆长孙向辉认为,“《十八洞村》是一部艺术性、思想性、观赏性三性兼具的优秀作品。它以‘精准扶贫’为核心,是对现实题材的一次深度开掘。影片将社会主义新农村的基层农民最真实的生活状况呈现在大银幕,用诗化的电影语言表现了在国家政策引导下,新农村建设和精准扶贫为农村老百姓带来的新气象”。② 中国社会科学院研究员党圣元认为,它是对中国美学、中国电影精神的一次成功回归,为在文艺创作中坚持“文化自信”、民族美学自信方面树立了一个新的标杆。③

《十八洞村》的英文译名是“Hold Your Hands”,充分体现了这是一部肩负着国家话语“精准扶贫”传播和表达任务的影片。如何把当下最新的治国理政思想和中国传统文化相结合,如何再现农民与自然、农民与土地之间千百年来相互依存的复杂关系,如何生动讲述“扶贫重在扶志”的故事而不流于形式和说教,如何展现变革时代湘西地区特有的静谧田园生活而摒弃浮躁和虚华,这些问题无疑都需要导演匠心独运、另辟蹊径,运用完全不同于以往扶贫励志影视作品的视角和讲述方式来呈现。质朴、执着,怀有悲天悯人情怀的苗月导演做到了,这源于她对当下农村生活的细致观察和对“十八洞村”这一创作原型的深入调研。以人民为主体、以乡土为内核、诗意表达国家话语“精准扶贫”,是《十八洞村》成功的最关键因素。

一、以人民为主体,消解宏大叙事

“实事求是、因地制宜、分类指导、精准扶贫”十六字方针是 2013 年 11 月习近平总书记到湘西十八洞村实地考察后首次提出的。“精准扶贫”战略思想成为新时期全国脱贫开发工作的指导方针。如今,十八洞村把十六字方针做成了大字,放置在进村的山峦之上。

---

① 仲呈祥:《审美呈现精准脱贫的伟大实践——评电影〈十八洞村〉》,《贵州日报》2017 年 11 月 24 日。

② 杨晓云:《以民为本的中国叙述——电影〈十八洞村〉学术研讨会综述》,《当代电影》2017 年第 12 期。

③ 杨晓云:《以民为本的中国叙述——电影〈十八洞村〉学术研讨会综述》,《当代电影》2017 年第 12 期。

十八洞村位于湖南省湘西土家族苗族自治州花垣县,那里曾经是乾嘉苗民起义的古战场,沈从文小说《边城》里提到的茶峒也在这一地区。进入花垣县的十八洞村,要经过一段蜿蜒曲折的盘山公路。山谷上高低错落的溶洞在汽车的左突右转中时隐时现,这正是十八洞村村名的由来。这里主要以婺源乡村建筑模式为主,绿色层叠的梯田铺满山间,原汁原味的苗寨风土特色完整展露。

苗月及其创作团队立足十八洞村精准扶贫干部和当地村民共同奋进摆脱贫困的事实,深入农村第一线体验生活,挖掘最珍贵的第一手资料。剧组不辞劳苦,先后走访多个湘西村寨,从当地人民的口中了解真实的贫困现状和当地的文化价值观,以当地百姓切实发生的生动故事和情感为创作蓝本,力图最大化地还原湘西原生态的自然景观和贫困现状。影片在湖南首映时,观影过程中无一人离开,当地观众谈道:"这部电影拍得挺好的,这才是我们真正的十八洞村。"①

2013 年前的十八洞村,几乎看不到任何现代化气息,很像陶渊明笔下的"桃花源"。五六年来,十八洞村不仅成了当地脱贫攻坚的一面旗帜,而且作为精准扶贫思想的发源地被广为传知。② 影片真实地再现了十八洞村五六年来的真实变化,以大写意的手法聚焦基层农民的真实生活和情感。该片打破了以往扶贫励志影视作品中突出刻画扶贫干部"高大全"形象的窠臼,对以往采取说教和大英雄主义来宣传国家政策的刻板模式进行了有效反拨。影片在完美隐藏政策性的解说、符号的前提下,消解了这类题材惯常的宏大叙事手段,扎根于湘西农村的真实环境,着力描述小人物杨家兄弟的真实遭遇,引起不同群体的共鸣。杨家兄弟在脱贫道路上自省自救的徘徊、挣扎最终走向坚定的心路历程被一一记录,生动丰满的画面折射了当下农民的心态与精神。人物的真实性和政策的落实性回归到现实,小人物彰显了大情怀。

扶贫干部小龙、小王成为故事发展的导引而非主体,这些干部也不再是完美无私的"高大全"形象,而是充满着真实人性矛盾的普通工作者,小龙在无数次的努力之后也会有畏惧和退缩,小王心底也会因对父亲的愧疚而伤

---

① 沈鲁、孙金辉:《〈十八洞村〉:以人民为中心的创作导向》,《电影文学》2019 年第 2 期。

② 牛震:《〈十八洞村〉:"精准扶贫"在这里提出》,《农村工作通讯》2018 年第 24 期。

怀。以杨英俊、麻妹为代表的农民群像是影片展现的主体，这无疑契合了2014年全国文艺工作座谈会上所确立的“以人民为中心”的文艺思想。“把人民作为文艺表现的主体”，将文艺与人民的关系扩展到艺术创作的各个环节。文艺创作要立足人民，深入生活，长期扎根在人民中间，这样才能创作出无愧于时代的文艺作品。《十八洞村》正是深入贯彻了“以人民为中心”的这一文艺思想。

影片深入描摹了当前中国农村普遍存在的三类贫困群体，深刻揭示了他们与自然、土地之间的矛盾关系。第一类：以杨英俊及其堂兄弟的贫困家庭为缩影，不论是辛勤耕耘土地的杨英俊、一心思念女儿的哑巴哥哥杨英莲，还是曾经的找矿好手后来的酒鬼杨英栏（杨懒）、生了四个女儿一心想生儿子的杨金三，杨家兄弟生动地构成了影片的百态图，他们的家庭遭遇各不相同，但是贫困却是共性的。依靠土地、依恋乡土真的无法致富，只能贫困吗？这是影片展现的第一处图景和矛盾。

第二类：以杨英俊儿子、媳妇、小薇薇、施又成为代表的年轻外出打工一族，他们离开闭塞贫穷的乡村，走向城市，成为城市的外来务工人员，因为缺少文化和技术，他们也只能是漂泊一族，无法在城市真正立足。一个患有疾病的孩子就使杨英俊儿子、媳妇负债累累，击垮了一个家庭。杨英俊夫妇只能把患病的孙女小南瓜接回山村进行救治和抚养。影片构筑了第二类矛盾，离开乡土到城市务工真的能摆脱贫困吗？

第三类：以麻妹、小南瓜为代表的农村妇女和留守儿童，她们勤劳、隐忍、善良、天真，她们与乡土自始至终有着某种天然不可割舍的联系。麻妹日复一日背着小孙女求医的坚定步伐、小南瓜痴傻却天真动人的笑容，无不让人潸然泪下。她们原本应该是这片神奇土地的快乐精灵，贫困却使她们身上充满着悲情，尽管麻妹这一形象更多地负载了少数民族地区妇女的勤劳、坚忍与质朴精神，但是贫困对于她们心理的重压也时时传递到观众心底，第三类矛盾也呼之欲出。

这三类群体所集结的矛盾点不同，共性却都是贫困，于是扶贫干部与他们平等地站在了一起，与他们同吃同住同插秧，直到化解了领头人杨英俊不愿接受“贫困户”这一现实的矛盾，让他自愿带着大家寻找出路，撸起袖子加油干，打一场脱贫的硬仗！因地制宜、填土造田、深耕土地、拓展当地特色农产品加工销售渠道，十八洞村的未来已然开始绘制。

二、以乡土为内核,观照个体生命

苗月是小说家出身,有"诗意导演"的美誉,《十八洞村》再一次验证了她擅长以诗意的镜头讲述动人故事的特点。苗月1978年在贵州师范大学(当时的贵阳师范学院)汉语言文学专业学习,大学期间开始小说创作,20世纪80年代创作并发表多篇中短篇小说,后到北京电影学院进修导演。她的多数影视作品均为自编自导。她先后获得第10届、第13届精神文明建设"五个一工程"优秀作品奖。苗月不爱涂脂抹粉,穿着随意休闲,说起话来口与心同,笑时甜甜的。她每执导一部影视作品,都要艰苦地深入生活,激情地创意创思,忘掉一切地专注编、导。她的影视作品,一部比一部鲜活、灵动、耐人寻味。她拍的戏精雕细琢,大多着意在后期的剪辑、录音、配乐上,所以她的作品有许多感人肺腑的细节,让人难以忘怀。她注重作品的真实,采取实景拍摄、同期录音、抓拍纪实等艺术手段来构筑自己的作品,就像创造一轮圆圆的、甜甜的月亮。同时她对中学生特别偏爱,她热爱生活、热爱乡土。[①] 欣赏苗月的作品,总能感受到她的那份真诚,正如她在华表奖颁奖典礼上激动流泪的真挚情感一样,她创作的初心永远是立足人民、扎根乡土大地。这和她年轻时在黔中大地汲取的丰厚滋养是分不开的。乡土是中华文化之根,它孕育了独特的文化基因,并深刻塑造着民族文化的精神内涵。苗月试图通过对"乡土"意象的呈现构成对个体生命生存境遇的观照与慰藉,构成对民族文化的审视与反思,以及对民族生存力量的思索与挖掘。正如杨英俊把"一心一意种田"看得如此神圣;正如杨懒的尽管不种地,也不能失去土地的执拗观点。"乡土"象征着对自身存在价值的确认,象征着对自家血脉的传承,更象征着对传统民族精神的坚守。[②]

作为党的十九大的重点献礼影片,《十八洞村》无疑肩负着宣传精准扶贫政策的重要使命,纵览整部影片,全然不觉空洞的说教,每一个人物都令人信服,每一段故事都感动人心。十八洞村的人们在时代大背景下的生命

---

① 里沙:《甜月亮——苗月的一个剪影》,《四川戏剧》1995年第5期。

② 居佳英、刘贺:《〈十八洞村〉:农村题材电影美学的新拓展》,《电影评介》2017年第23期。

轨迹和心路历程就像一幅写意画缓慢展现:画外女声婉转哼唱悠扬的苗家山歌,杨英俊在如画的山水梯田中插着秧,苗家妇女在古老清澈的井水边浣洗衣裳,大红公鸡精神抖擞地打鸣歌唱,小南瓜天真爽朗的笑声回荡山谷……这些流动的画面、律动的声音,淡淡的忧伤中饱含着生命的感染力。一切的困苦仿佛都预示着未来的美好变化,没有让人感到悲伤,而是心灵的触动,观众由衷地赞叹他们在这片土地上所表现出来的顽强的生命尊严。

苗月多角度描述十八洞村生活的场景,正是为了展现十八洞村村民精神的内核,那就是对乡土的无限眷恋与热爱。杨英俊退伍后毅然回乡在自家的梯田上深耕细作,麻妹背着行囊准备外出打工却在拥挤的人潮中回归,杨懒在外出"辉煌"过之后潦倒地守着老家,小南瓜生病后被带回老家救治,小薇薇和施又成也经常悄悄返回老家做生意,那些寄存在村党支部的铺盖卷的特写镜头也昭示着村民最终的回归。事实上,当杨英俊在扶贫干部小王诚恳、执着精神的感动下,卸下包袱,带领"杨家班"行动起来填土造田的时候,外出务工的人们也开始回归家乡。其实他们的内心何曾离开过,只是生活的困顿迫使他们暂时别离。影片的结尾,村党支部的铺盖卷纷纷被取走的那一刻,是古老的湘西大地在展开双臂迎候着外出村民的归来。这是一个诗意的暗示与憧憬,土地需要农民的呵护,农村需要变革,富裕起来的新农村新生活的篇章即将开启。至此,国家精准扶贫,让村民返回故土致富,让妇女和孩子不再留守的目标就实现了。不用说教,不用大张旗鼓地解释政策,村民的故事让这一政策及理念的展现水到渠成,使观众入耳入心、感同身受,这就是苗月构思的精妙之处,于细微处见精神,以大写意的视角观照每一个个体生命的成长。

影片中还特别把带有湘西苗族特色的苗鼓队、苗家刺绣、酸汤鱼、"绝交酒"、老稻谷等乡村手工艺、物产和民俗一一展现,合理贯穿在故事发展的脉络中,这是当下城市里寻找不到、品尝不到的乡愁。同时,这些传统资源蕴含的文化底蕴,也正是精准扶贫政策中可以依托并整合的资源,扶贫干部利用互联网、新媒体平台,帮助麻妹、小薇薇等村民实现了山货出山和乡村旅游的梦想。

三、“精准扶贫”国家话语的诗意表达

习近平同志精辟阐述:“面对生活之树,我们既要像小鸟一样在每个枝丫上跳跃鸣叫,也要像雄鹰一样从高空翱翔俯视。中国不乏生动的故事,关键要有讲好故事的能力;中国不乏史诗般的实践,关键要有创作史诗的雄心。”电影《十八洞村》创作着力点在“人民”二字,聚焦精准扶贫政策,展现了十八洞村村民真实的生命形态,是发掘好故事并讲好故事的样本。杨英俊带领杨家兄弟“立志”“立身”“立行”赢得扶贫攻坚战的故事,观照新时代中国农民精神世界的变化,使影片具备了传播“精准扶贫”这一伟大事业的史诗特质。导演苗月在接受采访时多次谈到,《十八洞村》的创作努力做到“以人为本”,目的就是希望《十八洞村》成为观众了解精准扶贫如何改变贫困地区老百姓生活的窗口。

中宣部副部长、中央广播电视总台台长慎海雄在第 21 届上海国际电影节开幕式致辞中说,“电影是文化的‘使者’”,《十八洞村》为当下中国脱贫攻坚战向世界传递好声音、好影像,贡献了中国智慧,让世界知道中国的发展、中国的变化。国家新闻出版广电总局电影局副局长李国奇认为,“《十八洞村》是近几年主旋律影片创作中一部具有创新性的作品”。

影片选择用诗意的方式展现“精准扶贫”这一国家话语,有着充满深意的设计处理理念。男女主角杨英俊和麻妹,通过王学圻和陈瑾两位“老戏骨”的演绎有着打动人心的人格魅力。杨英俊兼具地道农民和退伍军人的双重身份。他勤劳、平和、充满力量,也带有一些固执、保守和懈怠,但是他骨子里有着不愿信服命运的倔强精神。如何使杨英俊的双重身份在新的时代之下焕发出新的生命力是影片的深度所在。杨英俊由不愿被认定为“贫困户”到发挥“杨家班”脱贫攻坚领头羊的作用,这正是精准扶贫政策所发挥的潜移默化的影响作用。麻妹勤劳、善良、贤惠,深爱着自己的丈夫和家庭,影片多次呈现她微笑着在桌旁倾听丈夫讲话的镜头,这是千百万名中国农村妇女的共同品质:丈夫是天,家是全部。她多次对着患病的孙女小南瓜说:“你活 110 岁,我们就活 110 岁!”这温柔的话语中饱含着坚韧与执着,浸润着与命运抗争的勇气。她瘦弱的身躯背着小南瓜奔走在求医的山路上、梯田送饭的田埂上……苗月镜头下的女性是平凡的,却集中绽放中国最传

统的美德。十八洞村的村民在精准扶贫政策的指引下，实现了一次整体的思想解放和心灵回归，由安于现状、“坐、等、靠、要”到反抗命运、自觉行动，这是一种观念的开拓和心灵的回归相互交织的过程。至此，精准扶贫已不仅仅是国家治国理政的一项政策和措施，也不再是简单的国家话语，而是深入人心的一种观念转变和生活方式，它慢慢地渗入贫困山区村民的生活，使扶贫变成重在扶志，贫困山区村民的脱贫进程也演变成了“立志、立身、立行”的有益实践。

影片《十八洞村》是一部关于生命尊严、人性尊严、精神世界的文艺作品，内涵丰富、诗意盎然，为广大观众描绘了一幅扶贫攻坚的诗意画卷，是国家话语诗意表达的扛鼎之作。

[鲁鹏飞：贵州师范大学文学院讲师]

贵州少数民族
作家文学研究

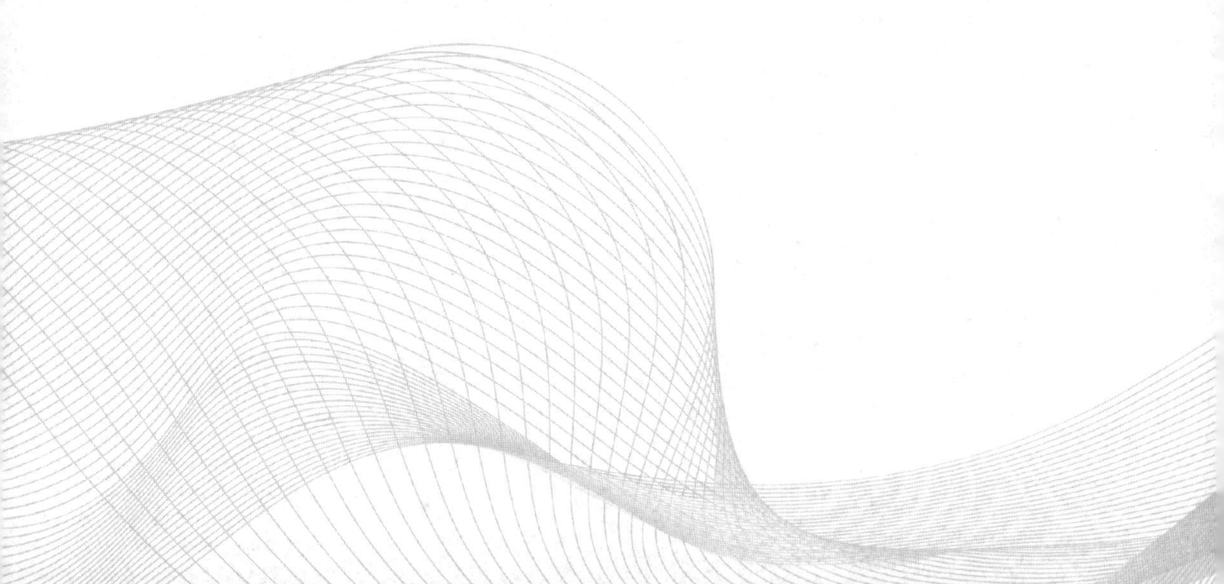

论贵州少数民族生态文学创作的审美价值

谢廷秋

21世纪以来，贵州少数民族作家的生态文学创作集约式的“井喷”，堪称一道独特的文学风景。在生态危机愈演愈烈的今天，贵州少数民族作家“绿意”盎然的生态文学创作，不仅呼应了时代的召唤，也是对本民族“经验”的执着与坚守。20世纪50年代，冯牧在评论李乔的《欢笑的金沙江》时曾经指出：“李乔是一位彝族作家，虽然他是用汉文写作的，但他是在彝族人民中长大的……这位作家在表现生活这一点上，具备着别人无可比拟的优越条件。他对自己在作品中所安排的各种彝族人物的理解，都有着直接而可靠的生活基础；因此，他对于自己所要处理的题材，就不必像有些作家那样，首先很艰难地克服和跨越那种不同民族之间的语言、生活习惯和心理状态的隔膜和距离。”[①]可以说这是独具慧眼的评论，文学因为主体的认同心理，注入文学题材、主题、情感、形式以无可替代的特质，迸射出意想不到的艺术效果。贵州少数民族作家的生态文学创作，也因此具有独特的审美价值。本文从小说、诗歌、散文等不同体裁的文本来分析贵州少数民族生态文学创作独特的审美价值。

一、自然的复魅和神话的回归

自启蒙运动以来，“祛魅”是现代性发展的必然结果，也是现代文明的成果之一。其核心是摒弃具有神秘性的、有魔力的事物，祛除其“神性”，以理性精神和自由意志对世界“脱魔”——从魔幻中解脱出来，由超验神秘返归

① 冯牧：《谈〈欢笑的金沙江〉》，《文艺报》1959年第2期。

世俗生活本身。随着现代性进程的加快,祛魅的负面效应也日益显现。格里芬(D.R.Griffin)认为:"'世界的祛魅'所产生的另一个后果是人与自然的那种亲切感的丧失,同自然的交流之中带来的意义和满足感的丧失。"[①]亦如舍勒(Max Scheler)所说:"世界不再是真实的、有机的家园,而是冷静计算的对象和工作进取的对象,世界不再是爱和冥想的对象,而是计算和工作的对象。"[②]这样一来,自然不再成为令人敬畏的神圣对象,而是变成人们可以任意改造的客体。人们肆意地征服自然,带来了越来越深重的生态灾难。海洋生物被过度捕捞、沙漠面积扩展、森林覆盖率下降、淡水资源匮乏,甚至冰川和永久冻土融化。随之而来的是沙尘暴遮天蔽日、江河严重污染、有毒化学物泛滥、极端天气持久、PM2.5 超标,人类生存的环境越来越不安全。

正是基于对现代性祛魅的严重后果的思考,贵州少数民族作家的生态文学,借重于本民族的古老文化传统,对自然进行复魅,从而促使人们尊重自然,遵守古老的生态习俗。

彝族作家安文新的短篇小说《神树·树神》,就是一篇典型的对自然进行复魅的作品。他写生活在乌蒙山区的彝族自古以来就崇拜自然,相信万物有灵。乌蒙山区的一棵百年枫树多少年来一直是彝家人崇拜、祭祀的图腾:

> 神树,是棵枫树,四人合围粗,二十多米高,千姿百态的枝桠上,砌着长形的,圆形的,大大小小恐怕有百十个鸟窝,像大伞一般的树冠,覆盖着好大一片草地。
>
> 人们是怎样崇拜、祭祀神树的呢?烧香,化纸,杀鸡,宰羊,磕头,作揖。谁家有了大事小事,都要去敬神树,求神树的庇佑。三月三,才是一年一度的大祭日。

在大祭日,人们"用三根五倍子树枝,搭成一道祭门,再用一根九尺长的草绳,插上鸡毛,挂在祭门上"。然后由寨上专施祭祀的伯穆(祖传的认得彝文、会念彝经的文化人)领头,由一个寨上德高望重的族中老人当主祭,每户人家推选一个当家的男人为陪祭。"大家双手捧着酒碗,随着主祭老人的动

① [美]大卫·雷·格里芬著,王成兵译:《后现代精神》,北京:中央编译出版社,2005 年,第 220 页。

② 刘小枫:《现代性社会理论绪论》,上海:三联书店,1998 年,第 20 页。

作，将碗中的酒浇在地上一齐焚香跪拜，在伯穆振振有词的祷告声中，从祭门中走过三次，然后杀羊献牲，求神树庇佑全寨清吉平安，无灾无难。”人们是这样的敬祭神树，而以此相对的是寨上有三个人，用神树树枝烧火、削神树的皮、对着神树撒尿，“由于冒犯了神树的尊严，落得一瞎、二拐、三绝种的下场”。

在“大跃进”大炼钢铁、砍树毁林的日子里，“三报应”的前车之鉴使得彝家人没有谁敢动神树。县里下来的谢书记不信邪，亲自上阵砍神树，当谢书记把手中的斧向神树狠劲砍去时，“天晓得，神树显灵了，紧紧咬住了锋利的斧口不放。谢书记握住斧把拔呀，拔！咔嚓一响，斧把断了，谢书记稳不住脚，向后一仰，摔了个四仰八叉，脑壳正好砸在放炮仗的青石板上，鼻孔出血，口吐黄水，昏了过去”。谢书记留下了终身残疾，扑晦寨上又增加了一个报应成了“四报应”。

> 谢书记留在神树上的斧子，至今还嵌在神树的身上，它是历史的见证，铁的见证；铁的见证最有权威性，也最有说服力，即使后来到了疯狂的“文化大革命”，最最革命的人，最最不信邪的人，只要你把他请到神树面前，目睹一下铁的见证，听一下铁的事实，他会变得哑口无言，面色苍白。

神树不倒，保住了漫山遍野的树，护佑了乌蒙山的子孙。“大跃进”后“过粮食关”，靠满山的野果没有饿死一个人；即使在“文革”疯狂的年代，青山依旧在；神树庇佑了全寨清吉平安，无灾无难。至今满山密林郁郁葱葱，留下了最好的生态环境。

马林诺夫斯基认为：“神话有建立习俗，控制行为准则，与赋予一种制度性以尊严及重要性的规范力量。”[①]少数民族的这些神话往往是生态和谐、自然神秘的古老戒律。

苗族作家杨欧的短篇小说《大雕》中的大雕是一个有一定荒诞色彩的象征意象，它是大自然的化身，充满神秘色彩的大雕其实也就代表了大自然的神秘和不可侵犯。小说讲述了大雕对人进行报复，亦即大自然对人进行报复的故事。陈连生、毛二、蛮子、猴子、老油条五人相约到双阳镇拉木材倒卖。五人开车前往双阳镇的路途中遇上一只大雕，蛮子等人活捉了大雕，以八百元的高价将其出卖，分了这笔意外之财，其间只有陈连生对大雕表示出

---

① 何星亮：《中国自然神与自然崇拜》，上海：三联书店，1992年，第24页。

了怜悯，最终也没有参与蛮子等人的分赃活动。一个多星期后，还是这五人，在开车往双阳镇的路上，又一次见到大雕挡路，这时车骤然失去控制，坠落悬崖，只有陈连生和其弟弟毛二得以生还，其他人全部死于非命。小说的大自然对人类进行报复的主题非常明确。人类不仅伤害大雕，还肆意砍伐森林，大兴土木，破坏自然家园，大雕的报复在一定程度上为大自然复魅，正如利奥波德（Aldo Leopold）所言："要把人类在共同体中以征服者的面目出现的角色，变成这个共同体中的平等的一员和公民。它暗含着对每个成员的尊敬，也包括对这个共同体本身的尊敬。"①这是保护大自然的最好办法。

毛南族作家孟学祥的短篇小说《咒语》同样表达了自然对人的惩罚。小说中"我"的父亲用套索猎住一只怀有身孕的母麝，尽管父亲悔痛不已，把母麝掩埋起来，但是从此"我"家怪事连连，先是父母亲床上突然出现一条大蛇，然后不断有小蛇光顾"我"家，屋后一大片竹林一齐开花死去；村人总能听到一种类似于麝的哀鸣；最后父亲在惶惶不可终日中疯癫死去。作家用这样充满神秘色彩的故事来展示大自然的伟力，其实也是为自然"复魅"，让人们敬畏自然、尊重自然。

无论是彝族、苗族还是毛南族，他们都相信万物有灵，崇拜自然。贵州少数民族作家的生态小说中大量神话因素的介入，"与其说是对本民族自然神话的当代再现，不如说是借助自然神话而开展的当代重构。因为在现代性文明之光的照彻下，人们剥落了信仰中的原有神话元素，在科学理性的指导下，人们拥有了蔑视神话思维的权力。……一旦人对神话传统全盘抛弃，人就丧失了对自然的敬畏，在自然面前更肆无忌惮；而通过神话的复述，正好能重新唤起积淀于人类文化心理深处那种人与自然的原初情感意识，作家表达了恢复自然本性、拯救生态的意图，也有了一种极富合法性与权威性的传统文化精神资源的支撑"。②

二、自然景观的魅力彰显

贵州少数民族生态文学特别是诗歌改变了当代诗歌中自然描写长期被

① [美]利奥波德：《沙乡年鉴》，长春：吉林人民出版社，1997年，第193页。

② 雷鸣：《危机寻根：民族文化的认同与现代性反思》，《前沿》2009年第9期。

忽略的现状，彰显出自然景观的美学魅力。放眼当代诗歌，自然描写已经渐行渐远，“大漠孤烟直，长河落日圆”“两个黄鹂鸣翠柳，一行白鹭上青天”的经典诗句几乎难以再现。当下诗歌沾染浓厚的商业文化气息，蓝天、青山、绿水、月亮、星星等自然意象，这些不能吸引消费者眼球的东西，对于生活在都市的新生代诗人来说简直就是恍如隔世。“自然审美维度的缺失是当代诗歌亟待走出的误区，缺少了自然描写的诗歌必将影响其美学价值，并导致读者审美趣味的粗鄙化，这在生态现状日益严峻的当下更为突出。”[①]贵州少数民族诗人对自然有着天然的亲近，一是贵州欠发达的省情使得贵州保留了更多的青山绿水，诗人与大自然的亲近有较好的条件；二是贵州少数民族居住的环境大都远离都市，具有更良好的生态环境，在这样的环境中成长的诗人更爱自己的家园；三是贵州的很多少数民族有自然崇拜观，相信万物有灵，天人合一，很多植物、动物都是他们的图腾对象。这就不难理解这块土地上生活的少数民族诗人为什么钟情于自然了。正是由于他们钟情于自然，他们的生态诗歌在诗学策略上，将自然的审美维度鲜明地凸显出来，营造出灵动的审美意境。如彝族诗人禄琴的《彝山》：“你茂密弯曲的黑发/从高原披散下来/溅起一片生命的歌舞/天空中飞翔的鹫/涂抹着一块块飞翔的雄姿/溟濛的世界常有山魈出没/山寨于森森的林间/彝人的血脉/在这片土地上延伸/日子凝聚成耸立的山峰。”

诗歌描绘了大自然的神奇景致、生命的壮歌、原始迷人的景象。在跌宕起伏的节奏中，渲染天人合一的澄明意境，较好地实现了生态主题与诗歌文体相融合的美学效果。

布依族诗人陈亮的《所有的植物对我微笑》细致入微地展现了自然的风采：“面对春天/所有的植物对我微笑/所有的植物，包括那些多情的阳光、灿烂的花朵、清脆的鸟啼/那些透明的露珠、精致的草叶、骚动的种子/那些黝黑的泥土、猩红的蚯蚓、宽阔的田园/所有的植物从早晨到黄昏/都以自己的方式/深入我的内心、我的思想和灵魂/感动我，使我无比骄傲与幸福。”诗歌的字里行间充盈着大自然生命的活力，“所有的植物对我微笑”，“所有的植物从早晨到黄昏/都以自己的方式/深入我的内心、我的思想和灵魂”。当诗人敏锐地感受到大自然生命脉搏的跳动，与自然万物进行着心灵交流的时候，大自然一切有生命的东西都使我们骄傲和幸福。

---

① 袁园：《新世纪生态诗歌论》，《南都学刊》2009年第3期。

土家族诗人徐必常的组诗《风吹草低》给我们描绘了一幅幅唯美的大自然画卷。诗人写春天的鹭鸶和青蛙，写风吹草低处一窝嗷嗷待哺的小鸟，写金秋挂满“红灯笼”的柿树，写秋天“消瘦”了的河水。在大鸟哺育小鸟的鸟窝里，诗人“看见了幸福与温暖”，与粮食“站”在一起的柿树让诗人感受到丰收的喜悦和生活的甜蜜，而鸟儿自由自在的鸣叫则让诗人抛却城市的喧嚣和“人心的烦躁”。在大自然的每一点启示当中，诗人都能够感受到生命的意义，获得心灵的慰藉。

“风吹草低”这个名字很容易让人联想到“天苍苍野茫茫，风吹草低见牛羊”的意境，而事实上《风吹草低》一诗温暖的意境与苍茫的意境一样，都彰显了自然景观的美学魅力：“草低的时候/一窝小鸟露出了嫩黄的小嘴/此时我正好看到西下的太阳/它那张嘴也是嫩黄的/小鸟把嫩黄的大嘴压得比小草还低/偶尔抬抬头，和风就送它满嘴的鸟鸣/此时，我看见一对大鸟从天上俯冲下来/风吹草低，我在一个鸟窝里/看见了幸福与温暖。”贵州少数民族生态诗歌还借鉴了传统的诗歌资源，使民族诗歌血脉得以衔接。在一拨又一拨现代、后现代诗歌浪潮的冲击下，中国诗歌创作“在内容上不触及现实生活，专注于抽象哲理的思辨；在形式上炫耀技巧难度，营造语言迷宫，越来越抽象难懂”。[①] 对于传统诗歌中人与自然交融的景观描写很多诗人视为过时了，诗歌创作陷入审美困境。贵州少数民族生态诗歌有效地借鉴了传统诗歌的表现技巧，呈现出朴素自然、妙趣天成的审美风格，如布依族诗人张顺琼的《晚景》：“投爱于天空/一天一个旧梦/一梦一个憧憬/投爱于湖水/一波一朵浪花/一浪一支春曲/投爱于黎明/答我白鸟的啁啾/万物的明媚/投爱于月光/一颗心一份欣喜/一滴泪一叶飘零。”“投爱于天空……投爱于湖水……投爱于黎明……投爱于月光……”诗人较好地借鉴了传统诗歌一咏三叹的手法，投爱于天地日月，如《诗经·蒹葭》的反复咏唱。爱天地日月，必将得到大自然的回报。诗歌语言自然明净，画面淡雅清新，营造出回味无穷的审美想象空间，让人读后有一种诗意的感动。

---

① ［德］海德格尔著，孙周兴译：《林中路》，重庆：西南师范大学出版社，1997年，第127页。

三、诗意栖居美好家园的展现

喧嚣的街道、熙攘的人流、拥挤的空间、光怪陆离的霓虹，构成现代城市人生活的场景；再加上环境污染、空气污染、水污染、噪音污染和光污染等等，使人们越来越远离诗意的家园。因此，贵州少数民族作家渴望找回原本属于自己的自然天性，展现诗意栖居的美好愿景。

苗族作家杨村的散文《大地的眼睛》借用了美国作家梭罗（Henry Thoreau）的比喻（其在著作《瓦尔登湖》中把瓦尔登湖比喻为“大地的眼睛”），来描绘云贵高原上一处高山淡水湖——雷打塘。作者写湖岸的崖壁、梯田、开满梨花的村寨以及湖畔的捣衣石和湖上的野鸟，不仅为我们描绘了雷打塘的神秘与美丽，寨民们世代与湖相依相生的美好生活画卷，还展现了诗意栖居的真谛：“我很羡慕村子上的人，因为他们每一天都与一个神秘的湖相伴。他们的祖先一定是那种具有远见卓识的人。现在，他们为自己这汪神秘的湖而自豪不已，这是能够理解的。即便充盈着污秽的心在这明眸一般的湖边一站，心底的琐碎也会顿然一片莹洁，像梭罗所说的一样，望着这汪湖水的时候，我们也会测出自己天性的深浅。”杨村不仅借用了梭罗的比喻，更继承了梭罗写《瓦尔登湖》的那种情怀，满含着对一汪湖水的热爱、对大自然的热爱，去展现诗意栖居的美好家园。

仡佬族作家王华的散文《有个地方叫安沙》中，为我们描绘了一个人与自然和谐相处的家园：“安沙依红河水而建，几十户人家挨挨挤挤，红墙绿瓦，四周偎着葱茏翠竹，完全是一派世外桃源之景。”太阳下安沙女人无拘无束地在河里裸浴，足见其心灵的坦荡和宁静。安沙热情好客，对素不相识的“外人”也留食留宿。作家笔下的安沙人从容、知足，与天地、山水、万物和谐相处着。

在散文《走进夜郎湖》中，王华更为我们描绘了世外桃源之境：“夜郎湖四面环山，陡处，如刀凿斧劈，青石嶙峋，那副威严的面孔，倒神似夜郎。缓处竹笼青翠，有零星几户人家，点袅袅几缕炊烟，鸡犬相闻，胜过陶渊明的世外桃源之境了。”在作家笔下，湖水如缎一般夺目而妩媚，湖边有悠闲的钓鱼人。移船登岸，小路藏在玉米地间，农人在收苞谷。竹林间，石墙青瓦小院，屋前一架瓜棚，坝上晒着红辣椒，屋里女主人正宰鹅为帮忙收苞谷的人准备饭食。农家小院把夜郎湖边宁静平和的生活展现无遗。

这样与自然默契的文字让人深味到生命之源的真纯,生存之本的可亲。讴歌人与自然的和谐,展示家园的美好是这些散文的主旨。

苗族作家完班代摆的散文《牵着鸟的手》更将诗意栖居的美好家园展现到极致。在尧上这个仡佬村庄中,"我"体会到了人与自然和谐相处的美好。"这是一个干净的世界,没有忧郁,也没有痛苦,没有陷阱,也没有设防。"鸟类自由地恋爱、歌唱,与人类共同栖息在美丽宁静的山水间。牵着鸟的手,即人类聆听鸟类的歌唱和心声,爱护它们,与它们和谐相处。尧上每年都举行"敬雀节",这个少数民族独特的节日既是远古的回响,又是未来的呼唤。"我以为,敬雀节不仅仅是一个民族、一个地域的简单习俗,它已经超越了习俗本身,而成了人类共同的财富。同样地,它也超越了历史时空,而暗合了当今社会提倡与自然和谐相处的永恒主题。""我希望这种感动能够恒久地持续下去,能够影响更多的人,让更多的人都能主动地牵着鸟的手,并能与鸟亲切地交谈,倾听鸟类深情的歌唱。"这种诗意栖居的美好愿景,让人性回复到了"天地有大美而不言"的那种灵性空间,重新获得了丰盈之美。

海德格尔(Martin Heidegger)说:"大地是承受者,开花结果者,它伸展为岩石和水流,涌现为植物和动物。天空是日月运行,群星闪烁,四季轮换,是昼之光明和隐晦,是夜之暗沉和启明,是节气的温寒,白云的飘忽和天穹的湛蓝深远。大地上,天空下,是有生有死的人。"[①]哲人的思考总是切中要害,天地之间,人不过是有生有死的生物之一,只有与自然和谐相处,才能共生共存共荣。贵州少数民族生态文学创作本着对本民族"经验"的执着与坚守,敬畏自然、赞美自然、追寻诗意栖居的家园,"将人带回大地,使人属于这大地,并因此使他安居"。[②] 对于生态文学而言,这是最贴切的描述。

[原载《贵州民族大学学报(哲学社会科学版)》2013 年第 6 期]

[谢廷秋:贵州师范大学文学院教授]

---

① [德]海德格尔著,郜元宝编译:《人,诗意地安居》,上海:上海远东出版社,1995年,第 91 页。

② [德]海德格尔著,郜元宝编译:《人,诗意地安居》,上海:上海远东出版社,1995年,第 91 页。

家园忧思录

——生态视域下的仡佬族作家王华解读

谢廷秋

“生态文学是以生态系统的整体利益为最高价值的文学，而不是以人类中心主义为理论基础、以人类的利益为价值判断之终极尺度的文学。它对人类所有与自然有关的思想、态度和行为的判断标准是：是否有利于生态系统的整体利益，即生态系统和谐、稳定和持续地自然存在。”①贵州是一个多民族聚居地，由于历史和地理的原因，长期处于欠开发、欠发达的状态。也正是由于这样的原因，贵州少数民族居住的地方大多山清水秀、环境幽静、生态良好。在这样的自然环境下成长的少数民族作家热爱自然、依恋家园，对“生态系统和谐、稳定和持续地自然存在”有着特殊的敏感。20世纪末以来，面对日益恶化的生存环境和日趋严重的生态危机，贵州少数民族作家的创作充满了家园忧思。

仡佬族作家王华是贵州近年来影响较大的作家。2012年9月，“贵州省第三届乌江文学奖”颁奖，王华以发表在《人民文学》的中篇小说《天上种玉米》再次登上贵州专业文学奖奖坛。2005年，王华的长篇小说《桥溪庄》（后改名《雪豆》出版）在《当代》发表后引起巨大反响，先后获“第九届全国少数民族文学骏马奖”、“贵州省第三届政府文艺奖”一等奖、“贵州省第一届乌江文学奖”。2008年，王华的长篇小说《家园》出版，在2011年第八届茅盾文学奖入围参评的178部作品中，是贵州唯一入围的作品。解读王华的这些获奖和入围的作品，其中有一条非常清晰的思路，那就是作家王华的家园忧思；也展示了作家日渐清晰的生态文学视域。

王华曾经非常迷恋家园的风景，她的散文《有个地方叫安沙》为我们描绘了一个人与自然和谐相处的家园：“安沙依红河水而建，几十户人家挨挨

① 王诺：《什么是生态文学》，《中国绿色时报》2006年2月13日。

挤挤，红墙绿瓦，四周偎着葱茏翠竹，完全是一派世外桃源之景。"[①]太阳下安沙女人无拘无束地在河里裸浴，足见其心灵的坦荡和宁静。木棉树下的坟地边，安沙人架着两口大锅煮肉，祭祖，过三月三。安沙人热情好客，对素不相识的"外人"也留食留宿。作家笔下的安沙人从容、知足，与天地、山水、万物和谐相处着。

在散文《走进夜郎湖》中，王华更为我们描绘了世外桃源之境："夜郎湖四面环山，陡处，如刀凿斧劈，青石嶙峋，那副威严的面孔，倒神似夜郎。缓处竹笼青翠，有零星几户人家，点袅袅几缕炊烟，鸡犬相闻，胜过陶渊明的世外桃源之境了。"[②]在作家笔下，湖水如缎一般夺目而妩媚，湖边有悠闲的钓鱼人。移船登岸，小路藏在玉米地间，农人在收苞谷。竹林间，石墙青瓦小院，屋前一架瓜棚，坝上晒着红辣椒，屋里女主人正宰鹅为帮忙收苞谷的人准备饭食。农家小院把夜郎湖边宁静平和的生活展现无遗。这样与自然默契的文字让人深味生命之源的真纯，生存之本的可亲。讴歌人与自然的和谐，展示家园的美好是这些散文的主旨。"文学应该具有担负社会责任的功能。我走上文学创作的路，正是被这一点所打动。"[③]一个具有社会责任的作家，不能不面对社会现实。"不断恶化的生存环境和日趋严重的生态危机是生态文学产生的根本原因，这一现实语境决定了生态文学理应自觉履行其社会使命，并主动承担起'文明批判'的重任。"[④]仡佬族作家王华就是这样一位主动承担起"文明批判"重任的作家，她的家园忧思包含着强烈的生态忧患意识和鲜明的社会批判立场。

2004 年，作家王华还在她的家乡小镇教书，每天上班的路上，她都会经过桥溪河，那附近有家小水泥厂，把周围的环境污染得很厉害。"到处都是灰蒙蒙的，植物和菜地全是灰头土脸。每次经过那里，我的心都会痛。这样的环境污染不得不让我思考。"[⑤]

2005 年，长篇小说《桥溪庄》发表，王华以桥溪河被水泥厂污染为原型，

---

① 王华：《有个地方叫安沙》，《贵州作家》2007 年第 2 期。

② 王华：《走进夜郎湖》，《贵州作家》2007 年第 2 期。

③ 《贵州唯一入围"第八届茅盾文学奖"的作品〈家园〉》，《贵州都市报》2011 年 6 月 22 日。

④ 斯炎伟：《中外生态文学评论选》，杭州：浙江工商大学出版社，2010 年，第 346 页。

⑤ 《贵州唯一入围"第八届茅盾文学奖"的作品〈家园〉》，《贵州都市报》2011 年 6 月 22 日。

虚构了一个桥溪庄,描写了一个关于桥溪庄的悲惨故事。桥溪庄是一个移民村庄,住了50多户人家。他们自觉迁移到这里,是因为这里有一个水泥厂,他们可以到厂子里打工挣钱,为的是挣钱过上好日子。水泥厂里整日里尘雾迷漫,机声隆隆。桥溪庄的天空也烟尘密布,一年四季都被尘雾包裹着,久而久之人们发现桥溪庄不下雪不下雨了,男人们死精,女人们气胎了。这些现象令农民不明白,追究的结果是这是上天的惩罚、神灵的动怒,因此就凑钱修庙塑观音菩萨像,但仍毫无转机。一幕幕的死亡悲剧仍然在桥溪庄发生,一切都是徒劳的,桥溪庄落入一种由生殖繁衍的绝望带来的恐慌中。

王华通过她的小说创作,对现代社会进行深刻的反思,尤其是对工业化的反思,触及发展与环境的冲突、发展与生命的冲突。工业化的车轮飞速碾向乡野。它既引领贫穷的农民奔向新生活,又使农民遭受无法回避的毁灭性打击——不能生育。农民终将被家园遗弃。王华对底层民众生存困境的反思包含着强烈的生态忧患意识和生态保护意识,她作为一个少数民族女性作家,达到了少有的精神深度。这也是《桥溪庄》能在全国获奖的重要原因。《当代》在刊发这部小说时,也给予了非常高的评价:"男人死精,女人气胎,乡村的苦难寓言,人间的生死传说。文坛不缺作家,不缺才华,只缺关怀。不缺自我关怀,只缺众生关怀。所以,我们向读者推荐贵州省正安县这位底层作者的长篇习作,不只为惊人之才,不只为刻骨之痛,而是为日渐稀少的人世悲悯。"[①]其实这众生关怀就是生命关怀,是把道德关怀由人及人性的关怀,延展和覆盖到整个生态及自然生命的关怀。

2008年,王华的长篇小说《家园》问世,更表现了现代文明冲击下家园的失落。小说主人公陈卫国原是黑沙钢铁厂的老工人,钢厂关闭后,包括陈卫国在内的二百多名工人被扫地出门。一夜之间失去了赖以生存的钢厂的工人们静坐游行,试图争回自己的权益。结果游行队伍与警察起了冲突,引发伤亡惨剧,抗争也无果而终。背了命案嫌疑的陈卫国,同时又被病魔判了死刑,绝望间偷偷离开黑沙,原本打算就这么走向死亡,却无意间走到了一个世外桃源——安沙庄。这里青瓦泥墙,竹篱菜畦,鸡犬之声清晰可闻,他的生命在安沙庄奇迹般的得到了延续。他在安沙得名依沙,还学会了划竹船,拥有一分宁静悠然而又健康的生活。陈卫国的绝症是一种象征,它暗示

① 《当代·刊首语》2005年第1期。

了现代人的走投无路，以及以黑沙为代表的现代城市的无可救药。陈卫国在安沙奇迹般的生存下来，则暗示了人返回山水自然时获得的新生。

小说中的安沙是一个山清水秀的美丽家园，可是这一切都由于建水电站而发生了改变，人们不得不搬离自己的家园。一方面，现代文明以其压迫性，强制安沙人离开——要么搬迁，要么只能淹死。而且还打着“文明”和“人道”的旗号，迫使移民们必须按照统一步调搬往冰河庄，不准安沙人迁往红河岸边的其他居处。另一方面，现代文明以其诱惑性“攻破”安沙人的“防线”，勾起他们对外界的好奇和向往。小说中张垒三人把现代文明中交际应酬那一套搬用于安沙，以酒肉为武器，与安沙人实现初步的交流。又用照相机、摄像机等现代科技产品引起安沙人的兴趣，接着还把攀枝娃、笑鱼两个少年安排进城“考察”，让两个少年来传达外面世界的精彩。至此，安沙人再也抵挡不住外界的诱惑，他们一方面带着失去家园的痛惜，另一方面又揣着对新生活的朦胧憧憬，踏上去往冰河庄的路途。

安沙人搬至冰河庄开始了新的生活，曾经依靠田园生活的安沙人必须想尽办法去挣钱，抛却曾经的“大同盛世”，适应“文明社会”的世态人情。被剥夺家园的他们与冰河庄格格不入，生活被弄得一团糟。为了度过饥荒，二十多位安沙老人集体自杀，安沙人彻底震惊了！他们发现，生命不仅再不似红河岸边那么从容，更可悲的是，再也没有一条河流可供老人们“回老家”（水葬）了。安沙人从新奇中惊醒过来，面对现实，他们悔恼、挣扎，甚至想重回安沙。可是昔日的安沙已经埋在了水底，他们已经无家可归。

为了突出人们面对突如其来的现代文明时的手足无措，王华沿用了创作《桥溪庄》就使用的荒诞手法写《家园》。她甚至天马行空地想象出“曹操干尸”，使其成为移民村庄一个所谓的“旅游资源”，强化了这个新生村落的荒诞性和淳朴移民的不知所措。小说主人公陈卫国自愿赴死，成为干尸“曹操”。如此的黑色幽默，预示着冰河庄正走向失去自我的又一重困境。安沙的天地人和的大情，村邻之间的世情，父子、母子、兄弟之间的亲情，还有像露水一样纯洁的爱情走向“冰河”。王华用荒诞的手法写家园忧思，用一个“世外桃源”的倾覆来控诉人类对自然环境的摧毁。

2009 年，王华的中篇小说《天上种玉米》发表，这又是一篇表达家园忧思的小说。城镇化的狂飙引发了“搬家”的风潮，《天上种玉米》讲的就是一个搬家的故事。搬家让农民离乡背井，失去土地，失去安身立命的“根”。“我们的村庄从播州的一个角落搬到北京六环东北角的一个大角落以后，王红旗还想让它叫三桥。他的理由很充分：三桥人大大小小、老老少少都搬这里来了，而且团团地住在一起，实际上就是三桥挪了一下脚。人挪了脚不改名，村庄挪了脚也该一样。儿子王飘飘笑他，山里的往镇里挪，镇里的往县上挪，你看到哪一个把地名也带着走的?”[①]王华是黔北(即古播州)道真三桥人，三桥是她的故乡。小说中三桥是王红旗他们的家园，失去土地的农民要么像《家园》中安沙人那样被迫迁往“冰河”，要么就如村长王红旗的儿子王飘飘所愿：“一定要把我们村搬到首都来，让他们整整齐齐地到皇城过过日子。”[②]果然村长王红旗率最后一批村民也搬到了京郊的“善各庄”。

皇城无地可种，失去家园的村民男的外出打工，女的无事可做在家打麻将，整天鸡飞狗跳、矛盾不断。王红旗突发奇想，要发扬“农业学大寨”的精神，要走陈永贵“造地”的路子，刨土盖屋顶，在屋顶上种玉米，让村子上空浮着一片绿，在阳光下，就像魔术师悬浮在空中的一块块绿色的魔毯。儿子王飘飘做建筑包工头，发了点财，成了这群人的“老大”，终于被村长老子的精神感动，想把租来的房子买下，把“善各庄”改为“三桥”，让“三桥”的村民可以永远在天上种玉米。这并不是一个(如有的评论家所言)“让人捂着嘴巴笑的童话”，而是一个失去家园之痛的的荒诞寓言。

王华的这三部小说可以说是家园忧思三部曲，从不能生(育)到不能死(水葬)，再到搬家寻找生态乌托邦；从关注人到关注人类家园，王华的生态意识逐渐增强。“从关注人到关注自然与人的关系，是中国社会发展给文学创作带来的必然变化。以自然和文化的衰落为例，是自然的衰落导致了文化的衰落还是文化的衰落导致了自然的衰落？也许在自然生态与文化中没有明确的逻辑因果关系，它们是相辅相成的。无论谁是因，谁是果，它都为作家的创作提供了开阔的思路和视野。”[③]生态文学作家不仅具有开阔的思路和视野，而且具有高度的历史责任感；他们不仅洞察到了生态危机困扰人类的严重局势，而且为人类能够最终诗意地栖居在大地上寻找出路。因此，不少作家的创作中呈现出凝重的家园感。虽然不能简单地把王华视为生态作家，但是无论从哪种意义上说，王华都称得上是一个具有生态意识的作

① 王华：《天上种玉米》，《人民文学》2009年第2期。

② 王华：《天上种玉米》，《人民文学》2009年第2期。

③ 斯炎伟：《中外生态文学评论选》，杭州：浙江工商大学出版社，2010年，第376页。

家。其家园忧思三部曲，反映内心深藏的具有本质意义的痛苦，正在诠释人类存在的现实困境和精神困境，寻找那个可以真正回归、真正停泊的永远的家园。

（原载《文艺争鸣》2012 年第 11 期）

［谢廷秋：贵州师范大学文学院教授］

故乡·民族·风景

——毛南族作家孟学祥风景叙事研究

周爱勇　朱伟华

毛南族是我国少数民族中人口较少的民族，主要分布在贵州和广西两省。孟学祥是贵州毛南族迄今唯一获全国少数民族文学创作骏马奖的作家，其获奖作品是散文集《山中那一个家园》①。此外，他还出版了小说集《山路不到头》②、散文集《守望》等多部作品。孟学祥与另一位骏马奖得主广西毛南族作家谭亚洲，共同构筑了中国毛南族文学创作的"双峰"。学界对孟学祥的研究集中在获奖的散文集上，主要从作品主题、艺术特色、底层叙事等方面论述作品的故乡情结、民族意识、人文关怀等特点。③ 但我们发现，正如其作品集名称"山中""家园""山路""守望"等关键词所揭示的，孟学祥作品中故乡风景是一面醒目的旗帜，成为解读其作品的一个重要坐标。"风景叙事实际上研究的是人文意识、生活实践、共同情愫、历史记忆、民族认同以及文化政治等在'风景'中的物象呈现。"④在现代化城市化背景下，作者塑造了一批故乡恋地者的群像，故乡的风景物象成为其恋地情结的对象，指涉着他们的文化记忆与民族认同。他们对故乡怀有深厚的情感，但由于年龄、教育、处境等差异，导致对故乡的感知和体认不一，这种差异性通过

---

① 孟学祥：《山中那一个家园》，北京：中国文联出版社，2006 年。本文关于这本散文集的所有引文均出自此版本。

② 孟学祥：《山路不到头》，贵阳：贵州人民出版社，2003 年。本文关于这本中短篇小说集的所有引文均出自此版本。

③ 参见孙建芳：《山里山外赤子情——〈山中那一个家园〉读感》，《名作欣赏》2012 年第 15 期；孙建芳：《守护精神的家园——毛南族作家孟学祥散文集〈山中那一个家园〉评析》，《山花》2012 年第 5 期；吴正彪：《故乡情结与底层叙事的人文关怀——孟学祥散文作品创作特点刍论》，《河池学院学报》2010 年第 4 期。

④ 黄继刚：《"风景"背后的景观——风景叙事及其文化生产》，《新疆大学学报（哲学·人文社会科学版）》2014 年第 5 期。

故乡风景叙事鲜明地体现出来。本文借鉴国内外风景研究成果，分析孟学祥作品刻画的坚守型恋地者、游移型恋地者、离乡型恋地者三类形象，破译其作品中隐匿的文化符码，探究其风景叙事中蕴藏的结构含义，揭示孟学祥作品所体现的文化及审美意义。

一、坚守型恋地者形象

在孟学祥作品中，“人地关系”与“迁移”是两个核心主题。与主题相关的核心风景物象是“故乡”，它由土地（田土、庄稼、粮食）、树（林）、石头（石像、石庙、石碾）、大山（山路）、小河（水井、水车、水磨）、桥、木楼、草屋等具体风景物象组成。这些风景物象成为作品人物恋地情结的对象。

坚守型恋地者是第一类恋地者形象，主要以故乡父辈人为代表。“恋地情结”是指“人与地方或环境之间的情感联结”，主要内涵表现为风景和环境“不仅仅是人的物质来源或者要适应的自然力量，也是安全和快乐的源泉、寄予深厚情感和爱的所在，甚至也是爱国主义、民族主义的重要渊源”[①]。坚守型恋地者眼中的故乡是这样一道风景：“故乡是一片山。……故乡的大山是一片瘦土，像个饱经沧桑的农人。”（《山中那一个家园·故乡是一片山》）大山、瘦土、农人，故乡与耕耘在故乡土地上的人融为一体，构成了一道乡土风景。在其眼里，故乡不是一个抽象的地名，也不是“贫穷”的代名词，而是一道融入祖辈血脉、人与土地和谐相处的风景：

> 故乡的名字叫苦竹寨。……虽然苦竹寨在外有一个“贫穷”的名声，但是世代居住在那里的人并没有外来想象中的那样感觉到清苦，大家在经营那片土地的同时也同那竹林结下了很深厚的感情……（《山中那一个家园·苦竹寨》）

在坚守型恋地者眼里，故乡的每一片田土、每一棵树、每一块石头、每一

① Yi-Fu Tuan, *Topophilia: A Study of Environmental Perception, Attitudes and Values*, New Jersey: Prentice Hall, Inc., 1974, p.12.转引自黄继刚：《“风景”背后的景观——风景叙事及其文化生产》，《新疆大学学报（哲学·人文社会科学版）》2014年第5期。

条河、每一口井、每一条山路、每一座桥、每一栋木楼，都流淌着祖辈的汗水，牵系着族人的感情，值得每一个人珍视，是其恋地情结的对象，沉淀着民族的文化记忆，召唤着每一代人进行民族认同。

坚守型恋地者的恋地情结根植于深厚的民族文化土壤。毛南族对树、土地等物象的崇拜构成了民族独特文化记忆的底色和重要内容。正是这些文化记忆奠定了民族认同。这种民族认同在坚守型恋地者中得以充分彰显。其恋地情结首先蕴藏于“树”这一风景物象。毛南族对树有着近乎宗教信仰的情感：

> 对树的崇拜、对树的渴望一直是我的故乡人的心中寄托，在我的故乡，一直流传这种“保树”的习俗，即在孩子出生的时候为孩子种一棵树，这棵树就是这个孩子生长的见证，是孩子生下地后所认的“保爷”，它将保佑孩子一生平实，同时也与刚出生的孩子一道成长壮大，做孩子成长的见证人。（《山中那一个家园·喀斯特生命线》）

基于这种文化背景，坚守型恋地者决然而苍凉的护树行为得以深刻地体现：

> 你要我帮你做什么我都可以给你想办法，唯独你要这几棵杉树我是不会同意的，因为它们是我们孟家老祖宗留下来的，是一代一代传下来的传家宝。我不能在我的手里就把它们给毁了，我还要亲自把它们传给你们，你们还要传给你们的子女，这几棵杉树还要一代代传下去。（《山中那一个家园·那几棵大杉树》）
>
> 孩子，我们还是不准你们卖这棵树，我们都是一些快入土的人了，这棵树的死活对我们无多大的意义，可对寨上的子孙后代来说那就不同了。（《山中那一个家园·保寨树》）

坚守型恋地者的恋地情结也蕴藏于“土地”这一风景物象：

> 你们想走我也不拦，但我是不会走的。老祖宗十多代都是住在这里安家在这里，开垦这里的每一块土地，又让这些土地供我们吃，供我们居住，供我们繁衍后代。到今天我们把这片土地折腾得没有树了，没

> 有水了，长不出庄稼了，然后我们就弃她去，这种做法九泉之下的祖先都会为我们汗颜……（《山中那一个家园·九爷与老井》）
>
> 奶奶告诉土根：田土是我们农民的衣食父母，做农民的一旦离了田土就等于抛弃了父母，抛弃父母就是逆道，逆道就将无法生存。（《山路不到头·田土》）

坚守型恋地者的恋地情结还从远离、排斥与乡土风景互异的城市风景中凸显出来：

> 父亲进城的第一天晚上，我带他上街看夜景，可是还没有走到繁华热闹的地段，父亲死活就不愿往前走了，他紧紧地拉着我的手对我说："不看了，我们回家吧，灯那么晃，车那么多，让人心慌慌的，一点都不踏实。"（《山中那一个家园·乡村情结》）

坚守型恋地者载着满满的乡土文化记忆和民族文化认同进入一个陌生的城市社会。城市的夜景、街道、路灯、车辆等城市风景远不及故乡的山路、树林、田土、木楼等乡村风景亲切。因此，远离喧闹的城市生活，回归安宁的乡村生活成为他们自觉的文化选择。

"风景不仅成为感官的栖息之地，更重要的是，风景还是精神的艺术。风景为记忆深层——正如地壳中的岩层——所建构。风景首先是文化的，其次才是自然的；一草一木，一水一石，均有想象性的建构投诸其上。"[①]"风景是一种意象、一种心灵和情感的建构。"[②]风景是文化的产物，没有单纯的自然风景，只有存在于文化背景中的风景。以父辈为代表的坚守型恋地者眼中的故乡是其心灵和情感建构的产物，与其说是一道自然风景，还不如说是一道文化风景。树、土地等故乡风景物象不仅仅是一个物质实体，更是一个文化载体，承载着民族文化，召唤着民族认同，成为毛南族文化记忆和民族认同的"想象的共同体"。[③] 面对"人地关系"紧张、生存发展重压造成的

① ［英］西蒙·沙玛著，胡淑陈、冯樨译：《风景与记忆》，北京：译林出版社，2013年，第5页。

② ［美］段义孚著，张箭飞、邓瑗瑗译：《风景断想》，《长江学术》2012年第3期。

③ ［美］本尼迪克特·安德森著，吴叡人译：《想象的共同体：民族主义的起源与散布》，上海：上海人民出版社，2011年，第6页。

破坏或背弃故乡、漠视或遗忘民族文化的行为，坚守型恋地者深感忧愤，并不遗余力地付诸抵抗，展现出一副恋地者的坚守姿态。坚守型恋地者的现代性诉求较微弱，民族文化认同诉求远远超出现代性诉求。因此，坚守型恋地者眼中的故乡风景更多表现出单一的维度，即风景的文化性的一维性。

二、游移型恋地者形象

游移型恋地者是第二类恋地者形象，主要以故乡青年人为代表。与坚守型恋地者相比，游移型恋地者的恋地情结充满复杂性和流动性。游移型恋地者的现代性诉求与民族文化认同诉求交织在一起，致使他们眼中的故乡风景表现出二维性，即风景的现代性和文化性。在起初阶段，他们在故乡山水中成长，与自然有着天然的亲近感，具有“自然之子”的身份；同时他们在同祖父辈的朝夕相处中成长，对民族文化耳濡目染，具有“民族之子”的身份。“自然之子”与“民族之子”的双重身份使他们成为赤诚的故乡恋地者。他们同自然环境和民族文化的关系是神秘、和谐的：

> 我曾经给一棵小树下过跪磕过头，那是比我高不了许多的树，在我下跪磕头的时候，风吹动它那羸弱的身躯左右摇晃着，伴着周围树叶发出的“沙沙”声，让人产生了一种神秘的恐怖。那棵树就是我的“保爷”，是在母亲生下我的那天父亲栽种下去的。……这种随孩子的降生而栽下地去的树，就是生命的象征，也是孩子的“保爷”（也可以叫保树）。“保树”被栽种下地后就会被很好地保护起来，并伴随新生儿的生命一天天地成长壮大，直到有一天，同它一起生长的这个人的生命老了，将不久于人世了，他（她）的后代才伐下这棵树做成棺材，随故去的老人一道入土安葬。（《山中那一个家园·生命树》）

树连同它生成的土地以及土地上的故乡物象，成为故乡青年人生命和思想中一道道神秘的风景。他们对故乡和民族的认同也通过对故乡风景的感受与体认呈现出来。此时他们同坚守型恋地者一样，现代性诉求远弱于民族文化认同诉求。

当人地关系日渐紧张，人的生存发展与自然环境、民族文化日益冲突，故乡青年人发生分化，其恋地情结开始变形，呈现出一种游移姿态，甚至生发出“逃避主义”。“逃避主义”是美国人文主义地理学领袖段义孚在创造“恋地情结”之后的又一重要术语。他认为，“人类逃避的对象主要有四个方面：自然、文化、混沌、人类自身的动物性。人类之所以会产生逃避的想法，原因来自于对自然的恐惧、对社会环境的无法承受、希望感受真实、对自身野蛮的动物性的反感。人们逃避的途径主要有四个方面：第一，改造自然。第二，空间移动。第三，根据想象建造出有特定意义的物质世界。第四，创造精神世界”。[①] 游移型恋地者逃避的对象主要体现在“自然”与“文化”两个方面，逃避的途径主要体现在“改造自然”与“空间移动”两个方面。

当人的生存发展与自然环境发生冲突时，“改造自然”成为游移型恋地者逃避自然、追求现代性的途径之一：

> 曾经葱茏碧绿的山野而今却只剩下一片荒芜的泥土和光秃秃的石头。故乡的人告诉我：那些山全都是被火烧光的。……每年都要有几片树木被大火吞噬，这些火有的是无意的，有的则是有意放的。在大火吞噬后，被开垦的耕地就会应运而生。（《山中那一个家园·遥望树林》）
>
> 这几年苦竹寨的大部分人家都是靠卖苦竹发家的，原先卖的都是长在地面的春笋，后来就发展到在冬天挖地下的冬笋卖，还不到两年的时间，满山满岭的苦竹就这样被挖刨光了。望着脚下满目疮痍的土地……（《山中那一个家园·苦竹寨》）

游移型恋地者眼中那道曾经让他们唱着古歌山歌赞美的故乡风景逐渐失色，土地、树木等一切事物逐渐变得只与生存发展相关，仅具有经济价值，失去了原有的文化意义。被开垦得千疮百孔的土地成为象征荒凉贫瘠与贫困落后的丑陋风景。当人的生存发展与民族文化发生冲突时，漠视甚至背弃民族文化传统成为游移型恋地者逃避“文化”、追求现代性的一种选择：

> 许多人家开始改造新屋，那一间一间的旧木楼被推掉，代之而起的

① [美]段义孚著，周尚意、张春梅译：《逃避主义》，石家庄：河北教育出版社，2003年，第5～6页。

是那一栋栋美观漂亮的小楼房……村中的新屋如雨后春笋般一栋接一栋地立起来了……在一排排新屋的陪衬下，旧木楼愈加显现它的残败和破旧。(《山中那一个家园·木楼》)

种“保树”这种习俗后人已经不再当一回事了……现在的“保树”也难保住了，在那片土地上，有那么一些不讲良心道德的人，如幽灵样专门在夜间去偷别人家的“保树”卖钱。(《山中那一个家园·生命树》)

许多人都认为，那几千年的大树留了也是白留，说不定哪天就枯死了，倒不如现在卖了还有点益处。可是一些上了年纪的老人却不赞成卖树……你们为什么要卖这“保寨树”？(《山中那一个家园·保寨树》)

在游移型恋地者眼里，小楼房比旧木楼漂亮，于是楼房逐渐取代了木楼。在这种现代性诉求中，祖父辈居住数辈的木楼消失殆尽，凝聚在木楼中的家族情感和民族传统变得岌岌可危。为了眼前的经济利益，偷保树(“生命树”)、卖保寨树等背弃民族文化的行为割断了民族文化记忆和认同之根。游移型恋地者逐渐不再像父辈那样将木楼视为民族寻根的风景，而将它看作“贫穷”的标签；逐渐不再像父辈那样将保树视为神圣崇拜的风景，而将它看作营生的自然资源。故乡在这种文化态度中逐渐“祛魅”，不再是“有意味的风景”。[①] 脆弱的喀斯特生态环境经不起如此粗放的“改造自然”，“空间移动”的途径成为游移型恋地者逃避“自然”与“文化”、追求现代性的又一选择：

由于喀斯特土地上人口的猛增，本来很艰难的生活就越来越艰难了。有一些人原来还想走前辈的迁徙开垦之路，到另外的地方去开垦新的土地，可是这条路却行不通了。……这片土地已经很难再养活这么多人，拖家带口走迁徙的老路更是不可能，唯一的办法就是出行，走外出打工之路，去外边打工找到钱后再把粮食买回来喂饱家中的老人和孩子。(《山中那一个家园·出行的日子》)

一年后，外出打工的十五名汉子揣着胀鼓鼓的钱包回到了小村，他们那成功的喜悦以及增长的见识足足让村里人议论了好久。过完春节后，那十五名汉子又继续走上了他们的打工之路，而且这次不要动员，

① 施畅：《真实的风景和风景的政治》，《文艺研究》2013年第4期。

他们的身后又跟去了许多新面孔。……随着打工的人越走越多,这片被先辈们用汗水开垦出来的土地又渐渐地变成了荒土。……随着日月的递增,这片土地上被撂荒的田土越来越多。(《山中那一个家园·走过乡村的脚印》)

回到日夜牵挂的故乡,熟悉的山影映在菊的眼眶中,看到三年前她走出去的那条小路一点都没有改变,山仍是那样的高大,路仍是那样的艰难,曾居住过的草屋仍是那样的破败,故乡的亲人们仍是那样的贫穷,菊哭了,菊抹着眼泪对送她回家的打拐办民警说:"我不会留在这里的,我还要回到安徽去。"(《山中那一个家园·山路不到头》)

随着现代化城市化进程的推进,游移型恋地者面临着两难的选择:是恋地坚守还是逃避迁移?如果选择前者,那么如何改变故乡这道遍地是石、一个个山头、一条条山路的贫困落后风景?如果选择后者,那么如何保存故乡之根、民族之魂?能否找到一条两者兼得的道路?现代性诉求与民族文化认同诉求的矛盾使游移型恋地者呈现出一副恋地者的游移姿态。

三、离乡型恋地者形象

离乡型恋地者是第三类恋地者形象,主要以故乡游子为代表。离乡型恋地者已不再像坚守型恋地者和游移型恋地者那样是故乡当地人,而是已经远离故乡的游子:"我知道我人未变,但内心已经变了,就在这一次毕业分配工作中,我选择了远离家乡,远离父母,远离生我养我的大山,选择了留在城市。"(《山中那一个家园·不敢辜负山野》)游子身份使离乡型恋地者具有"他者"的视角:"因为长期在外工作,很少有机会重踏故乡的土地,所以总是习惯于用外界变迁的眼光来衡量故乡的发展,这种感情的色彩在不被现实的故乡接受后,心中的失落更加无情和无奈。"(《山中那一个家园·遥望树林》)"风景是一种'观看的方式',它是由特殊的历史、文化力量决定的。"[①]风景的内涵很大程度上取决于主体的主观视角,所谓的风景的"观看之道"

① [英]马尔科姆·安德鲁斯著,张翔译:《风景与西方艺术》,上海:上海人民出版社,2014年,第29页。

诞生于审美主体的视角转换。[①] 正是这种审美主体的主观视角和视角转换,使得故乡风景在"他者"(离乡型恋地者)视角的"观看之道"中表现出多维性,即风景的审美性、文化性、现代性的三维性。

离乡型恋地者的风景多维性之一是不同于"内部人士"和"局外人"的风景审美性之维。"那些依赖土地构造全部生活、把土地作为生计和家园的人们,并不把土地当作风景。他们之于土地的身份是'内部人士';对于'内部人士'来说,在自我与场景之间、主体与客体之间没有明确的分离。更确切地说,在环境中蕴含着一种融合的、单纯的、社会的意义。'内部成员'无法像我们一样离开一幅框中的绘画或者走入一个参观者的视角,他们没有享受离开场景的特权。"[②]"依赖土地构造全部生活、把土地作为生计和家园"的坚守型恋地者和游移型恋地者便是故乡的"内部人士"。因为"没有享受离开场景的特权",所以他们眼中的故乡风景失去了审美性的维度。

> 小河、水车、小村、木楼、大山,用现在的目光去审视,那是一道很不错的风景。然而,在过去那贫穷的日子里,美丽的风景给山村留下的却是众多贫穷的伤痕。(《山中那一个家园·山中那一个家园》)
>
> 没有泥土与石头分享这片土地的偏爱,山上的石头就富得冒了一层油,大雨过后石头上的那层苔衣在阳光的反射下亮晃晃的,让人在读够一种无奈时也读到了一种大自然的神美。站在石头上,放眼那些千奇百怪的石头,如果不是在这里谋生,你定会惊叹于造物主赋予那些石头的神奇和美丽。(《山中那一个家园·喀斯特生命线》)

面对同一道故乡风景,"内部人士"和"他者"的感受和体认迥然不同:在"内部人士"坚守型恋地者眼里,故乡每一道风景都成为恋地情结的对象,沉淀着民族文化记忆,召唤着民族认同;在"内部人士"游移型恋地者眼里,故乡风景是"贫穷的伤痕"和谋生的对象;而在"他者"离乡型恋地者眼里,故乡是一道"美丽的风景",从中"读到了一种大自然的神美"。此时,故乡风景在

---

① 黄继刚:《"风景"背后的景观——风景叙事及其文化生产》,《新疆大学学报(哲学·人文社会科学版)》2014年第5期。

② [英]马尔科姆·安德鲁斯著,张翔译:《风景与西方艺术》,上海:上海人民出版社,2014年,第29页。

“他者”视角的观看下，一定程度上规避了“内部人士”“风景观看之道”的局限性或功利性（民族文化认同诉求或现代性诉求），露出了风景的审美性面孔。然而，这种风景的审美性并无“局外人”的“审美无功利”的超然和轻盈，而是挥着“沉重的翅膀”飞翔，“戴着镣铐跳舞”。离乡型恋地者异于“内部人士”和“局外人”的双重“他者”身份使得故乡风景的审美性变得复杂而矛盾。

离乡型恋地者的风景多维性之二是不同于“内部人士”和“局外人”的风景文化性之维。

> 那次笔会让我领略了陕北的风情，观赏到了宝塔山下的风光，同时也目睹了黄土高原的苍茫和辽阔，尝够了大风扬起的漫天黄土沙尘。晚上躺在床上我做了一个梦，梦中我行走在一片一望无际的树木里面，那片既感陌生又似曾熟悉的树林让我无论怎么努力都走不到尽头，而林子外边却到处都是我的亲人，他们大声说话、高声欢笑，然而我却叫不应他们，更无法走到他们的跟前，醒来后我仍惊悸在梦中……那既是一场梦，其实也是我儿时历史的记忆。（《山中那一个家园·遥望树林》）

在陕北风情风光参照和刺激下的故乡树林之梦，“领略”“观赏”“目睹”等对风情风光“浅尝辄止”的动词的使用，既体现了“我”对异乡风景的本能疏离，又表现出“我”对故乡风景的由衷认同。此时故乡树林因时空距离拉长，在“异乡”风景的参照下，呈现出民族文化认同的风景文化之维——“陕北之行让我由衷地感到了树林的可亲”（《山中那一个家园·遥望树林》）。在这里，“异乡人”成为“局外人”的一种形式。这是个“有意味”的梦，隐喻着“他者”身份的双重性。“我”与故乡亲人的关系，如同“我”与陕北异乡的关系，某种意义上说，“我”也是故乡的“局外人”（“异乡人”）。因此，才会有“我”对那片树林的“既感陌生又似曾熟悉”，才会出现梦中叫不应亲人的惊悸。故乡树林是“我”的民族认同之地，却“让我无论怎么努力都走不到尽头”。它只能以回忆的方式“被储存在大脑深处，通过睡梦的刺激才重新再现”（《山中那一个家园·遥望树林》）。“异乡人”之维中的故乡“内部人士”，故乡“内部人士”之维中的“异乡人”，离乡型恋地者具有双重“他者”的身份。这种双重“他者”身份也体现在另一“局外人”形式——“城市人”之中。

> 我渴望树林，是缘于久别故乡后滋长的一种依恋情结……我渴望

> 树林，是我的最低生活已得到保障，再加上城市的扩大，房屋的增多，现代生活气息越来越浓厚，心中才逐渐涌出这种返璞归真的幻想。(《山中那一个家园·遥望树林》)

"城市人"之维的故乡"内部人士"身份，使异于城市风景的故乡风景成为离乡型恋地者恋地情结的载体，成为逃避"现代生活气息"、抵达"返璞归真"的手段；而故乡"内部人士"之维中的"城市人"身份，却使得离乡型恋地者的"返璞归真"成为"幻想"。离乡型恋地者的双重"他者"身份使得故乡风景的文化性变得异常复杂，也使得离乡型恋地者的民族认同变得异常矛盾。

离乡型恋地者的风景多维性之三是不同于"内部人士"和"局外人"的风景现代性之维。

> 如今的毛南山寨，山还是那些山，视野中望不尽的山峰；河还是那条河，古歌中不绝于耳的涓涓细流；依然有水车在旋转，但是村落已经出现了翻天覆地的变化，很多原来的木楼都已经成为历史，大多被一个新的名词"楼房"取代，那些曾经支撑我们一代又一代生活的木柱，大多都已被填进火堂化成青烟，化成灰烬。特别是那碾房，虽然原风原貌保存得比较完好，但是已经没有人家再去那里碾米了，碾滚撞击碾槽发出的"咣当"声只是供远方的来客欣赏和供山寨的后代子孙对久远历史的凭吊和回忆。(《山中那一个家园·山中那一个家园》)

面对毛南山寨出现的翻天覆地的变化，凝聚着毛南族家族情感和民族传统的木楼、水车、碾房成为历史或只供欣赏凭吊的风景，作为故乡"内部人士"的坚守型恋地者、游移型恋地者更多的是哀愁痛惜这些承载民族文化记忆与认同的故乡风景淹没在"社会变化发展的脚步声"中；作为"局外人"的异乡人、城市人则表现出欢欣鼓舞——"虔诚地倾听社会变化发展的脚步声，为毛南山寨的变迁续写新的篇章"(《山中那一个家园·山中那一个家园》)；而具有双重"他者"身份的离乡型恋地者则表现出忧喜参半的矛盾态度。一方面，离乡型恋地者对故乡的现代性诉求得到一定程度的满足感到欣喜；另一方面，离乡型恋地者对故乡民族文化的衰落感到担忧，继而对民族身份认同感到焦虑。离乡型恋地者介于"内部人士"与"局外人"之间，因此，离乡型恋地者"观看之道"中的风景三维性充满了复杂性和矛盾性。审美性诉求、民族文化认同诉求和现代性诉求交织在一起，使离乡型恋地者呈现出一副恋地者的焦虑姿态。

“土地是在数量上占着最高地位的神”[①]，费孝通正是从这一角度指出中国社会的本质是乡土性。乡土性孕育了中国人根深蒂固的故乡情结。孟学祥作品中的坚守型恋地者、游移型恋地者、离乡型恋地者虽然在时空距离上与故乡存在着较大的差异性，但在对故乡的情感上却保持了较高的一致性，表现为对故乡的恋地情结。三类恋地者之间并非隔着一道不可逾越的鸿沟。与此同时，三类恋地者的民族文化认同诉求、现代性诉求、审美性诉求交织在一起，表现出极大的差异性、丰富性和流动性。作品通过故乡风景叙事将坚守型恋地者的坚守姿态、游移型恋地者的游移姿态、离乡型恋地者的焦虑姿态生动地呈现出来，体现了作者对现代性诉求、审美性诉求与民族认同关系的深刻思考。在现代化城市化背景下，孟学祥作品保存的民族文化记忆和寻根民族认同的文化自觉，具有独特的文学价值和文化意义。

（该文主体部分曾以《毛南族作家孟学祥风景叙事中的疏离与认同》为标题在《今日文坛》2016年第9期发表，收录本书时有改动）

［周爱勇：贵州师范大学文学院2015级博士研究生；朱伟华：贵州师范大学文学院教授］

① 费孝通：《乡土中国》，北京：北京大学出版社，2012年，第10页。

贵州民族民间文学研究

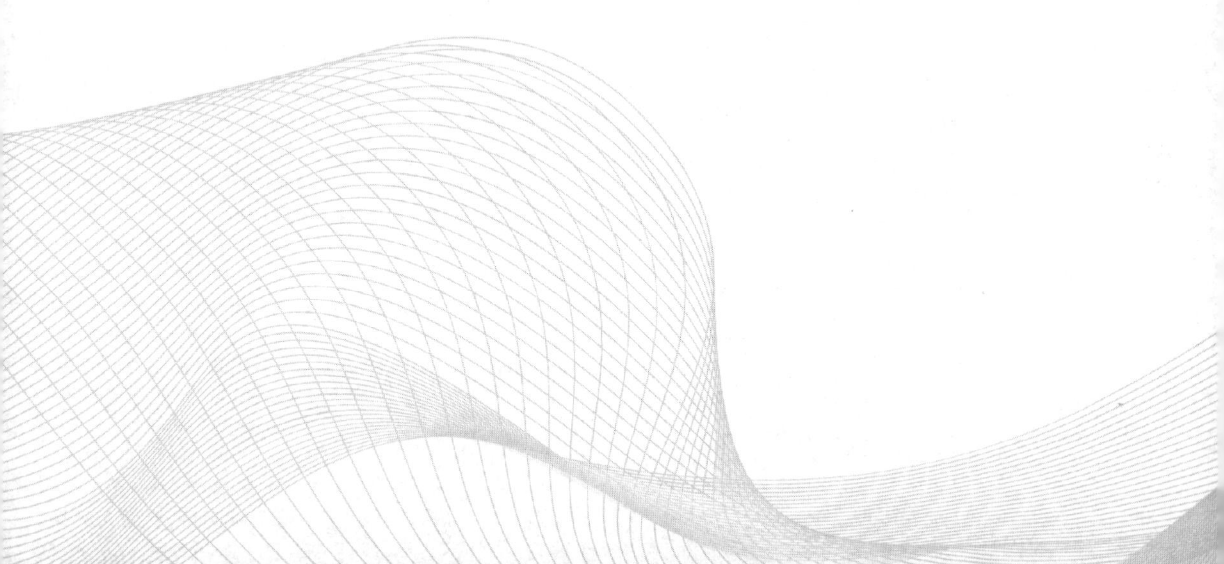

彝族"支嘎阿鲁"史诗母题探析

肖远平

在彝族异彩纷呈的民间文学宝库中,"支嘎阿鲁"史诗以其丰富的内涵、雄浑的气势、感人而富有传奇色彩的情节和生动的形象,放射着璀璨光芒。"支嘎阿鲁",又称"支格阿龙""阿鲁举热"等,是彝族历史上一位有重大影响的传奇式神话般的英雄人物,有关他的史诗、神话、传说及典故等民间文学作品流传在云、贵、川、桂等省区的广大彝族地区,家喻户晓。

在四川,"支嘎阿鲁"的伟大功勋是著名彝族创世史诗《勒俄特依》的主要内容,此外,还有彝文版史诗《支格阿鲁》[①]和汉文版史诗《支格阿龙》[②];在云南,不仅彝族创世史诗《查姆》《万物的起源》[③]中有着英雄"支嘎阿鲁"神圣事业的叙述,还有史诗《阿鲁举热》[④];在贵州,除了众多彝文古籍记载外,专门翻译出版的有两部史诗《支嘎阿鲁王》[⑤]和《支嘎阿鲁传》[⑥]。新出版的《支嘎阿鲁传》洋洋15000多行,是目前翻译出版的同类作品中最长最完整的一部民间叙事长诗,与荷马史诗《奥德赛》长度相当,被一些学者盛赞为"彝族的《格萨尔王传》"。[⑦] 对不同民族史诗中类同母题的研究,既有利于揭示史诗古老的文化内涵,也有利于不同民族史诗的比较研究。对跨省传承的"支嘎阿鲁"史诗母题进行研究,可帮助我们进一步理解和揭示彝族史诗的深层文化内涵。世界各地的英雄史诗,一般包括英雄奇特诞生母题、孤

---

① 卢占雄:《支格阿鲁》(彝文版),成都:四川民族出版社,1987年。

② 沙马打各、阿牛木支:《支格阿龙》,成都:四川民族出版社,2008年。

③ 梁红:《万物的起源》,昆明:云南民族出版社,1998年。

④ 李力:《彝族文学史》,成都:四川民族出版社,1988年。

⑤ 阿洛兴德:《支嘎阿鲁王》,贵阳:贵州民族出版社,1994年。

⑥ 田明才:《支嘎阿鲁传》,贵阳:贵州民族出版社,2006年。

⑦ 王明贵:《支嘎阿鲁及其故乡的神湖》,《毕节日报》2008年1月23日。

儿母题、抢婚母题、英雄征战母题、英雄救母母题等。“支嘎阿鲁”史诗虽然在云贵川诸地流传并有不同异文，但其具有稳定结构模式并包含着深厚文化内涵的以下几个母题却是常常出现的。

一、英雄奇特诞生母题

美国民间文艺学家斯蒂·汤普森（Stith Thompson）认为，“母题”（motif）就是指民间故事、神话、叙事诗等叙事体裁的民间文学作品中反复出现的最小叙事单元，“一个母题是一个故事中最小的、能够持续存于传统中的成分”。[①] 郎樱也曾指出，“民间文学中的母题，尤其是比较文学中的母题，具备在不同作品中重复出现、程式化、具有丰富的文化内涵和象征意义”[②]这几个特点。母题在具体的作品中有不同的表现形式。

在世界各地的英雄史诗、神话、传说中，英雄一般都有奇特的诞生方式，英雄奇特诞生母题具有浓郁的神话色彩，是史诗英雄人物一生创造伟业的基础。英雄史诗对于英雄特异诞生的描写，往往由多个母题构成，一般包括“祈子母题、特异怀孕母题、难产母题、英雄诞生特异标志母题、英雄神速生长母题等等”。[③]

尽管各地流传的“支嘎阿鲁”史诗在主人公的出生细节叙述上有所不同，但都包括以下三个母题：“支嘎阿鲁”母亲的奇特怀孕；“支嘎阿鲁”的奇特出生；“支嘎阿鲁”的奇特生长。各地“支嘎阿鲁”史诗中关于英雄奇特诞生的共性与区别见表1。

从表1可见，“支嘎阿鲁”的诞生，有以下三个方面值得关注：

一是神奇的孕育。“支嘎阿鲁”的孕育，一般均为超过十月怀胎的孕期或者没有孕期，且在母腹中即能与母来交谈。即使在同一地区流传的史诗中，其孕育也有所区别。比如，同为贵州流传的“支嘎阿鲁”史诗，一为十三年孕育后分娩，一为没有孕期，“支嘎阿鲁”是伴随着支嘎（支嘎山，地名——笔者注）的第一枝马桑、第一声杜鹃、第一朵盛开的索玛而出生的。

---

① [美]斯蒂·汤普森：《世界民间故事分类学》，上海：上海译文出版社，1991年。

② 郎樱：《史诗的母题研究》，《民族文学研究》1999年第4期。

③ 郎樱：《史诗的母题研究》，《民族文学研究》1999年第4期。

表1　各地"支嘎阿鲁"史诗中关于英雄奇特诞生的共性与区别

母题	贵州《支嘎阿鲁传》	贵州《支嘎阿鲁王》	四川《支格阿龙》	云南《阿鲁举热》	备注
英雄母亲的奇特怀孕	人与天女结婚，十三年孕育，在母腹中即可讲话	天郎恒扎祝与地女啻阿媚三万年相亲六万年相爱，九万年才生子	人间未婚少女与鹰血的结合	老鹰身上的三滴血滴在未婚少女身上而孕	英雄均为非人类的后代
英雄的奇特出生	虎年正月初一寅日寅时，在马桑树下由神人接生，由神人举行命名仪式并给予祝福	天地抖动三下，伴随雷鸣电闪出生，出生后即成为孤儿	龙年龙月龙日生	属龙的日子出生	出生的时间奇特，刚出生或幼小时即有奇特的表现
英雄的奇特生长	生时即哭声如雷鸣，由神人喂马桑露珠	马桑白日哺乳，雄鹰夜里覆身	由龙奶、龙饭、龙衣养大	老鹰哺养长大	英雄均非人奶喂养长大

英雄神奇的孕育，说明了古人对英雄及英雄史诗的理解和解释。英雄出身于天神，所以人们把英雄史诗看作神的颂歌，史诗演唱是一种特殊的祭祀祖先的仪式，因为其歌颂了祖先的丰功伟绩。这都说明了英雄史诗在古人心目中的地位和人们对史诗的崇仰，这一点也正是英雄史诗得到迅速发展和流传的动力之一。

二是出生后即为孤儿。或者有母无父，或者婴儿自动与母亲切断了联系（拒绝吃母乳），或者父母均化为马桑与雄鹰而不抚育刚出生的婴儿。《支嘎阿鲁传》中的"支嘎阿鲁"出生后是"生时父离世，生时母昏厥，策戴母休克，戴姆的儿子，没有人照顾"。《支嘎阿鲁王》中"支嘎阿鲁"出生后，其父"恒扎祝用尽最后一丝力，化作矫健的雄鹰"，其母"啻阿媚吸进最后一口气，化作茂盛的马桑"。"孤儿没有名字，人们叫他巴若……巴若大难不死，白日有马桑哺乳，夜里有雄鹰覆身。"[①]"支嘎阿鲁"是"马桑哺乳的巴若（意为弃儿——原书注），龙鹰抚大的斯若（有非凡手段的男人——原书注）"。

孤儿母题是世界范围的一个故事母题，少数民族民间故事中更是普遍，如贵州苗族地区有民间故事《孤儿与龙女》[②]，云南傈僳族有神话中的孤儿

① 阿洛兴德：《支嘎阿鲁王》，贵阳：贵州民族出版社，1994年。

② 《贵州民间文学资料·苗族》，1959年。

等[①]，在大多数孤儿故事中，孤儿都能成长为英雄，似乎越苦难的孤儿在以后的英雄业绩中越显得高大。刘守华先生认为，孤儿可怜的出生及其后来的幸福生活寄寓着人们对于现实生活中孤苦无依者的一种人道主义同情。孤儿母题广泛存在，并体现为各种文本变体，其中一种变体是英雄在少年时虽然不是孤儿，但以“弱者”的身份生活，是一个有母无父，没有完整家庭庇佑的婴儿，这种变体在云南、四川的“支格阿鲁”史诗中表现明显。“支格阿鲁”出生时只知其母，不知其父，有学者认为这是彝族母系氏族社会“只知其母不知其父”的文化遗留。在贵州“支嘎阿鲁”史诗中，“支嘎阿鲁”不吃母乳，最后只得由马桑或者龙、鹰哺育长大，这种英雄的选择，显然有动植物崇拜的原因，但我们是否亦可将其视为在英雄史诗产生的父系氏族社会初期，人们让英雄自动切断其与母系的信赖关系与紧密联系，也是在试图更加确立自己的男性权威。

三是生下后奇特之处立刻显现。在《支嘎阿鲁传》中，婴儿出生时母亲昏厥，婴儿的哭声奇特，如打雷、起台风，并由神仙以马桑露珠哺育（马桑树在西南少数民族的信仰中，乃是奇特的通天树）；在《支嘎阿鲁王》中，“支嘎阿鲁”白日由马桑哺乳，夜晚有雄鹰覆盖，以麒麟当马骑，身跟虎豹当狗；在《支格阿龙》中，“婴儿不肯吃母亲的奶，无论母亲如何哄逗喂养，婴儿都不依，结果引来塔博阿莫派使者抓走母子，阿龙被母亲丢弃在悬崖，由龙喂养长大”。贵州流传的史诗中，“支嘎阿鲁”出生时的接生、出生后的命名礼都是由天神完成的。因此，“支嘎阿鲁”不平凡的孕育、不平凡的出生从一开始就预示着他不平凡的经历。如其出生后的命名礼（取名仪式）即是一种预言：

> 摸三下头顶，边摸边评论：“头顶悬日月。”摸三下耳朵：“能听千里话。”摸三下眼睑：“要观万里事。”摸三下嘴唇：“要断事无误。”摸三下小手：“管山川河流。”摸三下胸口：“想就记，记就知，知就做。”摸三下腰部：“造鲁补，订鲁旺。”摸三下小脚：“测中央，清海底，修路过，收拾妖魔，与雄鹰为伍，斩杜瓦，要你去完成，为马桑之故，取支嘎阿鲁，天上有你位。”[②]

---

① 李子贤：《云南少数民族神话选》，昆明：云南人民出版社，1990年。

② 田明才：《支嘎阿鲁传》，贵阳：贵州民族出版社，2006年。

命名仪式上的这些预言，是英雄奇特能力和以后主要业绩的预显：“支嘎阿鲁”有超凡的听力、视力与智慧，所以要完成测天地、斩妖魔的艰难任务。

二、与恶魔争斗和征服母题

史诗中的英雄除了有奇特的身世，其主要的功绩就在于英雄要不断去战斗。以下为云贵川地区四部“支嘎阿鲁”史诗英雄的主要业绩，详见表2。

表2　云贵川地区四部“支嘎阿鲁”史诗英雄的主要业绩

业绩	贵州《支嘎阿鲁传》	贵州《支嘎阿鲁王》	四川《支格阿龙》	云南《阿鲁举热》
1	巡海除寿博	驱散迷雾，治理洪水	阿龙定夺乾坤	
2	阿鲁射日月	阿鲁射日月	阿龙射日月	阿鲁射日月
3	智胜雕王 阿鲁驯野牛 阿鲁胜老虎	测天量地 智取雕王 战胜虎王	阿龙智取雕王 阿龙灭虎王 阿龙治食人马 阿龙治杀人牛 阿龙治魔孔雀	阿鲁用火制服蟒蛇 打小石蚌
4	阿鲁灭哼妖 阿鲁斩杜瓦	灭撮阻艾（食人妖） 大业一统	阿龙捉雷公 阿龙征服巴哈阿支 阿龙治欧惹乌基	阿鲁治死日姆（凶狠的头人）

从表2可以看出，英雄的主要业绩在于测天地、斗雷公、射杀日月、斩杜瓦和哼妖（妖魔鬼怪）、战胜雕王等。虽然三地彝族地区流传的“支嘎阿鲁”史诗有繁简之别，但归纳起来都有以下几个共同点：

一是英雄“支嘎阿鲁”测量天地的业绩。在四川和贵州流传的史诗中，都有英雄测天量地的情节。贵州文本中，“支嘎阿鲁”是受天君策举祖的委托而测天量地；在四川，支格阿龙则是自动承担起将天地秩序重新恢复的责任。

二是“支嘎阿鲁”射日月的业绩。三省彝族地区的英雄史诗中，都有“支嘎阿鲁”射杀日月的母题，只是在四川彝族地区流传的史诗中，英雄是主动去射杀日月的：“支格阿龙啊，有眼能见到，有耳能听到，要去射太阳，要去射月亮。”在经过了六次射杀不中后，最终求助智慧的天神圣舍，从地心鸠土木古地站在柏树上射中了六个太阳、七个月亮；在贵州《支嘎阿鲁传》中，射杀日月乃是由于"支嘎阿鲁"的母亲被日月（天上的纪与洪两家）关押，为救母而用六枝银箭和六枝金箭射杀了六个太阳、六个月亮；贵州《支嘎阿鲁王》中，"支嘎阿鲁"则是因为移山填海，用了山神鲁依岩的财产，山神的女儿阿颖爱上"支嘎阿鲁"并为帮助"支嘎阿鲁"完成治理洪水的大业而牺牲，山神为了报复天神和"支嘎阿鲁"，挖出举祖派人埋下的六个太阳、四个月亮，造成了灾难，"支嘎阿鲁"受举祖的分派，练好了箭术，将多余的日月都射了下来。云南《阿鲁举热》中的阿鲁是因世间的不太平而决心为民除害，射下了六个太阳、五个月亮。

三是"支嘎阿鲁"战胜各种动物的业绩。"支嘎阿鲁"史诗中，各种自然界的动物今日的特征，如外形、声音、生活习性等，都是"支嘎阿鲁"打败它们之后所形成的。如《支格阿龙》："支格阿龙啊，跳到牛背上，气愤把牛拴，拴成花脖子，所有水牛啊，拴得喉沙哑。以前花脖子，现在花脖子，都是阿龙留。所有水牛啊，以前喉沙哑，现在喉沙哑，都是阿龙治。"[①]在其他民族的英雄史诗中，战胜各种动物也属英雄的主要业绩之一，在蒙古—突厥史诗里，英雄常常要驯服各种动物、征服超自然力并历经恶劣的自然环境，乌日古木勒将这一类母题统一为"蒙古—突厥史诗考验母题"，并将之视为其蒙古—突厥族成年礼民俗模式，是反复重复男性成员成长的民俗模式。[②]"支嘎阿鲁"史诗中，主人公战胜各种自然界的动物，大约也带有彝族男子成年所必须具备的各种生存技能与技巧的考验意味。

四是"支嘎阿鲁"打败各种害人的神怪。《支嘎阿鲁传》中，"支嘎阿鲁"打败了各种食人妖，如斩杜瓦（吸食人畜）、灭哼妖（食人妖）、智胜雕王（啄食人类）；《支嘎阿鲁王》中，"支嘎阿鲁"灭撮阻艾（食人妖）；《支格阿龙》中的雷公劈人、劈树、劈石，支格阿龙捉住雷公后不仅打得雷公承诺从今后不劈人，还问出治各种病的方法。

在彝族史诗中，"支嘎阿鲁"所战胜和打败的都是直接威胁人类生存与发展的自然灾害及妖魔鬼怪。"支嘎阿鲁"所要征服的这些恶魔并不直接与"支嘎阿鲁"为敌，"支嘎阿鲁"一开始也并没有成为人民的首领，只是一个孤独的英雄。正是在与这些人类的敌人的斗争中，"支嘎阿鲁"成长为部落的

① 沙马打各、阿牛木支：《支格阿龙》，成都：四川民族出版社，2008年。

② 乌日古木勒：《蒙古突厥史诗人生仪礼原型》，北京：民族出版社，2007年。

英雄、民族的领袖。“支嘎阿鲁”与妖魔鬼怪的斗争，并不只是凭着自己超凡的力量直接与妖怪打斗，有时也会借助神奇的武器，如神鞭、神剑等，但其最终战胜或者消灭对手所依靠的主要是智慧。这是彝族人民崇尚知识和智慧在史诗中的重要表现，一如彝族人民对于知识和智慧的代表——彝族毕摩的尊重。

“支嘎阿鲁”史诗中的恶魔争斗与征服母题大致可以分为两类：一是“支嘎阿鲁”受天命出战，二是“支嘎阿鲁”主动帮助受到恶魔伤害的人们。“支嘎阿鲁”受天命出战主要是测天量地，巡海除害，其他业绩则多是“支嘎阿鲁”在人间行走或者在寻找母亲的过程中遇到受苦受难的人们，为他们打抱不平而进行的艰苦努力。四川流传的支格阿龙除害母题有着较为固定的文本叙事模式，具体为支格阿龙寻找母亲来到某处——这一处的人民受苦，受到恶的侵害不得生存，哀哀哭泣——支格阿龙知晓后怒火中烧，决心为民除害——支格阿龙历经艰苦寻找恶者处所——支格阿龙心中害怕但不退缩——支格阿龙运用智慧征服恶者，使恶者改变生活方式，或服务于人，或不再祸害人。这样的叙事更体现了史诗英雄的人性和伟大，神奇而又平凡的英雄更易成为彝族人民歌颂和崇拜的对象，成为民族精神的具体化身和人民力量的代表。英雄身上体现出的彝族人民平凡自然、坚强勇敢、无私无畏的民族性格，正是彝族先民在艰苦卓绝的斗争环境中铸造出来的。

三、英雄的神奇婚姻母题

英雄的婚姻是英雄史诗的重要组成部分，在蒙古族、突厥族诸民族史诗中，英雄的婚姻即是史诗的中心母题，并往往与一个民族的婚姻方式有着密切关系。

大多数民族的英雄史诗中，婚姻既是英雄业绩开始的原因，也是英雄业绩完成的标志，主要情节常常是：为了救未婚妻或者向某部落的美女求婚而开始一系列的战争，通过一系列的考验，最终抱得美人归。仁钦道尔吉在《蒙古英雄史诗源流》一书中曾采用比母题大的情节单元，即以史诗母题系列（早期英雄史诗的情节框架）为单元，对蒙古英雄史诗的情节结构类型进行分类，把蒙古早期英雄史诗归为“勇士远征求婚型”和“勇士与恶魔斗争型”两类，并认为这两个系列是整个蒙古英雄史诗向前发展的单元，“在蒙古英雄史诗的基本情节里存在的数百种母题都是以这两种母题系列有机地组织在一起，以不同数量、以不同的组合方式滚动于各个史诗里”。[①] 可见，英雄的婚姻母题在史诗中占有重要地位，且大多数史诗也都会伴随着英雄成功的远征和与此相应的成功的婚姻。

然而，彝族“支嘎阿鲁”史诗却是一个例外。该史诗的英雄婚姻情况如表3所示。

表3 “支嘎阿鲁”史诗的英雄婚姻情况

婚恋要素	贵州《支嘎阿鲁传》	贵州《支嘎阿鲁王》	四川《支格阿龙》	云南《阿鲁举热》
婚恋对象	海龙女溢居诺尼	山神女儿阿颖	阿里、阿乌两仙女	头人日姆的大小老婆
认识方式	巡海的路上遇到等候引诱支嘎阿鲁的诺尼	为完成任务而主动结识	阿龙奉母命找长发，遇见被红公龙囚禁的仙女	两女本就属于日姆，是阿鲁对手财产的一部分
婚恋方式	一夜夫妻	相恋，并得到女子的帮助	通过两仙女的猜谜考验，两女住在大海的两边，阿龙轮流住	阿鲁通过与日姆的斗争抢来，两女住在大海的两边，阿鲁轮流住
婚恋结局	为支嘎阿鲁产下一子	阿颖为帮支嘎阿鲁而牺牲	因嫉妒而剪掉仙马翅膀，阿龙落海而亡	日姆小老婆剪掉飞马三层翅膀，阿鲁落海而亡

如前所述，蒙古—突厥英雄史诗的婚姻母题一般都有提领全诗的作用，它是英雄出征和战斗的原因，也是英雄最后胜利的奖赏，因此，英雄作为勇士，一般都会成功，也就顺理成章地获得了妻子。但是在所有的“支嘎阿鲁”史诗中，婚姻既不是“支嘎阿鲁”完成其英雄业绩的原因，也非“支嘎阿鲁”完成英雄业绩的奖赏。“支嘎阿鲁”的神奇婚姻母题与其他英雄史诗中的婚姻母题相区别的重要之处在于，婚姻非但不是“支嘎阿鲁”英雄业绩所获得的结果；相反，“支嘎阿鲁”却因此而失去了生命，或者对方为“支嘎阿鲁”而牺牲了生命。就“支嘎阿鲁”婚姻的来历而言，所有“支嘎阿鲁”史诗异文中，“支嘎阿鲁”与情人（妻子）的相遇都是在进行别的英雄事业时的“意外收获”，如《支嘎阿鲁传》中支嘎阿鲁是在完成测天量地、收伏海中寿博的路上与溢居诺尼相遇的；《支嘎阿鲁王》中“支嘎阿鲁”是受人指点为完成治理洪

① 仁钦道尔吉：《蒙古英雄史诗源流》，呼和浩特：内蒙古大学出版社，2001年。

水的任务而去主动结识甚至是勾引山神之女阿颖，以期得到她的帮助；在《支格阿龙》中是阿龙在完成母亲交给的艰难任务时与阿里、阿乌相遇的。从表 3 可以看到，无论是哪个“支嘎阿鲁”史诗文本，英雄都没有得到完美的婚姻。《支格阿龙》与《阿鲁举热》中，主人公虽然都得到了两个妻子（情人），但也因为女人而失去了生命；在《支嘎阿鲁传》中，虽然“支嘎阿鲁”没有因为女人而死，但其婚姻仅只一夜，且从此以后似乎也没有再见面。作为一种补偿，这一夜婚姻为“支嘎阿鲁”留下了一个儿子，但儿子仍是孤儿，而“支嘎阿鲁”也并不知道诺尼生了孩子。

“支嘎阿鲁”史诗的特殊婚姻母题，反映了多种婚姻家庭形式。史诗主人公在两个妻子之间轮流居住，“一家住十三天”，体现了母系社会婚制下的走婚习俗；《支嘎阿鲁传》中的一夜婚和《支嘎阿鲁王》中的山神之女阿颖为帮助“支嘎阿鲁”的自我牺牲，当是受后世婚姻家庭形式的影响，在这部民间文学流传和再创作中出现的，体现了有着漫长母系制的彝族社会对女性的一种崇敬。

“支嘎阿鲁”史诗的神奇婚姻母题丰富了英雄史诗的婚姻母题，即在“英雄为未婚妻而出发——英雄历险征斗——英雄获胜得妻归来”的一般婚姻母题之外，形成另一种母题模式。根据“支嘎阿鲁”史诗的几个异文，这一母题模式可简单概括如下：

> 英雄在完成任务途中遇到漂亮的女子——通过某种途径得女为妻——女子最终害死英雄（离开英雄）或为帮助英雄而牺牲

英雄史诗中如果有英雄的死亡，一般往往会伴有英雄死而复生母题的出现，如熊黎明归纳的柯尔克孜族英雄史诗“《玛纳斯》呈半圆形结构，即英雄在人间即英雄在人间诞生→立功→牺牲→死而复生结构”。[①] 云南、四川及贵州彝族地区流传的“支嘎阿鲁”史诗同样呈现出这样的半圆形叙事结构，但其结果却不同。云南、四川的“支嘎阿鲁”史诗讲述到英雄的牺牲就结束，《支嘎阿鲁传》的结尾是“支嘎阿鲁”告诉人们：“这段时间里，共同来生活，有共同心愿，共同来创业，感情似海深。只不过，我受天庭派，天庭差我

① 熊黎明：《中国少数民族三大英雄史诗叙事结构比较》，《云南民族大学学报》2005 年第 2 期。

来,今天传令来,叫我回天庭,我不得不转,我不得不回,我走了。他起身离去,故事传人间。"[①]《支嘎阿鲁王》的结尾是:"阿鲁历尽艰辛,完成一统能弥大业,能弥变成乐园。口渴时,记起水的源头,解馋时,想到果木好处。阿鲁上天去了,他的事迹,永远留在人们心中。……阿鲁的事迹,留给后世子孙,阿鲁在天上盯着,子孙们的一举一动。那闪闪的星星。是支嘎阿鲁,敏锐的眼睛。"[②]贵州两部史诗呈现的是"人间诞生——立功——回天庭"的叙事结构。显然,这种区别与"支嘎阿鲁"史诗的婚姻母题大异于其他民族英雄史诗的婚姻母题相关,也与彝族独特的古代人学思想相联系。

杨树美在其博士论文《彝族古代人学思想研究》中谈道:

> 彝族人学思想的根本特点就是把人的存在区分为灵魂与肉体两个方面,并把灵魂作为人的根本……灵魂与肉体又有不同的归宿:肉体是暂时的、有限的,最终是要消逝的,人的肉体之消逝也就是人之死;而灵魂则是人的生命的本源,是人的本质,它可以离开肉体而单独存在,它是不死的、永恒的。
>
> ……彝族先民构拟了祖界及其理想生活,认为不死的灵魂最终最好的归宿就是回到祖界与先逝的祖先一起过着永恒而又幸福的生活。因此,终归祖界就成为彝族人的信仰和终极超越的目标。[③]

这也许就是死而复生这一世界性英雄史诗母题在"支嘎阿鲁"史诗中缺失的原因,也是贵州两部史诗具有相同的英雄回归天庭结尾的最好诠释。

尽管"支嘎阿鲁"史诗歌颂的是一位男性英雄,甚至其中的天神系统也是以男性神为最高主宰,但仍有多处叙述中时时隐含并体现着母系氏族社会以女性为中心而形成的社会秩序,"支嘎阿鲁"的婚姻母题更是如此。如"支嘎阿鲁"被女子主动求婚、他答应女子的求婚、走婚于两位女性之间等,女性需要其遵从母系氏族社会的从妻居之俗,而"支嘎阿鲁"又要争取男性在婚姻和家庭中的决定权,男性争取父权与女性保持母权的矛盾不可避免地出现。史诗最终以婚姻的失败否定从妻居的母系氏族社会残余下的习

---

① 田明才:《支嘎阿鲁传》,贵阳:贵州民族出版社,2006年。

② 阿洛兴德:《支嘎阿鲁王》,贵阳:贵州民族出版社,1994年。

③ 杨树美:《彝族古代人学思想研究》,北京:人民出版社,2008年。

俗，并且不同程度地借婚姻来贬低女性的地位和作用，如将支嘎阿鲁的死亡归结于两个女子的嫉妒心或者女子为支嘎阿鲁的事业而必须牺牲自己的生命等。应该说，这是父系氏族社会初期父权与女性保持母权之争在史诗中的显现。

四、英雄救母母题

各地流传的“支嘎阿鲁”史诗中，除了英雄与妖魔鬼怪的角斗母题外，还有英雄复仇母题。复仇母题主要是英雄的母亲或母亲的魂魄被恶势力抓走，英雄为了救母而与恶势力进行争斗。英雄救母的叙事程式可归结为以下序列：英雄得知母亲的消息——英雄寻找母亲的途中不断与邪恶者斗争，经受考验救出母亲——英雄寻找救母亲的神奇之药。

在贵州《支嘎阿鲁传》中，“支嘎阿鲁”寻找母亲乃是一个母题系列，主要包括以下母题：

寻找母题：英雄经过长途跋涉，问过了牧童、过路人、犁地人、赶集人、背水人、驮马人、石工、过河人、建房人、迎亲人等，都得不到父母的消息，又到举布偶家、野使家，终于得到上天庭询问的指点，并与笃勒策汝一起结伴上天庭向举策祖询问父母的消息。

考验母题一：英雄被天神设计考验其是否真心孝顺父母，通过测场坝、设置祭祀场、请布摩祭祀父母等，得到天神的肯定，并得知母亲被抓的消息。

考验母题二：英雄为救母亲而射死关押母亲的纪与洪两家的作恶者（即射日月母题），并救出奄奄一息的母亲。

考验母题三：英雄为医治母亲而到米褚山上寻找奇特的恒革（药），终将母亲治好。

四川《支格阿龙》中支格阿龙寻找母亲的系列母题包括：

寻找母题：阿龙想找父母，向大石头打听父母的消息，得知妮依为塔博阿莫所捉；阿龙寻找路费以找母亲，在寻找路费的途中，依次得到神猎狗阿各与神仙马。

考验母题一：（寻找途中与邪恶者的斗争）阿龙捉雷公——征服巴哈阿支（食人魔）——不食鹅而得鹅赠予的神剑——征服塔博阿莫救出母亲。

考验母题二：阿龙请毕摩为母亲招魂——阿龙为母亲寻找黑熊胆、冰柱、治欧惹乌基，终将母亲治好。

从以上“支嘎阿鲁”史诗的救母母题系列可以看出，在“支嘎阿鲁”史诗中，该母题往往与英雄的征战母题交织在一起，救母是征战的原因，而在其他许多民族的英雄史诗里，救妻或者求娶妻子才是征战的原因，如《伊利亚特》《江格尔》等，这也是彝族史诗与许多其他英雄史诗相区别的一个地方。母子关系的重要性在“支嘎阿鲁”史诗中远远比夫妻关系更重要。这一现象，与彝族对母亲、女性的尊重和崇拜有密切关系，是彝族母系氏族社会演化留下的重要文化遗迹在史诗中的表现，母子关系比婚姻关系更为重要。

乌日古木勒在对蒙古—突厥英雄史诗进行研究时，对口传史诗母题有以下认识：

1.史诗母题是史诗故事情节中独立存在的最小的情节单元；

2.史诗母题是世界性的；

3.史诗母题不仅是一个独立的情节单元，也是具有丰富文化内涵的象征符号系统；

4.史诗母题在漫长的传承过程中随着社会历史的变迁而发生变化。[①]

母题是通过比较得出的共性的归纳，显然它是比较文学的一部分。斯蒂·汤普森六卷本的《民间文学母题索引》，展示了世界各地故事成分的同一性或相似性，而母题的文化内涵之研究又是为了挖掘同一表现方式下不同的文化历史内涵。这似乎是一种悖论：既要找共性，又要关注差异性。形成这一悖论的主要原因在于，母题的叙事与母题的提炼之间是具体与抽象的关系，即前者为形而下的表述（口头表演或书面表达），后者为形而上的总结（充分运用逻辑后的表述）。抽象程度越高，越接近人性的发现，而组成这些抽象叙述的文本本身，则是千差万别地代表着史诗、故事的演唱者与讲述者苦难的记忆和怀抱着的希望，代表着他们对生活的希冀，对人性的期许。因此，如何在共性母题的观照下有效地分析与阐释“支嘎阿鲁”史诗，就成为“支嘎阿鲁”母题研究的重要课题，而这有赖于更加细致的阅读与对“支嘎阿鲁”叙事语境的把握，充分运用民族学、民俗学、人类学乃至社会学等多学科的研究方法与研究视角也就成为“支嘎阿鲁”史诗研究的重要支撑。

在“支嘎阿鲁”史诗中，英雄的神奇诞生母题、英雄与恶魔争斗和征服母题、英雄的神奇婚姻母题和英雄救母母题等共同构成“支嘎阿鲁”史诗的神

---

① 乌日古木勒：《蒙古突厥史诗人生仪礼原型》，北京：民族出版社，2007年。

奇世界，这充分说明了“支嘎阿鲁”史诗的英雄史诗特性，也反映了彝族文学与世界英雄史诗的可交流性。此外，“支嘎阿鲁”史诗的母题包含着丰富的文化意象，这也与史诗的重要传承人毕摩和彝族的宗教文化及各种日常生活仪式、礼仪等有密切关系。

普罗普在《神奇故事的历史根源》一书的结尾曾不无体会地指出：“随着封建文化的产生，民间文学的因素成为统治阶级的财产，在这种民间文学的基础上创作出了一系列英雄传奇……民间文学，包括故事，不是只有千篇一律的一面，在具有同一性的同时它还是极其丰富多样的。对这种多样性的研究、对单个情节的研究，要比对情节结构相似性的研究困难得多。”[①]“支嘎阿鲁”史诗中的其他母题所蕴含的一些文化意象也具有独特性，对这些母题中独特性的存在进行研究，是一项任重道远的工作，这项工作才刚刚开始。

［原载《贵州民族学院学报（哲学社会科学版）》2010年第4期］

［肖远平：贵州师范大学校长、教授］

① ［俄］弗拉基米尔·雅可夫列维奇·普罗普著，贾放译：《神奇故事的历史根源》，北京：中华书局，2006年。

苗族史诗《亚鲁王》叙事特征及文化内涵初探

朱伟华

众所周知，叙事学理论是将叙事作品从一般文学鉴赏引入严谨学理分析的重要工具，有着方法论的重要意义。本文在广义范畴内将叙事结构、叙事内容、叙事视角、文本细读和模式提炼等方法运用到已出版的《亚鲁王》[①]史诗分析中，参照口传史诗研究的相关理论，用这种相对严谨的方法从叙事细部提供解读，对这部口传史诗的叙述心理、文化内涵、类型特征和独特价值，做出初步判断。

一、兼容南、北史诗特征的叙述结构

史诗是民间文学中最恢宏的一种体式，又主要是通过口授流传，在结构上往往有很强的模式化特征。西方以《荷马史诗》为代表的史诗传统，通常以人物和事件为主，叙事详略非常明确；相比而言，东方史诗的基本模式是从英雄的诞生开始叙述，我国三大英雄史诗《玛纳斯》《江格尔》《格萨尔》都是如此，这些史诗往往还延伸出一种"树状结构"，带出相关一群英雄的故事，属于"并列复合型"英雄史诗。其故事情节往往十分繁复，如藏族史诗《格萨尔》涉及人物上千，描写战争数十场；但叙事结构却相对单纯，往往线性展开，一般由"神奇的诞生""少年时代的显赫战功""英雄的婚姻""部落联盟的首领""伟大的远征""壮烈的牺牲（或重返天界）"几部分构成。这些史

① 由冯骥才总策划、中国民间文艺家协会主编、余未人执行主编、杨正江和紫云苗族布依族自治县"亚鲁王工作室"搜集整理翻译，中华书局2011年出版。以下所有引用此书页码，均出自该版本。

诗也被我国学界称为“北方史诗”，通常篇幅宏阔，以歌颂英雄首领为主，着重描绘人与人、部族与部族之间的关系，较少涉及天地起源的神话传说。“南方史诗”则是被各民族人民视为“根谱”的创世史诗，叙事程式纵向构造明显，即由开天辟地、日月形成、造人造物、洪水泛滥、族群起源、迁徙定居、农耕稻作等形成一个完整的创世纪序列，并始终以“创世”（各民族心目中的历史）主线为中轴，依照历史演变、人类进步的发展程序，通过天地神祇、先祖人物、文化英雄及能工巧匠的塑造，把各个诗章连接起来，往往篇幅短小，没有突出的英雄人物贯穿始终，更多地关注人与神、人与自然的关系。[①]

参照以上史诗结构会发现，《亚鲁王》是典型的东方史诗，但在结构上却兼容南、北史诗的特点。首先，它像北方史诗一样篇幅宏阔，由主要英雄亚鲁王一生非凡的经历与业绩呈线性贯穿，也具备“树状结构”的特点[②]；其次，《亚鲁王》又带着南方史诗的明显特点，有相对完整的创世谱系，用相当的篇幅描绘了日月形成、造人造物等创世程式，涉及人与自然界动、植物间的多重关系，在泾渭分明的南、北史诗类型中，构成自己综合性、兼容性的“另类”史诗特点。而《亚鲁王》是如何从叙事结构上实现兼容性的呢？这部史诗共分两章，但叙事分量很不均衡：第一章“远古英雄争霸”共 17 节，从始祖创世、亚鲁族谱到亚鲁事迹，都在这一章叙述；第二章“重建王国大业”仅 4 节，叙述亚鲁王重建王国疆域，并向王子托付大业的内容。仔细阅读会发现，第一章实际包含两个叙事层面：第一节“引子：亚鲁祖源”是头一个叙事层面，主要讲亚鲁始祖造日月造人类的过程，类似南方史诗中的创世序列；第二个叙事层面从第二节开始，在简单介绍亚鲁其他兄弟（主要讲了老大赛鲁的经历）后，第三到第十七节都在叙述亚鲁王的事迹，相当于北方史诗中的英雄传奇。吴泽霖在《苗族中祖先来历的传说》中指出，“关于人类开始的神话，八寨黑苗、花苗以及短裙黑苗中所流行的在大体上结构颇为相似，……他们所述的都不是开天辟地后第一个老祖宗的故事，乃是人类遇灾后民族复兴的神话”。[③] 亚鲁王即是这样的民族复兴英雄。然而在第二章讲述亚鲁重建王国的过程中，我们又发现“造日月射日月”等类似创世纪的

① 朝戈金、尹虎彬、巴莫曲布嫫：《中国史诗传统：文化多样性与民族精神的“博物馆”》，《国际博物馆》2010 年第 1 期。

② 反映亚鲁王的 12 个王子迁徙史和定居麻山地区的迪德伦王子、欧德聂王子的故事的近 6000 行译稿已基本定稿。亚鲁王与动物、植物的故事等卷正在收集整理中。

③ 吴泽霖、陈国钧等：《贵州苗夷社会研究》，北京：民族出版社，2003 年，第 102 页。

情节，又出现了开天辟地的故事，似乎是在亚鲁始祖创世与亚鲁本人创世之间，嵌入了一段亚鲁的英雄征战传奇。或者从文体角度说，像是在两个南方史诗框架中套着一个北方史诗叙事，这是这部史诗最独特的特征之一，也是它结构上的"另类"之处。将第一章第一节与第二章进行对照时可以发现，这两部分不仅叙述分量相当①，情节也有相关性，都出现了三方面内容，形成一种"双重对应结构"，可以进行平行比较。

首先是对生存的多重空间和其他生灵来源的解释。第一章第一节"在远古岁月"一句后，就从始祖"哈珈生哈翟"数到第八代火布冷，均是单传女性，显示的似乎是早期母系社会的特点。火布冷生独子火布碟，火布碟决定迁都到另一空间，而后经过五辈单传男子到波彤，波彤造天、波彤的独子博咚造地，从这段可看出已转到男性父系社会，而他们已生存在另一层空间。博咚生觥斗曦，觥斗曦造了"嘿"和不成功的人，这是第一次出现"造人"，然后史诗开始重点描绘觥斗曦的儿子董冬穹。董冬穹造人仍不成功，"造出的人变为惑，造出的嘿变为眉"，他在得到先知"偌"和"婉"指点后娶妻，第三次迎娶才有了两女九男 11 个孩子，"他们是天神的祖宗，他们为地神的祖先"(第 38 页)。下面就分述各个孩子造天地日月和万物、射太阳月亮的故事，其中董冬穹的儿子乌利又一次经历了造人鼻子是横、眼睛是竖以及变成"惑"和"眉"的失败，终于成功造出竖鼻子横眼睛的人。从这段创世传说中我们发现，苗民心中的原始世界是多重的，每个空间的始祖都要"开天辟地"自创日月，并"射日射月"重组世界秩序。因此第二章在叙述亚鲁重建自己王国的空间时，具有神性的他同样要得到先知"耶偌""耶婉"指点，同样要派出儿女再次进行"造日月、射日月"的工作，要重建自己生活空间的秩序。而在这艰难的一次次的创造过程中，同样产生了"眉"和"惑"这种生灵。②

其次是均出现英雄父亲误杀儿子的情节。第一章第一节讲到"眉"和"惑"不仅来源于造人过程中，也来源于非正常死亡的人，如董冬穹的儿子赛杜开拓山川平原死后，就变成"十二簇惑""十二簇眉"。而董冬穹另一个儿子赛扬去射太阳月亮，回来后误杀等待自己的儿子，因后悔自杀也变成"十二簇惑""十二簇眉"。完全相同的这一情节出现在第二章中：亚鲁派儿子卓玺彦去射太阳月亮，英雄回来后也误杀等待自己的儿子，尸体也变成"惑"和

---

① 第一章第一节共 29 页 1175 诗行；第二章共 36 页 1564 诗行。

② 它们类似我们常说的"鬼神"，可以作祟也可护佑人们。

“眉”。而亚鲁王将它们变成“家惑”和“屋眉”，变成各种各样在畜圈、山巅、浪涛、村寨与苗民共同生活的生灵，“家家户户保护这些惑，世世代代养护这些眉”(第278页)。这种“父子相残”的情节，作为人类早期血亲社会冲突的痕迹，遗留在许多神话传说中。不过西方更多的是“子杀父”模式，表达对权威的反抗和权力的更替；而史诗中出现的“父杀子”模式，更多是体现东方式对家长权威的维护。

最后是都有与万物的约定和以后代分家结束。第一章第一节对中西许多创世叙事中都出现的“洪水传说”给了一个说明：董冬穹之子吒牧的儿子琅艾娶雷的女儿波妮冈嬢为妻，他砍杀波妮冈嬢祭祀铜鼓乐器，引起雷公震怒发下洪水。洪水退罢董冬穹之子乌利在与各动物祖先讲好条件之后，派萤火虫祖先寻找火种，派蝴蝶祖先寻找糯谷种红稗种，派青蛙、猫头鹰、老鹰祖先查看疆域，然后重建王国。而在第二章“探索王国疆域”这一节中，亚鲁王也是派出蚯蚓、青蛙、老鹰的祖先查看疆域，并因它们的付出答应一定的代价。最后这两部分都以“树大要分丫，鸟大飞出窝”，吩咐子孙去寻找建立自己领地来结束。

第一章第一节和第二章对应的三部分内容，可抽象地概括为“人与天地及神灵的关系”“人与人(亲属)之间的关系”和“人与自然万物及领属地的关系”，这几乎也是人和世界可以建立的所有关系了。我们可以从中了解苗民很特殊的多层空间和不同生灵共存的意识，有神性的亚鲁王除了“造人”之外，他所做的一切必然与老祖宗一样，要按同样规矩安排世界的生活秩序。显然，这两个双重对应的“南方史诗”式外壳，对包裹其间的“北方史诗”式亚鲁王故事，有着阐释学的重要意义，在分析亚鲁王与外部世界的联系时，还要再次提到这三种关系。

二、单纯的叙事内容与重沓的叙述方式

相当于“北方史诗”中英雄传奇的亚鲁王事迹部分，在第一章第三节到第十七节中叙述。作为拥有10819行诗句的史诗，《亚鲁王》的叙事分量并不轻，然而与其他英雄史诗相比，其叙事情节又非常单纯。比较亚鲁王和格萨尔王就会发现，他们都是降临人世后和母亲生活在一起，12岁获得王位，多次遭到陷害，格萨尔靠自身力量和天神保护，战胜几十个部落，最后与母

亲和王妃森姜珠牡重返天界,整个过程非常繁复。而亚鲁虽然也有“大地震动,山岭摇晃,炸雷惊落”的诞生,但“亚鲁的命矮/亚鲁的命短”,外婆外公给的护身符“琅诃”“琅忒”在三岔河三岔路熄灭(第 69 页),以后一直流离失所、背井离乡。与格萨尔的几十次征战不同,亚鲁一生只经历了三次对抗。

第一次对抗是出生后成年并在家乡收复纳经、贝京、坂经、嶂经、彤经和衙经的经历,这一段在第三节“王子身世”中描绘。这六个城的收复,史诗用三个回合进行表现。第一个回合是最重要的收复纳经、贝京的战役。[①] 亚鲁幼年在自己母后的疆域纳经遭卢呙王算计,12 岁从母亲手中接管王国,带兵征战卢呙占领的纳经,接着征战昂鸿王割据的故土贝京。第二个回合是收复坂经、嶂经的战役,统领坂经的谷吉王和掌管嶂经的伊莱王联合起来与亚鲁对抗,亚鲁与他们大战三年,最终战胜双方收复失地。第三个回合中割据彤经的弘灵王和盘踞衙经的罕帛王是俩亲家,结果亚鲁收降弘灵士兵,罕帛被迫上吊身亡,至此,亚鲁收回全部领土。这一段用了 1525 行诗,描绘得饱满丰富,三个回合的收复两两一组描绘,详略有致富于变化。这也是史诗中唯一描写亚鲁爱情婚姻的段落,第一个回合描写了初恋情人波尼桑的情窦初开与舍命相救;第三个回合描写了波丽莎和波丽露的不畏艰难终身追随,都诵咏得十分动人。

第二次对抗叙述亚鲁王因为无意中得到宝物“龙心”和盐井被两位哥哥追杀的经历。这一段从第四节“意外得宝”到第十六节“闯入凶险的高山峡谷中”,其情节又分两个段落:第四节到第七节是第一段落,主要讲了意外得宝“龙心”引来两位兄长争夺,波丽莎和波丽露被骗使宝物遗失,两位王妃牺牲在故土,亚鲁带领族人逃离家乡的经历。第二段落是第八节到第十六节,讲述亚鲁在新居住地发现盐井,又引来两位兄长追杀,血战哈榕泽莱,迫战哈榕泽邦,一直逃到荷布朵的故事。这次抗争交代了亚鲁族群背井离乡的原因,包含丰富的信息,是整部史诗分量最重的部分,后面将重点分析。

第三次对抗是流亡中智取荷布朵重建王国,在第十七节中讲述。这一过程分为三个步骤进行:第一步是“投亲拜把落地生存”。亚鲁四次对荷布朵强调“我们先辈是弟兄我才投拜你这里”(第 229～230 页),以服软和亲情来打动对方,求得暂栖之地。第二步是“打铁谋生引诱王妃”。亚鲁拥有当

① 正像《亚鲁王》第 87 页注释中提到的:“亚鲁王国的疆域北抵‘贝京’,南抵‘纳经’。现今苗人习惯把史诗里的‘贝京、纳经’连称‘纳经贝京’,视作‘亚鲁的故乡’。”

地人不具备的"先进生产力"打铁技术，但留下做铁匠只是他的权宜之计，对荷布朵王妃霸德宙的引诱才是重点。亚鲁对霸德宙不只是对女色的贪恋，而且是采用权力更替的常用手段——通过占有王嫂来占有王国。第三步则是"证明权限占地易主"。在用计谋置换了象征领地权属的"岚岜舵"之后，以是否叫应祖奶奶祖爷爷、叫应画眉鸟，能否烧完茅草祖奶奶祖爷爷、射中白岩、喊应暗河山岩、捕到河里鱼虾和砍下的青冈树岩梢树倒向何方等为赌，争夺对这块土地的所有权。虽然亚鲁都是以计谋取胜，但他确实以同这块土地始祖及万物沟通的方式，和平地证明了自己拥有领属权的合法性。

亚鲁这三次对抗，勾勒出从故土迁徙西南进入麻山的苦难经历，花费篇幅很多，是整部史诗叙述的主体，体现的叙事主题却相当单纯。"宝物主题、禁忌主题、婚恋主题、英雄主题和伦理主题，是民间叙事中最常见因而最重要的主题"[①]，而在《亚鲁王》中，仅突出了宝物主题和英雄主题，这两方面还是交织在一起叙述的。许多史诗中都大量出现的与伦理主题有关的欢宴、竞技、赛马、歌舞等生活场景，在《亚鲁王》的叙述中完全阙如；几乎所有民间叙事中都作为"重头戏"出现的婚恋主题内容，如对美女、公主的占有争夺，男欢女爱的情感追求，在《亚鲁王》中也被压缩到最小范围。整个叙事内容没有奇迹、神助之类的灵异事件，缺乏愉悦性的活动和戏剧性情节，"宝物"争夺的"龙心"和盐井只是最基本的生存物质，就像《亚鲁王》是在葬礼场景诵咏一样，史诗在内容和功用上，都毫无娱乐性可言。

描绘亚鲁王三段对抗的情节，分布并不均衡，第一段和第三段经历分别用一个小节讲述，而中间与两个兄长对抗的一段，用了整整 12 节的篇幅。与情节进展有关的"龙心大战"和"盐井大战"部分，只占了第五节到第十节 6 个小节，而从第十一节到第十六节的 6 个小节，内容则更为单纯，只描写了亚鲁带领族人的迁徙，其中有情节因素的是第十三节"血战哈榕泽莱"和第十四节"追战哈榕泽邦"。宝物均被抢走，亚鲁已带族人离开，战事为何还在延续？原因非常简单，因为兄长要赶尽杀绝！亚鲁是惹不起也躲不起，无奈只有通过"血战""追战"，比箭完胜对方，才甩掉追兵。史诗总共两章 21 节，迁徙部分占了 6 节；全书诗句共计 10819 行，迁徙这段占了 2911 行，均为三分之一弱四分之一强，而这样稀薄的情节，怎样支撑起这些诗行？原来史诗在描述时采取了特别的重沓方式——亚鲁带领族人迁徙过程中，羊、

① 董乃斌、程蔷：《民间叙事论纲（下）》，《湛江海洋大学学报》2003 年第 5 期。

鸡、狗、猪、牛、马、猴、虎、蛇、龙、兔、鼠这些动物与稻谷种、糯谷种、红稗种、麻种、棉花种、青冈树、豆蔻树、五倍子、椿树、杉树、枫树这些植物，都尾随而来。每迁徙一个地方，史诗都要不厌其烦地重复一遍族人及万物对亚鲁的追随。一路迁徙提到 30 个地名，这些叙述就复述了 30 次！以这样重复冗赘的表述句式，这样回环复沓的叙事方式，表达如此单纯的叙事内容，到底是什么用意？这一点将在后面分析。

三、叙事人物的外在关系与内在特征

从叙事学角度看，整个史诗只有一个主要人物“亚鲁王”，作为一个叙事学上的“行为主体”，他应该具有驾驭事件、推进情节的主动性。但我们看到，亚鲁的所有行为都是被动的：他收复故土纳经、贝京等的战役是受到暗算后的奋起反抗；他与兄长的抗战是被夺宝物、盐井后的无奈反击；他智取荷布朵是退无可退情况下对旧属地的重取，这似乎都不是英雄式行为主体的特征。他的一生都在退却，从富庶的鱼米之乡退往辽阔平坦的疆土，再迁到贫瘠陡峭的山地，生活极度困窘，不断被兄长追杀，却不仅有大批后妃子民舍命相随，连动植物也源源不断渡江而来。他靠什么赢得如此的追随拥戴？

先来看看前面提到的亚鲁与外部世界的三种关系。首先是人与人（亲属）之间的关系。正如我们在创世部分发现的“父子相残（误杀）”模式，亚鲁的悲剧性遭际完全来自亲人（兄长）的追杀，而他不仅无辜无错而且一再忍让，这一点和《荷马史诗》及中国三大史诗中男性英雄人物都不同。亚鲁作为国王首领，除了苦难和担当没有任何特权，在征战时他冲锋在前，在失去领土后甚至要靠打铁卖苦力来维系家族生存。他是为族群受难，这是他获得拥戴的原因。他周围的女性也延续了这种特点，许多史诗描绘女性因美貌而成为争夺的对象，如引起特洛伊战争的海伦和格萨尔的王妃，但《亚鲁王》中的女性则不同，亚鲁王的后妃都是他的助手，最后还为种族牺牲。这种女性的“牺牲模式”，在创世部分已有照应：雷公的女儿波尼冈孃为使铜鼓乐器发音，自愿让吒牧杀死自己以血祭祀，“要是哪一幅乐器沾了我身上的血/它是让族人兴旺的乐器/要是哪一幅乐器沾了我身上的血/它是使子孙富贵的乐器”（第 48 页）。

其次是与领属地上生物的关系。史诗体现的是“万物有灵”，但不是“泛神论”意义上的有灵，而是万物始祖都与人类始祖一样通灵。对自然生物不是视若神明的盲目崇拜，而是像对同类一样的平等尊重。无论是动物还是植物，它们的祖宗都与苗民祖宗亚鲁有过约定，付出劳力可以要求回报，犯了错误也需受罚补偿，和人享受完全一样的待遇，这些规矩直到今天仍然为麻山地区的苗民同胞遵守。因此在“砍马”活动前东郎会吟唱“砍马经”，讲明马的祖先亚多王与亚鲁王的承诺。这里没有无缘无故的杀生，也没有为口腹之乐的屠戮，它们都是为祖先的过失偿命，为完成自身的使命受戮。在那些看来不无血腥意味的仪式背后，其实是一种万物有灵的尊重和平等。这里有一种非常珍贵的“原始契约”思想，没有人类自我中心的狂妄和为所欲为。众生平等的伙伴关系，使得动植物如后妃子民一样忠心追随亚鲁王。

最后是与天地神灵的关系。虽然史诗中的“天外”与人世有很大差异，但“天外”并不是一个理想乐园，而是一个同样会出现生存危机的空间。回归是宁静的，但不是去天堂享受不死的、无忧无虑的生活，只是回归本族本土而已，一样要带上草鞋和谷种、带上农具（镰刀）和家畜，回到老祖宗身边劳作和生活。“去世即回家”的时间观和古希腊“向后看”的循环时间观相似，不同在于这里没有古希腊黄金世界、白银世界、黄铜世界、黑铁世界递减的观念体系，也不存在天上地下价值等级的高低，只是换个空间生存而已。而那些灵媒生物“惑”和“眉”会因人类占有了它们的生存空间以各种征兆讨求生活资源，苗民发现这类“异兆”总是悉数满足。所有生存层面的需求都是应该被尊重的，而当亚鲁王和它们实现良好沟通后，就将它们变成看家护院的“家惑”和“屋眉”。

显然，除了无法调和的男性之间的对抗（代表父系社会利益冲突），亚鲁王和外部世界的关系是平等和谐的，他统领的部落世界图景是简明清晰、可靠有序的。亚鲁王身上除了勇猛和智慧之外，最让人动容的是他的仁慈、善良和责任心，史诗几乎在每段叙事中都突出他这个特征：

当卢呙王借口童年亚鲁射倒自己疆域老熊雄狮而加罪时，亚鲁平和地辩解：“我不射倒你的老熊/那头老熊会咬杀我/我不射死你的雄狮/那头雄狮会吞吃我。”（第 74 页）收复坂经、嶂经后面对战败的谷吉、伊莱亚鲁说：“你们迁徙离去吧/你们快快上路吧/我亚鲁不杀你们/我亚鲁不砍你们。”（第 92 页）被迫与兄长作战时他反复恳求：“你们是哥哥/我是幺儿，我是弟弟/你们在自己的疆域已建国立都/我在自己的山寨才建起王室/我不占你们的水井/我不砍你们的森林/今天你们为何领兵来破我边界？/今日你们为啥率将来攻我疆域?”(第 111 页)在两个哥哥穷追不舍,只好无奈迎战前,他仍一再强调:“我不愿同族人交战/我不想与兄长决战。”(第 197、203 页)而“不让战事发生可战事已经发生,不想战争爆发而战争已经爆发”这句沉痛的句子,在第三节“王子身世”(第 73 页)、第五节“龙心大战”(第 110 页)、第六节“争夺龙心神战”(第 116 页)、第九节“争夺盐井大战”(第 148 页)和第十节“血染大江”(第 152 页)中都反复出现,道尽亚鲁渴求安定和平而不得的无奈。面对子民他始终鞠躬尽瘁,收复失地后马上让子民安居乐业:“你们要回去当家/你们要转去立业/你们回去养儿育女/你们转去兴旺族人。”(第 101 页)他到处去开辟集市,亲自炼盐卖盐,对丢失宝物的两位王妃不追究问罪,一再说:“女儿哩女儿/我焦心你们不要跟我焦心/我忧愁你们不能随我忧愁。”面对一次次追杀他总是说:“我要保护我儿女,我得守护我族人。”然而,整首史诗最让人感动的还是在迁徙途中的这段吟咏:“亚鲁王艰难迁徙,日夜奔走/亚鲁王继续迁徙,绝不回头/亚鲁王携妻带儿跨马背/亚鲁王穿着黑色的铁鞋/孩子的哭声哩啰呢哩啰/娃儿的哭喊哩噜呢哩噜/亚鲁王砸破家园拿干粮就上路/亚鲁王捣毁疆土带糯饭团出征/亚鲁王带家园破碎的族人走上千里征程/亚鲁王带饱经战乱的家族走过百里长路/孩儿哩孩儿/娃儿哩娃儿/别哭啦,七千务莱听见这哭声/听话吧,七百务呸紧跟我们身后/可怜我的孩子/心痛我的娃儿/饥饿的哭声令人心痛/哭奶的嘶叫撕心裂肺/我们停停吧,煮早饭吃了再走/大家歇歇吧,做午饭吃饱再行。”从第十一节到第十六节,这段诗句一再诵唱,竟然重复了 32 遍。这是怎样的含辛茹苦,怎样的凄惨悲凉,怎样的大慈大悲,怎样的无畏担当！这是史诗最悲壮感人的部分,读之令人潸然泪下。这是如“三过家门而不入”的大禹、倡导“非攻兼爱”的墨子那样的中国脊梁式人物,是像耶稣、释迦牟尼那种“我不入地狱谁入地狱”的圣徒式领袖。他身上没有丝毫中国封建等级社会的痕迹,是民众心目中的真英雄。

四、史诗的叙述心理与文化内涵

当一个群体以叙事形式表达自己的传统时,这种叙事一定提供了一种观察世界和生活的模式,其间一定隐含着一种认知结构。所以,理解一个叙事就是一种阐释过程。考察《亚鲁王》这个口头叙事时,不难发现其故事逻辑是一种特殊文化意识的表达,这里包括多层连贯的宇宙观、人与自然及动植物相处的世界观,以及由现世与往生构成的生死观等根本性问题,而这一切是通过一些基本叙述模式体现出来的。史诗叙述最突出的特点是描写事件"内容"很单纯,描述行为"频度"却很高,造天地日月都要经历许多次,和荷布朵的比试经历了8个回合,迁徙中的重复更是达到罕见的30多次。我们知道按"口头程式理论",程式频密度(formulaic density)与作品的口头属性之间有意义重大的关联,朝戈金在介绍"帕里-洛德理论"的"固定片语"时指出,"这些片语的作用,不是为了重复,而是为了构造诗行"。"歌手在表演当中,会受到句首韵韵式的引导。……民间歌手在即兴创作时,这种特点体现得更为充分","冗余"(redundance)来源于创作和接受两个环节,从创作环节上看,大型口头诗歌的"创编"通常都是在表演现场即兴完成的,因而它既是传统限定中叙事的一次次传演(a song),又是充满了新因素的"这一首歌"(the song)。每一次表演的文本,都和其他表演过的文本或潜在的文本形成"互文"(intertexts);从接受环节上看,对于聆听而言,在时间线中顺序排列的语词,只有通过这种反复出现,才能够在听众心目中建立起各个单元之间的紧密关联。[①] 但是,在《亚鲁王》中,这种"冗赘"的描述方式却不能简单地用"口头惯例"来加以解释。我们知道,帕里(Milman Parry)、洛德(Albert Bates Lord)调查的南斯拉夫史诗和我国三大史诗的流传,多是在节庆等纪念日表演,有娱乐因素,许多还是伴乐演唱,受到听众和表演环境的影响,符合用"固定片语"即兴创作的规律。而《亚鲁王》的传唱是在葬礼,没有任何娱乐性,况且因为是"指路经",必须不走样地重复,就像东郎杨保安自述:"现在我们做的这些都是和以前一模一样,唱的都是老一辈教给我们后辈的那些东西。……每一个地方都有一个名字,就要给死人讲要走那条路才能回到祖宗以前生活的地方去。"[②]再从文本来看,《亚鲁王》中并不用这些"片语"重组任何句子,迁徙部分除地名之外,其余全是单纯的重复,并无推进情节的作用。那么这样重复诵唱的心理动机是什么?

---

① 朝戈金:《关于口头传唱诗歌的研究——口头诗学问题》,《文艺研究》2002年第2期。

② 中国民间文艺家协会主编,余未人执行主编:《〈亚鲁王〉文论集》,北京:中国文史出版社,2011年,第182页。

史诗基本是以第三人称进行传唱，但反复出现的以上吟咏会让我们感到，贯穿始终的更像是亚鲁王的"内视角"——他的焦虑困苦，他的一路艰辛，他的生存困境，他的不屈努力。从始至终，我们读出的都是沉重。显然，除了记住来程（地名、指路）作用之外，这种高频重复的方式就是极言其迁徙的艰难，对于迁徙地名的罗列细举，对于动植物舍命相随的重复诵唱，不是情节所需，而是功能所需，情感所需，倾诉所需。由于亚鲁王是麻山苗民的祖先，也可以说这些是苗民的自我言说，是和他们的直接经验连为一体的，是由痛感产生的话语方式，是对故土家乡的永恒怀想和对苦难历程的刻骨记忆。整个亚鲁王叙事一直是在对基本生活空间和基础生存条件的追逐求索中进展，然而一切都是艰难的，连祖奶奶祖爷爷造人都历尽艰辛。每次战争的爆发，亚鲁族都是被侵略被抢夺者，是完全正义的一方，他们一再容忍一再退让，却被赶尽杀绝，逼入不毛之地。如此单纯的内容重复讲述要强调什么呢？他们行为的合理性，他们生存的合法性，他们立足的艰难性，其核心内容只有两点——亚鲁族如何无错地、被迫地来到这块土地；如何与这块土地上的生灵建立和谐共处的契约关系。特别动人的是在这种苦难中保持的一种容让和慈悲，甚至能从中读出一种宗教般的悲悯情怀。①

五、史诗的类型特征与独特价值

以"三大史诗"为代表的北方史诗讲述的是游牧民族的故事，正像《荷马史诗》讲述的是海洋民族的故事，这两种民族的生存方式都具有冒险性和移动性，因而推崇行动感，充满占有欲，常有"伟大的远征"。这些民族因游走移动的生活方式而见多识广，有丰富的叙述内容和叙事情节，故可成就鸿篇巨制，有贯穿始终的英雄人物，叙述风格也充满着歌颂部落首领和"自然神"的浪漫主义色彩。而南方史诗一般是由人数较少、生活领域较狭窄的农耕民族创作，他们虽然也有一段迁徙"前史"，但一旦定居后就不再移动，这使他们更关注人与自然的关系，他们的史诗主要描绘天地日月、渔牧农耕，因"靠天吃饭"与万物的依存关系带来"泛神论"倾向。从文体看，缺乏位移带

① 其实佛教、基督教、伊斯兰教等许多宗教，从来都起源于苦难之中人们的一种精神寄托。

来的丰富的事件和叙事内容，南方史诗通常比较短小，对自然万物的描写充满“拟人”和“虚幻”的色彩。通过这个比较我们才可以理解，《亚鲁王》两个“南方史诗”外壳包裹一个“北方史诗”故事的独特结构从何而来——亚鲁族既是一个典型的农耕民族，又有一段丰富的迁徙经历，因而它包容了“固守”与“移动”这两个不调和因素，综合了南、北史诗的结构特点，形成了自己罕见的独特类型。

《亚鲁王》史诗的一大贡献是体现出极其珍贵的、在中国主流文化中缺失的“契约”观念，即由交换带来的平等和契约意识。[①] 整部史诗体现出对实现交换功能“集市”的高度重视——男性始祖火布当统领“仲寞”后，首先做的就是在“天外的中央”造十二属相集市（第 34 页）；亚鲁童年即由母亲带领他开辟十二生肖集市（第 71 页），从卢呙王处逃回自己王国首先做的也是骑马去开辟十二属相集市（第 80 页），当他迁到新居地“岜炯阴”后又两次去开辟十二生肖集市（第 132、136 页）；亚鲁与动物、植物的定约，也体现了“平等交换”思想的深入人心。这里予取予求都必须按规矩，推崇一种合理性、对等性和交换性。[②] 可惜的是苗民处于劣势被边缘化后，失去原有的文化资源逐步被“蛮荒化”，而占据主流地位的封建传统文化，发展出以儒家为代表的安土重迁、排斥流动、保守固化的社会等级体制，满足于自给自足的小农经济，忽视交换，鄙视商业，可贵的“契约”观念萌芽成为被主流文化遮蔽的早期智慧。史诗的另一贡献是关于宗教情怀。由于中国未产生成熟的宗教，普遍认为中华民族缺乏宗教意识。其实在我看来，宗教最核心的精神就是上对下普度众生的慈悲和下对上无条件的敬仰虔诚，这两种现象在《亚鲁王》里都能看到。亚鲁身上的含辛茹苦、忍辱负重、宽恕坚韧，都源自苦难的磨砺，这是一种宗教圣徒的高贵，一种对精神财富的极度张扬，一种在物质匮乏、处境艰难中格外被保存和推崇的精神追求。以上这些一般被认为是中国文化中缺乏的精神资源，其存活于民间底层，具有一种没有被官方意识形态污染的“民间纯洁性”。

学界多将《亚鲁王》称为“苗族英雄史诗”，我却愿意将其定义为“苗族苦难史诗”。人类历史上许多胜利都是由“血”与“火”写成的，“史诗”作为人类

---

① 实际上西方建立在契约基础上的平等观念，也源于商业活动和对等交换。

② 现在流传《亚鲁王》的苗区，要阻挡“惑”“眉”作祟，请通神的宝目（法师）去“说和”，宝目要收取一定的报酬。报酬虽然非常微薄，但体现的是对交换关系的尊重。

“童年期”的一种文体，往往表现出对强悍、进攻、占有的歌颂，推崇强者生存的“丛林法则”，大多英雄史诗都体现了这种特点，这在人类发展早期有历史的合理性。然而，《亚鲁王》史诗却体现了不同的精神：亚鲁一生没有争抢只有护卫，没有进攻只有退让；他始终在劣境中保持一种精神的高贵，始终不放弃自己的使命责任，在极度匮乏的物质条件下与万物维持一种生存平衡。称作“苦难史诗”，更能彰显亚鲁以柔克刚、以退为进、不以蛮勇称强的文明气息。也许更应该将《亚鲁王》称为“农耕民族的苦难史诗”，因为它体现了与土地万物的亲密关系及农耕民族的特性，这是这部史诗最独特的价值和最突出的贡献。《荷马史诗》体现的是海洋民族的文化，“三大史诗”体现的是游牧民族的文化（并与境外同胞共享），只有《亚鲁王》史诗是地道的内陆农耕文化产物，是中华民族的史诗，它不仅属于苗族，更属于整个华夏子孙。

黄帝、炎帝和蚩尤一直被看成是中华始祖，史诗中亚鲁被两位兄长追逐抢夺宝物的经历，总让人联想到同样作为华夏子孙的汉族对苗族的驱逐掠夺。但实际上，在中华民族漫长的历史进展中，真正成为对立面的从来不是一个民族与另一个民族，而是统治阶级与被统治阶级。黄帝、炎帝子孙的汉族占据统治地位，发展了以儒家文化为代表的正统思想，成为中国传统文化的显性根脉；不断退缩的蚩尤后裔苗族和其他少数民族，保有的是一种底层的苦难坚韧的文化，成为隐性文化留存。二者分别代表官方意识形态和民间底层观念，像上下、阴阳的对立统一，构成完整的中华农耕文化。在《亚鲁王》中体现出的中国式祖先崇拜和质朴坚韧的生存哲学，中国式务实的思想和内敛容让的生活态度，尤其是中国式平等尊重与万物和谐共处的生活方式，是这部由苦难催生流传千年的口传史诗为我们保存的清澈而丰厚、简单而包容、柔软而刚毅的精神财富。

（原载《贵州社会科学》2014 年第 9 期）

[朱伟华：贵州师范大学文学院教授]

天人之际:贵州少数民族民间文学的生态意识

谢廷秋

“纵观人与自然关系发展的历史和未来,可以根据人类生产实践的不同水准,划分为四个阶段:第一阶段是原始时代,第二阶段是农业文明时代,第三阶段是工业文明时代,第四阶段将是生态文明时代”①,“我们已处于后工业文明时代——生态文明时代”②,学者们在人类现今所处的历史时代的命名上似乎达成了共识,那么,生态文明的时代是否真的已经到来了呢?其实,这些看上去信心十足的论断背后所包含的更为真实和强烈的愿望是对建立一种新的人类文明的迫切期待和呼吁。因为现代社会没有餍足的发展对自然的索取和伤害已大大超过了它所能够承受和自我修复的限度,从而引发了一系列生态危机的出现。

20世纪60年代,人们就已经认识到了问题的严重性。发生在世界范围内的生态危机日益严重,导致了生态运动的兴起。这一运动引发了一场来势凶猛的生态思潮,它无可避免地波及文学的领域,从而产生了对于文学的生态维度的思考和关注。人们不再盲目地歌颂人类理性精神的伟大,相反地开始对科技发展和现代化进程保持警惕和反思。作家更倾向于去描摹人在世界中简单生活、诗意栖居的状态,重新做回自然之子。人们在经历了许多弯路之后才得出的认知,先民们早在千百年前就已在亲身践行了,他们相信万物有灵,珍视一切生命,敬畏自然、守护自然。这份对于大自然的依赖延续了千百年,成为人类繁衍生息史上最美好的品质,也是最值得我们去发掘的宝贵财富,而民间文学则是这些精神财富最具代表性的载体之一。

“民间文学,是广大民众集体创作、口头流传的一种语言艺术。它运用

① 徐恒醇:《生态美学》,西安:陕西人民教育出版社,2000年,第4页。

② 曾繁仁:《生态美学导论》,北京:商务印书馆,2010年,第41页。

口头语言叙述故事，展示生活，塑造形象，抒发感情。它是广大民众生活的组成部分，是他们认识社会、寄托愿望、表达感情的重要方式之一。"[①]民间文学主要包括这样一些文学类型，如神话、古歌、民间传说故事、民间歌谣、民间叙事诗、史诗、民间谚语、民间谜语、民间说唱、民间戏曲等。贵州少数民族民间文学就是这样一种展现多民族人们生活状貌和思想感情的艺术表现形式，它特别集中地表现了敬畏自然、守护自然的朴素生态观。本文选择苗族、布依族、侗族、水族的民间文学来探究贵州民间文学的生态意识。

生态批评主要是在生态哲学思想指导下进行的文学批评，而"生态整体主义是生态哲学最核心的思想。其主要内涵是把生态系统的整体利益作为最高价值，把是否有利于维持和保护生态系统的完整、和谐、稳定、平衡和持续存在作为衡量一切事物的根本尺度，作为评判人类生活方式、科技进步、经济增长和社会发展的终极标准"。[②] 这种生态整体主义思想的形成可以说是人类思维方式的一次大革命，让人们在面对他所赖以生存的自然时不再狂妄地以自我为中心，也不再简单地视自然为只是供给人类资源及能量的客体存在，人类与自然应该建立起一种平等友好的主体间性关系。贵州少数民族民间文学所反映出来的"天人合一"观正是对这种哲学思想的充分诠释。

一、"雾起万物"：自然起源观

关于宇宙万物的起源，东西方各有不同的解释。西方有大爆炸之说，泰勒斯认为万物源于水；阿那克西美尼则认为空气是万物的始基；赫拉克利特则把一切都归源于火；克塞诺芬尼认为万物生于土与水；恩培多克勒认为有四种元素：火、水、土、气，由爱和恨把它们造成万事万物。东方则把宇宙的起源归源于气。《国语·周语上》："夫天地之气，不失其序；若过其序，民之乱也。""阳伏而不能出，阴迫而不能蒸，于是有地震。"中国文化用气来说明、理解宇宙万物和各种现象。可见东西方的立足点有着很大的不同。

而苗族先民认为天地万物始于云雾，苗族古歌对此有着清晰的记录，如

① 李惠芳：《中国民间文学》，武汉：武汉大学出版社，1999年，第13页。

② 王诺：《生态批评与生态思想》，北京：人民出版社，2013年，第141页。

在古歌《开天辟地》中就以对答的形式这样唱道："我们看古时/哪个生最早/……/姜央生最早/姜央生最老/……/云来诳呀诳/雾来抱呀抱。"[①]这一组古歌以问答的形式回答了到底是什么生得最早，亦即什么才是宇宙的起源。苗族人民把世界的本源归结为"云雾"，坚持自然创造了万物，信守自然起源观。关于开天辟地的古歌，如果考察其完整的故事，一开始它也和其他古代神话一样，把创造世界万物的力量归结为许多巨人的盖世力量，至少出现了姜央、府方、养优、火耐、剖帕、修狃等巨人。但是一直追问下来，苗族先民还是把最终的创世力量归结为自然界的云雾，而不是超凡的巨人。较早研究苗族古歌的吴晓萍就曾经指出："苗族先民在古歌中对宇宙的本源作了天才的猜测，他们借盘歌的形式一问一答，逐步揭示出世界的统一本源是雾罩。"[②]

为什么苗族先民在万物起源的问题上会产生如此惊人的看法，这与他们的居住区域和实际生活环境有关。贵州苗族大多聚居在黔东南高山密林中，那里云烟缭绕，雾气弥漫，苗族先民也许就是从这种自然环境中得到了启示。他们在宇宙形成的根源上坚持了物质是天地的起源的唯物主义观点，并把这种物质明确为云雾。

布依族先民认为宇宙起源于"气"。如布依族古歌《造天造地》一节唱道："从前那时候/古老那些年/世界空荡荡/世上广无边/只有清清气/飘来飘去像火烟/只有浊浊气/飘来飘去如火烟/还有一个'圆砣砣'/一个'扁块块'/在'呼呼呼'地飘。"[③]

根据古歌的描述，这是布依族祖先布灵出现前宇宙的面貌。布依族认为自己的祖先布灵是创造万物的始祖，但是在布灵还没有出现之前，"气"就已经存在了。其实，在布依族先民的潜意识里，宇宙还是产生于"气"，即古歌中所述的"清清气"和"浊浊气"，宇宙也就是这两种气交互作用的结果。这一定意义上也可以被视为以存在论为基础的自然观的反映。正如曾繁仁在《生态美学导论》中所论述的，"至阴之气寒肃，至阳之气燥热；寒肃之气出于天，燥热之气发于地；两者交汇中和而万物诞育，这就是不见其形的道的

① 潘定智、杨培德、张寒梅：《苗族古歌》，贵阳：贵州民族出版社，1997 年，第 5 页。

② 王治新、何积全编：《民族民间文学论文集》，贵阳：贵州人民出版社，1984 年，第 68 页。

③ 中国民研会贵州分会编印：《民间文学资料・第六十四集》，1980 年，第 30 页。

作用。由此可见,庄子认为宇宙万物的诞育生成是阴阳之气交汇的结果。庄子这种阴阳冲气以和化育万物的思想,是以存在论为根据的宇宙万物创生论"。[①] 又如布依族古歌《赛胡细妹造人烟》:"很古很古那时候/世间只有清清气/凡尘只有浊浊气/清气浊气乱纷纷/清气呼出蒸腾腾/浊气卜卜往上升/清气浊气同相碰/交粘成个葫芦形。"[②]从古歌中,我们似乎看到了浩瀚纷沓的星云壮景。"清气"与"浊气"相互作用,终于"交粘成个葫芦形"。这就表明,在布依族先民看来,"气"才是世界的本源和始基,是构成宇宙万物的最初的材料。我们再来看看《布依族摩经文学》中的一段话:"布灵出世时/没有地和天/只有清清气/飘来飘去像火烟/只有浊浊气/飘去飘来如火烟/浊气和清气/紧紧同相粘/清气圆螺螺/好像一口锅/浊气螺螺圆/也像一口锅/一口向上升/一口朝下落/上升的叫'闷'/下落的叫'惹'/从此世间上/有了天和地。"[③]这段古歌为我们更加形象地说明了天地的形成,清气浊气本来是紧紧相粘在一起的,清气向上升,浊气朝下落,从此世间有了天和地。天地的形成都是清气和浊气相互作用的结果。与西方基督教创世神话中体现的神与人二元对立的观点不同,中国人眼里的宇宙"是一个有机体,是由若干动态的能量场,而不是由静态的实体构成的。的确,思维与物质的二元论在这种精神生理结构中就派不上用场了。使宇宙成其为宇宙的,既不仅是精神的,也不仅是物质的,而是二者的统一。这是一种生命力,这种生命力既不是脱离了躯体的灵魂,也不是纯物质"。[④] 由此可见,在人与自然的关系上,布依族的创世神话没有把自然置于人的对立面,而是把自然与人紧紧联系在一起,让二者合而为一。早在千百年前,先民们就已经懂得认识宇宙的物质性、承认人是自然之子,这是最为可贵的朴素生态观。

---

① 曾繁仁:《生态美学导论》,北京:商务印书馆,2010 年,第 41 页。

② 朱桂元:《中国少数民族神话汇编·开天辟地篇》,北京:中央少数民族古籍整理办公室,1985 年,第 222 页。

③ 韦兴儒、周国茂、伍文义:《布依族摩经文学》,贵阳:贵州人民出版社,1997 年,第 4~5 页。

④ 杜维明:《存在的连续性:中国人的自然观》,《世界哲学》2004 年第 1 期。

二、"蝴蝶生人"：人类起源观

先民对于自身的来去问题一直在进行探索，"我们从哪里来"一直是人类思考的问题。商周时代有"踩巨人脚印而感生"的始祖神话；《圣经》中有上帝造人之传说，也就是我们通常所说的神创论；《太平御览》卷七十八引《风俗通义》说："俗说天地开辟，未有人民，女娲抟黄土作人，剧务，力不暇供，乃引绳絙于泥中，举以为人。故富贵者，黄土人也；贫贱凡庸者，絙人也。"这则神话反映的是母系社会时期，中原人民对于人类起源的一种想象和猜测。它仍然强调的是人在社会发展中的主导作用。

苗族古歌中叙述的人类起源却和东西方的造人神话迥然不同，在黔东南苗族世代传唱的古歌中，叙述着"蝴蝶生人"的人类起源神话。关于枫木—蝴蝶生人的传说是一组古歌，其中有一节这样唱道："砍倒了枫树/变成千万物/锯末变鱼子/木屑变蜜蜂/树心孕蝴蝶/树丫变飞蛾/树疙瘩变成猫头鹰/半夜里高鸣高鸣叫/树叶变燕子/变成高飞的鹰鹞/还剩一对长树梢/风吹闪闪摇/变成鸡尾鸟/来抱蝴蝶的蛋。"[①]以上所引的是这组古歌中的一小部分，从中也可以窥见苗族先民认为人类诞育于自然界中的枫木和蝴蝶。这一组古歌是一个关于人类起源的完整的故事，故事梗概是这样的：许久以前，地球上是荒芜的一片，什么东西都没有，但天边有一棵白枫树，开着各色的花，还结着各色各样的籽。仙风吹落了枫树种子，有个叫榜香的巨人犁耙天下，将枫树栽在了老婆婆的水塘边，枫树很快长大了；东方飞来的鹭鸶与白鹤在枫树上做窝，是它们偷吃了水塘的鱼秧，而赖枫树，最后找来理老打官司，最终还砍伐了枫木树。于是树心生出妹榜和妹留，即蝴蝶妈妈，蝴蝶与水泡游方，生出十二个蛋。由继尾鸟孵蝴蝶的蛋而生出人类，包括人类始祖雷公和姜央，以及人的伙伴虎、水牛、大象等。关于这一故事有不同的异本，在《苗族史诗》中分为《古枫歌》和《蝴蝶歌》两组歌，故事内容基本相同，也是榜略和水泡游方生出十二个蛋，继尾鸟帮助孵化十二个蛋而生出人类。在《蝶母诞生》中是这样唱的："榜略和泡沫游方/他们后来配成双/榜略嫁去

---

① 潘定智、杨培德、张寒梅：《苗族古歌》，贵阳：贵州民族出版社，1997年，第5页。

多少年？/嫁去十二年/生十二个蛋。”[①]后面的一组歌名为《十二个蛋》，叙述的是这十二个蛋如何由继尾鸟孵化生出人类。由此可见苗族古歌和史诗虽然吟唱的形式不同，但都有着相同的人类起源观。他们的思维与东西方的神创论和人创论不同，枫木—蝴蝶生人传达的是一种自然造人的观念。

在人与自然的起源问题上，苗族人民坚持一体化的世界观，是世界同源化的体现。“在人的层次上，人类统一到始祖姜央那儿；在动物的层次上，包括人类在内的动物统一到蝴蝶那儿；在植物的层次上，包括树种在内的有机物统一到枫香树那儿；在宇宙的层次上，苗族先民把宇宙天体、万事万物都统一到云雾那儿。在‘人’的这一分支上，是通过姜央—蝴蝶—枫树—云雾这么一个顺序，使得人得以与人类、动物、有机物、自然界不断获得新的高度的统一。”[②]人与自然的亲缘关系在苗族人民的自然及人类起源的神话中得到了很好的体现。

侗族先民对于人类起源有两种说法。一种是认为人是由树繁衍而来的：“起初天地混沌，世上还没有人，遍野是树蔸。树蔸生白菌，白菌生蘑菇，蘑菇化成河水，河水里生虾子，虾子生额荣，额荣生七节，七节生松恩。”[③]

侗族《人类起源歌》不仅涉及了侗族的生命起源，也叙述了人类的整个产生过程，即无生命的混沌状态——生命的产生——低等动物的产生——人的产生。它从自然本身去寻找人的起源，指出人是自然界长期发展进化的结果，表现了朴素的唯物主义意识。还有一种说法认为人是由乌龟下蛋而产生的：“有四个龟婆来孵蛋，龟婆孵蛋在溪边。因为溪边地土不好，四个蛋坏了三，有个白蛋孵出诵藏……有个白蛋孵出诵摁。”[④]

诵藏与诵摁是侗族的祖先，从这里追根溯源找到了侗族的源头是乌龟，没有乌龟就没有侗族万物。无论哪种观点都奠定了以自然为母体的生态思想，侗族先民为后人铺垫下了人与自然相连的生态观。在侗族神话关于侗族起源的部分中，侗族人民认为自己的祖先是由大自然撮合而成，《侗族民间故事选》中写道：“洪水滔天过后人间只剩下姜良和姜妹兄妹俩，为了繁衍

---

① 马学良、今旦译注：《苗族史诗》，北京：中国民间文艺出版社，1983年，第168页。

② 何积全、石潮江：《苗族文化研究》，贵阳：贵州人民出版社，1999年，第131页。

③ 王胜先编：《侗族文化史料》，凯里：黔东南苗族侗族自治州民委民族研究所，1986年，第189页。

④ 杨权、郑国乔整理：《侗族史诗——起源之歌》（第1/2卷），沈阳：辽宁人民出版社，1988年，第29～30页。

人类,金龟、乌鸦、竹子和天上的启明星都撮合兄妹俩结婚,这才有了后来的侗族。"创世史诗体现出侗族人民对自然的重视,他们认为没有自然就没有其他万物:"天上要有风驰云走,地上要有江流河荡;天上要有日月星辰,地上要有平原山岗。还要把那天篷呀,撑离地面四十八万八千里,好让万物万类啊,能在地上空中好好地生长。"①有了风雨雷电、日月星辰之后才能有人类,先有自然后有人类这样的观念延续下来,便渐渐形成了侗族的生态意识。

布依族先民认为人以及自然万物都是由祖先布灵的身体各个部位演变而来的。在布依族古歌中有如下记载:"布灵拔下身上的毛/哈了三口气/就变成了人/砍下了左手/哈了三口气/就变成了树和藤。"②古歌向我们展现了一个人格化、形象化的人和自然万物的创造过程。万物都是真实存在的,布依族先民将它们的形成过程与艺术的想象、变形、隐喻、象征天然地联系在一起。布灵身上的毛幻化为人,左手幻化为树和藤,耳朵幻化成花,头发幻化成草。在布依族先民的原始思维中,人并非凌驾于万物之上,它也是被造者,是由布灵身上的毛变化而来的,布依族人们追求的是人与自然融为一体的生态伦理观。换句话说,人和自然万物的组合才能构成一个整体——"布灵"。正如恩格斯所言,"我们连同我们的肉、血和头脑都是属于自然界和存在于自然之中的"。③ 人和自然万物都应该被同等看待,它们是同根同源的,都是布灵在自身"变形"过程中的产物。

关于人类诞育的神话中,布依族古歌《人类起源》向我们提供了这样一种说法:"洪水滔天之后,人类淹没了,只剩兄弟二人,一人顺南盘江而上,找到一只母猴做妻子;一人顺北盘江而上,找到一只母猿做妻子,繁衍了后代。"④

在布依族先民眼中,人和动物之间不存在明显的界限,人与动物之间甚至可以结合,共同繁衍后代。这种人类起源观虽然是建立在想象的基础上,

---

① 杨保愿整理:《噶茫莽道时嘉——侗族远祖歌》,北京:中国民间文艺出版社,1986年,第9页。

② 韦兴儒、周国茂、伍文义:《布依族摩经文学》,贵阳:贵州人民出版社,1997年,第26~27页。

③ [德]马克思、恩格斯:《马克思恩格斯选集》(第三卷),北京:人民出版社,1972年,第383页。

④ 陈明丽:《布依族经典古歌》,贵阳:贵州民族出版社,2008年,第17页。

但这当中却无意识地透露出布依族先民人兽同祖同源的思想，人只是自然的一部分，人类的诞育正是由自然演化而来。人兽同祖同源的思想也在另一首关于人类产生的古歌中得以体现："……/炸到了大江中/垮到了大海中/垮了三天整/江中见小猴/垮了五天整/海面见猴崽/三天小猴长牙齿/五天猴崽长毛衣/小猴游在大江中/猴崽游在大海中/有的仰着水上游/有的扑着游江中/这时神仙爷爷来/在天上吩咐/'仰的就为阴/扑的就为阳/第一代人呀/是你们/人类的祖先呀/是你们！/你们去生养姑娘呀/你们去生养后生。'/这时才有雄和雌/这时才分男和女/雌雄来配合/男女结合造人烟/我们的爷娘岩中来/我们的祖先山中来。"①

由古歌不难看出，布依族先民在人与自然的关系中已经意识到人是从自然界演变而来的，自然界孕育了人类。人与自然界其他成员同祖同源，它们是人类的朋友。这种人与自然的一体观反映了布依族先民对人与自然同生共存关系的心理认同，没有大自然就没有人类的诞育。布依族先民用最简单原始的想象表达了本民族社会发展中人与自然和谐共处的内在要求，他们将人与自然一体观的思想建立在人与自然万物的同源性、生命本质的同一性的基础上。

三、"天地与我并生"：万物同源观

张岱年先生在《中国哲学大纲》一书中说："人与自然的关系问题实际上就是'天'与'人'之间的关系问题，通俗地说就是人在宇宙间处于何种位置的问题，即人类生存的道德问题。"②人与自然之间是一种基本的物质、经济关系，同时也是一种生态、伦理关系。与西方"人类中心主义"不同的是，贵州先民在长期的历史发展过程中形成了强调人与自然协调统一的生态整体观，即"天"与"人"融为一体。"天人一体"本质上强调人与大自然的一致性，人与自然万物相互依存、共生共荣。布依族古歌《十二层天，十二层海》向我们展示了布依族先民对"天"和"人"的看法。"……/我们来到第三层/天上

---

① 贵州省社会科学院文学研究所编：《布依族古歌叙事歌选》，贵阳：贵州人民出版社，1982年，第48～49页。

② 张岱年：《中国传统哲学的批判继承》，《理论月刊》1987年第1期。

的鸭子挤成堆/天上的天鹅拢成群/鸭子咿呀咿呀地叫着/在天边吃田螺/天鹅咿哟咿哟地叫着/在云中唱着歇。"[①]天上也有鸭子和天鹅这样的动物，它们仿佛是人间动物的倒影。布依族先民们根据自己生存的自然环境，来想象存在于他们头顶上的"天"，那么"天上"也应该存在一个和"人间"相同的世界。

"我们上到六层天/来到'达哈'上/'达哈'地方出好米/'达哈'地方出好粮/仙女卖米摆成几条街/仙女卖米摆了几十行/卖的白米几十种/摆的谷子几十样/……/我们上天来到第七层/七姊妹在织梭罗/穿梭像射箭/织布像闪电/那织布机声咔咔响/好像弹月琴/那穿梭的声音呀/好像仙女在唱歌/七姊妹拿出花布来晒/七姊妹拿出花绸来晾/花布晒满三十九条街/花绸晾满九十八条街。"[②]这古歌向我们展示了一个有着农业和手工业、简单的商品交换、男耕女织的"天"。不管是"人间"的自然物还是社会形态都在"天上"得到了投影和复制。虽然这个复制带着想象、夸张、虚幻的色彩，但它却真实地体现出布依族先民"天人一体"的观念。在当时无法科学认识"天"的情况下，布依族先民只能以地观天，他们以自己的生活为蓝本，赋予自然之天无限的可能性，潜意识中将"天"与"人"看成相同相通的不可分割的、浑然天成的统一体，这就是布依族先民的"天人合一"的观念。

《十二层天，十二层海》的古歌展现了一幅"天地与人共存"的和谐画面。大地上的自然万物又是如何向我们诉说着和谐的生态之美呢？利奥波德的大地伦理观强调了大地是一个共同体，这个共同体内包含了包括人在内的所有自然之物，他们相互依赖着生存。在生态学视野中，自然界是没有尊卑等级的统一体，自然万物都平等和谐地相处着。布依族古歌《造万物》为我们提供了一个很好的范例："天上有闪电/天上有了雷/天上有了风/天上有了雨/天上有了乌云/天上有了彩云/他们同是姊妹/他们同是兄弟/不准乱争吵/一定要和气/以后对大地/要同齐出力/给大地雨露/给大地光明/给大地送凉/给大地遮荫。"[③]

① 韦兴儒、周国茂、伍文义：《布依族摩经文学》，贵阳：贵州人民出版社，1997年，第92页。

② 韦兴儒、周国茂、伍文义：《布依族摩经文学》，贵阳：贵州人民出版社，1997年，第93～94页。

③ 韦兴儒、周国茂、伍文义：《布依族摩经文学》，贵阳：贵州人民出版社，1997年，第25页。

在布依先民的观念中，一切自然现象好像都有生命，它们都懂得相互依存，和谐共处，它们是构建生态和谐之美不可或缺的元素，那么大地上的动植物又是怎样一种状态呢？古歌这样唱道："有树没有鸟/大树枉自好/要是有鸟雀/在树上筑巢/晚上就抱蛋/白天喳喳叫/世上就欢乐/世间就热闹/世上有鲜花/鲜花香喷喷/鲜花四时开/鲜花最惹人/有花没有雀/鲜花枉自红/要是有雀鸟/飞在花丛中/雀鸟在歌唱/鲜花香更浓/世上就热闹/世间乐融融/……/世间有了树/大树结甜果/地上有了花/花香蜜蜂多/世间有了草/青草绿满坡/地上有雀鸟/雀鸟唱欢歌/有鸟没有兽/还不算齐全/林中的雀鸟/'喳喳'飞上天/茫茫山林里/到处都冷淡。"[①]大自然就是在花、鸟、草、兽等的共生共存之中达到了一种澄明的和谐之境。正如李明华在给《人在原野》一书作序时说过："没有人，世界将是不完整的；但是，没有猩猩和大熊猫，苍鹰和蚂蚁，橡树和三叶草，原野与河流，艳阳和明月，世界也是不完整的。"[②]卡西尔(Ernst Cassirer)在《人论中》也指出，"有一种基本的不可磨灭的生命一体化，沟通了多种多样、形形色色的个别生命形式"。[③] 布依族先民强调人和自然、自然万物之间的共生共存、和谐统一。它是布依族生态整体观的体现，这种生态观对构建动物和植物的平等、人与自然的平等、自然万物的一体化具有重要的作用。

在布依族古歌《造万物》描绘的想象世界里，处处彰显着世俗生活的情趣。布灵造万物是在太阳、星星、月亮等这些物体提的建议下进行的。例如，古歌中叙述："太阳、月亮、星星及天河的后代风、雨、雷、电出生之后，太阳、月亮还是觉得孤单，于是布灵在它们的建议下，创造出乌云和彩云，从此在天庭与日月星河为伴。"[④]

日月星河向布灵提出建议，布灵也愿意尊重它们，他们之间是一种平等的关系。布灵这位已经被神化了的人与象征着自然的日月星河之间的关系，也为我们提供了一个人与自然和谐相处的范例。

水族民间神话《十二个仙蛋》中记述了牙巫与风神相交之后生下十二个

---

① 黔南文学艺术研究室三都水族自治县文史研究组：《水族民歌选：岛黛瓦》，黔南文学艺术研究室三都水族自治县文史研究组，1981 年，第 53～54 页。

② 潘朝霖、韦宗林主编：《中国水族文化研究》，贵阳：贵州人民出版社，2004 年，第 4 页。

③ [德]恩斯特・卡西尔：《人论》，上海：上海译文出版社，1985 年，第 105 页。

④ 李明华：《人在原野》，广州：广东人民出版社，2003 年，第 11 页。

仙蛋的故事，这十二个仙蛋四十九天之后变成了十二种生物：人、雷、龙、虎、蛇、熊、猴、牛、马、猪、狗、凤凰。[①] 人与其他的十一种生物同为牙巫所孕，反映了人兽同源的观念。水族古歌《开天地造人烟》中有这样的句子：

初造人，成四兄弟，
共一父，面目不同。
那老大，是个雷公，
人老二，老虎第三，
那老四，是条蛟龙。[②]

古歌《造人歌》中这样唱道：

初造人，有个牙巫。
牙巫造，四个哥弟：
头一个，是“母头雷”，
二一个，就是蛟龙，
三一个，才是老虎，
小满崽，是我们人。[③]

古歌《人龙雷虎争天下》的开头这样唱道：

据传说，人、龙、雷、虎，
远古时，都是弟兄；
雷最大，人是二哥，

① 韦兴儒、周国茂、伍文义：《布依族摩经文学》，贵阳：贵州人民出版社，1997年，第41～44页。

② 韦兴儒、周国茂、伍文义：《布依族摩经文学》，贵阳：贵州人民出版社，1997年，第41～44页。

③ 祖岱年、周隆渊编：《水族民间故事选》，上海：上海文艺出版社，1988年，第8～11页。

虎排三，老四是龙。[①]

众多水族古歌吟唱中关于人、龙、雷、虎是亲兄弟的说法都确凿无疑地在证明着水族先民对于人类与自然物同源共生的认识，这种认识的实质就是承认了人类同自然万物在诞育之初就具有的平等地位。而强调人与自然物平等共生，不狂妄、傲慢地视人类为“万物的尺度”，正是生态意识的重要内容。

水族古歌《开天地造人烟》中在关于洪水滔天的灾难之后，兄妹成婚再造人类的一节中也有相同观念的表达：兄妹成婚后生下了个“磨石子”（一坨没头没脑、无手无脚，像团磨石一样的肉疙瘩），两人很生气，就把它剁烂扔到了山上，乌鸦却来将它们叼去吐遍了山冈，于是就“人满山梁”了：

肝脏变，成为苗族，
皮和肉，变虽、干、耶，[②]
那骨头，变成客家，
拉杂变，禽兽牛羊。[③]

洪水滔天的大灾难使得普天下的物种几近灭绝，幸存下来的兄妹二人成婚后所生的肉疙瘩成为人类及“禽兽牛羊”再生的共同母体，它身体的不同部位幻化成了不同民族的人民和其他的自然生物。这样看来，人类和自然物的再生就又是同源的了。这些人与自然物同源共生的描述毫无疑问“是一种人与自然和谐统一及模糊混沌生育观念的表现反映”，[④]在人类与其他自然物所共同组成的生态整体中，水族先民已然确信了这种平等诞育的关系。在水族民间文学里这些创世神话和古歌所描述出来的天地开辟、万物诞育和人类起源中，我们可以深切地体会到先哲庄子那句深谙生态智慧之道的话语：“天地与我并生，而万物与我为一。”在水族先民们看来，天地

① 黔南文学艺术研究室三都水族自治县文史研究组：《水族民歌选：岛黛瓦》，黔南文学艺术研究室三都水族自治县文史研究组，1981 年，第 48 页。

② 虽、干、耶：水语，即水族、侗族、布依族。

③ 范禹主编：《水族文学史》，贵阳：贵州人民出版社，1987 年，第 49 页。

④ 潘朝丰、陈立浩主编：《水族民歌选：凤凰之歌》，三都县民族事务委员会、贵州大学中文系，1981 年，第 7 页。

万物与人类的创生是绝对平等的，而人与其他自然物又往往同出一体，宇宙万物是大法则，人只是其中的一分子而已。具有这样的观念和意识，就不会戴上“人类中心主义”的有色眼镜去主客二分地看待和审视所谓的自然他者，就会在同自然的交往中对其主体性给予真诚的尊重，从而达到人与自然友好相处的和谐之境。

（原载《当代文坛》2015 年第 4 期）

［谢廷秋：贵州师范大学文学院教授］

贵州少数民族神话中的灾难与救世

管新福　杨　媛

神话是世界文学的原初样态之一,创世神话、洪水神话等广泛存在于世界各民族文学中。"原始人认为任何事物的发生都是由神秘的和看不见的力量引起的"[①],他们由此凭想象和幻想,按照原始思维来解释世界和人类的来源,从而产生了创世神话。茅盾先生说:"原始人的思想虽然简单,却喜欢攻击那些巨大的问题,例如,天地缘何而始,人类从何而来,天地之外有何物,等等。他们对于这些问题的答案便是天地开辟的神话,便是他们的原始哲学、他们的宇宙观。"[②]拉法格(Paul Lafague)也指出:"神话既不是骗子的谎话,也不是无谓的想象的产物,它们不如说是人类思想的朴素的自然的形式之一。只有当我们猜中了这些神话对于原始人和他们在许多世纪以来丧失掉的那种意义的时候,我们才能理解人类的童年。"[③]而人类童年的这些历时性想象却通过口耳相传的种族记忆与共时性的死亡和灾难纠结在一起。"神话是民族最深沉的记忆和智慧之渊薮,在文字尚未发明和普及的史前时代,凝聚和负载社会信息的主要形式便是口耳相传的神话。"[④]贵州少数民族神话因地域的复杂性、开化的滞后性更好保存着这些人类童年的特殊想象,而显得更为丰满,弥足珍贵。

---

① [法]列维·布留尔著,丁由译:《原始思维》,北京:商务印书馆,1981年,第5页。

② 茅盾:《神话研究》,天津:百花文艺出版社,1981年,第163页。

③ [法]拉法格著,王子野译:《宗教与资本》,北京:三联书店,1963年,第2页。

④ 叶舒宪:《洪水神话与生态政治》,《天涯》1999年第1期。

一、灾难与文学的普遍联姻

创世神话在诸多贵州少数民族中都广泛存在，其一方面反映了先民对于世界和自身起源的拙稚思考，另一方面也反映了人类在发展过程中所遭受的挑战和灾难，以及救世期待。人类的发展史就是一部斗灾史，而在前科技时代，人类救灾能力极度有限，对灾难的毁灭性感受通过幸存者的鲜活讲述成为种族世代传承的恐怖记忆。

作为世界神话的普遍现象，创世神话都包含“开天辟地”和“人类起源”的基本内容，述说的是无所不能的神或超人创造或毁灭了万物和人类的故事。所以，人类只能服从神旨和超人的意志，并用祭祀等活动表达对神的无条件服从、对超人的绝对敬佩；而对他们的冒犯是不可饶恕的行为，必然会导致灾难的降临，而人类总是不时开罪神或超人，因此招致惩戒甚至灭种，所以世界末日的“达摩克利斯之剑”总悬在人类头顶。“世界末日的来临方式，有的是太阳暴晒，有的是天塌地晒，有的是世界战争，但最常见的，还是淹没世界的大洪水。”[①]而最终的救世往往得依赖英雄的出现。“将宇宙从混沌紊乱的状态中拯救出来，改造为井然有序，是创世神话最主要的内涵，也是神幻时期众多文化英雄建立功业的依据所在。”[②]

灾难是人类发展历程中的最常见因素，时有发生，成为人类生命中最深刻的印记。因此在文学中，灾难与救世主题属于常见的范畴。自然灾难、社会灾难、战争灾难等都受到历代作家的广泛关注，并积极探讨救世之路。灾难导致的严重后果是人类普遍死亡和灭绝，所以赈灾就成为原始部落和现代国家经常性的工作。洪水、干旱、地震、台风、疫情等，不时威胁着人类生存。这些灾变都在文学作品中留下真实的记录：《圣经》中上帝怒发洪水毁灭人类、《俄狄浦斯王》《鼠疫》中的瘟疫、《十日谈》中的黑死病等是西方人灾难经历的文学呈现。面对肆虐的黄河水患，《诗经》中曾有“俟河之清，人寿几何”的慨叹；宋朝时大疫肆行，刘过写有“逆境年年梦，劳身处处愁”的名

---

① 陈建宪：《神祇与英雄》，北京：三联书店，1994 年，第 95 页。

② [俄]叶·莫·梅列金斯基著，魏庆征译：《神话的诗学》，北京：商务印书馆，1990 年，第 222 页。

句;金朝开兴年间,汴京疫情泛滥,史有“死者数万,白骨蔽野”的形容……这些则是华夏大地灾难的真实表达。

我们把神话看成是人类最早的文学形式之一,而它和灾难的联姻则是文学中一个常见现象。“神话就植根于大灾难之中,如果把大灾难排除在神话视野之外,我们就不能准确理解神话产生的情感背景。”①而洪灾和旱灾两种灾难类型在文学中最为普遍。有学者指出:“在世界上所有的神话中,大概没有哪一个像洪水神话那样,引起了有史以来若干世纪的人们的注意,没有哪个神话或哪个民间故事、民间传说,曾像这个关于一场灾难性的洪水故事这样,被人们加以细致深入的研究。”②弗雷泽(J.G.Frazer)在《〈旧约〉中的民俗》中曾对世界洪水神话进行了专门的收集,并指出洪水神话多是对当地水灾的记忆,而在流传过程中演变为神话。③ 可以说,洪灾神话是所有神话中最具人类性的部分,几乎所有的古老种族都自称经历过一个世界性大灾变:广泛而汹涌的洪水湮灭了人类,只有极少数被神挑选出来的人或侥幸的人存活了下来,成为第二次大繁衍的根基和种子。④ 可见,神话中贯穿始终的灾难主题,是人类出于对不可测之自然的天然恐惧和试图寻求保护的愿望。而人类最初经历和面对的灾难,如洪灾、旱灾、地震、疫情等,至今仍然肆虐世界各地,也不断地被写进文学里。

二、神话中人与自然灾难的共生性

中国是农业大国,灾难多发,文献记载的天灾触目惊心。对于生活在这片土地上的种族而言,“旱灾加洪灾就这样成了千百代农人无法摆脱的循环噩梦,或者可以说就是龙的传人与生俱来的宿命”。⑤ 汤因比(Arnold Toynbee)则精确指出,“人类在这里所要应付的自然挑战要比两河流域和

---

① [德]卡西尔著,范进等译:《国家的神话》,北京:华夏出版社,1999年,第14页。

② Alan Dundes, *The Flood Myth*, Oakland, CA: University of California Press, 1988, p.1.

③ [英]弗雷泽著,童炜钢译:《〈旧约〉中的民俗》,上海:复旦大学出版社,2010年,第162页。

④ 朱大可:《洪水神话及其大灾变背景》,《上海师范大学学报》1993年第1期。

⑤ 叶舒宪:《洪水神话与生态政治》,《天涯》1999年第1期。

尼罗河的挑战严重得多。人们把它变成古代文明摇篮地方的这一片原野除了有沼泽、丛林和洪水等灾难之外,还有更大得多的气候上的灾难,它不断在夏季的酷热和冬季的严寒之间变换”。[①] 我国神话中的“女娲补天”“后羿射日”“大禹治水”等神话传说,都是反映先民在改造自然过程中面临的艰险及进行斗争的历程,也间接折射出先民所遭遇的大灾难以及希望得到拯救的一种集体心理。

(一)洪灾的频仍与大洪水神话的理论逻辑

洪水神话与创世神话紧密相连,二者互为因果。对于万物的创生,原始人的解释具有世界性的重合度,都认为世界万物出自神或超人之手。贵州少数民族也不例外。“我国南方少数民族原始性史诗创世部分所描述的大多是创世天神和巨人依靠创造性的劳动创造世界……它们与刚刚出现的农业生产结合在一起,把农业生产的活动融化进开天辟地的壮举中,描绘出一幅充满神秘色彩的宏伟壮阔的天神或巨人创世图。”[②]而创生世界的过程不啻是人类赈灾过程的真实写照:洪灾毁灭了世界和人类,由此需要重新创立新的世界和人类。洪水是人类成长经历中极为恐怖的灾难之一,几乎各个民族都有关于洪水灾难的神话作品流传。有学者曾对南、北方少数民族洪水神话中120篇数量相等的篇目进行比对分析,发现涉及洪水后人类再生母题的神话在南方约占75%,而在北方只占29%。[③] 而南方各民族此类型神话在漫长的传承过程中,逐渐将洪水灾难与人类再生两大叙事单元复合在了一起。在贵州几个主要少数民族的神话中,大洪水神话是非常普遍的类型,罗列如下。

苗族。《洪水滔天》说:雷公和姜央本是兄弟,因分家产时产生严重纠纷,雷公不服,一气之下跑上了天。因牛被雷公占有,姜央无牛耕地,只好向雷公借牛。犁完后,姜央却把牛杀掉吃了,牛尾插于水中,骗雷公说是牛陷入田底,尾巴外露,雷公去拉牛尾,摔得满身污泥,于是大怒,欲上天降大雨,让漫天洪水淹死姜央。姜央又骗雷公说,要是马上涨水自己会逃脱,如过三

① [英]汤因比著,曹未风等译:《历史研究》,上海:上海人民出版社,1959年,第92页。

② 刘亚虎:《南方史诗论》,呼和浩特:内蒙古大学出版社,1999年,第132页。

③ 王宪昭:《中国少数民族人类再生型洪水神话探析》,《民族文学研究》2007年第3期。

早一晚，一切都忘了，再降大雨自己就逃不了。雷公信以为真。姜央随即种下葫芦，葫芦顷刻间发芽开花，才过三天就长得水缸般大。过了三个昼夜，洪水淹没了人间。姜央兄妹住在葫芦里，躲过洪灾，漂到天边，最后繁衍人类。[①]

布依族。《洪水滔天》说：布依族祖先布杰神，神力无限。有一年天上很久没下一场雨，布杰就上天抓了雷公下凡并困于笼中。布杰有一儿一女，儿子叫作伏哥，女儿叫作羲妹。雷公欺骗兄妹二人，从他们那里得到了水，恢复神力逃走了。走之前，为了报答兄妹俩的救命之恩，送给兄妹俩一颗葫芦籽，让他们种下。后来雷公来到天上，就把天池的水引向人间。滔滔洪水把整个凡间淹没了，大地一片汪洋。布杰为了治洪，献出了自己的生命。而在洪水到来的时候，伏哥和羲妹的葫芦籽已经生根发芽，长出了一个大葫芦。他们把葫芦挖了一个洞，钻了进去。葫芦顺水漂流直到洪水消退，于是他们重回大地，但所有人都已灭绝，最后兄妹俩根据神意结合繁衍了人类。

侗族。《起源之歌》说：开天辟地之后，有四个龟婆来孵蛋，孵出松恩和松桑，成为人和动物的祖先，其中只有章良和章妹是人类。为了改变人兽相居的状况，章良和章妹放火烧山，赶走了其他动物，也惹怒了他们的姐妹雷婆。雷婆与章良和章妹进行争斗，后上天发洪水，淹没了大地。章良、章妹躲进葫芦避开了洪水。当洪水退去，大地一片荒凉。章良和章妹为了繁衍人类，兄妹俩只得隔山滚磨石结婚，却生下了一个肉团。气急的章良和章妹将肉团砍碎，丢到山林里，结果被砍碎的肉团变成了汉、侗、苗等民族，人类从此繁盛起来。

水族。四兄弟人、龙、雷、虎争天下，雷开天河水淹没人间，只剩下兄妹两人。他们曾以雄鸡头招待白发老妪过夜，老妪临别时赠送兄妹一南瓜籽，嘱其种下，等遇到天上日、月、星俱不见时，可藏入南瓜之中。兄妹依言而行，种下南瓜籽，结出一个两间屋大的南瓜；突然狂风骤起，天转昏暗，日月星俱不见，兄妹急入南瓜中，只觉大瓜摇晃似的漂浮水中。七日后，瓜不再摇动，兄妹爬出，见洪水已退，大地荒凉、杳无人烟；此后兄妹结亲，重衍人类。

其他如彝族：《洪水纪》说，古时候，独脚野人最先出现，经过进化，到洪水泛滥之前人类已进入了农耕时代。有笃慕三兄弟，由于私垦天囿，开罪天君，策耿苴因此发洪水毁灭人类。仡佬族：雷王与人分享作物，被骗，雷王与

① 所引神话参见卢惠龙主编：《贵州民间文学选粹丛书》，贵阳：贵州人民出版社，1997年，以下不再注明。

人斗，被捉，逃脱，发洪水。土家族：人想吃雷公肉，捉住雷公。雷公逃脱，发洪水等等。

上引贵州主要少数民族的洪水神话主要包括几个固定母题：(1)洪水滔天；(2)逃生；(3)逃生工具(葫芦、南瓜等)；(4)洪水遗民(多是兄妹)；(5)探测天意；(6)血亲婚配(多为兄妹婚)；(7)生怪胎；(8)再造人类。而对于洪灾的原因，神话的解释多是因为人触犯了神的利益，神发洪水毁灭人类；或是人破坏了自然，遭到自然的报复；或是人类利益相争导致洪灾；或是人类德行不好，神要重造人类等。王宪昭将发洪水的原因归为以下三类：(1)人与神的矛盾，如人与神斗法，人类开荒侵占了神的利益，人拒绝向天神交租等；(2)人与自然的矛盾，如人类人口增多，人损坏了自然物等；(3)人与人的矛盾，如人不行善事，不赡养老人，为争夺财产而发生纠纷等。[①]

洪灾中最常见的主角是雷公。“雷神是中国大陆南方民族洪水神话中洪水起因的关键角色”[②]，只要下雨便伴随着电闪雷鸣，古人便认为是雷公发怒，而发怒的原因则任凭人揣测了。“雷神在神话中是主雷雨的水神，在神话里常是具有善恶两面至上神的性格，如此在中国汉族神话中的雷神多半是善神，而在少数民族的神话中出现的雷神，通常是破坏天地原有秩序的恶神。”[③]贵州属雨水充足、气候湿润的民族地区，更具有传播此类神话的深厚土壤，且异文众多。这些洪水神话表达了原始初民战胜自然的愿望和对部落英雄的崇拜，正是这些英雄从危机中挽救了部落和群体。而洪灾另一重要的环节是逃生，逃生的工具主要是葫芦。葫芦形逃生工具一是具有密闭性，二是具有神奇的象征性，“西南各民族的洪水神话是世界性箱舟型洪水神话的一环，都是隐喻一种原始宇宙秩序经过浩劫破坏之后的重建与回归”。[④]葫芦原型派生出南瓜等其他逃生神器。“兄妹坐葫芦以求生存的事实还是可信的，是远古人类用葫芦战胜洪水的真实记录。”[⑤]我们认为，由于古代少数民族先民征服自然的能力很低，在洪灾面前束手无策，大片土地沦为泽

① 王宪昭：《中国少数民族人类再生型洪水神话探析》，《民族文学研究》2007年第3期。

② 鹿忆鹿：《洪水神话——以中国南方民族与台湾原住民为中心》，台北：里仁书局，2002年，第43页。

③ 王孝廉：《水与水神》，北京：学苑出版社，1994年，第114页。

④ 王孝廉：《中国的神话世界》(上)，台北：联经出版社，1987年，第136页。

⑤ 宋兆麟：《巫与民间信仰》，北京：中国华侨出版公司，1990年，第26页。

国,成千上万的人畜溺毙。一些地方数百里之内,只一两个人孤独幸存,这是可以想象和理解的真实情景。所以,洪水神话是古人面对洪灾时的一种恐怖记忆,而其中的丰富情节则是古人灾后重建和种族繁衍的童年想象。

(二)旱灾的常发与射日神话的互动生成

除洪灾外,旱灾也是古代神话中的一个重要维度。它给人类带来的毁灭虽不是急剧的,却渐进而持久,一旦连旱形成,毁灭性极强,还会引发众多次生灾难,比如虫灾、瘟疫等;另外它对人类维持生命的植物破坏甚巨,在生产力极低的神话时代,旱灾会导致长期饥荒,甚至导致部族的整体灭亡,饿殍遍地。对于旱灾之因,他们最直观的观感是炽热的阳光,因此把旱灾归因于太阳,而消灭太阳就成为抗灾的唯一方式,于是射日神话由此产生。多日感受和射日神话是人类从极旱到逐渐恢复这样一个心路历程的真切反映。射日神话在贵州几个主要少数民族神话也是相当普遍的,现罗列如下。

苗族。射日神话著名的有二:(1)古时天上无日月,地面黑暗,草木庄稼均不生长。苗族祖先四老人以金银铸造日月各十二个,令其轮流照耀人间;日月不听四老人言,同时出现于天空,大地草木干枯,江水断流;四老人派射箭手桑札射日月。桑札登于马桑树巅,命马桑树高与天齐,瞄准日月,射落十一日十一月;所余一日一月均为姑娘,胆小不敢复出,从此天地又变漆黑,世间一片凄凉;后派公鸡请出日月,白天有太阳,夜里有月亮,人间恢复正常。(2)《杨亚射日》:六铜匠与七铁匠铸造八日和八月,结果大地焦赤,世间蒙受惨重灾难。杨亚非常愤怒,遂制作弓箭,来到天边日出之所,操弓射日月;射出七箭,射落七日七月,余一日一月不敢复出,大地一片漆黑;后来,雄鸡请出日月,人类才又安居乐业。

布依族。射日神话也有二:(1)开天辟地后,天上十二个太阳把河水晒干,五谷烤枯,百姓难以生活。伏羲应众人之请,射落十一日,余一日被射伤后逃走藏起,从此世间一片黑暗,人们一举一动皆需燃火炬照明,而百草五谷均不生长;后派公鸡请出了太阳,人间重现光明。(2)远古天有十二日,岩石俱熔,人皆避居山洞中。众人请伏羲兄妹射日,伏羲兄妹射落十日,余二日吓得迟迟不敢复出。太白金星劝伏羲兄妹不要再射:一个可留下来照种谷,一个可留下来照织布,即今日之太阳和月亮。

侗族。古昔世上无人类,有龟婆孵卵生出一男一女,他们成亲后生下雷婆、王素、章良和章妹兄妹十二人。一日,王素玩火,烧伤雷婆,后又将雷婆关入铁屋之中；雷婆向章妹乞得饮水之后，力气倍增，冲破铁屋逃走，临行拔下一齿变成瓜种送给章妹。雷婆上天之后，连降大雨九月，洪水泛滥，世人悉埋沙底。章良、章妹兄妹种下瓜种已结成巨瓜，遂避入瓜中。大瓜漂流至天上雷婆家门口，兄妹二人责令雷婆退水；雷婆放出太阳十二个，以晒洪水，洪水按时辰退去。此时十二个太阳如同十二个火球，树木枯焦，田土开裂，兄妹射落十日，余两个昼出者为日、夜出者为月。此后，章良、章妹兄妹成亲，重又繁衍人类。

彝族。支格阿鲁乃神女与神鹰所生，并由龙养大。其时天地混浊，上无日月星辰，下无岩石山川，支格阿鲁决心为人类造福，遂制造出日月星辰、岩石山川。不知何故天上有六日七月，草木枯焦，人类难以生存，支格阿鲁遂射下五日六月，余下的一日一月惧不敢出，大地漆黑无光、不分昼夜。支格阿鲁遂命白公鸡请出日月，人们从此安居乐业。

仡佬族。古时昼夜有七日七月迭相照耀，万物俱焦，人皆无法生存，唯余一大马桑树。有二人名老者、老公，乃竭七昼夜之力，制成一弓与十二箭，遂攀上马桑树巅，射落六日，又于夜间射落六月；余下一日一月遂不敢复出，世间漆黑一团，没有阳光万物亦不生长；后来公鸡请出日月。

水族。伢俣造十日十月，“热烈烈泥化成糊，烫呼呼融成浆”，大地焦赤，万物枯竭，她射去九日九月，留一母太阳一公月亮光照人间。

由以上援引神话可见出，射日神话广泛存在于贵州等西南少数民族神话中，也说明旱灾在这些地方的频繁和多发。“太阳成了射击对象，表明人与太阳之间处于敌对关系”[①]，其模式是：大灾之后出现了多个太阳；太阳烤焦了大地；人类生存维艰；英雄射落了很多太阳，只保留其中一个；剩下的一个躲起来，最后公鸡请出太阳，人间秩序恢复。派公鸡请太阳，这是农耕民族养鸡生活习俗的反映，根据生活经验，鸡鸣太阳将会升起。深层次上，射日神话表述的是先民对经历旱灾的恐怖记忆，“反映了人类战胜荒灾的可贵想象，曲折地歌颂了与荒灾作斗争的英雄”[②]。旱灾对古人打击不小，容易形成连旱，且会伴随蝗灾、瘟疫等次生灾害，这对抗灾能力低下和医疗空白的早期人类来说，其破坏性与大洪水一样难以招架。

在贵州少数民族神话里，洪水和干旱是常见的灾难图景，而原始人抵御

---

① 朱天顺：《中国古代宗教初探》，上海：上海人民出版社，1982 年，第 11 页。

② 贵州民间文学工作组编：《苗族文学史》，贵阳：贵州人民出版社，1981 年，第67 页。

天灾的力量十分有限，所以一次局部的自然灾害都可能给他们带来灭顶之灾，恐惧使人们产生了很多幻想。“为了理解、接受和控制那些威胁丰收的危机（洪水、干旱等），就将这些危机转换成神话。”[①]洪灾的原因是什么？是人类触犯了天神或巨人，或是人的作恶；其中雷神震怒是主因之一，这与暴雨常常伴随着雷电有密切的关系。对于旱灾，“原来初民们尚未认识到太阳作为星体的发光现象的原因，便运用他们的神话思维把阳光象征性地解释为太阳所射出的无数利箭”[②]。原始人常常用多个太阳来解释旱灾，他们知道太阳和温度有着直接的关系，但是他们还不可能理解酷热和旱灾形成的原因，只是直观地认为这都是因为太阳造成的，处于极端高温烤炙下人很容易产生幻觉，联想到酷热和干旱的原因可能是天空中出现多个太阳的缘故，因此，多日神话和射日英雄的出现也就不难解释了。

三、灾后人类的繁衍与救世

灾难贯穿人类历史，原始民族在面对灾难时，一是没有科学知识，难以解释灾难形成的原因，并进行相关的心理疏导和救治；二是灾难来临时，逃避不及，受到环境的毁坏和生命消逝的恐吓，由此产生莫大的恐惧感，形成一种民族记忆，并口耳相传往下延续。在灾难过后，世界的重建、人类的繁衍成为最迫切的问题，也成为神话要解决的核心问题。

在远古时代的贵州山区，少数民族的生存环境十分艰辛，干旱、泥石流、洪水等自然灾难交替光顾；由于医疗技术的落后，疾病也是夺人生命的推手之一。先民面对这些灾难，首先是莫大的恐惧，紧接着就是幻想得救。在大洪水灾难之后，往往是部落的整体毁灭，如何延续人类实现救赎呢？首先考虑的是自己性命的延续，延续的方式主要有利用葫芦或其他木器等成功逃生；在解决了逃生问题之后，怎样延续种族就是最关键的问题。在贵州少数民族神话中，雷公报复与葫芦避水两个母题的固定搭配，分布在以贵州黔东

---

① [美]米尔恰·伊利亚德著，晏可佳等译：《宗教思想史》，上海：上海社会科学院出版社，2004年，第39页。

② 叶舒宪：《英雄与太阳——中国上古史诗的原型重构》，上海：上海社会科学院出版社，1991年，第75页。

南为中心，以操苗瑶语和壮侗语的民族为传承主体的地理轴线上。有学者分析，这个地理轴线上的大洪水神话“一致地反映了洪水泛滥，灭绝人类，兄妹一同避水得救，结婚生子，割切变人。其中苗族占二十个，瑶族十五个，彝族五个，壮族侗族傈僳族各一个，大部分兄妹名号与伏羲或女娲发音相同。大多数故事说发洪水的是雷公。闻一多认为雷公即是共工，是可以这样比拟的。说明苗、瑶等族的洪水故事，正是伏羲女娲传说在少数民族中流传的反映……应当说，苗族的远古先人与伏羲有密切的关系”。[①]

成功逃生之后，往往就剩下兄妹二人，而兄妹结合成为繁衍人类的不二选择。兄妹结婚延续人类的现象在世界神话史中比较普遍，几乎遍及洪水再殖型故事流传的所有地区。这在西南各少数民族神话中最为常见。有学者据此认为，“兄妹配偶型的洪水故事或即起源于中国的西南，由此而传播到四方”。[②] 在繁衍人类这一重大问题上，虽然血亲乱伦已成禁忌，但最终还是根据神的旨意结合。但在结合之前还是设置了很多反逻辑的事件，而这些事件通过天意得以解决，说明这种结合顺应天意。其中常见的有滚磨相合、烧烟相缠、针线相穿、绕山转等难题，都在天意中得到完美解决，兄妹结合以繁衍人类，但生下的却是怪胎，后来却奇迹般的变成了人类，此乃人类对近亲结婚的忌讳和担忧。兄妹结合后，“他们之间的性活动产生了人类。为了缓解后世乱伦意识对于兄妹婚姻制度的敌意，洪水故事中插入了转换仪式，也就是插入拒绝追逐、竞赛、打赌或神启之类的故事，增大这种婚姻的难度，同时又向我们重申它的必要性和唯一性。实施了这些细碎的话语诡计之后，所有的兄妹都理所当然地成为性伙伴和种族的始祖”。[③] 这其实是灾后如何救世的一种解决方案。

洪水之后就是旱灾的降临，于是射日神话便应运而生。射日神话也是先民在抗灾胜利后的一种记忆回归，对部落英雄的颂赞。“神话中的一些英雄人物在自然界的大灾难面前不是束手无策的，而是具有无比巨大的力量去克服它们的。”[④]它积淀着先民的希冀和愿景，也是生存空间初步重建的

---

① 侯哲安：《中国南方古代传说人物考》，载贵州省民族研究所编：《民族研究参考资料》（第6集），1980年。

② 芮逸夫：《苗族的洪水故事与伏羲女娲的传说》，《人类学集刊》1938年第1卷第1期。

③ 朱大可：《洪水神话及其大灾变背景》，《上海师范大学学报》1993年第1期。

④ 中国社科院文学研究所编：《中国文学史》（第1卷），北京：人民文学出版社，1962年，第11页。

一种有序承认。射日神话里,人类在同严酷的灾难顽强地搏击中,不断地锻造着乐观、凛然的人生态度和不可战胜的健旺的生命力,跃动着的是对壮丽人生的切望,对强暴、凶残灾害的痛恨。

结　语

我们认为,贵州少数民族神话对灾难和救世的描摹是与人类历史的进程紧密相连的,在灾难来临时,人类奋起抗争,消灾避祸,并积极探索救世之道,这是人类文化延续的内在动力。"大洪水的间歇性爆发,对脆弱的童年时代的人类构成了最残酷的威胁。一个人种诞生了,随即就在洪水的漩涡中消失得无影无踪,随后,从另一个地点,孑遗的种子再度繁殖,形成新的人种。正是在大洪水发作的长时期间歇中,人类赢得了生长和发育的时机,并迅速走向文明的明亮山巅。"[①]可以说,正是灾难成就了人类文明,成就了人类的成熟与伟大。正如恩格斯所言,"没有哪一次巨大的历史灾难不是以历史的进步为补偿的"。[②] 灾难是人类在文明进程中无可避免的经历,当下世界灾难仍时有发生,人类仍继续探究救世之道。"在巨大的灾难和悲痛中,我们触摸到了有血有肉的生存过程,发掘出人的道德行动及其深远意义和教育价值,触摸到了文明的力量。"[③]贵州少数民族神话对灾难和救世的描写,显示了人类在面对灾难时的坚强意志和奋争精神。今天对其进行梳理,并对之进行深入探讨,对我们如何更好地进行灾后民众精神的救治、避灾经验的总结、积聚赈灾的勇气等将不无现实意义。

(原载《当代文坛》2014年第5期)

[管新福:贵州师范大学文学院教授;杨媛:兴义民族师范学院中文系讲师]

① 朱大可:《洪水神话及其大灾变背景》,《上海师范大学学报》1993年第1期。

② [德]马克思、恩格斯:《马克思恩格斯全集》(第39卷),北京:人民出版社,1965年,第149页。

③ 刘惊铎:《体验感动升华道德》,《中国教育报》2008年5月27日。

贵州屯堡山歌论

——兼与贵州少数民族山歌比较

汪青梅

贵州境内多民族聚居，山歌蕴藏丰富，流布广泛。鲜见的是，明朝移民至贵州的汉族后裔屯堡人也唱山歌。1368年明王朝建立后，西南地方势力仍据守抗衡。为实现大一统，巩固政局，朱元璋启动平定西南的大规模军事行动，即“调北征南”以及之后的“调北填南”。借此，数十万之众的中原、江南籍将士和平民随明朝屯田制的推行而落土贵州。600多年来，由于一系列历史地理原因，这些入黔者后裔在黔中安顺一带，形成与周边贵州本土少数民族不同的社会经济文化区域，即今学者所谓“屯堡人”及“屯堡文化”，并在近年掀起研究热。多姿的外显事象，传承和表达了屯堡文化的丰富内涵，精神文化层面有如屯堡地戏、花灯、地方神汪公信仰等，物质文化层面则有凤阳汉装、石头建筑、村落防御工事等，屯堡山歌即为精神文化层面的有机组分之一。已有研究中，屯堡地戏、屯堡方言等多为学者关注，屯堡山歌较少论及。谈及山歌这一活态民间口头文学，不得不关注一系列基本问题：究竟是谁在唱，在什么场合唱，以及唱什么内容？人们何以如此唱山歌？本文循此探究路线，引入屯堡周边地区主体少数民族山歌做参照系，对屯堡人的唱山歌活动进行社会功能、时空变迁和叙事学特征等诸方面的解析，力图揭示唱山歌活动在屯堡村落中的社会文化意义。

一

就功能实现而言，屯堡山歌游离于婚恋之外，着意于教化之中。

婚恋交往是南北各地山歌的普遍功能之一。众所周知，各少数民族往往有自由恋爱的浪漫传统，男女青年多以歌传情，以歌为媒。“有些少数民族还定期举行以恋爱择偶为目的的集会，如壮族的‘歌圩’、苗族的‘游方’、布依族的‘浪哨’、西北各民族的‘花儿会’等，这些活动为情歌的创作和流传提供了良好的机缘。”[①]这在贵州多民族中也常见。在贵州东南部侗族和苗族集中居住区，侗族男女青年有“玩山”和“行歌坐月”的交往习俗。唱歌与侗族青年的婚恋伴随始终，“每一个阶段的活动都离不开歌，每个阶段所演唱的歌也不一样，他们以歌为媒，以歌传情，以歌代言，歌贯穿整个婚恋过程，更丰富了婚恋的形式”。[②] 择偶青睐能歌善舞者，恋爱采用对歌的方式，在苗族中同样盛行。

但是，在屯堡村落中，青年男女之间以唱山歌的方式进行社交或婚恋却被认为不妥。人们常将男女对唱山歌与偷情、婚外恋等联系在一起。有位屯堡妇女描述她的经历：“年轻时我很爱唱山歌，热闹场合都爱去，后来跟一个寨子的人订了婚，别人就对那个男的说：‘这个媳妇这么爱唱山歌，以后到处去唱山歌去了，哪个给你管家，你怕不怕噢。’后来这个话传到我的耳朵里，我就去找他把婚退了，我说既然这样的话，就不要谈了。”[③]类似情况还有如某男子，曾因婚后与其他村寨的女子对唱山歌，且多为情歌，被岳父母强烈谴责，直至下跪认错才被原谅。

作为中原、江南等地的汉族移民后裔，屯堡人迫于面对周边少数民族的文化认同焦虑，有意识地将江南富庶之地、汉文化繁盛之乡指认为自己的光荣故里，在日常生活中刻意遵从和复制汉文化模式和儒家正统价值观。因此，屯堡青年男女缔结婚姻的全过程，从“提口信”[④]一直到出嫁迎娶，须经历较为繁复的汉文化礼俗过程。该过程从实施到完成，都为屯堡村落约定俗成的规则所制约和监督。随着时代变迁，当下婚姻缔结已非毫无自由恋爱成分可言的“父母之命，媒妁之言”，但正统的村落文化传统和严格的舆论压力，对屯堡青年日常生活中的感情交往需求仍造成压抑。这种需求在恋爱交往阶段得不到满足，婚后则由于日常生活驱策而被掩藏不露。只有较为大胆的男女，才会在田间地头或屯堡人集会的热闹场合对唱情歌。唱山歌由此成为一种感情宣泄行为，而非具有实质功能的婚恋交往之举，且为村

① 何红一、祝注先：《历代少数民族民间歌谣概论》，《中南民族学院学报(哲学社会科学版)》1994 年第 4 期。

② 吴海清：《侗族婚俗与侗歌》，《艺术研究》2007 年第 1 期。

③ 小黑土村，汪青梅访胡长英，2007 年 9 月 28 日。

④ 屯堡话，即提亲。

落社会规约所不容。因此，严格地说，屯堡人唱情歌，游离于婚恋事实之外。屯堡人转情歌婚恋功能作感情泄导之用，情歌被压缩之后的剩余空间让渡于教化之辞。

传统以来，贵州主体少数民族布依族、苗族、侗族等，常以歌教化，这在黔中屯堡亦不例外。不同民族或族群因各自不同的历史与现实条件，对其成员社会化的具体要求不同，体现在教化内容选择和规定上。教化内容及主要倾向在少数民族山歌和屯堡山歌之间存在明显差异。屯堡山歌与周边少数民族山歌一样，有生产生活知识的积累和传递，有道德伦理的张扬，有人情世故的劝诫等。但更为突出因而引人注意的是山歌中常常出现中国的朝代、历史名人、历史地名甚至历史典故。本文将此类山歌定名为历史故事歌，下文将另做详细论述。当然，世界各地，许多民族都有叙述民族历史与英雄祖先的歌谣，这通常又被归结为史诗范畴加以讨论，但此类在本文论域之外。

除此类历史故事歌外，在娶妻嫁女、婴儿出生、老人做寿、盖房乔迁等民俗活动中所唱的祝愿歌中，教化内容最为集中。内容多为“今天银房唱歌去，主家子孙发达状元多”“今天银房唱歌去，斗大黄金滚进来”之类，表达对主人家的美好祝愿，烘托喜庆气氛。又如，“今年2007年，你看老幼尊卑上街玩。你们老人来玩去，你们寿缘活到一百三。你们读书娃娃来玩去，你们读书考大专。你们这些伯娘叔娘来玩去，你们栽的杂交苞谷像座山。你们伯爷小叔来玩去，个个出门找大钱。我们今天个个来玩去，风调雨顺万万年”。此类山歌活跃气氛，娱乐众人。并且，歌中追求“入学中举”“福禄寿”的观念，传扬汉文化传统中追求子孙繁衍、入学中举、富贵发达的人生社会理想和价值取向，从而规范和引导村落成员的行为。布依族、侗族、仡佬族等兄弟民族在上述场合则多唱内容固定的仪式歌，如哭嫁歌、祝酒歌、留客歌等，唱歌本身被固化为仪式活动的一部分。它们也承担村落成员的教化功能，但相比之下，其人生社会理想的表达和价值取向不像屯堡山歌如此强烈鲜明。教化内容不同，显然会导致教化意义差异。每当唱起这些歌谣，屯堡的男女老幼都静谧聆听，如同在接受一次汉文化教育，思维方式和思想观念在唱与听中习得传承，群体一致性由此得以加强。

二

历史以来，屯堡人的唱山歌活动历经歌者、场合、内容等多层面的变迁。

20世纪80年代以来，随着现代性不断渗入，苗乡侗寨鼓楼中的人们逐渐依赖录音机、电视机、影碟机等现代设备来满足精神娱乐需求，载歌载舞的生活图景逐渐淡出村落的日常生活。在经济利益驱动下，大批年轻人外出打工，民族口头文学传承受到威胁。与此同时，日趋式微的民族歌舞被外界发现，并从“原生态”角度加以宣传，进行展示。苗族飞歌、布依族八音坐唱、侗族大歌等生活文化中的民族文学形式经历了资本化过程，演变成向中外游客展示的旅游产品，显出从少数民族地区常态生活中退隐以及开启资本化影响之下的重构之势。而与此同时，屯堡山歌却在屯堡村落呈现经变迁转而张扬之态。

依据田野考察，屯堡人唱山歌历时变迁大致可划分成三个阶段，如表1所示：

表1　屯堡山歌演唱场合的历史演变

<table>
<tr><th>时间</th><th colspan="2">唱歌场合</th><th>歌者</th><th>主要内容</th></tr>
<tr><td>1949年前后</td><td colspan="2">采茶、插秧时节；村外，田坝，山凹</td><td>村内爱好者，擅长者</td><td>爱情</td></tr>
<tr><td>1976年之后</td><td colspan="2">采茶、插秧时节；白天：田头、地头，晚上：村子附近的平整空地</td><td>职业山歌手</td><td>爱情</td></tr>
<tr><td rowspan="3">1980年以后</td><td colspan="2">正月；村内公共活动场所</td><td>职业山歌手</td><td>爱情、历史故事、家庭邻里关系、生产生活、计划生育等</td></tr>
<tr><td rowspan="2">普通家户“办事”时</td><td>交通沿线村落</td><td>本村善歌者，来客中善歌者</td><td rowspan="2">祝愿、恭贺、爱情、历史故事、开玩笑等</td></tr>
<tr><td>远离交通线村落</td><td>职业山歌手</td></tr>
</table>

据许多老年屯堡人口述，1949年前后很长一段时期，“没有谁敢在村里唱，只敢在外面唱。栽秧、采茶时节，跑到田坝、山凹里唱”。[①] 田野考察中

① 雷屯村，汪青梅访雷先生，2004年2月17日。

访问出生于1940—1950年的屯堡人,大多数都回忆说:"在过去,不准在寨子里唱山歌。"[①]山歌演唱场合的禁忌,伴随山歌发生和传唱存在。主要由于山歌内容多为情歌,在乡土社会里,村落和家庭内的血缘联系不容人们随意开口便唱。"文革"之后,情形有所变化,据被访的雷屯村山歌爱好者讲述:

1975年、1976年左右那阵时间,寨子头年纪比我们大的老人家去大西桥、二铺场坝上请人来唱,是哪里的也不清楚。一直到1992年、1993年这些时间都只请女的,以后就男女都请了,因为女的声气好听,请男的只是为了配起唱。白天在田头地头唱,晚上在寨子附近的坝坝里唱。都是唱些情歌。那阵时间思想不开放,不准在家唱。时间一般都是在二三月间掏茶叶时候,每人五六角钱一天,管吃住,由组织者操持。钱是生产队出点,个人出点,随多意少。那阵时间没有多少娱乐,跳神都被停止了,大家都很爱听。以后请人唱山歌的活动就一直没有断过。[②]

鲍屯村的情形与上述雷屯村较多一致:

过去唱山歌跟现在有比较大的变化。解放以前一般都只是在三四月间采茶的时候在茶园里唱唱山歌,一般闲暇时候也不太唱山歌。山歌过去一般都是在外面唱,所以叫山歌,过去时候哪个敢在家头唱,哪个敢在寨子头唱。是现在改革开放后才在家头唱的。以前是不允许的,绝对不可以的。改革开放以后生活逐渐提高以后,才允许在寨子里唱山歌,至于像现在一般在办事的人家唱,这才是最近这几年,在过去在这些场合是绝对不允许唱山歌的。山歌的内容一般都是以谈情说爱为主题思想。现在才谈到有教育啊,生产啊,计划生育啊,党的政策啊这些,才有这些东西。[③]

---

① 雷屯村,汪青梅访雷先生等人,2004年2月16日。

② 雷屯村,汪青梅访雷先生,2004年2月16日。

③ 鲍屯村,汪青梅访汪先生,2007年11月7日。

20世纪70年代前期，唱山歌只能在村落外围场地进行，即屯堡人所说的“村子附近的坝坝里”和“茶园、田坝、山凹”等“田头地头”。与屯堡村落中另外两项文艺活动跳地戏和玩花灯比较而言，唱山歌不受场地限制。因此，在“跳神（跳地戏）都被停止了”，屯堡人“没有多少娱乐”的年代，唱山歌活动仍然与屯堡人相伴。在村落层面所唱内容为男女对唱的情歌，并且屯堡人喜好女性歌者“声气”悦耳，人性自然需求的心理释放与审美统一到“娱乐”的诉求之下。因此，村落集体性的唱山歌活动才能安然以唱情歌作为主要内容。

以村落为单位的山歌活动得以组织，很大程度上缘于屯堡人作为屯军后裔所独具的极强的组织动员能力和集团军事化作风。除上述田野材料中提及的采茶、插秧时节外，村落集体的山歌活动多在正月举行。村中爱好山歌的活跃分子，提早于腊月进行策划筹备，在村中逐户集资。集资数目不定，出资多少自愿决定，屯堡人谓之“随多意少”，多至10元、20元，少至3元、5元不等。一般家户都参与出资，有特别爱好者的家庭一般出资数额较多。春节之后，一般在农历正月初七八，组织者便从附近城镇请来职业山歌手，在村中公共活动区域，搭台布置，摆开架势开展山歌活动。村中无论男女老少，爱好者皆无须组织通告，便会自发赶到活动现场听唱山歌。根据集资数目和歌手时间，活动一般持续三五天，一般唱到农历正月十五前结束。

普通屯堡家庭在娶媳妇、新居落成搬家、新生儿满月“做大客”等“办事”场合，为图热闹吉利，都会在家中唱山歌。具体情形为夜晚酒席散去收拾妥当，前来做客的亲朋和村中来主人家帮忙的街坊邻居中的能歌者即展开同堂对歌。有些家庭为使唱歌活动热闹尽兴，通常会邀请村中善歌、但与主人家关系较远没有送礼的年轻妇女参加吃酒席，以此将善歌者引入唱山歌活动中与亲朋唱和。活动一般持续三四小时。2001年7月，笔者在屯堡区最大的村落九溪村，曾对该项活动进行观察。上述情况在屯堡区中靠近省道县道等交通沿线村落较为常见，因易于与外界交流，文化舆论环境较宽松，本村人能够自如地在室内唱山歌。有别于此，远离交通线的村落唱歌者需花钱外请，如上述雷屯村。如下材料显示在远离交通线的小黑土村，某家庭庆贺新生儿满月请人唱山歌的情形：

4年前（2003年）我家添了孙子，我家花了200元钱，请了两男两女4个歌手来唱，唱山歌唱了一夜，满寨（全村）的人都来听，天井头、大门口，全部都站满了人，(甚至)连团转(附近)的刘官屯、大黑土这些寨子的人都来听。一般唱两三个小时，从晚上吃了饭开始。小孩子来这种场合不是来听唱山歌的，是来和热闹的。凡是来到的，主人家都要散点吃的，人人都有，葵花籽、糖、水果等。在办事场合唱的山歌，上早和落底(开头和结束)都是唱一些恭贺的，中间就唱感情歌，也有开玩笑的那种。①

在普通屯堡家庭"办事"的特定时空场域，唱山歌营造出一种巴赫金意义上的狂欢语境，参与者的情绪、活动内容等诸方面皆为表征。其间所唱山歌内容丰富，活动开始和结束时，所唱多为祝愿主人家"五谷丰登五子登科"；中间则是活泼自由的情歌；兼有插科打诨轻松调笑。庄谐并陈使厅堂内唱山歌的狂欢化活动并非"寓教于乐"，而是既有教化之功，也有娱乐之便。并且，在这些办事场合，山歌唱和双方甚至多方来自不同村落，齐集一堂彼此之间无疑会展开一场唇舌间的博弈，形如鲍屯村能歌善言的妇女主任所说："如果是在自家寨子里，我们唱的时候就会让着外面来做客的客人；但是如果是我们去别的寨子，我们就要很攒劲(努力)地唱，争取把对手唱败。"②其间，歌者个人才能得以展现，屯堡妇女还以歌会友开展"认姨妈"③的社交活动。需要特别指出，唱山歌的博弈和以歌会友的社交，无疑都可看作唱山歌在屯堡区内实现认同功能的表现形式之一。

屯堡山歌虽深入人心，却不能随意张口。屯堡人唱山歌，随着时光流逝，环境渐变宽松。活动场域从村外到村内，由村内公共场所到个体家庭；山歌内容从谈情说爱到加进其他生活内容。唱山歌从村外向村内的轨迹显示，随着社会文化观念多元化，屯堡村落中对唱山歌的警惕和约束慢慢减弱，山歌获得较之从前更为广阔的生存空间。山歌所唱内容从对情歌的专好，到逐渐加进社会生活的其他内容，甚至还有对国家政策的认知和表述。这表明屯堡人感性泄导需求满足的方式随着电影进村、电视进家而丰富起来，越被压抑反应就越强烈的心理态势得到舒缓。唱山歌场地由村外向村

① 小黑土村，汪青梅访邢女士，2007年9月28日。

② 鲍屯村，汪青梅访雷女士，2007年9月29日。

③ 屯堡妇女外出做客、朝山拜佛、赶集时结识朋友称认姨妈，结交后彼此以姨妈相称。

内公共活动空间移动，社会舆论宽松、文化环境解禁也是原因之一。而山歌走入寻常人家，则更多地是源于经济生活水平的提高，具有“衣食足而兴礼仪”的意味，也可见屯堡人“以俗为礼”的生活习惯。

三

每个民族都有相应的历史及其历史记忆。在贵州多民族中，几乎各民族都有自己叙说历史的歌谣。但各自的历史又决定他们历史记忆的方式各不相同。贵州省除汉族外，有苗、布依、侗、彝、水、仡佬、羌和土家等17个世居少数民族。“生活在贵州山国里的先民”“面对茫茫大山里的各种奇观……是不能不感到莫名的恐惧，迷惑与好奇的，并引发出不可遏制的追究、探索的热情……于是，就产生了居住在贵州这块土地上的各民族关于宇宙起源与宇宙结构的想象”[①]，并且，凝结成了丰富的口头文学。苗族、侗族、布依族都被认为是贵州多民族中能歌善舞的典型代表，他们都拥有大量古歌。其中苗族古歌影响深远，内容丰富奇幻，具有“史诗”品格。《开天辟地》《枫木歌》《洪水滔天》《跋山涉水》等，涵盖宇宙诞生、人类和物种起源、初民时期滔天洪水、苗族大迁徙等，无疑是民族的心灵记忆。显然，诸如此类的历史叙述，均直指世界起源与民族起源问题，且具有浓郁的原始神话性。

较之这些古老民族，屯堡人600余年的历史显然不足为道，但他们也有自己独特的历史记忆。如：

正月里来正月正，洪武人马下南京；
开路先锋胡大海，单打红旗常遇春。
正月里来正月正，闯王人马反北京；
三桂开往云南府，不愿投降起义军。
三月里来桃花红，万马营中赵子龙；
长坂坡前去救主，人像猛虎马像龙。
三月里来桃花红，长山英雄赵子龙；
先是子龙保阿斗，后是阿斗保子龙。

---

① 钱理群等：《贵州读本》，贵阳：贵州教育出版社，2003年，第155页。

五月里来石榴红，唐朝有个徐茂公；
瞒了功劳张世贵，苦了仁贵去征东。
五月里来石榴红，仁贵有劳又有功；
要得君臣来见面，唐王陷在污泥中。①

"民歌、寓言和传说……在某些方面是一个民族的信仰、情感、感觉和力量的结果。"②明朝开国皇帝朱元璋调拨的征南将士，被黔中戍守的历史型塑成屯堡人的"英雄祖先"，他们因此热衷追怀祖先忠君卫国征战西南的辉煌历史。屯堡人落土黔中仅600余年，并不像贵州其他历史悠久的民族，拥有民族整体的想象与历史叙述方式，而只是反复在山歌中吟唱"洪武人马下南京"的历史，不断建构和强化我群的历史记忆。"为何要选择这些记忆？为何要保存这些记忆？在什么样的社会情境中，这些记忆对他们有意义？"③从心理动因看，因昔日先祖是大明军士而怀有自豪感，时日渐久战事渐休由戍转垦而产生失落感，处于周边少数民族和后期入黔汉族移民的双重压力集团下伴生紧张感，路途遥远又为贵州大山阻隔返乡艰难的压抑感，足以促成屯堡人制造如此历史记忆。这正如福柯所谓，"重要的不是历史讲述的年代，而是讲述历史的年代"。

李雄飞认为，山歌文化对于自然环境具有依从性，"地域环境是山歌文化的载体，山歌文化是自然环境的映射，是自然环境的延伸和再创造"。④屯堡山歌的历史故事歌，恰是屯堡人对其生存环境精神式逃离的一种超越性创造。恩格斯在论德国民间故事书时的论述，不妨借以阐释屯堡人历史故事歌的叙事动机："民间故事书的使命是使一个农民作完艰苦的日间劳动，在晚上拖着疲乏的身子回来的时候，得到快乐、振奋和慰藉，使他忘却自己的劳累，把他的硗瘠的田地变成馥郁的花园。民间故事书的使命是使一个手工业者的作坊和一个疲惫不堪的学徒的寒碜的楼顶小屋变成一个诗的

① 黔中平坝编委会：《黔中平坝》，贵阳：贵州人民出版社，2007年，第14页。

② 德国赫尔德（Johann Herder）语，转引自户晓辉：《现代性与民间文学》，北京：社会科学文献出版社，2004年，第87页。

③ 王明珂：《华夏边缘——历史记忆与族群认同》，北京：社会科学文献出版社，2006年，第48页。

④ 李雄飞：《文化视野下的山歌认同与差异》，北京：民族出版社，2005年，第35页。

世界和黄金的宫殿，而把他的矫健的情人形容成美丽的公主。"[①]屯堡人之所以执着宣称自己是谁，显然是为实现相互认同和共同支撑。历经600余年变迁，江南中原一带曾流行的许多民间风物和习俗早已散落，却跨越时空在黔中代代传承。这并非因为黔中是"不知有汉，无论魏晋"的"世外桃源"，恰恰相反，历史以来，黔中屯堡区一直处于中央王朝与西南腹地沟通的主通道上。显然，屯堡人移民来源地的诸多文化事象和习俗风物，因处在没有外集团压力的自然状态下，自由而随意地消亡散佚；屯堡人因远离故土处于汉族族群"边缘"，为克服生存压力和身份焦虑而刻意恪守来源地的汉文化。

基于上述推理，对至今在屯堡社区一字不识的中老年屯堡妇女，能如数家珍地在山歌中唱出中国历朝历代人物事件的现象便可做出解释：

一字官武走南阳，二字钢刀斩蔡阳，
三人拜和紫金树，四马投唐小秦王。
五虎上将保太子，六郎起义是孟姜，
七子莲头来对宝，八字李煜是刚强。
九里山前买韩信，十里埋伏楚霸王，
十一长江发关索，十二真心阳满堂。
十三太保李丞相，十四甩手王彦章，
十五罗成盗打郑州府，十六扬州夺了状元郎。
十七王母来班威，十八罗汉转投唐，
十九大刀王洪美，二十八仙闹昆阳。

传唱此类山歌的屯堡妇女，既不识文断字，也不熟谙历史，因此，歌词中不可避免地出现了一些语音讹传；并且，在口耳相传中，她们还创造性地将历史名人、历史地名与本地风物结合。如：

一字下来一蓬姜，有翅无毛是獐獐；
獐獐飞到田中去，遇见古人张子房；
手提金锤银斫打，打得雀鸟叫凤凰；

① [德]马克思、恩格斯：《马克思恩格斯论艺术》(第四卷)，北京：人民文学出版社，1996年，第401页。

我回去翻起诗书看，他家地名叫发阳。
二字下来二蓬竹，有字无毛是蜘蛛；
蜘蛛飞到田中去，遇见古人何仙姑；
手提金锤银斫打，打得雀鸟叫布谷；
回去翻起诗书看，他家地名叫化处。

山歌中，“獐獐”为屯堡方言，即蜻蜓；“化处”即今贵州普定县化处镇，也曾是屯军分布之所。仅从记录在案的山歌文字“文本”看，它呈现的显然是不符合历史逻辑的碎片拼贴。需要特别说明，屯堡人有搬演中国历朝忠君征战故事的“跳地戏”，屯堡妇女山歌中如上唱段即来自男性为其讲述的地戏唱段。口头文学的变异因各种因素而发生。不识字的屯堡妇女在接受和传播的过程中，因误听误记和某些片断缺失以致“以讹传讹”。屯堡人的祖先携带汉文化来到西南边地，山歌中传唱的历史人物和历史事件，无论史籍所载还是稗史传说，都积淀着汉文化的深深印记。山歌中再现人与人的战争、演绎历史英雄人物的传奇，形成对中国历史的一种“传奇化”。作为历史记忆的历史故事歌，同时是一种文化资源，屯堡人凭借此建构起在黔中生息的精神方式。[①]

“作为汉民族的族群文化，屯堡文化自觉彰显和光大儒家主流文化精神，有明显接续正统文化‘大传统’的努力。”由上述可见，作为屯堡文化有机组成部分的屯堡山歌，以其特有的教化内容将自我的文化观念和价值取向播布于屯堡村落之中，充当着沟通大小传统的“历史中间物”。正因如此，从文化分层的意义看，屯堡文化其实是“社会主流意识（国家意识）、民族共同体意识（汉族意识）和小群体意识（屯堡社区意识）难得地融合，形成一种下层向上层的对接——不是大传统对小群体的自然笼罩，而是小群体对大集体的自觉归附和主动张扬”。[②] 屯堡山歌犹如存储在屯堡社区的精神财富，融会屯堡人普遍持有的信念、习惯、舆论、情感等。在民俗旅游热中，周边少数民族歌舞逐渐转为对外表演展示的商品，屯堡村落内生性的需求却使屯

① 汪青梅：《贵州屯堡山歌探析——与布依族山歌比较》，《贵州师范大学学报（社会科学版）》2006 年第 6 期。

② 朱伟华等：《建构与生成——屯堡文化及地戏形态研究》，南宁：广西师范大学出版社，2008 年，第 359 页。

堡山歌活动虽历经嬗变，而仍存活在屯堡文化场域中，在从历史走向未来的路途中一直传唱，从而参与构筑屯堡人的生活世界和精神家园。

（原载《民族文学研究》2010 年第 1 期）

[汪青梅：贵州师范大学文学院副教授]

贵州苗族巫蛊文化的文学想象与信息传播

吴 蓓

苗族古歌《姊妹歌》记录了苗族拥有的独特的文化体系，随着女性身份地位在苗族社会历史变迁中的价值凸显，关于苗族巫蛊文化的思考引起文学、文化界的颇多关注。2013年，上海社会科学院出版社出版长篇悬疑类小说《苗疆蛊事》，讲述了来自苗疆的青年陆左在偶然继承了其外婆（苗寨的神婆）所授的金蚕蛊蛊术之后，遭遇的一系列跌宕起伏、惊心动魄的离奇事件的故事。这部书引起了很多读者对苗族巫蛊文化的关注，也促成了这扇神秘之门的多样化探索。

行走于贵州苗疆的学者们曾亲历过这样的现象："在贵州偏远的苗族聚居地区，如果小孩吃到硬物，不小心嘴里起了血泡，做母亲的便一边慌忙找针把血泡扎破，一边愤愤地骂道：'着蛊了，着蛊了。挨刀砍脑壳的，谁放的蛊我已知道了。她不赶快收回去，我是不饶她的！'要是吃鱼不慎，鱼骨卡在了喉咙，母亲就会叫小孩不加咀嚼的吞咽几大口饭，将鱼刺一股脑地吞下肚里。随后叫小孩到大门口默念着某某人的名字（被认为有蛊者）的名字，高声喊叫：'某某家妈有蛊啊，她放蛊着我，我知道了，她不赶快收回去，我是不饶她的：哪天我要抬粪淋她家门，捡石砸她家的屋顶，让大家都知道她家有蛊，有儿娶不来，有女嫁不去哩！'喊声中充满了愤怒和仇恨。据说通过这种喊寨的方式，'放蛊'的人听见了，心里害怕，就会自动将'蛊'收回去。"[①]这就是苗族地区放蛊文化的生动体现，而这样的巫蛊信仰现象在贵州苗族地区已延续近百年。

蛊在贵州苗族地区俗称"草鬼"，那些所谓有蛊的妇女，一类为相貌丑陋的妇人，另一类为年轻美丽的少女，都被称为"草鬼婆"。有苗族民间学者调

① 叶谭：《遭诬的蛊妇》，《民间文化》1999年第3期，第61页。

查后认为，苗族几乎全民族笃信蛊，只是各地轻重不同而已。“他们认为除上述一些突发症外，一些较难治的长期咳嗽、咯血、面色青黑而形体消瘦等；以及以内脏不适、肠鸣腹胀、食欲不振等症状为主的慢性疾病，都是着了蛊。属于突发性的，可用喊寨的方式让所谓放蛊的人自行将蛊收回就好了；属于慢性患者，就要请巫师作法‘驱毒’了。”①

“蛊”字早在东汉许慎所著的《说文解字》中就有了收录，并释为：腹中（动词，念 zhòng）虫也。《春秋》传曰，皿虫为蛊。晦淫所生也。枭磔死之鬼亦为蛊。从虫，从皿。皿，物之用也。“最初，蛊是指生于器皿中的虫，后来，谷物腐败后所生飞蛾以及其他物体变质而生出的虫也被称为蛊。古人认为蛊具有神秘莫测的性质和巨大的毒性，所以又叫毒蛊，可以通过饮食进入人体引发疾病。患者如同被鬼魅迷惑，神志昏乱。”②先秦人在各种古文献中所提到的蛊虫大多是指自然生成的毒虫，而后来长期的毒虫迷信又发展出造蛊害人的观念和做法。这种令人生畏的蛊术，在中国古代不少地区都曾广为流传，据学者考证，战国时代中原地区就已有人使用和传授造蛊害人的方法。这些在古籍、古文献中可见记载，即使是官修正史及医书中亦有不少有关文字。《左传·庄公二十八年》：“楚令尹子元欲蛊文夫人，为馆于其宫侧而振万焉。”对于巫蛊致病的法术，古人深信不疑，宋仁宗于庆历八年（1048 年）曾颁行介绍治蛊方法的《庆历善治方》一书，就连《诸病源候论》《千金方》《本草纲目》等医书中都有对中蛊症状的细致分析和治疗的医方。对巫蛊的信仰现象，在中原地区随着文化、经济的变迁与发展逐渐湮没在历史中，唯在贵州等苗族聚居区这样地域偏僻的少数民族地区还保存完整。

在中医学、人类学、社会学、文学、人类学、社会学、中医学领域中，都有学者从自身的学科角度对放“蛊”的现象进行研究。

从中医学的视野对这一现象进行分析是人们已比较熟知的一个角度，中医比较普遍地认为这是一种对细菌存在的观物取象的思维方式。“远在两千多年前，要说古人已经观察并认识到细菌一类微生物，自然是无稽之谈，然而，聪慧的华夏先人似已感觉到又极肯定地认为它们的存在。”③试想，两千多年前的古人，面对大量今人也常遇到的中毒、生病现象，不断探究

① 叶谭：《遭诬的蛊妇》，《民间文化》1999 年第 3 期，第 61 页。

② 叶谭：《遭诬的蛊妇》，《民间文化》1999 年第 3 期，第 61 页。

③ 王礼贤：《蛊——中国古代的细菌观》，《医古文知识》1998 年第 4 期，第 8 页。

个中玄奥，认为那细小的能对人施毒使坏的东西肯定存在，却苦于无法令其现出形迹，我们的祖先便用观物取象的方法加以推想，抓住它们有毒而细小的特点，取同样小而有毒的虫子之象，让世人感观它们的存在。应该充分肯定对“蛊”的医学解释在医学科学史上的学术意义以及蕴含于其中的中华民族医学的文化特质。

人类学角度的研究者也达成了一些共识，正如邓启耀研究员认为：“在民间，无论是传蛊、染蛊，还是治蛊、克蛊，都存在着一种沿袭了千百年的运行机制，并形成了与之相适应的包含社会组织、制度、观念、符号、行为、器物等层面的神秘文化系统。如果说蛊整个都是一种无稽之谈，是迷信，那么一个这样的问题也许马上就会随之而来：既然蛊纯属子虚乌有，那为什么上下几千年、纵横数万里，不同民族、不同时代，都有关于蛊的十分现实的影响、十分具体的存在呢?”[①]既然巫蛊是世代相传，同时既是在现实生活中有影响的事象，又是反复出现的深层次文化事象，就不能回避它。人类学所选择的科学的研究方法是把巫蛊当成一种文化事象来看待，把它放在促成其产生和发展的社会系统中，应用人类学的理论方法对其进行考察和研究，这样有助于科学地理解巫蛊的实质。

从个人社会地位的演进层级出发，社会学方面的研究者们认为：所谓放“蛊”的方式自然虽是子虚乌有的东西，但苗族的一些妇女却深受这种观念的诬害。“人们认为‘蛊’只有妇女才有，只能寄附在妇女身上，传给下一代女性，而不传给男性。比如，某男青年‘游方’遇到一个情投意合的‘有蛊’姑娘而未征得父母的同意就娶来，那么他们的下一代，凡属女性，均要从母亲那里将蛊承传下来，并代代相传。”[②]在汉文典籍中，放蛊者并不仅限于女性，为什么苗族认为只有妇女才有蛊呢？这与苗族的社会文化传统有关。在苗族等南方少数民族中，在母权制被父权制取代过程中形成的文化上的性别对立遗存十分强烈，这种对立表现在巫术信仰中，就是占据正统地位的男性巫师成了维护社会秩序的一方，而在母系社会曾经居统治地位的女巫则成了秩序的破坏者，被诬为是黑巫术的传承者。“一切男性巫师无法解释或禳解的天灾人祸，统统都扣在了女巫的头上。于是，妇女有蛊的荒谬结论

---

① 邓启耀：《中国巫蛊考察》，上海：上海文艺出版社，1999年。

② 叶谭：《遭诬的蛊妇》，《民间文化》1999年第3期，第62页。

就这样被推理了出来。”[①]

在了解了对放“蛊”现象的多角度分析后，或许从信息传播的角度也能尝试解释这种现象，信息的传播自人类社会的远古时期就已然存在，一开始人类只是通过发出一些简单的、来源于身体结构的声音、姿势、手势等体语来传递信息。随着生产的发展和传播需求的增大，人们逐步创造出一套在一定范围内约定俗成的传播方式，如标志、声光图式及一些象形符号和表意符号。而真正使人类传播发生根本变化的是语言的产生，以语言作为传播的介质在人类历史的长河中生生不息，随着文字传播时代的到来，人类的知识与精华有了可持续发展的更好手段。

但对于信息传播活动在社会中所起的作用，历来有两种相对立的观点。一种观点认为：传播活动起到的是整合的作用，即通过信息的流通加强了社会中的个人自身社会化的程度，有意识地对自己扮演的社会角色加以认同，从而将整个社会更加紧密地团结起来，避免了个人流动带来的不确定性；而另一种与之相反的观点认为传播在社会中起到的是一种解构的作用，信息的流动促进社会的分崩离析，促使社会从一个稳定的状态向不稳定的状态转变。很明显，我国自封建社会一直默契地遵循着前一种传播观念，尽量避免整个社会全方位的信息流动，遵循“小国寡民”的生活状态，信奉“言多必失”的人生哲学，这是一种典型的传播活动的“仪式模式”。美国著名传播学者凯瑞(James Carey)在1975年首先挑战了传统的传播“传送”或“运输”模式，提出了将传播视为仪式的观点。根据这种观点，“传播乃与分享、参与、联合、共处和共同信仰的拥有有关。仪式的观点在空间上并非朝向信息的扩张，而是在时间上维持社会运行；并非传送信息的行动，而是共享信仰的再现”。[②]

“‘仪式模式’或有含意的传播，依赖的是共享的理解和情感。在此目标上是值得庆祝的、有成就的和装饰性的，而不是功利主义式的，其通常需要一些‘表现’因素，使得传播被了解。仪式传播的讯息通常是潜伏的、模糊的，它依赖联想与符号，而讯息并非由参与者选择，而可在文化中发现。媒

---

① 叶谭：《遭诬的蛊妇》，《民间文化》1999年第3期，第62页。

② [英]丹尼斯·麦魁尔、史文·温达尔著，杨志弘、莫季雍译：《传播模式》，台北：正中书局，2000年。

介与讯息通常难以分开,'仪式'传播也是相对永久和不可改变的。"[①]

贵州苗族笃信巫蛊文化的现象具有深厚的传播背景,"苗族本是内聚力极强、民族意识极强的伟大民族,由原始社会的部落共同体延续至今,一直保持着纵向发展的历史。部落群体血统纯度的长期稳定,使人类学特点沿着自然选择的方向得以保持和发展。尽管作为血缘共同体的部落不可避免地向着地域部落及血缘混杂的方向进化,但苗族先民长期保持着相对封闭的信息体系,在这个封闭的体系内进行着民族语言和民族文化的传递"。[②]另外,苗族异族不婚与同姓不婚的婚姻限制增强了民族的内聚力和向心力,成为抵御外来异质文化渗透的重要手段和举措。因此,当今苗族主要聚居地黔湘两大板块的苗族同胞都能在异质民族的文化包围中保存着独具民族特色的苗族文化,保持着强烈的民族意识,保持着非同一般的血缘亲情。"数千年的历史大迁徙,使苗族成了国际性的民族,大迁徙与常动荡、多支系、大散居等客观因素都未能从根本上削弱其民族内聚力。中华人民共和国成立半个世纪以来,苗民们都没有从心理上根本消除对巫蛊的恐惧,至今苗疆无一处不信蛊。"[③]苗族地区这些地域、文化、科技的发展特征正应和了产生放蛊文化的传播特质。

从文学想象与信息传播的角度对苗族地区放蛊的现象进行观察尚属一种创新,但其中所引发的思考与分析具有多种借鉴意义。

(原载《中国民族民间医药杂志》2006 年第 2 期,收录本书时有改动)

[吴蓓:贵州师范大学文学院副教授]

---

① [英]丹尼斯·麦魁尔、史文·温达尔著,杨志弘、莫季雍译:《传播模式》,台北:正中书局,2000 年。

② 吕养正:《苗疆巫蛊蠡探》,《吉首大学学报》2001 年第 3 期。

③ 吕养正:《苗疆巫蛊蠡探》,《吉首大学学报》2001 年第 3 期。

贵州民间儿童文学教育功能之管窥*

龙胜燕

对于文学作品的接受，相比于成年人较为理性的选择，儿童对文学作品的选择是属于“感性”的，喜欢的可能就会投入阅读，不喜欢的就不搭理。在这种感性层面下隐藏着的恰恰是民间儿童文学的“魅力”，它们契合了孩子的好奇心以及“诗性”想象的可能性，还有与游戏相配合的形式常常呼应了儿童好动的特点，对儿童有着心灵“唤醒”与成长启迪等作用。

一、童谣的“诗性”启蒙

贵州民间歌谣以男女老少喜闻乐见的形式在贵州各地以丰富多彩的内容凸显着各地百姓的生活特色，在民间普遍口头流传，是民间儿童“诗感”培育的自由“土壤”。由于家庭经济不宽裕与父母宽泛教育意识薄弱（很多家长认为只要孩子考试取得高分就好）等原因的影响，民间儿童很少有机会接触到除学校提供的读物之外的文学作品，在平时的玩耍中接触的民间儿童文学多是一些口传作品。流传下来的一些传统歌谣中“讲述”着民间百姓生活中的感悟，对民间百姓生活有一定意义上的质朴的“还原”。比如：

大月亮，二月亮，哥哥起来学木匠，嫂嫂起来打鞋底，婆婆起来舂糯米，舂得喷喷香，打起锣鼓接幺娘，娘娘矮又矮，嫁给螃海，螃海脚多，嫁给泥蜗，泥窝拱背，嫁给桃妹，桃妹逃走，嫁给毛狗，毛狗骚臭，嫁给幺舅，幺舅嫌她，嫁给田家，田家打她，嫁给贯家，贯家一碗盖（kǎng）死

* 本文中所用民间儿童文学作品均为笔者实地采集。

她。(流传于贵州省黔南布依族苗族自治州瓮安县一带)

这首童谣中顶针修辞格的自然运用,形成环环相扣的表达效果。在民间长大的孩子,由于接触大自然的机会较多,培育了对生活中事物的细腻体验与感受,他们以无限的好奇心去探索自然界中的无穷奥秘,在对大自然中的事物探索与怀想中寄寓着美好的想象,在与自然风物的日常接触中产生了无限多的对“远方”的想象,浸润于伙伴参与或者长辈说唱的歌谣环境中,凸显“诗意”的萌动,学会了一些诗性的表达。比如《萤火虫》:

萤火虫小灯笼,飞到北飞到南,飞到西飞到东,尾巴闪闪发光,照亮一片天地。

这首布依族原生态儿歌,很受孩子们喜欢。在吟唱时,他们常常坐成几排或围成一圈唱这首歌,在“伸手不见五指”的漆黑夜里,能看到飞来飞去的萤火虫闪闪发光,听着清澈透亮的儿歌声,无疑增设出一道道美妙的夜景,让人心旷神怡。孩子们的自然吟唱更加增润着诗歌的美好意境,使孩子们于其中获得了全身心的纾解,有着诗情与诗感的体验。

民间歌谣大多产生于百姓生产生活过程中,经历着一代又一代儿童的反复传诵,孩子们在吟诵中会琢磨使其吟唱起来更顺口,于是有了一些表现手法的不谋而合、自然而然的嵌入。比如《金银花》:

金银花,十二朵,大姨妈来接我,猪挑水,狗烧火,猫儿煮饭笑死我。

这首《金银花》中,有多种修辞格的自然交叉运用,以“金银花”起兴,连起了亲戚关系等温暖的民间情感纽带,阐述了生活细节中的乐趣,“猪挑水,狗烧火,猫儿煮饭”运用了拟人的手法,充满童趣,符合儿童乐于细微体验的天性。

贵州有着特殊的地形地貌气候特点,自中部向北、东、南三面倾斜,地势西高东低,处于东亚季风气候区内,生物资源比较丰富;同时山多平地少又使得传统的贵州交通不便,民间百姓的生产生活多因地制宜,顺应着大自然赋予的优势,以喀斯特地形地貌特点中形成的四面环山的“窝凼”为典型,“隔山相望”是民间百姓的普遍居住状态,对“山那边”的向往一度成为孩子们的想象焦点之一,对“村落”以外的“它处”的好奇常常成为民间儿童的想象的“远方”;加之多民族杂居混居情况使得各族文化互渗影响,形成丰富多彩的文化“小独立”中的“大融合”格局。这种民众生活的特殊物质空间极大地诱发了想象空间,其间相关的童谣甚为丰富。

比如流传于毕节地区一带的《小包车》,表达出传统上的该地民间百姓在对自身所在区域的生活感受以及对“异域”生活空间的想象:

> 《小包车》:小包车,下贵阳,又买粑粑又买糖,糖糖甜又甜,粑粑香又香,吃了粑粑眯眯笑,吃了糖糖喜洋洋。(采集于纳雍县)
>
> 《小包车》(异文):小包车,下贵阳,又买粑粑又买糖,买来不够分,分起下织金,母鸡不得公鸡贵,十八块,有个姑娘矮又矮,有个娃儿像狗崽。(采集于纳雍县)

可见历史上的民间百姓在交通极不发达的年代对“吃”这个人类亘古不变的话题的切实感受,也充满了对生活五味杂陈的感受的表达。同时从“下贵阳”的表述中不难看出毕节地区相较于黔中贵阳来说地势较高的地理情况。

在一些传统意象的自然选择中,充满了诗意的想象。比如各地流传的用“月亮”起兴的歌谣:

> 《月亮光光》:月亮光光,四毛烧香,烧到哪里,烧到天桥,天桥到了,妹妹好了,拿把弯刀,割把草草,打个棚棚,接过嫂嫂,嫂嫂好看,打烂鼎罐。

还有一些歌谣,在对生活中的事物讲述中,使孩子们在对事物的认知中培育了善良美好的品格因子。比如《萤火虫》:

> 小小萤火虫,打着小灯笼,飞得高,飞得低,照亮破衣缝一缝。(采集于罗甸县)

抓住了“萤火虫”会发光的特点,把其比喻成“小灯笼”,“飞得高,飞得低”把萤火虫飞行的状态写得生动活泼。接下来“破衣”自然会与“贫”“弱”有关,也指代着百姓生活的困难,“照亮”“缝一缝”,或许会让儿童在这种生活的观照中滋生一定的悲悯情感因子,滋养出歌谣观照生活的原初体验感。

同时贵州童谣里有很多对日常事物的具象化描述，也可培养儿童对事物的喜爱与热情，使情感体验得到升华。在贵州各地流传的童谣里，有很多是对民众生活状态直接描述的，也对儿童心灵起着抚慰作用，如《妹莫哭》：

妹莫哭，弟莫哭，转个弯弯就到屋，没得哪家七白米，家家都是七苞谷。（七：黔南方言意思为“吃”。采集于平塘县）

有很多对儿童日常生活行为进行规范和描述的：

《小蜗牛》：小蜗牛，背书包，磨磨蹭蹭上学校。东看看，西瞧瞧，等到太阳落，爬到小学校，往里看一看，已经放学了。（采集于惠水县）

此类童谣常常通过讽喻的方式让儿童认识到不恰当的行为是什么，从而对照自己的行为，达到正面教育的效果。

对儿童来说培养一种健康坚韧的人格精神对其以后的人生尤为重要，童谣里丰富的表达，对于多角度地培养儿童积极乐观的人格精神亦起到一定的作用。比如《好好学习，天天向上》：

毛主席的像，挂在墙上，好好学习，天天向上，乒、乓、嚓！（采集于贵州多个地区）

笔者在民间走访中，不时会看到三五成群的孩子在玩耍中大声唱着歌谣，有的孩子还会根据既有歌谣编出新歌谣，这无形中培育了孩子的“诗感”，对孩子们有着较为直接的“诗性”启蒙作用。

二、故事传说中的“智育”“美育”启示

与贵州多民族聚居情况相生的是各族故事传说的相对独立与发展互渗。贵州民间各民族均有自己传统的居住情况，比如苗族、布依族大多依山而居，侗族大多临水而住，贵州各地通常是山相依、水相连，因而俗相通。各族因传统的生产生活的特殊性，使其民间流传的故事传说透出自身的特点；

同时也因多民族杂居的情况使各族之间的文化相互影响与交融，又呈现出族别差异中的共性特征。流传于民间各地的故事传说，从人物形象塑造、情节的安排等各个层面都极致地融入了民间百姓的生活常态。

民间故事传说常常是民间百姓生产生活中美好愿景的凝结表达，往往有着较为明显的功能。比如长辈为了表达对晚辈尊老爱幼、勤劳善良品质的培养期望，会通过一些故事传说等来警戒教育晚辈。祭祀祖先的故事是各民族百姓的传统文化内核之一：每到逢年过节，各族形成的祭祖形式大同小异。在口耳相传中，长辈教会了晚辈基本的祭祖形式，寄托了晚辈对先辈虔诚的哀思与牵挂，除了筹备的物品的不同，基本上各族民间百姓都沿袭了大致相同的程式，比如给祖先磕头，用好吃的"孝敬"他们，这样他们就会保佑晚辈身体健康、学习工作顺利。在这些对祖先的缅怀意识唤醒的过程中，不断培育起孩子们尊老爱幼的良好品格。

民间流传的故事传说中，常常存在着"隔山异文"的情况，在诸如故事梗概上会有一些差异，出现各地不同的异文版本。比如在贵州各地流传的"老变婆的故事"，是一种对成年人久违的悲悯情怀的激荡，对孩子来说是一种恐惧以及对人情冷漠、世态炎凉的情感体验过程，从一个侧面唤起对亲情的呵护，对责任、温情的召唤以及人性的回归。各地因方言差异称谓等不同，黔南一带民间称"老变婆"(取多变之意)，毕节一些地方称"老熊婆"……

故事梗概大致相同，但人物形象塑造、背景交代上各地民间百姓会根据自身的生活特点纳入不同的叙述元素：

> 有一户单独住着的人家，父亲去世了，母亲带着一儿一女过日子。有一天，孩子他妈要去很远的地方赶场。交通不方便要步行几天才到，临走前，妈妈嘱咐女儿说："晚上外婆会来陪你们。"这话被藏在树林里的老变婆听到了，于是她到半路把孩子们的外婆拦截了吃掉，并换上了外婆的衣服，乔装成外婆，在天黑的时候去敲姐弟们的门，说："外婆来了，快开门。"两姐弟中因为姐姐年长些警惕性稍高，她对门外的"外婆"说："你把手伸进来给我看看。"小女孩与老变婆进行了一番斗智斗勇的对话(各地版本的情节安排不同)，最后还是把老变婆放进了屋。晚上老变婆吃了女孩的弟弟，在吃的过程中的声响引起了小女孩的怀疑，她问："外婆，你在吃什么？"(在这一情节中，各地的讲述也出现了不同的版本，黔南平塘民间一带的版本中外婆的回答是"吃云南带来的干炒

豆”）接下来，故事讲述了小女孩与老变婆斗智斗勇的过程，小女孩隐忍着老变婆吃掉弟弟的悲痛，最后智胜老变婆，让老变婆有了罪有应得的死亡下场。各地的民间百姓在故事的结局处理上也有着不同的版本，有转悲为喜的，“小女孩用打铁叉戳死老变婆后，过了一天，有几个木匠路过，救下了小女孩”。为了表示感谢，女孩煮稀饭给木匠们吃，并说谁吃得快就留下来做上门女婿。在盛稀饭时，故意给一个年轻帅气的木匠小伙子加了一瓢冷水，自然是这位年轻帅气的木匠吃得最快，于是他就成了上门女婿……

很显然，故事情节的安排破绽百出，但是情节的推进，从开端、发展到高潮，又符合孩子们单纯、天真、直线型的思维特点，孩子们常常会“入戏”很深，心灵受到震颤，也会吸取教训，不会轻易相信陌生人；同时随着故事的讲述，勾起内心的恐惧、悲悯、舒缓、解脱等情绪情感过程，获得多元的心理成长体验。

还有一些以生活中的现实人物为“原型”流传的故事，各地均有。比如贵州省盘县流传的“高李三”的聪明人的故事，根据推测，高李三大概是民国以前的真实存在的一个人，关于他的故事也大多属实。由于时间久远，许多故事在流传中都已经模糊了。其中有一则是“再吃一碗的故事”。有人和高李三打赌说：“高李三，你有本事去吃一碗人家铺子里的汤圆，人家不收你钱，我就请你喝酒。”高李三大笑着说：“我不但要他不要钱，还叫他请我再吃一碗。”旁人都笑话他吹牛。说着，他径直走到对面铺子里要了一碗汤圆吃了起来，还不停和老板搭讪说，其实我是你们家亲戚啊，我名字叫作“再吃一碗”。老板就当他在胡扯。吃完后，他站起来就走，老板只好在后面追着喊：“再吃一碗，你别走！你去哪，再吃一碗？……”

故事中“高李三”形象呈现出的性格特点一目了然：聪明、灵活，似乎还有点吊儿郎当。听来很有趣，更有着机智启蒙的作用。

民间流传的故事丰富多彩，带有各地语言文化、地域环境特色，每一个故事中对人物形象的塑造都具有很强的民间特色。为了突出教育作用，民间百姓在讲述过程中力求人物形象典型、生动，具有感染力。还有些故事经由口传形式从课本走向“田间地头”，比如《皇帝的新装》这类的故事，孩子们在听故事的过程中，对人物形象有着自我内心的审判与把握，在对“丑恶”的讥笑、否定当中，自然提升了对“美”的感受力与美丑的鉴别力。这样就培养了孩子们的思想情操，使得孩子们获得精神上的愉悦感和满足感，进一步提升了他们欣赏美、创造美的能力。

三、游戏——儿童“精神”的“出口”

贵州民间儿童游戏的形式丰富多样。各地民间儿童多人游戏中比较常见的是跳绳和跳皮筋：借助“绳”“皮筋”等“玩具”，并依靠歌谣的渲染与节奏指令来完成游戏。还有跳圈：小女孩常玩的游戏，用粉笔在地上画出一定的图形，然后按照一定的规律在各个格子之中移动。“丢沙包”：种类很多，常玩的是很多人围成一圈，由一人丢，丢在谁的身后由这个人追丢的那个人，丢的人丢后跑到被丢者的位置（类似“丢手绢”）。“打弹珠”：多数民间小男孩着迷的游戏，玩法很多，讲究“技术性”。“拍手歌”：两人为一组，各自先击掌后，双方互相左掌击右掌，在击掌的同时还陪唱着歌谣：“你拍一，我拍一，一个小孩穿花衣。你拍二，我拍二，两个小孩梳小辫儿。你拍三，我拍三，三个小孩吃饼干。你拍四，我拍四，四个小孩写大字。你拍五，我拍五，五个小孩敲大鼓。你拍六，我拍六，六个小孩吃石榴。你拍七，我拍七，七个小孩坐飞机。你拍八，我拍八，八个小孩吹喇叭。你拍九，我拍九，九个小孩交朋友。你拍十，我拍十，十个小孩站得直……”“过城门”：在一群小伙伴中选出两名代表，分别作为两个队的队长，两位队长私底下确定各自队的名称属于哪一类，有水果类，有蔬菜类等，其他的小伙伴都不知道两位队长各自属于哪类。接着，这两个队长面对面站着，互相十指相扣，其他的小伙伴依次从他们的手底下钻过，边钻嘴里边念着儿歌：“城门城门鸡蛋糕，火山留蛋腰，走进城门着一刀。”说完后两个队长的手便放下来，队长便问被框住的人：“想要水果还是蔬菜？”做出选择后又继续，直到所有的伙伴都做了选择。接下来，揭露两个队长分别属于哪一类，然后队员分别归到属于自己的那一队。最后，人数多的那一队就胜出。“老鹰捉小鸡”：从一群人中选出两个人，一个当老母鸡，一个当老鹰，老母鸡负责保护小鸡，老鹰负责抓小鸡。“石头，剪刀，布”：由两个或三个小伙伴进行，在进行之前他们嘴里要念儿歌：“孔雀，展翅，一只脚，两只脚，却……”当说“孔雀”时手握成拳头出“石头”，说“展翅”时手掌摊开成布状出“布”，说两只脚时伸出两个“指头”呈剪刀状出“剪刀”，接着就开始进行游戏，游戏双方可以随意出。“圆线玩法”：

三人或三人以上的人参与，动作就是踩住或放开皮筋，并配有歌谣进行，其中有首叫作《周扒皮》。由两玩伴分别用双脚把皮筋圈住，形成联结的长U形，进行升级比试，其过程中皮筋由在两个牵绳玩伴的脚跟处到小腿处，再到腰部，最高是到胳肢窝那里。这种游戏要考验玩家的脚上功夫和心细程度。“骑牛背”的具体玩法是：由一人扮演“牛”这个角色，第一步扮演的这个人先蹲着且要低头，依次让每一个参与者跨过；慢慢地起身，先是双手撑到膝盖处，再到大腿处，再到腰部，一层一层往上伸高，其余的玩家得依次跨过，用双手撑在扮演者的背上作为支撑点，若跨不过，就意味着该轮到你来扮演“牛”了，让其他的人来跨。除了上述这些，还有很多流传在民间的游戏。

在这些各式各样的游戏进行的过程中，会有各种各样的“口诀”，也即是在游戏中吟唱的童谣。一代又一代的民间孩子走过他们的童年，在游戏中获得了成长的乐趣，而伴随着他们成长的歌谣（即游戏口诀），也在不断的传诵中“生长着”（不断增加），凝结着孩子们的智慧产生出新的作品。同时，他们还会从课本、影视中“借来”一些歌谣运用于游戏中，比如《小白兔》《公鸡》常被用来教小伙伴游戏入门，在这些歌谣的基础上产生出一些新的作品。比如：

《还珠格格》：小燕子飞，五阿哥追，幸福的尔康抱紫薇，可怜的金锁没人追，不要脸的皇上爱香妃，香妃变成蝴蝶飞。

《白雪公主》：白白白，雪雪雪，公公公，主主主，白雪公主。

还有用于多人跳绳的歌谣《小熊》：

小熊小熊请你摸摸天；小熊小熊请你摸摸地；小熊小熊请你转个圈；小熊小熊请你唱首歌；小熊小熊请你滚出去。

在民间儿童的游戏中，由于很少有家长的管控，他们会在这块自由的“乐园”中游戏，尽情畅享着各种角色身份的扮演，比如导演、判官、司令官等，有着很好的角色培养和体验，一定意义上游戏是他们社会性养成的天然舞台。

有些在民族村寨聚集的环境中成长的孩子，虽然是汉族孩子但却生活在布依族、苗族等聚居的地方，从小和布依族、苗族的孩子一起长大，参与一些少数民族孩子们的游戏体验，便也在一定程度上促进了民族文化的交融互渗。比如一些汉族孩子参与布依族孩子们的游戏“顶顶窝”，即孩子们在月光非常好的晚上玩游戏时，让一个个子稍高的孩子站在大家面前，平伸出右手，手心向下，大家用左手或右手食指顶住手心，然后一起唱儿歌《顶顶窝》：“顶顶窝窝，牛屎八歌，张张合赖，牛屎八介歌。”当唱到最后一个字的一瞬间，高个孩子的手心会迅速合拢，反应快的儿童赶快缩手，动作慢的被抓住后，就留在原地闭上眼睛一两分钟，待其他人都找地方藏好，他才去一个个地把他们找出来，游戏继续进行。

很显然，在游戏的参与中歌谣的吟唱对培养儿童健康的人格起着不可低估的作用。与同伴共同游戏增强了孩子们的参与意识，集体吟唱童谣培养了孩子们的集体感，丰富的游戏、童谣会使儿童在参与中获得健康人格的形塑，游戏中营构的和谐的集体氛围无疑是儿童健康人格形成的良好土壤；同时这些集体游戏的施行强调规则与合作，尊重个体的角色归属，游戏的成功完成会使孩子们获得归属感，增强自信力，为孩子们的精神培育找到合适的出口。

结　语

民间儿童文学对每一个在民间走过童年的人来说，或多或少都有着如月光般清澈的记忆，如一滴滴透明的水滴，轻扣着心底最纯净的时光。贵州民间儿童文学在其发生与发展的历史进程中，以其独特的审美价值，体现出丰富多彩的民族性和地域性，与儿童的成长教育密切关联，对儿童认知能力的发展、创造力的培养和健康人格的塑造等发挥了不可替代的作用。[①] 孩子们在游戏与文学的接触中，获得同伴的陪伴与不断的心灵“唤醒”，觅得成长中的精神“出口”。

[龙胜燕：贵州师范大学文学院讲师]

① 龙胜燕：《贵州民间儿童文学对留守儿童的诊疗功能刍谈》，《电影评介》2015年第12期。

"黔味"之儿童文学对大学生写作主体意识的唤醒

龙胜燕

写作过程是"产出作品"绕不开的一个话题,我们在希望有好的作品出现的同时或许更应该关注写作过程本身。写作是一种心灵的讲述,成熟的写作应该是写作者与自己心灵的对话,对于"讲出"的结果他们能有相对理性的把握。一直以来我们关注作家等这类成熟的写作者的写作心态,却鲜有关注作为大学写作课堂里的大学生群体的写作心灵生态,忽视了当下学生们普遍难以沉静下来写作的现状。对于价值观、人生观、世界观还处于建构后期的大学生群体而言,对写作结果的预见性还不明晰,对"写什么"这个问题依然存在困惑,这也是产生"写作焦虑"的原因之一。对于"大学写作"这一门实践性极强的课程,目前为止有从教学过程、教学评价、教学手段等各个维度去研究的,但在结合当下实际对写作主体意识的唤醒这个层面的研究还是空白,而这恰恰是写作实践的"源头"问题之一。教师是大学写作课堂的"总导演",如何唤醒学生的写作主体意识,以及拨动起其对写作材料的发掘力等,都是可以围绕"大学课堂"这个基本的环境来展开探索的问题。贵州民间儿童文学多是黔地民间百姓在长期的生产生活中体验的结晶,渗透着对生活自觉"观照"的特殊"黔味",通过其间溢出的"情景"再现、"多元切点"拓展、大山"圈生"中的细腻想象等,不断唤醒大学写作课堂中学生的写作主体意识。

一、"情景"再现——激荡"被弱化"的写作主体意识

"写什么"一直是写作课堂历久弥新的话题,学生们常常苦恼于没内容可写。网络是把双刃剑,一方面丰富的网络资源打通了学生对外界新事物

的认知出口，为拓宽学生视界提供了丰富的资料；另一方面也似乎在减少学生对生活熟悉事物的关注度，纷繁复杂的网络新事物的介入分散了注意力，对生活真实层面产生了一定程度的疏离，在一定程度上弱化了写作课堂中学生作为写作主体的自主意识。一提到写作实践，大部分学生的普遍意识就是首先到网上查阅有没有相关资料，而忽略了作为“写作主体”应该有的对写作问题的第一时间的思考，这样作为写作者的主体意识自然被削弱了。加之在当下社会经济思潮渗进校园的普遍状况下，写作这种高度个人化的行为正在逐步受到各种物质诱惑的冲击。当前高校写作教学正面临一场教与学的危机，普遍存在一种“老师难教、学生懒学”的状况，或有甚者“谈写色变”，或有甚者持“写作有什么用？无用”的观点，这种略显功利的思想在真正影响着学生对写作对象的本真与美的感受。

如何使“写作主体”沉静下来，回归本己内心与生活的“现场”，对写作对象进行自我意识内化的思考与把握？需要设置当下时间中的情景作为“诱饵”，进行一系列的引导，使学生回归自己的内心。在网络依赖症普遍存在的情况下，大学写作课堂得挑起一个艰巨的任务，即把学生的注意力从网络等影响中拉到现实中来，使其回归到作为写作“主体”的个体独特体验之中，尊重个体记忆空间与生活空间的存储情况。因此笔者在教学中强调了写自己熟悉的人和事，自己的经历、体验。通过贵州儿童文学里的“情景再现”拨动出一个个有着“乡情地味”又带着普泛意义的情景元素作为“引子”，牵引出学生潜藏于记忆中的各自的“乡域”记忆。比如贵州民间儿童文学里的文学形象“老变婆”，会使学生自然联想到自己乡域中的一些典型形象。不拘囿于城市与乡土之别，凡是自己熟悉的，均可入文，这些是学生可以不用搜索网络便可获得的独一无二的写作素材。从学生最熟悉的对象开始，通过“熟悉感”的抓捏，重新唤醒其写作的主体意识。许多学生在课堂“联想与想象”写作实践训练中写出的内容表明他是有内心回归感的。比如在做“我的家乡”“童年”“土地”这样范畴的写作实践时，通过讲述或展示贵州儿童文学里相关的资料牵引出了学生们心中那些记忆中的人和事物，附带着或快乐或忧伤的感受。有学生写《风走过的村庄》：

写下这样的标题，我感觉到了有风吹拂着自己的身心，有风走过村里的足迹，心绪被风指引着，飞回儿时的村庄……寂寥荒芜的土地开始了换装仪式，草儿抽芽了，树儿冒绿了，生命似乎都从大地里钻出来，还有淡淡的花香，几个顽皮的孩子每人拿着一个瓶子在有花的地方小心翼翼地寻觅着，他们尽量不放过一只蜜蜂，想把花丛中的蜜蜂收进瓶里……

这些展示在当下的贵州儿童文学里的资料，联上了学生记忆中的触点，牵引出记忆中熟悉的物景，“有风吹拂着自己的身心”，牵引着写作的情思倾泻而出。

同时由当下所在的“此处”，触及“家乡”“童年”“土地”，基本上每个学生都有话可说。这些熟悉的写作对象，能自然而然地从学生的内心滑出，以无限可能性重新唤起其作为“写作主体”的“写”的意识。通过不断进行着的写作实践活动，在一次次的写出作品的过程中不断增强了内心的自信力，实现写作主体意识的唤醒与回归。

在课堂中所涉猎到的写作对象的情景牵引，一种是每个人“记忆中”的人事物，另一种是可观感到的现实中的人事物。让学生从各自不同的观察点去描述一些自然界的人事物也是一种行之有效的写作训练途径，比如一个“桃子”，从正面看、从反面看，分别会看到它不一样的特点，这样的观察富含着学生个体独特的体验，而无须效仿他人。把所看所感泻诸笔端落于纸上，便是每个学生独特的写作成品。在观察“桃子”的过程中，让学生边观察边表达出看到的结果与感受，有学生看到了桃子圆的一端，想到了做人处世的圆润，更进一步联想到帮助他人也可以使自己活得快乐；有学生看到了桃子尖的一端，联想到了塔尖，并充分发挥自己的长处勤奋努力实现理想；还有学生触物生情，由“桃子”想起了“自己的奶奶，每到桃子成熟的季节奶奶都会打电话叫回去‘吃桃子’，年复一年的桃子成熟是奶奶生活的一种寄托，也是亲人间的一种情感依托的载体”。在这一系列的实物观察写作训练中，不断地牵引出学生的写作情思。寻找写作的“连接点”，并记下来，把每一个“连接点”串联起来按一定的叙述顺序组合起来，进行加工与修改，进而就成了一篇文章。当一篇篇作品有了雏形，学生们内心就普遍有了一种成就感，一颗悬着的心也落下来了，有了归处，体验到了写作的快乐。

二、"多元切点"拓展——从"仿写"到"创作"

大学写作课堂的特殊性还在于诸多的写作个体在一个物理空间里，这些处于"成年初期(青春后期)"的群体，既延展着青春与激情，也初尝着"世故"与"圆滑"，发出的行为、动作、语言等难免会相互影响，从而个体情绪情感的调动与写作思路的把握会受到相互间的"浸染"而产生相互间的"仿写"；同时这个阶段还处于阅读体验的积累期，学生有很多作品还未曾读过，当读到那些真正触动心灵的作品时会产生很深的印象，在遇到恰好相似或相近的写作要求时，他们常常会不由自主地进行"仿写"。加之"网络依赖症"的种种影响，部分学生把写当作一种任务而不是一种内心表达的需求，当有写作任务时，以期从网络上找到完成写作"任务"的途径。比如写"青春"这样的主题范畴的习作时，常常出现内容相似的习作，大家的青春经历都差不多，稍一交流便会相互影响，落笔成文自然大同小异；或者依赖网络查获的资料相似，写出的作品自然也大同小异。

如何使学生在大学写作课堂中走出"仿写"的困境？"仿写"的过程其实是很多人学习写作常常经历的阶段。比如欣赏了美国科幻小说家弗里蒂克・布朗(Fritik Brown)的微型小说，英文原文为"The last man on earth sat alone in a room. There was a knock on the door…"翻译成汉语只有25个汉字："地球上最后一个人独自坐在房间里，这时忽然响起了敲门声……"[①]在这篇很短的小说里，人物、情节、环境完美互嵌，给读者留下了非常丰富的想象空间。很多学生是第一次欣赏到这一篇作品。接下来的微型小说写作训练中，就有学生写出了作品《地球的重生》：

> 若干年后的一天，地球热得像一颗火球，让人发狂。人类终于发现了一颗适合人类居住的星球，人们开始争先恐后地撤离。当地球上最后一个人的脚离开地面登上飞船的刹那，天空落下了几个月以来的第一滴雨。

① [美]弗里蒂克・布朗：《最后一个人》，https://baijiahao.baidu.com。

很显然这篇习作受到了前者的启示，当然也有写作者的独特构思，但是在情节的设计、人物的“拿捏”等方面也有着仿写的痕迹。

对初学写作者来说，“仿写”也是一个积累写作经验、掌握写作技巧、丰富阅读体验的有效过程，但写作教学的远期目标依然是引领写作主体最终摆脱仿写困局，真正进入创作中去。从仿写到创作，这得需要写作主体对写作对象有一个强烈的内化过程，把对生活感受的积累培育成“土壤”，再从土壤里长出“生命体”来。

贵州民间儿童文学作品更为切近地“渴望”表达民众生活的“诉求”，显得更为“务实”，呈现出“隔山有异”的情况（也许同一个故事，隔座山头的村落流传的版本会有差异）。但是无论各个版本差异如何，都会有一个相似的“故事核”，这和写作的“中心”要求相契合，无论什么体裁的作品的创作，均需要核心点也即主题的凝结点。比如《老变婆的故事》在贵州各地流传的版本，主题一致，在情节安排、人物塑造等方面又各显本地特色。又比如贵州民间儿童文学作品里流传于黔南一带的民间游戏童谣：

木叶青，放风筝；木叶黄，扯小黄；木业落，打陀螺；木业滥，挑煤炭。

这首童谣用三言诗形式，对意象的“抓取”显得极为灵活丰富而切实，“木叶”、“风筝”、“小黄”（民间作物中一种）、“陀螺”、“煤炭”等，可以说是空中飞的、地上跑的、树上长的应有尽有，“展示”出简单却又丰富的民众生活状况，提示着民间的孩子们一年四季什么时候该玩什么。童谣的前面三句是孩子们童年游戏的写照，最后一句表达了贵州乡民准备“一冬三月”取暖的材料。这种切中生活本真韵味的作品也提示着学生要学会从对生活的实感体验的捕捉中找到可写对象，启发学生的创新性思考以及表达的丰富性培育。

在课堂写作训练中，尊重学生自身的知识经验等积累的素材“库存”，通过多元“情景导引”的设置，牵引出丰富的写作“切点”。比如根据“色彩”的情景提示，有学生进行大胆的想象，创作出了微型小说习作《颜色大混战》：

宇宙开始之初，光之神米瑞斯想要为自己挑两个使者，便召集了世间所有的颜色。米瑞斯通过了层层筛选，最后剩下了红、黄、蓝三人，米瑞斯很难做出选择，便问他们，哪两个颜色最有用？红：“我和黄色在一起是橙色,和蓝色在一起是紫色。"黄:"我和蓝色在一起是绿色。"蓝色在一旁默默无语,米瑞斯关心地问道:"你和谁最要好?"蓝:"我们三个一直都是最要好的朋友!"蓝色兴冲冲地冲到了红、黄身旁,紧紧地拥抱着他们,蓝色幸福地笑,像拥有了全世界,但红、黄却再也笑不起来了……他们再也变不回从前,只能越来越黑。

写作者通过拟人化的手法,通过几种颜色的富有趣味性的自我选择性组合,把美术学里色彩调和的原理阐释出来了,既有趣味性也有知识普及性。创作出优秀作品始终是学生写作的美好愿景,通过"多元切点"的导引恰巧增设了课堂情景,不断丰富学生对事物的认知与感受力,遵循写作客体的内变规律,尊重个体感受,结合恰切的表达技巧,使学生进入创作的状态中去。

三、大山"圈生"中的细腻想象——"写"到深处现"情怀"

情怀是以人的情感为基础与所生发的情绪相对应的一种崇高的心理状态。写作本身离不开一个"情"字,用心的投入自然牵引出情感的真实流露,而免于"强说愁"的尴尬。对于众多作家来说,情怀恰似一张无形的大网,笼罩着写作者本身的写作情绪,也是作品产出的土壤。而情怀的基础该是作家对生活的一种深入骨髓的体验和感受,是那种能让读者触摸得到作品内质的元素。对大学写作课堂而言也是学生能沉静下来进行写作的基础。贵州民间儿童文学里不乏由"大山阻隔"牵生出的情怀体验的表达,在传播过程中又不断地经历了再加工的过程,有如"岩浆滴石"般的沉淀,有着坚实而朴素的内容凝结和思想内核,凝结出一种特有的细腻想象,牵引着民众对生产生活开掘的无限可能性;也启示着大学写作课堂里的个体,无论是来自内陆还是沿海,对每片土地上的春夏秋冬都有着独特记忆。这种对生活体悟的熟稔与浸入"脊骨"的真情实感是作品产出的肥沃的土壤,自然成为情怀的载体、表达的温床。贵州民间儿童文学里的一些元素的导引恰如春雨的浇灌,会使一粒粒植于内心深处的"种子"发芽、成长,"长"成一篇篇优秀的习作。比如贵州童谣《月亮光光》《点冬瓜》等:

月亮光光，打开城门洗衣裳，衣裳洗得白净净，明天好去看姑娘。

点冬瓜，种西瓜，南山菜籽白菜花。白瓷碗，黑芝麻，芝麻娘娘落谁家。

从童谣《月亮光光》核心意象“月光”到牵引出来的辅助意象“衣裳”“姑娘”等的选择中，可以感受到对民众质朴生活本真的还原，也有着对美好生活的质朴又细腻的想象。《点冬瓜》中由“点”（贵州方言“种”的意思）牵引出民众生活生产中极富人情味的表达，也牵引起学生对地域方言的重新感知，在准确表达的基础上寻找到属于自己的语言表达特色。这些贵州民间儿童文学作品激荡起内心本真的快乐源泉，正是开掘想象力的“金钥匙”。

通过对一些极富贵州地域特色的作品的展示欣赏，勾起学生内心深处对自己家乡的情怀体验感。如在课堂写作实践训练“乡情感悟”中，用有着贵州特色的民间作品勾起学生对自己家乡的联想和想象，比如《蓝精灵》：

山路弯弯，长又长。山那边，海那边，有一群蓝精灵，活泼又聪明，调皮又灵敏，自由自在，生活在那绿色的大森林，他们勇敢善良，相互欢喜。

这首童谣凸显出地处云贵高原的贵州民众于大山“圈生”出的充满温情而富于意味的想象。在“乡风乡情”的提示中，学生们纷纷写下了记忆中家乡的特点，进一步去追思其中的特别而细腻之处，写出一篇篇充满真情的习作。如其中的一篇习作《万顷莲荷阵阵香》：

说起万顷莲荷，当属枣庄的万顷红荷湿地了。红河湿地在山东之中。山东是一个锦绣壮丽、资源丰富、历史悠久的省份，这里有五岳独尊的泰山，有孔孟之乡的独特魅力，有美丽的渤海黄海湾畔，有富饶的胜利油田……无数美丽的辞藻都形容不出山东，形容不出它的内涵与美丽……“一条小船扁担长，祖祖辈辈住一舱”，这便是他们的全部生活了，在船上婚丧嫁娶，在船上传宗接代，较好条件的人家，会在娶妻时置办条新船。……时至今日，我依旧忘不了，那十里荷香，仿佛从此处带出的明信片，也是家中阵阵荷香。

很显然，写作者在身体离乡远行的感触中，心灵有了更加宏阔的体验，习作围绕“万顷莲荷”展开，接着概述了家乡枣庄的特点，记忆中的“荷香”成为情怀的载体。这些习作在生活实感的牵引中，上升到了空明澄净的情感体验之中，氤氲着写作者浓郁的自我体验以及对熟悉的人事物的强烈的爱与关怀。由民间儿童文学作品提供的“引子”牵涉出学生对往昔的记忆及“远方”的想象，使其沉浸在一种美好的回忆与畅想的写作体验之中。

结　语

唤醒当下大学写作课堂里写作主体普遍存在的写作“倦怠”心理，运用贵州民间儿童文学作品中的一些富有特色韵味的特质，引导学生思如泉涌。通过一些特殊的情怀“触点”点拨，牵引学生在记忆中不断搜寻材料，使他们从存于记忆与自然环境中的人事物中去捕捉写作灵感，充分调动起学生内心深处的关于写作对象的情感体验，逐渐摆脱网络的束缚和仿写的“困局”，使其在纷繁复杂的环境中求得一片宁静和谐的心灵创作“净土”，回归到作为写作主体的自我意识中来。

[龙胜艳：贵州师范大学文学院讲师]

后 记

2013 年,我校中国语言文学一级学科获批博士学位授予权,这成为下属各学科持续深入发展的重要历史契机。2019 年春季,我校下发了深入推进全校学科建设的严格要求和指导意见。借此,我们文学院中国现当代文学学科团队的同人也热烈讨论,努力从各自的研究专长和兴趣之中提炼和凝聚更加鲜明的团队整体特色。此举是对以往多年研究特色的总结,也期待为新一轮的发展整合优势力量。于是,汇编一本黔地现当代文学文化研究文集之事,从动议变为现实。

在此过程中,我校文学院中国现当代文学专业教研室和写作教研室,以及相关专业的同人,都给予了热情的支持,付出了辛苦的努力。

应当感谢文学院党政领导对学科建设的高度重视,并为此创造了良好的氛围和便利的条件。

必须感谢每一位论文作者,大家都热情无私地提供稿件,认真地修改和校对稿件。

肖远平教授不仅热情鼓励支持文集汇编工作,为文集供稿,还在忙碌的政务中拨冗审阅编选稿件,为本书作序。陈锐锋、朱伟华、谢廷秋三位资深老教授对文集的编排给予了大力支持,贡献了宝贵的指导意见,管新福、颜同林、陈悦三位教授对文集编辑的很多具体问题提出解决办法,李俊、黄葵两位教授欣然供稿,写作教研室的唐江、吴蓓、龙胜艳三位老师鼎力相助,索良柱、罗长青、王辰龙、尹琴、鲁鹏飞等诸位博士坦诚建言,李振龙、金娜等几位 2017 级中国现当代文学专业的在读研究生同学也助力甚多,感激之至!

还要感谢本书责任编辑章木良女士,为完善本书的整体面貌,她耐心、细致、严谨的工作让人敬佩!

尽管经过了一段认真努力的工作，但是文集最终的成品难免还有不足错漏之处，敬请有缘诸君批评指正！

编者